ちくま学芸文庫

中国詩史

吉川幸次郎
高橋和巳 編

JN095735

筑摩書房

【目次】中国詩史

中国詩史

序

一つの中国文学史

中国の文学史は、その形態を、他の地域の文明におけるそれと、必ずしも同じくしない。少くとも、最近の時期にいたるまで、同じくしない。

文学の中心として意識されつづけたものは、他の文明が往往早くから従事したような、虚構の言語ではない。もっぱら実在の経験を素材とする言語であるのを、本来とする。詩はもっぱら抒情詩であって、詩人自身の個人的な経験、ことに日常生活におけるそれ、あるいは人間の日常をめぐる自然をもふくめてのそれ、それらを素材とする抒情詩が、主流であった。特異な人物の特異な生活を素材とし、ゆえに虚構を必要とする叙事詩の伝統は、ここに乏しい。また散文は、実在の事件を叙述する歴史の散文、あるいは身辺日常の事実を素材とする随筆的散文、それらを中心として発展して来た。

要するに詩も散文も、積極的に虚構を要しない。さいしょの文学『詩経』は、紀元前千百年から五百年まで、あたかもホメーロスの叙事詩が発生し成熟したのと、時を同じくして、発生し成熟しているが、早くすでに凡人の日常の生活の中の哀歓、それを素材とする抒情詩であった。戯曲の文学に至っては、一そうこの国の古代にない。虚構の文学が、戯曲、小説として発生し発展したのは、三千年にわたるこの国の文明の歴史のうち、さいごの千年のことである。さいしょの小説らしい小説『三国志』『水滸伝』は、『源氏物語』の出現より三百年おそい十四世紀に書かれている。しかもなお中心的なジャンルとはならなかった。小説が文学の中心となるのは、今世紀に至って、はじめて見られる。

そうしてかく素材が、実在の経験、ことに日常的な経験の中に求められるのに反比例して、その表現は日常を離れるのを、常とした。文学の言語は、日常の言語である口語ではなく、原則として、規格ある特殊な言語であることが、要請された。詩が韻律をもつ言語であるのはいうまでもない。西洋の古代の詩が脚韻を踏まないのとことなり、最初の詩集『詩経』がすでに脚韻を踏んでいる。また抑揚の変化のはげしいこの国の言語の形態に応じて、句中の韻律にも、抑揚の適度の配置が、要求され、唐代以後に愛好された詩形「律詩」「絶句」では、配置に定型をもった。

詩ばかりではない。散文もまた特殊な規格ある文体によって綴られつづけた。そもそもこの国の記載言語は、発生の当初から、すでに口頭の言語と異なる形にあったと見うけられるが、やがて口語の語彙と語法を、積極的に拒否し、記載言語としての純粋さを保持するという域にまで進んだ。そうして散文においても、リズムの整頓が、詩におけるほどでなくとも、必須のものとして要求され、要求は六朝《りくちょう》の美文の場合のごとく、散文の一句の字数、すなわち綴《シラブル》数の定型化、句中の抑揚の配置の定型化にさえ、及ぶことがあった。『源氏物語』の文章は、現代の日本の口語でないけれども、十一世紀紫式部の時代の、貴族の口語ではあろう。唐の韓愈の文章、宋の蘇軾《そしょく》の文章は、現代の中国の口語でないばかりでなく、八世紀あるいは十一世紀の中国の官吏の口語でもない。さらにさかのぼって、『論語』の文章、『史記』の文章、すでにすべて紀元前の中国の口語でない。少くとも口語そのままでない。ただ近い千年に発生した虚構の文学のみが例外であり、戯曲も小説も、口語を用語とすることが、許容された。文学が完全に口語で綴られるようになったのは、今世紀初の「文学革命」に至って、はじめて見られる。

かく文学が表現の技術に念を入れ、散文にまでも及んだということは、文学はまずその表現の技術において、高次の言語でなければならぬという意識が、他の文明におけるよりも強かったことを、意味する。表現の整頓は、文学の基本的な必要条件であり、あるいは、この条件を満足するだけで、文学は成立するという偏向した意識さえ、ときどき生まれた。この種の意識が高まるとき、素材は新しきを要しない。素材はむしろ古きを尊び、ただ表現の新しさをねらう。

かく非虚構の素材の尊重、言語表現の特別な尊重が、この文学史の二大特長と考えられる。二つは共に、この文明に普遍な方向である即物性によって説明されるであろう。歴史事実、日常の経験は、空想による事象よりも、より確実な存在である。表現された言語は表現される心象よりも、より確実に把握される。この国の哲学も、ひとしく即物的であり、神、超自然への関心を抑制し、地上の人間そのものへ視線を集中したが、おなじ精神が、文学をも支配したのである。

そうしてかく規格ある言語で綴られた詩と散文の文学は、おおむねの時代、常に諸芸術の首位に位し、中心に位した。視覚の芸術として、この文明が尊重したのは、絵画であり、また絵画とならんでこの文明に特殊な芸術である書道であったが、文学の地位は、そのいずれにも優越した。彫刻と建築に至っては、最近に至るまで、技術として意識されても、そもそも芸術でなかった。音楽は、文明のさいしょの時期、むしろ文学に優越して、芸術であったが、間もなく地位を文学にゆずった。

単に諸芸術の首位にあったばかりでない。おおむねの時代において、文学は、人間生活の必須の部分と意識された。少くとも知識人は、文学への参与を、必須の資格とし、任務とした。読者としての参与にはとどまらない。作者としての参与である。ただし、並行した条件があった。政治への参与、哲学への参与が、同時に知識人を資格づける任務として要請され、それらとあいならんで文学制作への参与が、三位一体的に要請されるのであった。三つのどの一つを欠いても、知識人でない。

このことは、文学が民族の普遍な行為であることを結果した。ことに政治家、官僚は、民族の指導者であるゆえに、文学に参与すること、少くとも詩を作り、規格ある文体で随筆的散文を書くことが、必須の資格として要請された。官吏登用の試験、すなわち、科挙は、三千年にわたるこの文明の歴史の、第二の千年のはじめ漢の時代に萌芽し、第三の千年のはじめ宋の時代に整備された制度であるが、試験問題は、政治論、哲学論とともに、詩が出題されるのを、原則とした。かくて政治に参与するものは、必ず文学に参与すべきであり、逆にまた文学に参与するものは、政治に参与すべきであった。少くとも政治への意慾をもつべきであった。李白、杜甫、みな政治へのはげしい意慾をもち、白居易、韓愈、欧陽修、王安石、蘇軾は、詩と散文の大家であるとともに、国家の重臣であり、それぞれの時代の文学と政治を、同時に指導する「巨公」であった。一般に、官吏としての経歴を、何らかの形でもたない文学者は、稀である。あるいは三世紀の魏の文帝、六世紀の梁の武帝のごとく、君主がその時代の文学の能力者であることもあった。哲学者と文学者との関係も、同じく相補的であった。詩をよくしない哲学者は、原則として考えられず、哲学の論文は、規格ある散文としての条件をととのえることが、学説の当否に先だって要請された。宋の哲学の巨頭朱子、明の哲学の巨頭王陽明、みな同時に詩にすぐれ、散文にすぐれた。逆にまた文学者は、この国の哲学に対して、少くとも常識的な知識をもつべきであり、またもった。要するに文学のみの専門家は、存在しないのが、社会の体制であった。稀に存在しても、尊敬されなかった。いいかえれば文学の制作は、特殊な職業でなかった。普遍な必須の教養であった。

このことは、文学者、あるいは文学への参与者の数を、大へん多くした。唐代三百年、今に詩を伝える人物は二千二百人、宋代三百年では、更に増して、四千人に近い。また宋以後は、市民層の勢力の増大と共に、知識人の数が飛躍的に増加し、あるいは官吏となり、あるいは官吏とならなかったが、万あるいは十万を単位とするそのすべてが、詩を作り文を作った。文学の中心となる形式が、抒情詩と歴史的随筆的散文でありつづけたのは、それらが万人の参与し得る文学形式であったことを、原因の一つとしよう。

かく文学が、非職業的ないとなみとして普遍したことは、内容と表現の規格化、マンネリズム、それに伴う稀薄化をも、しばしばさけがたい事態として、伴なった。ことに表現の規格が、しばしば内容をも、規格の外に出る自由をうばった。事がらはむろん小作家にいちじるしく、個性の言語であることを失って、しばしば「千篇一律」となる。しかしながら、それと共に、文学を人間必須のいとなみとする意識は、別の伝統をも保持した。文学は常に責任ある言語でなければならなかった。ことに政治と哲学への参与、少くとも意欲が、文学者の条件として同時に要請されたことは、文学の言語が、常に人類全体の幸福に、何等かの意味で寄与することを、要請した。文学が遊戯の文字であることは、六朝《りくちょう》のある時期をのぞき、またさいごの千年に発生した戯曲小説の場合をのぞき、原則として稀である。日常生活のなかの小さな哀歓、自然の小さな風景を歌う場合にも、人間の法則、運命、問題への連なりが、常に関心にあった。関心は、宋以後あまりにもふえすぎた作詩作文の人口とも、全く無縁であることは、稀である。文学は職業ではない。しかし傍業ではなかった。現代日本における短歌俳句のあり方とは、形をおなじくしない。「詩は志を言う」、『書経』『舜典』あるいは「詩とは志の之《おもむ》く所也」、『詩経』大序、そうした古典の規定が、常に何ほどかずつ作用しつづけた。あるいは表現の整頓だけで文学は成立するとする偏向も、韻律の力学の美によって、人人への責任を果し得るという意識が、潜在しよう。三世紀の皇帝、魏の文帝曹丕《そうひ》は、「文章は経国の大業、不朽の盛事」と宣言する。彼の得意とする文学は、美文であった。

　小作家にも普遍なこの責任感は、大作家に対しては、むろん甚だ有効に作用した。おそらく、他の地域におけるどの文学よりも、虚構によらない人間の事実が、より丹念に見つめられ、日常の事実のもつ意味が、丁寧に発掘された。あるいは自然の人間に対してもつ意味についても、多くの独自な発見を、可能にした。そうしてその表現は、この言語の独自な形態を利用して、独自な美を形成し、保持した。単綴の孤立語であることによって生まれる簡潔、簡潔による明快、あるいは簡潔なるがゆえの暗示。明快と暗示を強調するものとして、強い抑揚ある韻律。詩のみならず、散文にも存在する韻律。意象文字による表記がもたらす複雑、複雑が当然に要求する調和。

　ところで、以上のべて来たことは、文章のはじめに、少くとも最近に至るまでは、と限定の辞を着けたように、現代の文学には、その全部が必ずしも妥当しない。そのことはこの文章のさいごに説くとして、必ずしも妥当しない時代が、実はいま一つある。

この文明のさいしょに位する時期である。秦の始皇がそれまでの分裂を統一して、さいしょの大帝国を作るより以前、あるいは短命に終った秦帝国のあと、統一を漢帝国が安定した形で継承しはじめる以前、要するに前二世紀以前、いわゆる「先秦」の時期が、それである。

文学は個別の言語であるゆえに、象徴の言語であり、個別的な事態を素材とする個性的な心情の表白であることによって、広汎への示唆を使命とする言語であるとするならば、この文明発生さいしょの時期として、その歴史を追跡し得る千年強の期間、そうした言語の価値は、なお稀にしか認められなかった。つまりこの文明は、以後の時代におけるごとく、文学を人間生活の必須の部分とする意識を、さいしょから含んでは発生しなかったように見える。「先秦」の文献として今に伝わるものは数十種であるが、その九〇パーセントまでが、人間の生活の法則、ことに政治と倫理の法則を、抽象的な論理として説く。『易経』『書経』『論語』『孟子』など儒家の哲学は、秩序ある愛によって、『墨子』は無差別の愛によって、『老子』『荘子』など道家の哲学は、愛その他の価値の忘却によって、『韓非子』など法家は、法秩序によって、人間は幸福に到達し得るという論理、ことに当時の切実な問題としては、分裂の形態にあった中国、そうして当時の意識ではすなわち世界に、いかにして統一をもたらすか、それについてのイディオロギーを、それぞれに説く。すべては直説の言語であって、象徴の言語でない。

象徴の言語が、全く存在しなかったのではない。個人的な心情の表白としては、『詩経』と『楚辞』が、後代の抒情詩の始祖として追憶され、個別的な事件を写した歴史的散文としては、すでに『春秋左氏伝』その他があった。しかし当時においては、普遍な価値となっていない。ただ孔子のみが、偉大な例外であり、象徴の言語の価値を知るにやぶさかでなかったように見える。しかし孔子の態度にも、『詩経』を、その主張するイディオロギーに奉仕させようとする部分が含まれている。また『楚辞』は、この時期の文献のうち、表現もっとも華麗であり、以後の美文の始祖であるが、屈原という政治家の懐抱するイディオロギーを、彼自身、あるいは誰かが彼に代って、主張するのが、主題である。また『詩経』風の抒情詩は、孔子以後の三百年間、記録に残るものがほとんどない。

状態が変化し、以後二千年の状態のはじめとして、文学が人間の文明の必須の部分であることを確定するのは、さいしょの安定した統一帝国、漢、前二世紀から二世紀までの四百年、においてである。ことに前一世紀の偉大な皇帝、漢の武帝の時代においてである。

そこには二つのことが行なわれた。第一は司馬相如《しばしょうじょ》を代表とする美文の出現である。美文の中心は、長篇の韻文「賦《ふ》」であり、帝国の首都、帝王の狩猟、祭祀など、巨大な事象を素材とする叙述の文字であったが、選択された華麗な詩語を用いた対句が、全篇をうずめる。かつてのイディオロギーの言語とは無縁であり、それらイディオロギーの言語、論理の言語以外に、もっぱら韻律の美を誇示する言語の存在理由を、主張することによって、文学史の正式な開幕となった。その魅力は、詔敕、書簡など、説得のための実用の文章をも、似た文体の美文で綴らせ、以後数世紀にわたる美文時代のはじめとなった。

第二は、司馬遷の『史記』による歴史叙述の完成である。『史記』は、有史以来の各種の人物の伝記を、帝王、大名、政治家、軍人、哲学者、医師、卜者、暗殺者、俠客、商人、後宮の女性、男色、にわたって叙述して、分裂する人間の現実を示した。この方法は、後代の歴史家の永く祖述するところである。同時にまた、『史記』は、文学の成立に必要な懐疑の提出者でもあった。人間は何らかのイディオロギーによって幸福を得るという従来の諸哲学の楽観はくつがえされ、いかなるイディオロギーによっても人間は説明し切れないという懐疑である。懐疑は必ずしも司馬遷のみのものでなく、漢代の社会が、大帝国の安定と繁栄のなかに、はぐくむ反撥であった。『詩経』の後裔となる抒情詩は、この時期、「賦」と歴史書という二大叙述の文学のかげにひそみ、「楽府《がふ》」「古詩」の名で、読み人知らずの数十篇が遺存するにすぎないが、その好んで歌うものは、人生への懐疑であり、人間の微小さへの悲観である。

抒情詩が、知識人によって取りあげられ、以後長く、この国の文学の中心形式となるのは、漢帝国の滅亡した動揺の世紀、三世紀、三国の時代にはじまる。ことに曹操、曹丕、曹植の父子を中心として、はじまる。一句を五字すなわち五綴《シラブル》に整頓した「五言詩」が、有力な詩形であり、四言詩と七言詩が、附帯する。曹植らによるこの出発は、個人的な熱情の表白、ことに友情を素材とするそれを、詩の使命とし、以後この国の詩が、異性の愛よりも友情を重視するはじめとなる。同時に熱情の昂揚は、漢に点火された懐疑、人間の微小さへの敏感を、増大する。懐疑はやがて絶望となり、同じ世紀の阮籍《げんせき》は、その絶望の哲学を詩として表現し、美文の大家陸機《りくき》の修辞が、それを深化する。個人と社会の矛盾、したがって個人の孤独が、人間の必然として説かれ、人寿の有限が、人間の限定の確証として、くりかえし強調される。すべては人間の微小さへの敏感である。傾向は以後、六朝の分裂時代、つまり六世紀末までの四百年をおおう。中ごろ五世紀では謝霊運《しゃれいうん》が、自然を克明に歌い、以後の詩が、自然を有力な素材とするはじめとなるが、やはりこの傾向の外にはいない。

同時にまたこの三国六朝の時代は、司馬相如にはじまる美文の極盛の時期でもあった。文章のほとんどが、「四六駢儷」の文体で綴られ、詩もまた、美文の重要な一環として、陸機がその成功した例となるように、表現を装飾した。

事がらは、当時の中国が、この国の政治史にはむしろめずらしく、貴族政治の時代であり、政治的地位が、家柄によって固定していたことと、無縁でない。階級の固定は、政治への意慾を弱め、この国の文学の比率では、もっとも非政治的である。あるいは時に遊戯的でさえある。文学の生産される場所は、しばしば貴族のサロンであり、貴族自身をもふくめて、サロンにつどう人人が、文学の担当者であったこと、わが平安朝の歌に似る。前半、晋宋の時期では、陸機と謝霊運に顕著なように、思想が美文の裏づけとしてあったが、後半、斉梁の時期では、沈約《しんやく》らによる声律論の整備とともに、思想と個性を失った美辞麗句への耽溺となる。絶望の心理の、逃避の場所であった。

唯一の大きな例外は、五世紀の詩人、陶淵明である。彼は貴族のサロンと無縁であった。そうして非美文的な、素朴な言語によって、人間の微小さと共に、微小さの中にある人間の尊厳、可能性、を歌うことを、忘れなかった。田園への隠遁は、この思想を主張するための抵抗であった。また個人と社会の矛盾、人生有限、それらへの思念の超克でもあった。

六朝の分裂を収拾した第二の大帝国、唐が、七、八、九、の三世紀にわたって、中国詩の黄金時代となったのは、以上のような六朝文学の状態、ことにその末期の状態への反撥を、最初の出発点とする。

人間の微小への過度の敏感、それを清算した大詩人は、まず李白であり、杜甫であり、ついで韓愈、白居易である。文学はもはや完全に貴族のサロンを離れ、彼等はみな貴族の出身でない。彼等がまず確認したのは、文学は言語の遊戯でないことであった。そうして過去の世代がつみかさねて来た人間の微小さへの敏感、懐疑、それを適度に継承しつつも、人間の可能性へより大きく目ざめた。また可能性への信頼のしるしとして、それぞれに個性的な思想をもった。李白は個人生活の充実を、杜甫は理想社会の可能を、思想とする。いずれも可能の哲学であり、絶望の哲学でない。また可能の哲学は、まず詩の素材についても、従来の詩人が見おとしていたさまざまの事象を、縦横に、しかしこの国の文学の伝統にそって日常にむかいつつ、とらえた。しかもその表現は、過去の世代が鍛錬して来た美文の技巧を、これまた適度に継承して、華麗に自由であった。李白は「絶句」の、杜甫は「律詩」の、完成者となった。

それとともに、詩の任務が、散文の追跡しおおせない無限定なもの、それへの接触にあるとするならば、それを最もよく果すのも、唐詩であった。従前の詩は、素材の模写、素材への追随に、なお忠実であり、懐疑を歌うのに熱心であるごとく見えながらも、しばしば説明であり、示唆でなかった。それに対し、唐人の詩は、無限定なものへの示唆を、もっとも得意とする。新しく発掘された素材は、その効用を果すイメージとなり、またそうしたイメージが、求められ、発掘された。春風のよろこび、秋風の感慨、春の日の中国の空をとびまわる柳絮《りゅうじょ》、夕陽の美また悲哀、月光の憂鬱、みな唐詩の頻用するイメージであると共に、実は唐詩に至ってはじめて顕著な風物である。一般に、自然が感覚の対象たるに止まらず、心情の象徴となるのは、唐詩に至って確定する。膨脹の極に達した国土を、西北の沙漠地帯、西南のフロンティア地帯にわたって、自由に旅行し得たことも、新しいイメージの発見に役立った。人事の素材も、生活の細部に食い入ること、従前の詩の比ではないとともに、それらは意味をもつ細部であった。李白が好んで酒を歌うのは、飲酒という行為の意味を、従前の詩人よりもよく知るからである。すべての点で、中国の詩の久しく模索して来たものの獲得であった。詩の、あるいは文明の、劃期でみずからがあることを、大詩人たちは、自覚ともしている。

またかく文明の劃期であるという唐人の自覚は、散文の分野でも、改革を可能にした。韓愈、柳宗元による「古文」である。名は「古文」であるけれども、従来の美文に反撥した新しい自由な文体であり、それによって、みずからの、また周辺の人物の、生活を、随筆的な形で、叙述した。司馬遷にはじまる歴史叙述の変形であり、歴史叙述が有名人を対象とするのに対し、これはむしろ無名人を対象とした。その文体は、自由であると共に、確実であり、確実であるゆえに、素材を象徴として、文明を批評し、人間の問題を提起する能力をもった。ただしこの新しい散文の文学の完成は、次の宋代の散文家、欧陽修を待つ。

唐のあと、宋、元、明、清と、統一帝国が、それぞれ二三百年ずつで交代したのが、この文明の近い過去千年であるが、文学は、唐に完成した抒情詩、また宋に完成した随筆的な散文の文学「古文」、この二つの形式を中心と意識しつつ発展した。その担当者は、商人、地主を中心とする広大な市民層であり、この広大な層は、官吏を「科挙」によって選出する母胎であると共に、そのすべてが詩と「古文」の制作に参与し、文学が人間の生活の必須の部分であるとする理想を、完全に実現した。そうして複雑化してゆく社会情勢が、参与者の増加とあいまって、詩も「古文」も、新しい素材、ことに日常身辺の生活の中から、新しい素材を、開拓しつづけた。それとともに、参与者の増加は、熱情の稀薄をも招いた。そうして懐疑はいよいよ後退し、一般に人間への楽観が増大したように見える。しかし懐疑の後退は、新しい素材を、唐の詩のように、無限定なものと接触させることを、必ずしも得意としなかった。宋の詩をもふくめてそうである。宋の詩における新素材の開拓は、ことに目ざましく、生活の細部に、無選択なまでに及ぶが、それらは、散文によって叙述すべき素材を、詩によって叙述したにすぎぬと、往往にして非難される。あるいは詩の時代はすでに去り、散文の時代へと転移しつつあったことが、詩をも散文化したとも見られる。また増大しゆく楽観が、それぞれの小さな楽観として停止することが、しばしばであるのも、市民の文学としては、やむを得なかった。

そうした中にあって、蘇軾は、もっとも人間の微小さをも知る詩人である。そうして人間はその微小を熟知することによって、偉大であり得るという大きな楽観を、主張する詩人である。

更にまた、往往にして熱情を失いがちな詩と「古文」の文学が、熱情を恢復するのは、周辺の民族の武力、ことに満州蒙古によって、中原の民族の運命が危殆に瀕するのを、機会とした。金、宋、明、みな亡国の末期に至って、それまでの鍛錬の効果を発揮する。清の詩も、西洋の圧力と、それによる古い体制の崩壊を迎えた末期に至って、もっとも活潑である。

かく宋以後の千年は、詩と「古文」によって、過去の文学の持続を意識とするとともに、一方でまた、過去と大きく持続しない文学をも生んだ。空想力による虚構の文学の発生である。小説は、微弱には宋から、顕著には明から、存在を示し、戯曲は、元に至って、一世を風靡する。詩と「古文」の文学を持続させる勢力であった新興の市民層が、一方では同時にもつ奔放さの所産であった。それは文学が素材を実在の経験に限定する風習からの解放であり、またその用語が口語であるのは、規格ある文語を文学の用語とする戒律からの解放であった。戯曲は歌劇であり、歌辞は口語そのままでないが、せりふは口語である。小説の文章が口語であるのは、もと寄席の講談の筆録から発生したからである。二つの限定からの解放は、文学の方向が、詩から散文へと転移したのの、一つの現れとも解し得る。人間の事実を求めつづける散文は、「古文」のうつすような実在の事実に満足せず、空想によって事実を作るに至ったのであり、表現もまた、より自由であるのを欲したのである。ただし戯曲も小説も、虚構の文学であるゆえに、また口語の言語であるゆえに、文学の正統とは認められず、常に多くの聴衆と読者をもちつつも、文学の附庸であるのが、この近い千年の実情であった。

そうしてこの新しい変革の分野、虚構の文学にも、日常の尊重というこの文学の地色は、作用を及ぼしているように思われる。小説の最初は、明初十四世紀、『三国志』『水滸伝』の英雄談であるが、空想が超自然の世界に及ぶことは、明の中ごろの『西遊記』を例外として、稀であり、おなじく明の『金瓶梅』は十六世紀の市民の日常を写し、清の『紅楼夢』は十八世紀の貴族の日常を、『儒林外史』は同じ世紀の書生の日常をうつす。戯曲は、その創始である十三世紀の「元曲」が、新興市民層、ことに商人の生活を活写するが、そのあとにつづく「明曲」が、才子佳人を類型的に写すのより、まさっている。

ところで以上の叙述のすべては、今世紀初の辛亥革命によって、清朝が滅亡するに至るまでの、この国の文学の形態である。今世紀の文学は、はげしく形態をことにしている。文学の中心となるのは、もはや抒情詩でなくして、小説である。またすべての文学が、口語で綴られ、かつての文語の文学は、衰亡している。従来の詩形による詩は「旧詩」と呼ばれて、片すみの存在となり、「古文」の作家はほとんどいない。日本の詩が、なお短歌、俳句を、有力な詩形とするごとくでない。

変革のもっとも大きな契機は、久しく異種の文明から遮断されて、異種の文明から影響を受けること少なく、みずからの文明のみを地上唯一の文明の形とする意識が、十九世紀の中ほど以来、西洋文明とのはげしい接触によって、変化を来したことにある。

中国をもって地上唯一の文明の地帯とする意識は、中国即世界とする古代の地理の意識とともに発生し、やがて漢と唐とが、客観的にもそれぞれの時期の地上最強の帝国であることによって、強化された。地理についての誤認は、近ごろの千年、周辺の民族が武力を増大し、蒙古族の元、満州族の清が、中原の民族を征服するに至って、是正されたが、それら周辺の民族が素朴であり、文字さえももたぬことは、中国のみが文明の地帯であるという確信を、かえって強化するものであった。ことに文学については、漢字によらない文学の存在は知られず、そもそもその存在を予想することが、困難であった。

三千年の文明の歴史の中で、ただ一つ異種の文明を受容した大きな例外は、中ごろの千年、六朝と唐における仏教の盛行である。しかしその場合も、巨大な漢訳仏典は、専ら宗教的文献として意識され、文学として意識されることはなかった。間接の影響が、見られないでない。唐詩のイメージのふくらみは、仏教によって養われた空想力と関係しようし、小説の起源も、あるいは仏僧の辻説法に求められる。しかしすべては間接の効果である。且つ、宋以後におけるインドの衰弱、またこの国の哲学が、超自然への関心の抑制を、宋以後は民族の戒律として強化したことは、この国の仏教を衰弱させ、文学への影響を一そう乏しくした。

かくて前世紀のなかば、アヘン戦争にはじまる西洋の圧力が、異種の文明に対する関心を強制したことは、未曾有の事態であった。関心はさいしょ、西洋の軍事、政治体制、技術にむけられ、文学への関心はもっともおそかったが、今世紀初、魯迅らの「文学革命」に至って成熟した。そうして過去三千年の伝統への反省として、虚構の言語、ことに小説の尊重、口語の普遍な使用という大きな変革が、行われた。すべては前世紀までの形態と、非連続のように見える。

しかし、魯迅が間もなく小説の筆を折って、「雑感」の文学に専心したことは、非虚構の文学の尊重という、過去の伝統と連なるかも知れない。巴金《パーチヌ》の小説が、「小人小事」を写すと宣言するのは、日常性の尊重である。最も近い現在、工、農、兵、自身による文学が、推奨されつつあるのは、文学を非職業のいとなみとする意識の連続である。更には文学の政治への奉仕、過去ではなおしばしば躊躇を伴った主張が、今や絶対的なものとして要請されつつある。

更にはまた、中国最近の政治が、みずからの政治形態、ないしは文明の形態こそ、世界最上のものであると叫ぶ傾向にあるのも、過去と無縁でないであろう。叫びは、外国人を、日本人をもふくめて、容易に説得し切らないであろう。しかしもし文学についていうならば、この文学ほど地上を見つめて来た文学、神への関心を抑制して、人間のみを見つめて来た文学は、他の地域に比類がないであろう。シェークスピアを中国は生まなかった。しかし司馬遷と杜甫とを、西洋はまだ生んでいないように見うける。

先秦

『詩経』と『楚辞』

一　古典の時代としての先秦時代

ＢＣ二二一、秦の始皇の大帝国が出現するまでの時期は、先秦の時代と呼ばれて、中国史のはじめに位する。それはさまざまの意味で、以後の時代とはことなった、特別な時代である。

まず前世紀末、あるいは今世紀初めまでの旧中国の認識、またそれをうけついだ日本の儒学の認識によれば、それは完全な理想社会が存在し得た時代である。すなわち完全な道徳政治の社会であり、その中心となり指導者となるのは「聖人」と呼ばれる完全な万能の道徳者である。その指導によって、すべての人人が善意にみちあふれる社会、それが実現され得た時代だとする。

まずあったのは、堯、舜、その他の「五帝」の時代であり、彼らは「聖王」すなわち聖人の王者であったとされ、『楚辞』にも、「彼の堯舜の耿介なる」と歌われている。堯舜の時代に次いであるのが、「三王」もしくは「三代」と呼ばれる三つの世襲王朝であって、やはり聖人である禹によって創始された夏王朝の数百年、聖人成湯によって創始された殷王朝の数百年、そののちに、文王、武王、周公の三聖人によって創始された周王朝が、この時期さいごの王朝としてあるとする。三つの王朝とも末期は、いずれも頽廃におちいるけれども、創業の王たちは、聖人であるゆえに、それぞれ理想社会を実現したとするのであって、『楚辞』にはそれを「昔は三后の純粋なる」と歌う。そして周王朝の中ごろ、BC五〇〇年ごろ、さいごの聖人として、孔子（BC五五一―四七九）が現われる。孔子は生卒年を確定し得るさいしょの中国人であるが、このたびは孔子の努力にもかかわらず、理想社会は実現されず、戦国の紛争へとおもむく。しかし理想社会への可能性は、なお全くとざされたわけではなかったのに、その可能性を全く遮断し去ったのが、秦の始皇の暴政であったとする。そのためそれ以後は、聖人をもたない時代となる。次の漢の時代以後、聖人と呼ばれる人物はもはやいない。

つまり先秦の時代は、人類史のはじめに位する栄光の時代、またその末期においても栄光の余光をとどめた時代として、以後の人類の常に回顧すべき時代であるとするのである。こうした旧中国の認識が、日本の儒学でも祖述継承されたことは、中江兆民の言葉に、ルソー、モンテスキューの政治学説を採用するのは、手段であり、目的は「堯舜三代の治」

への復帰にあるというのがあることによっても、示される。

以上のような認識は、この時代の文献として遺存する書物に対し、特別の尊敬、あるいは少くとも尊重を、払わせることになった。ことに尊敬をうけたのは、この時期の末に出た聖人孔子が、彼以前の文献を撰択編定した「五経」であって、人類永遠の教科書であると意識されつづけた。詩歌の書である『詩経』は、その一つである。「経」とは、永遠の根本の書を意味し、厳密な意味での古典の意である。「五経」についでは、『論語』『孟子』など孔子と関係の深い書が、おなじような尊敬をうけたのはもちろん、『老子』『荘子』などいわゆる「諸子」の書も、あるいは反孔子の思想をふくみつつも、「三代の古書」として尊重をうけた。第二の詩歌の書『楚辞』もまたしかりである。

古典という言葉は西洋の言葉の訳であり、本来の中国語でない。しかし西洋でいう古典と同じ観念はあったのであり、先秦はそうした観念で見られる書物を生み得た時代であった。

二　前文学史の時代としての先秦時代

以上のような認識は、もはや今世紀の学者の承認するところではない。何人かの聖人が理想社会を実現したという所説のうち、堯舜の時代については、堯舜という人物自体の実在が否定されている。また「三代」の第一である夏王朝の存在も疑問視され、第二の殷王朝にいたって、はじめてその存在が考古学的遺物によって確認される。また、殷王朝頽廃のあとをうけた第三の周王朝の創始が、BC一一〇〇年ごろにあることも、実証されつつあるが、それが伝説にいうごとき理想の時代であったとは、もはや誰もいわない。要するに、人類史のさいしょに位する栄光の時代として、先秦の時代を見るのは、現代の認識でない。したがってその時代の書物に対する態度も、ちがっている。

しかしそうした現代の認識に立つとしても、秦始皇以前の先秦の時代は、以後の時代とはことなった特別な時代であるという条件を、いくつかの面でもっている。

第一に、それはまだ完全な歴史時代でない。この時期の歴史をしるした文献としては、この時期自体に発生した『書経』『春秋左氏伝』『国語』『戦国策』などがあり、ついですぐ次の時代の人である漢の司馬遷が、それらの資料を厳密に再検討して書いた大著『史記』の、先秦の部分が、あるのであるが、記載は、最初の堯舜の部分をはじめとして、常に伝説的な、あるいは小説的な、ふくらみを見せつづける。このことは最後の時代である戦国時代の部分についてもそうである。厳密な歴史叙述であることを志す『史記』のその部分も例外でない。

といって、それは『古事記』に見るような神話と歴史の混在が、その原因となるのではない。堯舜の事蹟をはじめとして、事柄は地上の人間の事実というかたちで記されている。人間をこえた超自然の世界の事柄としては、記されていない。このことは神話が本来なかったことを必ずしも意味しないのであって、神話が相当量存在した時期のあることは、『楚辞』の「天問」の篇が、神話についての質問を、つぎつぎに提出することによって、示唆される。しかし『楚辞』の質問の材料となった神話のくわしい内容を、今知り得るものは少ない。これは『書経』以下の書物が、神話的な記載に冷淡だからである。神話を拒否する態度は、司馬遷の『史記』においてもっとも顕著であり、彼は、神話的な伝承の切りすて、また神話的でない資料についても、不合理な部分の切りすてを、あちこちで宣言している。(「五帝本紀」の賛、「蘇秦伝」の賛、「大宛伝」の賛など。)にもかかわらず、『史記』の叙述も、先秦の部分に関する限り、やはり何かふくらんでおり、秦始皇以後についての彼の叙述が、確実無比であるのと、似ない。始皇以後の中国の歴史は、司馬遷以下、歴代の歴史家の勤勉な努力により、何の事件は何年、あるいは何年の何月何日と、確実な記載をもちつづけつつ、今日に至っているのであるが、そうした状態を期待できないのが、先秦の時代である。

第二に、以上第一のことと関連して、この時期の文献は、はっきりオーサーシップを定め得るものがない。『詩経』が孔子によって編定されたということは、大たいみとめられているけれども、大たいにすぎない。更にまた『詩経』におさめられた一一の詩が、すべて作者の名を示さないのは、みずからオーサーシップを主張しないのである。「離騒」その他、『楚辞』の諸篇と、屈原との関係についても、いろいろ疑問がある。こうした状態は、次の時代である漢の文献が、『史記』は司馬遷の著であるのをはじめとして、うたがいない著者名をもつのと、ちがっている。また詩については、漢はなおそうでないが、三国以後の詩には、無名氏の作が原則としてないのと、ちがった状態である。

第三に、政治史的にいって、秦の始皇以後の時代とはちがった政治形態が、そこにあった。始皇は、その大帝国を統治するために、すべての地区を、中央から任命派遣された地方官によって統治させるという方法をとり、この強力な中央集権の形態は、ずっと今日まで継承しつづけられたといってよい。いわゆる「郡県の制」であるが、始皇以前の先秦の時代には、それがあったようでない。始皇直前の戦国時代三百年間は、始皇の祖国である秦の国、また『楚辞』の生まれた楚の国、その他あわせて七つの列国が、各地に対立し抗争する時期であった。更にその前の五百年、すなわち『詩経』の生まれた時代は、列国間の対立がまだ激化せず、共同の紐帯として、周王朝をいただいていたが、列国の君主は領土内の政治を自由に行なった。つまり政治の権力が各地域に分散し、したがっておそらくは複数の文化圏が各地にあった。中国語の本来の意味でいう「封建」の時代、それが先秦の時代である。

第四に、言語史的にも、これは特別の時代である。まずもっとも早い文献である「五経」の言語は、それぞれにみな難解である。『詩経』の言語に至っては、『書経』のそれとともに、最も難解であり、一定した解釈は、古来多くの注釈者の努力にもかかわらず、とうてい期待できない。原因は、安定した語彙と語法がまだ成立せず、語彙も語法も、放恣であることにあるであろう。後期の戦国の文献となると、語彙と語法の安定がだんだんと見られ、散文のあるものは、後代の散文の文体の模範となるほどであるが、しかしなおその書物のその個所にしか見えない特異な単語、特異な語法が、しばしば現われて、学者をなやます。『楚辞』もその一つである。これまた漢以後の文献が、文学非文学を通じ、また韻文散文を通じ、安定した語彙と語法の上に書かれているのと、ちがった状態が、そこにある。

第五に、そうして最後に、この解説としてはもっとも重要なことであるが、文学史的にも、この時代は、のちの中国とことなった状態にある。すなわち文学の価値がまだ充分にはみとめられず、文学がその文明の王座には位しないことである。つぎの漢の時代を過渡期として、三世紀の三国時代以後、文学は、文明の王座にいつづける。南北朝から唐にかけては、ことにそうであり、唐詩の盛況はそうした基盤の上に生まれた。十一世紀の宋以後は、哲学の復興が、文学による王座の独占をゆるめたけれども、なお文学は哲学とともに、文明の王座を分つものであった。そうして文学の鑑賞のみならず、文学の制作が、人間必須の教養であると意識されつづけた。あるいは今日でもそうであるかも知れない。しかしそうした状態は、先秦の時代にはまだ生まれていないのである。いささか誇張していえば、それは前文学史の時代である。

そのことは、この時代の文献として現在伝わるもののうち、『易経』『礼経』また『論語』『孟子』『老子』『荘子』『管子』『韓非子』その他、政治と哲学に関する散文が、圧倒的に多数であることによって示される。また『書経』『春秋左氏伝』など、歴史の文献があるが、それらも政治と哲学への寄与をめざしての歴史である。文学の文献は、『詩経』と『楚辞』、この二つがあるだけである。

この比率は、現在遺存するものについてそうであるばかりでなく、本来の状態についても、そうであったように見える。つまり中国の文明は、その漢以後の有様とはことなって、文学に多くの関心をもっては発生しなかったのである。関心はもっとも多く政治と哲学に向けられた。文学のみならず、芸術一般にむかっての関心がなお乏しいのであり、造型美術に対する関心はほとんど見られない。例外となるのは、音楽であって、芸術として安定した価値をもち、文学よりもむしろ多くの関心をもたれたように見える。

三『詩経』

このように文学の価値が安定せず、地位が不安定な時代、その時代の文学として伝わるものの第一が『詩経』である。第一の部分として諸国の民謡である「国風」百六十篇、第二の部分として周の王室の歌として発生したとされる「小雅」七十四篇、「大雅」三十一篇、第三の部分として周の王室その他の神楽歌である「頌」四十篇、あわせて三百五篇である。いちいちの歌の生まれた時期は、周王朝創業期であるBC一一〇〇年ごろから、BC六〇〇年ごろまでであるとされる。つまりギリシャでホメーロスの文学が発生し成熟しつつあったのと、偶然に時期をおなじくする。その編集者ないしは編定者は、孔子であるとされる。編集は彼以前から堆積されつつあったかも知れない。またもっとも懐疑的な立場に立てば、今のテクストは彼のテクストのままでないかも知れない。しかし要するに、このアンソロジーの成立に、もっとも重要な寄与をした人物が、孔子であることは、疑いない。

孔子は、人人が文学の価値に充分めざめない時期に、鋭敏にその価値を知った点でも、偉大な思想家であり教育家である。ことに彼の時代には、一切の人為的な文明を否認しようとする道家の思想、また音楽を奢侈として否認する墨家の思想などが、彼の思想と対立するものとしてあった。否認は文学にも及んでいたと察せられる。その中にあって、文学の価値を積極的に顕彰した孔子ないしは彼の門流の態度は、一そう高く評価されねばならない。なおこれらの歌が、みな孔子により音楽の伴奏をもって歌われたとする所伝は、文学の価値が、より安定した価値であった音楽と関連しつつ生まれたという経過を、示唆する。以上、孔子と『詩経』との関係についてのよりやや詳しいことは、拙訳『詩経国風上冊』のはじめにかぶせた私の解説を参照されたい。

かくてこの書物は、中国さいしょの詩集であるばかりでなく、日本、朝鮮、安南その他をふくめ、極東最古の詩集として今日に伝わる。それは中国の後来の詩、ないしは極東の後来の詩が、ずっと有力に示す方向を、その発端において示しているといってよい。すなわち、「国風」篇についていえば、その内容は、既婚あるいは未婚の男女の愛情のよろこびあるいはかなしみの歌、農耕を中心とする労働のよろこびあるいはかなしみの歌、それら農民が兵士となったときの歌、為政者の行動なり施政をたたえあるいはそしる歌、友情のよろこび、またその裏切りへの憤りの歌、などであるが、すべてはみずからの感情をうたった抒情詩である。ギリシャの詩に見るような叙事詩は、「大雅」の一部分としてのみ存在する。また「国風」のなかでそれに近いものを求めれば、衛の文公の国都再建を叙した「定之方中」のみがある。さらにゆるめて一つの事件の終始をうたったものを求めれば、「谷風」と「氓」が、不幸な結婚の顚末を叙すのみがあげられる。他はすべて瞬間的な抒情詩である。これは、以後の中国の詩が、ずっとそうした抒情詩を主流としつづける発端である。そうしてまた日本の詩歌も、その方向にあり、さらにはまた現代日本の小説が、往往にして「私小説」であるのの、そもそもの発端としてもよいであろう。

更にまたその抒情が、日常的な事件事物によって生まれていることも、のちの中国の詩が、常に日常の文学でありつづけたことの発端である。ひいてはまた日本の詩が、短歌俳句として、日常の文学を主張しつづけるのの祖先である。『古今集』の序が、みずから依拠としてこの書物を見る態度があるのは、両者の抒情の方向が相当ことなるにもかかわらず、ゆえなきことではない。

このように中国後代の詩の方向を、その歴史のはじめにおいて示す点で、古典であるとともに、後代の中国人から、この古典に特殊な方向として、回顧されるものが、同時にある。

一つは、政治への関心である。もっとも顕著な関心は、「小雅」「大雅」の部分に見えるが、「国風」の部分でも、為政者への批判の詩として現われる。あるいは恋愛の歌さえも、実は為政者への批判の比喩であるとする注釈が、早い時期にある。政治への関心が熾烈であった先秦の時代に発生した文学、ないしは解釈として、当然であるが、『詩経』のもつこの方向は、後代の詩があまりにも遊戯的唯美的に流れるときに、是正の標準として回顧された。杜甫はその一つの例であり、白居易の諷喩の諸詩は、より顕著な例である。

第二は、以上の方向と一見矛盾するものとして、恋愛の詩に富むという方向を、この古典が併在することである。この方向は、後代の詩が時にあまりにも批判的になり乾燥におちいるとき、是正の標準として回顧されるものであった。明の何景明《かけいめい》の「明月篇の序」はその例であり、本居宣長は何氏の説を『玉かつま』巻十に引いている。

更にまた従来あまり指摘されていないことで、この古典には、後代の詩、少くとも漢や六朝の詩とは、異なった方向がある。すなわち人間への自信の強烈さである。漢や六朝の詩に多いような、人間をもって人間の努力をこえた運命の支配の下にある微小な存在と見る態度は、この古典ではむしろ微弱である。そうして人間の努力による善意の恢復が、常に期待されている。このことについては、拙訳『詩経国風下冊』のあとがきで、私の考えの一端を発しておいた。読者があわせ読まれることを希望する。

四　『楚辞』

孔子による『詩経』の編定が、BC五〇〇年頃にあったとすれば、以後二百年ばかり、抒情詩の消息は不明である。政治と哲学のための言語は、いよいよ多く提出され遺存しているのに、この期間の詩として伝わるものは、ほとんどない。単に遺存しないばかりでなく、戦国の紛乱のうちに、人人は詩に対する関心を再び冷却したというのが、本来の状態であったように見える。

ところがBC三〇〇年ごろ、揚子江中流の地帯である楚の国から、新しい歌ごえがおこる。それが『楚辞』である。それが『詩経』との間に、さまざまの面で差違を示すのは、時代の推移による変化でもあろうとともに、さきの『詩経』の詩が、北方黄河流域をおもな発生の地帯とするのに対し、これは南方のことなった文化圏の所産であるからであろう。

まず詩形がことなる。『詩経』の歌は、原則としてみな短い。もっとも長いものを求めても「国風」では「七月」の八章八十八句三百八十四字であり、『詩経』全体では「魯頌」「閟宮」の八章百二十句四百九十二字、「大雅」「抑」の十二章百十四句四百六十九字である。それに対し、『楚辞』の中心作品である「離騒」は、三百七十四句二千四百九十字である。それは『詩経』の歌どものように歌唱されるものでなく、朗誦されるものであったとされる。つまり文学は音楽から離れて、独自の道を歩き出したのである。

また『詩経』の一句は、四字すなわち四シラブルを基調とする素朴なものであったが、これは一句が六字以上にのびるのを、基本とする。且つ『詩経』では稀にしか現われなかった「兮」の字、それは意味をもたず専らリズムを活潑にするための助字であるが、それが頻繁に附加される。

用語も、『詩経』の用語が、日常語を基本とすると思われるに対し、ここには詩語としての選択と彫琢がある。また比喩の使用が、『詩経』よりも一そう頻繁である。君主はしばしば美人にたとえられ、自己の美徳はしばしば香草をもっていわれる。いわゆる「美人香草」である。動植物による比喩は、『詩経』でもしばしば用いられ、ことに「興《きょう》」と呼ばれる発端の隠喩に、しばしばである。しかし『詩経』では、「参差たる荇菜」、「夭夭たる桃」、「関関たる雎鳩」というふうに、目にふれやすい平凡な動植物であった。しかし『楚辞』では、江離、辟芷、秋蘭と、強烈な印象を与える植物が、無数に用いられる。

強烈な印象を作ろうとする精神の膨脹は、比喩の限界をこえて、幻想とさえなる。屈原の魂は、理想を超自然の世界にもとめて、天上をさまよう。

要するに、表現の面においても、『詩経』より強烈に多彩であるが、これはその内容となる感情が、『詩経』よりもより強烈だからである。

すなわち『詩経』の諸篇は、名も知られない平凡な男女が、日常的な環境の中で発想した歌であった。それに対し、これは屈原という強烈な個性をもつ知識人が、特異な環境への反撥を、噴出させたものだからである。

屈原は、楚国の王の同族として、国の重臣であった。当時の国際情勢は、東方山東の斉と、西方陝西の秦が、二大勢力であり、彼の祖国楚が、ほぼ鼎立したが、親斉派である屈原にたいし、政府の主流は親秦派であり、反対党の讒言によって、彼は王にうとまれ、放逐され、遂には自殺する。王とその政府が、自己の主張をいれない悲しみ、というよりも憤りを、「離騒」その他の諸篇で、彼はくりかえしくりかえしうたう。彼の作であることが疑わしい諸篇では、誰かがそれを彼にかわってうたう。個人と社会の矛盾、衝突が、この文学の主題であり、「世は混濁して余を知る莫《な》し」という句が、くりかえしくりかえし現われる。

そうして詩は、しばしば懐疑におちいり、絶望におちいる。『詩経』の詩よりも格段に深い懐疑と絶望が、ここにある。

それにもかかわらず、それら懐疑と絶望とをのりこえて、強くさけびつづけられる自己主張は、善意の回復への期待がなお強烈であることを思わせる。それは運命の支配に屈服したがらない精神である。その点で、『詩経』とおなじく先秦の文学であり、ともに中国的な古代の精神を主張する。またそのもっとも大きな性格として、政治のための詩であるという外枠をもつのは、やはり政治への関心が熾烈な時代の文学であるからである。

五 むすび

人間の救済は、神によってはなされず、人間自体によってのみ、可能である。それが中国的な精神の基幹であり、中国の文明は当初から、そうした方向を主流として発生したように見える。少くとも現存の文献による限りそう見える。神話の早い消滅、「聖人」の概念の成立は、それを示す。万能の道徳者である「聖人」、それは神を地上の人間の間に求めたものであり、その概念は、早く『論語』『孟子』に見えている。

人間の人間による救済、その方法としてはよき政治が考えられねばならない。政治への強い関心はそこから生まれる。また人間の救済者は人間であるとするならば、人間の善意の能力へのあくなき期待が生まれねばならない。

救済者として期待される人間、その大多数は凡人である。凡人の一挙一動への注視がそこから生まれ、文学の感動もそこに題材を求める。

そうした精神を、文明の原初において、原初であるだけに強烈に示すのが、『詩経』の文学であり、『楚辞』の文学である。なるほど屈原の魂は、神神の世界をさまよっている。しかし救済はけっきょくそこでは求めあてられない。「離騒」のさいごにはいう、

皇天の赫戯たるに陟陞《ちょくしょう》し
忽ち夫《か》の旧郷を臨睨す
僕夫は悲しみ余が馬は懐《おも》い
蜷局《けんきょく》として顧みて行かず

新しい慟哭――孔子と「天」――

人間をもって、不可知なまた不可解な運命の糸にあやつられるところの不安定な、微小な、存在であるとする考え、つまり人間の努力の効果には限界があり、人間の努力はしばしば運命によってうらぎられるという考えが、古代の中国人をおとずれる機会が、全くなかったとは思われない。

しかし儒家の古典による限り、少くとも、その第一次古典である「五経」によるかぎり、そうした弱気な思想はあまり見うけられない。人間は個人としても社会としても、幸福な安定した存在であるのが、その本来であり、その本来を失うのは、人間の努力が足りないからであるとする思想が、圧倒的なように思われる。

このことは人間以上の存在として「天」を考えることによって、一そうつよまったように思われる。「天」とは、ものとしては、蒼蒼たる天球をさすであろうが、それは日月星辰を正しく運行させる点では、宇宙の秩序の具象であり、またそれらの運行によって、春夏秋冬の季節を交代させ、植物を生育する点で、宇宙の善意の具象と感ぜられたのであるが、更にまた「天」が地上の植物に与える影響から、万物は「天」の所産であり、人類もむろんそうであるとする思考が、いざなわれたようである。つまり「天」の地上における連続が人間であり、そのゆえに、人間は生まれながらにして「天」の秩序と善意を賦有するという思想が、『詩経』にはある。大雅の詩人はうたっていう、

天生烝民　天は烝民《じょうみん》を生みて
有物有則　物有り則《のり》有り

またそれゆえに、人間は常規を失せぬかぎり、善を好むのだとし、

民之秉彝　民の彝《つね》を秉《と》るや
好是懿徳　是の懿《よ》ろしき徳《おこない》を好む

ところでかく、人間は本来、「天」のもつ法則なり方向を、みずからの中に具有するとすれば、人間のもつ希望は、正しいものであるかぎり、天の法則に合致する。天にもし意思があるとすれば、「天」はその希望を助けるはずである。

ところで「天」には意思があるのか、ないのか。ある。ただその意思の示し方は、積極的でない。人類の思惟なり行動にさきだって、「天」がまず意思を示すことは、原則としてない。「天」は人類のはるか後方にいる消極的な庇護者なのであって、まず思惟し行動をおこすのは、人類の責任である。天は後方から援助し、あるいは牽制するにすぎない。

『書経』の「洪範《こうはん》」篇のはじめにいうところは、そのように読める。

この篇は「天」がそれ自体にもつ法則、また「天」が人間に賦有した法則を、九範疇に分けて説くものであって、新王朝周《しゅう》の創業者である武王の問いに対し、前王朝殷《いん》の王子であり賢人であった箕子《きし》が答えたという形で、叙述されているが、そのはじめの武王の言葉にはいう、

——天は下なる民を陰《ひそ》かに隲《さだ》め、厥《そ》の居《くらし》を相《たす》け協《とと》のう。

そのように「天」の意思は隠微であるが、要するに人間の正しい希望は「天」によってたすけられる。人間よ、まずみずから努力せよ。努力は「天」によってうらぎられることはない。「天」は不可知な存在でもなければ、不可解な存在でもない。「天」にうらぎられるごとく見えるのは、努力が足りないからにすぎない。

人間の寿命の問題にしてもそうである、という思考が、やはりこの「洪範」篇に見える。九範疇のさいごとしてあるのは、五つの幸福と、六つの極《まがつび》であり、五つの幸福とは、一に「寿」、すなわち長命、二に「富」、三に「康寧」、四に「攸好徳」、五に「考終命」すなわ

ち平常死であるが、それらは「天」が人間を「嚮《いざな》う」ものであると説かれている。つまり人間の努力に対する「天」の褒美なのである。また六つの極《まがつび》とは、一に「凶短折」、二に「疾」、三に「憂」、四に「貧」、五に「悪」、六に「弱」であるが、それらはみな人間の努力の不足に対する「天」罰であるという。うち第一の「凶短折」に対しては、古来の注釈の説がわかれ、たとえば二世紀、後漢の鄭玄《じょうげん》は、まだ歯がはえ変らぬさきに死ぬのが「凶」、元服前の死が「短」、結婚まえの死が「折」だとし、三世紀、魏晋《ぎしん》のころにできた「偽孔伝《ぎこうでん》」は、「凶」を一般的な不幸、「短」を六十以前の死、「折」を三十以前の死とするなど、差違があること、私の訳出した『尚書正義』のその条を参考されたいが、何にしても、不充分と感ぜられる年齢での死を、意味するにはちがいない。

ところで問題は、長寿も短命も、不可知不可解な運命の所産でなく、その理由を理解しうべき天恵ないしは天罰の一つとしてかぞえていることである。つまり人寿さえも、人間の努力によって、長くも短くもなるということになる。

そうした思考は、『書経』の他の篇にも見えている。

一つは、『商書《しょうしょ》』の「高宗肜日《ゆうじつ》」の篇である。そこには祖己《そき》という賢臣が、殷の王である高宗に語った言葉として、

——惟《こ》れ天は下なる民たちを監《み》る。厥《そ》の義《みち》を典《つね》にし、年を降すこと永き有り永からざる有り。天の民を夭するには非ずして、民の中ばにして命を絶つなり。

夭折は、夭折した人間自身の責任だというのである。

いま一つは、『周書』の「無逸《ぶいつ》」の篇であって、この篇は周王朝創業の英雄である周公が、おいの成王に語りつげた教訓であるが、よく勤労するものは長命を保ち、逸楽にふけるものは若か死にをするといい、その実例として、さきの王朝である殷王朝の王たちをあげる。いわく、殷の中宗は、敬虔に、天の命令をかしこみ、謹厳に人民の政治をし、怠慢でなかったために、在位七十五年であった。またおなじく怠慢でなかったために、高宗は五十九年の在位、祖甲は三十三年の在位であった。しかるにその後の王たちは、農業の苦しみを知らず、人民の苦労を耳にせず、快楽にばかりふけったために、長寿のものなく、或いは十年、或いは七年八年、或いは五年六年、或いは四年三年の在位年数しかもたなかった。云云。

このように、人寿さえも人間自身の努力しだいとするのは、大へん強気な思想であるとしなければならない。人寿さえもそうであるとすれば、他の幸福は一そう努力によって確実に獲得されるはずである。

ところが、ややおくれた古典で、この確信の動揺を示すものがある。それはほかならぬ『論語』である。

動揺は、孔子が、愛弟子顔回《がんかい》の夭折に対して、発した言葉として現われる。顔回は、いうまでもなく、孔子がもっとも多くの期待をかけた弟子である。しかし夭折した。何歳でなくなったかは、例によって注釈家の説が分れる。孔子よりはずっと若い年で、孔子より早く死んだことはたしかである。

「雍也《ようや》」篇第六で、魯の君主の哀公が、

——弟子　孰《たれ》か学を好むと為すや。

と問うたのに対し、孔子は答えている。

——顔回《がんかい》なる者有りて、学を好む。怒りを遷さず、過ちを弐《ふた》たびせざりしが、不幸、短命にして死せり。今や則ち亡し。未だ学を好む者を見ざるなり。

従来の信仰によれば短命で死ぬはずのない顔回が、不幸にも短命にして死んだのである。「先進」篇第十一に、魯国の家老である季康子《きこうし》の問いに対する答えとして、おなじような言葉が見えるのは、そのヴァリアントであろうが、「先進」の篇には、更に記していう、

——顔淵死す。子曰わく、噫《ああ》、天、予《われ》を喪《ほろ》ぼせり、天、予を喪《ほろ》ぼせり。

顔回の死は、彼だけの滅亡ではなく、孔子自身の滅亡でもあると、なげいているのである。そうしてこの滅亡を生んだ主格として、「天」といっている。

「天は」、有徳者の顔回に、長い年寿を与えないという、不可知な不可解な性格をもつものとして、この時の孔子には意識されている。「天」は時に恣意なのであり、そうした「天」の支配のもとにある人間は、微小な不安定な存在でなければならない。

孔子も大たいとしては「天」の連続としてある人間が、そのゆえにもつ可能性を、強く

信じている。「天」は文明の滅亡を欲しない、しからば文明の伝統の保持者であるこのわたしに、迫害を加えようとしても、無駄だ、と、二度の危急の際に、二度ともそういっている。

——天、徳を我れに生《な》せり、桓魋《かんたい》其れ予《われ》を如何《いかん》せん。

——天の未《い》まだ斯《こ》の文を喪《ほろ》ぼさざるや、匡人《きょうひと》其れ予《われ》を如何《いかん》せん。

しかし顔回の死は、孔子の楽観的な信念を大きく動揺させるものであった。そうして孔子は正直に、すなおに、その動揺を語っている。

中国の古典のうち、もっとも複雑な、そうしてもっとも味のあるのは、やはり『論語』である。

漢

項羽の垓下歌について

一

漢の五年、すなわちBC二〇二年、西楚の覇王と自称する項羽が、競争者劉邦との戦にやぶれて、自殺する直前、垓下、すなわち今の安徽省霊壁県の東南に陣したとき、騅《すい》と名づけられる愛乗の馬と、虞という名の愛妾を前にして、悲歌忼慨、自《み》ずから詩を為《つく》り、

力抜山兮気蓋世
時不利兮騅不逝
騅不逝兮可奈何
虞兮虞兮奈若何

とうたったということは、司馬遷の『史記』の「項羽本紀」に見え、班固の『漢書』の「陳勝項籍列伝」も、それをおそっている。

『史記』の文を訳出すれば、

項王の軍、垓下に壁す。兵少くして食尽く。漢軍と諸侯の兵と、之を囲むこと数重なり。

夜、漢軍の四面皆な楚の歌するを聞き、項王乃ち大いに驚きて曰わく、漢は皆な已《すで》に楚を得たるか。是れ何ぞ楚の人の多きやと。

項王則ち夜起きて、帳の中に飲む、美人の名は虞なるもの有り。常に幸せられて従う。また駿馬、名は騅、常に之《の》に騎る。是《ここ》に於いて項王乃ち悲歌忼慨し、自《みずか》ら詩を為《つく》りて曰《い》わく、

力は山を抜き　気は世を蓋《おお》いしに
時に利あらずして　騅は逝《ゆ》かず
騅の逝かざるは　奈何《いかが》す可き
虞よ虞よ　若《なんじ》を奈何《いかん》せん

歌うこと数闋《めぐ》り、美人之に和す。項王泣《なみだ》数行下る。左右のもの皆な泣き、能く仰

ぎ視るもの莫《な》し。

『漢書』の文章も、ほぼ同じであり、自為詩曰を自為歌詩曰とし、歌数闋を歌数曲とするなどの小異同はあるが、歌の文句は全くおなじい。なお『史記』『漢書』とも、それが項羽戦死の時である漢五年十二月にさきだつことといくばくであるかを明記しないが、『漢書』を編年体に書き改めた荀悦の『漢紀』では、戦死とおなじく冬十二月のこととする。また歌の文句は、『漢紀』に現われるものも、全く同じである。

もとより歴史事実がこの通りであったかどうかは、疑問であるとしなければならない。『史記』の記載は、漢初の部分についても、たといその先秦の部分ほどではないにしても、なお小説的なふくらみを示すようであり、この条も例外ではない。ただそれが司馬遷以前すでに存在した話であることは、疑いない。司馬遷は、この条をも、他の漢初の記事とおなじく、陸賈の『楚漢春秋』その他にもとづきつつ、書いているに相違ないからである。

なお唐の張守節の『史記正義』には、『楚漢春秋』に見えるものとして、虞美人が項羽に和した歌というものをも、載せる。

漢兵已略地　　漢の兵は已《すで》に地を略《うば》い
四方楚歌声　　四方に楚の歌の声あり
大王意気尽　　大王の意気は尽きたるに

賤妾何聊生　　賤しき妾《わらわ》の何んぞ聊《やす》んじて生きん

宋の王応麟の『困学紀聞』巻十二には、この虞美人の歌なるものを証拠として、漢初すでに五言の詩があったことを主張しようとするが、それは当面の問題ではない。この論文が問題としようとするのは、項羽の歌それ自身についてである。

二

項羽のこの歌は、かつては得意の絶頂にあった強力な人物が、今や失意のどん底にあることを悲しむ歌であること、いうまでもないが、私がもっとも注意をはらいたいのは、そうした不幸の到来が、もっぱら運命のいたずらとして歌われていることである。

すなわち第一句

力抜山兮気蓋世

これは生まれつきのものとして自己に与えられた能力をうたう。司馬遷が「項羽本紀」のはじめに、「籍は長《た》け八尺の余、力は能く鼎を扛《あ》げ、才気は人に過ぐ」というのは、この詩と照応させるためにあらかじめ張った伏線であろうが、この歌では、扛鼎の力は抜山と比喩的に誇張され、過人の気は蓋世と拡大されている。うち蓋世という言葉は、単にその精神の能力の強大さを意味するばかりでなく、その能力が充分にのびきって、世の中に蓋しかかった幸福な時代が過去にあったことをも、示唆するであろう。要するにおのれは生理的にも精神的にも超人的な能力の所有者であり、またその能力を障害なく発揮し得た時期があった。

しかるに現在の自己はそうでないことをいうのが、第二句である。

時不利兮騅不逝

「時に利あらず」もしくは「時は利あらず」というのは、自己に不利益な時間の到来を意味する。そうしてその前提としては、時間は、ある人間には利益を与えまたある人間には不利益を与える要素をふくみつつ、推移してゆくという認識があると思われる。且つのちに説くように、項羽がしばしば「天の我を亡ぼすなり」といったということと思いあわすと、利益不利益の要素が時間の推移の中に交替するのは、人間の主宰である天の所為であるという認識があると思われる。思いあわすのは、『孟子』「公孫丑下篇」に、「天の時は地の利に如《し》かず」という天の時であって、漢の趙岐の『孟子章句』に、「天の時とは、時日、支干、五行、王相、孤虚の属《たぐい》なり」といい、朱子の注もそれをおそう。時日、支干以下は、天の与える時の吉凶を、占星術師が測定する技術の名である。

そうしてかく不利益な時間の到来の結果として、愛乗の馬である騅《すい》も、もはや歩もうとしない。騅とは、『漢書』の顔師古の注に、「蒼と白と雑《まじ》れる毛のものを騅と曰う、蓋し其の色を以て之に名づく」とあるように、葦毛の馬であるが、不幸な時間は、その支配を、無心の動物の上にも及ぼし、騅も、もはや歩もうとはしない。かつては自己の幸福の形成にあずかった駿馬が、もはや歩もうとしないのは、不思議のようであるが、実は不思議でない。人間には知ることのできない何ものかの、おそらくは天の、意思として、暗い時間が到来したためである。いや騅の歩まぬことこそ、不吉な時間の到来のしるしである。「時に利あらず騅逝かず」というこの句は、そのように読める。わが桃源の『史記鈔』には、「平生一日千里ノ馬トテ秘蔵シツル馬モ今ハ騎テ逝ヘキ方モナケレハ乃騅モ用ニ不立ソ用ニ不立レハ騅不逝ナリ」と説くが、そう読むのは無理なように思われる。

ところで、こうした不利な時間は、人間以上の何ものかの作用として来るのであるから、抵抗は無駄であり、服従あるのみである。したがってその結果として現われる「騅不逝」に対しても、何とも処置のしようがない。それを歌うのが、第三句である。

騅不逝兮可奈何

可奈何の義は、いうまでもなく不可奈何であって、いかんともすべからざることをいう、絶望の言葉である。したがってこの句は、「騅の逝かざるは奈何す可き」と読まねばならない。宋玉の『九辯』に、専思君兮不可化、君不知兮可奈何とあるのが、他の用例である。坊間の本には、この句を、「騅ノ逝カザルハ奈何ス可キモ」と読むものがあるが、それは誤りである。

要するに、暗い不吉な時間は、項羽の周辺をおしつつみ、愛乗の馬をもその支配の下においている。ところで、おなじく暗い時間の下にある周辺の存在で、より多く項羽の関心をつなぐものがある。愛姫の虞である。虞よ虞よ、おまえの上にも、くらい時間はおそいかかっている。しかしわたしは、おまえの不幸を、どうすることもできない。抜山の力と蓋世の気のもちぬしである筈のわたしが、今やおまえの不幸をどう処理しようもない。それが第四句の

虞兮虞兮奈若何

であり、『漢書』の顔師古の注に、若汝也と訓ずる。

三

垓下の歌の逐字的な意味は、以上の如くであると信ずるが、しからばこれは、人間は、不可知な運命の糸の支配の下にある、と意識した人物の言葉である。人間は偶然に幸福であり、偶然に不幸である。それは人間が、人間以上の何ものかの、おそらくは天という言葉で意識されるそれの、支配下にあるからであるが、天の操る運命の糸は、恣意に幸福の方向へかたむき、また恣意に不幸の方向へかたむく。操り方は恣意であるが、その生む結果は絶対である。運命の糸が一たび不幸の方向にかたむいたがさいご、もはや人間の能力も、努力も、すべてはむだである。そうした意識のもとに、この歌は歌われていると、観察される。

またそもそも、そうした意識をいだきつつ滅亡した英雄として、項羽をえがくことが、『史記』「項羽本紀」全篇の、一つの重点であったように思われる。項羽という人物は、その失敗を、みずからの軍事力政治力の不足には帰せずして、抵抗すべからざる天の意思であると意識していた、ということを、司馬遷は「項羽本紀」のなかで、くりかえしくりかえし叙述している。

その第一は、いま問題としつつある帳中悲歌のくだりについで、

　項王乃ち復《ま》た兵を引きて東し、東城に至る。乃ち二十八騎有り。漢騎の追う者、数千人。項王、自《み》ずから脱するを得ざることを度《はか》り、其の騎に謂いて曰わく、吾れ兵を起こして今に至るまで八歳なり矣。身ずから七十余の戦いせしに、当る所の者は破れ、撃つ所の者は服し、未まだ嘗つて敗北せず。遂に天下を覇有せり。然るに今は卒《つい》に此《ここ》に困《くる》しむ。此れ天の我を亡ぼすにして、戦の罪に非る也

ということである。また第二には、すぐそれにつづけて、

　今日は固より死を決せり。願わくは諸君の為に快く戦い、必ず三たび之に勝たん。諸君の為に囲みを潰《やぶ》り、将を斬り旗を刈り、諸君を令《し》て、天の我を亡ぼすにして、戦いの罪に非ることを知らしめん。

ということである。また第三には、いよいよその末路に近くして、烏江の川岸に舟を用意して待つ村おさに対し、その厚意を謝絶して、

項王、笑いて曰わく、天の我を亡ぼすなり、我何ぞ渡ることを為さんや。

といったと見えることである。

かく三度くりかえして「天亡我」という言葉が見える。いうところの天とは、人間の主宰としてありつつ、人間の運命を偶然に変化させる存在として、意識されていたとしなければならない。

また項羽自身が、みずからの滅亡をそう意識したばかりでなく、おなじ意識は、敵がわの漢の陣営にもあったと、記されている。張良と陳平が、最後の決戦を漢王にうながすところに、

漢は天下の太半を有し、而して諸侯も皆な之に附《なび》く。楚は兵罷《つか》れ食尽く。此れ天の楚を亡ぼす時なり。其の機《はず》みに因りて遂に之を取るに如《し》かず。

ということである。

またそれは一篇の重点であるから、司馬遷の論賛でも、丁寧にそのことが論ぜられている。すなわち司馬遷によれば、項羽の失敗は、その驕慢と無知と暴力主義の結果である。つまりその努力の方向をあやまった為であって、彼のいうごとく、「天が亡ぼした」のではない。「天が亡ぼした」といったのは、誤謬であるとして、次のように論ずる。

自《み》ずから功伐に矜《ほこ》りて、其の私智を奮い、而して古を師とせず。覇王の業、力を以て征せんと欲せんと謂《おも》い、天下を経営すること五年にして、卒《つい》に其の国を亡ぼせり。

身は東城に死せんとして、尚お覚《さ》め寤《さと》らず。而して自《み》ずから責めず。過《あや》まりて矣。乃ち引《うそ》むいていう、天の我を亡ぼすにて、兵を用うる罪に非ずと。豈に謬らず哉《や》

司馬遷のこの批評は、班固の『漢書』の論賛にもそのまま使われている。また揚雄の『法言』の「重黎篇」にも、次のような議論がある。

　或ひと楚の垓下に敗れて方に死なんとするときに天なりと曰いしことを問う。曰わく、漢は羣《もろびと》の策《はかりごと》を屈《つ》くし、羣《もろびと》の策《はかりごと》は羣《もろびと》の力を屈《つ》くしたり。楚は羣《もろびと》の策《はかりごと》を憞《にく》みて、自ずから其の力を屈《つ》くす。人を屈《つ》くす者は克《か》ち、自ずから屈《つ》くす者は負く。天は曷《な》んぞその故とならんや焉。

やはり、「天亡我」という項羽の見解を迷妄として否定するのであるが、かく丁寧に議論の対象となっていることは、みずからの滅亡を天の恣意と意識したことが、項羽の伝記の重要な特徴であったことを、裏から物語るものである。

この意識の韻文による表現が、垓下帳中の歌である。もし「項羽本紀」のもつ小説性を重視するならば、この歌はそのクライマックスであるであろう。

四

なお、このあたりで、一つのことを附言しておきたい。

この歌の本文は、中国の所伝による限り、すべて今本の『史記』に見えるものとおなじ

である。まず唐宋の類書では、『太平御覧』巻八十七皇王部に『史記』を引くが、歌の文句はおなじである。また宋人の総集では、郭茂倩の『楽府詩集』巻五十八琴曲歌辞の巻に、力抜山操と題してのせ、朱子の『楚辞後語』巻一に、垓下帳中之歌と題してのせるもの、みなおなじであり、更に降っては、明の馮惟訥の『古詩紀』巻十二に垓下歌と題してのせて以後、明清の諸選本すべて異同を見ぬ。

しかるにひとり、わが国に伝わる『史記』には一句多くして、

力抜山兮気蓋世
時不利兮威勢廃
威勢廃兮騅不逝
騅不逝兮可奈何
虞兮虞兮奈若何

となったものがあった。事は五山の僧、桃源瑞仙(一四三〇―一四八九)の『史記鈔』に見える。

最愛ノ美人ニ対シ、秘蔵ノ馬ヲ見テ、ナコリヲシミノ酒ヲ飲テ、於是――自為詩曰――項王カ詩ヲ作ラウトコソ思ヨラネソ。力抜山兮気蓋世時不利兮　古本ニハ此ニ威

勢廃威勢廃兮ト云七字カアルソ。

桃源のいわゆる史記の古本が、いかなる性質のものであるかは、明かでない。ただそれが日本人によって妄改されたものでなく、唐土の一種の本を伝承したものであることは、わが国に於ける漢籍伝承の一般的な歴史からいって、たしかである。また威勢廃という措辞も、日本人の容易に偽作し得るものではないであろう。

ところでもしこの本によるとするならば、暗い時間の到来の結果としてまず生まれるものは、「威勢廃《おとろ》う」、自己にめぐまれた幸運な雰囲気の衰退である。そうして衰退する雰囲気の中の現象として、まず元気を失った駿馬があらわれ、更により近い存在として虞がうかびあがる。不幸な時間は、波紋をえがいて、項羽の身近におしよせて来るごとく、感ぜられる。

もっとも私は、このテキストをよりすぐれたものとして、主張するのではない。ただこのテキストによれば、詩は四句でなくして五句となり、競争者劉邦の大風歌が三句であるのとひとしく、奇数句の韻文となることは、私をしてこのテキストに興味を感じさせる又一つの事柄である。

五

ところで以上のべて来たことは、なおこの論文の重点ではない。この論文が重点としたいところは、以下にある。すなわちこの項羽の歌のように、人間は天の恣意の支配の下にあり、従って不安定な存在であるとする感情は、この歌以前の中国の詩歌には、稀でないかということである。しかもそれは、この歌の時代以後の中国の詩歌には、稀でない。つまりこの歌の出現した時期に、中国の詩歌の底を流れる人間観は、一つの変化をおこしたのではないか、ということである。

この歌よりも早い中国の詩歌として、まずひもとくべきものは、いうまでもなく『詩経』であるが、『詩経』に於ける人間は、この歌に現われるごとくには不安定でない。

いかにも『詩経』に於いても、人間は偶然に幸福であり、偶然に不幸であるごとく見える。「小雅」の北山の詩に、「或いは燕《やす》らぎ燕《やす》らぎつつ居り息《いこ》い、或いは尽《あ》くまでも瘁《つか》れて国に事《つか》う。或いは息い偃《ね》そべりて牀に在り、或いは行《あゆ》むことを已《や》めず。或いは叫び号《め》さることをすら知らず、或いは惨ましく惨ましく劬《つと》め労《つか》る。或いは棲《あそ》び遅《いこ》いつつ偃《ね》そべり仰《ね》ころび、或いは王の事《つと》めを鞅《にな》い掌《ささ》ぐ。或いは楽しみに湛《ふけ》りて酒を飲み、或いは惨ましく惨ましく咎《つみ》を畏る。或いは出で入るままに風《ほ》しいままに議《かた》り、或いは事《つと》めとして為さざるは靡《な》し」というのは、その状態の最も委細な指摘である。いわゆる変風変雅の詩のおおむねは、自己の不幸を意識した人人の、不平の歌であるといえる。不平は、ある場合には、おのれのみ特に不幸であるという形にも、つよめられる。「小雅」の小弁に、「民は穀《い》きざる莫《な》きに、我は独り于《ここ》に罹《うれ》う」といい、蓼莪と四月にひとしく、「民は穀《い》きざる莫《な》きに、我は独り何ゆえに害《なや》むや」というのは、その例である。

　且つ『詩経』の詩人も、自己の不幸を、人間以上の存在である天の作用と見る場合がある。邶風北門の詩人は、「北の門より出づれば、憂いの心の殷殷たり。終《つい》に窶《やつ》れて且つ貧しきも、我が艱《なや》みを知るもの莫《な》し。已《や》んぬる哉、天実に之を為せるなり、之を何とか謂わん哉《や》」という。つまり不幸の原因を、「天の我を亡ぼすなり」という項羽とおなじく、天に帰している。また召南小星の詩人は、勤労にしたがう賤妾としての身分を、正夫人と暗に対比しつつ、「粛粛として宵に征《ゆ》き、夙《あさ》な夜な公《きみ》に在《つか》う。寔《こ》れ命の同じからざるなり」と、最上の幸福にはいないことを、天の命令であるとしている。

　かく『詩経』にも、人間はその希望の如く、またその能力にそうごとくには、幸福であり得ないという感情が、もとよりある。またその原因は、人間の主宰としてある天が、人間にそうした運命を与えるからであるとする感情が、おそらくは項羽の歌をみちびく源として、存在する。

　しかしながら、より重要なことは、この感情が、『詩経』三百篇に於いては、支配的なものではないことである。『詩経』三百篇を流れる支配的な感情は、別である。すなわち善意の人間は必ず勝利をしめるという確信であり、また人間をその方向へみちびくのが、人間の主宰である天の意思であるとする確信である。

　このことが最もあきらかなのは、いうまでもなく、「大雅」前半の諸篇に、殷周の革命を歌うて、殷は善意の欽乏のゆえに天の支持を失い、周はその善意のゆえに天の支持を得たということである。大明にいわゆる「命有りて天自《よ》りし、此の文王に命ず。周に于《お》いて京に于いてす」皇矣にいわゆる「皇《おお》いなる上帝は、下に臨むこと有《け》にも赫《かがや》かしく、四方を監《うかが》い観て、民の莫《さだ》まるべきところを求む。維《か》の此の二つの国は、其の政の獲《かな》わざりければ、維《か》の彼の四もの国を、爰《か》くて究《きわ》め爰《か》くて度る。上帝は之を耆《にく》み、其の式《も》って廓《お》おげさなるを憎む。乃ち眷《み》て西を顧み、此《こ》れに維れ与《とも》に宅《やす》らう」は、その言葉の最も明瞭なものである。

またかく一国の運命に対してばかりでなく、個人に対しても天は善人の味方である。周南樛木の「楽しめる君子」は、福履の綏《やす》んずるところ、将《たす》くるところ、成しとぐるところであり、「小雅」采菽の「楽しめる君子」は、福禄の申《かさ》なるところ膍《あつ》きところ、万福の同《あつ》まる攸《ところ》であり、「大雅」旱麓の「豈弟の君子」は、福禄の降る攸《ところ》、神の労《ねぎら》う所であり、仮楽の「仮楽の君子」は禄を天より受ける。

また「小雅」の後半、「大雅」の後半では、天はしばしば、饑饉、旱魃、内乱など、恐ろしき時代を、人間に到来させるものとしても、歌われている。「小雅」では、節南山に、「天は方《まさ》に瘥《なや》みを薦《かさ》ね、喪乱弘《はなは》だ多し」というほか、正月、雨無正、小旻、巧言、菀柳が、それであり、「大雅」では、板の詩に、「上帝は板板として、下民は卒《ことごと》く癉《や》む」というほか、蕩、抑、桑柔、雲漢、瞻卬、召旻の諸篇が、それである。そうして毛鄭の旧説は、これらの詩に現われる天もしくは上帝という言葉を、実は王のことを比喩したのであると説き、斉魯韓の詩説も、それにおなじかった形迹があるが、それは経学史の問題として別に研究さるべきであって、詩の原意は、文字どおり天そのもの天帝そのものが、恐ろしき時代を出現させるものとして提出されていること、朱子説のごとくであろう。

さてかく恐ろしき時期の到来をも、天の作用とすることは、天の恣意性を示すようにも見える。ことに「小雅」雨無正の詩に、「浩浩たる昊天は、其の徳を駿《おお》いにせず。饑饉を降し喪《なや》ませ、四もの国を斬り伐《さいな》む。昊天は疾《はげ》しき威もて、慮らず図らず、彼の罪有るものを舎《のぞ》きて、既に其の辜《つみ》に伏しぬるに、此の罪無きもの若《まで》も、淪《とも》に胥《み》な以《か》くて鋪《あまね》し」というのなどは、一そうその恣意性を証するごとくである。

しかしそれはやはり天の恣意ではない。人間、ことにその中心にある為政者の、善意の欠乏のために、天が罰を降したのであると、反省されている。「小雅」の十月之交に、「下民の孽《わざわい》は、天より降るに匪《あら》ず。噂沓《かげぐち》と背憎《うらぎり》と、職《まこと》に競いて人に由る」というのは、その例である。また「大雅」の瞻卬には、「昊天を瞻卬するに、則ち我を恵《いつく》しまず。孔《おお》いに塡《ひさ》しく寧《やす》からずして、此の大いなる厲《つみ》を降す。邦は定まること有る靡《な》く、士も民も其れ瘵《や》む」云云と、天の意思として国全体が不幸にしずむことをいたみつつ、「乱は天より降るに匪《あら》ず、婦人より生るなり」と反省する。桑柔に、「誰か厲《わざわい》の階《はじ》めを生ぜるや、今に至るまで梗《さまた》げを為す」というのも、おなじ系統の思想から出た言葉である。

要するに『詩経』に見える天は、一定の方向への意志をもつ天である。善意にくみし、悪を罰する、それを少くとも原則とする天である。したがってそれは信頼にあたいする天である。天がこの原則をはずしたと意識したとき、人間は天にむかって詰責し、質問することができる。王風の黍離に、「悠悠たる蒼天よ、此れは何人ぞ哉《や》」といい、秦風の黄鳥に、「彼の蒼たる者は天、（なにゆえに）我が良き人を殲《ころ》すや」といい、「小雅」の小弁に、「民は穀《い》きざる莫《な》きに、我は独り于《ここ》に罹《うれ》う。何の辜《つみ》をか天に于《え》し、我が罪は伊《こ》れ何なる」といい、巧言に、「悠悠たる昊天は、民の父母なりと曰《い》うに、罪無き辜《つみ》無きものに、乱は此《か》くの如く憮《おも》きや。昊天は已《はなは》だ威《たけ》きも、予は慎《まこと》に罪無し、昊天は大いに憮《あつ》きも、予は慎《まこと》に辜《つみ》無し」といい、また「大雅」の雲漢に、王の言葉として、「王曰わく於乎《ああ》、何の辜《つみ》かある今の人。天は喪乱を降し、饑饉の薦《しき》りに臻《いた》る」というのはそれである。また「小雅」の巷伯に、「蒼天よ蒼天よ、彼の驕れる人を視て、此の労《つか》れし人を矜《あわ》れめ」というごとく、人間は天に向って哀求することもできる。

またかく質問をゆるし哀求をゆるすほど信頼すべき天であるゆえに、ある場合には、自己の不幸を、何らか特殊な天の意思として、承認することも、可能であった。原則が信頼されるゆえに、例外もまた承認されるという感情である。はじめに引いた小星の詩の「寔《こ》れ命の同じからざるなり」は、それであって、賤妾は自己が最上の幸福にいないことを、天命として承認している。しかし自己が例外にあることを承認するのは、天の原則を否認することではない。天の原則はあくまでも善意の友である。それはあくまでも信頼されるゆえに自己も天の原則にそうべく、あくまでも善意の遂行を怠るまい。そうした感情が、小星の詩では言外にある。またそれを言葉の表にあらわすのは、「小雅」の十月之交である。「四方は羨《あま》り有るに、我は独り憂いに居る。民は逸《あそ》ばざるもの莫《な》きに、我は独り休らわず」と、自己が偏頗に不幸であることを一応は悲しみつつも、「天命は徹《ひと》しからざれば、我は敢えて我が友に傚《なら》いて自《み》ずから逸《あそ》ばざらん」（朱子説）という。種類の変形を示す天の意思の一つとして、おのれの不幸はある。しかしおのれは天の原則を知っている、ゆえに努力を怠るまい、というのである。これらとあわせ考えれば、「天実に之を為せり、之を何とか謂わん哉《や》」という「北門」の詩人の場合も、天の原則への信頼は、なお失われていないであろう。

また『詩経』の詩人のあるものは、自己が例外的に不幸であるのは、悪しき星のもとに生まれあわせたからであるとして、例外を合理化している。「小雅」の小弁に、「天の我を生むや、我が辰《とき》は安《い》ずくに在る」といい、正月に、「父母の我を生むや、胡《な》んすれぞ我をして瘉《なや》ましむ。我よりも先にせず、我よりも後にせざりしや」といい、「大雅」の桑柔に、「我が生は辰《とき》ならずして、天の僤《あつ》き怒りに逢う」というのは、その例である。

また自己もしくは自己をとりまく時代全体が、例外的に不幸であっても、天の原則がそのままに発動する時代の可能を予想することによって、安心を得る場合もあった。このことは前条に引いた正月の詩にすでに現われているのであって、父母の我を生むこと、なにゆえに「我よりも先にせず、我よりも後にせざりしや」というのは、自己の時代は不幸であるけれども、その前後には、天の原則の完全に顕現する時代がひろがっているという、予想があるからである。「大雅」瞻卬の詩に、「心の憂うるは、寧《な》んぞ今に自《お》いてするや、我よりも先にせず、我よりも後にせず」というのも、おなじであろう。また邶風緑衣の詩人は、「緑なる衣なる、緑の衣に黄の裳す」と、価値の顚倒する中にあって、「心の憂うる、曷《い》つか維《こ》れ其れ亡《や》まん」と歌うが、その詩は、「我は古人を思うに、訧《とが》無からしめき、」「我は古人を思うに、実に我が心に獲《かな》う」と、価値の顚倒のなかった時代を回想することによって、終っている。

また更に広汎な問題として、「国風」のはじめの二巻である周南と召南とを、正風と呼び、邶風以下を変風と呼ぶこと、またおなじく「小雅」「大雅」のそれぞれ前半を正雅と呼び後半を変雅と呼ぶこと、それがいつに起るかは、これまた経学史の問題として別に研究さるべきであるが、正風正雅とは、天の原則の完全に顕現した時代の歌を意味し、変風変雅はそうでない時代の歌を意味する。むろん現実の人間界に多いのは、むしろ不幸であり、変風変雅の量は、正風正雅の量を凌駕する。しかしそれはあくまでも「変」であり、変則である。変則の時代にいる人物が、「正」すなわち原則の時代を回顧しつつ、みずからは「正」の時代にいないことをなげく歌、それが変風であり変雅である。なげきの根底には、「正」の時代の可能をかたく信ずる気もちがある。それはいいかえれば、人間の幸福を欲する天の主宰のもとにいる以上、人間は幸福であるのが原則である、とする気もちである。またそうした天の主宰の下にいる以上、人間は安定した存在であるのが、やはり原則であるとしなければならない。「寔《こ》れ命同じからず」であって、常に最も幸福であるとは限らない。しかしそれはまたそれで一つの安定である。それもまた天の一種の意思によって支えられているのであるから。

『詩経』三百篇を通じてみとめられるこのような感情は、項羽の歌の背後にある感情とは、あきらかにちがっている。項羽の上にある天は、気まぐれな恣意の天である。優秀な能力をもち、その能力をのばし得るごとく見えた人間をも、急に不幸におとし入れる。それは質問をゆるさぬ天である。したがってまた、このような天の主宰の下にいる人間は、至って不安定な存在であり、いつおそい来るか分らぬ不幸の予想に、おののいていなければならない。人間は幸福であるのを原則とせずして、むしろ幸福を失うことを、原則とするようにも見える。ところで以上の検討の結果は、そうした感情が、『詩経』にはまだ現われないことを思わせる。

　ただここにやや疑問になるのは、唐風の鴇羽である。それは、重い労役の為に、農作がおろそかになり、父母を養うことができないという、憤りの詩である。全三章であるが、各章の終りは、「悠悠蒼天、曷其有所」、「悠悠蒼天、曷其有極」、「悠悠蒼天、曷其有常」

とむすばれている。もしそれを、悠悠たる蒼天は、曷《な》んぞ其れ所有らん、曷《な》んぞ其れ極《さだ》め有らん、曷《な》んぞ其れ常有らん、と読むならば、天は不安定な恣意的な存在となる。しかし鄭箋も朱子も、そうは読んでいないのであって、鄭箋には、「何の時か我其の所を得んか」と説き、朱子もおなじい。つまり、「悠悠たる蒼天よ、曷《い》つか(われは)其れ所有りなん、極《さだま》る有りなん、常有りなん」と読むべきであって、しからばやはり、天の原則を信じるものの、哀求の言葉である。

六

項羽の歌にさきだつ詩歌として、『詩経』についで考察すべきもの、それはいうまでもなく『楚辞』のうち、屈原と宋玉の作品とされる部分であるが、その中にも人間は天の恣意の支配の下にある故に不安定な存在であるとする感情は、見いだしがたく思われる。すなわち「離騒」以下、屈原の文学は、その善意を、相手方である楚の王に認められることを求めつづけ、しかもその希望を裏ぎられつづけた人物の、憂愁の歌であるが、人間の善意の成長を助けることが、天の意思であるという信頼は、『詩経』の詩人とおなじである。「離騒」に、「皇天は私に阿《おもね》ること無く、民の徳を覧て輔《たす》くるひとを錯《さず》く」というのは、その最もあきらかな表白である。またかく天は善意の存在であると信ずるゆえに、「離騒」では、「九天を指さして以て正《あかし》と為さん」といい、九章の惜誦には、「蒼天を指さして以て正《あかし》と為さん」という。天に対する信頼がなければ、天を指さして自己の潔白の証人とする筈は、もとよりない。

もっとも屈原は、天の意思が円満に顕現することの困難さを、一つにはその特殊な境遇の為に、また一つにはその時代が激烈さを加えた為に、『詩経』の詩人よりも、より多く感じている。或いはむしろ歴史は、不幸な時代の連続であるとさえいう。「離騒」に、「鷙《たけ》き鳥の群をえざるは、前の世より固より然り」といい、九章の渉江に、接輿、桑扈、伍子胥、比干を例にあげて、「忠の必ずしも用いられず賢の必ずしも以《もち》いられざるは、前の世よりして皆な然り、吾れ又た何ぞ今の人を怨まんや」というのはそれである。これは『詩経』には見えなかった感情である。また不幸な時代の到来は、天がその原則をゆるめるからだと疑ったごとき口吻もある。おなじく渉江に、「皇天は命を純《すなお》にせざるか、何ぞ百姓の震《うご》き愆《あやま》つや」というのは、それである。この句の皇天を、王逸は君主の比喩であると解すること、詩に於ける毛鄭とおなじであるが、原意ではないであろう。

しかし屈原はかく不幸な時代が現実には多いことを認めつつも、なお天の意思の完全に顕現する幸福な時代の可能を信じ、その実在を主張する。「離騒」のはじめに「昔は三后の純粋なる、固より衆芳の在りし所なり」といい、「彼の堯と舜の耿《かがや》かしく介《おお》いなるは、既に道に遵いて路を得たり」というのなど、みなその例である。そうして自己の時代を、この可能な正しい時代に転じたいというのが、屈原の希望であり、この希望を裏ぎられたことによって生ずる憤りが、屈原の文学の原動力である。また自己がそうした幸福の時代の中にいないということが、屈原の悲しみの中心である。「離騒」にいわゆる「曽《かさ》ねて歔欷して余は鬱邑し、朕《わ》が時の当らざるを哀しむ」であり、九章の思美人にいわゆる「惜しむべし吾は古の人のときに及ばず、吾は誰と与《とも》にか此の芳草を玩ばん」である。

要するに屈原も、天は善意の味方であることを固く信じている。またしたがって、人間は幸福であることが原則であることを信じている。原則の実現が、いかに困難であるかを、『詩経』の詩人よりもより多く知りつつも、なおそう信じている。また「皇天不純命兮」という九章の一句は、この確信の動揺をきざすごとく見えるが、動揺は終にこの一句にとどまっている。

ではなぜ人間を幸福にすべき天の原則は、しばしばその原則どおりには実現せず、屈原の時代にもまた実現しなかったのか。この問題を屈原は、もはや詩経の詩人のように、為政者の悪に対する天の罰とは、見ていない。屈原によれば、それはむしろ天の原則の顕現をはばむ悪人の跋扈のためであった。「離騒」にいわゆる「惟《まこと》に夫《か》の党人の楽しみを偷むゆえに、路は幽昧にして険隘なり」であった。そのため悪人へのにくしみは、『詩経』に於けるよりも強烈であると感ぜられるが、それは当面の問題ではない。当面の問題としては、人間の不幸は、天の恣意のためであるとする感情は、屈原にもなかったということをいえば足りる。不幸の到来は、むしろ人間の恣意のためである。

屈原のしばしば用いる語に、「世溷濁」というのがある。「離騒」に「世は溷《みだ》れ濁りて分《あきら》かならず、好んで美を蔽いて嫉妬す」、また「世は溷れ濁りて賢を嫉み、好んで美を蔽いて悪を称《あ》ぐ」、九章の渉江と懐沙とにそれぞれ「世は溷れ濁りて吾を知る莫《な》し」、卜居に「世は溷れ濁りて清からず」と、都合五度使われている。そうして漢人の擬作では、或いは「時溷濁」といいかえられている。劉向の九歎の怨思に、「時は溷れ濁りて猶お未まだ清からず、世は殽乱して猶お未まだ察《あきら》かならず」といい、またその遠遊に、「時は溷れ濁りて其れ猶お未まだ央《つ》きず」というのは、それである。ところで世溷濁という言葉は、時溷濁といいかえられたものをもふくめて、項羽の歌にいう時不利とは、区別されねばならない。屈原が世溷濁というときの世は、衆人の意思の集合をさす。後人が時溷濁というのも、ただ言葉のおきかえであり、意味はおなじである。これに対し項羽が時不利というときの時は、人間の意思に超然としたものである。

要するに屈原に於いても、天を恣意なものとして意識した形迹は、みとめにくい。屈原も項羽とおなじく、晩年の不幸にさきだって、かつては幸福の時期をもった。そうして幸福の時期への回想は、「離騒」に、「初めは既に余と言を成せしに、後に悔遁して他有り」というのをはじめとして、しばしば歌われているのであり、九章の惜往日のごとく、それを以て篇に名づけるものすらある。ところで幸福から不幸への転移を、屈原は項羽のように、天の作用とはしない。それは専ら屈原をめぐる人間の裏ぎりのためであるとする。いわゆる「霊脩の数《しばしば》化した」ためであり、「後に悔遁して他有」ったためであるとする。今すこしく立ち入っていえば、おなじく「離騒」に、「固より時俗の流れに従うや、又た孰《たれ》か能く変化無からん」ということく、群衆の心理にひかれる人間の習性のためであるとする。つまり不幸の到来は、いよいよ人間の恣意のためであり、天の恣意のためではない。かく屈原賦の諸篇にも、項羽の歌と直接つらなる要素は乏しい。宋玉の諸篇は、なおさらである。ただ屈原の諸篇のうち、問題として残るのは、天問篇であるが、私はこの難解な篇を、充分に読むことができない。しかしたとい天問のうちに、天を不可知とする要素があるとしても、他の諸篇にそれが乏しいことは、依然として変らない。

七

以上のべて来たように、人間は人間の努力をうけつけない何ものかの支配の下にあり、従って甚だ不安定な存在であるとする感情は、『詩経』と『楚辞』には必ずしも顕著でない。にもかかわらず、項羽の歌には、はなはだ顕著に流れている。

ところでそれは項羽の歌ばかりでなく、実は漢代の詩歌一般に普遍な感情である。その詳は、別の論文にゆずらねばならぬが、古詩十九首に、「昔は倡家の女と為り、今は蕩子の婦と為る」といい、蘇武の詩と伝えられるものに、「昔は鴛と鴦と為り、今は参と辰と為る」という、みなそうした感情の所産である。また一体に古詩十九首は、『詩経』の詩のおおむねとおなじく逐臣棄婦の作であるであろうが、両者の感情は必ずしもおなじくない。『詩経』の逐臣棄婦は、「氓」、「谷風」「権輿」などを例外として、ただ目前の不幸のみを歌うに対し、古詩十九首では、過去の幸福な日への追想が、あらわに或いは暗黙に追想され、現在の不幸が、不可解な転移として歌われているからである。また何が待ちうけているか分らぬ未来の時間への不安、それも漢の詩の新しい感情である。たとえば蘇武の詩にいわゆる「生きては当に復た来り帰るべし、死しては当に長く相い思うべし」。項羽の歌は、漢の詩に普遍なこの不安の感情を、その最も早い時期に於いて、示すものである。

そうしてまたそれは、独り漢の詩ばかりでなく、中国の後代の文学に常に有力な感情である。杜甫の詩に、「明年此の会知んぬ誰か健なる」といい、「飄飄として何の似る所ぞ、天地一沙鷗」という、みなこの感情の所産である。白居易の「長恨歌」、「琵琶行」、みな運命の糸にあやつられる人間の影像である。それは中国文学に地下水のように普遍な感情である。

私のこの論文は、この有力な感情の始原はどこにあるかを、尋ねようとする努力である。それは後代の文学にあまりにも普遍であるゆえに、最古の時期から既にそうであったと予想されやすいが、検討の結果は必ずしもそうでないことを示している。そうしてもし私の説くところに甚だしい誤りがないとすれば、事柄は思想史の発展と連関するに相違なく、また事柄の背景は社会史によって説明されねばならない。ただそれらを説くことは、必ずしも私の任務と能力の範囲ではないのであり、その方面の専門家の教えを待ちたく思っている。

漢の高祖の大風歌について

一

失敗の英雄である項羽が、垓下の歌にその失意を歌っているのと、あたかも一対をなすごとく、成功の英雄である劉邦、すなわち漢の高祖も、その歌ごえを、歴史にとどめている。

大風起兮雲飛揚
威加海内兮帰故郷
安得猛士兮守四方

歌のつくられた次第は、『史記』の「高祖本紀」によれば、次のごとくである。すなわち漢の十二年、BC二一五の十月とえいば、競争者項羽をたおして皇帝の位に即いてから、七年の後である。六十三歳の老英雄は、淮南王黥布の反乱を撃破しての帰途、その故郷である沛、すなわち今の江蘇省の沛県に立ちより、むかしの知りあいたちを招いて、大宴会を開き、且つ若者百二十人を選び出して、合唱団を組織し、宴会の興をそえた。宴たけなわにして、高祖は、一種の絃楽器である筑《ちく》をたたきつつ、この歌を自作し、合唱団の若者たちに歌わせた。高祖も、それにあわせて舞い、感きわまって泣いたというのである。

十二年十月、高祖、已《すで》に布の軍を会甀《かいすい》に撃つ。布、走《に》げたり、別将をして之を追わしむ。

高祖、還《めぐ》り帰りて、沛《はい》を過ぐ。留まりて、酒を沛の宮に置く。悉《あまね》く故人、父老、子弟を召して、酒を縦《ほ》しいままにす。

沛中の児《おのこ》を発《め》しいだして、百二十人を得たり。之に歌を教う。

酒酣《たけな》わにして、高祖、筑《ちく》を撃ちつつ、自《み》ずから歌詩を為《つく》りて曰く、

大風《たいふう》　起こりて　雲　飛揚す
威　海内に加わりて　故郷に帰る
安《い》ずくにか猛き士《おのこ》を得て　四方を守らん

児《おのこ》たち皆をして和《あわ》せ習《うた》わしむ。高祖、乃ち起ちて舞う。慷慨《こころたか》ぶりて懐傷《むねいた》み、泣数行《なみだいくなが》れ下《お》つ。

そうして高祖は、遊子悲故郷、遊子《たびびと》は故郷を悲《なつか》しむ、という当時の諺らしいものをあげつつ、朕はいまや天子として、関中、すなわち陝西に都をおいているが、万歳の後、すなわち死後、わが魂魄は定めしこの土地をなつかしむことであろう。且つ朕が今日天下に君臨するきっかけは、沛公としてこの土地の首長たることにあった。朕はこの土地を、朕の直轄地とし、長く税を免ずると、土地の人人に語り、宴飲すること更に十余日であったという。けだしあたかもその死にさきだつことわずか六ケ月のことである。

班固の『漢書』の「高帝紀」の記載も、『史記』の自為歌詩曰を、自歌曰に作るなどの小異同をのぞけば、ほとんど全く『史記』とおなじい。

二

この歌の流伝に関しては、おなじく『史記』の「高祖本紀」に、高祖死後のこととして、次の記載がある。

孝恵の五年に及び、高祖の沛を悲《なつか》しみ楽しみしことを思い、沛の宮を以て高祖の原廟と為す。高祖の教えし所の歌児百二十人をして、皆な吹楽を為さしめ、後に欠有れば、輒《すなわ》ち之を補う。

すなわちBC一九〇年、高祖の子である孝恵帝は、父が故郷をなつかしんだ気持をくみ、沛にもその社を立てたが、社の音楽は、かつての合唱団員百二十人が奉仕し、欠員があればすぐ補充したというのである。奉仕の楽曲が、高祖自作のこの歌を中心としたであろうことは、容易に推察される。更にまた『史記』のうち、音楽史についての篇である「楽書」には、このことを次のごとく記載する。

高祖の沛を過ぐる詩、三侯の章は、小児をして之を歌わしむ。高祖崩ずるや、沛をして四時を以て宗廟に歌舞するを得しむ。

過沛詩といい、三侯之章というのは、すなわちこの歌のことであって、唐の司馬貞の『史記索隠』には、

即ち大風の歌、是れなり。其の歌に曰わく、大風起りて雲飛揚す、威は海内に加わりて故郷に帰る、安《い》ずくにか猛士を得て四方を守らんと、是なり。

と歌辞を記録した上、それを三侯之章という理由をも、説明していう。侯とは、語辞、すなわち言葉のリズムをととのえるための添え言葉であるが、この歌には大風起兮、威加海内兮、安得猛士兮、と、三つの兮の字が、語辞としてある。故に三侯之章というのであると。

侯とは語辞なり。詩に、侯其偉而と曰う者、是なり。兮も亦た語辞なるに猶《ひと》し。沛の詩には三つの兮有り。故に三侯と云う。(汲古閣刊の『単行索隠』による)

班固の『漢書』も、また同じ趣旨のことを、「礼楽志」に記している。

初め高祖の天下を定め既《おわ》るや、沛を過ぎ、故人父老と相い楽しみ、酒に酔いて歓び

哀しみ、風起の詩を作り、沛中の僮児百二十人をして、習いて之を歌わしむ。孝恵の時に至り、沛の宮を以て原廟と為すや、皆な歌児をして吹《すい》を習わしめ、以て相い和す。常に百二十人を以て員と為す。

これらの記載によって、漢の頃、この歌が、三侯之章、或いは風起之歌と呼ばれたことが分るほかに、なお一つ考えられることは、『漢書』「礼楽志」に、皆令歌児習吹以相和、皆な歌児をして吹を習いて以て相い和せしむ、ということである。これは前に引いた『史記』の本紀に、高祖所教歌児百二十人、皆令為吹楽、高祖の教えし所の歌児百二十人、皆な吹楽を為さしむ、というのと、彼此相応ずるものであるが、吹もしくは吹楽とは、管楽器による吹奏楽の意であるとしなければならぬ。けだし高祖がはじめ自作した時は、筑を撃ちつつ歌ったのであって、絃楽器を伴奏としたのであったが、孝恵の時には、管楽器をも伴う交響楽として整備されたのであろう。しからば、「礼楽志」にいう習吹以相和、吹を習いて以て相い和せしむ、の相和の二字は、絃と管とが交響する意味に読むべきである。別の種類の歌曲であるが、漢の楽府古辞のうち、相和歌辞と呼ばれるものは、糸竹相和、すなわち管絃交響の音楽を伴奏とするものであると、説明されている。(「楽府詩集」二十六)

もっとも元来が、琴の一種である筑にあわせての歌であるから、これを琴曲として伝えるものもあった。宋の郭茂倩の「楽府詩集」には、その巻五十八、琴曲歌辞の部分に、こ

れを大風起と題して収め、

　按ずるに琴操に大風起有り、漢の高帝の作る所也。

と注記する。「琴操」とは、後漢の蔡邕の著をさすであろう。

なお後世のものであるが、『西京雑記』の巻二には、この歌について又一つの挿話をのせる。晩年の高祖が、妾の戚夫人を愛するあまり、その生んだ趙王如意を後継者にしようとし、しかも本妻呂后の反対にあって実現しなかったことは、『史記』なり『漢書』にも見えることであるが、『西京雑記』には、戚夫人の腰元であった賈佩蘭からのきき書きとして、次のように記す。

　戚夫人、高帝に侍《はべ》り、常に趙王如意を以て言と為す。高祖、之を思い、半日幾《ばか》りもの言わず。歎息悽愴するも、未《い》まだ其の術《すべ》を知らず。輒《すなわ》ち夫人をして筑を撃たしめ、高祖は大風の詩を歌いて以て之に和しぬ。

英雄の晩年を語る小説としては、面白い物語である。且つ後に引く「芸文類聚」とあわせ考えて、六朝人はこの詩を大風詩または大風歌と呼んだことを知り得る。

三

この歌の歌辞には、やや異文がある。

まずさいしょ『史記』の「高祖本紀」に見えるものの原文は、

大風起兮雲飛揚
威加海内兮帰故郷
安得猛士兮守四方

であり、『漢書』の「高帝紀」、荀悦の『漢紀』の巻四、みな全く同じである。また選集では、梁の昭明太子の『文選』が、原本では巻の十四、李善注本六臣注本では巻の二十八、雑歌の部に、漢高祖歌と題して収めるのが、最初であるが、それも現行の『文選』の諸本によるかぎり、みな『史記』、『漢書』とおなじである。

ついで唐の欧陽詢の「芸文類聚」の巻四十三歌部に、漢高祖大風歌曰として収め、降っては、宋の郭茂倩の「楽府詩集」が琴曲歌辞の巻に大風起と題して収め、朱子の「楚辞後語」に大風歌と題して収めるものなど、みな異同を見ない。

ただ他の書に引くものは、第二句の

威加海内兮帰故郷

の海内を、四海に作るものがある。唐の徐堅の『初学記』の巻一、天部雲第五に引く『史記』は、それである。

史記、漢高祖過沛、撃筑自為歌曰、大風起兮雲飛揚、威加四海兮帰故郷、

この異同は、他にも対応するものがあるのであって、『文選』の今の本は、すべて『史記』『漢書』とおなじく海内に作ること、前にふれた通りであるが、その李善注には、

威加四海、言已静也、

威は四海に加わるとは、已《すで》に静まりしを言う也。

という。李善の見た本は、四海であったことを、頗る思わせる。また『史記』の「高祖本紀」の司馬貞の述賛に、

威加四海、還歌大風、

というのも、四海に作る一本のあったことを暗示する。

もとより、海内と、四海と、意味に大差はない。四海といえば、世界の四方のはしとしてある海、つまりこの世界に於ける最も遠隔な距離の意であり、海内といえば、それより内なる限りの土地の意である。おなじ実体を一つは周辺を以ていい、一つは内側を以ていうにすぎない。ただ四海に作るものは、次の行の

安得猛士兮守四方

と、四の字が重なる点で、弱点をもつであろう。

なおわが東福寺に蔵する宋版「太平御覧」の巻五百三十九、礼儀部宴会の条に『漢書』を引くものは、

威加四内兮帰故郷

に作る。おそらく両種のテクストが混合したのであろう。
また丁福保氏の全漢三国晋南北朝詩では、第三行の

安得猛士兮守四方

につき、「太平御覧」は、猛士を壮士に作るという。清の鮑崇城の校刊した「太平御覧」はそうなっているが、東福寺の宋版本、および清の張金吾の校刊本は、猛士に作り壮士に作らない。

更に微細な異同として、この行を

安得猛士守四方

と、兮の字をぬかして引くものがある。その一つは、陳寿の『三国志』の「蔣済伝」であって、蔣済が東中郎将に赴任するのをいやがったおり、魏の文帝が彼に与えた詔をのせていう。

高祖の歌に曰う、安得猛士守四方と。天下未《い》まだ寧《やす》からざるときは、要《かな》らず良臣を須《もと》めて、以て辺地の鎮めとなす。如《も》し其れ事無きのちは、乃《か》くて還りて玉を鳴らしたまうとも、未《い》まだ後《おそ》しと為さじ。

その二は、『文選』の辨命論に附した唐の李善の注であって、漢高祖歌に曰く、安得猛士守四方と、やはり兮の字をおとして引く。兮の字の、この詩に於ける地位は、前に引いた司馬貞の三侯之章についての説明では、相当重きをしめるが、本来はただの語辞であり、

そえ言葉にすぎない。気安い引用であるために、省略したのである。

なおそれと関連することとして、『文選』は、この歌に、七言と注する。この注は、『文選』の原本から既に存したと思われるのであって、原本『文選』唯一のテクストとしてわが国に伝わる九条道秀氏所蔵の平安朝写本にも、その巻十四の終りに近く、この歌をのせるところに七言幷序と注する。つまり『文選』の編者は、この歌を七言として扱ったことになるが、それは三つの兮の字を無視し、

大風起　雲飛揚
威加海内帰故郷
安得猛士守四方

と、読んだとせねばならぬ。

以上、いずれにしても、大した異同ではない。

四

ところで私がこの論文で、問題にしたいのは、この歌の意味である。ことに

大風　起こりて　雲　飛揚す

威　海内に加わりて　故郷に帰る
安《い》ずくにか猛士を得て　四方を守らん

というち、その第一行

大風起兮雲飛揚

は、何を比喩するかという問題である。

『史記』の注、『漢書』の注は、共にこの歌について何の解釈をも下さぬ。この歌を最も早く解釈したものとしては、『文選』に附せられた唐の李善の注を、あげなければならない。それにはいう、

風起こり雲飛ぶとは、以て群雄の競い逐い、而して天下の乱れしに喩《たと》うる也。威、四海に加わるとは、已《すで》に静まれることを言う也。夫《そ》れ安きものは危きを忘れず。故に猛士もて之が鎮めとせんことを思う。

右は汲古閣本の李善注によったものであって、六臣注本に引く李善は、群雄を群兇に作る。また後述の『文選集注』に引く李善は、大へん簡略であって、

風起こり雲飛ぶとは、以て乱に喩うる也。乱を御《ふせ》ぐには武を以てす。故に猛士もて之が鎮めとせんことを思う。（風起雲飛、以喩乱也、御乱以武、故思猛士以鎮之、）

となっている。

何にしても、李善の説によれば、大風起こり雲飛揚すとは、高祖が天下を平定する以前

に存在した無秩序状態の比喩である。そうして『文選集注』に引くものは、無雑作に風起と雲飛を合併して、ひとしく「乱」すなわち無秩序の比喩であるとするが、李善注の原形は、けだし通行本のごとくであり、「群雄」もしくは「群兇」が「競逐した」のが、「大風起こりて」に当るのであり、その結果として生まれた「天下乱る」が、「雲飛揚す」に当るのであろう。

次に第二の説は、李善の『文選』の注を補正するものとして現われた唐の五臣の注である。いわゆる五臣のうち、ここのところは李周翰の説であって、いわく、

風は自《み》ずからの喩えにして、雲は乱の喩え也。己《おのれ》乱を平らげて故郷に還りぬ。故に賢才と共に之を守らんことを思う。

この説の李善と異るところは、大風起をば、競逐する群雄の比喩でなく、高祖自身の勃興の比喩であるとする点にある。

かかる説が生まれたについては、一つの理由が考えられる。すなわち李善によれば、大風起兮雲飛揚という第一行は、すべて高祖征服の対象となった無秩序の喩えであり、高祖自身の行動は、その中に含まれないことになる。それでは第二行に、「威は海内に加わりて故郷に還る」と、高祖自身の行動を歌うのと、連絡がよくない。そう李周翰は考えて、この説を生んだのであろう。なお「雲は乱の喩えなり」というのは、明瞭を欠く解釈であるが、わが榊原篁洲（一六五六—一七〇六）の「古文真宝前集諺解大成」に、

〔大風起〕高祖沛の豊邑より起て、三尺の剣を提て旗を挙げ義兵を起すに比す、〔雲飛揚〕高祖兵を揚てより、沛の令を殺すを初として、向ふ所の秦城悉く散り降すこと、雲の風に逐れて飛揚するに比す、（『漢籍国字解全書』）

というのは、李周翰の説を補うものである。

次に第三の説としてあるのは、唐の陸善経の説である。それは、わが国にのみ伝わる資料であるが、渡辺昭氏の蔵する『文選集注』巻五十六（京都帝国大学文学部景印旧鈔本第五集）に引かれている。いわく

風の起こるとは、初め事を起こせし時に喩《たと》え、雲飛揚すとは、従臣に喩う。四方を守るとは、之を鎮め安んぜんと思う也。（原写本には、風起喩初越事時、雲飛揚喩従臣、守四方思鎮安之也、となっているが、越は起の誤りと見て、かく訳した。）

この説は李周翰にもとづきつつ、更に新意を出したものである。すなわち、大風起を、高祖自身の起義の喩えとする点は、李周翰とおなじであるが、雲飛揚を、高祖とともに奮起した部下たちの活動の比喩とする点が、ちがっている。

なおさきにあげた九条家本原本『文選』の欄外に、

注にいう、大風とは自ずから喩うる也。雲とは臣佐を謂う也。当時四方猶お未まだ定まらず、故に猛士を思う也。（注、大風自喩也、雲謂臣佐也、当時四方猶未定、故思猛士也、）

というのは、何の注であるかを知らぬが、説は陸善経と全くおなじい。

李善の注は、顕慶三年AD六五八に、李周翰等の五臣注は開元六年AD七一八に、成り、陸善経は、故新美寛君の「陸善経の事蹟について」(「支那学」九巻一号)に詳しいように、開元の末年AD七三〇ごろ『文選』に注している。いずれも唐初七八世紀の注釈家であるが、説はさまざまに分れている。

また注意をひくのは、李善の注が、いつもは一語一語の出典を詳しく注しても、一句の包含する意味を説きたがらないにかかわらず、ここでは態度を特別にし、一一の語句が何の比喩であり、何を意味するかを周到に説いていることである。やや想像をたくましくすれば、この歌の解釈、ことに大風起兮雲飛揚については、李善以前にも既にいくつかの解があり、李善はそれらを念頭においたために、ことさらに辞を丁寧にしたかと、疑われる。

五

右の諸説のうち、李周翰および陸善経の説は、最も劣ると思われる。何となれば大風を以て高祖勃興の比喩とするのは、比喩として不適当であるからである。

すなわち大風という語の普通に意味するところは、暴風である。それは漢代に於いてもそうであって、李善は、ここの注ではその用例をあげないけれども、『文選』のおなじ巻、鮑明遠の出自薊門行の、「疾風は塞を衝いて起こり、沙礫は自《お》のずと飄揚す」の注では、易通卦験の「大風沙を揚ぐ」というのと、春秋命暦序の「大風石を飄《ただよ》わす」というのを、あげている。易通卦験、春秋命暦序、ともに緯書の名であり、緯書の出現は、「その偽は哀平に起こる」といわれるように、前漢の末にあるとせねばならぬが、それらに現われる大風の語は、沙をまきあげ石を吹きとばす暴風を意味している。また『漢書』の五行志下之上に、「大風暴《にわ》かに起こり、屋を発《あば》き木を折る」というのも、おなじである。いずれも高祖以後の資料ではあるけれども、その意味また語感をそのまま高祖の歌に充入して、多くの差支えはないと思われる。更にさかのぼっては、詩の桑柔に、「大風には隧《みち》有り」というのを、鄭玄は「西風をば大風と謂う」と説くけれども、これもあっさりと暴風の意であるかも知れない。

かく大風の語が暴風を意味するとすれば、高祖がいかに草沢から起こった粗野な人物であるにしても、みずからの興起を暴風にたとえたと見るのは、妥当でない。

また直接ことは関係しないけれども、大風の二字は、神話の中の怪物の名でもあった。淮南子の『本経訓』に、むかし堯のころ、人民に害をあたえ、のちみな羿に退治された怪物の名を列挙した中に、猰貐、鑿歯、九嬰、封豨、修蛇とならんで、大風の名がある。許慎の淮南子の注には、「大風とは風の伯《かみ》なり、能く人の屋舎を壊す」といい、またその高誘の注として「文選辨命論」の注に引くものには、「大風は鷙《たけ》き鳥なり」という。こうした怪物の固有名としての大風が、この詩の意識に直接あるわけではないであろうけれども、大風の二字が、しかく怪物の名ともなり得るほど、ものすごい感じの語であることの、旁証とはなり得る。

以上のような点からいって、

大風起こりて雲飛揚す

の大風を、高祖みずからの比喩であるとする李周翰の説、陸善経の説は、うべない難い。それらに対し、李善の説が、大風起を、競逐する群雄もしくは群兇の比喩とするのは、大風という語の語感にふさわしいことであって、『文選』の他の場合にもおおむねそうであるように、李善の注は、三説のうちでは最もすぐれている。

六

しかしながら李善の注は、十全に満足すべきものであろうか。私はなお足りないものを感ずる。

私は、この歌の背後にも、さきに項羽の垓下の歌について指摘したような、人間は天の恣意の支配の下にあるとする感情が、流れていると感ずる。そう感ずる根本的な原因は、この歌も、項羽の歌も、自己の境遇の激変に感動した歌である点は、おなじであるからである。項羽の歌は失敗の英雄の歌であり、力は山を抜き気は世を蓋《おお》う能力者であったおのれが、今や尾羽うち枯らした敗軍の将となったという境遇の激変、それへの感動がその歌を生んでいる。それに対しこれは成功の英雄の歌であり、激変の方向は反対であるけれども、境遇の激変という点ではおなじである。かつては無頼漢に近い村の顔役にすぎず、親兄弟のこまりものであったおのれが、今や「威は海内に加わる」最上の権力者となって、「故郷に帰って」いる。故郷は昔ながらに不変であるのに、おのれのみは激変している。その感動こそこの歌を成り立たせた第一の動機である。人が境遇の激変に感動するとき、それは天の恣意を感ずる機会である。項羽の歌が境遇の急激な、そうして急激なゆえに不可解な下降をいたむ歌であったに対し、これは境遇の急激な上昇に、天の恣意を感じているのではないか。もしそうした考えを導き入れるならば、李善の解はなお不充分であると思われる。

まず「大風起こりて」ということである。それは李善のいうように、群雄もしくは群兇が競逐したことをもふくむには相違ない。しかしそれだけであろうか。「大風起」とは、暴風の突発を意味するところの、より強い語感である。それは、より広く、世の中の全体が、秦帝国崩壊ののち、沙を揚げ石を飛ばし屋を発き木を折る暴風のように、はげしい混乱と動揺の状態の中に投げこまれたことを、比喩するのではないか。『詩経』の表現でいうならば、板の詩に、「天の方《いま》や蹶《うご》く」「天の方《いま》や虐《たわむ》る」「天の方《いま》や懠《いか》る」といい、桑柔の詩に「天は喪乱を降し」というような状態である。それは不可知な時運の回りあわせとして起こるのであり、暴風が不可知不可抗な天の恣意としておそい来るごとくであると意識したために、「大風起こりて」というのではないか。個人が天の恣意の支配の下にあるように、個人の集団である社会もまた、天の恣意の支配の下にある。

次に「雲飛揚す」を、李善が「天下乱るる也」というのは、茫漠にすぎないか。なるほど雲は乱と結びつきやすい意象である。したがって大風のふきまくる中にあわただしく継起した、浮沈興亡の比喩でもあるであろう。しかし飛揚とは、幸運を示唆する言葉のように想像される。浮沈し興亡する諸現象のうち、大風のふきすさぶ中を、しかも大風を利用して、飛揚した幸運児たちへと、比喩の重心は傾いているのではないか。或いは、高祖自身をもその中にふくむのではないか。「大風起こりて」ということが、すでに偶然であり、天の恣意であるが、この大きな恣意の中に、結果として起こるものにも、天の恣意はこまかに作用する。大風の中に、沙は飛び石はまろび屋根はさらわれ木は折れる。しかも、大いなる風を利用して飛揚する雲となったおのれ、乃至はおのれたちの幸運を、「雲飛揚す」と祝福したのではないか。かく解することによって、次の「威は海内に加わって故郷に帰る」とも、よく連絡し、李周翰たちが李善の説に感じたであろう弱点をも、廻避し得るのでないか。

もっとも右の説は「雲飛揚す」については、独断にすぎるかも知れない。「雲」を高祖自身のたとえとすることは、「大風」を高祖自身のたとえとすることが困難であるのとおなじ困難さをもつかも知れない。更にまた「飛揚」が幸運を示唆する言葉というのは、私の想像にすぎない。唐の杜甫が李白に贈った詩に、「飛揚し跋扈するは誰に為《み》せんとて雄《お》たける」というのは、なお跳梁というがごとく、力を兇暴に働かすことを意味するようであって、杜詩の注には、他の用例として、北史の侯景の伝に、「河内を専制し、常に飛揚跋扈の志有り」というのをあげる（清仇兆鰲杜詩詳注一）。もしそうした飛揚で、ここの飛揚もあるとするならば、高祖自身のたとえとすることは、いよいよ困難となる。李善の如く、単に「天下乱れしに喩うる也」と見るのがまさるかも知れぬ。しかしその場合とても、「雲飛揚」の中には、依然として天の恣意があるのであり、「大風起」によって起こった混乱動揺が、更なる恣意の拍車を受けて、更なる混乱更なる動揺におもむいたのが、「雲飛揚」であり、かくて高祖勃興の素地が、偶然に作り出されたことを意味するのではないか。

　或いはまた、比喩に対応する事実を一一に穿鑿することが、そもそも行きすぎであり、比喩の示唆するものは、事実そのものよりも、事実を囲繞する雰囲気であるかも知れぬ。しかしもしそうならば、私の説はより有利になるであろう。「大風起兮雲飛揚」というはげしい言葉の示唆するものは、急激な、従って最も天の恣意を感じ得べき、動揺の雰囲気であるからである。

　高祖が、天の恣意をみとめ、みずからの成功を偶然として意識したことは、『史記』「高祖本紀」の他の条にも記載がある。それはその死にのぞんでの言葉である。

　すなわちこの歌を作り、長安へ帰ってから半年ばかりのち、さきに黥布と戦った折り、流れ矢にあたった傷がおもり、高祖は危篤となった。皇后の心づかいで、名医が呼ばれ、医者は治療の可能を説いたが、高祖は、拒絶した。布《ぬの》こを衣《き》る一平民であった自分が、今日の地位を得たのは、天命であるとしなければならぬ。それとおなじく今度の病気も天命である、治療は無用であると。

　高祖、黥布を撃ちし時、流れ矢の中《あた》る所と為り、道を行きつつ病む。病い甚しくして、呂后、良医を迎う。

　医入りて見《まみ》ゆ。高祖、医に問う。

　医曰わく、病、治《いや》す可しと。

　是に於いて高祖は之を嫚《あなど》り罵りて曰わく、吾れ布衣を以て、三尺の剣を提《ひっさ》げ、天下を取りぬ。此れ天命に非ずや。命は乃ち天に在り。扁鵲《へんじゃく》と雖も何ぞよく益《たす》けんと。

　　遂に病を治さしめず。

　ここにいう天命とは、天の与えた必然の使命ということではあきらかになく、天の与えた偶然の運命ということであきらかにある。

　しからば、高祖もまた、天の恣意をみとめ、人間はその支配の下にあると意識する人物であったとして、少くとも司馬遷はえがいている。

「大風起こりて雲飛揚す」とは、要するに、三尺の剣をもって、天下を取ったこと、乃至はそれを生むべき素地が、天の意思として生まれたことを、いうのではないか。

七

そうしてかく第一行を読むことによって、この歌の他の部分も、読みやすくなると思われる。

すなわちこの歌の調子は、朱子が『楚辞後語』の評に於いて、

千載より以来の、人主の詞、亦た未《い》まだ是の如く壮麗にして奇偉なる者有らざる也。嗚呼雄なる哉。

というように、強い意力で貫かれた、豪宕《ごうとう》の調べである。しかし一方この歌は、全く不安の影をやどさないではない。自己の成功に天の恣意の因子をみとめたものは、天の恣意が、別の方向にも向かうことを憂える。そうした不安が、一方ではこの歌の裏にあると思われる。

この不安が最もあらわに頭をつき出しているのは、最後の行、

安《い》ずくにか猛士を得て四方を守らん

である。

この行の表面に強く押し出されているものは、威海内に加わり、武力を以て天下を圧伏しおおせることによって成立したおのれの国家、それを更に鞏固に、鎮護すべき猛士はどこにいるか、それをおのれは必ずさがし出して見せるという、強い意力であると思われる。

この歌のおそらくは最も古い評語として、隋の王通の文中子がその「周公篇」に、

大風は、安きも危きを忘れず、其れ覇の心の存《のこ》れるか。

というのは、難解な言葉であるが、宋の阮逸の注に、

漢の高祖の歌に曰う、安《い》ずくにか猛士を得て四方を守らんと。此れ武備を忘れずして、心は雑覇に在る也。

というのを参酌すれば、おそらくこの行を、武力の更なる伸張を希求するものとして読み、かくあくまでも武力をもって国家を維持しようというのは、不純な覇者の心理であって、王者の心理ではないというのであろう。朱子は『楚辞後語』に於いて、文中子のこの評を引き、その点こそ漢の統一が、三代の王者に劣る所以であると、敷衍している。また後世では、明の鍾惺が、古詩帰の評に於いて、

妙は、雑覇の気習を、一毫も諱まざるに在り。便《すなわ》ち是れぞ真の帝王、真の英雄。

というのは、文中子に反撥して、不純な覇者の言葉を無遠慮に吐いたのこそよいとするのであるが、この批評も、猛士を思う最後の行を中心としたものであろう。

しかしこの強気のように見える一行が、「安《い》ずくにか」或いは「安《い》かでか」と、問いかけの言葉を以て起ることは、それ自体不安をふくんでいる。問いかけの言葉は、一定した答えを得がたいものである。「猛士を得る」ことの可能を信じ希求しつつも、その困難を思っているのではないか。今日の成功が天の恣意によるものとすれば、天の恣意は別の

方向にも傾き得る。小川環樹博士は、かつてこの行につき清の沈徳潜が、「古詩源」に

時に帝、春秋高く、韓（信）彭（越）已《すで》に誅せらる。而して（太子）孝恵（帝）仁弱、人心未まだ定まらず。猛士を思うは、其れ悔心有るか。

と評するのを引き、高祖が、沈氏のいうごとく、韓信、彭越などの功臣を誅殺したことを悔いたかどうかは別として、この結末の一句に、「この満足しきったはずの皇帝の前途に対して抱く漠然たる不安の表現がある」とされたのは、傾聴すべき説である。（「風と雲―感傷文学の起原―」一九四七年「東光」二号）もっとも私は、博士が、この詩の第一行を以て、大風吹きおこって空をただよいゆく雲の姿であり、そこに既に高祖の不安が暗示され、ところ定《さだ》めぬ雲の行方に、己の或いは己の子の将来の運命についての憂慮が託せられているとするのには、賛成しない。

八

更にまた、穿鑿をたくましくすれば、さかのぼって、第二行の

威は海内に加わりて故郷に帰る

にも、不安の影は宿っていないでない。それは「加」の字である。「加」の字の、ここと近い用例としては、呂氏『春秋』の「孝行篇」に、孝道にいそしむ先王をたたえて、「光耀は百姓に加わる」（光耀加于百姓）といい、高誘がそれに「加は施なり」と注する。

そのように、わが威力はひろく海内に作用してと読むことも可能であろう。しかし一方また『論語』の、「我は人の我に加うるを欲せざる也、吾も亦た人に加うる無きを欲す」（我不欲人之加諸我也、吾亦欲無加諸人）というのに、馬融が「加は凌ぐ也」と注し、周語の中に、「聖人は民の加《しの》ぐ可からざるを知る也」（聖人知民之不可加也）というのに、韋昭が「加とは猶お上《しの》ぐというがごとし」と注するのなどを参酌すれば、「加」の字は力乃至は重量による圧迫、強制的な従って不安定を伴った圧迫、という意味をもひそめているのではないか。加と架は、古字相通であり、物の上にのっかる意に用いられることがあるとする、清儒段玉裁、朱駿声らの説も、顧慮されてよい。

　むろんこの行の表面におし出されてあるものも、しかく威武を以て海内を制圧しおおせた英雄の得意さである。しかし力による制圧である以上、それは無条件に永続する状態ではない。そうした不安を「威加海内」というい方は「加」の字の意味のいかんにかかわらず、蔵していると感ぜられる。またされればこそ最後の行では、四方を守るべき猛士を得んことを、思うのである。

　要するにこの歌の裏には、不安がある。それは環境の幸福への激変に感動した歌である故に、反射的にまた幸福の喪失をうれいている。また不安があればこそ、不安をおしつぶすべく、一層つよい意力をはたらかせているのであり、そこにこの歌の壮麗奇偉さが生まれているといえる。しかしおしつぶさんとする意力の壮大さに応じて、不安もまた壮大でである。

九

『史記』は、この歌を記したあとに、「慷慨して懐傷《むね》み、泣《なみだ》数行下つ」という。それもこの歌が悲哀の要素をふくむからではないか。また前述の『西京雑記』に、妾の子をあととりにする希望を、本妻にさまたげられた時、高祖がこの歌を歌ってその不如意をまぎらしたというのは、もとより小説である。しかし小説は、この歌が自己の成功に不可解なものをみとめ、それに感動しての歌である故に、そうしたおのれが細君の専横になやむという又一つの不可解、それに感じてもこの歌を歌ったとすれば、最もふさわしいのでないか。

項羽の垓下の歌と、高祖の大風の歌とは、一つは失敗の英雄の悲しみの歌、一つは成功の英雄のよろこびの歌であって、方向は反対であるけれども、根底にある感情は、共通なのではないか。項羽の歌が、安定した存在としての人間を、不安定な微小な存在へと切り換える一つの転機を示すとするならば、この歌もおなじ転機の上に歌われたものではないか。

司馬遷は、高祖の歌として、更に一つを、「留侯世家」に記録する。すなわち、『西京雑記』に記すのとおなじ事件であるが、本妻呂后の生んだがんらいの皇太子の地位が、いわゆる商山四皓の輔翼により、不動のものとなり、愛妾戚夫人の希望がむなしくなったときに作ったとされる歌である。それにはいう、

鴻鵠高飛　　鴻鵠の高く飛ぶは
一挙千里　　一挙千里
羽翼已就　　羽翼已《すで》に就《な》れば
横絶四海　　四つの海を横《ほ》しいままに絶《わた》る
横絶四海　　四つの海を横《ほ》しいままに絶《わた》るものを
又可奈何　　又た奈何《いかが》す可き
雖有矰繳　　矰繳《いぐるみ》のや有りと雖も
尚安所施　　尚《は》た安ずくにか施す所《べ》き

項羽が、自己の希望をうらぎってもはや歩もうとしない馬に対し、「騅《すい》の逝《ゆ》かざるは奈何すべき」と歌ったのと全く同じ言葉「可奈何」を、高祖もまた、自己の手におえぬほど強大になった皇太子の勢力を恨むものとして、使っている。司馬遷が、高祖をも、項羽とおなじく、天の恣意の下にあることを意識した人間としてえがいていることは、いよいよ明かである。『漢書』「芸文志」は、その詩賦略のうち、歌詩二十八家のはじめに、「高祖

の歌詩二篇」と記録するが、二篇とは、すなわちこの鴻鵠歌と、そうして大風歌であると、宋の王応麟はいっている。

司馬相如について

一

民国革命以前の中国の歴史は、ヨーロッパの歴史とおなじく、古代、中世、近世の三時期に区分することが、可能である。

すなわち漢の武帝以前の時期、つまりBC一〇〇年以前の時期が、その歴史の古代である。また武帝以後、唐宋の交に至るまで、つまりAD九〇〇年頃に至るまでが、その歴史の中世である。そうして宋以後、今世紀初頭の民国革命に至るまでが、その歴史の近世である。わざわざ「その歴史の」というのは、その古代、中世、近世は、ヨーロッパの歴史のそれと、ある程度様相を一致させつつ、しかも完全には様相を一にせぬからであって、概念の混淆をさける為には、その歴史の第一期、第二期、第三期と呼んでもよい。要するに、この三つの時期が、互いに自らを他から分つだけの色彩をもちつつ、中国の歴史にみとめられることは、事実である。政治史的な事象、文化史的な事象、社会史的な事象、その他百般の事象が、はじめは漢の武帝の時代を劃期とし、次には唐の中葉玄宗皇帝の治世から北宋のはじめに仁宗皇帝の治世へかけてを劃期として、一斉に、平行線をえがいて、大きく転移する。

漢の武帝の時代が、歴史の劃期であることを、何よりも示すのは、儒学の優位が、この天子の時代に、確立したことである。武帝の即位匆匆、「諸《す》べて六芸の科と孔子の術に在らざる者は、皆な其の道を絶ちて、並び進ましむること勿からむ」という董仲舒《とうちゅうじょ》の上書によって、この確定は行なわれ、ここに「百家は罷黜されて六経は表章される」(『漢書』「武帝紀賛」)こととなったのであるが、この確定は実に最近民国革命に至るまで持続した。むろん儒学の優位は、武帝以前からも、徐徐に胚胎しつつあったに相違ないが、その確定は、武帝の時代にあり、且つそれは以後二千年の中国の精神史、乃至は歴史全般の、最も大きな外郭となったのであった。

また政治史的には、中国語の本来の意味に於ける「封建」の制度、すなわち地方分権の制度が、完全に終熄するのも、武帝の時代を劃期とする。そうして以後は、「郡県」、すなわち中央から派遣された官吏による地方統治の時代へと、移行し、かつての「封建」の制度は、復活、少くとも完全に復活することは、なかった。

また社会史的には、官吏が古典的教養のあるものの中からのみ選ばれるという風習、或いはまた古典的教養あるものは、必ずしも官吏とならなくとも、士人もしくは読書人などと呼ばれて、その社会に優位を占めるという風習が、政治の意志として確定したのも、武帝の時代である。これは儒学の定立と相表裏した事柄であって、地位と教養との一致は、由来儒学の熱心に主張するところであったが、儒学が武帝の時代に国教として採用されたということは、儒学的な思想全般が容認されたということよりも、むしろその教説のこの部分が、確認されたことに、重要性がある。そうしてこの確認も、以後二千年、民国革命に至る迄の中国の社会、或いは現在に至るまでのその社会を、貫く伝統であった。

武帝の時代が、かく歴史の大きな劃期であり得た原因として、私は次の四つのことを考える。

第一は、武帝が、その父祖の帝国を、歴史の転換を行ない得べき、最も安定した状態で、うけついだことである。

すなわち武帝が、父景帝の死にあって、帝位についたのは、BC一四一年、その十六歳の時であるが、時に漢の帝国は、曽祖父なる高祖の創業以来、六十六年を経て、政治的にも、経済的にも、きわめて安定した状態にあった。

まず政治の問題としては、前代の遺制である「封建」の制度が、すでにほぼ完全に、「郡県」の制度に切り替えを終っていたことを、挙げねばならぬ。

すなわち各地方に対立する列国が、おのおの土地と人民とを自由にし、ただ天下の共主として、周の王をいただくという周代の「封建」の制度は、終《つい》に、周末戦国時代の紛乱となった。紛乱になやむ周末の社会が、暗黙のうちに希求したもの、それは統一ある世界の出現であった。このことは儒家をはじめ周末の思想家たちの主張が、統一の原理となるものをこそ異にすれ、天下の統一を希求する点では、一致している点でも認められるのであるが、この期待に一応こたえるものが、秦の始皇の帝国であった。秦の帝国は、従来の政治原理であった「封建」すなわち各地方に於ける諸侯の世襲を廃して、「郡県」つまり中央から派遣される地方官によって全天下を治める中央集権の政治を強行した。天子の権力は強大であり、政務は天子の独裁であった。しかしこの帝国が、始皇の子、二世皇帝の時に、あえなく崩壊し去ったのは、あまりにも中央集権、天子独裁の強行が、過度であったからである。

この秦帝国の修正形態として出現したのが、高祖による漢帝国である。それは、秦帝国の保持した強度の統一を保持せんとして、秦帝国の取った政治の形態を多分にそのままに継承し踏襲しつつも、一方では秦帝国がそれを無視することによって成立し、また無視することによって亡びた旧い「封建」の制度をも併用し、皇族を「諸侯王」として、各地に分封した。この矛盾がいつかは危機を招来すべきことは、高祖の子であり、武帝の祖父である文帝の時代に、「洛陽の才子」賈誼《かぎ》が、「事勢の為に痛哭す可く、為に流涕す可きもの」として、当時の政治上の問題いくつかを論じたうち、第一に指摘したことであるが、文帝の時代には、文帝の重厚な人柄が、「玄黙躬行して、以て風俗を移した」ことによって、事なきを得た。しかし予感された危機は、文帝の子であり、武帝の父に当る景帝の時代に至って、実現した。高祖の兄の子、呉王濞《ひ》を盟主とする、いわゆる呉楚七国の乱がそれである。しかしこの反乱は、意外なほどあっけなく鎮定された。以後、「諸侯王」の勢力は俄然として弱まり、中央集権の方向は、確定的なものとなった。つまり好むと好まざるにかかわらず、天下が「一王」によって統治されることを、社会は便利とするに至ったのであり、矛盾を包蔵していた社会は、矛盾を清算して、中央集権の方向へと態度を決定したのである。武帝の即位は、あたかもそののちであった。

そうしてまた武帝の祖父文帝、父景帝は、こうした社会の情勢を指導して、到達すべき点に到着させ得べき、沈静にして英明な天子であった。且つそうした天子にふさわしく、その私生活は、質素であったから、国庫の富力も、充実の極にあった。この間の状勢を、『漢書』の著者班固《はんこ》は、次のように述べている。「周と秦の敝《すえ》には、網は密に文は峻《けわ》しかりしを、漢の興《はじ》め、煩苛を掃除して、民と与《とも》に休息す。孝文（文帝）に至りては、加うるに恭倹を以てし、孝景（景帝）もその業を遵《つ》ぎたまえりしかば、五六十載の間に、風を移し俗を易《か》えて、黎民《たみぐさ》みな醇厚なるに至りぬ。」（『漢書』「景帝紀の賛」）また「武帝の初めに至るまで七十余年の間、国家に事無し。水旱の災に遇うを非《のぞ》きては、都も鄙も廩庾皆満てり。

而して府庫は貨財を余し、京師の銭は累《つ》むこと巨万、貫《さしいと》は朽ちて校《かぞ》う可からず。太倉の粟《こめ》は、陳陳として相因り、外に充溢して露《あら》わに積むもの、腐敗して食らう可からざるに至りぬ。」(『漢書』「食貨志」)

こうした状勢の中に、十六歳の天子は、位に即いたのである。

第二には、中国の歴史、というよりは当時の意識に於いては人類の歴史が、すでに然るべき堆積に達し、人類の生活は、やがてひとつの成熟に達するであろうという期待が、上に述べたような安定した地盤の上に、かもされつつあったと考えられることである。

すなわち、現代のわれわれが中国の歴史時代のはじまりとする殷《いん》の王朝から、武帝の時代までの距離は、千四五百年であるが、当時の認識では、歴史は上の方にも伸びて、殷の前には夏の王朝の存在が主張され、夏王朝に先だつものとしては、五帝の時代の伝説が、確立していた。五帝のはじめである黄帝の時代から、漢代までは、すでに六千余年を経ているというのが、当時の一派の学者の説であり、また別の一派の学者のごとく、武帝の子の昭帝の元鳳三年は、黄帝の時代から三千六百二十九歳であるという精密な数字を伴う説さえもあった。(『漢書』「律暦志」)要するに人類の生活は、もはや一つの帰結に到達し得るであろうという予感をいざのうべき数字である。

のみならず、一派の人人にとって、こうした完璧な時代への期待を、一層かき立てるものとなったのは、漢の国家の富強にもかかわらず、その文化が不釣合に貧弱なことであった。

漢に先だつ秦の始皇の政治が文化否定の方向にあったことは、始皇の晩年に行なわれた焚書坑儒という刺戟的な話柄によって最もよく象徴されるところであるが、秦帝国の修正形態として起った漢の帝国の初期にも、この方向は、そのまま持続されたばかりでなく、創業者高祖その人が庶民の出であり、高祖の創業を助けた将相たちも、張良が貴族の出であったのを除き、おおむね微賤の出であったということは、一そう事態をその方向におしすすめるものであった。高祖が儒者ぎらいであり、儒者が遊説に来れば、いつもその冠に溺《ゆばり》をしたという挿話は、何よりもそれを物語っている。高祖の子、恵帝の世に至って、「挾書の禁」、つまり書籍所持の禁令が廃止されたということは、秦の時に定められたこの法律が、この時はじめて効力を停止して、学問の自由が認められたことを物語る。また高祖の弟なる楚の元王が、『詩経』をおさめたというごとく、好学の諸侯王がないではなかったけれども、それは社会の一部分に、文化愛好の空気が動きはじめただけであって、社会の主流となるには至らなかった。恵帝の弟なる文帝、文帝の子で、武帝の父なる景帝、ともに政治家としては卓越な天子であったことは、前に述べた通りであるけれども、文化に対しては甚だしく冷淡であった。要するに、武帝以前の漢の国家は、文化的には甚しく空虚であった。

こうした空虚に対しては、武帝以前にすでに不満を表明したものがあった。たとえば、文帝の時代、賈誼《かぎ》は、国家も立国以来二十余年であり、「天下和洽」であるから、「宜しく当《まさ》に正朔を改め、服色制度を易《あらた》むべし」、つまりあまりにも実際的、便宜的な漢の制度を、理論的な秩序あるものに変更し、且つ「礼楽を興す」べきむねを、文帝に進言したけれども、文帝は、自分にはそれだけの資格がないと、謙遜してきき入れなかったと、『漢書』の「賈誼伝」には記している。

かく賈誼その人の要望は、かなえられなかったけれども、賈誼の抱いたごとき要望は、必ずしも賈誼ひとりのものではなかったであろう。人類の生活として完璧な時代、その招来も、この富厚な漢の国力を以てしては、不可能ではない。いや漢の国力を以てしてこそ可能である。且つそうした完璧の生活を、人類が招来し得ることを証明する文献は、既に十分に用意されていた。堯舜を中心とする五帝の時代の伝説は、過去に経験された黄金時代として、歴史のはじめに粲然として光り輝いていたからである。

第三には、武帝その人の性格が、こうした時代の要求を完全な結晶に達せしめるだけの、積極的進取的な性格であったことである。『漢書』の「武帝紀」の賛に、帝を「雄才大略」と評しているのは、その外征のはなばなしさを中心として立てられた言葉であって、南は東越、南越、西南は西南夷、東は朝鮮、西は西域諸国へと伸びた外征の規模は、「雄才大略」と評するにふさわしい。また北方匈奴に対しては、従来の消極策をすてて、積極策を取り、やがて次の宣帝の時代に匈奴の降伏する端緒を作ったことは、史家のこぞって説くところである。ところで、積極的、進取的であったのは、ひとり外征の事業ばかりではない。諸種の快楽に向かって、武帝は積極的であった。美人、神仙、音楽、狩猟、建築、みな帝の甚しく嗜好するところであった。その後宮の消息は、『漢書』の「外戚伝」にくわしく、神仙との交渉は、『漢書』の「郊祀志」にくわしい。いずれも後世の詩家の、しばしば詩材とするところである。要するに、武帝の性格は、新しい時代の中心に位して、結晶の原動力となり中核となるにふさわしい人柄であった。

また帝が、人材の抜擢にも、積極的であり、種種の人材を、自己の周囲にあつめたことは、新文化の結晶を、一層容易にするものであった。『漢書』の公孫弘《こうそんこう》らの伝の賛には、武帝の廷臣をかぞえて、

「儒雅は則ち公孫弘、董仲舒、児寛。
篤行は則ち石建、石慶。
質直は則ち汲黯、卜式。
賢を推《すす》むるは則ち韓安国、鄭当時。
令《おきて》を定むるは則ち趙禹、張湯。
文章は則ち司馬遷、相如。

滑稽は則ち東方朔、枚皐。
応対は則ち厳助、朱買臣。
歴数は則ち唐都、洛下閎。
協律は則ち李延年。
運籌は則ち桑弘羊。
使を奉ずるは則ち張騫、蘇武。
将率は則ち衛青、霍去病。
遺を受くるは則ち霍光、金日磾。」

と各方面の人材を網羅していたことを列挙した上、「漢の人を得るは、茲《ここ》に於てか盛んとなす」と、賛歎している。

また外征の副産物として、アラビア馬、苜蓿《クローバ》、葡萄その他、西方の珍奇な産物の輸入は、珍奇なものへの感覚をかき立てて、一層新しい時代の招来を容易にしたことは、『漢書』の「西域伝」の賛が、よくその雰囲気を伝えている。

第四には、武帝が、歴史の転換を完うし得るだけの長い在位年数をもったことである。BC一四一年、父景帝の死により、十六歳で位についたこの天子は、BC八七年、七十歳を以て崩ずる迄、五十五年間、中国の全土に君臨した。それはのちの梁の武帝の四十八年、唐の玄宗の四十五年、宋の仁宗の四十三年、乃至は清の聖祖の六十一年、おなじく清の高宗の六十年が、何等かの意味で、歴史の成熟期、乃至は転換期であったのと、相並ぶものである。

二

以上のような要因がからみあって、武帝の時代は、中国史の最初の転換期となり得たのであるが、歴史全体の転換と相応じて、文学の歴史も、この時代に於いて大きく転換する。というよりも、中国の文学史は、ここに始めて前文学史的な形態を脱し、正式な開幕を記録する。自覚された文学の生活が、中国の社会に持続的なものとなるのは、武帝の時代にはじまるからである。

けだし中国に於ける記載の行為は、武帝の時代に至るまでに、既におそらくは千年以上の歴史を経験している。しかしそれは記載の歴史、文献の歴史ではあっても、必ずしも文学の歴史ではない。文献のおおむねは、政治的、倫理的な理論の伝達、もしくは歴史事実の記載を、目標とするものであって、芸術的感動を、自覚的な目標とした言語は、例外的にしか存在しないからである。

ただ早くから古典としてあがめられた「詩」の経だけは、大きな例外である。しかし「詩」に於いてすら、その言語のもつ芸術性は、それ自身が目的であるよりも、政治的、乃至は倫理的な意思の伝達を、より完全にするための手段として、意識されている。また「詩」は、早くから古典としての地位を獲得しただけに、周の中葉以後は、読誦の対象となっても、その製作が継承されることはなかった。

また武帝に先だつこと二百年、揚子江の上流に突如として出現した屈原らの『楚辞』は、殆んど純粋に、芸術的感動を目標とする言語であり、中国の文学史は、ここにその開幕を見るがごとくであった。事実また武帝の時代に於ける文学の興隆は、『楚辞』の伝統の展開である。しかしそれはなおその社会の普遍な存在となることはなかった。屈原にはじまる『楚辞』の詩形は、その弟子の宋玉、唐勒、景差等によって、祖述されつつも、やがて秦の統一に伴う思想統制にあって、影をひそめざるを得なかったのである。

ついで、漢の帝国の興起と共に、『楚辞』の詩形は、「賦」の名称の下に、少数の民間の作者によって継承され、またそれら「賦」の作者を、おのが宮廷にあつめて、そのパトロンとなる皇族も、出現するに至った。まず高祖の兄の子であり、呉楚七国の乱の張本人となった呉王濞《ひ》は、すなわち武帝の大おじにあたるが、その宮廷にあつまった賦家としては、鄒陽《すうよう》、枚乗《ばいじょう》の二人が、有名である。やがて呉王濞の没落と共に、この二人はうつって、梁《りょう》の孝王《こうおう》の客となった。孝王は武帝の父、景帝の弟である。また武帝の父景帝のいとこである淮南《わいなん》王安《あん》の宮廷にも、数人の賦家がいた。それらの作家が、『楚辞』の詩形によって作った作品を、当時の言葉では「辞賦」と呼んだ。

しかし、こうした状勢が、決定的なものにまでおし進められたのは、実に武帝の時代である。決定的なものにまで押し進められたというのは、武帝に先だつ諸侯王の、「辞賦」に対する嗜好は、なお社会が偶然的に示した嗜好である。ところが武帝の時代に至って、芸術的な感覚を目標とする言語の製作、乃至は鑑賞は、人間の生活に必須な部分として、意識されるに至るからである。そうして以後、そうした言語の製作は、ずっと中国の社会の持続した行為となる。つまり文学を必須としなかった社会は、文学を必須とする社会へと、転換するのであり、中国の文学の歴史は、ここに完全な開幕に達する。この点に於いても、武帝の時代は、中国史の転換期であった。

こうした転換が行なわれた近因としては、やはりまず武帝その人の嗜好を、あげねばならない。すべての快楽に熱心であったこの天子にとって、『楚辞』風の美しい言語は、その嗜好する快楽のひとつであった。武帝がその即位と共に行なった事業のひとつは、辞賦家の登庸であって、まず最初に召されたのは、枚乗である。帝は太子である頃から、この老文人の名を耳にしていたが、即位の直後、折から郷里淮陰《わいいん》に隠棲中の老文士を、特別製の車を以て、都に召した。おしむべし老文士は道で病を得て卒したと、『漢書』の枚乗の伝に見えるが、帝の愛好に答えるべき人材は、必ずしも乏しからず、やがて新進の文人が、陸続として朝廷に集まった。厳助《げんじょ》、朱買臣《しゅばいしん》、吾丘寿王《ごきゅうじゅおう》、司馬相如《しばしょうじょ》、主父偃《しゅほえん》、徐楽《じょらく》、厳安《げんあん》、東方朔《とうぼうさく》、枚皐《ばいこう》、膠倉《こうそう》、終軍《しゅうぐん》、厳葱奇《げんそうき》などというのが、その人名であって、うちことに寵を受けたのは、東方朔、枚皐、厳助、吾丘寿王、司馬相如であったと、『漢書』の厳助の伝に見える。

そうして、何か皇帝を感動させるような事件が起るたびに、それを楚辞風の「賦」、もしくは他の文体の美文に綴りあげるのが、これらの文人の職掌であった。厳助の伝には、「奇異有れば、輒《すなわ》ち文を為《つく》らしむ」と見え、また枚皐というのは、すなわち老文士枚乗の子であるが、その伝には、謁見のはじめに、宮殿のひとつである平楽館の賦を作って、嘉賞を蒙ったこと、帝が二十九で皇子を得た時には、東方朔と共に「皇太子生まれたもう賦」を作ったこと、また皇后衛《えい》氏が冊立された時にも、賦をたてまつったこと、その他、帝の諸方への巡幸、狩猟、スポーツなどにはすべて扈従して、「上《みかど》感じたもう所有れば、輒《すなわ》ち之《それ》を賦せしめたもう」と、記されている。また後に述べるごとく、司馬相如の作と伝えられる「長門の賦」は、武帝の寵を失った陳皇后に代って、衷情を訴えたものであるといわれる。果してしからば、そうした役目をも、武帝の宮廷につどった賦家たちは、勤めたわけである。

また帝は、「辞賦」の愛好家、鑑賞家であったばかりでなく、みずからもその作家であった。『漢書』の「外戚伝」には、寵姫李夫人の死をいたんだ御製の賦の全文を、載せている。側近の文人たちの代作であったかも知れない。しかし少くとも、賦の作者として署名することを、帝自身いとわなかったのである。

こうした辞賦の文学の公認、それはすなわち、文学を必須とせざる生活が、それを必須とする生活へと転換したことを意味する。ところでこの転換は、武帝の嗜好を中心として、その周囲につどった文人たちの協力によって、行なわれたには相違ないけれども、特にこの転換の中心となり主動力となった天才があった。それは司馬相如である。歴史は天才を待ってその必然を完成するとするならば、司馬相如こそは、そうした天才であった。

三

司馬相如の伝記は、『史記』の列伝の巻五十七、また『漢書』の列伝の巻二十七上下に見える。司馬が姓、相如が名であって、字《あざな》は長卿という。蜀郡の成都、すなわち今の四川の成都の人である。若くして読書を好んだが、一方また「撃剣」を学んだと記されている。名乗りを相如というのも、戦国時代の趙国の宰相藺《りん》相如の人となりを慕ってのことであるといえば、おそらく前漢の社会に普通な任俠の気風の浸潤を、その弱年に於いて受けているであろう。

のちやがて長安に出て、武帝の父景帝に武官として仕えた。「辞賦」の製作にはその頃から既に興味を抱いていたが、景帝には「辞賦」に対する嗜好がなかったので、志を得なかった。ところが時あたかも景帝の弟で、今の開封に封ぜられていた梁の孝王が、長安に来朝した。孝王は、武帝にさきだって文学を愛好した皇族の一人であるが、来朝に際しても、取巻きの文士、鄒陽《すうよう》、枚乗《ばいじょう》、厳忌《げんき》などを引きつれていた。相如はそれをうらやみ、武官を辞職して開封にゆき、孝王の賓客の一人となった。最初の作品「子虚《しきょ》の賦《ふ》」は、この時期に、最初の草稿が作られたといわれる。

ところが間もなく、孝王が死んだので、故郷成都に帰った。生活は極度の窮乏の中にあったが、成都の西方の都会、臨卬《りんきょう》の県知事が、その才をあわれみ、いとも鄭重に、相如の世話をした。

当時、蜀の地方は、あたかもわが北海道のような新開地であり、中原からここに移住させられた徒刑囚の子孫のなかには、この新開地の豊富な物産を利用して、俄かに巨万の富を積んだものがあった。そうした「富民」の中に、趙からの移民の子孫で卓王孫、また山東からの移民の子孫で程鄭《ていてい》というものがあったが、二人は、臨卬の知事が、司馬相如に鄭重に仕えるのを見て、一日、相如を卓王孫の家に招待した。相如は、迷惑そうにしながら、席に臨んだ。陪客は、むろん知事であった。

酒たけなわとなったころ、知事は、琴を相如の前におき、一曲を奏したまえと請うた。卓王孫には、文君《ぶんくん》という娘があり、よそへ片づいていたのが、寡婦になったばかりであった。知事が相如に琴をひかせたのは、琴によって、この娘にいどませんが為であった。

娘の文君は、果して術中におちた。戸外からそっとうかがっていた娘は、相如の男ぶりと、琴のうまさに、心を動かされた。腰元たちに、相如からの贈りものがばらまかれていたことも有効であった。その夜、文君は、相如のもとに奔り、あいたずさえて成都に赴いた。

成都に於ける両人の生活は、甚だ困難であり、「家は徒《た》だ四つの壁の立つ」のみであったので、文君は夫にすすめ、金策のために臨卭《りんきょう》に赴いたが、娘のふしだらに激怒した卓王孫は、一文も補助しないと、息まいた。やむなく、夫妻は、臨卭《りんきょう》の市中に、居酒屋を開き、文君が店番をし、相如はボーイたちと共に、皿を洗った。

これには卓王孫も閉口し、一族のものたちのすすめもあったので、勘当をゆるし、相如に財産を分け与えた。夫婦はかくて成都に於いて、富人となったが、時にやはり蜀の人間で、楊得意《ようとくい》なるものが、武帝の側近に仕え、猟犬の掛りであった。一日、武帝は、相如の「子虚の賦」を読み、感歎して、古人の作であるとし、作者と生存の時を同じくし得ないのを、恨んだ。楊得意は、それが実は同郷人司馬相如の作であることを、奏上した。武帝は大いに驚き、相如を朝廷に召した。武帝に謁見した相如は、さっそくさきの「子虚の賦」を更に拡大して、天子の狩猟を賛頌する賦として、武帝の御覧に供した。

以下、『史記』の列伝には、かくして奏上された「子虚の賦」の全文、それは三千五百字以上にも及ぶ長篇の韻文であるが、その全文を載せた上、この賦を奏上した結果、相如は「郎」に任ぜられて、武帝の側近の一人となったこと、またその後の作品として、武帝の西南夷征討の事業に協力すべく、相如の故郷なる巴蜀の住民に勅命が下った際、連絡の不備から、巴蜀の人民が不満を抱き、形勢不穏になったので、その誤解を解くべく相如が故郷に帰って作った布告、「巴蜀に喩《さと》す檄」の全文、またこの征討の真意を別の形で解明した宣伝文、「蜀の父老を難ず」の全文、また長楊宮に於ける武帝の狩猟に陪した折、武帝の軽挙をいましめた文章の全文、またその帰途、秦の亡国の君二世皇帝の故宮を過ぎて、それを弔うた「二世を哀《かな》しむ賦」の全文、武帝の神仙ずきを動機として作られた「大人の賦」の全文を、それぞれに載せつつ、蜀に帰省した時は、甚だ得意であったこと、卓氏の婿として生活に心配がなかったので政治的な野心には乏しかったこと、晩年には病気辞職して、長安の近郊の茂陵《もりよう》に住んだこと、などを点綴し、最後にその死後、天子が使いをやって遺稿を求めさせたところ、太平を天地に告げる「封禅」の盛儀、その挙行を天子にすすめた文章が出て来たといい、いわゆる「封禅文」の全文をのせて、列伝の記述を終っている。『漢書』の列伝も、『史記』の列伝を丸うつしにしたものであって、全く同じ体裁であり、いずれも相如の代表的な作品の全文を列挙することによって、一篇の列伝を作っている。後世の史家も、文人の列伝を作るに当って、しばしば重要な作品をそのまま載せるという方法をとっているが、その典型は、『史記』『漢書』の「司馬相如伝」にある。その没年は明かでないが、『史記』の徐広の注によれば、元狩五年、ＢＣ一一八年であって、武帝即位の二十四年目である。

ところでこの司馬相如の伝記は、二つの点で注意をひく。

一つは、その人が、蜀という新開地の生まれであることである。『漢書』の「地理志」ならびに「循吏伝」によれば、「巴蜀広漢」の地は、「土地肥美にして、江水沃野山林竹木蔬食果実の饒《ゆた》かさの有る」地方であるが、もとは南夷の地域であった。それを戦国の末年、秦が郡として併合してから、初めて中国の版図にはいったが、しかもなお僻陋にして蛮夷の風があったのを、景帝の末年、文翁《ぶんおう》なるものが蜀の郡守となり、大いに学問を奨励し、青年官吏のうち優秀なものを、長安に遊学させたので、土地の文化がにわかに開けたという。またこれは『漢書』には見えず、ややのちの記載であるから、ややふたしかであるけれども、『三国志』の秦宓《しんみつ》の伝には、司馬相如その人も、文翁の派遣した留学生の一人であったという。「蜀には本と学士無かりしに、文翁の相如を遣わして、東のかた七経を受けしめ、還りて吏民に教えしめしにより、是《ここ》に於いてか蜀の学も斉魯に比しぬ。」しかく相如が文翁の弟子の一人であったか否かは、しばらくおくとして、要するに、当時の蜀の地方は、北海道のような新しい開拓地であった。歴史が蜀出身の人物として記録するのは、司馬相如がほとんど最初である。それ迄の歴史には、ひとり文化史的な人物ばかりでなく、政治史的な人物も、この地方からは出ていない。

かく司馬相如が、蜀という新開地の出身者であったことと、相如が新しい文学の完成者となったこととの間には、何等かの関係があるかと思われる。斉や魯のごとく古い文化の伝統をもち、従って文化の獲得が創造の形よりも復活の形で意識されやすい土地とは異なり、この新開地では、その豊富な物産と、その物産によって富を作った富民たちとを背景として、新しい文化、或いは、新しい文化を発生さすべき雰囲気が、醸成されつつあったということは、一つの可能な想像だからである。

第二には、卓文君との間の恋愛談である。中国の文献が、こうした形の恋愛を、こうした形で記録するのは、これが始めであるといえる。ここに至る迄の文献は、恋愛を話題とすることが、そもそもまれである。儒家の「五経」も、諸子の書も、主題とするところは、政治の問題であり、恋愛とは縁が遠い。しいてその中から、男女の事柄を取り扱いがちなものを挙げれば、『詩経』と『左伝』であろうが、『詩経』のたたえるものは、既婚の男女の間の情愛であり、『左伝』には、既婚の男女の間の不義密通の事実を、非難すべきものとして記録する。相如と文君との間に於けるごとき恋愛が、記録されたのは、これが始まりであるといって、差支えなく、且つそれは肯定的な態度で、記録されている。少くとも否定的ではない。それは、あまりにも面白すぎる為に、多少の小説的な粉飾のあることを想像させるけれども、相如のほぼ同時代人である司馬遷の『史記』には、すでにそうした形、またそうした態度で記載されている。必ずしも夫婦ならざる男女の、愛情による生命の燃焼、それが肯定的な態度で語られているということは、従来にない新しい態度であり、時代の転換を示す、またひとつの象徴でなければならない。

四

ところで、中国文学史の上にこうした位地を占める司馬相如の文学とは、いかなる性質のものであるか。

司馬相如の作品の中心となるものは、いう迄もなく『楚辞』の詩形によった「賦」であって、『漢書』の「芸文志」には、「司馬相如賦二十九篇」を、詩賦百六家のひとつとして、記録する。ところで二十九篇の賦の全部は、今日もとよりすでに伝わらない。

相如の作品として、今日に伝わるもの、それは『史記』『漢書』の列伝に載せられたものが、ほとんどその全部である。すなわち賦は、「子虚の賦」「二世を哀《かな》しむ賦」「大人の賦」の三篇、散文は、「巴蜀に喩《さと》す檄」「蜀の父老を難ず」「書を上りて猟を諫む」「封禅の文」の四篇であって、少くともそれだけが確実に信用できるものである。そのほかに、梁《りよう》の昭明太子の『文選』には、武帝の最初の皇后、陳皇后が、武帝の寵を失いかけた時、その寵を取りもどさん為に、相如に黄金百斤を贈って作らせたという「長門の賦」を収める。

奉虚言而望誠兮　期城南之離宮
修薄具而自設兮　君曾不肯乎幸臨
廓独潜而専精兮　天飄飄而疾風

登蘭台而遥望兮　神怳怳而外淫
浮雲鬱而四塞兮　天窈窈而昼陰
雷殷殷而響起兮　声象君之車音

虚《むな》しき言を奉じて誠なれかしと望み
城南の離宮に期《ま》つ
薄《いささ》かなる具《さかな》を修《ととの》えて自《み》ずから設くれど
君は曾つて肯えて幸臨したまわず
廓《うつろ》に独り潜まりいて精《こころ》を専らにすれば
天は飄飄として疾風《はやて》す
蘭台に登りて遥かに望み
神《たましい》は怳怳《きようきよう》として外に淫《あふ》る
浮雲は鬱として四もに塞がり
天は窈窈《ようよう》として昼陰《くも》る
雷は殷殷として響き起り
声は君が車の音に象《に》たり

また

日黄昏而望絶兮　悵独託乎空堂
懸明月以自照兮　徂清夜於洞房
援雅琴以変調兮　奏愁思之不可長

日は黄昏にして望みは絶え
悵《ちょう》として独り空堂に託す
明月を懸けて自《み》ずから照らし
清夜を洞房に徂《ゆ》かしむ
雅琴を援《と》りて調べを変じ
愁思の長くす可からざるを奏す

かく、境涯のわびしさ悲しさを、皇后に代って訴えたものであって、甚だ抒情的な文字である。もし果して真に相如の作であるとするならば、後世の詩文の一類型となった「宮怨」の文学、皇帝の後宮の不遇の佳人の恨みを述べた文学として、その最初のものである。また宋の無名氏の「古文苑」には、相如がまだ梁の孝王に仕えていた頃、同僚の鄒陽《すうよう》の嫉視を受け、相如は美貌の好色の徒である故、王の後宮をみだるであろうと讒言されたのに対し、その然らざる反証として、極度の誘惑にもおのれは打ち勝ったという経験をのべた「美人の賦」を収めている。

時日西夕　玄陰晦冥
流風惨冽　素雪飄零
閑房寂謐　不聞人声
於是寝具既設　服玩珍奇
金鑪薫香　黼帳低垂
裀褥重陳　角枕横施
女乃弛其上服　表其褻衣
皓体呈露　弱骨豊肌
時来親臣　柔滑如脂
臣乃気服於内　心正於懐
信誓旦旦　秉志不回
翻然高挙　与彼長辞

時に日は西に夕にして
玄陰は晦冥に
流風は惨冽として
素雪の飄零し
閑《しず》かなる房《へや》は寂謐として
人の声を聞かざりき
是に於いて寝具は既に設けて
服玩は珍奇に
金鑪には香を薫じ
黼帳は低く垂れ
裀褥は重なり陳じ
角枕は横しまに施す
女乃《すなわ》ち其の上なる服を弛《ゆる》べて
其の褻衣を表せば
皓《しろ》き体は呈露して
弱骨豊肌
時に来りて臣に親《ちかづ》けば

柔滑なること脂《あぶら》の如し
臣乃《しか》るに気は内に服《しず》かに
心は懐《むね》に正しく
信《あざや》けき誓いの旦旦として
志を秉《と》りて回《まど》わず
翻然として高く挙《さ》り
彼と長《とこし》えに辞せり

「長門の賦」「美人の賦」の全文もしくは一部分は、唐の欧陽詢の『芸文類聚』、唐の徐堅の『初学記』に収められているほか、唐の李善の『文選』の注などにも引かれており、六朝時代には、既に司馬相如の作として、流伝していたことは、明かであるが、それが真に司馬相如の作であるか否かは、十分な証拠がない。ことに「美人の賦」は、奇艶きわまりない文字であるだけに、一層後人の補作であることを思わせる。またそれが宋玉《そうぎょく》の作と伝えられる「登徒子が好色の賦」を模倣した痕跡があまりに顕著である点も、六朝時代おなじテーマで何度もくりかえして作られたものの一つが、司馬相如に偽託されたのであろうという疑いを深める。清の張恵言《ちょうけいげん》も「長門の賦」については「相如に非んば作る能わず」というが、「美人の賦」の方は、「此れ恐らくは六朝人の擬する所」と疑っている。（『七十家賦鈔』)

また『漢書』の「礼楽志」や「佞幸伝」の李延年の条によれば、武帝の朝廷の式楽として作られた楽歌の制作にも、司馬相如は参与している。それらの楽歌は、「礼楽志」に収録されているが、そのどれだけが司馬相如の手に成るかは、すでに弁別し難い。

要するに、司馬相如の文学を考察すべき確実な資料は、『史記』またそれをおそった『漢書』の列伝がその全文をのせる三篇の賦と、四篇の散文に止まる。うちまず考察の対象となるのは、いう迄もなく、三篇の賦であり、ことに「子虚の賦」を以て代表作とする。

五

「子虚の賦」は、前にも述べたように、三千字以上の長篇であるが、いまその内容を略叙すれば、次のごとくである。

賦の全体は、楚《そ》王の使者として斉《せい》の国に来聘した子虚《しきょ》なる人物と、斉の国の臣である烏《う》有《ゆう》先生と、もう一人、亡是公《ぶぜこう》なる人物と、この三人の間に交された会話として構成されており、一種の戯曲的な体裁である。子虚とは虚《むな》しき子《おのこ》であり、烏有先生とは、烏《い》ずくにか有らむ先生であり、亡是公とは、是れ亡《な》き公《おじ》であって、いずれも仮託の人物であることを、その名が現している。

まず楚国から来聘した子虚に対し、おのが国の国威を示さんため、斉の王は大規模な巻狩を催おす。その帰途、子虚は烏有先生の家に立ち寄る。そこには先客として亡是公がいる。主人の烏有先生は、子虚にむかい、今日の狩猟はどうであったかと、訊ねる。子虚は答える、貴国の王は、おのれをかえりみて、楚の国にもこうした楽しみはあるかと問われた。おのれは、わが国の王の狩猟の地である雲夢《うんぼう》のありさまを答えたとして、以下くわしくそのさまを述べる。

まず、

　雲夢なる者は、方九百里、其の中に山有り。

と前提した上、まず「其の山」のありさまはといっぱ、

　其の山は則ち、盤紆《ばんう》岪鬱《ふつうつ》、隆崇《りゅうすう》嵂崒《りつそつ》、岑崟《しんぎん》参差《しんし》にして、日月も蔽虧《へいき》す。交錯糾紛《こうさくきゅうふん》して、上は青雲を干《おか》し、罷池《ひち》は陂陀《はた》として、下は江河に属す。

また其の土はしかじか、其の石はしかじか、其の東にあるものはしかじか、其の南にはしかじか、その高燥なるあたりにはしかじか、其の卑湿なるあたりはしかじか、其の西にはしかじか、其の中にはしかじか、其の北にはしかじか、其の上にはしかじか、其の下にはしかじか、と、雲夢の地形と物産とを、むずかしい文字を駆使しつつ列挙した上、そこで行なわれる楚王の狩猟の有様を述べる。

まず、

　楚王は乃ち馴駮の駟に駕し、雕玉の輿に乗り、魚の須《ひげ》の橈《しわ》める旃《はた》を靡《なび》かせ、明月の珠

旗を曳《ひ》き、

云云と、陸に於ける狩猟を述べた上、そのあとに行なわれる美姫の舞、ついでは水中において行なわれる鳥の猟、またそのあとの舟あそびのありさまを、述べた上、きょう拝見した斉の国の狩猟には、こうした悠悠たる楽しさはないと、非難の意を示す。

烏有先生は、それに答えて、わが王が今日の巻狩を催したのは、足下のもてなしの為であって、奢侈をきそわん為ではない。足下の答えは、その点でまとをはずれているばかりでなく、もし封土の大きさ、物産のゆたかさというならば、貴国はとてもわが国に及ばぬのだと、やり返す。

するとその時まで黙黙として聞いていた亡是公が、听然《きんぜん》として笑って、発言する。二君のいうところは、みな間違っている。何となれば二君の論は、君臣の義を明かにして諸侯の礼を正すことを務めずして、徒《いたず》らに遊猟の楽しみ、苑囿《えんゆう》の大きさを争うのを事とし、奢侈を以て相い勝ち、荒淫もて相い越《しの》がんとするが、此れは以て名を揚げ誉れを発す可きものではなく、適《あたか》も君を貶《おとし》めて自《み》ずから損するものである。君たちはかの漢の天子の上林のことを耳にしないのであるかと、以下、天子の上林における御猟のありさまを詳述する。

まずはじめには、地形の大略として、縦横につらなる水脈のありさまを、多くの形容詞をついやして述べ、その中にいる水族、水鳥を附述する。次には水脈の間にそびえる山山と、その山山に生い茂る植物の名を列挙する。更にその南部と北部では気候も生物も異なっていることを述べる。さてその地域には、「離宮別館が、山に弥《み》ち谷に跨って」あるのであり、その建築の精緻さ、頭のよさ、またそれに植えられた果樹の類、飼育される動物の類を述べる。さてそうした離宮別館が、数千百処となくある地域に於いて、秋背《さ》りて冬に渉《い》れば、天子の校猟が行なわれるといって、盛んな狩猟のありさま、狩猟ののちの歌舞の宴のありさま、歌い女の姿の美しさ、それらを極度に多くの形容詞を使って述べる。さて是《ここ》に於いて、酒は中ばに楽は酣わなるとき、天子は茫然として思い、此れは泰《あま》りにも奢侈である。余の狩猟は、天道に順《したご》うて以て殺伐なるものであるけれども、かく快楽の方向をのみ伸ばすべきではないと、酒を解きて猟を罷め、有司に命じて徳政をしき、「六芸の囿《はたけ》に游《あそ》んで、仁義の塗《みち》に鶩《は》せ」、種種の文化的道徳的な施設を行なう。かくて、「天下は大いに悦んで、風に嚮《むか》うて聴き、流れに随うて化し、喟《き》然として道に興りて義に遷り、刑は錯《お》きて用いず、徳は三皇よりも隆く、功は五帝にも羨《す》ぎる」こととなる。かく道徳的な一面をもってこそ、狩猟は尊ぶべき行為である。いま二君の説くところのごときは、わずかな諸侯の領土の中で天子の楽しみをあえてせんとする。人民の苦しみを増すのみであろうと。

以上が亡是公の言葉であるが、それを聞いた子虚と烏有先生の二人は、超若として自失し、みずからの眼孔のせまきを詫びるというのが、子虚の賦の大略である。

ところで以上は、この賦の大略である。大略の事柄としては、右のごとき事柄にすぎぬことを、極度に瑰麗な文字、それは聴覚にうったえる音声としても、また視覚にうったえる字形としても、共に瑰麗な文字、それを縦横に駆使堆積しつつ述べたところに、この賦の特色はあるのである。それを翻訳によって紹介することは、困難である。

六

ところで、「子虚の賦」その他、司馬相如の賦の文学、それは詩形としては、『楚辞』の伝統の継承である。屈原に発源し、宋玉、賈誼、鄒陽、枚乗と受けつがれて来た「辞賦」の詩形に、のちに述べるごとく相当の変化を加えつつも、大たいとしてはやはりそれの継承である。

また子虚、烏有先生、亡是公、この三人の会話という一種の戯曲的構成を取っているのは、従前の賦に必ずしもある形式ではない。しかし相如に先だって枚乗の「七発」は、賦としては一種の変体の形式であるけれども、すでに楚の太子と呉の客の問答として、全篇を構成しており、更に溯っては、屈原の「卜居」「漁父」の諸篇も、実際に屈原と卜人、屈原と漁翁との間に交された問答であるよりも、より多く仮託されたる問答である。仮託の問答によって文学を展開することも、相如の創意ではない。

これらの点に於いて、相如の文学は、既存のものの延長であり、必ずしも創始ではない。にもかかわらず、それは劃期的な意味をもっている。その極度の修辞性である。

修辞性、これも屈原以来の「辞」もしくは「賦」の、既に顕著に示し来ったところである。『楚辞』の用語は、すでに自覚的に選択された詩語である。それは同じく韻文であってもより早い『詩経』の用語が、必ずしも意識的な選択を経たとは観察されないのとは、明らかに異なっている。また『詩経』の韻律は、一句四音という、いわば自然発生的な、退屈な韻律であったに反し、六音の句を基本形式とする『楚辞』の韻律は、既にいちじるしい文学的誇張を感じさせる。屈原の『楚辞』を、他の先秦の文献から別つものは、まさにその高度の修辞性の故である。そうして屈原以後、漢初に至るまで辞賦の文学は、屈原の定めた韻律形式を守りつつ、また用語については一層の選択を重ねつつ、その修辞性を徐徐に高め来ったといい得る。屈原の弟子宋玉の修辞は、既に屈原よりも一層華麗である。もしこれらの諸作品の語彙について精細な研究を行うならば、その間の関係は、実証的にも追跡し得るであろう。

しかし「子虚の賦」を代表とする司馬相如の諸作品のごとく、「辞賦」の文学の修辞性を、極度におし進めたものは、いまだかつてない。その語彙は、日常の語彙を離れて、見なれない、しかし均斉の取れた語が、積極的に捜集され羅列されている。その一字一字、一句一句は、精選されているのであり、『楚辞』にはなお残されていた用語の無造作は、完全に清算されている。

またその詩形も、もはや単なる六字句のくりかえしではない。六字の句は、賦本来の伝統として、要所要所をかためつつ、最も多きを占めるのは、実は四字の句であり、三字の句、七字の句などがそれにまじって現われ、この交錯は、緊密な諧和を形づくっている。むろん屈原の賦とても、全部が六字句のくりかえしであったわけではない。より長い句が時にさしはさまれるが、それらは韻文の形式として統一されざる残滓を、より多く感ぜしめるものであった。そこに面白さが感ぜられるとするならば、ものが未完成の状態にあり、完成への道程にある時に示される素朴の面白さであった。ところが相如の賦に於ける句形の錯雑は、それとは異なり、完成されたもののみが示す均斉の取れた複雑さである。要するに語彙に於いても、句形に於いても、無造作なものは、すべて排除しつくされている。つまりその修辞は、完璧の修辞にまで高められている。それは劃期的であるということができる。

更にまた、強度の修辞の意慾の結果としてまた一つの劃期を作るのは、その異常な饒舌さである。たとえば雲夢《うんぼう》の狩場の有様を述べるに当っても、其の山はしかじか、其の土はしかじか、其の石はしかじか、其の東はしかじか、其の南はしかじか、其の高燥なるところはしかじか、其の卑湿なるところはしかじか、其の西はしかじか、其の中はしかじか、其の北はしかじか、其の上はしかじか、其の下はしかじか、という風に、次次に話題を転じて、事項を列挙する。あとの天子の上林を述べた部分になると、この傾向は、一そう増大する。それは異常な饒舌である。

こうした列挙の形式も、賦の文学が、さいしょからもたなかったものではない。屈原の作と伝えられる「天問」は、既に一種の列挙の形式であり、宋玉の作と伝えられる「招魂」もそうである。また『漢書』「芸文志」に、「歌わずして誦するを賦と謂う」と定義されているように、詩が歌うものであったのに対し、賦はただ読誦し朗誦する言語であったということは、元来言語の畳みかけを必要とする性質にある。且つまた「賦」という言葉は、「敷」「鋪」などと近い発音にあり、語源的にも羅列陳列の意味をもっているとされるのであって、漢の劉熙《りゅうき》の「釈名《しゃくみょう》」に「賦なる者は敷なり、其の義を敷布す、之を賦と謂う」、晋《しん》の摯虞《しぐ》の「文章流別論」に、「賦とは敷陳の称なり」。梁《りょう》の劉勰《りゅうきょう》の「文心雕竜」に、「賦なる者は鋪なり、采を鋪《し》き文を摛《の》べ、物を体して志を写す也」というような語源解釈は、みなある程度の妥当性をもつ。

しかしながら、司馬相如の賦のごとく、賦の文学の羅列性を、ここまでおしすすめたものは、これ迄になかった。「天問」「招魂」の列挙といえども、相如の「子虚の賦」に比べれば、ものの数ではない。また早期の賦についていえば、「天問」「招魂」のごときは、必ずしも主流ではない。主流となるものは、むしろ列挙的でない。屈原の代表作であり、賦の最初の作品である「離騒」は、既に甚しい長篇であるけれども、屈原の憂愁という一つの主題が、くりかえしくりかえし歌われているのであって、列挙の感じ、饒舌の感じではない。司馬相如の賦とは、むしろ対蹠的である。

こうした盛んな列挙の原動力となったものは、やはり修辞の意欲であったと考える。何となればそれは華麗な言葉をつらね得べき素材を、次次にたぐりよせて、言語の音楽を、より豊富に奏せんとするものだからである。

晉の摯虞が「文章流別論」で述べるところは、この問題にふれている。

古詩の賦は、情義を以て主と為し、事類を以て佐と為す。今の賦は事形を以て本と為し、義正を以て助と為す。情義を主と為せば、言は省《わず》かにして文に例《おきて》有り矣。事形を本と為せば、言は当れども辞は常無し矣。文の煩しきと省《わず》かなると、辞の険しきと易《やさ》しきとは、蓋し此に因《もとづ》く。(『芸文類聚』による)

七

更にまた司馬相如の劃期性は、かく賦に於いても練磨された技能を、散文にも移し入れて、散文の世界に於いても、完全に均斉の取れた美文の文体を、創始したことである。すなわち今に伝わる司馬相如の散文四篇は、或いは天子の命に服せぬ人民にさとすものであり、或いは天子の軽挙をいましめるものであり、或いは文化の主宰者としての天子に、その義務の遂行をすすめるものであり、いずれも一応は政治的倫理的な目的のために作られた文章である。しかしそれらはいずれも首尾対句で構成された美文である。例として、巴蜀の民に喩告した檄の一節をあげれば、

夫辺郡之士、聞烽挙燧燔、皆摂弓而馳、荷兵而走、流汗相属、惟恐居後、触白刃、冒流矢、義不反顧、計不旋踵、人懐怒心、如報私讎、彼豈楽死悪生、非編列之民、而与巴蜀異主哉、計深慮遠、急国家之難、而楽尽人臣之道也、故有剖符之封、析珪而爵、位為通侯、居列東第、終則遺顕号於後世、伝土地於子孫、行事甚忠敬、居位甚安逸、名声施於無窮、功烈著而不滅、是以賢人君子、肝脳塗中原、膏液潤野草、而不辞也、

夫《か》の辺郡の士《おのこ》は、烽《のろし》挙がりて燧燔《のろしや》くと聞けば、皆な弓を摂《と》りて馳せ、兵《うちもの》を荷《にな》いて走る。汗を流しつつ相い属《つら》なり、唯《ひと》えに後《おく》れを居《と》らじと恐る。白刃を触み、流矢を冒《おか》しつつ、義として反顧せず、計は踵《きびす》を旋《めぐ》らすいとまもなし。人ごとに怒りの心を懐《いだ》きて、私の讎に報ゆるが如し。彼も豈に死を楽しみて生を悪《にく》まむや。またひとり編列の民には非ずして、巴蜀と主《つか》うるひとを異にするならん哉《や》。計深く慮り遠くして、国家の難に急《はや》り、楽しみて人臣の道を尽くせば也。故に符を剖《わか》つ封を有《う》け、珪を析《わか》ちて爵をさずかり、位は通侯と為り、居《すまい》は東の第《やしき》に列《なら》ぶ。終りには則ち顕《あざや》けき号《な》を後世に遺《のこ》し、土地を子孫に伝う。事を行うこと甚だ忠敬にして、位に居ること甚だ安逸に、名声は無窮に施《の》び、功烈は著《し》るくして滅びず。是《ここ》を以て賢人君子は、肝脳の原の中に塗《まみ》れ、膏液の野の草を潤《うる》おすとも、辞せざる也。

その修辞性は、賦の文学に於けるのと、全く同じである。

こうした形の散文も、司馬相如以前に、全然萌芽がないわけではない。秦の始皇の丞相

李斯《りし》が、国外からの帰化人の放逐を始皇が命令したのを諫めた文書は、首尾対句を用いて華麗であり、鄒陽、枚乗がそれぞれに呉王の陰謀を諫めた文書も、司馬相如の文体に近い。しかしここまでの完全な整頓は、やはり司馬相如の散文に至って始めて現われるものである。

八

かく司馬相如の文学が、賦に於いても散文に於いても、かく劃期的に高度の修辞性を示すということは、言語に対する態度に、重要な変化のあったことを物語る。すなわち言語が、単に思想なり感情なりを伝達するものとしては意識されず、音楽的、乃至は建築的な美を組織する工具としての面が、より重要なものとして意識されるに至ったことにほかならぬからである。

言語がそうした性質をもつという意識、それはもとより司馬相如以前からも存在している。またそもそもそうした性質は、言語が先天的に内在するものであって、言語の吐かれるところ、そこには必ず音声の調和が附随し、建築的な均斉が成立する。一義一音の中国語にあっては、殊にしかりである。そうして、この先天的な性質を、高度の調和と均斉にまで高めることが、伝達の意志をも、より完全に果すとする意識は、孔子の言葉として『左伝』に引かれた、「言の文《かざ》らざるは、行わるること遠からず」という言葉の、早く示すところである。事実また言語に音楽的な調和と、建築的な均斉を保たせるという技巧は、伝達の意欲を軸とする先秦の諸文献の間にあっても、次第に蓄積されつつあった。しかしそれはあくまでも伝達を有効ならしめる手段としてである。いかにも「言の文《かざ》らざるは、行わるること遠からず」であるけれども、目的は「行」すなわち、普及、伝達にある。「文」は「行」という目的を果す為の手段であり、「文」そのものが目的ではない。このことは、経書、諸子その他の散文に於いてそうであるばかりでなく、『楚辞』のごとき最も文学的な言語に於いてさえも、その意識は、なお濃厚であると考えられる。

ところが司馬相如の場合は、逆である。その代表作「子虚の賦」は、専ら言語による音楽を奏せんとするものである。もっとも相如のこの賦も、その奥底には、武帝の狩猟ずきを諫めんとする政治的意欲を蔵しているという見方がある。『史記』の著者、司馬遷のごときはそれであって、『史記』の「司馬相如列伝」の最後に附した論賛には、

相如は虚辞濫説多しと雖も、然れども其の要帰としては、之を節倹に引《みちび》かんとす。此れ詩の風諫と何ぞ異ならんや。

と弁護している。そうしてこの司馬遷の言葉のあとには、後人の加筆があり、前漢末の学者揚雄《ようゆう》が相如の賦を目して「靡麗の賦にして、勧は百にして諷は一なり」としたのは、いいすぎであるとしている。

しかし、この条に関する限り、『史記』の論賛は、公平の論とはいい難い。むしろ揚雄

のいうごとく、「靡麗」な言語の音楽を作って、天子を楽しませること、つまり専ら読者の美的快感を予想して綴られた文字であるとするのが妥当である。

また巴蜀に喩告する檄その他の散文は、政治の必要のための文字であるには違いない。しかし政治の必要を満たさんための修辞であるというよりは、文字の音楽を奏せんが為に、政治的な事件が素材として利用されているという方が、より真実であるように見える。その態度は、「子虚の賦」がその言語の音楽を豊富にせんために、次次に事項をたぐりよせているのと、同じである。

要するに従来は、伝達を有効ならしめる為の手段として意識され、またそうした意識の下に堆積されて来た修辞の技巧、それが司馬相如に至っては、一転して、手段ではなくして、そのもの自身が目的であると意識されるに至ったのであり、そうした意識の上に、従来の言語の範疇には属しない新しい範疇の言語が、定立したのである。それは純粋に美的快感を目標とする言語であり、美的快感を目標とする言語が文学であるとするならば、中国の文学史の正式な開幕は、司馬相如にこそあるとせねばならぬ。また芸術史的には、それは従来の芸術にはなかった新しい芸術の誕生である。司馬相如の次の時代の賦家、揚雄は、若年の頃には司馬相如を祖述しつつ、晩年には壮年の作を悔い、相如風の賦は、「雕《ちょう》虫篆刻《ちゆうてんこく》」であると称している。「雕虫篆刻」とは、細緻な工芸のいいであるという。この批評は、悪意にもとづくものであるけれども、相如の言語が工芸と共通した性質であることを、示すものである。

要するにそれは一つの新しい価値の定立であった。またそうした新しい価値を定立させるだけの力量を、この天才はそなえていた。「子虚の賦」以下の諸作品は、言語の組み合わせによって、調和と均斉の美を作り得ることを、完全に実証して見せるものであった。その修辞は雕琢をきわめているけれども、しかく雕琢をきわめつつも、不思議な力強さをもっている。単なる綺麗ごとではない。これは中国文学の底流として存するリアリズム、ことに新しい形式の創始の際ごとに強く示されるそのリアリズムが、十分に作用して、言語は華麗な外装をよそおいつつも、みな確実な指摘を果しており、指摘の確実さが力強い快感を生むからである。またその饒舌は、饒舌を成立させるだけのエネルギーを感じさせるのであり、弛緩の感じではない。要するにそれは、こうした種類の言語が、人間の価値のひとつとして存在し得ることを、完全に主張するものであった。

むろん、こうした価値の定立を、司馬相如一人の力にのみ帰することは、出来ないであろう。司馬相如に先だって、宋玉、枚乗、鄒陽らの作品は、この価値の定立をうながすものであった。また東方朔その他、相如と時を同じくする「辞賦家」も、相如の衛星であった。しかし事態を決定的にしたのは、相如の力が多きにいるとせねばならない。

そうしてかく武帝の世に、相如を中心として定立せられた新しい価値は、それ以後の中国の社会に於いて持続した地位をもち、やがて唐宋の交、次の転換期を迎えるまでの八九百年の間、中国の文化の熱心に祖述するところであった。相如にすぐ次ぐ時代の作家としては、前漢に王褒《おうほう》、揚雄《ようゆう》があり、いずれも賦ならびに修辞的な散文の作家であった。後漢の班固、張衡《ちょうこう》らもそれである。ついで後漢末から三国にかけては、長大にして叙事的な賦のほかに、より軽快なまたより抒情的な詩形として、五言詩が出現したが、五言詩も、言語の音楽として、修辞を偏重するところは、賦と同じである。以後、晋から南北朝を経て、唐の初年に至るまでは、賦と、五言詩と、修辞的な散文とが、文学の三つの重要な形式として持続するが、三者はひとしく甚しく修辞的な点で、相如の文学の継承である。それが中国の中世の文学の様相であった。

従ってこの時期の文学が、その典型として回想するのは、常に司馬相如であった。少しゆるめていえば、司馬相如と、その衛星となる文人たちであった。「枚馬」「揚馬」という言葉は、文人をいう代名詞として、六朝人の詩文にしばしばあらわれるが、「枚馬」とは、枚乗と司馬相如であり、「揚馬」とは揚雄と司馬相如である。司馬相如に向かってのこうした尊敬は、宋以後、中国の文学が更に新たな転換を経験したのちに、始めてやむのである。

要するに、漢以前の文学を有せざる時代、もう少しくわしくいえば、みずからを芸術的な言語として他と区別せんとする言語、そうしたものが存在しなかった時代が、その存在する時代へと移行したのは、司馬相如を中心とする武帝の時代を、分水嶺とするのである。

宋の朱子は、この移行の経過を、次のように論じている。いわく、いにしえの聖賢の文は、みなかくの如き文を作らんとしてかくなったものではない。しかるべき「実」が中にあれば、しかるべき「文」が外にあらわれたのである。六経の文がみなそれであるのは、いうまでもないとして、戦国の世の、申子、商子、孫子、呉子の術、蘇秦、張儀、范睢、蔡沢の弁、列禦寇、荘周、荀況の言、屈平の賦、更には秦漢の世の韓非子、李斯、陸賈、賈誼、董仲舒、司馬遷、劉向、班固から厳安、徐楽の流に至るまでも、みな先に「実」があってのちに「言」に託したものであるが、宋玉、司馬相如、王褒、揚雄の徒が出づるに及んで、もっぱら浮華を尚び、「実」の言う可きもの無し、と。(『文集』巻七十「唐志を読む」)

司馬相如風の言語が、「浮華」な堕落した言語であるとするのは、道学者のかたよった見解であるが、その移行の時期が、宋玉にはじまり、司馬相如を経て、王褒、揚雄に及ぶ時代にあるとするのは、確かな見解である。

またおなじ趣旨のことは、朱子に先だってもいわれている。梁の裴子野《はいしや》は、六朝の中ごろ、言語が畸形的にまで修辞的になった頃に出て、しかもそうした言語に反感を抱いた人物であるが、その「雕虫論」にはいう。

古者《いにしえ》は、四始と六芸と、総《あつ》まりて詩と為る。既《かた》えには四方の気を形《あら》わし、且つは君子の志を彰わす。美を勧め悪を懲らし、王化の本づく焉《ところ》なりき。しかるに後の作者は、思いを枝葉に存し、繁華縕藻、用《も》って自《み》ずから通《は》す。若《か》の悱惻《はいそく》にして芬芳《ふんぽう》なるは、楚の騒よりして之が祖と為り、靡漫にして容与なるは、相如の其の音を和《はや》せり。是れ由りして声に随い影を逐う徒《ともがら》は、指帰を棄てて執《まも》るもの無く、賦と詩と歌と頌と、百帙五車なり。蔡邕《さいよう》等の俳優なる、揚雄の童子の為《わざ》なりと悔いたる、聖人ふたたび作《い》でずんば、雅《ただ》しきと鄭《みだ》れたるとを誰かよく分たんものぞ。(「文苑英華」による)

更にまた溯っては、前漢末の揚雄が、のちに述べるごとく、「詩人の賦は麗にして則なりしに、辞人の賦は麗にして淫なり」というのは、司馬相如風の言語と、それ以前の言語との間の距離を、はやくも反省した言葉である。

九

ところでこの移行が、司馬相如を中心として武帝の時代に行なわれ、中国文学史の完全な開幕を、ここに記録することになったのは、はじめに述べたように、武帝の時代が、中国史全体の最初の大きな転換期であったという概括的な理由、また武帝個人の嗜好という副次的な理由のほかに、なおその理由として考えるべきことが、二つある。

第一は、武帝の朝に於ける最も大きな劃期的な事象である儒学の定立、それは文学の定立と相並んで行なわれているが、二者は単に相並行するばかりでなく、儒学の定立こそは、文学の定立の、重要な要因であったということである。何となれば、司馬相如風の文学の創作は、当時の意識としては、儒学的実践の一部分として行なわれたと見うけられるからである。

一たいに中国古代の諸思想のうち、儒家は最も文学的な行為を尊重するものである。「詩」が儒家の経典のひとつであったことは、既にそのことを示すものであり、またそもそも孔子以来の「詩書礼楽」に対する尊重は、その教えが文化至上主義であったことを示す。それは道家の自然主義が、或いは文化否定に傾くのとは、対蹠的であり、また礼楽の尊重は、「非楽」を説く墨家とも、対蹠的である。また統制政治を説く法家が、人間精神の自由な発展を抑制する傾向にあるのに対しても、対蹠的である。従って儒家は、修辞的な言語をも、人間文化のひとつとして、容認乃至は支持すべき態勢にあることは、孔子の言語として伝えられる「言の文《かざ》らざるは、行なわるること遠からず」の、早く示すところである。この意味に於いて、儒学が国教として定立したということは、既に文学的生活の尊重を予約し得るものであった。

のみならず、武帝の儒学尊重は、ひとり「詩書礼楽」という過去の文化財への尊重を再確認するばかりでなく、「詩書礼楽」の再生を、実践として意図するものであった。このことは「礼楽」に関しては、きわめて明瞭であって、『漢書』の「礼楽志」の全篇は、「礼」と「楽」の再生が、武帝の時代を中心として、どの程度まで実現されたかを、専ら記録せんが為に書かれた篇であって、司馬相如もその製作にあずかった「郊祀の歌」十九章その他の歌曲が、「礼楽志」に記録されているのは、いにしえの「詩」また「楽」の現代的再現としてである。

こうした雰囲気の中にあって、「子虚の賦」のごとき言語も、「詩」「書」の再生でないまでも、その延長として意識されたと見うけられるのであり、これらの美文の製作、乃至鑑賞は、儒学的実践の一部分、乃至は少くとも、その延長として、支持されたと考えられる。朱子のごとく、それらを言語の堕落として見るのは、宋以後の儒家の見解である。当時にあっては、むしろ儒学の文化至上主義の一翼を形づくるものとして、積極的に支持されたのである。儒学に対する愛好と、修辞に対する愛好とは、相矛盾し、相反撥するものではなくして、相一致するものであった。故に司馬相如その他の辞賦家の伝記には、常にその儒学的教養についての経歴が何がしか記されており、一方また文帝の時の儒学的政論家であった賈誼は、政治論何篇かを今にとどめると共に、数篇の賦を今に伝える辞賦家である。二つの教養は、実は一つであったのである。武帝の初年の大臣のうち、最も儒学を好んだのは、武帝の母の異父弟、田蚡《でんぷん》であるが、この人物は同時にまた「文辞に貪巧であった」と、『漢書』の「外戚伝」には、記している。

また時代はややさがるけれども、司馬相如風の修辞を儒学の積極的実践として主張したのは、班固である。紀元後一世紀、『漢書』の著者であるこの歴史家は、同時にまた司馬相如風の美文の名手でもあったが、その代表作、「両都の賦」の序には、

「賦なる者は、古詩の流れなり。」

と、まず賦の文学が、『詩経』の子孫であることを、大きく指摘した上、『詩経』的な文化は、周末から漢初にかけて、久しく中絶していたのを、武帝、宣帝の世に至って、「廃《すた》れたるを興し絶えたるを継いで」、それが復興された。故に「言語侍従の臣」としては、司馬相如、虞丘寿王、東方朔、枚皐、王褒、劉向のともがらが、「朝夕に論思して、日月に献納し」、一方また公卿大臣の中にも、倪寛、孔蔵、董仲舒、劉徳、蕭望之など能文の士が出たので、かくて「大漢の文章は、炳焉として」、儒学が理想的な時代とするかの「三代」と風《さま》を同じくするに至ったとのべている。つまり「文章」は、儒学的文化を成立させるのに欠くべからざる要素であり、それを具備することによって、漢の国家は完全な文化の時代を再現したとするのである。

もっとも司馬相如風な修辞が、儒学的実践であるか否かは、当時にあっても、疑義があった。『史記』の「司馬相如伝」の論賛に、相如の「虚辞濫説」が、究竟において詩の諷諫と合致すると、弁護的に論じているのは、こうした弁護を必要とすべき、反対の見解の存在を、暗に示すものである。また前漢末の揚雄は、一方では、賦家として司馬相如の後継者でありつつ、一方では暗に孔子の継承者を以てみずから任じ、その随想録『法言』は、『論語』に擬して作られたものであるが、『法言』の中には、司馬相如の言語を評して、「雕虫篆刻」というのをはじめ、相如に対する否定的な言語が多い。

或ひと問う、景差、唐勒、宋玉、枚乗の賦は、益あるかと。こたえて曰《い》わく、必ずや淫ならん。淫とは奈何《いか》に。こたえて曰《い》わく、詩人の賦は麗にして則《ただ》しく、辞人の賦は麗にして淫なり。如《も》し孔子の門に賦を用いしならば、賈誼は堂に升り、相如は室に入りしならん。ただその用いざるを如何《いか》にせん。

しかし、そうした反省を一方には蔵しつつも、指向的な方向としては、相如風の修辞は、人間の文化性の具体的な顕現であるとして、儒家の文化至上主義が、積極的に支持するものであった。この意味からいって、儒学の定立こそは、文学の定立に対する最も大きな要因であったといってよい。武帝の時代に於ける儒学の定立は、以後の中国人の思索を儒学の枠内にとじこめ、文学精神の自由な発展を阻害した点では、中国文学史の禍いであったけれども、同時にまた、儒学の定立によってこそ、文学ははじめて中国の社会に、その地位を確立するに至ったということは、従来の学者のあまり言及しない事柄であるけれども、実は深く注意すべき事柄である。

一〇

以上のべて来たような儒学の定立が、文学の定立に対する自覚的な原動力であったとするならば、そのほかにもう一つ、一見文学の定立とは相つらなりにくくして、しかも実は文学定立の要因となったものがある。それは前漢の社会にみなぎり渡った遊俠の気風である。

前漢の時代を通じて、いかに遊俠の気風が、世間に瀰漫したかは、『漢書』が特に「遊俠伝」の一篇をおいて、朱家《しゅか》、郭解《かくかい》以下、博徒の親分数人の伝を立てていることによっても、窺われる。これらの博徒は、長安の下町に蟠居して、政府の権威に対抗し、白日に仇人を刺してはばからぬものであった。

一たい遊俠とは、何であるか。『礼記』の「儒行」篇では、「俠」をば「儒」の対立概念としてあつかっているが、「儒」が理性を尚ぶに反し、「俠」の尚ぶものは、感情である。行為の当否は理性によっては判断されず、行為を押し出す感情の強さによって肯定される。また「儒」の尚ぶものが秩序であるのに対し、「俠」は感情の満足のためには、秩序の破壊をいとわない。また無制限の快楽は、中庸を尊ぶ「儒」のいやしむところであるに対し、「俠」のよろこぶところである。「俠」と「儒」とは、まさしく相反撥する。従って「俠」と文学とも相反撥するものでなければならぬ。

ところで前漢の社会には、儒学の定立を馴致したごとき文化主義、理性主義が、一方には存在すると共に、より大きく、その社会の地色となったものは、遊俠の空気であった。「遊俠伝」に記された数人の博徒は、実はその代表であるにすぎない。遊俠の気風は、政府にも、宮廷にも、深く浸潤していた。

まず創業の君主である高祖が、もとは市井の無頼であり、遊俠の徒である。また高祖の創業を助けた開国の功臣たちも、張良のような例外をのぞき、みな無頼遊俠の徒の出身である。高祖の子文帝、文帝の子景帝と、天子自身の遊俠的性格は、逓減したであろうけれども、大臣はなお、武断の徒によって占められていた。文帝の世に於いて、早くも儒学的文化主義を、文帝に進言した賈誼が、若くして逝ったのは、朝廷の大臣の白眼にたえかねてのことであるといわれる。それが武帝の世に至って、儒学の顕彰となったことは、遊俠的なものの後退を、示すには相違ない。しかしもとより全面的な後退ではない。まず、武帝その人の性格が、なお甚だしく遊俠的である。快楽の積極的な追求、それは遊俠的なものである。武帝即位の初期、盛んに儒者と文士が抜擢されたころ、武帝は一日、その抱負を廷臣に語った。すると、骨硬を以て鳴る汲黯《きゅうあん》が、「陛下は内は多欲なるに外に仁義を施《おこな》いたもう。奈何《いかん》ぞ唐虞の治に效《ま》ねんと欲《ねが》いたもう乎《や》」と、答えたというのは、(『漢書』「汲黯伝」)この矛盾をついたものである。

中国の歴史のうち、遊俠の気風が、その社会のひろい地色となったこと、前漢のごときは稀である。すぐ次の後漢の時代には、遊俠の風は後退し、謹直な儒学一本の社会へと、移行している。その点で前漢と後漢とは、対蹠的でさえもある。

ところで、かく前漢の社会にみなぎる遊俠の気風は、一方では儒学的、文学的なものと対立し、矛盾するものでありつつ、実は司馬相如の放恣な修辞を成立させる精神的な基盤であったと考えられる。文学は理性のみでは成り立たない。文学の成立の為には、飛躍が必要である。非理性的なものが必要である。現に司馬相如その人が、遊俠の雰囲気の中に、その若年を送ったと推せられることは、前に触れた通りである。

要するに、司馬相如を中心として、武帝の時代は、自覚的には儒学の進出を背景とし、無自覚的には遊俠の気風を養分として、修辞的言語という新しい価値の定立を完成し、以後、中国中世の文化がその線に沿って持続する発端となったのである。

常識への反抗——司馬遷の『史記』の立場——

ヘロドトスが西方の歴史の祖先であるのに対し、前一世紀に書かれた漢の司馬遷《しばせん》の『史記』は、われわれ東方の歴史の祖先である。

百三十巻におよぶ大著には、司馬遷自身のあとがき「太史公自序」がある。そこで彼は抱負をのべていう。過去の人間の事実を批判することによって、将来の人間の行動に指針を与えること、それが歴史の任務でなければならない。少くとも彼にさきだつ偉大な思想家孔子の態度はそうであったのであり、孔子がその態度の実践として書いたのが、『春秋』である。彼みずからは孔子ほど偉大でなく、その書物も孔子の『春秋』の後継ではあり得ないと謙遜するけれども、謙遜はかえって自負をものがたる。

この自負のもとに、百三十巻の大著を書いた司馬遷の態度として、顕著なものが二つある。一つは人間の事実のすべてに目をむけることである。そのため彼は、彼が歴史時代のはじめと意識した黄帝の時代から、彼みずからの時代である漢の武帝の時代までの事実を、広汎な側面から、記述する。記述の中心となるのは、いわゆる「七十列伝」であって、政治家、軍人、思想家の伝記のほか、暗殺者、俠客、俳優、男色、売卜者、商人、などの伝記を含む。それらもそれぞれに人間の可能性を示すからだと、やはり「太史公自序」にいう。たとえば、君主のそばにはべる男色たちの伝である「佞幸列伝」を書いた理由としていう、

——夫《そ》れ人君に事《つか》え、能く主の耳目を悦ばせ、主の顔色を和《やわ》らげて、親近さるるを獲るは、独り色の愛のみに非ず。能く亦《ま》た各おの長ずる所有り。佞幸列伝第六十五を作りぬ。

人間という存在を批判的に知るためには、人間の事実のすべてを熟視しなければならぬ、というのが、この歴史家の心がまえの第一であった。

第二の態度は、事実と非事実とを厳密に弁別し、後者を切り捨てたことである。従来の伝承がもり伝えて来たもののうち、神話的伝説的であり、事実でないと彼が判定したものは、すべて切りすてたと、彼はしばしばいう。開巻第一「五帝本紀」のあとがきに、

——学者の多く五帝を称するや尚《ひさ》し。……而して百家の黄帝《こうてい》を言うや、其の文、雅馴ならず。薦紳《せんしん》先生は之を言うを難《はばか》る。……余は並びに論次し、其の言の尤《もっと》も雅なる者を択ぶ。

というのは、そのもっとも有名な例である。「蘇秦列伝」のあとがきに、

——然れども世の蘇秦を言うには、異ること多く、異時の事にして之に類する有る者は、皆之を蘇秦に附す。……吾れ故に其の行事を列し、其の時序を次《つい》で、独り悪声を蒙らしむ

るなし。

というのは、伝説では、何でもかでも、巧妙な弁舌を蘇秦の所為とするのを、弁別して、彼の名誉を回復したというのであり、「刺客列伝」のあとがきに、

――世の荊軻《けいか》を言うや、其の太子丹の命を称するや、天より粟《こめ》の降《ふ》り、馬の角を生ぜしをいう。太《はなは》だ過ぎたり。

というのは、伝説の生む誇張虚構への警戒である。「大宛列伝」のあとがきに、まず、

――禹本紀に言う、河は崑崙に出で、崑崙は其の高さ二千五百余里、日月の相い隠れ避けて光明を為す所なりと。

と、古伝説を引いたうえ、近ごろ張騫《ちようけん》の探険の結果は、そうした伝説の虚妄が確定したといい、ここにのべるところは、すべて正確な事実の記載のみであり、

――禹本紀、山海経に有る所の怪物を、余《われ》は敢えて之を言わざる也。

というのも、おなじ態度の表白である。人間の事実でないものは、すべて人間に対して無益であると、彼は考えたのである。

以上のような態度のもとに、彼みずから数えるところによれば、五十二万六千五百字の歴史を書いた司馬遷は、人間という存在をどう考えたか。

彼が、凡庸な中国の思想家がしばしばおちいるような尚古主義者でなかったことは、その書物の随処に、表白がある。たとえば彼にとっては近世史であった戦国時代に対し、く

わしい年表「六国表」を作った理由をのべて、

——戦国の権変も、亦た頗る采る可き者有り、何ぞ必ずしも上古のみならんや。

というのは、顕著な表白の一つである。

尚古主義者でなく、したがって下降史観をもたなかった彼は、人間は、少くとも集団としての人間は、常に進歩の過程にある、とそう考えていたように見える。

しかし、それと共に私の注意をひくのは、集団としては進歩の過程にある人間が、個人としてはしばしば挫折を経験するという、彼の指摘である。

まず「七十列伝」のさいしょの巻である「伯夷列伝《はくい》」、それがすでに挫折者の伝記である。伯夷は前十一世紀、周の武王の武力革命に反対し、抵抗の意志の表示として、みずから餓死した。弟の叔斉《しゅくせい》とともに。

なぜかくも挫折はしばしば個人をおそうか。司馬遷は、不可知な運命の介在を一おうは考える。善人である伯夷の餓死、それは運命のいたずらのように見える。孔子の弟子のうち、もっとも秀才であった顔回《がんかい》のわか死には、一そうそう見える。逆に悪人が富み栄え、天寿を全うする例は、過去ばかりでなく、彼司馬遷の同時代にも、いやというほどある。旧約の「伝道之書」の七章十五節に、「義《ただ》しき人の義《ただ》しきをおこなって亡ぶるあり、悪しき人の悪しきをおこなって長寿《いのちなが》きあり」、またその八章十四節に、「義《ただ》しき人にして悪しき人の遭《あ》うべき所に遭う者あり、悪しき人にして義《ただ》しき人の遭うべき所に遭う者あり」というのと、まったくおなじことを、司馬遷は、挫折者伯夷の伝記をしるしたのちの議論として、のべたうえ、人間の保護者である「天」は、常に善人の味方である、と諺《ことわざ》はいう、

——或いは曰わく、天道は親しむもの無く、常に善人に与《くみ》す、と。

しかし果してそうかどうか、私は深い懐疑におちいらざるを得ない、

——余《われ》は甚だ惑う。儻《も》しくは謂わゆる天道なるものは、是なるか非なるか。

と浩歎を発する。浩歎は、彼自身も、友人李陵の敗戦を弁護することによって、武帝の不興を買い、「腐刑」という絶大の恥辱をうけた挫折者であったことを、思いあわせれば、一そう深刻となる。「天」もしくは「天道」は、不可知であり、人間をその気ままな不可知な支配の下にあるものとして見る誘惑に、司馬遷はたえかねているように見える。

しかし司馬遷は、究局において、運命論者でなかったと、私には思われる。個人を挫折させるものとして、彼は運命以外の、別のものを、鋭敏に考えている。それは私の言葉でいえば、常識の暴力というべきものである。集団であることによって進歩を生み出す人間が、集団であるゆえに無反省に共通にもつ意思、それを常識と呼ぶならば、常識は、その外にはみ出した個人を、圧迫し、挫折させる。

列伝のはじめにおかれた伯夷の場合が、すでにそうである。暴力革命の是認が、その時代の常識であったのに対し、伯夷は抵抗した。故に自滅した。それに対し、司馬遷にさきだつ批判として、孔子はいう、伯夷はみずからの信念のために倒れたのだから、不満はな

かったと。

——孔子曰わく、伯夷と叔斉とは、旧悪を念わず。怨み是《ここ》を以って稀なり。仁を求めて仁を得たり、又何をか怨まんや。

いまの『論語』では、「公冶長」篇と「述而」篇とに分れて見える語を、司馬遷の「伯夷列伝」では、まずつづりあわせて引いたうえ、この場合は孔子の判定に、司馬遷は異議をとなえる。伯夷の辞世の歌として伝わるものがある。

登彼西山兮　　彼の西の山に登りて
采其薇矣　　其の薇《わらび》を采《つ》まん
以暴易暴兮　　暴を以って暴に易《か》う
不知其非矣　　其の非を知らず
神農虞夏　　神農虞夏《じんのうぐか》は
忽焉没兮　　忽焉《こつえん》として没《かく》れぬ
我安適帰矣　　我安《い》ずくにか適《ゆ》き帰《き》せん
于嗟徂兮　　ああ徂《ゆ》かん
命之衰矣　　命《めい》の衰えたる

この歌を読めば、伯夷はさいごまで不満をもちつづけたことになりそうだと、司馬遷はいう。つまり伯夷がさいごまで反撥しつづけたほど、常識の暴力は巨大であると、司馬遷はいいたげである。

逆にまた、常識の暴力は、それに迎合する人間を、過度に幸福にするということを、司馬遷はしばしば指摘する。たとえば、極度の不遇の環境からのがれて、西方の強国秦《しん》に入り、その宰相となった范睢《はんしょ》の伝のあとがきにはいう、

――然れども士も亦た偶合有り。賢者多くは此の如し。

また武帝の宰相である公孫弘《こうそんこう》は、彼と完全な同時代人であるが、その列伝のあとがきの書き出しにはいう、

――公孫弘は、行義も修まると雖も、然れども亦た時に遇うなり。

「偶合」といい、「時に遇う」という、共に時代の常識の代表者主宰者である君主との、巧妙な出あいを意味する。

あるいは司馬遷には、「天」すなわち運命の恣意として常識が簡単に片づけるものが、実は人間の恣意であるとする考えがあったかとさえ、私は想像する。

想像を語るのはさしひかえるとして、よりはっきりとらえ得ることをいうならば、司馬遷が、「伯夷列伝」の結論としていうことは、次のように読める。

すなわち歴史家は常識の暴力に屈してはならないということである。常識の暴力によっ

て不幸であった人物、その異時代の友人でこそ、歴史家はあらねばならない。あるいは凡庸な歴史家、それも暴力的な常識の一つの現われであるが、それによって従来の歴史の上から消し去られ軽んじられた人物、常識が正しい評価を与えていない人物、それらを再評価し、発掘しなければならない。げんに伯夷と叔斉とは、まず孔子の表章があったればこそ、その名を人人が知るのである。顔回の篤学も、孔子の「驥尾に附して」こそ、一そう有名なのである。「巌穴」にひそみ、「閭巷《りょこう》」に沈む不遇な人たち、それらも、

——青雲の士に附するに非ざれば、悪《な》んぞ能く後世に施《い》きんや。

「伯夷列伝」は、この二句をもって終っている。それらの人物を、後世に施《い》きのびさせ、再び生命を与えるのが、以下の七十篇の列伝、ないしは百三十巻五十二万六千五百字に及ぶこの書物全体の使命なのだと、司馬遷は宣言したいのである。

短簫鐃歌について

一

漢の時代の歌謡、すなわち楽府《がふ》古辞と呼ばれつつ伝わる、百首内外の、そうして作者の名は原則として知られない歌どものうちに、短簫鐃《どう》歌と呼ばれる一群の歌がある。それは漢魏六朝の詩文の詞華集《アンソロジー》として、六世紀初に編集された『文選』には採録されていないけれども、『文選』とほぼ時を同じくして著作された沈約の『宋書』の、音楽史についての巻巻である「楽志」の四に、「漢鼓吹鐃歌十八曲」と総題して、その歌辞十八首を記録するものである。

十八の歌は、いずれも第一句に見えた言葉を以て、曲の名とする。たとえば第一は、「朱鷺の曲」であって、その歌辞は、

朱鷺魚以烏路訾邪鷺何食食茄下不之食不以吐将以問誅者（原注に、誅は一に諫に作る）

と記されている。以下「思悲翁の曲」「艾如張の曲」「上之回の曲」「擁離の曲」「戦城南の曲」「巫山高の曲」「上陵の曲」「将進酒の曲」「君馬黄の曲」「芳樹の曲」「有所思の曲」「雉子の曲」「聖人出の曲」「上邪の曲」「臨高台の曲」「遠如期の曲」「石留の曲」と、あわせて十八の歌辞を記録する。

ところで、これらの歌辞は、由来難解を以て鳴るものである。右に例示した朱鷺第一が、すでにその例であって、いかに句読すべきかが、既に問題である。近ごろ聞一多氏の『楽府詩箋』が、太鼓のかざりとしてある朱《あか》き鷺を歌ったものとし、

朱鷺
魚以烏
路訾邪
鷺何食
食茄下
不之食
不以吐
将以問諫者

朱《あか》き鷺よ
魚をば以《すで》に烏《は》きぬる
路訾邪《さぎよ》
鷺は何をか食らうや
茄《はす》の下《はな》を食らう
之を食らわず
また以て吐かず
将《まさ》に以て諫むる者に問《おく》らんとす

と読むのは、従来の諸家の説を集成したものであるけれども、なお一つの解釈たるにとどまる。且つこの解釈によるとしても、その意味はなお充分につかめない。

難解は、最後のうた「石留の曲」に至ってきわまる。

石留涼陽涼石水流為沙錫以微河為香向始縣冷将風陽北逝肯無敢与于楊心邪懐蘭志金安
薄北方開留離蘭

と記録されるその歌辞を、荘述祖、陳沆、聞一多など、すぐれた注釈家は、すなおに処置なしとして、解釈を拋棄している。

もっとも十八の歌のすべてが、常にここまで難解なのではない。たとえば第十二「有所思の曲」は、次のごとく読まれる。

有所思
乃在大海南
何用問遺君
雙珠瑇瑁簪
用玉紹繚之
聞君有他心
拉雑摧焼之

思う所有《ひと》るに
乃《いま》し大海の南に在り
何を用《も》ってか君に問《おく》り遺《あた》えん
雙つの珠ある瑇瑁《たいまい》の簪《かざ》
玉を用《も》って之を紹《まと》い繚らんものを
君に他《あだ》し心有りと聞けば
拉《い》り雑《まじ》えつつ之を摧き焼かん

摧焼之　　　之を摧き焼き
当風揚其灰　　　風の当《まえ》に其の灰を揚げん
従今以往　　　今より以《し》て往《のち》は
勿復相思　　　復《ふたた》び相い思う勿《な》からん
相思与君絶　　　相い思うこと君とは絶えなん
鶏鳴狗吠　　　鶏は鳴き狗は吠ゆ
兄嫂当知之　　　兄と嫂とは之を知る当《な》るべし
妃呼豨　　　？
秋風粛粛晨風颸　　　秋風の粛粛として晨風《たか》は颸《は》す
東方須臾高知之　　　東の方の須臾《しばらく》して高《しら》めば之を知らん

これは、捨てられた女が、不幸な恋をなげく歌として、理解される。少くともはじめから三分の二ばかり、相思与君絶というあたりまでは、はっきりとそうである。鶏鳴狗吠以下は、難解であるが、自己の潔白を訴えんとするものの如く想像される。うちもっとも解釈がつきにくいのは、「妃呼豨」の三字であって、明の徐禎卿の『談芸録』が、「但だ楽中の音を補う」だけの、ノンセンスなはやし言葉であると説くのに、多くの注釈家は従っている。

また第十五「上邪の曲」も、始めの「上邪」という二字が読みにくいのを除けば、熱烈な恋の歌として理解するに難くない。

上邪　　　　　　　　上なるもの邪《よ》（？）
我欲与君相知　　　　我は君と相い知《ちぎ》ること
長命無絶衰　　　　　長く絶え衰うること無から命《し》めんと欲す
山無陵　　　　　　　山に陵《おか》なく
江水為竭　　　　　　江《かわ》の水は為めに竭《つ》き
冬雷震震夏雨雪　　　冬に雷の震震として夏に雪の雨《ふ》り
天地合　　　　　　　天地の合《かさ》ならんときにこそ
乃敢与君絶　　　　　乃ち敢えて君と絶えなん

つまり世界の滅亡の日まで、相契ろうというのである。
また第八の「上陵の曲」なども、太平をことほぐわかりやすい歌であり、その終りには

甘露初二年　　　　　甘露の初二年
芝生銅池中　　　　　芝は銅池の中に生う

仙人下来飲　　仙人　下りて来たり飲む
延寿千万歳　　寿《いのち》を延ぶること千万歳

と、作歌の時期を示す句を、明瞭な形でふくんでいる。甘露は漢の宣帝の年号であり、その元年はBC五三年である。

しかし読みやすい歌、乃至は部分は、少半であり、読みにくい歌、乃至は部分が、大半である。それは、これらの歌が記録されはじめた六朝時代すでにそうであって、今本「宋書楽志」の末には次のような附記がある。「漢の鼓吹鐃歌十八篇は、古今楽録を按ずるに、皆な声と辞と艶と相い雑《ま》じり、復《ま》た分つ可からず。」この附記そのものは、北宋時代の校刊者が附したものであろうが、引くところの『古今楽録』とは、六朝の末、陳の釈智匠の撰した書である。それがすでにこれらの歌辞を難解とし、且つその理由を与えて、声すなわち意味をもたぬはやし言葉と、辞すなわち意味をもつ言葉と、艶すなわち導入部の音楽に附随した言葉で歌の本体とは必ずしも連絡せぬ言葉、この三者が混乱しているからだとしたのである。『古今楽録』の別の佚文として、「字に訛誤多し」という句も、郭茂倩の『楽府詩集』に見える。以後、唐の呉兢の「楽府古題要解」には、「字に訛謬多くして暁《さと》る可からず」、南宋の厳羽の『滄浪詩話』には、他の楽府古辞の難解なものと共に、「又た朱鷺、雉子班、艾如張、思悲翁、上之回の等《たぐい》は、只だ二三句のみ解す可し。豈に歳久しくして文字舛訛して然るなる邪《か》」という。厳羽の時代は、楽府の包括的な総集である郭茂倩の『楽府詩集』一百巻が出現したのちであり、彼はこの一群の歌を、沈約の書よりも郭茂倩の書で読んだと思われるが、難解の歎きはおなじであった。更に下って明の中頃、七子の大胆な古典主義は、これらの歌どもをも摸擬の対象とし、李攀竜、王世貞、みなその作があるが、それは読解とは別問題であり、七子の亜流、胡応麟の「詩藪」には、その「音響格調、隠中に自《お》のずと見《あらわ》るる」ことを賞しつつも、その「詞句の難解」であり、「意義の繹《たず》ね難き」ことを、くりかえしのべている。(内篇一)

一方またこれらの歌どもに、詁訓を与えようとする努力も、久しきにわたってつづけられている。元の劉履の『選詩補注』の、補遺下に、漢鼓吹鐃歌三首として、戦城南、君馬黄、臨高台の三曲を解釈し、「其の余も詞調皆な古し。而かれども字に訛誤多く、義或いは馴《たいら》かならず。尽《あまね》く取るを得ざる也」と附言するのは、その早いものの一つであろう。明人の業績については知らない。清では、李因篤の『漢詩音注』、朱嘉徵の『楽府広序』(康熙十五年、一六七六以前に成る)、陳祚明の「古詩選」(康熙四十五年一七〇六序)、朱乾の「楽府正義」(乾隆二十九年一七六四成る)、荘述祖の『漢鼓吹鐃歌曲句解』(嘉慶十一年一八〇六自序)、陳本礼の『漢詩統箋』(嘉慶十五年一八一〇自序)、陳沆の『詩比興箋』(咸豊四年一八五四自序)、王先謙の『漢鐃歌釈文箋正』(同治十一年一八七二自序)、譚儀の『漢鐃歌十八曲集解』(同治十二年一八七三自序)などがある。その他、董説、彭士望にも解があるというが、私は見ない。かくて近人、夏敬観氏の『漢短簫鐃歌注』（民国十八年一九二九序）、聞一多氏の『楽府詩箋』（民国二十九年一九四〇）、余冠英氏の「楽府詩選」（一九五三）などに及んでいる。

またわが国人の訓点としては、志村三左衛門楨幹の訓した『宋書』（宝永三年一七〇六刊）、無名氏の訓した『古今詩刪』（寛保三年一七四三刊）、芥徽卿三郎の点した『古楽苑抄』（明和四年一七六七刊）、江村綬北海の編した『楽府類解』（天明五年一七八五刊）などが、存在する。

二

ところで私は、この難読の歌の訓詁に、何ものかを加えようとするのではない。その文学史の上に占める地位を考えることを、この論文の意図とするが、それにさきだち、これらの歌曲の、音楽としての性格を考えておくことは、無用でない。これらの歌曲は、魏晉南北朝を経て、唐に至るまで、或いはその本来の歌辞が、或いはその替え歌が、器楽の伴奏によって演奏しつづけられたのであるが、その音楽としての性格は、その文学としての性格と、関連する点があるからである。ただその音楽としての性格については、既に鈴木修次氏に、「短簫鐃歌と横吹曲」という論文があり、昭和廿八年六月の「東京文理科大学漢文学会々報」第十四号に見える。私の説と彼此参看されんことを希望する。

まずこれらの歌の用途であるが、それは漢の時代に於ける軍楽であった。ことは「宋書楽志」に明かであって、まず「楽志」の一には、蔡邕の「礼儀志」なるものを引き、「短簫鐃歌は軍楽なり。黄帝のときに岐伯の作る所。以て威を建て徳を揚げ、敵に風《さと》し士《いくさびと》を勧《はげ》ます也」という。蔡邕はいうまでもなく後漢末、二世紀末の学者であるが、おなじく「宋書楽志」の四によれば、それは蔡邕が漢の音楽について立てた、四分類の、第四に位するものであった。「蔡邕、漢楽を論叙して曰う、一を郊廟神霊と曰い、二を天子享宴と曰い、三を大射辟雍と曰い、四を短簫鐃歌と曰う。」つまり第一類は祭祀のための音楽、第二類は饗宴のための音楽、第三類は大学の儀式のための音楽、それらに対し、これは軍楽として第四類なのであった。なおややのちの記載であるが、『隋書』の「音楽志」には、後漢の明帝の時代に於ける音楽の四分類、また『晉書』の「楽志」には、明帝永平三年のこととしてその六分類をあげる。四つなり六つなりの内容は、はじめにあげた蔡邕のそれと多少ちがっているが、『隋書』では「短簫鐃歌楽」が、また『晉書』では「短簫之楽」が、それぞれ最後に位する点は、おなじい。

またこれらの歌は、いかなる楽器を伴奏として演奏されたか。それも考証に難くない。結論をさきにいえば、それは太鼓を伴う吹奏楽であった。すなわちこれらの歌は、一名を鼓吹というのであって、「宋書楽志」には漢鼓吹鐃歌十八曲と総題し、宋の郭茂倩の『楽府詩集』には、六朝以来の音楽史家の説をうけつぎつつ、これを鼓吹曲辞の巻におさめる。

鼓吹の二字は、太鼓を伴った吹奏楽、更にいいかえれば、絃楽器はなくして、管楽器のみ、それと太鼓を伴奏とする音楽の意である。

そうしてその管楽器は短き簫を主とした。だから短簫鐃歌というのである。簫という楽器は、『三礼図』その他によると、いくつかの竹管を横にならべた、ハモニカの如き形であり、そのひびきは、劉熙の「釈名」に、「簫は粛なり。其の声は粛粛として清き也」というように、清脆であるが、うち管の長さの短いものは、声ことに清かったらしい。『芸文類聚』の四十四に、蔡邕の「月令章句」を引いて、「簫は、長ければ則ち濁り、短ければ則ち清《す》む。臘を以て其の底を密実して、之を増減す」というのが、それである。この管楽器が、主楽器となって、鼓吹の楽曲の興奮を作ったことは、類聚のおなじ巻に引く、梁の劉孝儀の簫を詠じた詩に、「危声は鼓吹に合す」というのによって、知られる。

更にまた重要なことは、副次的な管楽器として、西域系統の笳が用いられたことである。ことは南斉の儒者である劉瓛（四三四―四八九）が定めた「軍礼」なるものが、『太平御覧』の八十二、また『楽府詩集』に引かれているのに、見える。いわく、「劉瓛の定めし軍礼に曰う、鼓吹は未まだ其の始めを知らざる也。漢の班壹、朔《さく》の野に雄《はび》こりしよりして之有り。笳を鳴らして以て簫の声に和す。八音に非る也。」

右のうち、班壹云云については、あとで説明する。重要なのは、鳴笳以和簫声ということである。笳または葭という楽器は、いわゆる胡笳であり、『宋書』の「楽志」に引く杜摯の「笳の賦」に、李伯陽すなわち老子が、西戎に入りて造る所、という伝説さえあったように、あきらかに西域伝来の楽器である。一たい漢の音楽が西域の影響を多く蒙っていることは、人人のしばしば説くところであるが、この吹奏楽の場合も、例外ではなかった。鈴木氏の前掲論文には、笳の使用は、六朝末に起ったとするが、魏の曹植の「聖皇篇」に、「武騎は前後を衛り、鼓吹は簫笳の声」というのは、その使用が三世紀以前に起った明証である。

なおそのことと関連するのは、上に引いた劉瓛の説が、この音楽の起源を班壹に求めることである。班壹とは、『漢書』の著者班固の祖先として『漢書』の「叙伝」の篇に見える人物であって、「叙伝」にはいう、班氏の先祖は、秦帝国の成立と共に、晋代の間、すなわち山西の北部に遷ったが、始皇の末年、班壹なるもの、雁門の県なる楼煩に居り、馬牛羊数千群を所有した。やがて、法網なおゆるやかであった漢帝国成立の初期、孝恵と高后の時代、つまり前二世紀初には、財力を以て辺境地帯に雄視する土豪となり、出入弋猟するごとに、旌旗をたて鼓吹をならし、よわい百余を以て終った云云。劉瓛が、それを以て、鼓吹の起源とするのは、出入弋猟旌旗鼓吹という片言隻句から思いついたことであろうが、北方の辺境にその起源を求める点は、さきに引いた蔡邕の説が、「黄帝のとき岐伯の作る所」と、ただ全くの神話をのべるのよりは、まさっている。

以上二つの管楽器、簫と笳、それと太鼓によって構成される吹奏楽が、何人の楽人によって演奏されたかも、既に鈴木氏の引くごとく、ややのちの資料であるけれども、陳の文帝の時の制度が、『隋書』の「音楽志」の上に見える。「鼓吹は一部《くみ》十六人、則ち簫十三人、笳二人、鼓一人。東宮の部《くみ》は三人を降し、簫に二人を減じ、笳に一人を減ず。諸王の一部《くみ》は、又《さら》に一人を降し、簫の一を減ず。庶姓の一部《くみ》は、又《さら》に一人を降し、復た簫の一を減ず。」つまり主楽器である簫を吹く楽人の数が、天子の場合は十三人、皇太子の場合は十一人、諸王の場合は十人、庶姓すなわち臣下の場合は九人。副楽器として笳は天子の場合のみ二人。皇太子以下の場合はみな一人。鼓は常に一人である。なおこの吹奏楽の楽器と楽人が、三国六朝を通じ、有功の武人の栄典として、朝廷から賜与されたことは、史書と類書に、おびただしく見える。

またこの音楽の実際に演奏される様子を説いたものとしては、三世紀後半の文人、晋の陸機の「鼓吹の賦」がある。通行の『陸士衡集』にのせるものは、完全でない。清の厳可均が『芸文類聚』と『初学記』から重輯するところによって、句を拾えば、いわく、

逸《は》しき気を騁《は》せて憤《も》りあがり壮《たけ》り
煩《こま》かき手《ふし》を曲折に繞《めぐ》らす
舒《の》ぶれば飄颻として遐《はる》かに洞《おお》ろかに
巻きては徘徊《たゆた》いて其れ結ぼるるが如し

この部分は専らその器楽の様相についての描写であるが、やがて器楽にのって、歌がはじまる。

其の悲しき唱《うた》の音を流《し》くに及びては
怏惶として依違し
歓を含み弄を嚼みて
乍《たちま》ち数《しげ》く乍《たちま》ち稀なり
音は唇吻に躑躅《てきちょく》し
将《まさ》に舒びんとするが若《ごと》くにして復《ま》た廻《めぐ》る

歌声のこまかな曲折を写し得て妙であるが、更に重要なのは、伴奏の効果をいう次の二句である。

鼓は砰砰として軽く投《ひょうし》とり
簫は嘈嘈として微《かす》かに吟ず

かくて

悲翁の思いを流《し》くを咏じ
高台の臨み難きを怨む
穹《ふか》き谷を顧りみて哀しみを含み
帰る雲を仰ぎて音を落とす
節は気に応じて舒びつ巻きつ
響きは風に随いて浮きつ沈みつ
馬は跡《あし》を頓《す》りて増すます鳴き
士は嚬蹙して襟を霑おす

圏を附した部分には、思悲翁、臨高台と、二つの楽曲名がよみ込まれている。また節応気以舒巻は簫についていい、響随風而浮沈は鼓についていうであろう。またいわく、

乃ち郊沢を巡り
野坰に戯るるに若《いた》りては
君の馬を奏して

南城を詠じ
巫山の遐《はる》かに険しきを惨み
芳樹の栄《はな》さく可きを歓《よろこ》ぶ

ここにも、君馬黄、戦城南、巫山高、芳樹と、四つの楽曲名がよみ込まれている。このほか厳可均のあつめ残した数句が、『北堂書鈔』に見えるが、ここには引かない。

要するにそれは悲涼な響きをもった、熾烈な音楽であった。『類聚』や『御覧』に引く次の挿話も、この音楽の興奮を語る。四世紀末の梟雄桓玄が、この音楽を演奏させて、詩作のインスピレーションを得たという挿話である。「俗説に曰う、桓玄は詩を作るに、思い来たらざるときは、輒《つね》に鼓吹を作《な》さしむ。歎じて曰わく、鼓吹は固《まこと》に自《お》のずと人の思いを来《まね》くと。」

今一つ述べておきたいのは、これらの歌を短簫鐃歌ということである。鐃とは小さな鈴であるが、以上引いた資料による限り、鐃は、伴奏の楽器として現れない。鐃は古来もっぱら戦陣の間に用いられたものであるゆえに、鐃という語は軍陣を意味し得たとし、軍歌という意味で鐃歌と称したとする鈴木氏の説はおそらく正しい。

なおまたいくつかのことを附言すれば、漢の鐃歌の歌辞として「宋書楽志」以下に記録するものは、前述の十八であるが、元来は更に務成、玄雲、黄爵、釣竿の四曲があり、都合二十二曲であったという説が、『楽府詩集』に引く智匠の『古今楽録』に見える。更にまた一説として、うち釣竿ははぶくべきであり、都合二十一であるともいう。

またこれら十いくつ乃至二十いくつの楽曲には、魏、呉、晉、宋など、後代しばしば替え歌が作られたことは、『宋書』なり『楽府詩集』の丹念に集録するところであるが、かえ歌の製作にもかかわらず、漢の古辞が演奏されつづけられたことは、前に引いた陸機の賦によって明かである。ただしその全部の演奏が常に可能であったわけではなく、南斉の書家であり音楽史家であった王僧虔（四二六―四八五）が、その甥、王倹に与えた書簡には、「鼓吹は旧《もと》二十一曲有りしも、今の能くする所の者は、十一のみ」とあったと、その本伝に見える。またその頃、すなわち五世紀の後半には、歌辞もきわめてくずれた形のものが歌われていた。すなわち『宋書』の別の条に、「今の鼓吹鐃歌の詞」として、上邪、晩芝田、艾張の三曲を記録し、うち晩芝田はすなわち漢曲の遠如期であるというが、それらはたとえば上邪の歌辞が、

大竭夜烏自云何来堂吾来声烏奚姑悟姑尊盧

云云であるというふうに、全くのノンセンスの連続であった。沈約は、それを、「楽人ら音声を以て相い伝え、詁は復《ま》た解す可からず」と、説明している。

三

さて私がこの論文の目的として指摘したいのは、十八の歌のもつ熾烈な内容が、中国の詩歌の歴史の上に、一つの劃期を作るということである。前の章でのべたように、その伴奏の音楽も熾烈なものであったと想像されるが、それに劣らず歌辞の内容もまた熾烈である。それは難解な言葉にみちているけれども、難解な言葉の奥に隠見する、熾烈な感情を、看取し得る部分が、少くない。しかもその熾烈さは、先秦の文学には乏しいものであったと、観察されるのである。

たとえば一の章であげた二つの恋愛の歌、「有所思」と「上邪」である。そこにあるのは、ひたむきな、一ずな愛情の燃焼である。そうしてそれは、これまでの時期の中国の詩歌には現われにくいものである。周知のごとく、『詩経』の中にも、愛情の歌は、かず多くある。しかしこのように熾烈な歌は、ない。少くとも熾烈な感情を、このようにまっすぐに表現した歌はない。「邶」の「谷風」、「衛」の「氓」、みな棄てられた女の歌である。しかし「爾と偕《とも》に老いんとせしに、老いては我を怨みしむ。信誓は旦旦たりしに、其れを反《ふ》むことを思わず、反《ふ》むことを是れ思わずとな、亦た已《や》んぬる哉」という「氓」の詩人の感情に比べ、「君に他《あだ》し心有りと聞けば」、せっかく用意した瑇瑁の簪のおくりものを焼きすて、「今よりして往《のち》、復た相い思う勿《な》し、相い思うこと君と絶えん」という「有所思」

の歌は、異質なまでに熾烈である。更により熾烈な恋の歌である「上邪の曲」の、山はさけ海はあせなん世にして、始めて君と別れよう、というのに至っては、根本的に『詩経』には見出しがたい感情である。『詩経』の恋人の前にある未来は、「唐風」「葛生」の詩人が、「夏の日よ、冬の夜よ、百歳の後、其の居に帰せん」といい、「冬の夜よ、夏の日よ、百歳の後、其の室に帰せん」というのに、とどまっている。

過去の注釈家の中には、こうした恋愛の歌が軍楽の中にあることを不都合とし、君臣の情を比喩したと説くものが、ある。私はにわかにそれらの説に賛成しないが、たとい比喩であるにしても、それらがこれまでにない熾烈な歌であることには、変りない。

更にまた別の方向へむかって熾烈さを示すのは「戦城南の曲」である。

戦城南
死郭北
野死不葬烏可食
為我謂烏
且為客豪
野死諒不葬
腐肉安能去子逃

城の南に戦い
郭の北に死す
野に死せるものは葬られず烏よ食らいね
我が為めに烏に謂え
且つはその客《ひと》の為めに豪《な》け
野に死せしものは諒《げ》にも葬られざれば
腐りし肉の安《な》んぞ能く子去《きみよ》り逃《のが》れん

水深激激
蒲葦冥冥
梟騎戦闘死
駑馬徘徊鳴
梁築室
何以南
梁何北
禾黍而穫君何食
願為忠臣安可得
思子良臣
良臣誠可思
朝行出攻
暮不夜帰

水は深くして激激たり
蒲と葦とは冥冥たり
梟《たけ》き騎《の》りての戦闘して死したれば
駑《まず》しき馬の徘《た》ち徊《もと》おりつつ鳴くよ
？
？
？
禾《いね》と黍《きび》を穫るとも君は何をか食らわん
忠臣と為らんと願えど安《な》んぞ得べけん
子《きみ》の良臣なりしことを思う
良臣は誠に思う可し
朝には行きて出で攻めしに
暮には夜まで帰らず

？符を施した以後、後半の部分は、難解である。しかし前半の部分は、戦争の悲惨さを最も熾烈に歌うものである。そこにあるのは野戦にたおれたむくろである。彼は今朝の、城南の戦に於ける勇士であった。それがここ郭北まで追いつめられて命をおとしたのであろう。早くも腐肉をもとめて舞いおりる烏。むくろのそばにあるのは、激激たる流水、夕闇の中にひろがる蒲葦。主人を失ってうろうろする馬。そうした情景が、如実に、深刻に、うかびあがる。

戦争の悲惨さを、ここまで深刻にえがいた詩も、『詩経』のなかには求め得ないといわなければならない。もし従来の詩歌のうち、これと最も近いものを求めるならば、『楚辞』「九歌」の「国殤」であろう。「天の時の墜《すた》れたるも威霊は怒《たけ》り、厳めしきひとの殺され尽きて原野に棄てらる。出でて入らず、往きて反らず、平原は忽《むな》しくして路は超遠たり。長き剣を帯び秦の弓を挾みつつ、首と身は離れたるも心は懲りず」。熾烈さはほとんどこれにせまっている。しかしこれは、死骸の上に舞う烏を点出することによって、一そう熾烈である。

また後代の詩歌への影響を見れば、この「戦城南の曲」も、鐃歌の他の曲の場合と同じく、後代の詩人によって、多くの替え歌が作られていること、郭茂倩の『楽府詩集』が丹念に采集するごとくであり、唐の李白の「戦城南」も、その一つである。李白の作には、「野に戦い格闘して死す、敗馬は号《さけ》び鳴き天に向かいて悲しむ。烏と鳶は人の腸を啄《ついば》み、銜え飛び上のかた枯樹の枝に掛く」と、更に一歩を進めた構想が見えるが、それもこの漢代の歌から得た発想であるとしなければならない。

むろん十八の歌のすべてが、しかく熾烈なのではない。「上之回」「上陵」「聖人出」「遠如期」は、天子を祝福する歌である。感情の強さは、祝福の歌ではその方向への強さとしてはたらくとしても、恋の歌、戦死者をいたむ歌ほどには、熾烈でない。またそもそも十八の中には、「石留の曲」の如く、全く意味のわからない歌も含まれている。

しかし要するに、そこには『詩経』の詩とはほとんど異質な、また『楚辞』に比べても数歩を進めて熾烈な、いくつかの歌がある。「巫山高」の如きも、不明瞭な言葉から成り立っているけれども、羈旅の悲しみを述べる歌として、或いは劃期的であるかも知れない。

中国の詩歌の感情は、漢代の歌謡に至って、はじめて充分な解放を得たと思われるが、短簫鐃歌十八首も、有力にそれにあずかっている。なお荘述祖は「巫山高」を以て楚の頃襄王の時の歌とし、「臨高台」を以て楚の春申君をそしる歌とするなど、これらの歌のなかには先秦の作をも含むとするが、いま私はその説を用いず、漢の歌、しかも言葉つきから見て後漢のものではなく、前漢の歌であるという予想のもとに、この論文を書いた。

三国

曹操の楽府

——漢末魏初という時代は、すこぶる重要な時代であります。文学の面でひとつの重大な変化が起った。当時は黄巾《こうきん》の賊の乱と董卓《とうたく》の叛乱の後であり、また党錮《とうこ》の紛糾の後でありましたが、そのとき現われたのが曹操《そうそう》——曹操と申しますと、私たちはすぐと『三国志演義』を連想して、それからまた舞台に悪役の隈取りをして現われる奸臣を想像しがちでありますが、これは曹操を観察する正しい方法ではありません。

以上は、魯迅が、一九二六年の九月、広州の夏期講演会で行なった講演、「魏晉の風度と文章、その薬と酒との関係」の冒頭を、竹内好氏の飜訳によってうつしたものである。そのあと魯迅は、中国の歴史書の通例として、短命でおわった王朝の人物、ことにその主権者は、次の王朝の歴史家の手によって伝記が作られるために、欠点ばかりをあげられやすい、古くは秦の始皇の王朝がその例であるが、曹操の創始した魏の王朝も、半世紀つづくかつづかぬかの短命であったために、この原則をまぬがれ得なかった、云云と述べたう

え、言葉をついでいう、

——ところが曹操は、実は非常に才幹のある人物でありまして、少くとも一個の英雄でありました。私は曹操の一味ではありませんが、ともかく、彼には非常に敬服しております。（竹内好訳　岩波新書『魯迅評論集』一五〇—一五一頁）

魯迅の言葉はときどき逆説に富むが、この言葉は逆説でないであろう。

魯迅の曹操に対するこうした尊敬は、曹操の文学者としての才能を、おそらく一つの重点とするであろう。まことに漢末魏初の時代、すなわち三世紀のはじめの時代は、文学が重大な変化を起こした時期であった。且つその重大な変化は、曹操、あるいは彼の家族たち幕僚たちを中心としておこった。曹操は、ひとり当時の政治のリーダーであったばかりでなく、文学のリーダーでもあったのである。

曹操が文学の歴史に与えた最も大きな変化の一つとしてあげられると私の考えるものは、これまでは民謡として存在し、したがって無名の作者によって作られることを習慣としていた歌謡曲の作詞に、彼みずからがのりだしたことである。

すなわち彼にさきだつ漢の時代、楽府《がふ》と呼ばれる歌謡曲がすでに数百年にわたって、盛んに歌われていた。楽府という言葉のそもそもは、漢の宮廷の雅楽寮を意味するが、転じて雅楽寮で歌われる歌、乃至は楽隊の伴奏を伴う歌の意となっていた。うち太鼓と管楽器、いわばブラス・バンドを伴奏とするものは、鼓吹曲《こすいきょく》、笛を伴奏とするものは横吹曲《おうすいきょく》、管絃ともにそなわった華麗な交響楽を伴奏とするものは、相和曲《そうわきよく》と呼ばれる。後漢の末、すなわち曹操幼年のころの宮廷、貴族たち、また市民たちの宴席では、それらの歌謡、ことににぎやかな管絃楽を伴う相和の歌が、盛んに歌われていたと、推測されるのであり、その歌辞は、楽府古辞《がふこじ》と呼ばれつつ、現在も百篇足らず伝わっている。

しかしそれら漢代の歌謡の、作詞者の名は、原則として不明である。孤児《みなしご》の行《うた》、婦《つま》の病める行《うた》、陌《みち》の上の桑《ほとり》、などと、その題名がすでに示すように、市民の哀歓を歌うものが、大多数であるが、いつのまにか市民の間に発生して、市民の、また貴族の、ないしは宮廷の、歌となり、音楽となるのであり、名のある文人が名を出して、作詞者となることは、ほとんどなかった。それはこの文学形式が、軽文学であるとされ、知識人がその製作に従事すべきものと意識されなかったからである。漢の時代の文人たちが、その努力をかたむけた文学形式はほかにあった。長大な韻文の賦《ふ》である。首都のありさま、宮殿のありさま、天子の狩猟のありさま、朝廷の祭祀のありさまなど、巨大な事象を素材として、むつかしい字面を駆使しつつ、叙述してゆく形式で、それはあった。軽文学である楽府《がふ》の歌謡を、文人たちは受動的に享受しても、みずからその作詞へのりだすことはなかった。

ところが曹操は、この慣例を勇敢におしやぶった。彼は政治家、軍人として一流であるばかりでなく、若いころに漢の政府の議郎《ぎろう》に任ぜられたといえば、儒学的教養においても、一流であったが、その彼が、楽府の作詞をみずからした。

また彼のむすこたちが、それにならった。曹丕《そうひ》と、曹植である。また彼の幕僚たちもそれに和した。いわゆる建安の七子であり、建安とは彼等が生きていた時代の年号である。

このことは大へん重要である。市民の詩形であったもの、それを知識人の詩形としてとりあげたこと、すでに重要な革新であるが、それればかりではない。以後、重っくるしい賦の文学は下りざかとなり、活潑な楽府の詩形、乃至は実際に歌わなくとも、楽府の中心のリズムである五シラブルのリズム、それを一行とする詩形、いわゆる五言詩《ごごんし》の詩形、ひっくるめていえば、より短かくてより軽快な、より抒情詩に適した詩形が、以後数百年にわたる中国文学の中心的な表現形式となるからである。陶淵明の文学も、李白杜甫の文学も、みなこの流れの上に生まれたが、そのきっかけを作ったのは、実に曹操およびその一党である。更につきつめていえば、曹操その人である。すこしく誇張していえば、もし曹操がいなかったら、陶淵明、杜甫、李白の文学は、生まれなかったかも知れぬ。生まれたにしても別の形をとったであろう。

彼を中心とする建安の詩人たち、それは後世の詩が熱情を失いかけるごとに、熱情の源泉として、常に回顧されている。陶淵明は退屈な哲学詩の盛行ののちに於いて、李白杜甫は空疎な修辞の文学の盛行ののちに於いて、また明の詩人たちは理くつっぽい宋の詩に反撥しようとして、それぞれに回顧した詩的熱情の故郷、少くともその一つは、建安の詩人たちであった。近ごろの中国に於いても、建安の詩人の評価は、大へん高まっているように見うけられること、李長之、林庚らの文学史にあきらかである。

曹操の詩文集は『魏武帝集』の名のもとに、がんらいは三十巻のものがあったと、七世紀初の図書目録、『隋書』「経籍志」に見える。しかし二千年の歳月は、そのおおむねを散佚させ、今伝わるのは、断片をもふくめて百五十篇ばかりの文章と、三十数首の詩である。そうして詩のすべてが、楽府、すなわち歌謡としてのことばである。そうしてそれらの歌は、外形として市民のものを用いているばかりでなく、内容もまた、或いは市民的な感情を継承しようとする。

たとえば、「却東西門行」と題する一首にはいう、

鴻雁出塞北　　鴻雁は塞《さい》の北にぞ出《う》まる
乃在無人郷　　乃《これ》ぞ人無き郷《くに》なるなり
挙翅万里余　　翅《はね》を万里の余《かなた》に挙げ
行止自成行　　行くも止まるも自《お》のずと行《つらなり》を成す
冬節食南稲　　冬の節《とき》には南の稲を食い
春日復北翔　　春の日には復《ま》た北に翔《は》せゆく
田中有転蓬　　田の中に転《まろ》ぶ蓬《よもぎ》有り

隨風遠飄揚
長与故根絶
万歳不相当

奈何此征夫
安得去四方
戎馬不解鞍
鎧甲不離傍
冉冉老将至
何時反故郷

神竜蔵深泉
猛獣歩高岡
狐死帰首丘
故郷安可忘

風に随いて遠く飄《ただよ》い揚がり
長く故《もと》の根と絶《わか》れ
万の歳までも相い当《あ》わず

奈何《いかん》ぞや此の征夫《いくさびと》も
安《なに》ゆえに四方に去《ゆ》くことを得《さだめ》とはする
戎《いくさ》の馬は鞍を解かず
鎧《よろい》と甲《かぶと》とは傍を離れず
冉冉《ぜんぜん》として老いは将《まさ》に至らんとし
何の時にか故郷に反《かえ》らん

神竜《しんりゅう》は深き泉に蔵《ひそ》み
猛獣は高き岡に歩み
狐は死すときに帰りて丘に首《まくら》すとかや
故郷《ふるさと》の安《な》んぞ忘る可き

曹操は三軍を叱咤する将軍であるとともに、このように兵士たちに代ってその悲しみを歌う詩人でもあった。

「苦寒行」、寒さに苦しむ行《うた》、と題するものも、おなじ主題である。そのはじめに、「北のかた太行山に上《のぼ》れば」というのは、天下の険として河南河北と山西の間にそびえる太行山脈を、単に詩的発想として用いたか、或いは、河南河北を根拠地としつつ、たびたび陝西へ軍をすすめた彼が、実際の行軍に当って歌ったか、私にはにわかに定めがたい。

北上太行山　　北のかた太行《たいこう》の山に上《のぼ》れば
艱哉何巍巍　　艱《くる》しき哉　何ぞかくも巍巍《ぎぎ》たるや
羊腸坂詰屈　　羊の腸のごとく坂は詰《お》れ屈《まが》り
車輪為之摧　　車の輪も之が為めに摧《くだ》く

樹木何蕭瑟　　樹木は何《な》どかくも蕭瑟《しょうしつ》とわびしきや
北風声正悲　　北風の声は正《いま》や悲し
熊羆対我蹲　　熊と羆《ひぐま》は我に対して蹲《うずくま》り
虎豹夾路啼　　虎と豹は路を夾みて啼く
谿谷少人民　　谿谷には人民少く
雪落何霏霏　　雪の落つること何《な》ぞかくも霏霏《ひひ》たる

延頸長歎息
遠行多所懐
我心何怫鬱
思欲一東帰
水深橋梁絶
中路正徘徊
迷惑失故路
薄暮無宿棲
行行日已遠
人馬同時飢
担囊行取薪
斧氷持作糜
悲彼東山詩
悠悠使我哀

頸《くび》を延ばして長く歎息す
遠き行《たび》は懐《おも》う所《こと》多し
我が心の何《な》どかくも怫《ふさ》ぎ鬱《むす》ぼるるや
一たび東に帰らんと思い欲《ねが》うに
水は深くして橋梁は絶え
路の中に正《いま》し徘徊《はいかい》す
迷い惑いて故《もと》の路を失い
暮に薄《いた》るも宿り棲《いす》むところ無し
行き行きて日ましに已《すで》に遠く
人も馬も時を同じくして飢えたり
囊《ふくろ》を担《にな》いて行きて薪を取り
氷を斧《さ》き持《それ》にて糜《かゆ》を作る
悲しきは彼の東山の詩
悠悠として我を哀《かな》しま使《し》む

軍行の歌ではなく、ただの旅人の悲しみを歌ったのかも知れない。旅人の悲しみ、ことに行商人の悲しみは、楽府が民謡としてあった漢の時代にも、しばしば歌われる主題であったからである。しかしむすびの句にいう「東山の詩」とは、『詩経』にある出征兵士の歌である。それを連想するといえば、やはり軍人の労苦を、それに代って歌うものとするがよかろう。

かく市民の悲しみを、市民に代って歌うばかりではない。市民の理想とする世の中を、市民に代って歌うものもある。「酒に対《むか》いて」、と題する歌はそれである。

対酒歌太平　　酒を対《まえ》にして太平を歌わん
時吏不呼門　　時に吏は門に呼ばず

徴税の吏である。

王者賢且明　　王者は賢にして且つ明
宰相股肱皆忠良　　宰相と股肱《ここう》とは皆な忠良にして
咸礼譲　　咸《み》な礼譲あり

民無所争訟
三年耕
有九年儲
倉穀満盈
班白不負戴

民は争い訟《せめ》ぐ所《こと》無く
三年耕せば
九年の儲《たくわ》え有り
倉の穀《こめ》は満ち盈《み》ち
白《しら》がを班《まじ》えしものは負い戴かず

老人は重い荷物をしょったりしない、労働に服しなくてすむ世の中をと、いうのである。

雨沢如此
百穀用成
却走馬以糞其土田
爵公侯伯子男
咸愛其民
以黜陟幽明
子養有若父与兄
犯礼法
軽重随其刑

沢《めぐ》みを雨《ふ》らすこと此の如くなれば
百穀は用《か》くて成り
走《いくさ》の馬を却《しりぞ》けて以て其の土の田に糞《こやし》やる
爵は公侯伯子男
咸《み》な其の民を愛し
以て幽《おろ》かなるものと明《すぐ》れしものとを黜《しりぞ》け陟《のぼ》しつつ
たみを子のごとく養うこと父と兄の若《ごと》き有り
礼法を犯すものは
軽重もて其の刑を随《わか》ち

路無拾遺之私　路には遺《お》ちしものを拾わんとする私《わたくし》のひと無く
囹圄空虚　囹圄《ひとや》は空虚にして
冬節不断人　冬の節《とき》には人を断《さば》かず
耄耋皆得以寿終　耄《お》い耋《お》いしもの皆な寿を以て終るを得て
恩沢広及草木昆虫　恩沢は広く草木昆虫にも及びなん

市民の希望をのべたものであるとともに、為政者としての曹操の抱負でもあろう。

また人生の短かさに反撥して、西方では崑崙の山、東方では蓬莱《ほうらい》と、仙人の世界に思慕をよせるのも、楽府がまだ市民の歌としてあった時代に、しばしば歌われた主題であるが、曹操の歌はこの主題をもしばしば継承する。その一つとして、「精列《せいれつ》」、と題する歌にはいう、

厥初生　厥《そ》れ生《ひと》のよの初めより
造化之陶物　造化の物《ひと》を陶《つく》ること
莫不有終期　終る期《とき》有らぬは莫《な》し
莫不有終期　終る期《とき》有らぬは莫《な》きこと

聖賢不能免
何為懐此憂
願螭竜之駕
思想崑崙居

思想崑崙居
見欺於迂怪
志意在蓬萊

志意在蓬萊
周孔聖徂落
会稽以墳丘

会稽以墳丘
陶陶誰能度
君子以弗憂
年之暮奈何

聖賢も免るる能わざるに
何ん為《す》れぞ此の憂を懐《いだ》くや
願わくは螭竜《ちりゅう》に駕《の》りなん
崑崙の居をば思い想《した》う

崑崙の居を思い想《した》えど
迂《うと》く怪しきことばに欺かれもやせんと
志《め》ざす意《おも》いは蓬萊に在り

志《め》ざす意《おも》いは蓬萊に在れど
周と孔の聖なるも徂《う》せ落《ほろ》びぬ
会稽《かいけい》は以《か》くて墳《つか》の丘

会稽は以《か》くて墳《つか》の丘
陶陶《うらうら》と誰か能く度《す》ぎゆくや
君子《よきひと》は以《か》くて憂えざれど
年の暮るるを奈何《いか》にせん

時過時来微　時は過ぎ時は来るよ微《ああ》

周は周公、孔は孔子。会稽の丘墳とは禹《う》の墓のことであるが、おしまいの方の訳は、不たしかである。

おなじ主題は、「秋胡《しゅうこ》の行《うた》」と題する更に長い歌では、戯曲的な構成を伴ってさえ現われる。

その一

晨上散関山　晨《あした》に散関《さんかん》の山に上れば
此道当何難　此の道の当《か》くも何《な》ど難《くる》しき
牛頓不起　牛は頓《たお》れて起きず
車堕谷間　車は谷の間に堕《お》ちぬ
坐盤石之上　盤石の上に坐して
弾五絃之琴　五絃の琴を弾かん
作為清角韻　作り為すは清角《せいかく》の韻《しらべ》
意中迷煩　意《こころ》の中の迷い煩《まど》う
歌以言志　歌いて以て志を言う

晨上散関山　　晨に散関の山に上れば

清角とは、琴のしらべの名。それをかきならしつつ、山中にいれば、ふと近よって来たのは、一人のおきな。

その二

有何三老公　　こは何《い》かなる三老の公《おきな》にや
卒来在我傍　　卒《にわか》に来たりて我が傍に在り
負揜被裘　　揜《たもと》を負い裘《けがわ》を被《き》て
似非恒人　　恒《つね》の人には非るに似たり
謂卿云何　　われに謂えらく卿《きみ》は何ゆえに
困苦以自怨　　困しみ苦しみつつ以て自ずから怨み
徨徨所欲　　徨徨《うろうろ》ともの欲しげに
来到此間　　此の間《あたり》には来たり到れるやと
歌以言志　　歌いて以て志を言わん
有何三老公　　こは何《い》かなる三老の公《おきな》にや

老人はそっとささやいた。おれは崑崙山の仙人だ。いろいろと躊躇を経たあと、仙人になり、天界にのぼったのだ。

その三

我居崑崙山
所謂者真人
我居崑崙山
所謂者真人
道深有可得
名山歴観
遨遊八極
枕石漱流飲泉
沈吟不決
遂上升天
歌以言志
我居崑崙山

我は崑崙の山に居る
謂わゆる真《まこと》の人なるぞ
我は崑崙の山に居る
謂わゆる真の人なるぞ
道の深きも得る可きすべ有らんと
名ある山をば歴《めぐ》り観《み》つつ
八つの極《はて》に遨《あそ》び遊び
石に枕し　流れに漱《すす》ぎ　泉に飲み
沈吟《ものおも》いつつこころ決《さだ》まらざりしが
遂に上りて天に升《のぼ》りぬ
歌うて以て志を言わん
我は崑崙の山に居る

しかし仙人は、そういいおわると、立ち去ってしまい、おのれはそのあとを追うべくもなかった、という第四節が最後にあるが、私には、難解の句をふくむので、充分には訳せない。

その四

去去不可追　去り去りて追う可からず
長恨相牽攀　牽《お》い攀《すが》り相《まつ》らんと長く恨むのみ
去去不可追　去り去りて追う可からず
長恨相牽攀　牽《お》い攀《すが》り相《まつ》らんと長く恨むのみ
夜夜安得寐　夜な夜な安《な》んぞ寐《い》ぬ得べき
惆悵以自憐　惆悵《ものおも》いつつ以《か》くて自ずから憐れむ
正而不譎　正にして譎《きつ》ならざらん
乃賦依因　乃賦依因
経伝所過　経伝所過
西来所伝　西来所伝
歌以言志　歌うて以て志を言う
去去不可追　去り去りて追う可からず

これは彼の詩として最も美しいものの一つである。章の終りごとに、歌以言レ志と、章のはじめの句をくりかえすのは、既に存する音楽の旋律にあわすものとして作詞された歌であるゆえに、音楽の要求に従ったものであろう。ひとりこの歌ばかりではない。彼の歌のすべては、相和の歌、すなわち管絃をかねそなえた交響楽を伴奏とする歌曲として作られたものであると、『宋書』の「楽志」など、音楽史の書には記している。彼は彼の部下たちとの酒ほがいに、しばしばこれらの歌を歌わせたにちがいない。朝鮮に軍を出した秀吉が、いくつかの謡曲を自作したのと似ている。ちがうところは彼が秀吉よりも、ずっとすぐれた詩人であることであった。普通、建安の詩人の中心と目ざされるのは、彼よりもむしろ彼の子曹植であるが、後世の批評家の中には、明の王世貞のように、おやじにひいきして、むすこよりも上だという人もある。

そうして彼の歌は、市民の詩形を用いて市民の感情を継承しつつも、やはり知識人らしい新らしい詩想のふくらみを見せる。右のうたは既にそれであろう。

或いはまたもはや市民としての歌でなく、英雄としての志を、率直に歌うものもある。たとえば、「歩して東西の門を出づる行《うた》」という連作の一つにはいう、

神亀雖寿　　神《ふしぎ》なる亀は寿《いのち》ながしと雖《いえど》も

猶有竟時　猶お竟《おわ》る時有り
騰蛇乗霧　そらを騰《は》する蛇は霧に乗れど
終為土灰　終には土《ど》灰《かい》と為る
老驥伏櫪　とし老いたる驥《うま》は櫪《うまや》に伏すとも
志在千里　志を千里のかなたに在《よ》す
烈士暮年　烈《たけ》き士《おのこ》は暮《お》いにし年にも
壮心不已　壮《たけ》き心の已《とど》めあえず

盈縮之期　盈《なが》く縮《みじか》き期《さだめ》は
不但在天　但《ひと》り天のみに在るにはあらず
養怡之福　養い怡《の》ばして福《さいわい》に之《おもむ》けば
可得永年　永き年を得可きなり

幸甚至哉　幸は甚だ至れる哉
歌以詠志　歌いて以て志を詠《うた》わん

もしこの章の附録として、一つのことをいい足すならば、この歌は、河上肇博士の愛誦するところであったらしい。その「一九三六年歳暮の歌」は、次のように歌い収められている。

かくてまたわれは
遠くおもひを
イベリヤ半島の
プロレタリヤの
英雄的闘争に致しつつ、
こころに剣を抜いて
起つて歌ふかな。
『老驥伏レ櫪
志在二千里一
烈士暮年
壮心不レ已』

孔融について

文学への愛好は、三世紀初の中国の社会のもった新しい態度である。その顕著な代表者となり中心となったのは、ほかならぬ曹丕曹植兄弟の父、魏王曹操であった。

魏王曹操は、多くの猛将と謀臣とをその幕下にもつとともに、文学の士の招致にも熱心であった。

招致された文士たちは、父曹操の友人ないしは部下であるとともに、文学ずきの二人の公子、曹丕、曹植の友でもあった。そうしてそのあるものは、兄弟の対立を激化する要素としてはたらいた。

当時の文人として、最も有名なのは、次の七人である。

七人という選択は、兄曹丕の評論集である『典論』の、文学を論じた篇「論文」にもとづく。文章は、中世の詞華集『文選』におさめられているが、「今の文人」として、

魯国の孔融　文挙
広陵の陳琳　孔璋
山陽の王粲　仲宣
北海の徐幹　偉長
陳留の阮瑀　元瑜
汝南の応瑒　徳璉
東平の劉楨　公幹

をあげたうえ、

——斯《こ》の七子なる者は、学に於いて遺《のこ》す所無く、辞に於いて仮る所無し、云云

と賞揚する。後人のいわゆる「建安の七子」である。

うち孔融をのぞいた六人は、曹丕が呉質《ごしつ》に与えた書簡にも、その文学を評論する。一方また弟の曹植が楊修に与えた書簡にも、「今世の作者」として、王粲、陳琳、徐幹、劉楨、応瑒と、七人のうち五人をあげる。

七人は、当時の文人として第一級の人物である。第一級の人物であるだけに、兄弟のいずれかに偏頗に味方して、対立を助長したということは、あまりないようである。対立の助長にあずかって有力な人物は、ほかにある。

しからばこの七人の事迹にふれることは、よりみちである。しかし曹氏兄弟、乃至は曹

氏父子の周囲にあった時代の雰囲気は、これらの人物の伝記を読むことによって、甚だよく示唆される。私はあえて一一を叙述しよう。

七子の第一、孔融《こうゆう》、字《あざな》は文挙《ぶんきょ》は、曹丕曹植兄弟の友人ではない。むしろ父曹操の友人である。いな、父曹操の対立者であった。そうしてついには曹操に殺される。その伝記は、『三国志』には見えずして、范曄《はんよう》の『後漢書』に見える。

『後漢書』の「孔融伝」には、まずその家世を叙していう、魯国の人、孔子二十世の孫と。また『後漢書』以外の資料で、その家世を示すのは、その父、孔宙《こうちゅう》の碑である。いわゆる「漢碑」の一つとして、書家の珍重するものであり、いまも山東省の曲阜《きょくふ》県に原石があり、おおくの拓本ないしは複製が、世間に流布する。それによれば、父の孔宙は、地方豪族の当主として一生を終っただけの人物であるが、碑の陰《うら》に、建碑醵金者として署名するのは、門生として鉅鹿癭陶の張雲以下四十二人、門童として安平下博の張忠一人、故吏として北海都昌の逢祈以下八人、故民として泰山費淳の于党一人、弟子として陳留襄邑の楽禹以下十人、あわせて六十二人である。家世の盛んなること、想見すべきである。

『後漢書』「孔融伝」はついでいう、幼にして異才あり、十歳にして、父孔宙のともして、京師洛陽におもむいたが、時に洛陽市長李膺《りよう》は、進歩的文化人の指導者として甚だ名声があった。少年孔融はこの高名な人物にあいたく思ったが、面会は容易でない。少年は一計を案じ、市長の先代と親交ある家の子であるといって、とりつがせた。

市長は、応接室に通った少年にむかって、いわゆる先代の親交について説明を求めた。少年は答えた、わたしは孔子の子孫である。またあなたの姓は李、しからば老子の子孫である。あなたの先祖である老子は、わたしの祖先孔子の先生であったというではありませんか。

こうした機智の会話は、当時の文化人の何よりも尊重するものであった。市長は感服し、市長の応接室にいあわせた他の客たちも、一せいに感服した。ただあとからはいって来た陳煒《ちんい》という客だけは、このこましゃくれた子供をたしなめたく思った。

「早熟な子供というものは、成長すると往往にしてただの人になる。」

少年は即座にはねかえした。

「だとすると、あなたなども、お小さいころは、ずいぶん神童だったと、想像していいでしょうね。」

恐るべき子供は、機智ばかりでなく、胆力にも富んでいた。十三で父をうしなったころ、宦官を中心とする政府と、文化人の集団との闘争は、極点に達し、文化人たちは、政府の発する逮捕命令においまくられた。

その一人である張倹《ちょうけん》が、孔融の兄孔褒《こうほう》をおとずれたとき、兄はあいにく不在であった。亡命者は、応対に出た少年を見て、実情をつげるのをためらった。少年は気配を察し、毅然としていった、兄は旅行中です。わたくしがおかくまいします。

事は小作人の密告によって発覚した。亡命者は逃走し、逮捕されたのは兄弟二人であったが、兄弟はたがいに罪をかばいあった。警官はやむなく母の未亡人を訊問すると、未亡人は未亡人で、家庭で起こった事は、すべてわたしの責任ですといいはった。けっきょく兄が処罰されることになったが、十六歳の孔融の名は、以来、文化人たちの間に、あまねくひびきわたった。

名声によるさいしょの仕官は、進歩派の大臣楊賜《ようし》の書記官としてであった。あたかも汚職の摘発が行なわれていたが、孔融は、宦官の一族をも容赦なく検挙した。時にまた皇后の兄である何進《かしん》が、洛陽市長から大将軍に升任した。孔融は長官の代理として、祝詞をのべるために、むこうの役所に行ったが、秘書がなかなかとりつがないのに、業をにやし、名刺をうばいかえして、みずからの役所に帰ると、長官に辞表を呈出した。何進の部下たちは、その無礼を憤慨し、刺客を出して、孔融をおそわせようとした。ある人が何進をいさめた、孔融といえば天下の名士である。彼を殺すのは、あなたにとって得策でない。

何進は、部下の計画をおしとどめたばかりでなく、孔融をもらいうけて、自分の書記官とした。

のち数年、後漢の国運はいよいよ傾き、乱暴な董卓《とうたく》が政権をにぎった。孔融は董卓に敬遠されて、山東の北部地方、北海国《ほっかいこく》の長官となった。彼の別名を孔北海というのは、そのためである。

北海の地方長官としての彼に対する評価は、書物によって一様でない。

范曄の『後漢書』は、彼に好意をもつ史書であるが、それにはいう、当時、北海の地方もまた、天下にはびこる百姓一揆、黄巾の賊になやんだが、孔融は、荒廃した市街を整頓し、学校を立て、道徳ある君子を厚遇した。不世出の古典学の大家鄭玄《じょうげん》、高士の名たかい邴原《へいげん》、みな彼の厚遇を受けた。また黄巾の脅威の下にありながら、当時の二大勢力である袁紹にも曹操にも接近しなかったのは、二人はともに姦雄であり、漢の王室に忠義でないことを見ぬいていたからだと、范曄はいう。また当時は地方の一武将にすぎなかった劉備は、孔融から救援を求められたのを、いたく感激し、あの孔北海がおれの存在を知ってくれていたかと、いったともしるす。そうしてけっきょく黄巾に追いまくられ、亡命の客とならざるを得なかったのは、「意は広きも才は疎《おろそ》か」であったからであり、そのため「迄《つい》に成功無かりき」と批評している。

一方また、晋の司馬彪《しばひょう》の『九州春秋』という史書がある。『三国志』の「崔琰伝《さいえんでん》」に引くその断片は、北海時代の孔融に、手きびしい批評を加える。いわく、彼は無能なくせに傲慢であった。人材の破格な自由な任用を標榜したが、そのもとに集まったのは、軽薄な人間のみであった。そうした部下たちに対し、彼はしばしば彼の文化政策を説教した。言葉は至ってさわやかであったが、どれも実効のあげにくいものであった。学問あり道徳ある人物の厚遇は、うわべだけのことであり、政治に参与させることはなかった。かくて兵士わずかに数百、兵糧わずか万石という窮境におちいったとき、心ある部下は、袁紹曹操など有力者との提携をすすめたが、彼は進言をにくみ、進言者を殺した。そうして結局は亡命の客となったと。

北海時代の彼に対する二人の史家のちがった批評は、孔融という人物が毀誉の両面をもっていたことを示す。また当時の社会には、孔融のごとき性格に好意をよせる階層と、そうでない階層とがあったことを示す。

けっきょく敗軍の将となった孔融が、身をよせたのは、曹操であった。AD一九六、建安元年の秋九月、曹操は、漢の天子を河南省の許《きょ》に迎えとって、新しい政府を作ったが、孔融もその政府の一員として迎えられたのである。

おそらくそれは、曹操の心からの歓迎によるのではない。この機智と名声と、そうしておそらくは容貌にも、めぐまれた名士は、曹操のもっとも好む型の人材、すなわち実務の才では、なかった。つまり曹操の企図する新しい時代を、曹操とともに促進し得べき人物ではなかった。当時なお微弱な勢力であった曹操が、彼を拒否しなかったのは、この名望ある人物を、自己の同僚とすることによって、勢威を張るためであった。当時、曹操とまだ完全には対立関係になかった袁紹は、曹操に書簡を送り、孔融その他、数人の誅殺を、勧告さえしている。曹操は、勧告を拒絶し、いまもっとも大切なのは広い範囲の人材であると、返事したむね、『魏書』「武帝紀」の注に見える。

　一方、孔融の方でも、曹操に多くの敬意を払わなかった。まず年齢からいって、孔融の方が二つ年上であった。またより多く前時代の意識につらなる孔融としては、家柄のほこりがあったであろう。孔子二十世の孫である孔融に対し、曹操は、いやしい宦官のやしない孫である。

　孔融は、曹操の才能をも、必ずしも高く評価しなかった。曹操と袁紹との平和がやぶれ、官渡で対峙したとき、孔融はひそかに曹操の謀臣である荀彧《じゅんいく》にいった。土地の広さからいっても、兵力からいっても、二者は敵でない、大丈夫か。曹操を絶対に信頼する荀彧は、熱烈に反駁した。事は袁宏《えんこう》の『後漢紀』に見える。

　荀彧の反駁の方が正しく、孔融の予想ははずれ、曹操は四年の対戦ののち、袁紹に勝った。そのころから、孔融の曹操に対する反撥は、しだいに露骨になる。

　まず曹操が、宿敵袁紹の本拠である河北省の鄴《ぎょう》をおとしいれたとき、一つの事件があった。曹操は袁氏一族の婦女を捕虜としたが、うち最も美貌なのは袁熙《えんき》の妻であり、それをわがものとしたのは、曹操の長子曹丕であった。この美女はのち曹丕曹植兄弟と三角関係にあったといい、兄弟反目の一因ともなったと伝えられるが、それはのちのこととして、このとき孔融は、曹操に皮肉な書簡をおくった。

「むかし周の武王が、殷《いん》の紂《ちゅう》をたいらげると、紂の愛人である妲己《だっき》を、弟の周公に与えたということがありますが。」

曹操が、その話の出処をたしかめると、孔融はいった、別に出処はありません、しかし、――今を以て之《これ》を度《はか》るに、想うに当《まさ》に然るべきのみ。

いにしえの聖人、周の武王を以て自任する曹操が、むす子におかしな行動をさせておくのを、深刻に皮肉ったのである。あるいはまた袁煕の妻をほしかったのは、実はおやじの曹操であったという俗伝が、本当とすれば、曹操の怒りは、甚だ複雑であったであろう。

また、兵糧の調達になやむ曹操は、米穀の統制のため、禁酒令を公布した。孔融はまた書簡を送った。酒は生活に有機性を与えるものである。漢の高祖が酒に酔って白蛇を斬らなかったとしたら、漢の国家は出現しなかったであろうし、漢の景帝が酔いに乗じて庚姫《こうき》を愛しなかったら、武帝という英主は生まれなかったであろう。その他幾多の例がながと列挙されている。

曹操が、それに対する返書として、酒は古来亡国のもととなったというと、その次の孔融の手紙にはこうあった。

なるほど酒による亡国の事例は多多ある。しかしそれならば、国を亡ぼすものは酒だけでない。徐の偃王《えんおう》は、仁義を過度に尊重したゆえに国を亡ぼし、燕の噲《かい》は過度に謙譲であった故に亡び、魯は儒学の尊重によって衰弱し、夏と商は婦人によって亡びた。しからば道徳、謙譲、学問、男女の愛、すべて亡国の原因として禁遏《きんあつ》さるべきであるのに、それらは禁遏せずして、酒だけを禁遏するのは、要するにあなたは穀物がほしいのだ。

曹操がついに孔融を殺したのは、建安十三年、ＡＤ二〇八である。少府孔融は、かつて北海の長官であったころから、不逞の志をいだき、天下は必ずしも漢室劉氏の万世一系ではない、大聖孔子の後裔たるおのれがいる、そう称した。また敵国孫権の使者の前で、朝廷を非難する言語を公然と発した。国務大臣たる身分でありながら、平服で後宮にまぎれこんだ。更にまた彼がかつて不逞の文士禰衡《でいこう》と交した放埒な会話こそは、最も重要である。いわく、父が子供を作るのは、親愛の情のためではない。元来の動機は、性欲の満足のためである。また子の母に対する関係も、大した意味はない。かめの中に物をいれておくのとおなじく、外へ出たらそれでおしまいである云云。要するに大逆不道の人物であり、極刑に処すべきである。

孔融が処刑され、死骸が市街に棄てられたのは、『後漢書』「献帝紀」によれば、この年の八月壬子《みずのえね》の日であり、陳垣氏の『二十史朔閏表』によれば、壬子はすなわち二十九日である。しからば時に曹操は、荊州の劉表を征討するため、南方に兵をすすめつつあった。孔融はその軍に従って、殺されたのであろう。そのためか孔融の墓は、揚州江都県の高士坊にあると、『太平寰宇記《かんうき》』に見える。時によわい五十六、妻子もともに殺された。

要するに孔融は、曹操と歩調をあわせ得べき人物ではなかった。過剰な論理、またその堕落した形態としてある過剰な機智、またそれらの人間関係に於ける表現として、論理を同じくし機智を同じくし得る人人の間にふりまかれる過剰で放漫な友情、それらによって成り立つ後漢末文化人の、最後の代表者で、孔融はあった。それら後漢末の風気の中から、人間の精神を自由にする面だけを、巧妙に効果的に継承し、しかも過剰な部分は切りすて、て、より多くの効果をめざす実際家の曹操とは、そもそも肌合いがあわなかったのである。孔融がその一生を通じ、生活のモットーとしたのは、次の二句であった。

坐上　客　恆《つね》に満ち
樽中　酒　空しからず

そうして「坐上に恆に満ち」た客の中には、風がわりな客もいた。孔融は若くして先輩の学者蔡邕《さいゆう》の知遇をうけたが、蔡邕の没後、近衛の兵士で、蔡邕そっくりの容貌をしたのがいるのを、しばしば酒宴の席に、ひきずりこんだ。故人蔡邕の代用品としてである。過剰な放漫な友情の、極端な表現といってよい。しかも孔融は『詩経』の句を利用して、しゃれのめした。

――老成の人は無《う》せぬと雖も、且つは典型有り。

これは過剰の機智である。典型、代用品となった老兵士こそ、迷惑といわねばならない。

機智的な性格にまつわって生まれた挿話として、孔融は漢字のパズルの元祖のような、「離合の詩」の先祖であったともいわれる。たとえば「漁父は節を屈し、水に潜みて方を匿す」、また「旹《とき》と進止し、出行施張」、上は漁から水がなくなって魚の字、下は日の字、あわせて魯の字となるといったたぐいである。

「離合の詩」は、後人の附会であるかも知れない。「三国志呉書」の是儀という人物の伝に見えた挿話は、孔融が煩瑣な機智の所有者であったことを示す資料として、よりたしかであろう。是儀はもと氏儀といい、孔融が北海の長官であったころの部下であるが、孔融から、おまえの姓の氏の字は「民にして上無き」ものであるといわれ、同音の是《し》の字に改姓を強要された云云。

またその臨終にあたって作ったといわれる詩は、論理過剰な性格を、みずから語ると思われる部分がある。

言《ことば》多ければ事をして敗《やぶ》れしめ
器《うつわ》の漏るるは密ならざるに苦しむ
河は蟻の孔《あな》の端《はし》に潰《つい》え
山の壊るるは猿の穴に由る
涓涓《けんけん》たる江漢の流れ

天の窓は冥《くら》き室にも通ずというに
讒邪は公正を害し
浮雲は白日を翳《おお》う
辞として忠誠なる無きは靡《な》かりしに
華のみ繁くして竟《つい》に実あらず
人に両三の心有り
安《な》んぞ能く合して一と為らん
三人は市の虎を成し
浸漬は膠《にかわ》と漆《うるし》のごとくしたしきものをも解く
生存しては慮る所多かりし
長く寝ねては万事畢《おわ》る

「言多ければ事をして敗れしめ」、まことにその通りのさいごであった。また「辞として忠誠なる無きは靡《な》かりしに」。まことにそのごとく、彼は曹操の政府に於ける最も有力な論客であった。その発言は、禁酒令をやじった際のように、ふざけたものばかりではない。種種の政治的な事件に対して、意見を呈出している。しかし論理の過剰による、論理だおれのものが少くない。

たとえば肉刑、すなわち肉体を損傷する刑罰を復興しようという提議があった。彼はそれに反対して、足の筋を切るというのは、むかしの無道の君である紂《ちゅう》の刑罰である。いまそれを復興しようとするのは、天下に千八百の地方体があるとして、千八百人の紂を生産することである。論理としてはその通りにちがいない。しかし実効をめざす曹操からは、迂遠な論理の遊戯としてしか意識されなかったであろう。

「辞として忠誠なる無きは靡《な》かりしに、華のみ繁くして竟《つい》に実あらず」。

論理過剰の人物の、悲しい自白であった。

またその詩の最後の一聯に、

　生存しては慮る所多かりし
　長く寝ねては万事畢《おわ》る

というのも、こうした人物の常として、曹操のようにはねばりこくない、執着の少い、したがって最後の勝利を収めがたい、坊ちゃんであったことを、示すかも知れない。

ただし范曄の『後漢書』は、彼の伝の最後に、彼を賞揚していう、彼がいたればこそ、曹操はその生前に、簒奪の志をとげ得なかったのであると。

ところで孔融が刑死した年、兄の曹丕は二十二、弟の曹植は十七である。したがって兄弟は、この高名な自由人と、その生前には深く接触しなかったと思われる。

ただ後年の曹丕は、深く孔融の文章に傾倒し、前代の揚雄、班固と同等に位するといい、懸賞つきでその遺稿を天下に求めたと、『後漢書』の「孔融伝」に記す。

曹丕の「論文」が、「今の文人」七人の第一として、魯国の孔融文挙をあげるのは、そうした関係からであろう。

曹植について

曹植という名は、日本人には耳遠いかも知れぬ。中国人にとっては、昔も今も、耳遠い名でない。

まず彼は、ある長い時期にわたって、中国の詩の神であった。八世紀の中ごろ、万能の詩人である唐の杜甫が出てから、詩の神の座は、杜甫へとうつったけれども、それまでの数百年間、六朝から唐の初期へかけ、その時代の詩の神は、曹植であった。

六世紀初の批評家である梁の鍾嶸《しょうこう》は、曹植に対する批評としていう、「ああ陳思《ちんし》の文章に於けるや、人倫の周孔《しゅうこう》有るに譬う」。陳思とは、魏の王朝の一族としては陳の思王と呼ばれた曹植のことである。その文学に於ける位置は、古代の「聖人」である周公と孔子とが、人間の文明全体に対する関係とおなじであって、至高の存在、至高の標準である、というのである。

彼を詩の神とするこの意識は、彼に代って詩の神の座についた杜甫にも、ある形でもちこされている。杜甫が張彪《ちょうひょう》に寄せた詩に、「曹植も前輩たるを休《や》めよ」というのは、軽い気もちの言葉であるけれども、詩の「前輩」としてまず浮かびあがる名の、少くとも一つが、曹植であったことを示す。

また杜甫が、代って詩の神の座についてからも、曹植に対する中国人の尊敬と愛情とは、ずっともちつづけられつつ、現在に至っている。ことに文学が変革を要求し、変革への原動力として熱情が要求されるとき、いつも回顧されるのは、曹植、あるいは彼を中心とする「建安」の詩人たちである。唐の李白が「蓬萊の文章と建安の骨」というのは、その早い例であって、「建安」とは、曹植らの時代であった後漢最後の年号である。後世では、明の中ごろ、十六世紀、李夢陽《りぼうよう》を筆頭とする古典主義文学運動が、運動そのものは充分の成功を見なかったけれども、変革に必要な熱情の源泉として回顧したのも、曹植を中心とする「建安」の文学を、重要なものの一つとする。更にまた現代の中国で、彼の詩に対する興味と研究とが、高まりつつあるように見えるのは、その最近の例である。

曹植の詩にたぎる熱情、それを知る手がかりとしては、「野田黄雀行《やでんこうじゃくこう》」が適当であろう。

高樹多悲風　　高樹《こうじゅ》 悲風多く
海水揚其波　　海水 其の波を揚ぐ
利剣不在掌　　利剣《りけん》 掌《て》に在らずんば

結友何須多　友を結ぶ何んぞ多きを須《もち》いん
不見籬間雀　見ずや　籬間《りかん》の雀
見鷂自投羅　鷂《たか》を見て自ずから羅《あみ》に投ず
羅家見雀喜　羅《あみ》する家《ひと》は雀を得て喜び
少年見雀悲　少年は雀を見て悲しむ
抜剣捎羅網　剣を抜きて羅網《らもう》を捎《はら》えば
黄雀得飛飛　黄雀　飛び飛ぶを得たり
飛飛摩蒼天　飛び飛びて蒼天を摩し
来下謝少年　来たり下りて少年に謝す

まず提示されるのは、二つの激烈な自然である。高樹多悲風、海水揚其波。高い木にふきつける暴風と、大海にわきたつ波。それを導入部として、激越な光景がえがき出される。網にひっかかった雀を、するどい剣で網をきりはらいにがしてやる少年、網をのがれて大空高く舞いあがり、つぶてのように飛びおりて少年に礼をいう雀、光景はすべて激烈である。

またこうした激烈な感情を、最も多く友情の場にささげ燃焼させるのが、曹植の詩の一特長である。「野田黄雀行」では、それが象徴的に歌われているが、より具体的な例は、この本のはじめの部分に一括された「応氏《おうし》を送る二首」以下の諸作に示される。当時の詩人に普遍であった今一つの感情、すなわち人生有限のなげき、それさえも、彼にあっては友情を燃焼させる前提として作用する。

天地無終極　天地は終極無く
人命若朝露　人命は朝露《ちょうろ》の若《ごと》し
願得展嬿婉　願わくは嬿婉《えんえん》を展《の》ぶるを得ん
我友之朔方　我が友は朔方《さくほう》に之《ゆ》く

（応氏を送る其の二）

彼の詩に見えたこのようなはげしい友情の讃美は、文学史的には一つの劃期である。彼以前の時代、すなわち『詩経』と漢の時代に於いて、このような熱烈な友情の歌は、漢の蘇武《そぶ》と李陵《りりょう》の贈答と伝えられるものが、不確実な資料としてのみあるにすぎない。友情は、彼以後の中国の詩の最も重要な主題であり、男女の愛が西洋の詩でしめるのと同じほどの地位をしめるが、そのさいしょの点火者は曹植である。いいかえれば友情という人生の価値、その発見者は曹植である。

更にまた、彼以前の文学史の状態と、彼の文学とを対比するとき、より重大な事柄が、対比の結果としてうかびあがる。すなわち名を署した抒情詩人として、彼はほとんどさいしょの人であるということである。

中国のもっとも古い抒情詩は、いうまでもなく『詩経』である。しかし『詩経』三百五篇の詩のおおむねは民謡である。その民謡でないものをもふくめて、作者の名は知られない。かく名を知られざる人の歌ごえである『詩経』の時代がおわったあとには、名をあらわにした文学者が、制作にしたがいはじめる。屈原らの『楚辞』は、おそらくそのはじめであり、漢代の文学者たちに至って、行動は一そう拡大される。しかし司馬相如以下、漢代の文学者たちが重視し努力した文学形式は、むしろ叙事的な長大な韻文「賦《ふ》」であった。抒情的な要素はそこに少い。一方また漢代では、煮つめた抒情の表現として、五言詩あるいは七言詩が、萌芽しつつあったけれども、それらは再び『詩経』とおなじく、民間の知られざる作者の歌としてのみ存在した。

この状態に変化を与え、漢代では民謡もしくは無名氏の歌として存在した五言詩を、文学者の表現形式としてとりあげたのは、厳密にいえば、曹植がはじめでない。彼の父である魏の武帝曹操、父の幕僚である王粲《おうさん》、劉楨《りゅうてい》ら、彼の兄である文帝曹丕が、やや彼に先だつ。つまり彼の家族とそれをとりまく集団である。しかし只今から見れば、その中心に粲然と光りかがやくのは、曹植である。父も、兄も、父の幕僚であった諸詩人も、みな彼の衛星であるにすぎない。抒情詩という価値を、自然発生的なものとしてでなく、個人の名をともなって、すなわち個性の表現であるという主体性をもともなって、新しく確立したのは、彼であるとしなければならぬ。鍾嶸《しょうこう》が彼を「周孔」に比擬するのは、人間がいつかは発見すべき価値を、はじめて発見し確立した点でも、彼は、周公孔子に似るとするのかも知れぬ。

以上の説明は、彼の詩の歴史的意義、つまり相対的な価値を説明すると共に、彼の詩の絶対的な価値について、危惧を抱かせるかも知れない。しかし危惧は、彼の詩を読むことによって、解消するであろう。また以上のような歴史的意義をも彼の詩がもつのは、そのすぐれた個性と熱情のゆえであることが、知られるであろう。

阮籍伝

一

三世紀の中国、魏晉の時代は、多くの懐《おも》うべく愛すべき人物を、生んでいる。うち私がことに敬愛するのは、竹林七賢の巨頭、阮籍《げんせき》である。その人は、行為の強烈さをもって聞こえる。私は彼のように行為することはできない。しかしそれは私の彼に対する尊敬をそぐものではない。

阮籍は、河南の尉氏《いし》県の人である。土地は肥沃な河南平原の中央に位し、彼の家は代代富裕であったと、「竹林七賢論」というものに見えるよしであるが、阮という苗字の人物は、より早い時代の歴史には、ほとんど現われない。彼の父の阮瑀《げんう》に至って、はじめて知名人であった。父は文学の士として、魏の武帝文帝のサロンの重要な客であったばかりでなく、政治のブレインでもあった。彼はその子として、二一〇年に生まれている。

そうして、道路の北がわに住む、よりゆたかな同族の家が、北阮と呼ばれるのに対し、道路の南がわにある彼の家、また彼の甥阮咸《げんかん》の家は、南阮と呼ばれた。当時の年中行事として虫ぼしの日である七月七日、ゆたかな北阮の家では、うすぎぬ、にしき、あやぎぬの類を、美美しく、ほこらしげに、かけつらねたのに対し、南阮の方では、庭のまんなかに立てた竿の上に、布のふんどしをほした。そうして、

——いささか世間のならわしに従ったまででござる。

と、彼の甥の阮咸が、うそぶいたという話は、これからさき、この文章の中に引くかずかずの挿話と共に、当時の逸話集『世説新語』に見える。

しかし、この挿話は、阮籍の家が、お向かいの北阮の家ほどには、金もちでなかったということを示すにすぎない。道路の南がわの彼の家、つまり南阮の家も、郷里の荘園の収入によって、生活を保証されつつ、首都洛陽の官界に、代代官僚を送り出す豪族であったと、思われる。

そうした豪族の子であったにもかかわらず、彼の行為は常に強烈でありつづけた。彼はまず世俗の人間を、完全に蔑視した。といって、世俗の人間と顔をあわせず、世俗から逃避するという形で、世俗を蔑視したのではない。俗物どもをも引見することはする。ただ俗物どもとあうときは、白眼《はくがん》を以て対し、同志の士には、青眼《せいがん》を以ってあう。彼の眼球は、特別な運動をしたらしく、『晉書』の阮籍伝には、「能く青白眼を為す」と記されて

いる。清の胡承珙《こしょうきょう》の解釈によれば、白眼とは、うわ目を使ってあらぬ方を見ることであり、青眼の方は普通の目つきであるという。

二

ひとり俗物どもとの会見に、「白眼」を以て接したばかりではない。礼俗、つまり世俗の奉ずる常識的な社会規律を、勇敢に無視した。

まず彼は、常識をこえた大酒のみであった。彼が晩年、欣然として、歩兵の校尉という官に就いたのは、その役所の倉庫に数百石の美酒がたくわえてあることを耳にしたからだという。

彼ばかりではない。彼の一族も、甥の阮咸をはじめとして、大酒のみであった。一族どもが酒をのむとき、普通の杯は使わない。まんなかにすえた大樽のまわりに、車座になり、じかに樽からのむ。時には、家にかってある豚どもが、家族の仲間入りをして、樽の中へ首をつっこむこともある。しかし連中は一こうに平気であったと、以上いずれも『世説新語』に見える。

また山東の東平の知事に就任したときのやり方も、甚だ独自であった。これもその土地の風土のたのしさを聞いて、みずから知事を買って出たのであるが、驢馬にまたがって任地につくと、役所の壁ついじをすっかり取りはらわせ、執務のようすを人民に公開した。

文字通りガラスばりの政治、乃至はそれ以上であった。しかも「政令は清寧」であったという。

三

社会規律の無視は、母の死にあったとき、最も強烈にあらわれた。普通の規律では、父母の喪にあったものは、儒家の古典の定めるところに従い、悲しみの表現として、衣食住の形式を、二十五カ月もしくは二十七カ月の間、変更せねばならぬ。まず喪服を着なければならない。酒をのんではならぬことはもとより、肉を食うのにも制限がある。婦人を近づけないことを示すために、いつもの居間にいてはいけない。

ところが阮籍のやり方は、大へん変っていた。彼は生前の母に対して至って孝行であり、母が死ぬと大へんやせおとろえたが、平気で酒をのみ、肉を食った。

さて、いよいよ埋葬という日、それはかずかずの喪の儀式の中でもことに重要な日であるが、その日、彼は油ののった小豚をむしやきにし、二斗の酒をのんだうえ、母のひつぎに別れをつげた。そうして

——だめだ。

とただひとことというと、血をはいて、ぶっ倒れ、半病人のようになった。

この挿話、あるいは挿話というにはあまりに重要な事実は、やはり『世説新語』の任誕《にんたん》

の篇に見える。重要なのは、その後半である。

——窮せり矣。

そういって、号泣し、血をはいて、廃頓したという、その後半である。これは奇矯な行為を事とするように見える彼が、実は最も純粋な心情のもち主であったことを、示すものにほかならない。なお彼の父は早く死に、あとは母の手ひとつでそだてられたと想像される。

ところで、この話には、すこし別の所伝がある。別の所伝によれば、それは母の臨終の際のことという。母が危篤の際、彼は来客と碁をうっていた。そこへ臨終の知らせがあり、客は対局をやめようといったが、彼はしずかにおしとどめた。そうして勝負のかたがついてから、酒三斗を飲んで、声を挙ぐること一号、血を嘔《は》くこと数升、廃頓すること之を久しくしたと、これは『世説新語』の本文そのものではなく、その注に引用した『晉紀』というものに見える。

ところで、このあとの所伝の方は、信をおきがたいと、私はおもう。臨終のときと埋葬のときと、二者はわずかの違いのようであるけれども、違いは大きい。彼が世間のこまごました習俗にこだわらなかったのは、誠実で健康な心のもちぬしである彼には、それらの習俗がたまらない偽善として映じたからである。埋葬の日の儀礼を無視したのは、そうした心の所産であり、「窮矣」といって血を吐いたのと、おなじ誠実な心の所産である。

ところで、いまわの母に別れをつげるということ、それはもはや規律ではない。人情の自然である。彼はそれをも無視したのであろうか。

どうものちの所伝の方は、彼の真実を理解しない凡庸の史家が、話を面白くしようとして、面白くしすぎ、却って事実から遠ざかったものと、考えざるを得ない。

四

彼の行為が世俗の常識を無視しつつ、しかもあくまでも健康であったことを示すものとして、もう一つの話がある。これも『世説新語』の本文に見える。

阮籍の家の隣は、居酒屋であり、そこのマダムは美人であった。阮籍は仲間の王戎《おうじゅう》とよく一しょに呑みに出かけたが、酔うと、きっとマダムのそばに、ねころぶ。亭主ははじめのうちは、そっと見はっていたが、いつまで見はっていても、ただそれだけであった。

ところでこの話も、『世説新語』の本文ではそうなっているが、注に引いた王隠《おういん》の『晉書』では、違っている。いわく、阮籍の隣りの家の娘は、美人の評判があったが、よめに行かぬうちになくなった。阮籍は一度も娘を見たことがないにもかかわらず、その家まで弔問に出かけ、慟哭した云云。

このあとの方も、私にはうけがいにくい。彼が常識の規律を偽善として蔑視したのは、他律的な生活をきらったこともとよりであるが、それと共に、その健康な心によって新しい自律的な生活をうち立て得るだけの、自信をもっていたからだと、考える。他律をこばんだのは、自律者としての自信があったからであり、普通の調和を敢然として破ったのは、それらをのりこえて、より新しい、より完全な、調和と平衡に達し得る自信が、あったからである。美婦のそばに酔いながら、何事もなかったという阮籍は、自律者としての健康さを、保持し、誇示している。それは新しい倫理の創造である。それに対し、一度もあったことのない少女の死をきいて、ひそかに抱いていた美のイメージの滅亡を、ひそかになげくというのならば、まだしもである。のこのこ弔問に出かけたというに至っては、平衡を失した行為であり、いや味に堕する。前の話が新しい倫理の創造であるのとは違っている。『世説新語』の本文が、あとの話をとらずに、前の方の話をとっているのは、見識のあることといわねばならない。

五

なぜ阮籍は、そうした生活態度を取ったか。それは彼の生きていた時代が、偽善と詐術にみちた不潔な時代であったからであり、彼の生活はそれに対する抗議であったということが、普通にいわれている。それはまた事実でもある。

すなわち彼の生まれた二一〇年は、大漢帝国最後の皇帝である献帝の建安十五年にあたる。つまり四百年の間、中央集権による秩序整然たる統一を、中国の全土、すなわち当時の意識では文化をもつ人類の居住する地域のすべてに及ぼしていた大漢帝国、その帝国の崩壊が、既に決定的となった頃であった。帝国の崩壊は、彼の生まれる二三十年前から、中央朝廷の衰弱と、それに反比例する地方豪族の擡頭とによって、その過程をはらみつつあったが、崩壊の段階をおしすすめたのは、大規模な百姓一揆、黄巾の賊の出現であった。一揆そのものは、各地に奮起した豪族の義勇軍によって鎮定されたけれども、武力をもつようになった豪族たちの間には、つぎつぎに内戦が交され、帝国の崩壊をはやめた。四百年の歴史をもつ大漢帝国の崩壊、それはローマ帝国の崩壊とおなじく、帝国をささえていたもろもろの秩序の崩壊であり、当時の意識における世界の崩壊であった。そうした紛争が二十年ちかくつづいたあと、阮籍の生まれたころには、天下は三分の形勢にあった。北方には曹操曹丕父子の魏、東南には孫権の呉、西南には劉備の蜀と三つの勢力が鼎立していたことは『演義三国志』が、手近に示す通りである。

うち阮籍が居住する地域の実際の主権者であり、また彼の父のパトロンでもあったのは、魏の武帝、すなわち曹操である。曹操は、文学を愛し教養に富む知識人であったが、同時にまた、「寧《む》しろ我れ人に負《そむ》くとも、人をして我れに負かしむることなからん」という奸雄であった。そうして漢の皇帝が、今や足利末期の将軍のごとく、完全に名のみのものになったのを擁しつつ、次の皇帝たるべき機会をねらっていた。彼が独裁者としての地位を高めるべく、魏公という称号を漢の天子から授かったのは、阮籍四歳のときであり、魏王という称号に進んだのは、阮籍七歳のときである。そうして阮籍十一歳の時には、曹操の子曹丕が、正式に漢の皇帝の譲位を受けた。大漢帝国は名実ともに消滅し、曹丕の新しい帝国は、魏と称した。

この譲位の経過は、最も偽瞞にみちたものである。漢の皇帝はまず曹丕にむかい、天命はすでにわが家を去った、あなたこそ帝位にのぼるがよいという詔勅を発する。曹丕は辞退する。詔勅は更に発せられ、曹丕は更に辞退する。そうしたことが何度かくり返されるうちに、百官群臣からも、辞退はかえって万民のためでないという勧告文が、とどけられる。かくて曹丕はしぶしぶ、新しい天子になったというのが、表面の形式であり、すべては威嚇と脅迫によって行なわれたというのが、裏面の実際であった。

十一歳の児童は、この喜劇への直接な参加者ではなかった。しかしながら、喜劇は再び彼の生長と共に、まったく同じ形で進行しつつあった。曹操、曹丕によって始められた魏の帝室は、その孫の代には、はやくも衰弱をはじめ、実権は、家老の司馬氏にうつって行ったからである。阮籍四十歳の時、魏の皇族、曹爽《そうそう》が、宰相の司馬懿《い》に殺されたのがひとつの劃期である。次に司馬懿の子の司馬師が、魏の天子の一人を廃した時は四十五歳であり、司馬師の弟、司馬昭が、人を使嗾して、もう一人の天子を殺させ、しかも罪を下手人になすりつけて、涼しい顔をした時は、五十一歳であった。幸か不幸か、阮籍は、喜劇の大詰を見ることはできなかった。司馬昭の子、司馬炎が、例の偽善的な手つづきで、魏の天子の譲位をうけ、晉という国号のもとに、新しい帝国の開祖となったのは、阮籍が二六三年、五十四歳でなくなる翌翌年であったからである。しかし大詰への進行は彼の生前すでに決定的であった。

つまり彼の一生は、魏という偽瞞によって起り偽瞞によって倒れた王朝と、ほぼ時を同じくして始まり、ほぼ時を同じくして終ったと、要約することができる。

六

彼の行為は、こうした不潔な世の中に対する、潔癖な精神の、反撥であり、反抗であったと、いわれる。権力者たちは、道徳の仮面をかぶりつつ、その詐術を行なった。脅迫による譲位は、いつも、太古の聖天子堯《ぎょう》が、天と人民の希望にそって、次の聖人舜《しゅん》に帝位をゆずったという昔話に、のっとるものとして行なわれたが、それは一例にすぎない。道徳と、道徳の実践として派生する社会規律とは、今やすべて詐術のためのものとなった。故に彼はそれらに反撥して、伝統的な社会規律を無視したのであると、たとえば魯迅は、その講演、「魏晉の風度と文章、それと薬と酒との関係」の中で、説いている。

また過度の飲酒をはじめ、常識をこえた行動は、みずからを権力の中心から、従ってまた詐術の中心から、従ってまた詐術を伴う権力が往往にして知識人に加える暴力から、遠ざけるものであった。事実、彼は飲酒によって、しばしば権力の圧迫をすりぬけている。

時の実際の主権者である司馬昭は、そのむすこの司馬炎の嫁として、阮籍の娘を迎えるつもりであったが、阮籍が六十日間もよっぱらいつづけていたので、そのことを切り出す機会を逸したという。また司馬家の御用学者たちは、しばしば彼に時事を問いかけ、それによって彼をおとし入れようとしたが、いつも酔っぱらってばかりいるので、そのすきまがなかったともいう。このことは、かえって権力者、司馬昭の歎賞を買いさえもした。司馬昭はいった、

——世の中でもっとも慎重な人物、それは阮籍である。いつ話をしても、言葉はみな玄遠である。人物を評論したことは一度もない。世の中が普通に目して慎重とする人物、それらはみな忠実な官僚であるにすぎない。阮籍こそは「天下の至慎」である。

七

また彼のこうした生活態度が、彼の深くなれ親しんだ老荘の思想とむすびついていることも事実である。老荘の書は、世俗への反抗と、世俗からの逃避とを、強く教える。それはこの世紀に先だつ時代、つまり漢帝国の秩序がよく保持され、秩序の源泉として儒家の思想が尊崇された時代には、久しく忘れられたものであった。ところが漢帝国の崩壊は、それとむすびついた儒家の権威をゆるめ、儒家と対蹠的なものとして、老荘の自然無為の教えが、一派の知識人によって取りあげられることとなった。阮籍の同時代人、何晏《かあん》、王《おう》

弼《ひつ》は、その最初の愛好者であったが、王弼の早世、また何晏の政治的失脚による死のあとを受けて、その継承者となったのが、阮籍とその一党である。一党というのは、いわゆる竹林の七賢であって、嵆康、山濤、劉伶、向秀《しょうしゅう》、王戎、それに阮籍、および阮籍のおい阮咸である。常に竹やぶの中にあつまって、肆意酣暢したと、『世説新語』に見える。ひとり肆意酣暢、存分に大酒をのんだばかりでなく、竹やぶの中では、『老子』、『荘子』、『易』などをテクストとする、哲学的な談論が、行なわれた。いわゆる清談《せいだん》である。それを竹林の中で行なったのは、老荘の書の中には、世塵を山林に避けるという思想があり、やはりその実践であった。

八

以上のべて来たように、彼の行為が汚濁した世の中への反撥であり、老荘の思想とむすびついていたことは、事実である。しかしそれだけであろうか。彼は世俗に反撥して、ネガティヴな否定を行なっただけであろうか。彼はもっと積極的に、完全な自由人としてふるまうことを欲し、またそうふるまい得るだけの自信をもっていたのであると、前にもその一端にふれかけたように、私は考える。それは何ものをも信ぜず、ひとえに自己の良心のみを信じようとする態度である。或いは何ものにもまして自己の良心を重んじようとする態度である。漢以来の知識人の精神の歴史をふりかえって見るとき、そうした態度が、彼の時代には成立すべき理由があると考えるが、そのことはここには述べない。ここに述べたいのは、いまひとつのこと、すなわち、彼はみずからの生活を勇敢に主張すると共に、世俗には世俗の生活をみとめるという寛容さがあったということである。

彼のように自由人としてふるまうこと、それは誰にでもできることではない。彼のごとく精神の健康に充分な自信をもつ人物にのみ望み得る。それは不幸な時代に生まれた少数の選良の生活態度であり、多数者の生活態度とはなり得ない。ことに彼を激発して、そうした生活に赴かせたような不幸な時代にあっては、より一層、多数者の生活態度とはなりにくい。それを彼はよく知っていた。

彼は、彼の子の阮渾《こん》が、父のまねをし出したとき、制止していった、

――おまえはよしておけ。おれの仲間は甥の阮咸ひとりでたくさんだ。

また、彼の兄よめが里がえりするのを、彼がわざわざ見おくったのが、物議をかもした。弟は兄よめと話をしてはならないというのが、掟であるからである。そのとき彼はいった、

――規律は、われわれの為にあるものではない。

「礼は豈《あ》に我が輩《ともばら》の為に設けんや。」

邪淫の心を抱かない彼にとって、「礼」はまことに不用である。しかしこの言葉は「礼」を全面的に否定したのではない。「礼」の中にいるよりしようのない多数の世俗は、規律の中にいるのが安全であり、幸福であると、考えたがごとく、ひびく。こうした態度は、

彼の精神の健康さをよりよく物語る。彼は、懶惰な隠遁者のように、多数者への関心を全く失っていたのではない。多数者への関心を蔵しつつ、しかも孤高の生活をえらばざるを得なかったのである。

世俗の識者も、またそのことを諒解して、彼の態度を許容した。やはり母の死んだ時のこと、宰相の裴楷《はいかい》が弔問に来た。喪主の阮籍は、例のごとく酔っぱらい、さんばら髪で、あぐらをかいたままである。しかし裴楷は、かたのごとく弔問の礼をおこなって去った。人が裴楷をなじると、裴楷は答えた、

——彼は彼の世界に生きている。おれは世俗の人物だ。おれはおれの世界の定めに従う。

時人は、その両方をほめたという。

九

かく識者は彼を理解し、また権力者司馬昭も、彼の理解者であったことは、彼を「天下の至慎」と評した言葉が、それを示している。母の喪中に於ける彼の言動が、いろいろと物議をかもしかけたとき、司馬昭はいった、

——彼は、悲しみにうちひしがれて、あんなに痩せほそっている。もし肉を食わせずに、ほっておけば、彼自身の命があぶない。それを心配してやる方が、大切ではないか。

しかし、一方また彼の身辺には、常に非難がうずまき、その生命さえも、往往危険にさ

らされていたことも、たしかである。現に彼の同志である嵆康《けいこう》は、疑獄に連坐して、刑死している。しかし彼は、五十四というあまり長い寿命ではないけれども、陰謀と詐術と偽善のうずまく世の中に、天寿をまっとうしている。

私が彼に最も推服するのは、そこのところである。生命の愛惜、それこそ人間の使命でなければならない。まことに彼こそは、司馬昭の評したごとく、「天下の至慎」であった。友人の劉伶と、歩兵校尉の酒倉に酔いしれて死んでいたという噂は、例によって、最も信頼すべき史書には、記載されていない。

要するに彼の一生は、道理に忠実な人間が、道理のあまり行なわれない世の中に生まれあわせた時、いかに生きるべきかを示す一つの型であった。

彼には一つの奇癖があり、ただひとり車を駆って、あてもないドライヴを試みる。そうして袋小路にゆきあたるごとに、慟哭して帰ったという。この挿話は甚だ象徴的である。もし中国の詩のうち、最も調子の高いものはと問われるならば、私はちゅうちょなく答えるであろう。それは阮籍の詠懐詩八十二首であると。

夜中寐《い》ぬる能わず
起き坐して鳴琴を弾ず
薄き帷《とばり》に明月の鑑《て》り

清風は我が襟を吹く
孤鴻は外野に号《さけ》び
朔《きた》の鳥は北の林に鳴く
徘徊《はいかい》して将《は》た何をか見る
憂思して独り心を傷《いた》ましむ

阮籍の詠懐詩について

一の一

三世紀のなかばの思想家である魏の阮籍（二一〇―二六三）は、その詩人としての業績を、詠懐、懐《おも》いを詠《うた》う、と総題しつつ、四言の詩形のもの三首と、五言の詩形のもの八十二首とを、今に伝える。うち人人が伝誦するのは、その五言の詩、ことに梁の昭明太子蕭統（五〇一―五三一）の『文選』にえらばれた十七首であるが、八十五首の全貌を示すものとして現存最古のテクストは、明の馮惟訥の『古詩紀』である。もっとも『古詩紀』も、篇の排列については原形をうしなっているらしく、五言詩八十二首のうち、はじめにおかれた十七首が、『文選』所収のもののみであるのは、がんらいの篇次ではあるまい。しかし四言五言あわせて八十五という数は、『晉書』の本伝に、「詠懐詩八十余篇を作り、世の重んずる所と為る」というのと、よく合致し、篇数に於いては、うしなうものがないであろう。もっとも清の馮舒の『詩紀匡繆』には、江陰の朱子儋の本には、四言のものが十四首も見えることを、注意する。案ずるに朱子儋とは、『存余堂詩話』の著者である明の朱承爵であって、その本のことは銭曽の『読書敏求記』にも、

阮嗣宗の詠懐詩、世に行わるる本は、惟だ五言の八十首のみなるを、朱子儋の家蔵の旧本を取りて、存余堂に刊せるものは、四言の詠懐十三首多し。覧る者之を漫視する勿かれ。

と見え、近人章鈺の「敏求記校証」には、清の鮑廷博の家にその本があったというが、いまわれわれはそれを見ることができない。

私のこの論文が企図するものは、その四言の詩はしばらくおき、もっぱらその五言の詩八十二首の性質を論じ、且つそれが五言詩の歴史の上にしめる地位を明かにしようとすることである。それは五言詩の歴史の上に一つの劃期を作るものと感ぜられる。

詩の性質を例示するために、『文選』が十七首の其の一とし、『古詩紀』も八十二首の其の一とするものを、まずあげよう。

夜中不能寐　　夜の中ばなるまで寐《い》ぬる能わず
起坐弾鳴琴　　起ち坐して鳴琴を弾く
薄帷鑒明月　　薄き帷《とばり》に明月鑑《て》り

清風吹我襟　　清き風は我が襟を吹く
孤鴻号外野　　孤鴻は外《はるか》なる野に号《さけ》び
朔鳥鳴北林　　朔鳥は北の林に鳴く
徘徊将何見　　徘徊して将《は》た何をか見る
憂思独傷心　　憂思して独り心を傷《いた》ましむ

一の二

阮籍の詠懐詩が、五言詩の歴史の上に劃期を作ると感ぜられることの第一は、発言の態度が従来の五言詩と異ることである。またそれと相関連して、視野の広狭を異にすることである。すなわち阮籍の歌わんとするものは、もはや従来の五言詩のように個人的な哀歓ではない。ひろく人間全体にひろがる問題である。

五言詩発生の経過は、近ごろの文学史家の努力にもかかわらず、なお充分にあきらかでない。ただそれがキリスト紀元を中央にさしはさむ漢王朝四百年間の、いつかの時期に、せまい市民の歌として発生したことは疑いない。そうしてそれは市民の歌であるゆえに、せまい視野からする個人的な哀歓を歌うのを、おもな職掌とした。無名氏の「古詩十九首」は、漢代五言詩の代表であるが、その第一首に、「行き行きて重ねて行き行き、君と生きながら別離す」といい、第二首に「昔は倡家の女と為り、今は蕩子の婦と為る」という、みな個人の悲哀である。或いはその第五首の「西北に高楼有り、上は浮雲と斉《ひと》し。上に絃歌の声有り、音響一に何ぞ悲しき。誰か能く此の曲を為すや、乃ち杞梁の妻ならずや」のごとく、他人の哀歓を代って歌うものもあるが、個人の哀歓である点はおなじである。ただその第三首に「人の天地の間に生きるは、忽《あわただ》しきこと遠き行《みち》の客《たびびと》の如し」というのなど、人生の短促を歌うものは、人間全体の問題であるが、それらは少数であり、且つその悲しみは素朴に簡単である。

この状態は、五言の詩形が、漢末建安の時期（一九六―二二〇）に、曹植を中心とし、阮籍の父阮瑀をもその中にふくむ、いわゆる建安の七子によってとりあげられ、知識人の詩形となってのちも、ほぼ同じであった。それはなお市民の歌の模擬として作られ、したがって個人の哀歓を主題とするという傾向が、支配的であった。曹植の詩が、しばしば棄てられた女の口吻に仮托するのは、その顕著な例である。もっとも建安の詩人たちは、漢の詩になかった新しい主題として、詩人相互の友情を、贈答の詩、公宴の詩として歌うけれども、これまた個人的な哀歓の一種であり、目はなお近い周囲にとどまっているといえる。

ところが阮籍の詩は、ちがっている。彼は曹植よりも十八年おくれて漢の献帝の建安十五年に生まれ、曹植より三十一年おくれて魏の元帝の景元四年になくなっているが、その詩はもはや曹植の詩のように、市民の口吻をまねない。宋の顔延之が、その五君詠に阮籍を評して、「識は密に鑒も亦た洞《ふか》し」というように、緻密な知性と深い見識をもった哲学者の発言としてある。そうして哲学者としての広い視野から、人間全体にわたる問題をうたうのを、職務とする。一見そうは見えないものも、実はそうであろうとするに傾く。

はじめにあげた第一首は、すでにその例である。「夜中寐ぬる能わず、起坐して鳴琴を弾ず」。人人はみなねしずまった夜半、ひとり端坐して琴にむかうというのは、常識に安住する人の姿では、すでにない。「薄帷に明月鑑《て》り、清風我が襟を吹く」。明月と清風とは、実際の叙景であると共に、象徴としても読まれるのであって、寂寥は明月とともに彼の周囲にたちこめ、憂愁は清風とともに彼をゆさぶっていると、感ずることが可能である。第三聯、「孤鴻は外野に号《さけ》び、朔鳥は北林に鳴く」に至っては、一そうあきらかに象徴である。「孤鴻は外野に号ぶ」の外野は、『左伝』昭公の二十五年に、魯の昭公の亡命を予言するものとして見える童謡、「鸜鵒《くよく》の羽、公は外野に在り」を、出典として連想すべきであろうが、たといそれを連想しなくとも、多くの注釈家のいうように、司馬氏の下剋上の不幸な犠牲となった魏の王室のおさない天子たちの比喩と見られる。また下の句の「朔鳥」を、『文選』の一本は「翔鳥」に作るが、いずれにしても、魏の帝位をうばおうとする司馬氏の党派の比喩であると、唐の呂向の『文選』の注、元の劉履の『選詩補注』などに説く。たといそこまではっきりした比喩でなくとも、外《はるか》なる野にさけぶ孤鴻は、この世に於ける不幸なものの象徴であり、北の林に鳴きさわぐ朔鳥ないしは翔鳥は、この世の邪悪なものの象徴であるとして、読みとることが、むしろ自然である。ところで視野はむすびの聯に至って最もひろまる。「徘徊して将《は》た何をか見る」。不幸と邪悪以外の何ものかを発見しようとして、月光の下を徘徊する阮籍は、何ものをも発見し得なかったのであり、かくて「憂思独傷心」するのである。

またこの第一首は、視野の広さとともに、詠懐詩を通じていちじるしい今一つの性質をも例示する。すなわち「憂思して独り心を傷ましむ」とむすびの句にいうように、感情の孤独を訴えることである。彼のような広い視野に立つことは、すべての人人に期待し得ることではない。したがってそこから生まれる感情は、容易な共感を期待できない。その感情は、孤独なものとしてである。こうした形の孤独感も従前の詩には乏しいものであるが、彼の詩はしばしばそれをいう。其の七の「空堂の上に徘徊し、忉怛すれど我を知るもの莫《な》し」、其十四の「多き言を焉《いずく》にか告ぐ所《べ》き、繁き辞を将《は》た誰にか訴えん」、其の三十三の「終身薄冰を履む、誰か我が心の焦るるを知らん」、其の三十七の「涕を揮いて哀傷を懐く、辛酸を誰に語らん哉」、みなそれであるが、全首をこの孤独感でみたすものとしては、『古詩紀』の其の十七、『文選』の其の十五を挙げ得る。

独坐空堂上　　独り空堂の上に坐す

誰可与歓者
出門臨永路
不見行車馬
登高望九州
悠悠分曠野
孤鳥西北飛
離獣東南下
日暮思親友
晤言用自写

誰か与《とも》に歓《たの》しむべき者ぞ
門を出でて永き路に臨めば
みち行く車馬を見ず
高きに登りて九州を望めば
悠悠として曠《むな》しき野の分かる
孤鳥は西北に飛び
離獣は東南に下る
日暮れて親友を思い
晤言して用《も》って自《ひと》り写《すす》ぐ

この詩の視野は、その表面に於いても、九州、すなわちあめのしたに、ひろまっているが、それだけに孤独感も最も強烈である。清の呉淇の『選詩定論』にはいう、「独り空堂の上に坐して、人無し焉。門を出で永路に臨みて、人無し焉。高きに登り九州を望みて、人無し焉。見る所は惟《た》だ鳥の飛び獣のはせ下るのみ」。

なおむすびの句の「晤言」の二字は、其の十九にも、「晤言して用って感傷す」と使われているが、おそらくは詩の考槃の独寐寤言、その鄭玄の箋に、「独り寐ぬるもの、覚めて独り言う」というのを用いたのであり、独語の義と解すべきである。字形からいえば、おなじく詩の東門之池の「彼の美なる淑姫は、与《とも》に晤《むか》い言う可し」を用いたように見えるが、しかく対話の義ではないであろう。

一の三

以上第一首を例としつつのべて来た視野の広さ、およびそれと表裏する孤独感が、従来の詩に対して一つの劃期を作ることを、明瞭にするために、漢の無名氏の「古詩十九首」の一つをあげて、対比の資料としよう。すなわちその第十九首である。

明月何皎皎
昭我羅床幃
憂愁不能寐
攬衣起徘徊
客行雖云楽
不如早旋帰
出戸独彷徨
愁思当告誰
引領還入房

明月は何ぞ皎皎たる
我が羅《うすもの》の床の幃《とばり》を照らす
憂愁して寐ぬる能わず
衣を攬《と》りて起ちて徘徊す
客行《たび》は楽しと云うと雖も
早く旋《めぐ》り帰りなんには如かず
戸を出でて独り彷徨す
愁思を当《まさ》に誰にか告ぐべき
領《えり》を引き還りて房に入れば

涙下沾裳衣　　涙下りて裳と衣を沾す

詩は一見、阮籍詠懐の第一首と、はなはだしく似ている。両者は、明月、不能寐、徘徊と、全く同じ語を含むのであり、阮籍が「憂思独傷心」というのに似て、古詩も「愁思当告誰」という。阮籍の詩は、先行する作品としてこの古詩を意識し、その影響の下に作られているとさえ疑われる。

しかしながら、両者の差違は、発見しやすいことである。古詩の詩人の悲哀は、「客行楽しと云うと雖も、早く旋帰するに如かず」と、家族と離れた旅人であることによって生まれている。それは狭い視野に於ける個人の悲哀である。阮籍の中夜の徘徊が、広い視野からみちびかれた悲哀であるのとちがっている。また古詩の詩人も、「戸を出でて独り彷徨す、愁思を当《は》た誰にか告げん」というけれども、その孤独は、故郷に早く旋帰することによって解消し得るのであり、阮籍の孤独が絶対の孤独であるのとはちがっている。

また対比を建安の詩人に求めるならば、阮籍の父阮瑀の友人であった魏の文帝曹丕の雑詩の一つをあげ得る。「漫漫として秋の夜は長く、烈烈として北の風は涼《つめた》し。展《ふ》し転《まろ》びつつ寐ぬる能わず、衣を披《はお》り起ちて彷徨す。彷徨忽ち已に久しく、白露は我が裳を沾おす。俯しては清き水の波だちを視、仰いでは明月の光を看る。天《あま》の漢《かわ》は回《めぐ》りて西に流れ、三五のほしは正に縦横たり。草虫は鳴くこと何ぞ悲しき、孤雁は独り南に翔《は》す」。ここまでのところ、詩はやはり阮籍の詩に似、おなじく「明月」の下を「寐ぬる能わず」して「彷徨」している。しかし更に読みすすめば、文帝の詩は、旅人の心事に擬した狭い視野からの発言であることを知る。「鬱鬱として悲しき思い多く、綿綿として故郷を思う。飛ぶを願えど安《い》ずくにか翼を得べき、済《わた》らんと欲するも河に梁《はし》無し。風に向かいて長く歎息し、我が中傷を断絶す」。やはり貌は似て実はことなる。

かく言葉の表面を類似する詩を対比の資料とすることによって、却って明瞭になるように、阮籍の詩は、阮籍以前の詩と、視野の広狭をことにする。むろん阮籍以前の五言詩にも、広い視野に立とうとするものが、皆無ではない。無名氏の「古詩十九首」のあるものが、人寿有限という人間全体の問題を歌うことはすでにのべたが、漢の五言詩のうち作者の名を署した僅少の数首のなかの一つである班固の詠史の詩が、「三王は徳弥《いよいよ》薄く、惟《か》くて後に肉刑を用う」云云というのも、せまい視野ではない。更にまた五言の詩形が知識人の文学形式となった建安の時期には、人寿有限の問題を中心として、視野はしだいにひろまらんとしつつあった。たとえば建安七子の一人である阮籍の父阮瑀の詩は、わずかに数首を遺存するのみであるから、下に引くごとき断片が、その全詩集の中で占めた比重は知りがたいが、『芸文類聚』巻十八、老の部に見える断片は、姿勢も措辞も、その子に近い。

白髪随櫛堕
未寒思厚衣
四支易懈倦
行歩益疎遅
常恐時歳尽
魂魄忽高飛
自知百年後
堂上生旅葵

白髪は櫛に随いて堕《お》ち
未まだ寒からざるに厚き衣を思う
四肢は懈《おこた》り倦み易く
行歩は益〻疎《まど》ろしく遅し
常に恐る時歳の尽きなば
魂魄は忽ち高く飛ばんと
自ずから知る百年の後には
堂上に旅葵を生ぜん

更にまた最も近接した時期の詩としては、応璩の「百一詩」百数篇が、教訓詩乃至は諷刺詩であり、人間の種種相を詠ずる点で、阮籍の先蹤となるべきことは、私が別の論文で論ずるごとくである。（『京都大学文学部五十年記念論文集』「応璩の百一詩について」。）

しかしながら以上の吟味を容れてのちも、阮籍の詩が、その視野の広さに於いて、五言詩の歴史の上に劃期を作ることは、なお肯定されるであろう。何となれば、従前の詩人に於いては部分として現われるものが、阮籍に於いては詩の全部をおおうものとなるからである。

けだし阮籍の詠懐詩がうたうような、広い視野からするおもおもしい主題をあつかうことは、従前の文学では、賦の職掌であった。漢の班固の「幽通賦」、張衡の「思玄賦」は、その例である。一方、五言詩は、民歌を発生の故郷とするゆえに、一種の軽文学と意識され、おもおもしい主題をうたうことは、ためらわれがちであったのである。阮籍は、これまでの文学者が賦の内容としたものを、うつして五言詩の内容としたといってよい。

いいかえれば五言詩は、阮籍に至って、民歌としての性質を完全に脱離したのである。梁の鍾嶸の『詩品』が、無名氏の古詩および魏の曹植の詩を、「其の源は国風に出でる」というのに対し、阮籍の詩を評して、「其の源は小雅に出でる」とするのは、この意味に於いて正しい。

一の四

また詠懐詩が、いまひとつ五言詩の歴史の上に新しい現象を作ると思われるのは、八十二首の詩が、袤大《ぼうだい》な連作であることである。八十二首は、多くの注釈家が説くように、全部が同時の作ではないと思われる。またのちに私が説くように、いくつかの矛盾を露呈する部分もある。しかし大体はおなじ基調の思想の表白であり、一連の詩であるという性質が、より大きな性質としてある。

彼以前の五言詩の連作としては、建安の詩人に、王粲の従軍行五首、七哀詩三首、劉楨の贈五官中郎将四首などがみとめられるが、かくも袤大な篇数をもつ連作は、いま遺存する資料によるかぎり発見されない。不完全に遺存する資料としては、やはり応璩の詩百数篇が、百一詩あるいは新詩と総題されたことが、阮籍の先蹤であると思われること、これまた前掲の私の論文「応璩の百一詩について」でのべるごとくであるが、応璩の詩は、阮籍の詩のごとく、高度の一貫性をたもっていたかどうかは、うたがわしい。

少くとも現存の資料によるかぎり、阮籍の詠懐八十二首は、袤大な五言詩の連作のはじめである。多くの批評家がいうように、唐の陳子昂の感遇三十八首と李白の古風五十九首のみなもとであるばかりでなく、陶潜の飲酒二十首その他の諸連作のきっかけとも見得る。

二の一

ところで以上のべて来たような発言の態度の差違、視野の広狭、また連作であるということは、阮籍の詩と従来の五言詩との差違を、その外枠において指摘するものにすぎない。彼の詩は、その内容となるものに於いても、従来の詩とことなるものを、いくつかもっている。そのことを明かにするためには、彼の詩の内容に立ち入らねばならない。彼の詩は、早く梁の鍾嶸の『詩品』に、「厥《そ》の旨は淵放にして、帰趣求め難し」といい、また唐の李善が『文選』の注に、「嗣宗は身乱朝に仕えしかば、謗に罹《かか》り禍に遇わんことを常に恐れ、茲《ここ》に因りて詠を発す、故に毎《つね》に生を憂うる嗟《なげ》き有るなり。志は刺譏に在りと雖も、文は隠避多く、百代の下、情を以て測り難し」というように、司馬氏が魏王朝を簒奪しようとする険悪な政治情勢のなかで、しかも彼自身の身分は簒奪者の幕僚であるという環境に於いての発言であるゆえに、難解なものをふくんでいる。しかしそれは体系ある哲学者の発言として、大たいはひとつの論理によってつらぬかれているのであり、その論理をたどることは、困難でない。そうしてその論理の進行する各段階に於いて、従来の詩と異なるものが、なにがしかずつ呈示される。

二の二

彼の詩の基本となっている感情、したがってその論理の出発点となっている感情は、漢の五言詩、あるいはその延長である建安の五言詩と、必ずしも異なるものではない。いなむしろ連続している。すなわち八十二首のすべてが、悲哀の歌であることである。五言詩は、民歌としてある時期から、歓楽の歌であるよりも悲哀の歌であることが多かったことは、「古詩十九首」がよい例であるが、阮籍の詩も、視野の広狭はしばらくおき、悲哀の歌である点は、おなじである。

更にまたその悲哀が、人間の幸福のもろさをいたむことによって生まれている点も、従来の五言詩と連続する。人間の幸福のもろさ、それは漢の五言詩、およびその延長である建安の五言詩の、何にもまして主題とするものであって、漢の五言詩の代表である「古詩十九首」のおおむねは、よくいわれるように、逐臣棄婦の歌であり、幸福を喪失した人人が、かつての幸福をしのびつつ、現在の不幸をいたむ歌である。「行き行きて重ねて行き行き、君と生きながら別離す」、「昔は倡家の女と為り、今は蕩子の婦と為る」、比比としてしかりである。

ところで阮籍の詩が、最も重要な主題とするものも、やはり人間の幸福のもろさであって、それが八十二首を通じてくりかえしくりかえし歌われる。顕著な一例として第四首をあげるならば、それにはいう、

天馬出西北　天馬は西北のかたに出《うま》るるに
繇来従東道　繇来《ならい》として東の道に従《ゆ》く
春秋非有託　春秋は託《とど》まること有るに非ざれば
富貴焉常保　富貴も焉《な》んぞ常に保たれん
清露被皐蘭　清き露は皐《さわ》の蘭を被《おお》い
凝霜霑野草　凝れる霜は野の草を霑《うるお》す
朝為媚少年　朝には媚少年と為り
夕暮成醜老　夕暮には醜老と成る
自非王子晉　王子晉に非ざる自《よ》りは
誰能常美好　誰か能く常に美好なるべき

起三句は、『漢書』「礼楽志」の天馬の歌にもとづきつつ、以下に述べんとする事態の比喩として、駿馬がその故郷に安住しがたいことをいうのであるが、そのように人間も春秋の停止なき推移の上に、幸福を喪失するのであり、富貴を永遠に保つことはできない。それにつづく清露、凝霜の対句も、人生が不幸におそわれやすいことを比喩すると共に、露と霜とは、中国詩の伝統的な用法として、季節の推移を示す風物でもある。そうした季節のたえまなき推移の上に、人間は青春を失ってゆく。それが人間のさだめであり、永遠の幸福は、王子晉のごとき仙人にのみ許され、人間には許されないとするのである。

またかく人間の幸福のもろさを、無窮の循環をもつ自然の強靭さと、対比して強調することは、これまた漢の五言詩にすでに見えることであって、「古詩十九首」の「人生は金石に非ず、豈に能く長く寿考ならん」、「人生は忽《あわた》だしきこと寄するが如く、寿は金石の固き無し」、みなそれであるが、この点に於いても、阮籍は漢詩を相続する。其の四十の前半にはいう、

混元生両儀　　混元は両儀を生み
四象運衡璣　　四象は衡璣を運らす
曒日布炎精　　曒《あきら》かなる日は炎精を布き

素月垂景輝素き月は景輝を垂れ
晷度有昭回晷度は昭かに回ること有るに
哀哉人命微哀しい哉　人の命は微なり
飄若風塵逝飄うこと風塵の逝《ゆ》くが若《ごと》く
忽若慶雲晞忽ちなること慶雲の晞《かわ》くが若し

おなじ対比は、其の三十二にも、「人生は塵露の如きに、天道は竟に悠悠たり」と見える。また右に引いた其の四の「春秋非有託、富貴焉常保」も、『文選』の一本には、「春秋非有訖、富貴焉常保」に作る。しからば、「春秋は訖《おわ》る有るに非ず」であって、無窮の循環をもつ春秋の推移が、永続し難い人間の富貴と、ここでも対比されていることになる。

二の三

このように阮籍の詠懐詩は、人間の幸福のもろさに対する敏感さを、従前の五言詩から相続する。しかしそれをそのままに相続しているのではない。そこには重大な差違がある。すなわち幸福の喪失を以て、人間の必然とすることである。そうしてそれが彼の詩の論理を漢の詩から別つ第一歩となる。

すなわち漢の五言詩、乃至はその延長である建安の五言詩も、しばしば幸福の喪失を歌うけれども、それは必ずしも人生の必然として歌われているのではない。むしろ小さな視野から、ただみずからの身の上の偶然のできごととして歌われている。「行き行きて重ねて行き行き、君と生きながら別離す」、「昔は倡家の女と為り、今は蕩子の婦と為る」、みなそのように読める。みずからは不幸であっても、他には不幸でない場合が予想されるのであり、それと暗黙に対比することによって、みずからの悲しみをふかめている。それは広汎な人間の必然ではない。

　ところが阮籍は、幸福の喪失を以て、広汎な人間の必然とするに傾く。右にあげた其の四は、すでにその例であって、「西北にうまれた天馬」は、「繇来《ならい》として東の道をあゆむ」のであるが、かく万物はその本来の姿を維持しないのであり、されば人間も一度得た幸福を永続させることはできない。「富貴を焉《な》んぞ常に保たん」である。またそれが自然の法則でもあることは、託《とどま》ること有るに非ざる春秋の代序によっても示される。また幸福の必ず喪失さるべきことは、人間の生理にもその証拠があるのであって、「朝の媚少年は、夕暮には醜老と成る」。永久に美好であることは、仙人の王子晉にはゆるされても、人間にはゆるされない。つまり人間であるかぎり、幸福は必ず喪失するのである。

　かく幸福の喪失を、人間の必然であるとすることは、従前の詩にも全くないことではない。少くとも老という先天的な不幸を、人間の免れ難い運命とすることは、「古詩十九首」の第十一に、「遇う所《もの》なべて故《もと》のままなる物は無きに、焉《な》んぞ速かに老いざるを得ん」、第十三に、「浩浩として陰陽は移り、年命は朝露の如し」と指摘されている通りであるが、幸福な境涯の喪失という後天的な不幸をも、人間の必然であるとは意識していない。むしろそれは偶然と見られたと思われること、前述のごとくである。けだし人間は偶然の支配の下にあるとするのは、漢の詩を通じて有力な感情であって、その最も早い二つである項羽の垓下歌および高祖の大風歌が、はやくもそれに属することは、私のかつて説いたごとくであるが、倡家の女から蕩子の婦への転移も、やはり一つの偶然として詠ぜられていると観察される。

ところが阮籍は、その広い視野から、幸福のもろさを以て、人間全体をおおう、広汎な、必然の現象とする。上に引いた其の四がそれを示すばかりではない。おなじく『文選』に収められた其の三にはいう。

嘉樹下成蹊　　嘉き樹として下に蹊《こみち》を成すは
東園桃与李　　東の園の桃と李なれど
秋風吹飛藿　　秋風の飛藿を吹けば
零落従此始　　零落は此より始まる
繁華有憔悴　　繁華には憔悴有りて
堂上生荊杞　　堂上には荊杞を生ず

駆馬舎之去　馬を駆りて之を舎《す》てて去り
去上西山趾　去りて西山の趾《ふもと》に上らん
一身不自保　一身すら自ずから保たざるに
何況恋妻子　何ぞ況わんや妻子を恋いんや
凝霜被野草　凝れる霜は野の草に被り
歳暮亦云已　歳の暮るれば亦た云《か》くて已《や》む

詩の後半に示される深い絶望は、後章の問題である。ここに取りあげたいのは、その前半、なかんずく繁華有憔悴の句である。繁華には憔悴有り、つまり盛者必衰という論理こそは、詠懐詩の最もしばしば歌うものであって、もし更に全首をそれでうずめるもの一首をあげるならば、其の二十七にはいう。

周鄭天下交　周と鄭は天下の交《かなめ》にして
街術当三河　街術は三河に当たる
妖冶閑都子　妖冶として閑都なる子の
煥燿何芬葩　煥燿して何ぞ芬葩《ふんぱ》たる
玄髪照朱顔　玄《くろ》き髪は朱き顔に照り

睇眄有光華
傾城思一顧
遺視来相誇
願為三春遊
朝陽忽蹉跎
盛衰在須臾
離別将如何

睇眄《ていべん》は光華有り
城をも傾けなんと一たび顧みられんことを思い
遺《なが》し眼を来たりて相い誇る
三春の遊びを為さんと願いしに
朝陽のごと忽ち蹉跎たり
盛衰は須臾に在り
離別将《は》た如何

その他、其の三十の「従容は一時に在り、繁華は再び栄《はな》さかず」、其の五十七の「翩翩として風に従いて飛び、悠悠として故居を去る」、其の五十九の「朝は衢路の旁に生き、夕は横術の偶に瘞《うず》めらる、歓笑は終り晏《つ》きざるに、俛仰《ふぎよう》して復《ま》た欷歔《ききよ》す」、其の六十二の「勢を失するは須臾に在り、剣を帯びしものの吾が丘に上る」、みなそれである。

またそれを比喩によっていうものも、甚だ多いのであって、其の七十一にはいう、

木槿栄丘墓
煌煌有光色
白日頽林中

木槿は丘墓に栄《はな》さき
煌煌として光色有るも
白日の林中に頽《かたむ》けば

翩翩零路側
蟋蟀吟戸牖
蟪蛄鳴荊棘
蜉蝣玩三朝
采采修羽翼
衣裳為誰施
俛仰自収拭
生命幾何時
慷慨各努力

翩翩として路の側に零《お》つ
蟋蟀は戸牖《こゆう》に吟じ
蟪蛄は荊棘に鳴く
蜉蝣は三たびの朝に玩《たわむ》れ
采采として羽翼を修む
衣裳を誰が為に施さんとて
俛仰にも自ずから収拭するや（?）
生命は幾何の時ぞ
慷慨して各〻努力せよ

その他、其の十八の「彼の桃李の花を視るに、誰か能く久しく熒熒《けいけい》たらん」、其の四十四の、「熒熒たる桃李の花、蹊を成しては将に夭傷せんとす」、其の五十の「清露は凝霜と成り、華草は蒿莱と成る」、其の八十二の「墓前の熒熒たる者、木槿は朱華を耀かす。栄好未まだ終朝ならざるに、連颷《れんひょう》其の葩を隕《お》とす」、みなおなじ比喩である。

また「繁華には憔悴ある」ことを、最も大きな規模で指摘するものとしては、其の三十一をあげ得る。

駕言発魏都
南向望吹台
簫管有遺音
梁王安在哉
戦士食糟糠
賢者処蒿莢
歌舞曲未終
秦兵已復来
夾林非吾有
朱宮生塵埃
軍敗華陽下
身竟為土灰

駕して言《われ》は魏の都を発《い》でたち
南に向かいて吹台を望む
簫管は遺《のこ》れる音有るに
梁王は安《い》ずくに在りや
戦士は糟糠を食らい
賢者は蒿莢に処《お》る
歌舞の曲の未《い》まだ終らざるに
秦の兵は已《すで》に復《か》くて来たりぬ
夾林は吾が有に非ずして
朱宮に塵埃を生ず
軍は華陽の下に敗れ
身は竟《つい》に土灰と為る

そうしてかく幸福の喪失を必然とする根底には、万物はみな流転し、一つの状態に停止することはない、という老荘風の哲学がよこたわっているとみとめられる。ひとりさきにあげた其の四の「春秋非有託」が、「富貴焉常保」をひきだすためにおかれているばかりではない。其の二十二の、「夏后は霊輿に乗り、夸父は鄧林と為る。存亡は変化に従い、日月にも浮沈有り」、其の四十二の「陰陽には舛錯有り、日月も常に融《あきら》かなるにあらず、天の時に否と泰と有り、人の事に盈《み》ち冲《か》け多し」、みな流転が万物の本来であることをいう。

そうしてかく万物は流転するとすれば、幸福が永続に難いと共に、不幸もまた永続せず、幸福へと転移するという方向が、論理的には考えられる。上に引いた「存亡は変化に従い」、「人事は盈沖多し」は、その方向の句であり、其の二十八の「陰陽には変化有り、誰か云う沈んで浮ばずと」も、それである。しかしこの方向の句は、詠懐の詩に関するかぎりあまり現われない。常に歌われるのは、繁華には必ず憔悴が有るという、下降の方向である。また事態の転移に、不可知な偶然の作用が全くみとめられていないではない。其の五十六の、「貴賤は天命に在り、窮達は自《お》のずと時有り」、其の八十の「存亡は長短有り、慷慨するも将《は》た焉《な》んぞ知らん」は、その方向の句であるが、詠懐の詩に関するかぎり、この方向もまた顕著でない。あくまでも顕著なのは、人間は幸福を得たがさいご、必ずそれを喪失するということを、必然として指摘することである。

要するに詠懐詩は、幸福の喪失という従前の五言詩がしばしば主題とするものを、悲哀の出発点として相続しつつ、それを人生の必然とまで拡大することによって、その悲しみを深めている。そうしてまたそれが従前の詩にはなかった新しい論理の出発点となっている。

また以上のことと関連して、やはり従前の五言詩の感情を相続しつつ、それを拡大するいま一つのことは、人間の不幸を生むものとして、時間の推移を嫌悪する感情である。人間はなぜ幸福を保持しがたくしてその喪失へと転移し、最後には死という最大の喪失にむかうか、それは人間が時間の推移の流れの上にいるからであるとする感情は、従前の詩にも既に有力なものであって、「古詩十九首」の「遇う所みな故物無し、焉《な》んぞ速かに老いざるを得ん」、「浩浩として陰陽移り、年命は朝露の如し」、みな時間の推移によって人間は老いに向かい死に向かうという指摘である。或いはまた、「相い去ること日ましに已《すで》に遠く、衣帯は日ましに已《すで》に緩ぶ」といい、「昔は倡家の女と為り、今は蕩子の婦と為る」というのなども、幸福の喪失の要素として、時間の推移が意識されている。

またかく幸福喪失の要素である時間は、必ずしもそれに伴う幸福の喪失を明言せずとも、反射的に嫌悪の情を以てながめられること、これも従前の詩にすでにあるのであって、「白露は野の草を霑し、時節は忽ち復《ま》た易《うつ》りぬ」、「廻風は地を動かして起こり、秋の草は萋《せい》として已に緑なり、四時は更〻に変化し、歳の暮の一に何ぞ速き」と古詩がいうのは、それである。

かく従前の詩にすでに顕著な時間の推移に対する嫌悪、それも阮籍の詩の有力に継承す

るものである。最も顕著な例の一つとして、其の七にはいう、

炎暑惟茲夏　炎暑とは惟れ茲の夏なるに
三旬将欲移　三旬にして将に移らんと欲す
芳樹垂緑葉　芳しき樹は緑の葉を垂れ
青雲自逶迤　青雲は自のずと逶迤《いい》たるに
四時更代謝　四つの時は更ゝ代《い》れ謝《めぐ》り
日月逓差馳　日と月は逓《たが》いに差馳す
徘徊空堂上　空堂の上に徘徊し
忉怛莫我知　忉怛《とうたん》して我を知るもの莫し
願観卒歓好　願わくは歓好を卒《お》うるを観《み》ん
不見悲別離　悲しき別離を見ざらんことを

詩の前半に於いては、ただ時序の推移のみが歌われ、それが直ちに忉怛の語をみちびく。そうして時間の推移によって生じやすい悲劇の回避が、最後の聯に至って願望される。

あるいはまた其の十四、

開秋兆涼気　開秋《はつあき》は涼しき気を兆《きざ》し
蟋蟀鳴床帷　蟋蟀は床の帷に鳴く
感物懐殷憂　物に感じて殷《ふか》き憂を懐き
悄悄令心悲　悄悄と心を悲しましむ
多言焉所告　多き言を焉《たれ》にか告ぐ所《べ》き
繁辞将訴誰　繁き辞を将《は》た誰にか訴えんとはする
微風吹羅袂　微風は羅《きぬ》の袂を吹き
明月耀清暉　明月は清き暉《ひかり》を耀《かがや》かす
晨雞鳴高樹　晨の雞の高き樹に鳴けば
命駕起旋帰　駕《くるま》を命じ起ちて旋り帰らん

秋の到来をつげる涼気と蟋蟀とが、やはりただちに、反射的に、「殷憂」を生むのであり、最後の聯の「晨雞」も、時間の推移に対する小きざみな警告である。

そうしてかく時間の推移が悲哀の情をもってながめられるのと関連して、さきに述べた其の四十では、「晷《き》度《ど》は昭回有るに」と、その無窮の循環を、人生の有限に対比してたたえられた日晷さえも、その午後の時間に於ける衰退を、繁華の憔悴におもむく象徴として、歌われることがしばしばである。其の八の「灼灼として西に隤《くず》るる日、余光我が衣を照らす」、其の十八の「懸車は西南に在り、羲和は将に傾かんと欲す、流光は四海に耀《かが》やきしに、忽忽として夕冥に至る」、其の二十一の「心に於いて寸陰を懐うに、羲和は将に冥《くれ》なんと欲す」、其の五十二の「十の日は暘谷《ようこく》より出で、節を弭《ゆる》べつつ万里を馳す、天を経《わた》って四海に耀やきしに、倏忽として濛汜に潜む」、其の八十の「忽忽として朝日隤《くず》れ、行行将に何ずくに之《ゆ》かんとはする」、其の八十一の「白日は隅谷に隕《お》ち、一夕は再び朝ならず」、みなそれである。また其の三十二では、「朝陽は再び盛んならず、白日は忽ち西に幽《かく》る」が、さきにあげた「人生は塵露の如きに、天道は竟《つい》に悠悠たり」と、おなじ一首の中にある。

或いはまた、時間の推移をおしとどめるべく、日の神羲和の轡をひきとめたいという発想は、散文では阮籍にさきだって、曹植の呉質に与うる書に、「六竜の首を抑え、羲和の轡を頓《とど》めんことを思欲す」と見えるものであるが、阮籍もそれを歌うのは、其の三十五の前半である。

世務何繽紛　　世の務めは何ぞ繽紛《ひんぷん》たる
人道苦不遑　　人の道は遑あらざるに苦しむ
壮年以時逝　　壮年は時と以《とも》に逝き
朝露待太陽　　朝の露は太陽を待つ

願攬羲和轡　　願わくは羲和の轡を攬り
白日不移光　　白日をして光を移さしめざらん

かく時間の推移に対する嫌悪に於いても、阮籍は前代の詩を継承する。しかしその裏づけとなる感情は、より深刻であるといわねばならない。何となれば、幸福の喪失に偶然の作用をみとめる従前の詩にあっては、時間はこの偶然を生む要素であったのに対し、幸福の喪失を人生の必然とする阮籍にあっては、時間はこの呪うべき必然を生む、最もいとうべき存在となるからである。いいかえれば、阮籍の詩に於ける時間は、従前の詩に於けるよりも、より深い幽暗の色をおびてながめられている。

阮籍に従えば、人間が時間の流れの上にいるということは、二重の不安にさらされつつ生きることである。すなわち時間は、死という最後の喪失に至る過程であるとともに、時時刻刻、幸福の喪失をたえまなくはらみつつ過ぎてゆくからである。其の三十三は、この悲しみを、もっとも尖鋭に歌う。

一日復一夕　　一日復《ま》た一夕
一夕復一朝　　一夕復《ま》た一朝
顔色改平常　　顔色は平常《そのかみ》に改《かわ》り

精神自捐消
胸中懐湯火
変化故相招
万事無窮極
知謀苦不饒
但恐須臾間
魂気随風飄
終身履薄冰
誰知我心焦

精神は自《お》のずと捐消《えんしょう》す
胸中に湯火を懐くに
変化は故《か》くて相い招く
万事は窮極すること無く
知謀の饒《ゆた》かならざるに苦しむ
但《ひと》えに恐る須臾の間に
魂気の風に随いて飄いうせんことを
終身　薄氷を履む
誰か我が心の焦がるるを知らん

一日一夕、一夕一朝、時間の推移の上に、肉体も精神も先天的に消耗してゆく上に、限られた知識と計画では対処すべくもない「変化」、つまり幸福を喪失させるべき要因が、あとからあとからと継起し、かくて胸には湯火を抱き足には薄氷をふみつつ、死へと推移してゆくのが、人生であるとする。すぐ次の其の三十四に、「一日復た一朝、一昏復た一晨、容色は平常に改り、精神は自のずと飄淪す」と歌うのも、おなじ趣旨である。

ところで以上述べて来たのは、阮籍の詩が、従前の詩の感情を相続しつつ、しかもそれを拡大することによって生まれた差違である。更に大きな差違として、従前の詩には見られなかった感情、或いはきわめて乏しかった感情が、その次の段階では示される。

三の一

阮籍の詠懐詩が、従前の詩との間に、更に大きな差違を示す次の段階とは何か。それは人間が幸福を喪失し、不幸におちいる直接の原因として、人間どうしの間の悪意を重視することである。

これは従前の詩には甚だ乏しい態度であった。たとえば「古詩十九首」は、すべて不幸にしずむ人の歌であるが、人間の善意に対する信頼は決して失われていない。「君すら亮《まこと》に高き節《みさお》を執《も》ちたまわば、賤しき妾の亦た何をか為さん」、「相い去ること万余里なるも、故《ふる》き人の心は尚お爾《しか》り」、みな善意への信頼である。むろん例外がないではない。「昔我が同門なりし友は、高く攀がり六翮を振い、手を攜《たずさ》えし好しみを念わず、我を棄つること遺《ふる》き跡《あしあと》の如し」。しかしそれは例外であると思われる。

ところが詠懐詩の態度はちがっている。この世の中は、悪意によるうらぎりに満ちるのであり、それが人間を不幸におとしいれる最も重要な原因であるとする。たとえば其の十三にはいう、

登高臨四野　　高きに登りて四つの野に臨み

北望青山阿
松柏翳岡岑
飛鳥鳴相過
感慨懐辛酸
怨毒常苦多
李公悲東門
蘇子狭三河
求仁自得仁
豈復歎咨嗟

北のかた青き山の阿《くま》を望むに
松と柏は岡と岑《みね》を翳《おお》い
飛ぶ鳥は鳴きて相い過ぐ
感慨して辛酸を懐き
怨毒の常に多きに苦しむ
李公は東門を悲しみ
蘇子は三河を狭しとす
仁を求めて自《み》ずから仁を得たり
豈に復た歎じ咨嗟《しさ》せんや

例のごとく広い視野に立とうとして高きに登った阮籍は、岡岑の壙墓をおおう松柏を見て、人生の終末に感じ、辛酸の感慨を発するのであるが、感慨、すなわち人間の運命に対する悲哀は、同じく人間の不幸としてある又一つのことを呼びおこす。すなわち怨毒常苦多である。怨毒とはいうまでもなく、『史記』「伍子胥《ごししょ》列伝」の賛に見える語であって、人間の悪意を意味する。いかに人間の世が悪意にみち、悪意によるうらぎりにみちるか、その最も深刻な例としてあげるのは、処刑の日にかつての東門の遊びを回顧し悔恨した秦の李斯の故事と、故郷三河の地をせましとして栄達をもとめ、その結果やはり終りをよくしなかった蘇秦の故事である。そうして、彼ら二人が終りをよくしなかったのは、元来うらぎりにみちる人の世に、彼らがみずからすすんで歩み入ったからであって、つまり自業自得であるとするのが終りの聯である。

或いはまた、愛情の約束が心かわりによって裏切られることを歌うのは、其の二であって、鄭交甫と江漢の二妃の昔話をふまえつつ、次のごとく歌う。

二妃遊江浜　　二たりの妃は江の浜べに遊び
逍遥順風翔　　逍遥しつつ風に順いて翔《は》す
交甫懐環珮　　交甫は環珮を懐にせしに
婉孌有芬芳　　婉孌《えんれん》として芬芳有り
猗靡情歓愛　　猗靡として情は歓愛し
千載不相忘　　千載も相い忘れざらんとす
傾城迷下蔡　　城をも傾くべきかたちの下蔡を迷わせ
容好結中腸　　容《かお》の好ろしきは中腸に結ぶ
感激生憂思　　感激して憂思を生じ
萱草樹蘭房　　萱《わす》れ草を蘭房に樹《う》えしに
膏沐為誰施　　膏沐をば誰が為めに施すや

其雨怨朝陽
如何金石交
一旦更離傷

其れ雨ふれといのりしに朝の陽《ひ》の怨めし
如何ぞ金石のごとき交りの
一旦にして更に離れ傷《いた》むや

また其の十二は、幸福の絶頂にある恋人たちの誓約を歌うだけであり、破局を明示しないが、やがてしのびよるべき破局は、おのずと言外にある。

昔日繁華子
安陵与竜陽
夭夭桃李花
灼灼有輝光
悦懌若九春
磬折似秋霜
流盼発姿媚
言笑吐芬芳
攜手等歓愛
宿昔同衣裳

昔日の繁華の子は
安陵と竜陽となり
夭夭たる桃李の花
灼灼として輝光有り
悦懌することは九春の若く
磬折《けいせつ》すること秋の霜に似たり
流し盼《め》は姿の媚《なまめ》きを発《ま》し
言笑は芬芳を吐く
手を攜えて歓愛を等しくし
宿昔《よる》は衣裳を同じくす

願為雙飛鳥　願わくは雙飛の鳥と為り
比翼共翱翔　翼を比べて共に翱翔《こうしょう》せん
丹青著明誓　丹青もて明かなる誓いを著わし
永世不相忘　永き世まで相い忘れざらん

更にまた裏ぎりの最も深刻な場合として、善意がかえって悪意によってむくいられることを説くのは、其の五十一である。

丹心失恩沢　丹《あか》き心あるに恩沢を失い
重徳喪所宜　重き徳あるに宜《のぞ》ましき所《もの》を喪《うしの》う
善言焉可長　善言も焉《な》んぞ長《の》ばす可けん
慈恵未易施　慈恵も未だ施すに易からず
不見南飛燕　見ずや南に飛ぶ燕の
羽翼正差池　羽翼の正に差池たるを
高子怨新詩　高子は新詩を怨み
三閭悼乖離　三閭は乖離を悼む
何為混沌氏　何ん為れぞ混沌氏の

倏忽体貌隳　倏忽にして（或いは倏と忽のために）体貌を隳《こぼ》たるるや

前四句は、善意が悪意によって裏ぎられることをいい、後半「不見南飛燕」以下は、難解であるが、そのことを実例によっていうものに相違ない。また同趣旨の句として、其の二十にも「趙女は中山に媚びしに、謙柔にして愈よ欺かる」という。

または裏ぎりの頻発は、かく昔話によって指摘されるばかりではない。阮籍自身の身辺にしのびよるものとしても歌われる。其の二十五の前半にはいう、

抜剣臨白刃　剣を抜いて白刃に臨むとも
安能相中傷　安《な》んぞ能く相い中傷せん
但畏工言子　但《ひと》えに畏るるは言に工みなる子の
称我三江旁　我を三江の旁に称せんことぞ

或いはまた裏ぎりは、眼前の訪客の周囲にもしのびよっている。其の六十二にはいう、

平昼整衣冠　平昼《まひる》に衣冠を整え
思見客与賓　客と賓とを見んことを思う

賓客者誰子
倏忽若飛塵
裳衣佩雲気
言語究霊神
須臾相背棄
何時見斯人

賓客なる者は誰が子ぞ
倏忽として飛塵の若《ごと》し
裳衣は雲気を佩び
言語は霊神を究む
須臾にして背《そむ》き棄て相《ら》れなば
何の時か斯の人を見ん

むつかしそうな訪問者であるゆえに、こちらも衣冠を正してあう。しかし今をときめくこの訪問者も、実は飛ぶ塵のごときはかない存在であるであろう。たといその服装はすぐれた雰囲気をおび、談論は微妙をきわめようとも、この人物が時の勢力から見すてられるのも遠くはない。いつおのれは再びこの人物の訪問を受け得るであろうか。

かく人生を困難ならしめる原因として、人間の悪意を重視するのは、阮籍の時代の政治情勢の結果であるこというまでもない。司馬氏がその簒奪の過程として、曹爽、何晏らを殺したのは、彼の四十歳の時のことであり、ついで斉王芳を廃したのは、四十五歳の時のこと、高貴郷公を殺したのは、五十一歳の時のことである。また友人嵇康が刑死したのは、彼の五十三歳の時のことである。そうした情勢の中での発言であるということのほかに、ここに注意すべきは、かく人の世が「怨毒」に富むのは、そもそも人間の母胎である自然が、矛盾と相克に富むからであるとする考えが、彼にはあったように思われることである。

其の七十七にはいう、

咄嗟行至老
僶勉常苦憂
臨川羨洪波
同始異支流
百年何足言
但苦怨与讎
讎怨者誰子
耳目還相羞
声色為胡越
人情自逼遒
招彼玄通士
去来帰羨遊

咄嗟のうちに行《まさ》に老いに至《とど》かんとするに
僶勉として常に憂いに苦しむ
川に臨みて洪《おお》いなる波を羨めど
始《もと》を同じくしつつ支流を異にす
百年は何ぞ言うに足らん
但《ひと》えに怨と讎とに苦《なや》む
讎怨する者は誰が子ぞ
耳と目も還《ま》た相い羞ず
声と色は胡と越と為り
人情は自《お》のずと逼り遒《せま》る
彼の玄通の士を招き
去《た》ち来《さ》りて羨《たの》しき遊びに帰らん

咄嗟にして老いに至る人生と対比して、悠久の生命をもつ川上の洪波が、一応はうらやまれるけれども、その洪波も「同始異支流」であるとするのは、矛盾と相克が、自然に内在する法則であるとするごとくである。かくて「百年何足言、但苦怨与讎」。人生が百年の有限の時間であるという悲しみは後退し、それが怨讎によってのみみたされるという悲しみが、前面におし出される。「讐怨者誰子、耳目還相羞」は、難解の句であるが、怨讎をいだくものの行為は、その人物自身の耳目さえも、それを見聞して羞恥をいだく底のものである、というのであろう。その次の聯の「声色為胡越」は、諸家の解のごとく、表面は声と色《かおいろ》をかざりつつ内心は胡と越のごとく阻隔する意であり、「人情相逼遒」は、かく相互に相排擠するのが、むしろ人情の自然であるとするごとくである。そうして最後の聯では、かく悪意を自然に具存する人の世からの解脱の方法が提示されるが、それはこの論文では後章の問題である。

またかく人間の悪意を中心としておこる人生の困難さに、注意が集中される又一つの結果として人生の終末である死へのおそれは、従前の詩、たとえば「古詩十九首」の場合などよりも、むしろ後退しているごとく感ぜられる。右に引いた其の七十七の「百年は何ぞ言うに足らん、但《ひと》えに怨と讎とに苦《なや》む」というのも、それを示すが、其の十八の「豈に知らんや窮し達する士、ともに一たび死しては再び生きず」、其の四十八の「死生は自然の理、消散すること何ぞ繽紛たる」、其の五十三の「自然には成理有り、生死は道として常無し、智巧は万端出づとも、大要は方を易《か》えず」など、みな死は回避すべからず、対処すべからざるものとして、それに対する判断が停止されているように見える。

三の二

ところで阮籍の詩がいよいよ思索者の詩としての特色を発揮するのは、更にその次の段階である。

それは、かく人生が、不幸、ことに裏ぎりによる不幸にみちるのは、過剰なものへの追求を、その原因とすると、主張することである。すなわち常識が人生の幸福とする富貴は、実は人生の過剰である。それは過剰である故に、常に反動を招くのであり、反動はしばしば裏ぎりとして現われる。しかも人生は、こうした過剰、必ず不幸を生むべき過剰へと、誘惑される機会にみちている。人はその誘惑にうちまけたがさいご、必ず不幸におちいる。

以上の論理を歌うのは、其の七十二である。

修途馳軒車　　修《ひろ》き途は軒《かる》き車を馳せ
長川載軽舟　　長き川は軽き舟を載す
性命豈自然　　性命の豈に自《お》のずと然るならんや
勢路有所繇　　勢路の繇《みちび》く所有ればなり
高名令志惑　　高き名は志をして惑わしめ

重利使心憂　　重き利は心をして憂えしむ
親昵懐反側　　親しく昵《ちか》きものすら反側を懐き
骨肉還相讎　　骨肉も還《ま》た相い讎となる
更希毀珠玉　　更《か》くてぞ希《ねが》うは珠玉を毀《す》つること
可用登遨遊　　用《も》ってそらに登りて遨《たの》しみ遊ぶ可し

第二句は、軽快な車の疾駆は大道によって生まれ、高速度の舟航は大川によって生まれるということで、過剰の生活は、それを生むべき機縁の存在によって、加速度的に生まれることを、比喩するものと、読める。その次の聯の「性命豈自然」は、其の二十六の「性命有自然」とあわせ読めば、こうした加速度的な過剰が、人間の生活の本来としては賦与されていないことをいう。「勢路有所繇」の勢路の語は、其の二十五にも「勢路有窮達」と使われ、勢力への過程を意味するであろうが、その中にこそ、加速度的な過剰を繇《みちび》くべき要因が存在する。それを具体的にいうのが、次の聯の「高き名」であり「重き利」であって、それらは人間の心の本来を失わせまどわせる。それればかりではない。かく過剰の生活におもむくものに対しては、必ず反動がおこるのであり、親昵すなわち側近、あるいは骨肉さえも、反噬せんとする。故におのれは珠玉、すなわち過剰な欲望の対象となるものを廃棄し、別の世界に遊びたく思うと、むすびの聯ではいう。

過剰の生活への誘惑のあるところには、必ず裏ぎりの危険が潜在することは、其の十一によっても指摘される。

湛湛長江水
上有楓樹林
皐蘭被径路
青驪逝駸駸
遠望令人悲
春気感我心
三楚多秀士
朝雲進荒淫
朱華振芬芳
高蔡相追尋
一為黄雀哀
涙下不能禁

湛湛たる長江の水
上には楓樹の林有り
皐《おか》の蘭は径路を被《おお》い
青き驪《うま》は逝《ゆ》くこと駸駸たり
遠くより望めば人をして悲しましめ
春の気は我が心を感《ゆる》がす
三楚には秀士多く
朝雲は荒淫を進む
朱《あか》き華は芬芳を振るうも
高蔡は相い追い尋《もと》む
一たび黄雀の哀しみを為せば
涙下りて能く禁《とど》めん

阮籍のころの江南は、まだ呉の領土であり、魏の領土ではないから、これはもっぱら詩的造型であるが、江南の地の風景と人文とが、享楽への誘惑に富むことを極力描写した上、その豊富さの背後には、幾重にもかさなりあった裏ぎりの危険が、儼然として存在することを、道破する。其の十の「北里には奇舞多く、濮上には微音有り」も、おなじ趣旨である。

北里多奇舞　　北の里には奇《まれ》なる舞多く
濮上有微音　　濮のかわの上《ほとり》には微《たえ》なる音有り
軽薄閑遊子　　軽薄なる閑遊の子
俯仰乍浮沈　　俯仰のうちに乍《たちま》ちに浮沈す
捷径従狭路　　捷径は狭き路に従《つ》き
僶俛趣荒淫　　僶俛として荒淫に趣く
焉見王子喬　　焉《な》んぞ見ん王子喬の
乗雲翔鄧林　　雲に乗りて鄧林に翔《は》するを
独有延年術　　独り延年の術
可以慰我心　　以って我が心を慰む可き有り

「捷径従狭路」とは、過剰なものへの急激な慾望が、狭隘な無理な生活方法を生むこととして読める。
其の六十九もまた、過剰の生活が、裏ぎりを招きよせる経過をうたう。

人知結交易　人は交りを結ぶことの易きを知るも
交友誠独難　交友は誠に独《これ》ぞ難し
険路多疑惑　険しき路には疑惑多く
明珠未可干　明珠も未まだ干《にわ》かにす可からず
彼求饗太牢　彼は太牢を饗《う》けんことを求め
我欲幷一餐　我は一餐を幷さんと欲す
損益生怨毒　損と益と怨毒を生む
咄咄復何言　咄咄　復た何をか言わん

険路とは前の詩の狭路とおなじく、過剰への慾望によって生まれた無理な生活方法を意味するであろう。明珠とは過剰な慾望の対象となるものの比喩であり、うかつにそれにふれることは危険である。太牢を饗《う》くるものとは、過剰の生活をいとなむものであり、一餐を幷すものとは、過剰を欲しないものである。「満は損を招き、謙は益を受く」と、『尚書』にいうごとく、過剰と過剰でないものとの不均衡は必ず破れるのであり、それが破れるときに怨毒が生まれる。
　また阮籍の伝記の表面を点綴するいくつかの奇矯な行為が、偽善への憎悪から出ることは、人人のしばしば説くところであるが、偽善は過剰の行為であり、ゆえに破綻を予想するとしたことは、其の六十七によって示される。

洪生資制度　　生を洪《ゆた》かにするは制度に資《よ》り
被服正有常　　被服は正しくして常有り
尊卑設次序　　尊卑もて次序を設け
事物斉紀綱　　事物に紀綱を斉《ととの》う
容飾整顔色　　容飾して顔色を整え
磬折執圭璋　　磬折して圭璋を執る
堂上置玄酒　　堂上には玄酒を置き
室中盛稲粱　　室中には稲粱を盛る
外厲貞素談　　外にては貞素の談を厲《たくま》しくすれど
戸内滅芬芳　　戸の内にては芬芳を滅す
放口従束出　　口を放つこと束《むね》より出づるごとく
復説道義方　　復た道義の方《みち》を説く

委曲周旋儀　委曲に周旋する儀《すがた》
姿態愁我腸　姿態は我が腸を愁えしむ

かく外的な生活の過剰のみならず、精神生活を一方に偏向させることによって生まれる内的な過剰も、やはり幸福を生まないことは、其の二十四の「殷《ふか》き憂は志をして結ぼれしめ、怵惕すれば常に驚く若《ごと》し」、其の四十五の「楽しみ極わまりては霊神を消し、哀しみ深くしては人情を傷つく」、其の六十三の「多き慮は志をして散ぜしめ、寂寞は心をして憂えしむ」、其の七十の「悲しみ有れば則ち情有り、悲しみ無くば亦た思いも無し」などによって、指摘されている。

三の三

さてかく人間の不幸の原因が過剰の生活にあることを主張する阮籍は、最後の段階として、こうした人間の不幸から脱離し得べき方法を提示する。

それはすなわち過剰のない生活をいとなむことである。常識が人間の幸福とするものを求めないことである。それは過剰のない生活であるゆえに反動を招くことのない生活であり、したがって時間の推移に影響されることのない生活、つまり永遠の生活である。

こうした永遠の生活を抽象的総括的にいう言葉として、阮籍がしばしば用いるのは、常、という言葉である。常の字をふくむ詩は、甚だ多いが、まず其の十六をあげよう。

徘徊蓬池上
還顧望大梁
緑水揚洪波
曠野莽茫茫
走獣交横馳
飛鳥相随翔
是時鶉火中
日月正相望
朔風厲厳寒
陰気下微霜
羈旅無儔匹
俛仰懐哀傷
小人計其功
君子道其常
豈惜終憔悴

蓬池の上に徘徊しつつ
還顧して大梁を望めば
緑水は洪《おお》いなる波を揚げ
曠野は莽として茫茫たり
走る獣は交と横《ほ》しいままに馳せ
飛ぶ鳥は相い随って翔《は》す
是の時に鶉火のほし中《みなみ》にありて
日と月は正に相い望む
朔《きた》の風は厳しき寒さを厲《はげ》しくし
陰《くも》れる気は微《やや》の霜を下《ふ》らす
羈旅にいて儔匹無く
俛仰して哀傷を懐く
小人は其の功を計り
君子は其の常を道とす
豈に終に憔悴するを惜しまんや

詠言著斯章　詠じて言《ここ》に斯の章を著す

詩の前半にえがかれた荒涼な風景が、清の何焯が説くように、幼帝斉王芳の廃立という特定の事件の比喩であるか否かは別として、「緑水揚洪波」云云は混乱する秩序の比喩であり、「朔風厲厳寒、陰気下微霜」は、不愉快な空気につつまれた世の中の比喩に相違ない。「羈旅無儔匹、俛仰懐哀傷」は、れいの孤独感の表白であるが、それについで、「小人計其功、君子道其常」というのは、こうした不幸な状態を生む原因が、小人たちが功すなわち効果のみを計量して、過剰な生活をあえてすることにあるのを指摘し、それに対して、君子、むろん暗にみずからをふくめていうが、すぐれた君子は、常、すなわち永遠の生活を、その方法とすることを宣言する。

では「常」の生活の、具体的な方法となるものは何か。その一つは、世間的な幸福を忌避し、経済的にも社会的にもひかえめな生活を送ることである。そのことは右に引いた詩にも示されているのであって、「豈惜終憔悴」という「憔悴」は、世間的には不如意な生活を意味する。それは繁華の反動としてある憔悴ではない。恒久な不変な生活をいとなまんがための憔悴である。

そうした「憔悴」の生活の尊さを、よりはっきりと説くのは、其の六であって、

昔聞東陵瓜　　昔しは聞く東陵の瓜
近在青門外　　近く青門の外に在りと
連畛距阡陌　　畛《あぜ》を連ねて阡陌に連なり
子母相鈎帯　　子と母と相い鈎《かさ》なり帯《つら》なる
五色曜朝日　　五色は朝の日に曜き
嘉賓四面会　　嘉賓は四面に会す
膏火自煎熬　　膏火は自ずから煎熬し
多財為患害　　財多きは患害と為る
布衣可終身　　布衣こそ身を終る可し
寵禄豈足頼　　寵禄は豈に頼むに足らんや

いうまでもなく秦の東陵侯召平の昔ばなしをふまえたものであって、東陵侯として多財であり寵禄にめぐまれたころの召平よりも、革命による政治の激変によって一布衣となり、洛陽城の青門の外の瓜畑のおやじとなったのちの召平の方が、はるかに幸福であるのは、寵禄は反動をまねき、布衣はしからぬからであるとするのであって、其の五十九に、「河上に丈人有り、蕭《おぎ》を緯《お》って明珠を棄つ、彼の藜藿の食を甘しとし、是の蓬蒿の廬を楽しむ」というのと共に、貧賤の讃美である。

三の四

ところでかく永遠の生活の方法として、富貴を去り貧賤に就くという態度は、次の世紀の詩人である陶潜によって継承されるものであるが、阮籍の場合には、永遠の生活の具現としてより強くあこがれるものが、別にある。それは神仙の生活である。

神仙の生活へのあこがれを示す詩は、甚だ多く、全詠懐詩を通じて最もしばしば現われる主題の一つであるが、それをも「常」の字を含む其の七十六によって示せば、

秋駕安可学　　秋駕は安《い》かでか学ぶ可き
東野窮路旁　　東野は路傍に窮せり
綸深魚淵潜　　綸は深きも魚は淵《ふか》く潜み
矰設鳥高翔　　矰の設けらるれば鳥は高く翔る
汎汎乗軽舟　　汎汎として軽舟に乗り
演漾靡所望　　演漾して望みみる所も靡《な》し
吹噓誰以益　　吹噓するも誰か以《か》くて益あるや
江湖相捐忘　　江湖に相い捐《す》て忘れなん
都冶難為顔　　都冶は顔を為し難く

修容是我常　　修容こそ是れ我が常なれ
茲年在松喬　　年を茲《ま》すは松と喬に在り
恍惚誠未央　　恍惚たること誠に未まだ央《つ》きず

はじめの聯に見えた「秋駕」は、注家によれば、『荘子』「佚篇」に見えた早すぎるドライヴである。それは『韓詩外伝』に見えた東野畢のはなしのごとく、馭者の困憊を生むということで、過剰の生活の生む弊害を比喩し、次の「綸深」云云は、そうした過剰の生活を忌避する立場の比喩、「汎汎」以下は、『荘子』を用いつつ、過剰を忌避して自由を得た精神の比喩である。そうして「都冶」、すなわち過剰の化粧はかえって容貌をなさないに対し、「修容」こそは我が「常」、永遠の生活であるとする。いわゆる「修容」、ながきかたち、とは、上に述べた自由な精神の状態をいうのであるが、更に一歩をすすめて、この「修容」の状態を獲得する方法を説くのが、最後の聯の「茲年在松喬」云云であって、「松喬」とは仙人の代表となる赤松子と王子喬の二人であること、いうまでもない。また「茲」の字を注家の説くごとく、「滋」の字の音通と見れば、年を滋《ま》すこと、或いは滋《なが》き年は、赤松子と王子喬のごとき生活によってこそ獲得されるとするのであって、それに対する恍惚、あこがれは窮極するところを知らないとする。

その他、仙人の名をあげつつ仙人の世界へのあこがれを歌うものとしては、其の五十の

「雲に乗りて松と喬を招き、呼噏永からん矣哉」、其の三十二の「願わくは太華の山に登り、上のかた松子と遊ばん」、其の四の「王子晉に非る自りは、誰か能く常に美好ならん」、其の十の「焉《い》かでか王子喬を見、雲に乗りて鄧林に翔《は》せん、独り延年の術の、我が心を慰む可き有り」、其の十五の「乃ち羨門子を悟《おも》い、噭噭として今は自ずから嗤う」、其の四十の「修齢は余が願に適い、光寵は己が威に非ず、安期は天の路を歩み、松子は世と違う」、其の八十一の「昔は神仙の者有り、羨門と松喬と」など、枚挙にいとまない。

また其の二十四の「遠遊は長生す可し」、其の二十八の「豈に若かんや耳目を遺《わす》れ、升り遐《さか》りて殷憂を去らんには」、其の三十六の「誰か言う万事艱《かた》しと、逍遥は生を終う可し」、其の五十七の「玉山の下に離麾して、毀と誉とを遺棄せん」、其の六十八の「休息して清都に晏《いこ》う、世を超ゆること誰か又た禁ぜん」、其の七十二の「更に希くは珠玉を毀ち、用って登りて遨遊す可し」、其の七十七の「彼の玄通の士を招き、去来して羨遊に帰せん」、其の八十一の「豈に若かんや世物を遺《す》て、明に登りて遂に飄颻せんには」などは、仙人の名をあげずして、仙界へのあこがれを歌うものであるが、全首をそれでうずめるのは、其の二十三である。

東南有射山　東南に射山有り
汾水出其陽。　汾水其の陽《みなみ》より出づ

六竜服気輿　　六つの竜は気輿を服《ひ》き
雲蓋覆天綱　　雲の蓋《かさ》は天の綱を覆う
仙者四五人　　仙者四五人
逍遥宴蘭房　　逍遥して蘭房に宴《いこ》う
寝息一純和　　寝息は一とえに純和にして
呼吸成露霜　　呼吸は露霜を成す
沐浴丹淵中　　丹淵の中に沐浴し
炤燿日月光　　日月の光に炤燿さる
豈安通霊台　　豈に通霊台に安んぜんや（？）
游瀁去高翔　　游瀁し去りて高く翔《は》せん

或いはまた仙人の世界の生活は、其の三十五の「彼の列仙の岨に登り、此の秋蘭の芳を採らん。時路は烏《な》んぞ争うに足らん、太極にこそ翱翔す可し」のごとく、太極の語を以て、其の四十五の「竟に知る憂いは益無し、豈に若かんや太清に帰するには」のごとく、太清の語を以て、其の三十六の「悠悠として無形を念う」、其の七十五の「悠悠として無形を竟《おわ》る」のごとく、無形の語を以て、表現される。其の七十の「灰のごとき心を枯宅に寄す、曷《な》んぞ人間の姿を顧りみん」の枯宅もそれであろう。

あるいはまた仙界へのあこがれが、やや変形して、現在の世界とは隔絶した「上世の士」へのあこがれとなることもある。其の七十四はそれであって、

猗哉上世士
恬淡志安貧
季葉道陵遅
馳騖紛垢塵
寧子豈不類
楊歌誰肯殉
栖栖非我偶
徨徨非己倫
咄嗟栄辱事
去来味道真
道真信可娯
清潔存精神
巣由抗高節
従此適河浜

猗《うるわ》しき哉、上世の士
恬淡として志は貧しきに安んず
季《すえ》の葉《よ》に道は陵《すた》れ遅《おとろ》え
馳騖して垢塵を紛《ま》す
寧子のうたは豈に類せざらんや（?）
楊の歌に誰か肯えて殉ぜん（?）
栖栖は我が偶《とも》に非ず
徨徨は己が倫《むれ》に非ず
栄辱の事を咄嗟し
去《た》ち来《さ》りて道の真を味わん
道の真は信に娯しむ可く
清潔は精神を存す
巣と由は高き節《みさお》を抗《あ》げ
此を従《さ》りて河の浜べに適《ゆ》きぬ

また「休《よ》き哉上世の士、万載に清風を垂る」でむすばれる其の四十二に、「園と綺は南の岳に遯れ、伯陽は西の戎に隠る。身を保ちて道真を念う、寵燿は焉《な》んぞ崇ぶに足らん」というのも、同趣旨であり、両者に共通したものとして、ここには道真の語が現われる。其の五十一の「何ん為れぞ混沌氏、倏忽として体貌の隳《くず》るるや」も、上世への憧憬の一種である。

三の五

またこのように天上の神仙の生活、または変形としての上世の生活が、阮籍の価値の序列に於いて最高の地位に位する一方、地上の生活も、その誠実なものに対しては、賞揚をおしまない。一つは誠実な儒者であって、其の六十にはいう、

儒者通六芸　　儒者は六芸に通じ
立志不可干　　志を立てて干《おか》す可からず
違礼不為動　　礼に違いては動きを為さず
非法不肯言　　法に非ざれば肯えて言わず
渇飲清泉流　　渇して清泉の流れに飲み

饑食幷一簞　饑えたる食は一簞を幷す
歳時無以祀　歳時にも以て祀る無く
衣服常苦寒　衣服は常に寒きに苦しむ
屣履詠南風　履を屣《ひ》きて南風を詠じ
縕袍笑華軒　縕袍もて華軒を笑う
信道守詩書　道を信じて詩と書を守り
義不受一餐　義として一餐を受けず
烈烈褒貶辞　烈烈たる褒貶の辞
老氏用長歎　老氏も用《も》って長歎す

また一つは誠実な武士であって、その三十九に「気節故有常」と、それもまた永遠の生活の一種であることをたたえる。

壮士何慷慨　壮士は何ぞ慷慨たる
志欲威八荒　志は八荒に威あらんを欲す
駆車遠行役　車を駆りて遠く行役し
受命念自忘　命を受けては自《み》を忘れんことを念う

良弓挾烏号　良き弓は烏号を挾み
明甲有精光　明《かがや》ける甲は精光有り
臨難不顧生　難に臨みては生を顧りみず
身死魂飛揚　身は死して魂は飛揚す
豈為全軀士　豈に軀を全うする士とは為らんや
効命争戦場　命を争戦の場に効《いた》す
忠為百世栄　忠は百世の栄と為り
義使令名彰　義は令《よ》き名をして彰れしむ
垂声謝後世　声を垂れて後の世に謝《い》いつがせ
気節故有常　気節は故《もと》より常有り

また其の十九は、彼の清思賦とあわせ読めば、永遠の生活の体得者が、美人として比喩されているごとくである。

西方有佳人　西方に佳人有り
皎若白日光　皎《あざ》やけきこと白日の光の若《ごと》し
被服纖羅衣　被服するは纖《うす》き羅《きぬ》の衣

左右珮雙璜
修容耀姿美
順風振微芳
登高眺所思
挙袂当朝陽
寄顔雲霄間
揮袖凌虚翔
飄颻恍惚中
流盼顧我傍
悦懌未交接
晤言用感傷

左右に雙璜を珮ぶ
修《よ》き容《すがた》は姿の美しさを耀かし
風に順《そ》いて微芳を振るう
高きに登りて思う所《ひと》を眺め
袂を挙げて朝の陽《ひ》に当《むか》う
顔を雲霄の間に寄せ
袖を揮《ふ》りつつ虚《そら》を凌いで翔《は》す
飄颻恍惚の中
流盼して我が傍を顧りみる
悦懌するも未まだ交接せず
晤言して用《も》って感傷す

なお其の六十四に、「念う我が平居の時、鬱然として妖姫を思う」というのは、おなじ系列の比喩であるか否かを、定め得ない。

また常有るもの、つまり永遠なるものは、しばしば動植物にも比喩をもとめて歌われている。其の四十四にはいう、

儔物終始殊　　物を儔《たくら》ぶるに終始を殊にし
修短各異方　　修《なが》きと短きと各ゝ方《みち》を異にす
琅玕生高山　　琅玕は高山に生じ
芝英耀朱堂　　芝英は朱堂に耀く
熒熒桃李花　　熒熒たる桃李の花は
成蹊将夭傷　　蹊を成しては将に夭傷せんとす
焉敢希千術　　焉《な》んぞ敢えて千の術《みち》を希《ねが》わんや
三春表微光　　三つの春に微かなる光を表すのみ
自非凌風樹　　風を凌ぐ樹に非ざる自《よ》りは
憔悴烏有常　　憔悴して烏《な》んぞ常有らん

凌風樹は、琅玕、芝英と共に、常有るものであり、憔悴を知らぬものである。それに対し、熒熒たる桃李の花は、「繁華には憔悴の有る」ものである。

その他、其の十八の「景山の松を瞻仰すれば、以て我が情を慰む可し」、其の七十五の「焉《な》んぞ見ん冥霊の木の、悠悠として無形を竟《おわ》るを」は、比喩を植物に求めるものであり、其の二十一の「雲間に玄鶴有り」、其の二十四の「願わくは雲間の鳥と為らん」、其の四十三の「鴻鵠の相い随いて飛ぶ」、其の四十九の「高鳥は天を摩して飛ぶ」、其の二十六の

「鸞鷺は特《ひと》り栖宿し、性命は自然有り」は、比喩を動物に求めるものである。

三の六

そうしてかく永遠の生活を主張する阮籍が、蔑視し憐愍するのが、過剰の生活の追求に汲汲として、永遠の生活をいとなまぬもの、乃至は永遠の生活の存在を知覚せぬものであったこと、いうまでもない。其の八の「如何ぞ当路の子、磬折して帰る所を忘るるや」、其の十の「軽薄なる閑遊の子、俯仰して乍ち浮沈す」、其の十二の「昔日繁華の子、安陵と竜陽と」、其の二十の「嗟嗟塗上の士、何を用《も》って自ずから保持するや」、其の二十七の「妖冶閑都の子、煥耀何ぞ芬葩たる」、其の五十三の「如何ぞ夸毗の子、色を作して驕腸を懐くや」、其の五十六の「婉孌佞邪の子、利に随いて来りて相い欺く」、「焉《な》んぞ知らん傾側の士、一旦にして持《たも》つ可からず」、其の七十五の「路端の便娟の子、但だ日月の傾くを恐る」、みなそれであり、其の八十二の「寗微少年子、日夕難咨嗟」もおそらくはそれである。またそれを象徴によっていうのは、前の第六節であげた桃李その他、繊弱な植物である。

そうして阮籍は、常におのれを、それらいやしむべきものから区別せんとする。其の二十一の「豈に鶉鷃と遊び、連翩として中庭に戯れんや」、其の二十八の「豈に路上の童に効《なら》い、手を携えて共に遨遊せんや」、其の四十三の「豈に郷曲の士と、手を携えて言誓を共にせんや」、其の五十八の「豈に蓬戸の士と、琴を弾じて言誓を誦せんや」、其の五十九の「豈に繽紛の子に効《なら》い、良馬もて軽輿を騁せんや」、其の七十四の「栖栖は我が偶に非ず、徨徨は己が倫に非ず」、みなそれであり、其の二十六の「見ずや林中の葛、延蔓して相い勾連するを」は、それを比喩によっていうものである。また其の二十八に「名利の場に繫累さるれば、駑と駿も一つの輌を同じくす」といい、其の五十四に「誰か云う玉石同じと、涙下りて禁ず可からず」というのは、みずからが駑となり石となるを欲せぬのである。

三の七

要するに阮籍は、過剰のない故に永遠な生活を希求し、その理想形として希求の中心にあるものは、神仙の生活である。神仙の世界へのあこがれは、漢の楽府に於いてもすでに、「善哉行」、「歩出夏門行」その他に歌われ、建安の詩人に於いても、曹操の「秋胡行」その他に継承されているが、それらはなお、無邪気なよりよき世界へのあこがれであり、阮籍のごとく、人間の生活の様相に熟視をかさねてのちに求められているのでは、必ずしもない。阮籍のごとき形での神仙の世界へのあこがれは、阮籍にはじまるとしなければならない。

更にまた阮籍の詩が、漢の詩ないしは建安の詩と、大きな距離を示すのはもはや従前の詩人のごとく、地上の快楽によって人生の苦悩をまぎらそうとはしないことである。「如《し》かず美酒を飲み、紈《の》と素とを被服せんには」、「昼は短かくして夜の長きに苦しむ、何ぞ燭を秉《と》りて遊ばざる」、そうした「古詩十九首」の詩人の態度は、もはや阮籍にはない。地上の快楽の追求は、過剰の追求であり、忌避さるべきものであるからである。実際の生活では大へんな飲酒家であったとされる彼の詠懐詩に、酒の字は殆んど現われない。其の三十四の「觴に臨みて哀楚多く、我が故時の人を思う、酒に対して言う能わず、悽愴して酸辛を懐く」と、其の六十七の「堂上には玄酒を置き」というのがその乏しい例であるが、前者は四言の詩に、「觴に臨みて膺《むね》を拊《う》ち、食に対して餐を忘る」というのとともに、飲むを欲せざる酒であり、後者は形式主義者の応接室にある酒、しかも玄酒といえば実は水である。要するに飲酒のたのしみを歌う句は、皆無である。このことは、篇篇に酒有らざるはなし、といわれる陶潜の詩と、面白い対比でさえある。

更にまた従前の詩が、人生の苦悩に対処する今一つの方法は、自己の誠実によって不幸を克服することであった。古詩に、「一心に区区を抱く、君の識察せざるを懼る」、「膠を以て漆中に投ず、誰か能く此を別ち離《さ》かん」というのは、それであるが、それもはや阮籍の方法ではない。甘い善意では対処すべくもない悪意に、「怨毒」に、この世はみちみちているとするからである。

以上が阮籍詠懐詩の内容となるものの中心的な論理である。それは、彼の懐抱する老荘の哲学の上に立ち、彼の不幸な環境によって激発されたものであることはいうまでもない。ところで私はいま一つのことをのべなければならない。それは彼の詠懐詩は以上のような論理を中心としつつも、同時にそれと反撥するごとき矛盾をもふくむことである。

矛盾はすでにのべた部分に於いても現われている。地上の生活を拒否し、神仙の生活を価値の序列の最上におきつつも、地上の儒者の生活、勇士の生活にも敬意を払うのは、すでに一つの矛盾であるが、矛盾はそれのみに止まらない。より大きなものとしても現われる。

その第一は、神仙の生活を価値の序列の最高におきつつも、その可能を疑う口吻を、時にもらすことである。たとえば其の七十八にはいう、

昔有神仙士　　昔は神仙の士有りて
乃処射山阿　　乃ち射山の阿に処《お》る
乗雲御飛竜　　雲に乗りて飛竜に御し
噓噏嘰瓊華　　噓噏して瓊華を嘰《くら》う

可聞不可見　聞く可くして見る可からず
慷慨嘆咨嗟　慷慨して嘆じ咨嗟す
自傷非儔類　自ずからその儔類に非るを傷《いた》み
愁苦来相加　愁苦は来たりて相い加わる
下学而上達　下学して上達せんとするも
忽忽将如何　忽忽として将《は》た如何すべき

のちに示す其の四十七にも、「崇山に鳴鶴有るも、豈に追い尋《もと》む可けんや」という。或いはまたすでにあげた其の七十六の、「年を茲《ま》すことは松と喬に在るも、恍惚たること誠に未だ央《つ》きず」の恍惚の二字も、憧憬を意味するがごとくであると共に、懐疑を意味するごとくでもある。

そもそも神仙の実在を信ずべきや否やは、彼の友人であった嵆康と向秀との間に交された「養生」についての討論によって示されるように、当時の思想家の間の問題であった。彼がしばしばその詩に神仙を歌うのも、現象としての実在としてでなく、形而上の世界の比喩であったかも知れぬ。神仙の生活へのあこがれではなく、神仙のごとき生活へのあこがれであるかもしれぬ。しかしたといそうであるにしても、一方ではそれを讃美しつつ、一方ではその可能を疑うのは、矛盾であるとしなければならない。

いまひとつの大きな矛盾は、神仙の生活を頂点として、過剰なきゆえに平安な生活の価値を主張する彼が、彼の時代を以ていかなる生活も可能でない、暗黒の時代であるとする、絶望の口吻をもらすことである。前にもあげた其の三の後半はそれである。

嘉樹下成蹊
東園桃与李
秋風吹飛藿
零落従此始
繁華有憔悴
堂上生荊杞
駆馬舎之去
去上西山趾
一身不自保
何況恋妻子
凝霜被野草
歳暮亦云已

嘉き樹は下に蹊を成す
東の園の桃と李と
秋風の飛藿を吹けば
零落は此れ従《よ》り始まる
繁華には憔悴有り
堂上には荊杞を生ず
馬を駆り之を舎《す》てて去り
去りて西山の趾に上る
一身すら自ずから保たざるに
何んぞ況んや妻子を恋わん
凝れる霜は野の草を被《おお》い
歳の暮の亦た云《か》くて已《おわ》る

「繁華には憔悴有る」流転の世界をさけんとする彼は、永遠の世界を求めて、西山の趾に上る。しかしそこでも平安は得られず、わが身の生命さえも危ぶまれる。それは凝霜が野草をとじこめるごとく、何の生活の可能性もない暗黒の世であるからであるとするのが、この詩の結論である。おなじ趣旨のものとして、其の九をあげれば、

歩出上東門　歩して上東門を出でて
北望首陽岑　北のかた首陽の岑《みね》を望めば
下有采薇士　下には薇を采る士有りて
上有嘉樹林　上には嘉樹の林有るも
良辰在何許　良き辰《とき》は何許《いずこ》にか在るや
凝霜霑衣襟　凝れる霜の衣襟を霑す
寒風振山岡　寒き風は山と岡を振《ゆるが》し
玄雲起重陰　玄《くろ》き雲は重なれる陰を起こす
鳴鴈飛南征　鳴く鴈は飛びて南に征《ゆ》き
鶗鴂発哀音　鶗鴂は哀しき音を発す
素質游商声　素《しろ》き質《すがた》は商の声にこそ游《よ》れ
悽愴傷我心　悽愴として我が心を傷《やぶ》る

むすびの聯の「素質游商声」の游の字を、沈約の注によって由の字の仮借とし、ものすべてが素《しろ》きうらぶれた性質となるのは、時節が商《あき》の声の時節であることを原因とすると読めば、すべての現象が暗黒の原則の支配のもとにあることの比喩でなければならない。

かくて其の四十七には、「わが生命の辰《とき》は何《い》ずくにか在るや、憂い戚《いた》みて涕は襟を沾おす」、其の六十六には、「寒門は出づる可からず、海水には焉《な》んぞ浮かぶ可けん」と、暗黒の時間に暗黒の地域にとじこめられ、身動きのならない悲しみが歌われるのであるが、この絶望を、神仙の生活の可能への懐疑とあわせて歌うのは、其の四十一である。

天網弥四野　　天の網は四つの野に弥《ひろ》がり
六翮掩不舒　　六つの翮《はね》は掩われて舒《の》びず
随波紛綸客　　波に随いて紛綸たる客は
汎汎若鳧鷖　　汎汎として鳧鷖の若《ごと》し
生命無期度　　生命は期度無く
朝夕有不虞　　朝夕に不虞有り
列仙停修齢　　列仙は修《なが》き齢を停《たも》ち
養志在沖虚　　志を養うて沖虚に在り

飄颻雲日間　雲日の間に飄颻して
邈与世路殊　邈《はる》かに世路と殊なり
栄名非己宝　栄名は己が宝に非ず
声色焉足娯　声色は焉《な》んぞ娯しむに足らん
採薬無旋返　（されど）薬を採るものは旋り返る無く
神仙志不符　神仙は志《ふみ》と符せず
逼此良可惑　此に逼《あふ》られて良に惑う可し
令我久躊躇　我をして久しく躊躇せしむ

暗黒のおりの中に浮沈する「紛綸の客」を憐れみつつ、一応は「修齢を停むる列仙」が、提出されるが、それもけっきょく「採薬無旋返、神仙志不符」と否定されるに終る。地上の世界に対する絶望と共に、天上の世界への絶望をも告白するごとくである。惑いはまた其の八十も、おなじような懐疑と絶望の表白であろう。

出門望佳人　門を出でて佳き人を望めど
佳人豈在茲　佳き人は豈に茲《ここ》に在らんや
三山招松喬　三つの山より松と喬を招くも

万世誰与期　万世誰か与《とも》に期《あて》あらん
存亡有長短　存亡には長短有れど
慷慨将焉知　慷慨すとも将《は》た焉《な》んぞ知らん
忽忽朝日隤　忽忽として朝の日は隤《かたむ》く
行行将何之　行き行きて将《は》た何ずくにか之《ゆ》く
不見季秋草　見ずや季秋の草の
摧折在今時　摧け折ること今の時に在るを

要するに詠懐詩は、みずから立てた主張をみずから懐疑するという矛盾を、しばしば露呈している。

又こうした心理と関連するものとして附記されることは、過去の生活を悔恨する詩、つまり生涯に於ける前後の矛盾を指摘する詩が、いくつかあることである。其の十五は、その一つであって、

昔年十四五　昔し年は十四五
尚志好書詩　尚志として書と詩を好み
被褐懐珠玉　褐を被《き》つつ珠玉を懐くごとく

顔閔相与期
開軒臨四野
登高望所思
丘墓蔽山岡
万代同一時
千秋万歳後
栄名安所之
乃悟羨門子
噭噭今自嗤

顔と閔とを相い与《とも》に期《め》ざしぬ
軒《まど》を開きて四もの野に臨み
高きに登りて思う所《ひと》を望むに
丘墓は山岡を蔽い
万代も同じく一つの時なり
千秋万歳の後
栄名は安《なに》の所にか之《ゆ》く
乃ち羨門子に悟りて
噭噭として今は自ずから嗤《わら》う

また「平生少年の時、軽薄にして絃歌を好みぬ」で起こり、「北のかた太行の道に臨む、路を失うて将《は》た如何せんとする」で終る其の五、「少年のとき撃刺を学び、妙伎は曲域に過ぎぬ」で起こり、「念う我が平生の時、悔恨は此れ従《よ》りぞ生まれぬ」で終る其の六十一、いずれも生涯の矛盾を悔恨する詩である。自叙であるか否かは、問題が存するが、たとい自叙でないにしても、人間の一生が矛盾にとみやすいことを指摘するものには相違ない。

四の二

かく詠懐詩が、ある部分では矛盾を露呈するということは、甚だ興味ある現象である。ことにそれを阮籍の散文と対比するとき、この興味は一そう増大する。

阮籍の散文の代表となるものは、その哲学をのべた「大人先生伝」であり、「達荘論」であるが、それらの散文に於ける阮籍は、老荘の学を奉ずる哲学者として、果敢な論断に終始する。たとえば「達荘論」には、「今ま荘周は乃ち禍福を斉《ひと》しくして死生を一にし、天地を以て一物と為し、万類を以て一指と為す」といい、「大人先生」伝には、「往《さき》には天も嘗つて下に在り、地も嘗つて上に在りき」と、この種の哲学としてもおそらくもっとも強烈な言葉がある。すべての価値は相対の差違にすぎぬという斉物の哲学が、一貫したものとして、果敢に展開されるのであり、詠懐の詩に於けるごとき矛盾をのこさない。

且つかく一貫して斉物の哲学を主張する結果、詠懐の詩とは必ずしも合致しない言葉をも生んでいる。幸福と不幸とは互いに転移するという論理は、詠懐の詩には乏しいものであったが、散文の方には有力にそれがある。たとえば大人先生と問答をかわす負薪者は歌っていう、「富貴は俛仰の間、貧賤も何ぞ必ずしも終らん、留侯は亡虜に起こりしも、威武は夷荒に赫《かがや》き、召平は東陵に封ぜられしも、一旦にして布衣と為る」。詠懐の詩では、永遠の生活の獲得であり、一つの到達であった召平の瓜作りが、ここでは流転の一過程となっている。

また詠懐の詩に於いては、死の問題について判断を停止する傾向にあった阮籍が、散文「達荘論」では、死生をひとしくする説を、主張する。「生を以て之を言えば、物として寿ならざるは無く、推すに死を以てすれば、物として夭ならざるは無し。故に死生を以て一貫と為し、是非を一条と為す。」これは斉物の哲学を徹底して主張せんとする結果、生まれた言葉であると思われる。かく散文に於いては、その理論を一貫させて矛盾分裂をいとう阮籍が、詠懐詩に於いては、相互の詩の間に矛盾を露呈してはばからぬのは、なぜか。

それは、散文と詩という異なった文学形式が異なった意識のもとに作られたことに原因すると考える。散文は、少くとも阮籍の場合、論理のためのものであり、矛盾分裂は厳密にさけられねばならない。それに反し、詩は、阮籍の場合に於いても、より軽快な表現形式であった。いかにも彼は五言詩を、もはや小さな視野に立つ民謡の擬作としては作っていない。五言詩によっても自己の哲学を主張せんとする。しかしがんらいが軽文学であった五言詩の形式は、阮籍の場合にも、態度を自由にし、その哲学を主張しつつも、きりすてがたいものとしてのこる懐疑を、正直に率直に吐露する道となったと考える。其の五十四のごときは、彼の心情の最も正直な表白ではなかったか。

夸談快憤懣　夸談は憤懣を快くし

惰慵発煩心　　惰慵は煩心を発す
西北登不周　　西北のかた不周のやまに登り
東南望鄧林　　東南のかた鄧林を望めば
曠野弥九州　　曠《むな》しき野は九州に弥《またが》り
崇山抗高岑　　崇き山は高き岑《みね》を抗《あ》ぐ
一餐度万世　　一餐もて万世を度《わた》り
千歳再浮沈　　千歳に再び浮沈す
誰云玉石同　　誰か云う玉と石と同じと
涙下不可禁　　涙は下りて禁《とど》む可からず

夸談とは、誇大の談であり、「大人先生伝」はそれである。詠懐の詩のあるものもそれに属するであろう。それらは胸中の憤懣を洗い去りそそぎ出すには、まことに快適な所為である。しかしあとにのこる一種の虚無感をいかんともしがたい、という悲しみを、「夸談快憤懣」の句は、暗に蔵すると読まれる。といって虚無感に身をまかせて、惰慵の生活をおくれば、くさくさとした煩憂の心がますばかりである。かくて不周の山に登り、鄧林をながめるというのは、形而上の世界に遊ぶことの比喩である。しかし形而上の世界に遊ばんとする彼の眼前にひろまるものは何か。九州にひろがる曠野、つまり荒漠たる空虚。

そうしてその中になみがしらをあげる峰峰、というのは無限に複雑な現実の比喩であるとして読める。この複雑な現実に対処すべく、斉物の哲学を作用させることが、おのれにはできないでない。一餐、一たびの食事というみじかい時間、それを万世という無限大の時間と相ひとしいとし、したがって複雑な現実は、みな時間の流れの上にうかぶさざ波の継起と見ることができないでない。そうして大きな歴史の波は、千載のあいだに、一たび再たびたかぶり沈むにすぎないと観念することが、おのれには不可能ではない。「大人先生伝」にいわゆる「万里を以て一歩と為し、千歳を以て一朝と為す」である。そうした立場に立ち得るおのれと、そうでない俗人とは、玉と石のことなるごとくことなるであろう。このおなじにされてはたまらないと思う。にもかかわらず、「涙下りて禁ず可からず」と、この詩がむすばれるのは、なにゆえか。みずからを石ならぬ玉と位置しつつも、玉となり得ないものに対する顧慮があったとせねばならぬ。おのれの哲学を主張しつつも、複雑な現実の前に茫然たる彼があったとせねばならぬ。

そうしてかく正直な心情の表白である点にこそ、阮籍の詠懐詩が、五言詩の歴史の上に、そうしてまたひいては中国の詩の歴史の上にしめる、最も大きな意義があると、私は考える。すなわち、五言詩は阮籍に於いて、知識人が、その人生観世界観を歌い得る文学となったと共に、知識人がもっとも正直にその心情を吐露すべき文学形式となる伝統も、ここに成立したと見得るからである。

六朝

陶淵明

一

陶淵明は、往往その詩の表面によって誤認されるように、枯淡な隠遁者でなく、濃厚な熱情をはらむ人物でもあったというのは、古くしては蘇東坡と朱子の説であり、近くしては魯迅の説である。つまり淵明の中には、相戦ういくつかの自己があったとするのであるが、「詩集」巻二のはじめにある「形と影と神《こころ》」という詩には、それが詩人自身の言葉として現われていると思われる。それは形すなわち肉体と、その影と、神すなわち精神、この三つのものの対話として書かれており、三つはともに淵明の分身である。ここにはまず第一の自己である「形」の言葉をあげよう。それは人生の無常をうたい、快楽をすすめる歌である。

天地長不没　天地は長く没せず
山川無改時　山川は改まる時無し
草木得常理　草木は常ある理を得て
霜露栄悴之　霜露《そうろ》のままに栄《はな》さきては悴《か》る
謂人最霊智　人は最も霊智《れいち》なりと謂《い》うに
独復不如茲　独り復《ま》た茲《そ》の如くならず

人間を万物の霊長とすることは、漢代の儒家のすでにはっきりと説くところである。しかし人間とは、何と憐れな存在であることか。ごらん、天地と山川とは、永久にその姿を埋没し変更することはない。また草や木は、天地山川ほどには不変でなく、花のさく期間とそうでない期間とを交替させるが、それは常理、すなわち一定の法則に従ってである。ところが人間はそうでない。

適見在世中　適《たま》たま世の中に在りしと見しに
奄去靡帰期　奄《たちま》ち去りて帰る期《とき》無し

さっきまでこの世にいた人間が、ふいにあの世へ行ってしまって、再びは帰らない。草木のごとく再び花さくことはないのである。

しかも死の非情さは、それをとりまく人間の冷酷さによって、一そう非情である。

　奚覚無一人　　奚《た》れか一人の無《か》けしを覚《さと》らん

　親識豈相思　　親しき識《し》りびととても豈《あ》に相い思わんや

たくさんの中から一人死んで行っても、誰がそれに気づくものか。家族友人とてもそういつまでも死者を思うことはない。

　但余平生物　　但だ平生の物を余すのみ

　挙目情悽洏　　目を挙《そそ》げば情《こころ》の悽洏《せいじ》たり

あとにのこったのは、平生つかっていた器物だけ、しかもそれを死者の記念としていとおしむ人もいないという情景、それを見るたびに私の心はきりきりといたむ。

　我無騰化術　　我に騰化《とうか》の術無しとせば

　必爾不復疑　　必ず爾《しか》らんこと復《ま》た疑いなし

騰化の術、すなわち大空にはせあがって仙人になる方法があればかくべつ、それがない以上、人間はきっと死ぬのであり、死んだがさいご、上述のようななさけないことになる。だとすると、大切なのは、生きているうちに、せいぜい酒をのんでおくこと。

願君取吾言　願わくは君よ我が言を取《く》み
得酒莫苟辞　酒を得るときは苟《みだ》りに辞する莫《な》かれ

このように快楽に赴こうとする第一の自己の言葉がおわると、次には第二の自己である「影」がかたりだす。それは何を語るか。

二

おのれのなかにある二つの自己、すなわち一つは、限りある人生であるゆえにせいぜい酒をのむがよいとする自己、それを「形」すなわち肉体の言葉として歌った陶淵明は、やがて第二の自己として、人生は有限であるゆえになるたけ人間としての責務をはたしたいと希望する自己を、「影」すなわち日光のあるところどこにでもついてまわる影が、肉体のよびかけに答える言葉として歌う。「影の形に答う」。それが第二の歌の題である。

存生不可言　生を存することは言う可からず
衛生毎苦拙　生を衛《まも》ることすら常に拙《つたな》きに苦しむ

存生、すなわち生命の永久の保存、それがむつかしいことは言うまでもないとして、衛生、こわれやすい生命をいたわること、それすらどうもうまくゆかぬ。かの崑崙とか華山という名山にこもって不老不死の仙人になることを、肉体よ、君はしきりに考えているらしいが、そんな方法は、あてにならぬはるかかなたに、われわれとは隔絶したものとしてある。

誠願遊崑華　誠に崑と華とに遊ばんかと願えども
邈然茲道絶　邈《はる》かなる然《かな》　茲《そ》の道は絶《と》じたり

だとすると、肉体よ、君のなやみは察するにあまりある。ところで肉体よ、君の第一の親友である僕には、僕の考えがある。一たい僕と君との関係だが、

与子相遇来　子《きみ》と相い遇いて来《よ》り

未嘗異悲悦　未《い》まだ嘗《か》つて悲しみと悦びとを異にせず

君がこの世に生まれおちて以来、僕は君とずっと一しょにいる。悲しみも悦びも、すべて君に異を立てず、すべて君に追随しつつ、今日に至っている。もっとも君が木の蔭か何かで休息しているときは別だが、日のあたるところへ出たがさいご、おたがい二人いつも一しょだ。

憩蔭若暫乖　蔭に憩うときは暫く乖《はな》れしに若《に》るも
止日終不別　日に止《い》ては終《つい》に別れず

だが、君がこの世に生まれたのが偶然だとすれば、お互いがこうして一しょにいるのも偶然の事態。偶然の事態である以上は、うすぼんやりとした未来の中へ、いつかしかるべき時、やはり一しょに消滅してしまうほかはない。

此同既難常　此の同《あつま》りは既に常にし難し
黯爾俱時滅　黯爾《あんじ》として俱《とも》に時に滅《き》えん

影である僕が、肉体よ、君と共に消滅するばかりでなく、人間の執着する名誉というものも、肉体が亡べば、それきりらしい。そいつを考えると、はらわたの中が熱くなり、にえくりかえる。名誉に対する執着はどうやら影である僕の方がつよいらしい。

身没名亦尽　身の没すれば名も亦た尽く
念之五情熱　之を念《おも》えば五つの情《おもい》の熱し

だとすると、酒などのまずに、せいぜい善行をつむこと。善をなせば、後世の人人の間に、われわれに対する愛情が遺《のこ》るということもある。さあ何をぐずぐずしている。せい一ぱいの努力、なぜそれをしない。

立善有遺愛　善を立てなば遺愛《いあい》有らん
胡為不自竭　胡《な》ん為《す》れぞ自ずから竭《つと》めざるや

肉体よ、君は酒のことを、憂いをはらう玉ほうきというけれども、酒などそれに比べれば、至って下劣なものさ。

酒云能消憂　酒は能《よ》く憂いを消すと云えども
方此詎不劣　此れに方《くら》ぶれば詎《な》んぞ劣らざらん

どっちの自己も、淵明の真実であったであろう。ただ道徳者であろうとする自己を、影に見立てたのは、このおやじどういうつもりであったか。

さいごにもう一首、仲裁者として「神の釈《こころ》」というのがあるが、それはしばらくここには説かない。

三

陶淵明の伝記は、『宋書』の「隠逸伝」、『晉書』の「隠逸伝」、『南史』の「隠逸伝」など、彼の死後百年または二百年にして編集された史書に見える。また梁の武帝の皇太子、昭明太子蕭統《しょうとう》が、やはり五世紀のはじめに書いた『陶淵明伝』、および『陶淵明集』の序は、彼の文学をたたえる文字として、最も早いものの一つである。

しかしそれらのすべてよりも、もっとも早く書かれた伝記は、淵明自身の筆になる自伝、「五柳《ごりゅう》先生伝」であるとしなければならない。

――先生は、何許《いずこ》の人なるかを知らず、亦《ま》たその姓と字《な》とをも詳《つまびら》かにせず。宅の辺《ほとり》に五つの柳の樹あり。因りて以て号と為す。

——閑《ひそ》まり静かにして言《ことば》少く、栄《ほま》れと利《とみ》とを慕わず。

——書を読むことを好むも、甚しくは解することを求めず。ただ意《こころ》に会《かな》うこと有る毎《たび》に、便《すなわ》ち欣然として食をすら忘る。

当時一般の哲学は、煩瑣哲学の風があった。貴族たちの書斎《サロン》では、『易』、『老子』、『荘子』が、三玄、三哲学書と呼ばれて、その講義が、討論の形で行なわれ、煩瑣な議論を生んでいた。しかし先生はそのひそみにならわず、書を読んで甚解を求めない。過度の分析によって、古典の言語のもつカオスを分解して、むりなコスモスを作ることを、希求しない。ただし書物を読んでいて、気に入った条に出くわすと、欣然として反覆熟読し、そのため食事を忘れることさえある。

——性《うま》れつき酒を嗜《この》むも、家の貧しければ常には得る能わず。

——親旧《しりびと》その此《か》くの如くなるを知り、或いは酒を置《もう》けて招くことあれば、造《いた》り飲みて輒《つね》に尽くす。期《ほど》とするところは必ず酔うことに在り。既に酔えば退く。去るにも留まるにも曽《いささ》かも吝《きたな》き情《こころ》なし。

親戚故旧から招待を受けた時には、喜んで招きに応じ、存分に酔うまで飲む。しかし酔えばさっさと引きあげる。つまり酒を飲むにも進退出処というものがある。先生はそれを心得ていて、きたない思い切りの悪い飲み方はしない。

先生の生活は、住、衣、食、ともにゆたかでない。

——環《せま》き堵《へや》は蕭然《しようぜん》として、風と日ざしとを蔽わず。短き褐《かわごろも》は穿《あな》あき結《もも》け、箪《わりご》と瓢《ふくべ》は屢々空しきも、晏如《あんじよ》としてやすらかなり。

しかし先生は平気である。先生には先生の楽しみがある。本を読むこと、酒を飲むことのほかに、もう一つ、

——常に文章を著《あらわ》して自ずから娯《たの》しむ。頗《いささ》か己《おのれ》の意を示すのみ。懐《おも》いは得失《とくしつ》に忘《むな》し。

文章というのは、広義のそれであり、詩と散文とをかねふくんでいる。それらの詩文をつづるのは、先生の楽しみであると共に、先生の志、すなわち主張を、示さんがためである。先生は主張のある人物であり、カオスは先生のなかにもある。しかしそれを強烈に示そうとはしない。いささかにそれを示すのみである。またその詩文が、上手であることによって得をするか、下手であることによって損をするか、それも先生の意識にはない。

——此を以て自《み》を終る。

そういうのが先生の一生であった、というのである。

あと更に「賛に曰わく」として、いくばくかの文字があるが、それはここにははぶくとして、この自伝のはじめに、

——先生は何許《いずこ》の人なるかを知らず。

というのは、いうまでもなく、わざととぼけた言葉である。歴史は彼の郷里を記して、潯陽《じんよう》の柴桑《さいそう》の人といっている。

潯陽とは、今の江西省の九江市、およびそれを中心とする地帯である。それは北緯三十度、つまり今や本土と琉球との境となっている緯度のやや南、東経百十六度のやや東に於いて、揚子江の南岸に位する。揚子江の河口である上海から、汽船でさかのぼること、二日であるか三日であるか、その旅をしたことのない私にはつまびらかでないが、南京をすぎ、蕪湖《ぶこ》をすぎ、安慶をすぎて、その次の碇泊地となる大都会が、九江、すなわちいにしえの潯陽である。それはまた揚子江の南にひろがる大湖、鄱陽湖《はようこ》への入口でもある。

ところで潯陽の柴桑の人なり、と史書に記すことであるが、柴桑とは、この地帯の中の小さな地名であり、なお東京都三鷹市といわんがごとくである。その大体の位置は、九江市の西南三十五マイルにあたる。

もしまた今すこしくわしくいえば、まず九江市の南二十マイルにそびえるのは、名勝廬《ろ》山《ざん》である。それは中国屈指の名勝であり、陶淵明の友である僧慧遠《えおん》の「廬山略記」に、

――其の山の大いなる嶺《みね》は、凡《およ》そ七重有り。円き基《ふもと》の周回は、五百里に垂《ちか》し。風と雲の據《ひろが》る所にして、江《かわ》と湖の帯《めぐ》る所なり。高き崖と反《そ》れる宇《みね》と、峭《き》りたちし壁は万尋にして、幽《ふか》き岫《みね》と窮《ひそ》まれる巌に、人も獣も両《とも》に絶えたり。

という山塊である。ことにその主峰となるのは、いわゆる香炉《こうろ》峰であって、

――遊《たゆた》える気、其の上を籠め、氤氳《いんうん》として香煙の若《ごと》し。

と、やはり慧遠《えおん》の言葉である。

更にまたこの山の景観を作るのは、あちこちにかかる瀑布であって、唐の李白の詩にはいう、

西登香炉峰　西のかた香炉峰に登りて
南見瀑布水　南のかた瀑布の水を見る
挂流三百丈　流れを掛くること三百丈
噴壑数十里　壑《たに》に噴《むせ》ぶこと数十里
欻如飛電来　欻《たちま》ち飛ぶ電《いなずま》の来《ちか》づく如く
隠若白虹起　隠《あざや》かに白き虹の起るに若《に》たり

近く中華民国では、大臣の避暑地であり、一九三七年、蘆溝橋の開戦にさきだって、蔣介石が要人たちをあつめて、会議をひらいたのも、この山に於いてであった。

さてその廬山のふもとを南にまわったところに、今は星子《せいし》県と呼ばれる小さな町がある。そのやや西よりのところこそ、陶淵明の故里、柴桑県のあとであり、更に小さな地名としては、栗里《りつり》と呼ぶ村がそれであったといわれる。

陶淵明は、そこで生まれ、そこで耕し、そこで死んでいる。したがってその土地は、彼の文学とおなじく、後世の人人の、なつかしみ、したしみ、記述するところとなっている。

まず陶淵明の死後四五百年、唐の時代の中ごろ、九世紀のはじめには、白居易、すなわち白楽天が、この地方の地方官であった。白居易は、淵明の文学の熱烈な讃美者として、その故宅をおとずれ、次のようにうたっている。

我生君之後
相去五百年
毎読五柳伝
目想心拳拳

今来訪故宅
森若君在前
柴桑古村落
栗里旧山川
不見籬下菊
但余墟中煙
子孫雖無聞

我は君の後《のち》に生まれ
相い去ること五百年
五柳の伝を読む毎《たび》に
目は想いやり心は拳拳《けんけん》ともゆ

今は来たりて故宅を訪《と》うに
森《おごそ》かにも君はわが前に在《い》ますが如し
柴桑の古びし村落
栗里《りつり》の旧《ふる》き山川
籬《まがき》の下の菊は見えずして
但《た》だ墟《さと》の中の煙を余《のこ》す
子孫は聞こゆるもの無しと雖《いえど》も

族氏猶未遷　族氏は猶お未まだ遷《うつ》らず
毎逢姓陶人　姓は陶なる人に逢う毎《たび》に
使我心依然　使《ため》に我が心は依然《なつかしき》かな

子孫にはもはや有名人はなく、ほそぼそとくらしている。しかしその一族はなおまだよそへひっこしせず、ここに住みついているらしい。ゆきかう村人のあるものは、陶という苗字であり、なつかしく楽しいかぎりである、というのである。

白居易のこの詩は、かの「琵琶行」と共に、彼が江州の司馬、すなわち九江の副知事に左遷された翌年である元和十一年、すなわちＡＤ八一六の作と思われる。つまり九世紀初のその土地のありさまは、そのようであった。

更にまた三百年ばかりのち、十二世紀、宋の末には、近世哲学の大成者朱子、すなわち朱熹が、この地方の知事であった。

この大儒も、淵明の文学の讃美者であり、且つ淵明を以て単なる世捨人、消極的な風流人でなく、実は土しょう骨の太い積極的な人物であったとする批評を、その語録にとどめているが、朱子が五十歳のとき、知事として赴任した南康軍《なんこうぐん》は、すなわち今の星子県であり、淵明の故里に最も近かった。知事朱子は、しばしばそこをおとずれている。そのころは、もはや故宅のあとはなく、住民たちが「酔石《すいせき》」と呼ぶ大きな平べったい石だけが、谷川の中に、瀑布を前にしてあった。淵明が酔ってはそこにねむったというのが、住民たちのいいつたえである。

——栗里は、今の南康軍の治《やくしょ》の西北五十里に在り。谷中に巨石有り。是れ陶公の酔うて眠りし処なりと相い伝う。予、常に往き遊びて、之を悲しむ。（『朱文公文集』八十一、「顔魯公が栗里の詩の跋」）

管内の租税の軽減と、飢饉の対策とになやむ知事朱子にとって、そこへの訪問は、なぐさめであったらしく、学友呂祖謙《りよそけん》に与えた書簡にはいう、

——陶公の栗里は、帰宗寺《きそうじ》の西只《ただ》三四里のところに在り。前の日、略《すこ》しく到《たず》ねみたり。人をして歎慕《たんぼ》して已《や》む能わざらしむ。

——昨日、又もや陶の翁の酔石の処に到り、簡寂《かんじやく》のやしろと開仙《かいせん》のやしろとを過ぎて帰りぬ。山水の勝は、信《まこと》に他の処の及ぶ所に非ず。（『朱子公文集』三十四、「呂伯恭に与うる書」）

朱子はまた詩をも作っている。

予生千載後　　予は千歳の後に生まれたれど
尚友千載前　　尚《はる》かに千歳の前のひとを友とす
毎尋高士伝　　高士の伝を尋《ひもと》く毎《たび》に

独歎淵明賢
及此逢酔石
謂言公所眠
況復巌壑古
縹緲蔵風煙
仰看喬木陰
俯聴横飛泉
景物自清絶
優游可忘年
結廬倚蒼峭
挙觴酹潺湲
臨風一長嘯
乱以帰来篇

独り歎ずるは淵明の賢
此に及《きた》りて酔石に逢う
謂うならく公の眠りし所なりと
況《いわ》んや復《ま》た巌と壑《たに》は古び
縹緲《ひょうびょう》として風煙を蔵《ひそ》む
仰いでは喬木の陰《くら》きを看
俯しては横に飛ぶ泉を聴く
景物は自《お》のずと清絶に
優《しず》かに遊びつつ年を忘る可し
廬《いおり》を結びて蒼く峭《そば》だてるに倚《よ》り
觴《さかずき》を挙げて潺湲《たにがわ》に酹《そそ》ぐ
風を臨《まえ》にして一たび長く嘯《うそむ》き
乱《おわ》るに帰来《きらい》の篇《うた》を以てせん

（『朱文公文集』七、「廬山雑詠」）

以上は十二世紀の末、南宋の淳熙《じゅんき》年間の状態である。乱《おわ》るに帰来の篇《うた》を以てせんとは、むろん淵明の代表作「帰去来の辞」をさす。朱子は、淵明を記念するために、酔石のそばに、帰去来館という記念館を作ったとも記している。

更にまた七百年をくだって、現代の叙述としては、東京の諸橋轍次博士が、その大正初年の旅行の追憶を、次のように語っていられる。

——陶淵明の郷里栗里は、廬山の西麓にあるが、あの風流人の郷里にも似ず、さほど風致のある所ではない。五柳館趾、帰去来館趾などもあるが、別に礎石も残っておるわけではない。但しその付近の田の中に、四畳半程度の大きな石があって、これを「酔石」と呼んでおる。陶淵明が常に一瓢を傾けてこの石上に眠ったというのである。この辺は全くの田舎であって、宿屋もない。私はその前夜ある民家に一夜の宿を乞うたのであるが、折も折その家にはお産があって、家人の混雑の中に、しかも見ず知らずの外人たる私が、極めて親切な取り扱いを受けたことは、何たる因縁であろうか。かくて栗里を出て淵明の墓を訪ねてみたが、殆ど里人も知る人がない。携えておった「廬山志」をひもといてみると、栗里から遠からぬところの面陽山に墓がある、と記されておったから、その山のこみちをかしこここと探し求めた結果、ついに淵明の墓を認めた。これは草茂き中にあって、極めて粗末なものであり、高さ二尺もあろうか、自然石に近いものであった。文字も半ば消え去ってよくは読めなかったが「晉代徵士陶靖節先生之墓」と記されておった。これに接した時は、えも言われぬ喜びを覚えたのである。(昭和二十九年十一月「漢文教室」)

この談話に現われる淵明の墓は、おそらく十六世紀の明の時代、やはりこの地方の知事

であった詩人、李夢陽《りぼうよう》が、重修したものであろう。淵明の墓は、がんらいは、その「自《み》ずからを祭る文」にもいうように、

封《つちもり》せず樹うえず、

であったはずである。

またこの談話にしたがえば、もはやそのあたりは、あまり風致のある土地ではない。十二世紀の朱子が、酔石をめぐるものとして歌った風煙、喬木、飛泉は、今や姿を消し、いわゆる酔石も、田んぼの中によこたわる石であるらしい。淵明の哲学によれば、

天地は長く没《う》せず
山川《さんせん》は改まる時無し

であるのに、山川もまた改まる時があるのである。おそらくは人口の増加による貪欲な開墾が、山川の姿をも改めてしまったのであろう。

ただそのあたりの人人の人情のあつさは、八世紀の白居易の詩に

姓は陶なる人に逢う毎に
使《ため》に我が心は依然《なつかしき》かな

というのと、あまりうつり変っていないように見える。或いは更にさかのぼって、淵明その人が

素《すなお》なる心の人多し

と歌い、

時に復《ま》た墟曲《むらざと》の中に
草を披《ひら》いて共に来往す
相い見《あ》うときにも雑《あだ》し言は無く
但だ道《い》う桑と麻と長《の》びたりと

と歌った素朴さを、そのままに保存しているように見える。

しかし私はすこしよりみちをしすぎたようである。淵明がそこで生まれ、そこで耕し、そこで死んだ土地は、やはり淵明自身に語らせるがよい。

まずそれは廬山の西南の麓にひろがる平和な平野である。

「時運」と題する四言の詩の、第一章にはいう、

邁邁時運　　邁《うつ》り邁《うつ》る時の運《めぐ》りよ
穆穆良朝　　穆《きよ》らかに穆《きよ》らかなる良き朝よ
襲我春服　　我が春の服を襲《き》て
薄言東郊　　薄《いささ》か言《われ》は東の郊《のべ》にゆかん
山滌余靄　　山は余《のこ》んの靄《かすみ》を滌《あら》いさり
宇曖微霄　　宇《そら》には微《かす》かなる霄《ひかり》の曖《こも》れり
有風自南　　風有りて南自《よ》りし
翼彼新苗　　彼の新しき苗を翼《なび》かす

それは、おだやかな、あたたかい、平野である。雨に洗われた春の丘陵、卵色にひかる空。淵明にさきだつ二三百年のころ、このあたり揚子江の南岸は、まだ中国のフロンティアであった。それがこのように立派な耕地となったについては、淵明の家の先祖たちの努

力が、あずかって力あると思われる。
また鄱陽《はよう》の大湖に近いことによって、水郷であった。同じ詩の第二章にはいう、

洋洋平津　洋洋と平らかなる津《わたし》ばに
乃漱乃濯　乃《すなわ》ち漱《そそ》ぎ乃《すなわ》ち濯《あら》う
邈邈遐景　邈《はる》かに邈《はる》かなる遐《とお》き景《ひかり》を
載欣載矚　載《すなわ》ち欣《よろこ》び載《すなわ》ち矚《なが》む
人亦有言　人も亦た言える有り
称心易足　心に称《かな》えば足り易《やす》しと
揮茲一觴　茲《こ》の一つの觴《さかずき》を揮《ふる》い
陶然自楽　陶然として自ずから楽しむ

また雨の多い地帯であった。「停雲」と題する四言の詩にはいう、

靄靄停雲　靄靄《あいあい》とたち停《こ》むる雲
濛濛時雨　濛濛《もうもう》たる時じく雨
八表同昏　八つの表《かなた》の同《とも》に昏《くら》く

平路伊阻
静寄東軒
春醪独撫
良朋悠邈
搔首延佇

停雲靄靄
時雨濛濛
八表同昏
平陸成江
有酒有酒
閑飲東窓
願言懐人
舟車無従

平らかなる路も伊《こ》れ阻《はば》まる
静かに東の軒《へや》に寄《ひそ》みいて
春の醪《さけ》を独り撫《たの》しむ
良き朋《とも》は悠かに邈《さか》りぬ
首《かしら》を搔きつつ延びあがり佇む

たち停《こ》むる雲は靄靄たり
時じく雨は濛濛たり
八つの表《かなた》は同じく昏《くら》く
平らなる陸《おか》も江《かわ》と成りぬ
酒有り　酒有り
閑《しず》かに東の窓に飲む
願《おも》うて言《われ》は人を懐《おも》うも
舟も車も従る《よ》べ靡《な》し

しかし雨がはれれば、再び、あかるい光りと、やわらかな風。村人たちと楽器をたずさえて遊びに行く丘陵にも、事かかなかった。丘陵の下にねむる死人のことを思えば、人生の無常に対する醒覚を、また新たにする機会であったけれども。
「諸人と共に周の家の墓の柏の下に遊ぶ」と題する詩にはいう、

今日天気佳
清吹与鳴弾
感彼泉下人
安得不為歓
清歌散新声
緑酒開芳顔
未知明日事
余襟良以殫

今日　天気佳《よ》ろし
清き吹《ふえ》と鳴る弾《いと》と
彼の泉《つち》の下の人を感《おも》えば
安《な》んぞ歓《たの》しみを為さざるを得ん
清き歌は新しき声《ふし》を散らし
緑の酒は芳《わか》き顔を開《ほころ》ばす
未《い》まだ明日の事は知らざれど
余が襟《むね》は良《まこと》に以《か》くて殫《つ》きたり

最後の句は、何もさしあたって思う事はないの意である。
また南国なるゆえに、松の木に富んでいた。「飲酒」と題する連作の第八首にはいう、

青松在東園
衆草没其姿

青き松は東の園に在るに
衆草《しこぐさ》ども其の姿を没《かく》しぬ

凝霜殄異類
卓然見高枝
連林人不覚
独樹衆乃知
提壺挂寒柯
遠望時復為
吾生夢幻間
何事紲塵羈

凝れる霜は異《ほか》の類《たぐい》を殄《ころ》せど
卓然として高き枝を見《あらわ》す
林に連なりては人覚《さと》らざれど
独りの樹なるときぞ衆《もろびと》は乃《か》くて知《みと》む
壺を提《さ》げて寒《ふゆ》の柯《えだ》に掛け
遠くより望むことを時に復《ま》た為す
吾が生は夢幻の間なり
何事ぞ塵《よ》の羈《きずな》に紲《つな》がるるや

松林からはなれて、ただ一もとある一本松、その枝に、壺というのは、徳利である。それをぶらさげて、遠くから淵明はながめている。やや奇矯な行為である。しかし吾が一生は夢幻の間のごとく短い。時にはうき世の約束を無視した、わがままな奇矯な行為も、ゆるされるであろう。

しかし、何よりもこの地帯の景観をつくるのは、平野のかなたにそびえる廬山であった。おなじく連作「飲酒」の第五首に「悠然として南の山を見る」という南の山、南山は、やはり廬山であると思われる。

結廬在人境
而無車馬喧
問君何能爾
心遠地自偏
采菊東籬下
悠然見南山
山気日夕佳
飛鳥相与還
此中有真意
欲辨已忘言

廬《いおり》を結びて人の境に在るに
而《し》かも車馬の喧《さわが》しさ無し
君に問う何ゆえに能く爾《しか》するやと
心の遠《のど》かなれば地も自《お》のずと偏《ひそ》まるなり
菊を東の籬《まがき》の下に採れば
悠然として南の山の見ゆ
山の気は日の夕《ゆうべ》なるままに佳《よ》ろしく
飛ぶ鳥の相い与《つ》れだちて帰りゆく
此の中にこそ真《まこと》の意《こころ》有り
辨《あげつら》わんと欲《おも》いたれど已《すで》にはや言《ことば》を忘れたり

廬を結びて人の境に在り、といえば、その草廬は、過度にへんぴなところにあったのではない。むしろにぎやかなところにある。しかも訪問の車馬のわずらわしさはない。このにぎやかなところにいながら、どうしてこうひっそりと暮らせるのかと、そうある人が自分に問う。自分は答える、それは心のもち方次第。主人の心が悠遠であれば、土地も自然にへんぴになるまでさ。

そうした草廬の、東のかきねにあるのは、菊。いにしえの詩人屈原の愛した菊。ふとその一枝を折りとる。すると更にふと目に入るのは、廬山の山容。菊を東籬《とうり》の下に採り、悠然として南山を見る。この二句は、淵明の詩のうち、おそらくは最も有名な一聯である。悠然見南山、それを世俗のテクストには、悠然望南山、悠然として南山を望む、に作るが、それでは詩が全くだめになる、と宋の蘇東坡はいう。菊をおり採ったついでに、ふと南山が目に入るのであって、わざわざ南山を望むのではないというのが、その理由である。

ふと目にうつる南山、その美しい山容は、夕方の空気の中に、一そううつくしくかすみ、鳥たちが、たのしげにそこへ帰ってゆく。此の平和な美しい風景の中にこそ、真意、宇宙の真実は把握される。

把握した宇宙の真意、それを言語として弁証しようと、さっきはふと思った。しかしよそう。カオスは、カオスであることによってのみ活力を全うする。それを言語のコスモスにもち来たす必要はない。荘子はいっている。魚を得ようとおもうものは、魚を得たがさいご、漁獲の道具のことは忘れる。魚を得れば筌《せん》を忘れる。そのように意を得たものは言を忘れる。得魚忘筌、得意忘言。余もまた言を忘れよう。そうしてただこの宇宙の真実の中に見入り、見入ろう。

四

淵明の言葉は、つねに平静である。しかしそれは高い密度をもった平静さであり、平静なものの裏には、複雑で濃厚なものが、ひしめき、かげろっている。

それはたとえば、深淵の水のように、表面は、人の心を沈静にする碧の色に、ひそまっている。しかしその底には、相矛盾し相衝突するいくつかの流れが、おしあい、たたかい、その力の平衡が、表面の沈静を作っているように思われる。

宋の蘇東坡はいう、吾れ詩人に於いて好む所無し。しかして独り淵明の詩を好む。淵明の詩は、そのかず多からず。然れども質にして実は綺《き》、癯《や》せて実は腴《こ》ゆ。質而実綺、癯而実腴。

質にして実は綺、とは、質実なるごとくにして実ははなやかであり、工緻であることをいうのである。また癯《く》にして実は腴《ゆ》、とは、やせたるがごとくにして、実はあぶらぎっているというのである。

このことは、いいかえれば、淵明は、つねにその言葉以上のものを、その言葉によって語ろうとしているということである。

　　人びとよ当《まさ》に意の表《かなた》なるものを解すべし

彼みずからもそういっている。更にはまたこういう。

但《た》だ恨むらくは謬誤《びゅうご》多からん
君よ当《まさ》に酔える人を恕《ゆる》せ

いろいろと粗忽な言葉をはいたかと、それればかりが気になるが、何分にも酔っぱらいの言葉、ひらに御容赦。いずれも連作「飲酒二十首」のなかの句である。酔人の語を解することは容易でない。もしまた、醒覚者が酔人をよそおって言葉をはいているとするならば、その言葉を解することは、一そう容易でない。私はこの章では、あえてやや煩瑣な分析をこころみよう。

分析の対象は、前章の終りに近く、率爾として引いた、かの詩である。

廬を結びて人境に在り
而かも車馬の喧《けん》無し
君に問う何ゆえに能《よ》く爾《しか》るやと
心遠ければ地も自《お》のずから偏《へん》なり
菊を東籬《とうり》の下に採り
悠然　南山を　見る
山気　日夕　佳に

飛鳥　相い与《とも》に還る
此の中　真意有り
辨ぜんと欲して已《すで》に言を忘る

すなわち連作「飲酒二十首」の第五首であって、彼の詩のうち、人人の最もよく知るものである。

ところでこの有名な詩は、その訓詁に於いて、すでにいくつかの問題を蔵する。

第一は、

采菊東籬下　　菊を東籬の下に採り
悠然見南山　　悠然　南山を　見る

という句である。悠然見南山を、悠然望南山に作るテクストが別にあることは、さきに説いたが、この異文については、しばらく蘇東坡とともに、望南山よりも、見南山に作るものを以て、まされりとしよう。ところで、悠然見南山、悠然として、南山を、見る、を、いかなる意味に読むかについては、異説が予想される。

普通には、悠然は、見という動詞の副詞であり、詩人自身が、悠然として、南の山、すなわち廬山を、見ているのである、と解されている。わが国人による権威ある注釈として、鈴木虎雄博士の『陶淵明詩解』（昭和二十三年弘文堂）に、折にふれて庭の東の籬の下にて菊を採っておると、心はるけくも匡廬一帯の山がありありと眼中にはいる、といい、斯波六郎博士の『陶淵明詩註訳』（昭和二十六年東門書房）に、菊をとって、ふと頭を挙げたら、南山が目にはいったのである。悠然は心を遠く山へはせてゆったりしておるさま、というのは、共にそうした解釈である。またボストンの隠者 William Acker の T'ao the Hermit (1952 London & New York) には、ただ

I pluck chrysanthemums under the eastern hedge
And gaze after towards the southern mountains

と訳するが、おそらくはおなじ解釈であろう。

しかし悠然見南山という句は、いま一つの読み方をも容れ得る。それは悠然を、見る淵明の形容でなく、見られる南山の形容として読むことである。そうした意味をいわんとして、悠然見南山と字をおくことは、五言詩の句法として、不可能ではない。例証は、ごく近くにあるのであって、これも既に引いた詩であるが、おなじ連作「飲酒二十首」のうち、きびしい冬にもその姿を変えぬ松の木の姿をたたえた詩に、

凝霜殄異類　凝れる霜は異類を殄《ころ》せるに

卓然見高枝　卓然として高き枝を見る

ということである。きびしい冬のさなか、「凝れる霜は異類を殄《ころ》せど」、この松のみは、卓然見高枝、それは卓然として高き枝を見《あら》わす、とも読めるが、要するに、卓然とは、しゃっき、といった語感であり、高き枝を形容する語である。卓然見高枝が、しゃっきとした高い枝が見えるということであれば、悠然見南山も、のんびりとした南の山が見えるということであり得る。少くとも、そうでないといい切ることはできない。

要するに、悠然見南山、という言葉は、悠然として南山を見る、とも読み得れば、南山の悠然たるを見る、とも読み得る。

しかし更にもう一つ考えれば、これはどっちでもよいことを、議論しているのであるかも知れない。山を見ている淵明も悠然としていれば、淵明に見つめられている山も悠然としている。主客は合一して分ちがたく、そうした渾然たる状態を、悠然見南山とうたったのではないか。それもまた中国語としては可能である。人人は、おりおり、中国語の曖昧さを、嘲笑の意味をふくめていう。しかしそれが詩の言葉として、すぐれたものであることを知らない。現実は常に渾沌として多面である。多面なものを、多面なままに、言葉に造型するのが詩であるとすれば、中国語は、詩を作るに適した言語である。淵明のこの句も、その一つの例であろう。あるいはまた淵明の詩全体がそうであるといえる。淵明の詩が、つねに密度の高い平静さを保っているのは、中国語のこうした性質にたよるところが少くないであろう。

さて当面の詩にかえろう。次にその訓詁を論じたいのは、

山気日夕佳　　山気は　日の夕に　佳に
飛鳥相与還　　飛鳥　相い与《とも》に還る

をうけて

此中有真意　　此の中に　真意　有り
欲辨已忘言　　辨ぜんと欲して　已《すで》に言《ことば》を忘る

という、むすびの聯である。

このむすびの聯についても、いくつかの分析が要求される。ことに、此中有真意、此の中に真意有り、という真意の二字は、いかに読むべきか。東のまがきで菊を折り取れば、ふと目にうつる南山、その美しい山容は、夕方の透明な空気の中に、一そううつくしくか

すみ、鳥たちが、たのしげにそこへ帰ってゆく。此の平和な美しい風景の中にこそ、真意、宇宙の真実は把握される。そういうのが、前章に於ける私の一応の解釈であった。

しかしこの解釈は、少くとも、真意の二字に関するかぎり、一応のものたるにすぎない。更にこまかな考証こそ必要である。

まず真《しん》という言葉から穿鑿をはじめよう。

この言葉は淵明のしばしば使うものであって、若い友人一海知義君の指摘するところによれば、百二十首弱のその詩のうちに、この詩をもふくめて、真の字は六度あらわれる。おなじ連作「飲酒二十首」の第二十首、つまり連作最後の詩に、

羲農去我久　　羲《き》と農《のう》とは我と去《へだた》ること久しく
挙世少復真　　世を挙《こぞ》りて真に復《かえ》ること少《まれ》なり

というのは、その第一である。羲とは伏羲《ふくき》であり、農とは神農《じんのう》であって、共に上古の聖王の名である。伏羲の時代も神農の時代も、余の住んでいる現代からは遠く去《へだた》ったいにしえごととなりはて、それらの時代には存在した「真」を回復することは、今の世の人人のすべてに、稀少にしか許されぬ、というのが、一聯全体の意味である。過去の中国の思想は、理想の時代を、上古の世に設定するのが、常であった。淵明も例外ではない。しから

ば「真」とは、そうした黄金時代には保持されたとする、人間の真実な生き方の意であるとしなければならない。

おなじ意味のことは、「農を勧む」と題する四言の詩のはじめにも見える。

悠悠上古　　悠悠たる上古
厥初生民　　厥《そ》の初《はじ》めて生くる民あるや
傲然自足　　傲然《ごうぜん》として自《み》ずから足らい
抱樸含真　　樸《ぼく》を抱き　真を含みぬ

すなわち真の字を含む詩の第二であるが、ここにいう「真」もまた、上古の世には存在した、真実な生活、もしくは真実な心情を、意味すること、いうまでもない。

そうしてそうした純樸な真実な生活をいとなむことが、淵明自身の生活の理想でもあった。つまりその生活に於ける最上の価値であった。

辛丑《しんちゅう》の歳、といえば、晉の安帝の隆安五年、ＡＤ四〇一であり、のちの章にのべるように、将軍桓玄が叛乱をおこさんとする年であるが、この年、淵明は何ゆえか、桓玄の本拠江陵に旅行し、その途中で、次のようにうたっていう、

投冠旋旧墟　　冠を投げすてて旧《もと》の墟《むら》に旋《かえ》り
不為好爵縈　　好き爵のために縈《つな》がれざらん
養真衡茅下　　真を衡茅《あばらや》の下に養い
庶以善自名　　庶《ねが》わくは善を以て自《み》ずから名づけん

すなわち真の字を含む詩の第三であるが、これによれば、彼が隠遁を欲したのは、真を衡茅《こうぼう》の下に養うため、つまり太古の人人のように真実で純粋な生活を、衡門、かぶきの門、茅屋、かやぶきの家で、もり養《そだ》てるためであった。

また、始めて鎮軍参軍の職についた時の紀行の詩、それもやがてのちの章でふれるであろうが、それにも、仕官は素志でなく、帰田こそわが志であることを歌っていう、

望雲慙高鳥　　雲を望みては高き鳥に慙《は》じ
臨水愧游魚　　水に臨みては游ぶ魚に愧《は》ず
真想初在襟　　真想は初めより襟に在り
誰謂形迹拘　　誰か形と迹《おこない》に拘《しば》らると謂うや

すなわち真の字を含む詩の第四であるが、ここにいう真想とは、真実な生活への思慕、

という意味でなければならない。

更にまた「真」の字を含む詩の第五は、「連雨《ながあめ》に独り飲む」と題する、おそらくは晩年の詩であって、人生有限、それは終古永遠のさだめ、不老不死の仙人として、赤松子《せきしょうし》、王《おう》子喬《しきょう》などという人名が伝わっているが、いまも生きているという消息は、とんとない。さてある老人がくれた酒、これを飲めば仙人になれますぞとのざれごとに、ためしに飲んで見たところ、まことにもろもろの愁いは消えうせ、世界の存在をさえ忘れた。いや世界は、ほかならぬここにある。真、真、真。万事を「真」にゆだねて行動し、いらいらと先を争う心、ぬけがけをする心、そんなものはおこらない。あの雲間の鶴を見よ、世界のはてまで飛んで行ったのが、あっという間に帰って来る。おのれも孤独を守るものとなってから、けんめいな四十年、形骸、肉体の問題は、とっくの昔に止揚して、ただ活潑な自由な心のみが存在している。しからばもはや何もいうことはない。

大意はそういう詩であって、その全詩をあげれば、

運生会帰尽　　運《めぐ》りゆく生は会《かなら》ず尽くるに帰すべきこと
終古謂之然　　終古　之《そ》を然りと謂う
世間有松喬　　世間には松《しょう》と喬《きょう》と有れど
於今定何聞　　今に於いて定《は》た何をか聞く

故老贈余酒
乃言飲得仙
試酌百情遠
重觴忽忘天
天豈去此哉
任真無所先
雲鶴有奇翼
八表須臾還
自我抱茲独
僶俛四十年
形骸久已化
心在復何言

故老　余《われ》に酒を贈り
乃《すなわ》ち言う　飲めば仙を得んと
試みに酌むに　百の情《おも》い遠《はる》かに
觴《さかずき》を重ぬるままに忽ち天を忘れぬ
天は豈に此《ここ》より去《ほか》ならんや
真に任《まか》せて先んずる所《こと》無し
雲べの鶴は奇《すぐ》れし翼《つばさ》有りて
八つの表《かなた》より須臾《たまゆら》にして還る
我れ茲《こ》の独りなるを抱きてより
僶俛《びんべん》たりき四十年
形骸は久しく已《すで》に化しぬ
心の在れば復《ま》た何をか言わん

この奔放な詩に於ける真の字は、任レ真無レ所レ先、と最も隠微に使われているが、隠微であるだけに、この字の意味として包含するものを、最もよく示唆するようである。天、すなわち完全な自然、は、豈《あ》に此《ここ》より去《ほか》ならん哉《や》、といい、而して、真に任《まか》せて先んずる所《こと》無し、という。いわゆる「真」とは、世界を成り立たす中核となるものであり、したがって人間のそれによって生きるものでなければならない。すなわちわれわれの言葉では真理といい、真実というものに当るであろう。

しからば、世を挙《こぞ》りて真に復ること少《まれ》なりの、復真は、真理の回復、悠悠たる上古の民は、樸を抱き真を含みたりの、含真は、真理の保有、真を衡茅の下に養う、の養真は、真理の愛護、真想は初めより襟《むね》に在り、の真想は、真理への思慕と、訳することができる。そうして透明な夕暮の空気の中を、山のねぐらへと帰る飛鳥を見て、

此中有真意　此の中に真意有り

というのは、この平和な風景の中にこそ、この世の真実、真理はある、というのでなければならぬ。

では更に一歩をすすめて、淵明が、この世の真理と考えたものは何か。真の字の具体的な内容となるものは何か。近ごろ一海知義君が、自由Freedomを以てそれに擬するのは、傾聴すべき説である。しかしそれについては、一海君の研究の大成を待つこととし、ここには深くふれない。ただ真の字は、顧炎武その他、清朝の文字学者が往往指摘するように、儒家の古典である五経には全く見あたらない字であり、『老子』、『荘子』にはじめて見える字であることを、付言するにとどめる。それよりも私がここでふれたく思うのは、真意

の二字のうち、意の字の方についてである。

此の中に真意有り

私は、これまで、真意の二字を、ただちに真実の意と解して来た。前章で、それを宇宙の真実といったのも、そのためである。しかしよく考えて見るに、それは軽率な解釈であったようである。

ひそかに思うに、真意の二字は、真、すなわち真実への端緒、示唆、予兆、ということなのではあるまいか。あたかもなお雨ふらんとして、なおふるには至らない、雨もよいの天気のことを、雨意あり、という、そのごとき、意の用法なのではあるまいか。南山の方へと帰りゆく飛鳥の姿、その中にこそこの世の真実はある、とはっきり輪郭を伴った事体としていい切ったのではなく、その中に真実への示唆がある、此の中に真の意《きざし》有りと、事体を雰囲気に於いてとらえ、余裕をおいていったとする方が、より淵明的である。Acker翁の英訳に、A hint of truth というのは、なかなかに正しいのではあるまいか。

The mountain air is fine at evening of the day
And flying birds return together homewards.
Within these things there is a hint of truth,

But when I start to tell it, I can not find the words.

この章のつけたしとして、いまひとつ余分なことを語れば、淵明の死後百年ばかりで編集されたアンソロジー『文選《もんぜん》』には、この句を此中有真意に作らずして、此還有真意に作る。それは『文選』の最古のテクストとして、東京の九条氏に伝わる平安朝写本にもそうなっており、それに付せられたオコト点は、これも若い友人浅見徹君の説によれば、此ノ還ルコトニ真ノ意有リ、と読めるそうである。ただしテクストとしては劣るを免れない。

五

廬を結んで人境に在り、で起こるこの有名な詩にちなんでは、なおひとつのことを語り得る。それは「飛鳥日夕に還る」ということに関してである。淵明が飛鳥《ひちょう》を歌うのはひとりこの詩にはとどまらない。鳥は、自由、平和、幸福の象徴として、もっともしばしば、淵明の詩文に現われる。すでに引いた詩について見ても、

雲べの鶴は　奇《すぐ》れし翼《つばさ》有り
八つの表《かなた》より須臾《たまゆら》にして還る

これは、精神の自由な飛翔のたとえである。

雲を望みては高き鳥に慙《は》じ
水に臨みては游ぶ魚に愧《は》ず

これは世間の約束にしばられる人間の不自由さを、鳥と魚にむかってはじたのである。更にまたかの帰去来の辞にはいう、

雲は　心無くして　岫《やま》を出で
鳥は　飛ぶに倦みて　還るを知る

この有名な文章に於いても、鳥は、雲と共に、宇宙の意志に、最もすなおにそうものとして、詩人の心をよせられている。

しかしながら、淵明の詩に現われる鳥が、みな常に幸福なのではない。宇宙は、時にその平和を失う。きびしい冬、夕方からふきつのる風に、雲が西の方をうずめつくすとき、つめたい空をきりやぶって、つぶてのように飛んでゆく鳥、それはまた別の感情をもって歌われている。「歳の暮れに張常侍《ちようじようじ》に和す」と題する詩、それは歳月の人を待たぬことをなげいて、

市朝悽旧人　市朝には旧《むかし》の人を悽み
驟驥感悲泉　驟驥《しゅうき》は悲泉《ひせん》に感ず
明旦非今日　明《あす》の旦《あした》は今の日に非ず
歳暮余何言　歳暮れて余は何をか言わん
素顔斂光潤　素《しろ》き顔は光《かがや》きと潤いを斂《おさ》め
白髪一已繁　白き髪の一《ひ》とえに已《すで》に繁し

で起る陰鬱な詩であるが、この詩には、そうした冬の鳥が現われる。

向夕長風起　夕に向かいて長き風の起こり
寒雲没西山　寒き雲は西の山を没《かく》しぬ
厲厲気遂厳　厲《つめた》く厲《つめた》き気は遂《か》くて厳しく
紛紛飛鳥還　紛紛《ふんぷん》と飛ぶ鳥の還る

冷い空気においたてられて、紛紛、三三五五と、帰ってゆく鳥、それは悠悠と夕霞の中を帰ってゆく鳥のごとくには、幸福でない。

しかし、この鳥は、なお幸福である。帰るべきねぐらをもち、そこへ帰ることを知っているからである。

不幸なのは、ねぐらへ帰ることを忘れた鳥、帰去来の辞の言葉を借りれば、飛ぶことに倦みながら還ることを知らぬ鳥である。ねぐらを忘れた鳥よ。汝ははやくねぐらに帰れ。遠く世界のはてまでの飛翔、雲おく峰峰への飛翔、それらも汝にとって誘惑であろう。しかし、しかし、平和が常に宇宙に普遍であるとは限らない。ねぐらを忘れて飛翔につかれた鳥よ。汝は汝の羽根をひるがえし、汝の友と共に、はやくもとの清らかな日かげにいこえ。

四言の長詩「帰鳥」の第一節には、そのようにうたう。

翼翼帰鳥
晨去於林
遠之八表
近憩雲岑
和風弗洽
翻翮求心
顧儔相鳴

翼《しず》かに翼《しず》かに帰りゆく鳥は
晨《あした》に林を去りしなり
遠くは八つの表《かなた》に之《ゆ》き
近くは雲おく岑《みね》に憩いてもみし
されど和《おだや》かなる風の洽《あまね》からざれば
翮《はね》を翻えして心の求《まま》にせんとす
儔《とも》を顧みて相《とも》に鳴き

景庇清陰　清き陰にこそ景《かく》れ庇《かば》われなん

この詩は、淵明の自伝であることに、諸家の説が一致している。かつては役人として世の中に立ちまじわり、しかも世の中のつめたさに、ついに世の中を思いあきらめ、田園に帰った心情を、鳥に託して歌ったものとされる。

更にまたおなじ詩の第三節にはいう、

翼翼帰鳥　翼《しず》かに翼《しず》かに帰りゆく鳥は
相林徘徊　林を相《み》て徘《ゆ》きつ徊《もど》りつ
豈思天路　豈《あ》に天《あま》かける路を思わんや
欣及旧栖　旧《むかし》の栖《す》に及《とど》きしを欣《よろこ》ぶ
雖無昔侶　昔の侶《とも》は無しと雖も
衆声毎諧　衆の声は毎《つね》に諧《やわ》らぐ
日夕気清　日の夕なるままに気は清《す》みぬ
悠悠其懐　悠悠たる其の懐《おも》いよ

雖無昔侶、衆声毎諧。この二句は難解であるが、中央政府にいたときのような仲間、つまり野心のかたまりのような政治家、軍人、機智の言葉にたけた知識人、ひとりよがりの哲学者、要するに人をおしのけることによってみずからの存在を主張しようとする、はなやかな仲間は、ここにはいない。いるのはただ平凡な田舎人。人人みながおなじ条件でくらしあうことをのぞむ田舎人。そうした田舎人の言葉の、いかに調和に富むことよ。そうした比喩であるかも知れない。

ところで、鳥の中には、更にあわれな、最も不幸なのがいる。それはねぐらを持たない鳥。

そうした孤独な鳥が、ねぐらとなるべき木を見いだしたときの喜び、それを歌うのは、おなじ「飲酒二十首」の第四首、すなわちいま問題にしつつある「廬を結びて人境に在り」の、すぐ前に位する一首である。

栖栖失群鳥
日暮猶独飛
徘徊無定止
夜夜声転悲
厲響思清遠
去来何依依

栖栖《せいせい》として群に失《はな》れし鳥の
日暮れて猶お独り飛ぶ
徘徊《さまよ》いて定まれる止《やど》りも無く
夜な夜な声は転《い》よいよ悲しむ
厲《するど》き響《こえ》の思いは清く遠く
去りつ来たりつして何《な》ど依依《したわ》しげなる

因値孤生松
斂翮遥来帰
勁風無栄木
此蔭独不衰
托身既得所
千載不相違

因《よし》ありて孤《ひと》り生うる松に値《あ》い
翮《はね》を斂《おさ》めて遥かなるより来たり帰《たよ》る
勁《つよ》き風ふけば栄《はな》やげる木も無きに
此の蔭のみは独り衰えず
身を托すること既《か》くて所を得ぬ
千載ののちまでも相《たが》いに違《うらぎ》らじ

この一首も、淵明の自叙であること、疑いをいれない。

長い長い漂泊ののちに、見いだした孤生の松とは、人の世のつめたさにもてあそばれつくされたのち、やっと見いだした心のよりどころを、それにたとえていうに、相違ない。それが具体的に何であったかは、依然として淵明の語らぬところであるが、見のがしがたいのは、この詩のもつ沈痛なひびきである。徘徊して定止なく、夜夜声は転《うた》た悲し。また、身を托して既に所を得たり、千載相い違《そむ》かじ。淵明の生涯が、その詩の表面にたたえられた平静さにも似ず、苦悩に富んだものであったことを、この詩もまた示すがごとくである。

鳥によせる淵明の抒情、それもこのようにさまざまであり、複雑である。しからば、山気日夕佳、飛鳥相与還、此中有真意、欲辨已忘言、夕がすみの中を幸福そうに帰ってゆく鳥、それを真実への示唆として、ながめている淵明の心情は、やはりなかなかに複雑であり、その言語のごとくには簡潔でなかったかも知れぬ。

鳥に言及した詩は、「飲酒二十首」のなかにもう一首ある。それは酒に「憂いを忘るる物」という愛称を与えたことでも有名な詩であって、いわく、

秋菊有佳色　秋の菊には　佳《よろ》しき色有り
裛露掇其英　露に裛《ぬ》れしままに　其の英《はな》を掇《つ》み
泛此忘憂物　此の憂いを忘るる物に泛《うか》べて
遠我遺世情　我が世を遺《す》てし情を遠《ひろ》む
一觴雖独進　一つの觴《さかずき》を独りにて進むと雖《いえど》も
杯尽壺自傾　杯尽きしときは壺《つぼ》を自《み》ずから傾く
日入群動息　日入りては群《もろもろ》の動きみな息《や》みて
帰鳥趨林鳴　帰る鳥の林に趨《いそ》がんとして鳴くなり
嘯傲東軒下　東の軒《のき》の下に嘯《うそむ》き傲《あそ》びて
聊復得此生　聊《いささ》か復《ま》た此の生《いのち》を得し

ここにもまた、寛闊のひびきとともに、沈痛のひびきがある。宋の蘇東坡はこの詩を評していう、靖節《せいせつ》、すなわち淵明は、事無きを以て此の生を得たりと為す、今日いちにち無

事であったことを以て、生命の喜びを一日だけ獲得したこととする、しからば物に役《えき》せらるる者、つまりあくせくと外物に使役されて俗事に没頭するものは、此の生を失うものではないかと。

この蘇東坡の説は、この詩のもつ曠達自由の面、そうしてそれはむろんこの詩の主要な部分となるものであるが、それをいうものとして、きわめて妥当な批評である。しかし日没してすべての物音がたえてのち、独酌の盃を手にしつつ、林にいそぐ鳥の声に耳をかたむける淵明の姿には、やはり何か沈痛なものが感ぜられる。酒に名づけて、「憂いを忘るる物」というのは、たちきりがたい憂いがあるからでないか。「我が世を遺《す》てし情を遠《ひろ》む」というのは、世を遺《す》てかねているのでないか。

但だ恨むらくは謬誤多からん
君よ当《まさ》に酔人を恕《ゆる》せ

酒の上の言葉なれば、平に平に。私が前の章のはじめに引いた二句は、「飲酒二十首」の最後の一首、そのまた結びとしてある。

羲農去我久　　羲《き》と農《のう》とは我を去ること久しく

挙世少復真
汲汲魯中叟
弥縫使其淳
鳳鳥雖不至
礼楽暫得新
洙泗輟微響
漂流逮狂秦
詩書復何罪
一朝成灰塵
区区諸老翁
為事誠殷勤
如何絶世下
六籍無一親
終日馳車走
不見所問津
若復不快飲
空負頭上巾

世を挙げて真に復るもの少し
汲汲たる魯中の叟《おきな》
弥《び》縫《ほう》して其を淳から使《し》む
鳳鳥は至らずと雖も
礼楽は暫く新しきを得たり
洙泗《しゅし》に微響を輟《や》めてより
漂流して狂秦に逮《およ》びぬ
詩と書と復《ま》た何の罪かある
一朝にして灰塵と成る
区区たる諸老翁の
事を為すこと誠に殷勤たるに
如何《いかん》ぞ絶世の下
六つの籍《ふみ》を一つだに親しむ無きや
終日車を馳せて走るも
問うべき津《わたしば》を見ず
若し復《ま》た快く飲まずんば
空しく頭上の巾に負《そむ》かん

但恨多謬誤
君当恕酔人

但だ恨むらくは謬誤多からん
君よ当《まさ》に酔人を恕せ

燃焼と持続——六朝詩と唐詩——

谷底のようなせまい庭からも、隣家の屋根ごしに、時時は白い雲が動くのが見える。秋意が動くとともに、いろいろのことを思いつく。まずある若い友人の論文を読みながら、思いついたことは、唐人の詩には、もえたぎっておちてゆく太陽の悲壮さが、「落日」という言葉で、杜甫その他によってしばしば歌われる。あるいはまた王維は、落日の赤い色が、青い苔の上にかがやく感覚的な美しさをうたう。「返景は深林に入り、復《ま》た照らす青苔の上」。しかし唐以前の六朝の詩では、そういうことはまれである。陶淵明が「山の気はいは日の夕に佳ろしく、飛ぶ鳥の相与《とも》に還る」というように、夕暮は平和な時間、やや念をいれていえば、神秘な平和な時間として、歌われるだけである。落日の悲しさ、あるいは美しさは、まだ歌われていない。

それからの連鎖として、もうひとつ思いつく。唐の自然詩人の代表である王維の詩には、空山、空林、空潭という言葉がしきりに現われる。「空山人を見ず」。「薄暮空潭の曲」。人気のない山、林、池のもつ非情の美を愛するのである。しかしそうした言葉、ないしは観念も、唐以前の六朝の詩には、やはりまれである。

そこでさらに、縁がわの椅子にもたれながら、結論らしいものを思いつく。唐人の愛するのは瞬間の感情の燃焼である。だから風景としても、瞬間に感情をもえあがらせる落日、斜陽、夕陽が、しばしば歌われる。また方向をかえては、人気のない山の、林の、池畔の空気が、瞬間に感情を凝固させるものとして歌われる。

それに対し、六朝人の愛するものは、持続であった。川の流れ、その中にゆうゆうとおよぐ魚、どこまでもつづく平野、そこにやはりやすらかに飛ぶ鳥。風景にしても、そうした風景が、しばしば陶淵明の詩には現われる。陶淵明と同時代の自然詩の大家、謝霊運《しゃれいうん》に至っては、一そうはなはだしい。

そうしたことを考えているところへ、また一人の若い友人の訪問をうけた。彼は陶淵明の専門家である。私は数日間の思いつきを、縁がわの椅子に対座しながら話した。私の思いつきに、彼は賛成のパーセンテージの多そうな顔をした。私は、それらは思いつきに過ぎぬことをことわり、もし君も賛成する部分があるなら、それを君自身の問題として考えてほしいと希望した。

しばらくすると、若い友人は、やや別の話題をもちだした。

先生は、陶淵明の詩のなかで、若いころおすきだった部分と、いま好まれる部分と、変遷がありますか。

私はやや面くらいながら、正直に答えた。僕は君ぐらいの年ごろには、淵明の詩はさっぱり面白くなく、杜甫ばかり読んでいました。淵明に興味をもつようになったのは近ごろです。

考えて見ると、私が近ごろ淵明に興味をもつのは、むしろこの若い友人の刺戟によるのかも知れなかった。

しかし私はふと気づいた。淵明は、俗説では、気楽な隠遁者となっている。実際はそうでないのに、俗説はそうなっており、この若い友人も、無理解な同輩から、若いくせに陶淵明などをと、ひやかされたことがあることを、私は知っている。彼の年ごろの私が、淵明を読まなかったという表白は、彼をある程度当惑させるかも知れない。また事実すこし妙な顔もしている。私はいそいでつけ足した。

僕が淵明を読まなかった年ごろの君が、淵明を読んでいるのは、たぶん世の中の進歩によるものであろうということ、進歩というのは、一般の語学力の発達によって、僕の若いころには語学的にも大へん読みにくいものであった淵明が、今は必ずしもそうでなくなっているということ、それもあるが、さらに大きくは、僕の若いころは、時代全体が、文学は燃焼にあると考えやすかった時代、つまり詩では上田敏の海潮音と、佐藤春夫の殉情詩集の時代であり、ヴァレリーはまだ紹介されていなかったこと、それに反し、今は人人がみな思想をもとうとし、したがってある思想を持続して表白しようとする文学、たとえば淵明はそれであるが、それを理解しやすくなっていること、それは時代の変遷というよりも、進歩といってよいだろう、というようなことを話した。

以上の言葉も、思いつきの部分をふくまぬではない。しかし思いつきだけでもない気がする。はじめに書いた唐詩と唐以前の詩との比較、この思いつきについても、若い友人の問題にしてもらうほかに、私自身の考えをも整頓したいと思っている。

唐

唐詩の精神

唐人の詩をもって、中国の詩の最高頂とする認識は、唐のすぐ次の時代である北宋の時代に至って、はやくも定まったように見うけられる。王安石、蘇軾《そしょく》、黄庭堅《こうていけん》は、みな十一世紀の後半、つまり北宋の中心となる時代、それを代表する詩人として、みずからを意識したであろうが、彼等は、みな杜甫をもって、古今未曽有の詩人とする。尊敬は、杜甫の周辺の唐詩一般にも及んだであろう。かれら北宋の詩人たちは、みずからの詩が、往往にして唐詩にはない理窟っぽさを展開するのに気づくとき、それを時代の変遷によるやむをえない結果として是認するとともに、より円満な詩が、過去の唐の時代にあることを、やはりやむをえない歴史の事実としてみとめたであろう。そうして唐詩を、永久に祖述さるべきものをふくむ存在、つまり古典として、考えたであろう。王安石の『唐百家詩選』は、おそらくそうした意識のもとに作られた選本として、今に伝わる唐詩の選本のうち、古いものの一つとなっている。

唐詩を古典とする態度、ことに李白、杜甫を中心とするいわゆる「盛唐」の詩をとうぶ態度は、十二、三世紀の南宋に至り、厳羽《げんう》の『滄浪詩話』のように、はっきりした理論としても、提出されている。「盛唐の諸人は、惟《ひと》えに興趣に在り。羚羊の角を挂《ぬ》ぐごとく、迹の求む可きもの無し。故に其の妙処は、透徹玲瓏にして、湊泊す可からず。空中の音、相中の色、水中の月、鏡中の象の如く、言は尽くる有りて意は窮まり無し」。そうして「近代の諸公」つまり宋の詩人たちは、この妙趣をかくという。

こうした唐詩尊重は、元をへて明に至ると、不動のものとなった。明人は、その初期、高棅《こうへい》の『唐詩品彙』『唐詩正声』が、唐詩における時代区分として、初、盛、中、晩、の四つをとなえ、厳羽の理論を完成したのにはじまり、中ごろの七子のともがらは、唐詩、ことに盛唐の詩を、そのまま模倣しようとして、失敗し、偽古典主義のそしりをのこすほどに、唐詩を一本やりに尊重した。日本で一ばん流布している唐詩の選本『唐詩選』は、そうした空気の中でできたものであって、盛唐の詩、ことにそのうちでも、ぶばった元気のよい詩ばかりを、収める。

旧中国最後の時代である清代では、より生活に密着した詩として、宋詩がしばしば祖述された。しかしその場合にも、唐詩は直接の祖述の対象とならないだけであって、唐詩を詩の黄金時代とする認識は、やはりうごいていない。そうしてまたその認識は、今日の中国でも動いていないのである。

唐詩が中国の詩の歴史の上にこのような隔絶した地位をもつのは、何によるか。大ざっぱにいって、『詩経』以来すでに千年以上の歴史をかさねて来た詩の流れ、つまり感情の燃焼を韻律ある言語によって表現するいとなみの流れが、ここに至って、はじめて完全な表現を得たからである。そうしてこの形による文学の完成は、以後の中国では再びくりかえしにくいものであったからである。

まず見やすい問題として、韻律の完成がある。唐詩は、それまでの詩、つまり六朝時代までの詩に比して、新しい詩形を、二つの方向にむかって、開拓し、完成した。

一つは、自由韻律の五言詩もしくは七言詩、すなわちいわゆる五言古詩、七言古詩の、きわめて長いものである。より短い詩として、この形は早くからあった。さればこそ古詩と呼ばれるのであるが、李白の「蜀道難」、杜甫の「北征」、韓愈の「南山」、白居易の「長恨歌」のように、数千字におよぶ長篇は、唐に至ってはじめて顕著である。それは詩が単に刹那の感情の燃焼を歌うのみでなく、主張をもった思想を歌うこととなったのと、相関連したことであって、まとまった思想、複雑な事がらを歌うには、この詩形が盛んに利用された。

他の一方は、短詩形の精錬である。八行詩であることを原則とする五言律詩、七言律詩、また四行詩である五言絶句、七言絶句は、句中の平仄、すなわち韻律に、規格をもつ詩形であるが、これは六朝末期に四声論が発生して以来、模索されつづけて来た精緻な詩形の結論であった。はじめ初唐の時代、それは宴席における即興詩であったが、杜甫は、この詩形にもっとも細密な感情のおののきを盛ることに成功し、以後の詩人もそれにならった。また律詩のおもな構成要素は、対句である。唐以前の詩の対句は、おおむね、おなじ事がらのくりかえしであり、したがって無機的であり、退屈であったのを、杜甫は有機的な対比あるいは結合に、千変万化させ、詩における定型というものが、すぐれた詩人にあっては、詩人を束縛するものでなく、詩人を鼓舞するものであることを、みごとに実証した。

要するに、自由を欲する時にはあくまでも自由に奔放に、細密な凝集を欲するときには、あくまでも細密に、歌いうべき韻律形式を、唐人はまず完成した。

ところで唐詩の優秀さは、その韻律のみにあるのでは、もとよりない。その優秀さの根底となるものは、何よりもその内容である。

内容の優秀さの根底となるもの、それはその思想性にあると、私は考える。杜甫、白居易、韓愈、みな一つの思想のもち主であった。消極的にただもつだけでなく、積極的な主張者であった。李白さえもそうであったといえる。このことは、さいしょは、六朝末期の斉梁の詩の無思想性への反撥としておこった。王績と陳子昂《ちんすごう》はさいしょの思想ある詩人であった。そのあとをうけて、李白と杜甫が生まれたのである。

むろん唐以前の詩も、全く無思想であったのではない。阮籍《げんせき》のごとき詩人、陶淵明のごとき詩人があった。ところで、複雑きわまりない陶淵明はしばらくおく。唐にさきだつ六朝の詩の一般にもつ思想は、至ってペシミスティックであった。人間は不安定な存在と意識され、人間の努力をこえた運命の支配に屈するはかない存在とするにかたむいた。したがって、そこにあるのは、懐疑であり、絶望であった。宋の鮑照《ほうしょう》は、その時代におけるもっとも活潑な詩人であったといわれ、あるいは李白の詩の源とされる。しかしこころみにその集をひらこう。いわく、古来より共に此《か》くの如し、君の独り膺《むね》を撫するのみに非ず。古来共如此、非君独撫膺。（白頭吟の代えうた）あるいは、古来より共に歇薄、君の意のみ豈に独り濃からんや。古来共歇薄、君意豈独濃。（陳思王が京洛篇の代えうた）つまり人間とは、がんらい希望のない存在なのである。その結果、更には、昔を語れば故《ふる》き悲しみ有り、今を論ずれば新しき喜び無し。語昔有故悲。論今無新喜。前の悲しみは尚未だ弭《や》まざるに、後の感《うれ》いの方《まさ》に復《ま》た起こる。前悲尚未弭、後感方復起。（共に門有馬車客行の代えうた）あるいはまた、糸竹は徒《いたず》らに座に満つるも、憂いある人は顔を解かず。長歌して自ずから慰めんと欲するも、弥《いよい》よ長恨の端を起こす。糸竹徒満座、憂人不解顔、長歌欲自慰、弥起長恨端。（東門行の代えうた）またあるいは、人間への不信であった。心に自のずと有《も》つ所有《もの》れど、旁人は那《な》んぞ知るを得んや。心自有所有、旁人那得知。（別鶴操の代えうた）その時代ではもっとも元気な詩人といわれる鮑照にして、すでにしかりである。また鮑照は、一種の思想をもつ詩人であったゆえに、はっきりそういっているが、それは無思想な斉梁の小詩人をもおおう生活の地色であった。造花のような斉梁の艶体の詩は、そうした絶望の地色の上での、一種の消遣《しょうけん》である。

しかし唐人はもはやそうでなかった。彼等は前むきであった。人間がいかに恣意な運命の翻弄をうけるか、それを彼等は知らぬではなかった。いな、これまでの詩人が、いやというほどそれを歌っていることによって、知りぬき感じぬいていた。しかし、にもかかわらず、人間は、前進すべしと考えた。前進というのは、個人の前進ばかりではない。より重要なのは、社会全体の前進であった。少くとも杜甫の場合は、そうであった。なるほど杜甫の詩は、悲愁にみちている。しかしその悲愁は、個人としても社会としても前進の可能を信ずるにもかかわらず、その前進がはばまれることから生まれる憤りであり、悲しみであるにほかならない。また李白の詩は、快楽を歌いすぎるようであるが、彼が快楽を歌うのは、従前の詩人のように、現実からの逃避という消極的な理由からばかりではない。それもないといわぬ。しかしより強くあるのは快楽を人生の充実と見る積極面である。その積極性は杜甫と通ずる。

杜甫をはじめ、唐人の考えた社会の前進とは、賢人政治の実現であった。杜甫はみずから政治する賢人であることを欲しつつ、その地位につき得なかった。李白もそうであったといえる。ところで韓愈と白居易は、みずからその地位についた。韓愈は人事院の長官であり、白居易は法務大臣であった。故にその詩には、成功した秀才の得意さがあり、杜甫ほどの緊張をもたない。しかし積極性は終生捨てられていない。あるいはその地位にあることによって、一そう文学の積極性を増そうとしている。韓愈の詩に涙の字がほとんど見えぬのは、注目に価する。

そうした積極性こそは、唐人の詩に普遍であった。ここにはわざと、一ばん「寒い」詩人といわれる賈島《かとう》の詩を一つあげて見よう。

一日不作詩
心源如廃井
筆硯無轆轤
吟詠作縈綆
朝来重汲引
依旧得清冷
書贈同懐人
詞中多苦辛

一日　詩を作らざれば
心源は廃井の如し
筆硯には轆轤《ろくろ》無きも
吟詠は縈綆《つるべなわ》と作《な》る
朝来　重ねて汲引すれば
旧に依って清冷を得たり
書して同じ懐《おも》の人に贈れば
詞中に苦辛多し

「苦辛の詞」ばかりを綴りたがるこの詩人も、彼は彼なりに、みずからの生命の清らかな持続に、ほこらかなたのもしさを感じているのである。これをうしろむきの詩ということはできない。もう一つ李頻《りひん》という小詩人の「友人の楊州に之《ゆ》くを送る」という詩をあげてもよい。

一別長安後
晨征便信雞
河声入峡急
地勢出関低
緑樹叢垓下
青蕪闊楚西
路長知不悪
随処好詩題

一たび長安に別れてより後は
晨の征《たび》を便《すなわ》ち雞に信《まか》す
河声は峡に入りて急に
地勢は関を出でて低し
緑の樹は垓下に叢《あつま》り
青き蕪《の》は楚西に闊《ひろ》し
路は長きも悪しからざるを知る
随《いた》る処に好き詩題あり

ところで、思想をもつということは、人生いかに生きるべきかを考えることである。そのためにはまず現実が熟視されねばならない。また熟視されたものが充分に表現されねばならない。ここに唐詩のなまなましい現実描写が、更なる優秀さとして現われる。杜甫はその選手である。しかし杜甫は、諸君がみずから読むがいい。ここには、わざと、唐詩のエネルギーがやや衰えたといわれる晩唐の時代から、一首をえらぼう。薛能《せつのう》という詩人の「逃戸《とうこ》に題す」という五言律詩、「逃戸」とは、主人が税金の重さにたえかねて夜逃げしたあとの、あき家である。

幾世葺農桑
凶年遂失郷
朽関生湿菌
傾屋照斜陽
雨水淹残臼
葵花圧倒牆
明時豈致此
応自負蒼蒼

幾世か農桑を葺《つ》ぎしに
凶年とて遂に郷を失《さ》りぬ
朽ちし関《と》には湿れる菌を生じ
傾ける屋は斜陽に照らさる
雨水は残りし臼を淹《ひた》し
葵の花は倒れし牆を圧す
明時　豈に此れを致さんや
応《まさ》に自ずから蒼蒼《そうそう》に負《そむ》けるなるべし

末の聯は、明時、太平の時代に、こんな不合理が生まれるはずはない、主人が何かの不心得から蒼蒼たる天つ神のおとがめをこうむったのであろうと、為政者への皮肉である。小詩人さえもこうである。大詩人はことに、現実を縦横にうつす。ことに杜甫はすべてのものを、自分の目で見直さねば承知しなかった。人事ばかりではない。自然もまたそうであった。熟視は、常に現象の奥につきとおる。自然についていえば、従来の詩人のように、自然を与えられたものとして、受動的に描写することに甘んじなかった。能動的に、与えられた自然に、何かを附加した。あるいはみずから新しい自然を作った。しばしばの場合、附加されたものは、人事の象徴として自然のもつ意味であった。ここに杜甫ばかりでなく、唐詩一般の妙趣の一つである「情」と「景」の相生がある。『三体詩』はそのよい参考書である。

ところでまた、詩人がかくそれぞれにはっきりした思想をもち、それと関連するものとして、強烈な描写をもつということは、詩人がそれぞれにその個性を隠そうとしないことである。その点も、唐以前の詩が、往往にして非個性的であるのと、ちがっている。六朝の作品集『文選』の詩を、作者の名をふせて読むとして、いちいち誰の詩であるかをあてるのは、むつかしい。ところが唐詩は、杜甫はあくまでも杜甫、白居易はあくまでも白居易である。ただしエネルギーのおとろえた晩唐の時期では、千篇一律にかたむくのは、やむを得ない。

以上、主として唐詩の精神の特徴を、唐以前の詩、といっても、うち『詩経』と『楚辞』はしばらく別とし、六朝の詩と、対比しつつ論じた。

ではなぜそれが宋以後の詩よりもすぐれると感ぜられてき、また事実感ぜられるか、それは以下のようなことに基づくと、私は現在のところ考えている。

一、唐詩によって点火された思想性は、唐以後の詩、ことに宋詩では、過剰となり、詩としての調和を失ったこと。

二、やはり唐詩によって点火された現実描写の精神、それも唐以後の詩、ことに宋詩では、活潑に祖述されたが、宋以後の中国はどんどんと新しい現実を生んでいったのに対し、その表現としては、あまりにも偉大な唐詩、その表現の手法の影響から脱しきれなかった。そこからおこる内容と表現のずれが、円満なふくよかな詩の成立を困難にしたこと。

要するに、『滄浪詩話』にいわゆる「空中の音、相中の色」、それは唐詩にのみ可能であったと、いってよいであろう。

李白と杜甫

三十三歳の杜甫が、四十四歳の李白と、はじめて出あったのは、天宝三年、唐の東都、洛陽に於いてであったとされる。

昔人が両家のために作ったいくつかの伝記、また年譜の類は、必ずしもこのことに甚しい関心を示さない。したがって必ずしも委細な考証を加えない。関心は近ごろの学者聞一《ぶんいっ》多《た》に至って、はじめて充分に顕著である。

——われわれはそのことを特筆し大書してよろしい。われわれの四千年の歴史の上で、孔子が老子にあった（もしそのいいつたえが真実であるとするならば）というのをのぞいては、このように重大で、記憶にあたいする、二人の人物の会見はない。それは大空の上で、太陽と月がぶつかったのに似る。

一九二八年、新月雑誌に書いた「杜甫」で、聞一多はそういい、何年かのちに完成された労作『少陵先生年譜会箋』には、より委細な考証が見える。（ともに聞一多全集第三冊）

もし十一年前、暗殺者の凶弾にたおれなかったならば、現代中国の学界の最長老の一人であったであろうところの、このすぐれた文学史家の力説は、近ごろおびただしく出る李杜二家の研究書、たとえば林庚《りんこう》の『詩人李白』王瑤《おうよう》の『李白』(ともに一九五四年)などに、祖述され、或いは更に新しい見解を加える。

林庚はいう、そのころの杜甫が、最も自由な詩形である七言歌行の制作に熱中しているのは、李白と知りあうことによって生まれた影響であると。七言歌行が、当時の詩形としてもっとも自由なものであったことについては、吉川の『杜甫私記』一四一頁以下を参照されたい。

王瑤はいう、神仙と遊俠とは、いつもの杜甫の興味でない。しかるにこの時期の杜甫の詩は、李白の影響によって例外的にそれらに興味を示すと。

近時の学者によるこれらの説は、二大詩人の相互の間にあった友情と尊敬の深さを示すものとして、充分に是認される。そうしてまたこれらの説は、一つの俗説に反撥するものと思われる。それは従来の学者によっても、くりかえしくりかえしその非を弁ぜられて来たものであるが、李白と杜甫とは、その詩風のちがいが示すように、性格もちがっており、したがって必ずしも仲のよい友人ではなかったとする説である。

俗説は、大へん早く、唐の末、すなわち二家の死を去ること百年内外の時代に、すでに発生している。それは、一首の七言絶句が、李白が杜甫に与えたものとして、世の中に流布したことに、主としてもとづく。

飯顆山頭逢杜甫　　飯顆山《はんかさん》の頭《ほとり》にて杜甫に逢う
頭戴笠子日亭午　　頭には笠子《かさ》を戴《いただ》き　日は亭午《まひる》なり
借問別来太痩生　　借《こころ》みに問う　別れて来《よ》り太《はなは》だ痩せたり
総為従前作詩苦　　総《す》べて従前《そのかみ》の作詩の苦しみの為《ため》ならん

飯顆山という地名の所在は、あきらかでない。別の引用では、はじめの句を「長楽坡の前にて杜甫に逢う」とする。それならば長安城外の宿場であり、一種のさかり場であったと思われる。さかり場の正午の太陽を不景気なまんじゅう笠でさえぎりながら歩いている杜甫、見れば大へんやせている。かあいそうに多年の詩作の苦労のためであろう。

この詩は李白の詩集には見えない。それをのせるものとして、今われわれが知り得るさいしょのものは、唐末の人、孟啓《もうけい》が、詩人たちの逸事をしるした『本事詩』である。僖宗《きそう》の光啓二年、ＡＤ八八六の序があり、李白杜甫の死後百年あまりの書であるが、その「高逸」と題する巻の一条として、李白の略伝をしるした中に、窮屈な定型詩をきらった李白は、あべこべに定型詩すなわち律詩に長じた杜甫をからかうために、この詩を作って、「其の拘束を譏った」と記している。似た記載は、孟啓からすこしのちの人である王定保《おうていほう》の『摭言《せきげん》』、それもやはり唐の文人たちの逸事をあつめしるした書であるが、それにも見える。はじめの句を「飯顆山頭」とするのは『本事詩』であり、「長楽坡前」とするのは『摭言』である。

ところで『本事詩』のこの条は相当長く、それをよく読めば、この即興詩は必ずしも李白の杜甫に対する軽蔑を示すものとして、記録されてはいないようである。すなわち『本事詩』の著者孟啓は、杜甫にも大きな尊敬をささげており、おなじ条の末の方では、杜甫が安禄山の乱ののち、甘粛四川の各地をさまよいつつ、当時の現実を、のこるくまなく詩として表現したのをたたえて、時の人が杜甫の詩を「詩史」、詩による歴史と、呼んだのは、もっともであると、する。「杜は禄山の難に逢い、隴蜀《ろうしょく》に流離す、畢《ことごと》く詩に陳じ、至隠を推し見《あらわ》して、殆んど遺《のこ》す事無し。故に当時号して詩史と為す。」「詩史」とは、杜甫の詩に対して後人がもっとも、しばしば使うほめ言葉であるが、そのもっとも早い使用はここにあるであろう。『本事詩』の著者の本意は、どちらの詩人にも過不足のない尊敬をささげており「飯顆山頭」の詩をのせたのも、作風のことなる二人の詩人の間に、それにもかかわらず存在した遠慮のない友情を示唆するものとも見られる。

しかしながら、おのれの鄙劣な心をもって君子の心をはかるのは、小人の常である。「飯顆山頭」の詩は、李白の真作ではないと思われるにかかわらず、しかもそれが李白の詩として、世間に流伝したことは、二家のあいだがらについての一種の疑惑、少くとも李白は杜甫を馬鹿にしていたという推測を、二家の死後間もなく生むものであった。また推測は別の面からも強められた。杜甫が李白に贈った詩は、十数首にのぼるにもかかわらず、李白から杜甫に与えた詩は、この「飯顆山頭」以外には稀なことである。段成式《だんせいしき》の『酉陽《ゆうよう》雑俎《ざつそ》』は、孟啓の『本事詩』乃至は王定保の『摭言』よりも、より早い書であるが、その巻十二には「飯顆山頭」の詩にふれた上、そのほかにも李が杜の旅立ちを送る詩を、偶然発見したとして、それを次のように記録する。

我覚秋興逸　我れは秋の興《こころ》の逸《すぐ》るるを覚ゆ
誰言秋興悲　誰か言う秋の興《こころ》の悲しと
山将落日去　山は落つる日を将《とも》ないて去り
水共晴空宜　水は晴れし空と共に宜ろし
烟帰碧海夕　煙の碧の海に帰りゆく夕
雁度青天時　雁の青き天を度《わた》りゆく時
相失各万里　相い失《たが》うこと各万里
茫然空爾思　茫然として空しく爾《きみ》を思う

詩ははなはだすぐれる。そうして今の李太白集にも似た形ではいっている。ただし注釈家によれば、これは李白が杜甫に与えた詩ではなく、別の杜姓の旅立ちを見送ったものとする。せっかくの段成式の考証は、あやまりを含むことになるが、にもかかわらず段成式の意図は当時すでに存在した俗説に反撥して、二家の間柄が冷淡でなかったことを、微弱ながら主張することは、あきらかである。つまり俗説は、李杜死後百年にみたぬ段成式の時代にも、生まれていたことが、裏から示される。なお李白が確実に杜甫へ与えた詩は、今の李白集に二首見える。段成式は時代が早いために、かえって李白の完全な詩集を見ることができなかったのであろう。

俗説は、最近の諸家が決定を与えているように、しりぞけられねばならない。二家はたしかに詩人としての性格をことにする。李白は、みずからの中からわきあがる幻想によって、すべての存在をおしつつもうとする。私が近ごろあるものに書いたのを、もう一度くりかえせば、無から有を生む詩人である。それに対し杜甫は、常に存在そのものの熟視から出発する。有から有以上の有を生む詩人である。日常生活においても、杜甫は謹厳であり、李白は奔放であった。杜甫は終生一人の妻を守り通し、李白はたびたび妻をとりかえた。

このような性格のちがいにもかかわらず、しかし二人の間には美しい友情があった。少くとも杜甫の李白に対するそれは甚だ熾烈であった。且つその熾烈さは、年とともにもえさかっていることは、その詩集自体の示すところである。

もっとも、杜甫は、性格をことにする李白を詩人として理解するまでには、ある時間を要したという、聞一多の説は傾聴にあたいする。

すなわち杜甫がはじめて李白に、東都洛陽で出あったのは、はじめにものべたように、AD七四四、天宝三年である。当時杜甫は、さいしょの科挙受験に失敗したのち、諸方への遊歴をへて、二年前から洛陽に来ていた。洛陽滞留の理由は、生洛の保護者を求めるにあったであろう。当時の杜甫は、自負には富んでも声名はもたない、一介の文学青年であった。

それに対し、十一としうえの李白は、すでに確実に名声をもつ人物であった。その名声によって長安宮廷の詩人となっていたのが、宮廷をおい出されて洛陽に来ていたのである。三年間の窮屈な宮仕えから解放されたのち彼は、自由の享受に熱心であり、ひとり地上の生活のなかで自由を享受するだけでなく、地上をこえた神仙の世界をも、享受の対象としようとするかねてからの性癖を、増大していた。道教のことにうとい私は、それが何を意味するか知らないが、高《こう》天師と道士から「道籙」を受けようとしていたという。

杜甫がさいしょにであった李白は、そうした李白であった。「李白に贈る」と題する杜甫のさいしょの詩が、仙道のことを多くいうのはそのためであると、聞一多はいう。杜甫のその詩にはいう。わたしはこの東の都にさすらうこと二年、世の中の複雑さをいやというほど経験した。私のような田舎ものに油っこい御馳走は無駄であり、貧乏な私はそまつな食物をがつがつ食っているだけである。清浄な神仙の食物がこの世にあり、それがわたしの健康を助けるのを知らないではない、しかしそれを作る材料を見つけるのはむつかしく、またその材料を奥山に求めて行く仲間もなかった。しかるに今や李氏は宮廷に仕えた人でありながら、そこからのがれ出て、仙薬の探究を事としようとする。そうして私とともに「梁と宋の遊」すなわち洛陽より東の河南省の地帯への旅行を共にしようとする。一しょに仙家のかぐわしい草をつむことを期待する。

二年客東都　　二年　東都に客となる
所歴厭機巧　　歴る所　機巧を厭う
野人対羶腥　　野人　羶腥《せんせい》に対す
蔬食常不飽　　蔬食　常に飽かず
豈無青精飯　　豈に青精の飯の
使我顔色好　　我が顔色を好からしむる無からんや
苦乏大薬資　　大薬の資に乏しきに苦しみ
山林跡如掃　　山林　跡は掃うが如し
李侯金閨彦　　李侯は　金閨《きんけい》の彦《ひと》なるに
脱身事幽討　　身を脱して幽討を事とす

亦有梁宋遊　亦た梁宋の遊有り
方期拾瑶草　方に瑶草《ようそう》を拾わんと期す

それは詩人李白におくる詩であるよりも、仙道者李白におくる詩である。且つこの詩には何かよそよそしさがある。

ところでいわゆる「梁宋の遊」は、いま一人の詩人、高適《こうせき》をも、仲間に加えて、実行されたが、新しくむすばれた友情が熱中したことは、必ずしも仙草の探求ではなかった。酒肆に入って文学を論ずることであり、寒風のふきすさぶ古蹟へのぼって、いにしえを談ずることであったと、後年の杜甫の追憶の詩「昔遊」「遺懐」にはいう。そしてこの旅行の間に、杜甫は、李白の人格と文学とを完全に理解し、それに傾倒するに至ったようである。

杜甫が李白におくった第二の詩にはいう、

秋来相顧尚飄蓬　秋来《しゅうらい》　相い顧ればわれらは尚お飄える蓬《よもぎ》
未就丹砂愧葛洪　未まだ丹砂《たんしゃ》を就《な》さず葛洪《かっこう》に愧《は》ず
痛飲狂歌空度日　痛飲《つういん》　狂歌《きょうか》　空しく日を度《わた》る
飛揚跋扈為誰雄　飛揚《ひよう》　跋扈《ばっこ》　誰が為めに雄《たけ》る

この詩には、もはやよそよそしさは全然ない。時世にあわずして、根無し草のような旅をつづける二人の男が共通にもつ不平と、相互にもつ同情とが、率直に赤裸裸に歌われている。

二家の放浪は、時には旅程を共にし、時には異にしつつ、河南から山東に及んだ。山東の曲阜のそばに住む阮《げん》なる隠者を共にたずねた時の詩は、二家おのおのの集に見える。そうした二年の期間ののち、杜甫が再度の受験のため西都長安にむかって去ったのは、天宝五年であったと推定される。そのとき李白はそれを曲阜の東の石門山に見送って、送別の詩を作っている。

酔別復幾日
登臨徧池台
何時石門路
重有金樽開
秋波落泗水
海色明徂徠
飛蓬各自遠
且尽手中杯

酔別《すいべつ》　復《ま》た幾日《いくにち》ぞ
登臨《とうりん》　池台《ちだい》に徧《あま》ねし
何《いず》れの時《とき》か　石門《せきもん》の路《みち》
重《かさ》ねて金樽《きんそん》の開《ひら》くあらん
秋波《しゅうは》　泗水《しすい》に落《お》ち
海色《かいしょく》　徂徠《そらい》に明《あき》らかなり
飛蓬《ひほう》　各《おのおの》自《お》のずから遠《とお》し
且《か》つ尽《つ》くせ　手中《しゅちゅう》の杯《はい》

別れを惜しんで酒に酔うことを、もう幾日くりかえしたことであろう。高い所に登って
見晴らすために、池や展望台は、ことごとく廻り歩いた。
ああ、いつの日に、石門《せきもん》の路でふたたび、こがねの酒樽が開けることか。
秋のさざ波は泗水の川面に落ち、東海のはてまで澄みきった秋の色に、徂徠山は明るい。
飛ぶ根無草のように、遠くはなればなれになってしまうぼくたち、今はともかく、手の
中にある杯を飲みほそう。（武部利男『李白』）

これは李白が杜甫に与えた二つの詩の中の一つとして、李太白集に見える。もう一首のそれとして、「砂丘城下にて杜甫に寄す」に、「君を思えば汶水《ぶんすい》の若《ごと》く、浩蕩として南征《なんせい》に寄す」というのは、別れてのち間もなくの作であろう。

それに対し、杜甫の「春の日に李白を憶う」に、「白や詩に敵なし、飄然として思い群あらず」というのは、数年ののち、杜甫はなお不平を驢馬の背にのせて長安の町町をさまよい、李白は名山をたずねて江南におもむいてのちの作と思われる。

ところで、李白に対する杜甫の友情が、最も灼熱するのは、李白が晩年、叛逆罪の宣告をうけ、罪人となってからである。

すなわち安禄山の反乱は、国家の秩序をすっかりくつがえしたばかりでなく、両詩人の身の上をも甚だ小説的にした。乾元《けんげん》二年、ＡＤ七五九の秋、四十八歳の杜甫は、戦後の飢

籬をさけて、安住の地をもとめるべく、その家族たちとともに、甘粛の秦州に足をとどめていた。今の天水県《てんすい》であり、荒涼とした異様な風景をもった国境の町であった。一方五十九歳の李白は、南方に政府を樹立しようとした永王璘《えいおうりん》の軍事顧問となったことが、叛逆罪に問われ、貴州の夜郎に流される途中にあった。「李白を夢む」と題する杜甫の五言古詩は、そうした環境の中で作られている。

死別已呑声　　死別　已《すで》に　声を呑む
生別常惻惻　　生別　常に　惻惻《そくそく》

家族、友人との死による訣別を、杜甫は内乱の中にいくたびか経験し、いくたびかむせび音に泣いた。しかし惻惻たる人生の悲しみは、死による別離ばかりでない。生きながらの別離も、惻惻《そくそく》として人を悲しませる。生きながら別離する人として、杜甫の心頭にまずあるのは、蛮地への流罪人となった李白であった。

江南瘴癘地　　江南　瘴癘《しょうれい》の地
逐客無消息　　逐客《ちくきゃく》　消息無し

江南、当時の揚子江以南の地は毒霧のまきおこる土地であった。そこへ放逐されたという李白の消息はさらにない。しかるに

故人入我夢　　故人　我が夢に入り
明我長相憶　　我が長く相い憶うことを明かにす

旧友李白は、わが夢にその姿をあらわした。それはわたしがいつまでも君のことを思っていることを証明するかのように。

恐非平生魂　　恐らくは平生の魂に非じ
路遠不可測　　路は遠くして測《はか》る可からず

しかし、夢にあらわれた李白のまぼろしは、いつもの彼の姿とちがっているように思われる。その理由は、わからない。彼の肉体ははるかかなたにいるのであるから。

魂来楓林青　　魂の来たるや楓《かえで》の林の青く
魂去関塞黒　　魂の去るや関塞《かんさい》黒し

彼のまぼろしのやって来るとき、そのうしろへ見えるのは、おぐらい楓の林。それは李白の今いるであろう、江南瘴癘の地の風景である。まぼろしの去ったあとに、くろぐろと残るのは、杜甫が今いる国境地帯の黒い要塞。

君今在羅網　　君は今や羅網《らもう》に在るに
何以有羽翼　　何を以てか羽翼《うよく》有るや
落月満屋梁　　落つる月は屋《いえ》の梁《むね》に満ち
猶疑照顔色　　猶お顔色《がんしょく》を照らすかと疑う

羅網は刑罰のたとえである。羽翼はここまで飛んで来るつばさ。罪人として拘束を受けているはずの李白よ、あなたはどうしてここまで飛んで来るつばさをもったか。まぼろしが夢枕を立ち去った夜あけ、落ちかかる月、それは国境の乾燥した大気の中に、日本では見られないすざましい光をはなちつつ、照りわたっていたに相違ないが、屋の棟一ぱいにふりそそぐ月光が、今たちさったばかりの李白の顔色を照らすごとくである。

水深波浪闊　　水は深くして波浪は闊《ひろ》し

無使蛟竜得　　蛟竜《こうりゅう》をして得しむる無かれ

あなたの帰ってゆくのは、深い水にひろびろと浪のひろがった江南の土地。みずちや竜のえものになるでないぞ。

「李白を夢む」の詩は、もう一首ある。それによれば、あくる夜も、またそのあくる夜も、李白は杜甫の夢に入った。

更にまた、その翌年以後、杜甫が成都の浣花草堂におちついてからも、李白をおもう詩は何首か作られている。うち最も熱烈な句は、

世人皆欲殺　　世人　皆殺さんと欲す
吾意独憐才　　吾が意独り才を憐む

あんなやつは死ねばいいと、世の中の人はみな思っている。君の才能を本当にみとめるのはおれだけ。

残念ながら、晩年の李白が杜甫に寄せた詩は、李白の集の中に見いだすことができない。

牡丹の花——李白のおはなし——

一

今から千二百年ほど前といえば、日本ではちょうど、聖武天皇が奈良の都に大仏をつくられた時代です。そのころの奈良の町は、たいへんにぎやかな、いせいのよい町でした。あなたはあの名高い歌を知っていますか。

青丹《あおに》よし
奈良のみやこは
さく花の
におうがごとく
今さかりなり

この歌は、奈良の都は、花ざかりの花のように、美しくて、いきいきしているということを、歌ったものです。ほんとうに、それは、どんなににぎやかなことだったでしょう。ところで、そのころ、美しさと元気さとにみちあふれた町は、日本の奈良ばかりではありませんでした。海の向うにもありました。中国の都の長安です。

いや、長安の大きさ、にぎやかさ、美しさにくらべれば、奈良の都も、ものの数ではなかったでしょう。奈良の都は実は、そのころ中国へ行った日本人が、長安のまねをして作ったのです。奈良ばかりではありません。京都もそうです。今でも京都の町の道は、たても横もきそく正しく、碁盤の目のようになっていますね。あれはやはり長安の町のかっこうを、まねたのです。つまり長安は、奈良や京都のお手本だったのです。お手本になるほど立派な都だったのです。

その頃の中国は、唐という時代です。その唐の国の天子がいた都が、長安です。

長安の町全体のかっこうは、大体まっ四角で、横は東西に八キロメートル、たては南北に七キロメートル。外側は城壁に囲まれ、城壁の中には、たて横の大通りが、碁盤の目のように通っていました。まず南側の城壁のまん中にある門をはいりますと、まっすぐ大通りが北の方へのびています。この大通りは朱雀の大通りといって、その北のはしに唐の天子の御所がありました。大通りの両側には、マロニエの並木が、ふさふさと、えだをひろげています。その下をしずしずと行列をととのえて、ねってゆくのは、御所へ参内する大臣です。それにしても、このおびただしい人通りはどうです。中国の人ばかりではありません。青い目をして茶色のひげをはやした外国人も、歩いていますよ。牛車に乗って行くのは、中国の女の人です。おや、あの白い馬に乗ったわかものは、なぜあんなにせかせかと、こしにつるした玉をならしながら、かけてゆくのでしょう。あれはきっと、牡丹の花を見に行くのです。

そうです、牡丹の花こそは、長安の人人が、何よりもすきな花でした。あちらの金持やしき、こちらのお寺の庭、牡丹の花は、長安のどこにでもありました。金持たちは、せいぜい大きな立派な花をさかせようとして、競争しあいます。そのため、よい花をさかせる木は、一かぶが何万円何十万円というねだんになったといいます。そうして、牡丹の花がさいている所ならば、誰でも勝手にそこへはいって、お花見をしてよいことになっていました。ですから、毎年牡丹の季節になると、長安の人人は気がくるったようになり、町は、牡丹の花のにおいと、歌と、音楽とで、一ぱいでした。

また、この牡丹の都には、大学が三つもあって、えらい学者たちが、中国の古い書物の講義をしていました。またあちらこちらのお寺では、インドから来た坊さんが、インドのお経を中国の言葉に直した本をこさえたり、講義したりしていました。そういったお寺の庭にも、牡丹の花は、美しくさきみだれていました。

そうです、そのころの長安は、世界中でも、一ばん大きな、美しい都でした。奈良や京都より、立派であったばかりではありません。西洋にも、こんなりっぱな都はありませんでした。そのころの西洋は、ローマという古い強い国がほろんだあとの、さびしい時代で、イギリスも、フランスも、ドイツも、まだ国にはなっていず、ロンドンも、パリも、ベルリンも、まだなかったころです。世界一の都、それは中国の長安でした。

ですから、長安には、外国の人人が、ほうぼうから、やって来ました。東は日本から、朝鮮から、西はアジアのずっと西のはてから、学問の勉強に来る人もあれば、商売をしに来る人もあります。阿倍の仲麻呂や弘法大師は、日本から長安へ勉強に行った留学生です。また長安の町のあちこちに、宝石の店を出しているのは、ペルシャ人でした。キリスト教の教会さえ、長安にはありました。

長安の都がこんなにさかんだったのは、唐の国そのものが、やはりそのころの世界中で、一ばんさかんな国だったからです。

唐は世界の中心であったといえば、それはすこしいいすぎです。しかし少くとも、アジアの中心ではありました。

二

このようにさかんな唐の時代は、三百年ばかりもつづきましたが、とりわけさかんであったのは、玄宗皇帝という天子のみ世です。それは日本では、ちょうど聖武天皇のみ世にあたります。

玄宗皇帝は、たいへんえらいものわかりのよい、やさしい、心の持ちかたの広い天子でした。心の広い方ですから、えらい人間でありさえすれば、家がらなどにはおかまいなくどんどんお引き立てになって、大臣になさいました。そのため世の中はよく治まり、お米のねは、どんどん安くなりました。

また、中国の人だけを、お引き立てになったわけではありません。外国人でも、すぐれた人間は、どんどん高い位におつけになりました。日本から行った人では、たとえば阿部の仲麻呂です。また軍隊の司令官には、よくトルコ人や朝鮮人がなりました。「外国人は律義で勇敢だから。」天子はそうおっしゃいました。

そういうふうに、世の中を上手にお治めになったばかりでなく、もう一つお上手なことがありました。それは音楽です。ことに笛がお上手でした。ご自身がお上手であったばかりでなく、御所のなかに、音楽学校をお作りになりました。学校は梨の花が雪のようにさきこぼれる所にありましたので、そこの生徒たちは、梨ばたけの生徒、つまりそのころの言葉では梨園の弟子《てぃし》と、いわれました。

また兄弟なかのたいへんよい方で、五人の兄弟がみな一しょにねられるような大きなベッドをお作らせになりました。弟さんたちも、みな音楽がお上手でしたので、月のよいばんには、兄弟で合奏されるのが、御所の外まで聞こえたといいます。

このえらい、やさしい天子のみ世は、四十五年間つづきました。四十五年といえば、明治天皇と同じですね。唐の国の勢は、いよいよ強くなり、長安の町は、いよいよ牡丹の花のにおいと、歌と、音楽とで、一ぱいになりました。いや、長安ばかりではありません。中国全体が、そうなりました。人民たちは、この天子様を「三郎ちゃん、三郎ちゃん」といって、おしたいしました。前の天子の三番目のむす子さんだったからです。

ところで、玄宗皇帝のみ世が立派であったのは、そういったことのためだけではありません。もう一つ大切なことがあります。それは中国の詩が、この時代になって、やはり花ざかりの花のように、立派な花をさかせたことです。

一たい唐の時代は、中国の詩が、一ばんさかんになった時代ですが、唐のなかでもことにさかんなのは、この玄宗皇帝の時です。ですからこのころの詩を、さかんな唐の詩、盛唐の詩といいます。

盛唐の詩人、つまり玄宗皇帝の時の詩人は、たくさんありますが、ことにすぐれた人は二人です。一人は李白、一人は杜甫、この二人です。中国の詩の中で一ばんよいのは唐の詩、唐の詩の中でも一ばんよいのは盛唐の詩、その盛唐の詩の中でも一ばんよいのはこの二人の詩だとすると、つまりこの二人は、中国の詩の王様ということになります。いや、中国の詩の王様であるだけではありません。二人の詩は、日本でも早くから読まれました。

また西洋の人も、それぞれ英語やフランス語やドイツ語に直して、読んでいます。詩というものは、山や川や鳥や、または人の心の持つ美しさ、そのほんとうの美しさを、美しい言葉でいいあらわして、読む人の心を、清め、高めてくれるものです。そういうふうな美しい言葉を、われわれに残してくれたえらい詩人たちが、この世界には何人かいます。李白と杜甫はその何人かの中の二人なのです。それはナポレオンや豊臣秀吉よりも、えらい人たちです。

ここには李白のお話をしましょう。といって別にむずかしいお話をするのではありません。李白の一生は、いかにも詩の上手な人にふさわしく、おもしろい一生です。それをお話しして見たいのです。

三

李白は、長安からはずっと西南の方角にある蜀の彰明県という所で生まれました。今は四川省の中ですが、同じ四川省でも、戦争中に、中国の政府のあった重慶よりは、ずっとおくの所です。

李というのが苗字で、白というのが名まえですが、この人が生まれる前に、おかあさんは、宵の明星を、ゆめに見ました。それで別の名まえは、太白といいます。太白というのは、宵の明星のことで、つまりその生まれかわりだというのです。ふつうこの人のことを、李太白というのは、そのためです。西洋人は、Li Tai-poと書きます。また青蓮という別の名まえもありました。これは生まれた村の名が、青蓮郷、つまり青い蓮の村という名だったからだといいます。青い蓮の村とは、いかにも詩人の生まれた所として、ふさわしいではありませんか。

李白は、かしこい子どもでした。十のころには、もうむかしの本がすらすらと読めました。しかし、わんぱくさもたいへんだったらしく、剣術をけいこして、よくけんかをしました。こういうお話があります。ある日、李白は、勉強がふいにいやになって、学校からにげて帰りました。すると、谷川のそばで、一人のおばあさんが、大きな鉄のぼうをせっせとみがいています。李白はたずねました。

「おばあさん、何をしてるんだい。」

おばあさんは答えました。

「わたしは、このぼうをみがいて、針をこさえようと思ってるんだよ。」

李白は、びっくりして、こりゃぼくもなまけてはいけないと、それからは一そうよく勉強するようになったといいます。

はたちのころに、学問ができあがると、国を出ました。そうして、あの広い中国のなかをあっちこっちと、気ままに歩きまわりました。

李白の何よりもすきなもの、それは美しい景色でした。美しい山や川があると聞くと、どこへでも出かけて行って、何日も何日も、ながめくらしながら、詩を作っています。たとえば、こういう詩があります。

衆鳥《しゅうちょう》は高く飛びて尽《つ》き
孤雲《こうん》は独《ひと》り去りて閑《しず》かなり
相《あ》い看《み》て両《とも》に厭《いと》わざるは
只《た》だ敬亭《けいてい》の山あるのみ

もとの中国語では

衆鳥高飛尽　孤雲独去閑
相看両不厭　只有敬亭山

と書いてあります。その意味は、こうです。敬亭山という山を、じっとながめているうちに、鳥どももみんなどっかへ飛んで行ってしまい、すみわたった大空に、ただひとひらういていた雲も、どっかへ帰ってゆきたそうな顔をしている。雲も鳥も、気ぜわしいといえば、ずいぶん気ぜわしい。気ぜわしくないのは、このわたしとあの山だけだ。わたしはいつまで山を見ていても、いやにならないし、山のほうでも、別にいやな顔をせずに、じっとわたしの方を見ていてくれる。なつかしい山よ。そういった意味です。

また、あの山へはずいぶん長い間行かないが、ばらの花は何度さいたかしら。雲はきままに散っているだろうが、月は誰の家の屋根にしずんでゆくことやら、そういった意味の詩もあります。

東山《とうざん》に向かわざること久し
薔薇《そうび》は幾度《いくたび》か花さきし
白雲《はくうん》の他《かれ》は自《み》ずから散るに
明月は誰が家にか落《お》つ

よい景色のつぎにすきなものは、お酒でした。おいしいお酒があると聞くと、やはりどこへでも出かけました。桃花潭という所に汪倫という酒造りの名人がいましたので、李白はそこへ出かけてゆき、何日もごちそうになった上、いよいよ帰ろうとして、川を小舟で下ってゆきますと、誰かが岸の上でしきりに足ぶみをしながら歌っています。誰かと思って見れば、それは汪倫が、別れをおしんで、声の限りに歌っているのでした。そこで李白は、こういう詩を作りました。

李白舟に乗りて将《まさ》に行かんと欲《ほっ》す
忽《たちま》ち聞く岸上《がんじょう》の踏歌《とうか》の声
桃花潭の水は深さ千尺
及《およ》ばず汪倫が我を送る情《こころ》に

ふかぶかと美しい桃花潭の水、その水の深さも、汪倫君の心の深さにはかなうまいと、いうのです。中国の南の方の旅行は、どこへ行くにも、小舟です。桃の花の潭《ふち》といえば、これもきっと絵のように美しい、水ぎわの村だったでしょうが、そこの村人の美しい心と、村人の美しい心にこたえた李白の美しい詩とは、千年後のぼくたちの心をも、美しく清めてくれます。

またある有名な酒造りのじいさんが死んだときには、こういう意味の詩を作りました。

じいさんは　あの世でも
酒を造っているだろうか
あすこにゃぼくはいないのに
誰にのませる気なのだろ

よい景色とお酒の外に、李白には、もう一つすきなものがありました。それは友だちです。

一ばんなかよしの友だちは、もう一人のえらい詩人の杜甫でしたが、そのほかにも、たくさん友だちができました。

李白が山のなかで、友だちと向かいあって、お酒を飲んでいると、花もうれしそうに、二人のありさまを見ています。一ぱい、一ぱい、もう一ぱい、ぼくはもうねむくなった、きみはまあひとまず帰りたまえ。あすの朝は、ヴァイオリンを持って来るんだよ。そういった意味を歌ったのは、次の詩です。

両人　対酌すれば　山花開く
一杯　一杯　また一杯
我は酔うて眠らんと欲す　卿《きみ》は且つ去れ
明朝　意有らば　琴を抱いて来たれ

また、友だちがひとりもそばにいない時でも、李白にはよい友だちがありました。それはお月さまです。お酒を飲む相手がない時には、お月さまを相手にして飲みました。おや、ふりかえって見ると、もう一人、友だちがいる。それは、わたしの影だ。お月さまとわたしと、わたしの影。この三人で飲もう。わたしが歌えば、お月さまもうかれ出し、わたしがおどれば、影もおどる、ゆかいだな。

我歌えば月は徘徊し
我舞えば影は凌乱《りょうらん》たり

そういった詩もあります。

そうかと思うと、何年も山のなかにこもって、仙人から仙術をおそわったりしました。その時には、めずらしい鳥が千羽ほども、李白の友だちになり、李白が手のひらにえさを乗せて、鳥の名をよぶと、うれしそうに飛んで来て、それを食べたと、いいます。

さて、こういうふうに書いて来ますと、李白は、ただ自分自身の楽しみのために、すきほうだいなことばかりしていたように、見えます。いかにも、すきほうだいなことをしていたには、ちがいありません。しかし、李白には別の考えがありました。それは中国の詩を、もう一度、立派なおおしいものにしたいということでした。李白の前の時代の中国の詩は、言葉のうわべだけを、むやみにかざり立てた、よわよわしい、いじけたものになっていました。それを李白は、ふんがいしました。こんな詩ばかり作っていては、人間全体がばかになる。もっと力強い、おおしい、はり切った美しさの詩を、人間が作るようにならなければ、だめだ。そうしたおおしい詩が作れそうな人間、それはこのおれだ。おれの外にはいない。つまりおれは人間の詩の選手だ、とそう考えたのでした。ところで、そういうふうな、おおしい詩を作るためには、のびのびとした自由な心がいりますし、のびのびした心になるためには、のびのびしたくらしをせねばなりません。李白が、お酒を飲み、山をながめ、仙術をおそわったのは、そのためだったのです。

むろん、勝手きままなくらしをさえしていれば、誰でもかれでも、えらくなれるというわけのものではありません。しかし李白のようなえらい人には、勝手きままなくらしをしていたということがその心を大きくし、その詩を美しくするように、うまく働きました。そうして二三十年もするうちに、かねての李白の考え通り、はりきった、おおしい詩が、自由自在に作れるようになりました。

いいえ、李白だけがそういう詩を作れるようになっただけではありません。世の中の人がみな李白のような詩を作るようになり、これまでのようないじけた詩は、だんだんとすたれました。つまり李白のおかげで、世の中全体が、明るくなったわけです。かぐわしい花のような唐の国が、一そうかぐわしくなったわけです。そこが李白のえらい所です。

四

李白の詩のえらさは、とうとう天子のお耳にもはいりました。そうして長安の御所にめし出されて、天子のおそばに仕《つか》えることになりました。天子というのは、すなわち玄宗皇帝です。

玄宗皇帝は、李白が来たのを、大へんお喜びになり、ご自身でスープの味付けをして、お飲ませになったといいます。玄宗皇帝は、学者や詩人を、いつも大切になさった方ですが、こんなおもてなしをいただいたのは、李白だけです。

天子が感心されたばかりではありません。長安の紳士たちもみな、李白の人がらのいさぎよさと、詩のうまさに、びっくりしました。賀知章という人は、つくづく感心していいました。

「李白くん、きみは仙人の生まれかわりだ。この世の人じゃないよ。」

またそのころ長安にいた阿倍の仲麻呂とも、李白は友だちでした。仲麻呂は一度は日本へ帰ろうとして、舟に乗ったのですが、その舟がとちゅうでひっくりかえり、仲麻呂は死んだといううわさが伝わりました。李白は大へん悲しんで、おとむらいの詩をつくりました。

日本の晁卿は帝都を辞《さ》り
征帆一片《せいほんいっぺん》　蓬壺《ほうこ》を繞《めぐ》る
明月帰らずして碧海に沈み
白雲　愁色　蒼梧に満つ

晁卿というのは、仲麻呂が中国にいたころ名のっていた名まえです。「明月帰らずして碧海に沈み」というのは、仲麻呂の人がらを、てりかがやく明るい月にたとえ、それが碧《みどり》の海の底にしずんでしまったと、なげいているのです。李白からこんなにおしまれた仲麻呂、これもきっとずばぬけてえらい人だったにちがいありません。ところで仲麻呂が死んだというのは、うそで、船は難船しましたけれども、仲麻呂は無事に長安へ帰って来ました。李白はどんなに喜んだことでしょう。日本人と外国人との、美しい心の交りは、こういうふうに、千年のむかしにもあったのです。

さて李白は、こうして天子や、長安の紳士たちから、大切にされて、うちょう天になっていたのでしょうか。ぼくはそうは思いません。李白は、そんなことで、うちょう天になるような、うすっぺらな人間では、なかったのです。しかし楽しくないことはなかったでしょう。何しろ、そのころの長安といえば、はじめにもいったように、牡丹の花のにおいと、歌と、音楽とで、一ぱいの都です。まして玄宗皇帝の御所の中ときては、それこそ人間の楽しさ、美しさを、すっかりそこへ集めたような、ありさまだったでしょうから。

ある日のこと、玄宗皇帝は、李白を御所にお呼びよせになりました。そうして、御所のなかの、この楽しいありさまを、詩に作ってみよ、とおっしゃいました。これには、少しばかり、いたずらなお気持がありました。李白が得意なのは、男らしい、おおしい詩です。御所のきれいなお庭のなかを、宮女たちが、蝶のようにたわむれているというようなありさまは、さあうまく作れるかな、一つためして見てやろうという、お気持がありました。

ところが李白は、そくざに、きれいなきれいな言葉の詩を、八つも作りました。中でも、ことに美しいのは

柳の色は黄金の嫩《やわら》かに
梨の花は白雪の香《か》んばし

という二句です。みなさんは、わかい柳の葉が、春の日ざしを受けて、きらきらと光りかがやきながら、ひらひらと風の中にゆれているのを見て、ああきれいだなと、思ったことが、あるでしょう。ところで、あのきれいさを、何といったらいいでしょう。ぼくたちの力では、なかなかうまくいえませんね。それを李白は、ぼくたちのかわりに、うまくいいあらわしてくれたのです。そうです。あの柳の葉の美しい色、あれはたしかに金の色です。

黄金の色です。しかし金といえば、かたいものなのに、柳の葉は、赤ちゃんのはだのように、やわらかく、わかわかしい。だから「柳の葉は黄金の嫩《やわら》かに」といったのです。

また、まっ白な梨の花の美しさ、それは誰でも知っています。しかしあの美しさを、いいあらわすことは、むずかしいですね。それを李白は、かぐわしい雪のようだと、いいあらわしました。「梨の花は白雪の香んばし。」そういわれて見ればなるほどそうです。ほんとうにそうです。そういわれて見て、ぼくたちは梨の花の美しさが、はじめてほんとうにわかったような気がしますね。それが詩の力です。この二句には、玄宗皇帝も感心されたでしょうが、玄宗皇帝ばかりではありません。われわれ人間全体が、いつまでも感心すべき言葉です。

また、こういうこともありました。玄宗皇帝の御所のなかにも、牡丹の畑があり、沈香亭という名まえでしたが、ある日、玄宗皇帝はお気にいりのおきさきの楊貴妃と、そこでお花見をなさいました。音楽のかかりは、れいの梨畑の生徒たちです。生徒たちが音楽に合せて、歌を歌い出そうとすると、天子はいわれました。

「しばらく待った。きょうは、美しい人と一しょに、美しい花を見ながらのえん会だ。古くさい歌はおもしろくない。そうだ、李白を呼べ、あれに新しい歌を作らせよう。」

お使いが、李白のところへ行きました。その時李白は友だちとお酒を飲んでいましたが、それを聞くと、御所へ来て、すぐさま歌を三つ作って、さしあげました。それは牡丹の花の美しさと、おきさきの美しさとを、たたえた、それはそれは美しい歌でした。玄宗皇帝は、たいへんお喜びになり、梨畑の生徒たちに、すぐそれをお歌わせになり、ご自身は、歌声にあわせて、笛をおふきになりました。おきさきの楊貴妃も、うれしそうにして、七宝のガラスのコップになみなみと葡萄酒をついで、李白におすすめになりました。その葡萄酒は、中国のずっと西のはじの方から出る、めずらしいお酒だったといいます。

ところが、御所のなかには、李白のことが、しゃくにさわってならない人間が、ひといました。高力士といって、玄宗皇帝お気にいりのお小姓です。それというのは、いつか李白は酔《よ》ったまぎれに、高力士にいいました。

「おい、おれの長ぐつをぬがせろ。」

高力士は、そのことが、しゃくにさわってなりません。とうとう、おきさきにつげ口をしました。

「いつか牡丹のお花見の時、李白が歌を作りましたね。あの時、あなた様は、うれしそうな顔をしていらっしゃいました。あれはどういうわけです。」

「わたしを、ほめてくれたからだよ。」

「へん、あの歌がね。ありゃおきさき様、あなたをばかにした歌ですよ。」

かしこいおきさきでしたが、そういわれてみると、なるほどそうかと思いました。

そうしたことから、李白は御所にいづらくなり、御所を飛び出してしまいました。

五

御所をおい出された李白は、さすがにしばらくは、すこしさびしそうでした。しかし、のんきな人がらですから、そんなことはすぐ忘れてしまって、もとどおり、美しい山や川をたずねて、友だちとゆかいに、お酒を飲み、詩を作って、くらしていました。

ところが、そのうちに、たいへんなことが、起りました。玄宗皇帝が、軍隊の司令官に外国人をよくお使いになったことは、前にいいましたが、外国人の大将の中に安禄山という悪者がいて、それがむほんを起しました。むほんを起したのは、今の北京ですが、どんどん長安の方へ、おし寄せて来ます。世の中は大さわぎになりました。牡丹の花ざかりのような唐の国にも、花のしぼむ時が来たのです。

李白も、今までのように、のんきにはやっていられなくなりました。ことにこまったのは、二人の子どもと、はなればなれになったことです。安禄山がむほんを起した時、李白は、れいの通り旅行に出て、今の南京にいましたが、二人の子供は、ずっと北の方の、山東省に残したままでした。山東省は、安禄山のりょう分です。二人の子供は、無事でいるかしら。それを考えると、旅行もちっともおもしろくない。自分の心は、南風に乗って、家の方へと、さまよってゆく。家の東側には桃の木が一本あったはず。ふさふさとしたえだと葉。あの木はわしが植えたのだ。わしは家を出てから、もう三年になる。桃の木の高さは、もう二階にとどいているだろうが、わしはまだ旅行から帰らない。女の子の平陽ちゃんは、桃の花を折ろうとして、木の下でせのびをしているだろうし、男の子の伯禽《はくきん》も、もう姉さんの平陽ちゃんと、そんなにちがわないせたけになって、桃の木の下で遊んでいるだろうが、おとうさんはそこにいないのだ。誰が二人の子の頭をなでてやってるかしら。李白は、そういった意味の詩を作っています。

こまったことは、その外にも起りました。玄宗皇帝のお子さんで、永王というわがままな宮様がいました。世の中がさわがしくなったのをよいことにして、しきりに兵隊を集めていましたが、李白のえらさを聞いて、むりやりに相談役にしました。

ところが、永王はまもなく殺されてしまい、李白もそのなかまだというので、玄宗皇帝からおしかりを受け、夜郎《やろう》という遠いところへ、流されることになりました。夜郎というのは、中国の西南のはじにある、おそろしい所です。夜郎という字を見ただけでも、何だか気味のわるそうなところですね。

しかし、李白がそんな悪い人間でないことは、すぐわかることですから、まもなくおゆるしが出て、夜郎へゆくとちゅうから、ひきかえして来ました。それからはまたもや美しい景色を友だちにして、くらしていました。

いまの南京のそばで、揚子江の南の岸に、采石磯《さいせきき》という景色のよい所があります。ある時、李白はそこへ舟遊びに出かけました。それは月のよいばんでしたが、月の影が、くっきりと水の上にうつっていました。

李白はしばらくじっと、水のなかの月を見つめていましたが、ふいに、あのお月さまをつかまえるんだといって、水の中へ飛びこんでしまいました。

それが、この詩人のさいごであったといいます。もっとも、このお話は、すこしおもしろすぎるので、うそだろうという人もあります。なるほど、うそかも知れません。しかし、うそというものは、どこかその人の人がらをもとにして作られるものです。たとい、このお話はうそにしても、いかにも李白らしいお話ではありませんか。李白は、美しい事がらと、それをいいあらわす美しい言葉とをつかまえようとして、一生を送った人です。水にうつった美しい月をつかまえようとして死んだというのは、いかにも李白らしいことです。それにまた、お月様は、李白のよいお友だちでもあったのですから。

杜甫小伝

一

杜甫の一生は、四つの時期に分れる。作品のほとんど伝わらない三十歳以前のことは、しばらくおく。三十から四十四五まで、貧乏士族の次男坊として、驢馬の背に不平をのせつつ、国都長安の町町をさまよい歩いた時期、しかも年来の仕官の望みは一向に達せられなかった時期、それが第一の時期である。

西紀七五五年、安禄山の叛乱の勃発と共に、しばらくは叛乱軍の陣営に抑留されるが、やがてそこをぬけ出して、新帝の行在所にはせつけ、その功労によって、はじめて長年の仕官の望みを達する。しかし光栄は忽ちにして失われるばかりか、畿内一帯の饑饉にたまりかね、家族と共に食糧をもとめて西方甘粛省におもむく。甘粛でも転転と居を転じた上、けっきょく四川の成都におちつく。国家の運命がゆれ動くなかに、杜甫の運命もはげしくゆれ動いた小説的な四年間、四十四歳から四十九歳まで、それが第二の時期である。

成都での三年間は幸福であった。物資はゆたかに、気候はあたたかく、幼なじみの厳武が、そこの師団長であった。厳武の友情によって、成都の近郊に草堂をいとなみ、そこに住む。それが第三の時期である。

しかし厳武の死と、四川の内乱によって、幸福はやぶれ、杜甫と家族を乗せた舟は、揚子江を下って東に向かう。まず四川省と湖北省との境、夔州という小さな峡谷の町に、二年あまり逗留するが、そこも定住の地ではない。舟は更に湖北省と湖南省の水の上をさまよい、西暦七七〇年、五十九歳、湖南の舟中でなくなる。それが第四の時期である。牛肉の過食がもとで死んだというのは、友だちの李白が、水中の月をつかまえようとして溺れ死んだと伝えられるのと比較して、いかにも杜甫らしい死にかたである。

壮《たけ》き節《みさお》を初めは柱に題《しる》しぬ
生涯は独り転びゆく蓬か

以上のような伝記の要約によっても分るように、杜甫の一生のあと半分は、旅行の連続である。その点は芭蕉とおなじであり、生活の相似は、詩境をも似かよわせる。

岸の風は夕の浪を飜《ひるがえ》し
舟の雪は寒き燈に灑《そそ》ぐ
小さき駅に香ぐわしき醪《さけ》の嫩《わか》く
重なれる巌に細かなる菊の斑《まだら》なり

落つる日の簾の鉤《かぎ》に在《とど》まれば
渓《たに》の辺に春の事は幽《かす》かなり

これらの対句は、芭蕉の俳諧と遠いものでは必ずしもない。もしまた、まとまった一首をあげるならば、「公安の山館に移居せんとして途次にて作る所」と題する詩にはいう、

南国は昼も霧多く
北風に天は正に寒し
路は危くして木の杪を行き
身は遠くして雲の端《へ》に宿る
山の鬼は燈を吹いて滅《け》し
厨《くりや》の人は夜の闌《ふ》けたるに語る

雞の鳴きぬれば前《つぎ》の館《やどり》を問う
世の乱れたるに敢えて安きを求めんや

この五言律詩は、

此路旅人稀なる所なれば、関守にあやしめられて、漸《ようよう》として関をこす。大山をのぼって日既に暮れければ、封人《ほうじん》の家を見かけて舎《やどり》を求む。三日風雨荒れてよしなき山中に逗留す。

蚤虱馬の尿《しと》する枕もと

という奥の細道の一節を、何か思い起させる。杜甫の心酒を嘗め、いつも負い笈の中に杜工部集を入れていたという芭蕉は、おなじく羇旅の詩人である故に、一層この中国の先輩にしたしみを感じ、或いはおのれの羇旅そのものをも、杜甫の影響のもとにおこうとしたかも知れない。ひとり

青きは峰巒の過ぐるを惜しみ
黄なるは橘柚の来たるなるを知る

という舟中の詠が

山はみな蜜柑の色の黄に成て

というつけ句に影響し、

紅豆は啄み残しつ鸚鵡の粒
碧梧は棲み老いぬ鳳凰の枝

という対句の破格な文法が、

己が火を木木の蛍や花の宿

に影響したと、人人によって説かれるばかりではない。

二

しかしながら、杜甫の旅と芭蕉の旅とは、実はさまざまの点でちがっている。少くとも一つの点でちがっている。芭蕉の旅は、一簑一笠、連れるといえば弟子の曽良ひとりを連れただけの旅であったが、杜甫の旅は、一家眷属をひきつれての大旅行であった。四十八歳から五十九歳までの十二年間、陝西から甘粛へ、甘粛から四川へ、四川から湖北へ、湖北から湖南へと、近ごろ毛沢東にひきいられた中共軍が、江西の瑞金から、四川の山奥を大迂回して、陝西の延安に達したいわゆる大進軍のコースとは、ちょうど逆のコースを進みつつ、中国の西半に大きな半円をえがいたわけであるが、そのあいだずっと、杜甫は、妻子と一しょであった。杜甫の妻は、杜甫とおなじく士族の出であり、弘農の楊氏という家の娘さんである。杜甫は反乱軍の陣営にとらえられたとき、妻子は疎開先においたままであったが、はるかな妻を思いやっての作、「月夜」の詩は、甚だ有名である。その「月夜」の詩に、

香ぐわしき霧に雲なす鬟《わげ》は湿い
清らかなる輝《ひかり》に玉の臂《うで》は寒からん

そう詠ぜられた妻である。ほかに妾をもった形跡は、まったくない。子どもは、男の子が二人と、女の子が何人かあった。男の子は、長男を宗文といい、次男を宗武という。一

番の気に入りは、次男の宗武であって、乳のみ子のころから利発であり、お客があると、よく苗字をおぼえていて、李のおじさんこんにちわ、高のおじさまいらっしゃいませと、挨拶をする。またおとうさんの詩をよくおぼえていて、まだ充分にはまわらぬ舌で、お客さまに暗誦して聞かせる。あいつはことに賢い子だったが、今はどうしているかしらと、やはり監禁中の詩は思いやっている。以上、妻と二人の男の子と、二人以上の女の子、それだけでも五人以上の家族、それが杜甫の旅の伴侶であった。そのほか、今日の中国の旅もそうであるように、下男下女の類も贅沢の意味でなしにつき従っていたとすれば、一行の人数は、十人を越えたかも知れぬ。これだけの大人数となれば、荷物だけでも大へんである。寝具、洗面器、食器、その他手まわりの品品の一切を、すっかりもって歩かねばならぬことも、今日中国奥地の旅行とおなじであったろう。芭蕉のように一簑一笠というわけにはゆかない。

こうした家族づれの旅行の気苦労を、杜甫はしばしば言葉に現している。ことに放浪の手はじめとして、甘粛から四川へはいった時の旅行は、名にしおう蜀の桟道を越えての大旅行であり、その折の紀行の詩は、岡崎義恵氏の『日本文芸学』にも、人麿の歌と対比しつつ引かれていることによって、わりあい人に知られているが、そのなかの一首に、「飛仙閣」と題するものがある。そこは殊にけわしい難所であったらしいが、無事にそこを越えおおせて、谷底に馬を休ませた時、きょう越えて来た嶺の雲をふりあおぎながら、杜甫は次のようなためいきをもらしている。

歎息して妻子に謂う
我れ何ゆえに汝曹《ら》を随えしや

「何ゆえに」と杜甫はわざと問うている。しかし問うまでもない。妻子に対する愛こそ、ひろく人類に対する愛の出発点として、中国では何よりも貴重される。妻と子は、ふた親とともに、どんなことがあっても、ふりすててはならないものであり、それをふりすてるのは中国では非人道である。

もっとも妻子は、旅行の苦しみばかりを分ったのではない。幸福をも分った。幸福の日として、放浪のページのなかにはさまる成都の生活では、妻子も幸福であった。

老妻は紙に画きて棋局を為《つく》り
稚子は針を敲いて釣鉤《つりばり》を作る

手製の碁盤、即席のつりばり、それは草堂の生活を一そうたのしくした。また草堂のすぐ前は川であった。

昼は老妻を引《いざな》いて小艇に乗り
晴れては稚子の清江に浴するを看る

老夫妻の乗るボートのそばで泳いでいたのは、次男の宗武であろう。しかし四川の兵乱によって、この幸福もあっけなく破れると、又もや

偶ま老妻を携えて去《き》ぬれば
惨淡《さんたん》として風煙を凌ぐなり

と、歎息せねばならなかった。草堂の乏しい燈の下で、細君はしきりに手紙を書いている。今年も帰郷はむつかしきようにてと、里方へいってやるのであろう。かあいそうだ、という思いやりを、杜甫は次のようにうたう。

老妻は数紙を書す
応《まさ》に未まだ帰らざる情《こころ》を悉《つく》すなるべし

なにもおれが悪いのではない。世の中が悪いのだ。戦争ばかりしている世の中が悪いのだ。しかし、と杜甫はまたつぶやく。つぶやきは次のような言葉となって現れる。

　何の日か兵戈の尽《おわ》りなん
　飄飄として老妻に愧ず

いつまでも旅にいなければならぬ境涯を、率直に妻にむかって、あやまっているのである。そうしてかく、「処処にて正月を逢《むか》え、迢迢《ちょうちょう》として遠方に滞る」あいだに、子どもたちはどんどん成人した。子どもの成人とともに、いよいよ感ずるのは、わが身の老いと、思いのほかに延びた放浪の年月である。

　汝曹《たち》の我が老いを催《うなが》せば
　首《こうべ》を廻《めぐ》らして涕《なみだ》は縦横たり

これは五十六歳の春の節句、寒食《かんしょく》の日に、二人の男の子に示した述懐である。おまえたちの背たけのおいのびると共に、おとうさんは老境へ老境へとおい込まれる。また

汝の啼《な》けば吾が手は戦《おのの》きしに
吾れは笑う汝の身のたけの長《の》びたるを

これはそのあくる年の正月の元日、次男の宗武に示した詩である。次男の宗武は、前にもふれたように、一番の気に入りであった。放浪のきっかけとして、はじめて甘粛へ旅したころには、まだ小学生の年頃であった。成都の草堂の前の川で泳いでいたときは、中学生の年頃であったろう。それがもう大学生の年頃である。

舟を泛《うか》べて小婦に愧ず
飄泊のうちに紅顔を損《く》ちしむることを

小婦とは、息子の嫁を指すと解するならば、子どもはもはや妻帯していた。

三

杜甫はなぜかく面倒な家族づれの旅を、「老妻に愧じ」「小婦に愧じ」ながらつづけねばならなかったか。理由は簡単である。生活のためである。もっと率直にいえば、家族の食糧を得んがためであった。「片雲の風に誘はれて飄泊の思ひ止まず、道祖神の招きに逢ひて取る物手に附かず」して旅に出た芭蕉の場合とは、その点でもちがっている。
まず最初、畿内の官職をすてて、甘粛へおもむいたのは、畿内の大飢饉にどうしてもやってゆけず、食糧をもとめて、まず甘粛の秦州、すなわち今の天水県へとおもむいたのであった。しかしそこの食糧事情も、決して思わしいものではなかった。且つ国境の町の異様な自然と人事とは、杜甫の神経をさいなみつづける。

水は落ちぬ魚竜《ぎょりゅう》の夜
山は空し鳥鼠《ちょうそ》の秋

葉を抱く寒蟬は静かに
山に帰る独鳥は遅し

関の雲は常に雨を帯び
塞《とりで》の水は成《まとも》なる河ならず

そうした青白い詩を、はちきらすばかりで、杜甫と家族の車馬は、更にやや南なる同谷《どうこく》県を指す。同谷では、みごとな田畑が山のふもとにひらけている、栗の里といって、名をきいただけでも子どもたちのよろこびそうな村がある、代用食も芋ならたらふく食える、山の崖には蜜さえあるというのが、新しい土地への期待であったが、さてそこへ辿りついて見れば、ここも霧のうずまく淋しい山間の町であり、薄暮の谷底を、猿どものつばみ残したどんぐりを拾いあつめつつ、さまよわねばならなかった。

そこでとうとう四川の成都入りが決意される。それは治安の悪い中をおかしての桟道越えであり、仙台のいなかも駄目、青森のいなかも駄目、いつ魚雷を食うかわからない青函連絡船に乗って、北海道行きを決意するというのに似ている。ところで成都での生活は、杜甫自身も予期せぬほど幸福であった。少くとも食糧にこまることはなかった。

盤《さら》の飧《めし》は市の遠ければ兼《ふた》つの味わいは無く
樽の酒は家の貧しければ只だ旧《ふる》き醅《さけ》

そうはいいながらも、それで客をもてなすには事かかなかった。しかし成都を立ち去ってからは、依然として食糧の苦労であった。成都の次の仮寓地である夔州《きしゆう》では、パトロンの援助があったのであろう。小作を使って荘園を経営している。荘園の収穫は、その頃の杜甫の詩の関心事のひとつであり、たとえばこういう詩がある。いよいよあとはもう刈り入れだけとなった。ひとつ見まわりに行って来よう。皆の衆、麦うち場をこさえるのはいいが、土をたたきかためるというて、冬ごもりの蟻の穴をつぶすでないぞ。そのへんにちらばった落ち穂は、村の子供にやるがいい、脱穀の杵が、臼におちるたびに、秋の日はきらきらと光る。籾の中から出て来た米つぶのみごとさはどうじゃ。さあこれで来年の米の心配はなくなった。安心じゃ。そういった詩である。

復《ま》た田に帰《ゆ》く去《こと》を作《な》すは
猶お稲を穫《か》る功《しごと》の残ればなり
場を築くときには穴の蟻を憐れみ
穂を拾うことは村の童に許す
杵を落とせば光輝の白く
芒《もみ》を除けば子粒《しりゅう》の紅し
餮《めし》を加《ゆた》かにするは老を扶《たす》く可し
倉廩《そうりん》もて飄蓬《ひょうほう》のこころを慰めん

そのころ荘園で召し使っていた小作のうち、信行《しんこう》というのは、ことにまめまめしかった。仏教信者ででもあるのか、まったく生ぐさを食わない。ある夏のあつい日のこと、二三里も向うから引いた掛け樋がこわれたらしく、水の出が急に悪くなった。その修繕に、この小作をつれて山へ分け入ったことがある。くたくたになって帰って来たのは、はや夕方、気がついて見れば、まだひるめしを食っていない。気の毒なことをしたと、日やけのした顔を見合せながら、急に出がよくなった水道に瓜をうかべ、餅《パン》を半分に割って、二人でたべた。そういった詩もある。

行くさきざきに、親戚故旧が、パトロンとしていたには相違ない。しかし要するにその旅行は十人内外の大家族をかかえ、その口をひあがらせまいとしての旅行であった。風流の旅ではなかった。

四

従って旅行は杜甫にとって、決して楽しいものではなかった。うとましいものであった。行くさきざきの新しい風光が、杜甫の目をたのしませたことも、ないではない。

花は遠し重重《ちょうちょう》の樹
雲は軽し処処《しょしょ》の山
江山は待つ有るが如く
花柳は更に私《わたくし》無し

そうした軽快な句もないではない。しかし稀である。
また、あんなに頻頻として居を移したのは、一種の放浪癖のせいに相違なく、そうした放浪の癖が生れる心理については、のちにのべる如くである。しかしながら、放浪は自覚的にそれを欲してなされたのではない。自覚としては、じっと長安にいる方が、どれ位よいか分らなかったのである。放浪のうちにむなしく老いくちてゆくおのれ、妻子は引きつれているというものの、弟や妹たちとはすっかりはなればなれになってしまったおのれ、それらのおのれを杜甫はくりかえしくりかえしなげいている。

万里に秋を悲しんで常に客《たびびと》と為り
百年のあいだ病多くして独り台に登る

海内の風塵　諸弟は隔り
天涯の涕涙　一身遥かなり

弟有りて皆分散す
家の死生を問うべき無し

親朋は一字のふみ無く
老病に孤《ひと》つの舟のみ有り

風月は自《お》のずと清き夜なり
江山は故園に非ず

そのためその目に映ずる異郷の自然は、おおむね幽暗の色を帯びる。

江間の波浪は天に兼《とど》きて湧き
塞上の風雲は地に接して陰《くも》る
殊《とお》き方に日は落ちて玄《くろ》き猿の哭き
故国は霜の前なれや白き雁の来たる
孤燈自《み》ずから照らして孤帆宿《とどま》り
新月猶お懸《かか》りて双《ふた》つの杵の鳴る

人事もまたそうである。

柝《き》を撃つは可憐の子
衣無きは何処《いずこ》の村

なぜおれは、こんなにも苦しい旅ばかりつづけねばならぬのであろうか。一たい人生には、なぜ旅行という現象があるのであろうか。あるからあるというほかないのであろうか。旅行の中に老いくちたのは、おればかりではない、古人にもそのためしはある、しからばおれもあながち、くよくよするには及ばないではないか。

古《いにしえよ》自り行旅有り
我れ何ぞ苦しみて哀傷せん

この二句は、杜甫がみずからの旅行に対して下した判断の帰結であった。似た言葉は、芭蕉にもある。「古人も旅に死せる有り」。しかし芭蕉と杜甫の態度は、実は対蹠的である。芭蕉は旅に死することを、肯定し讃美している。杜甫はそれを嫌悪した。二人の詩人とも、けっきょく「旅に死した」ことはおなじであったけれども。

ところで、杜甫がかくも深刻にその行旅をいたんだのは、家族をかかえての旅行の気苦労、そのためでもある。また弟妹親友とはなれてしまったというなげき、そのためでもある。しかしもっと根本的な強い原因が、そのほかにある。旅浪のページがかさなると共に、長安の朝廷からはいよいよ遠ざかり、実践的な政治家として世の中につくしたいという熱烈な希望、それがいよいよ実現しにくくなるという悲しみが、その悲しみの中心にあったのである。

五

詩人として文学に貢献すると共に、詩作によって錬磨された人間的な感情を、政治の実践の上にはたらかせ、台閣の人物として政治に貢献したいという希望は、過去の中国の文人に普遍なものである。またそういう風に、文学の担当者が、同時に政治の担当者であることは、過去の中国の社会ぜんたいの、大たい一致した要望でもあった。作詩作文の能力を試験して、高等文官候補者をきめるという科挙の制度は、この要望の上に成り立ち、詩人たちをして一層政治への関心をわき立たせたが、杜甫の時代、八世紀は、あたかもこの科挙の制度が、確立した時期である。詩人たちは、みなその文学の才能によって、高官たらんことを志し、或いは現に高官であった。李白、王維。李白は現世的な行動に冷淡であったといわれるけれども、政治への参与を望まなかったわけではない。また王維は、尚書右丞という現実の高官であった。そのように、台閣の名臣として天子の政治を輔佐したいという希望、そうしてそのためには詩文の才能によって、文官試験に及第するのが、最も敏速かつ正当な道であったが、杜甫の場合、この希望は、ことに強烈であり、二十代、三十代、すでにたびたび試験に応じている。

杜甫は西暦七一二年、唐王朝の中興の英主、玄宗皇帝が即位したその年に生まれた。玄宗皇帝はすなわち阿倍仲麻呂が帰化人として仕えた天子であって、聖武天皇が海のこなたの奈良の都ではなやかな時世をつくったのとあたかも時をおなじくして、海のかなたの長安の都に、おなじような華麗な時代を、何倍かの規模で、くりひろげた天子であるが、その在位は、前後四十五年の長きにわたる。その即位の年に生まれた杜甫は、皇帝の時代のくりひろげられると共に、四十五までの齢をかさねたわけであって、その前半生は、ちょうど明治元年に生まれた老人の前半生に似る。ところで皇帝の四十五年の治世のうち、その前半、年号は開元と呼ぶ時期、つまり杜甫の年齢でいえば三十ごろまでの時期は、唐王朝の最盛期であった。国威は遠く中央アジア、安南にも及び、中国は世界国家でなければならぬという理念が、当時の中国人がその知識としてもった世界の中では、ほぼ完全に実現されたこと、漢の武帝の時代と相ならぶ。国内の治安はよく保たれて、物価は安く、長安その他の都市は繁栄し、農村は平和であったと、杜甫は追憶している。

憶う昔し開元の全盛の日には
小さき邑《まち》も猶お万家の室《いえ》を蔵《たも》ち
稲の米は脂《あぶら》を流して粟の米は白く
公私の倉廩《そうりん》は倶に豊けく実ち
九つの州《くに》の道路には豺も虎も無く
遠き行《たび》も吉日をえらびて出づるを労せず
斉のくにの紈《きぬ》と魯のくにの縞《きぬ》とは車のうえに班班《はんぱん》とつみ
男は耕し女は桑つみて相《とも》に失《まど》わず

この時期、杜甫は詩人としての修練をつむと共に、すでに何度か科挙の試験を受けて、何度か落第している。地位を得たい、名誉を得たい、という心も、むろんあったであろう。しかしそれと共に、おのれの誠実な人格を、政治にささげて、世のなかのすべてを誠実にしたいというのが、杜甫の抱負であった。

君を堯舜の上に致《すす》めまいらせて
再び風俗をして淳からしめん

しかしこの抱負は、二重に裏切られる。役人になる機会が、なかなかやって来ないばかりではない。世の中はだんだん杜甫の希望しない方向へと傾いて行ったからである。

玄宗はその在位の三十年目、開元の年号を天宝と改める。つまり杜甫三十の年であるが、この改元を契機として、唐の政治は、だんだん行きつまりはじめる。その行きつまり方は、明治の末年から大正へかけての日本の世相と、ある程度似たものであったろう。うちつづく太平に、長安その他の都市は急速に繁栄したが、それに反比例して、農村は疲弊した。また宮廷を中心とする贅沢な都市の生活は、玄宗皇帝の寵姫楊貴妃が、広東から生《なま》の茘枝《れいし》を、早馬で取りよせたという挿話でも示されるように、広東、四川など遠方の物資の輸入をうながしたが、それによって巨利を博した商人は、政商として官僚と結託し、政界を腐敗させた。当時の世相の聞き書きである『開元天宝遺事』には、長安の富民として、楊崇義、王元宝、郭万金などという名をあげる。が、元宝、万金とは、名からして慾ばった名である。これらの「富民」たちは、王侯をもしのぐ生活をいとなんでいたが、科挙試験が開かれるたびごとに、受験生たちをわが邸にとめて歓待したという。それは有利な投資であった。受験生たちは、未来の大官の卵であったからである。

一方また無際限にひろがった唐の領土、乃至は勢力範囲を維持するためには、大量の国境守備部隊が必要であった。そのため、農村は労働力をうばわれて、いよいよ疲弊し、軍需商人はいよいよ私腹をこやした。

そこへまた世の中の頽廃に拍車をかけるべく、好ましからぬ事件が、つぎつぎに起る。まず第一に、玄宗皇帝が、政治にあきてきた。玄宗は英主であった。しかし在位年数がかさなると共に、政治はしだいになげやりになり、実権は奸佞な宰相李林甫《りりんぽ》に帰する。この宰相は、経済官僚の出身であった。政商たちとのむすびつきは、いよいよ容易である。

次には皇帝と楊貴妃との有名な恋愛が、時局の頽廃をはやめる。この美貌で聡明な女性は、自分自身ではあまり政治に口だしをしたようでない。しかしその一族には、不良マダム、不良少年が多かった。政商たちにとっては、何よりのルートである。

要するに玄宗の治世の末年十何年かは、表面は花やかに花やぎつつも、完成した統治が崩壊におもむく過程として、一種の空虚が世の中にひろがりつつある時代であった。そうして日本では、軍部がそうした空虚をねらって擡頭の機会を待ちつつあったように、唐の世にも野心家の将軍がいた。今の北京に総督府をひらき、華北の兵権を掌握する安禄山であった。農民はその部下の兵士となって、重税をのがれ、知識階級の不平分子はその陣営にはせ参じて、謀主となった。こうした世相のかずかずは、はげしく杜甫の心を射た。杜甫は生まれつき

悪を疾《にく》みて剛腸を懐《いだ》く

とみずから称している、うわついた世相のなかに、つみあげられてゆく不合理、不公正、に対するはげしい憤怒、それがそのころの詩には盛んに歌われている。その頃の杜甫の詩は、従来の過度に装飾的な詩の旧套を脱して、飛躍的に進歩したリアリズムを、主として長詩の体により、ほとんど独力で完成しつつあったが、それはむしろ自覚せざる功績であり、その自覚にあるものは、かずかずの社会悪への、詩による抗議であった。長詩「麗人行」には、楊貴妃一族の僭上沙汰を、比較的婉曲に諷刺し、長詩「兵車行」には、国境の守備にかり出される兵士とその家族たちの悲しみを、露骨に歌う。また、詩友高適らと慈恩寺の高塔にのぼって長安の市街を見おろした時の作は、この大都市の上をおおう黒い影を、敏感に予知しているといわれる。

俯して視れば但《た》だ一つの気なり
焉《な》んぞ能く皇州を辨ぜん
頭《こうべ》を廻《めぐ》らして虞舜を叫べば
蒼梧に雲は正に愁う

かく憤激と焦躁と不安とがまじりあった気持ちで、杜甫はいよいよ痛切に仕官を求めた。

おのれの現在の境遇に対する不満もあった。しかし世の不正を正さんとする憤激の方がより大きかった。

朱ぬりの門には酒も肉も臭れるに
路には凍死の骨有り

そうして仕官の目的を達するためには、大官を歴訪して、その推挙をもとめた。また政商たちの招宴におもむくことをも、こばまなかった。

朝には叩く富児の門
暮には随《お》う肥馬の塵
残盃と冷炙と
到る処潜《ひそ》かに悲辛す

そうしてけっきょく四十の声を聞きかけてから、玄宗の特別の恩命により、御用掛りのようなささやかな職をさずけられるが、それはあまりにもささやかな職であり、且つそのささやかな職さえも、たちまちにして吹っ飛んでしまう。時局の危機はついに爆発したからである。北京の安禄山は叛旗をあげ、国都長安は陥落し、玄宗皇帝は長安を逃げ出して、成都におもむき、楊貴妃はその途中、近衛兵のために殺される。四十五年の太平は、ここに完全な混乱と化する。

混乱は、杜甫の身の上に甚しい不運をもたらしつつ却って幸運をもたらすごとく見えた。まずさいしょは、妻子を疎開先においたまま自分は叛乱軍にとらえられるという不運をなめなければならなかったけれども、そこを脱走して新帝粛宗皇帝の行在所にかけつけた功労によって、左拾遺というまともな官職をさずけられ、長年の仕官の望みを、はじめて達するからである。

しかし恢復された国都に、新帝と共に帰って来た杜甫は、あんがい楽しそうでない。毎日毎日役所がひけると、曲江《きよくこう》といって、上野公園のような高台の公園、そこの旗亭へ出かけて行って、酒ばかりのんでいる。杜甫の詩のうち、もっともデカダンスなものは、この時期に作られる

一片の花の飛べば春を減却《げんきやく》するに
風は万点を飄して正に人を愁いしむ
且つは看ん尽きんとする花のわが眼を経るを
厭う莫《な》かれ多きに傷《す》ぐる酒のわが唇に入るを

江上の小堂には翡翠《かわせみ》の巣くい
苑辺の高塚には麒麟の臥す
細かに物の理を推すに須《す》べからく行楽すべし
何ぞ浮名《ふめい》を以て此の身の絆《きずな》とするを用いん

けっきょく政治の理想家は、政治の実際家ではなかったのである。中央の廷臣たること一年にみたずして、畿内の地方官となり、それもまた一年にみたずして、甘粛の秦州へと、食糧をもとめて旅立つ。飄泊のページはここにくり始められているのであり、以後はずっと長安の朝廷から遠ざかる。しかし政治家として世に立ちたいという最初の希望は、さいごまで執拗にいだきつづけられる。それはいやらしいほどの執着であり、仕官懸命の地を望む心は、芭蕉の場合よりずっと執拗であり、大規模であった。

六

そうしてこの執着の故にこそ、飄泊は、たえがたい悲しみであった。安禄山の乱だけは平定したものの、内乱の余燼はいつまでもおさまらず、世の中はいよいよ不安である。何とかしておのれの誠実な心を政治の場に働かしたいと、旅につかれた杜甫はくりかえしくりかえし、うらみ、かきくどき、泣き悲しんでいる。

聖《ひじり》の朝《みよ》には棄てたまうもの無きならん
老い病みて已《すで》に翁とは成りぬる

落つる日にむかいて心は猶お壮《も》え
秋風に病は蘇《よみ》がえりなんとす

独り坐して雄剣に親しみ
哀歌して短き衣を歎ず

年は半百を過ぎて意に称《かな》わず
明日は雲を看て還《ま》た藜《あかざ》の杖

このなげきがあればこそ、その羈旅は最も悲痛なのであった。晩年、詩人としての名声は、だんだん高まり、自分でも、

詩もて人間の興を尽くさん

と、あるときはいっている。しかし単に詩人として遇せられることは、たえがたいことであった。

名は豈《あ》に文章によりて著《あらわ》れんや
官は老い病みしによりて休《や》みぬ

おのれは文章のみの人物ではない。しかるに文章の才によってのみ人に名を知られるのは、心外である。そもそもおれの詩が立派だということ、それがすなわちおれの政治家としての誠実さを立証するものではないか。文学によって錬磨された魂、それをひろく政治に役立てるということこそ、文化の伝統ではないか。杜甫はそう考えたのである。

もっとも杜甫が政治の実際家として成功すべき素質をどれだけもっていたかは、疑問である。むしろそれには適しない性質であったと思われる。杜甫はあまりにも現実と妥協しない。というよりもすべての現実は、不満足なものとして映ずる、そうした性格であった。長年の仕官の望みを、やや満足に達したのは、新帝の行在所にかけつけて、左拾遺の官を授けられた時であるが、地位を得て十日たつかたたぬうちに、はやくも失脚の大臣を弁護して、天子の不興を買い、自分もあやうく失職しかけている。新天子に扈従して長安の朝廷にいた一年間は、最も得意であるべき時期であるが、その頃の詩さえ、不平の気にみちあふれることは、上に述べた。期待していた新しい環境、それがせっかく実現しても、実現したがさいご、その中にある欠点ばかりが目につくのである。成都での生活、それは生涯の最も幸福な時期であるが、その末期には、パトロン厳武の死と兵乱がその生活をおびやかすに先だって、又もやはや不平の詩が見えそめる。かの頻繁な移居も、おなじ性癖の結果であろう。行くさきさきの土地が、それぞれにすぐ気にくわなくなるのである。こうした性格は、新しい文学的真実を、みずからの力によって切り開いてゆく詩人としては、至って適した性格であり、杜甫の詩の偉大さは、そこから生まれている。しかし政治家としては適しない性格である。

「甫は好んで天下の大事を論ずるも、高にして切ならず。」歴史はそう批評している。世人はこの理想家の中に、ドン・キホーテを認めても、政治家をみとめなかったのである。そのことを晩年は自分自身も、多少さとったらしい。しかし杜甫は依然として叫びつづけ、訴えつづけた。みっともないと思う人には見っともなくも思えるほど訴えつづけた。

しかしここにこそ杜甫の誠実な心がある。人間へのひろいあたたかい愛がある。何となれば、杜甫がかくも熱烈に仕官ののぞみを終生もちつづけたのは、政治こそ人間の不幸を救うものであるという確信があったからである。更にまたその前提としては、しいたげられた不幸なものに対するはげしい関心があったからである。

早年の杜甫の詩が、あるいは「麗人行」となり「兵車行」となって、世の中の不合理に対するはげしい憎悪をなげつけたことは、既に説いた。そうした詩は、「麗人行」と「兵車行」だけではない。また重税と兵役になやむ農村の苦しみを歌った「新安の吏」以下の三吏の詩、「新婚の別れ」以下の三別の詩ばかりではない。また出征兵士の労苦を歌った「前出塞」「後出塞」ばかりではない。しいたげられたものの苦しみ、それこそ杜甫がその一生を通じてうたいつづけたものであった。或いは個人的な悲しみを歌うに似る詩も、悲しみは、おなじ悲しみをもつ人人の上にひろがる。杜甫には、長男の宗文、次男の宗武のほかに、もう一人男の子があり、それは安禄山の戦乱のさなかに、栄養不良でなくなった。その時の杜甫の慟哭は、悲痛をきわめる。

　愧ずる所は人の父と為りて
　食無くして夭折を致さしめしを

しかし慟哭はすぐすべて世の不幸な人人の上をつつむ。おのれはまだよい、納税の義務もなければ、兵役の義務もない。失業の徒と遠戍の卒の苦しみはいかばかりであろうと、その詩はむすばれる。

更にまた成都郊外の草堂の、比較的幸福な月日のあいだに作られた長詩、「茅屋の秋風の為に破られし歎き」は、更に特異である。

八月の秋は高くして風は怒りさけび
我が屋上の三重の茅《かや》を巻きぬ
茅は飛びて江を渡りて江郊に灑《そそ》ぎ
高き者は長林の梢に掛り
下《ひく》き者は飄い転じて塘《いけ》の坳《くぼ》みに沈みぬ
南村の群童は老いて力無き我をあなどり
あえて能く面《ま》のあたりに盗賊のわざし
公然と茅を抱きて竹ばやしに入り去りぬ
唇はただれ口はかるるまで呼べどもかなわず
帰来　杖によりてひとり歎息す
しばしありて風定りて雲は墨の色なし
秋のそらは漠漠《ばくばく》として昏黒《こんこく》に向かいぬ
布の衾《しとね》は年をへて鉄の如く冷く
驕児は臥《い》ねざま悪しければ裏を踏みて破れり
牀頭の屋《むね》は漏りて乾ける処も無く

雨の脚は麻の如く未《い》まだ断絶せず
喪乱を経てよりは睡眠の少きに
長き夜に沾湿しては何に由りてか徹《あか》さん
いずくにか得んものぞ千万の間ある広き厦《いえ》
大いに天下の寒士を庇《かば》いて倶によろこばしき顔せん
風雨にも動かず山の如く安し
ああ何の時か眼前に突兀《とつこつ》としてそのごとき屋を見ん
吾が廬は独り破れ凍りを受けて死すとも亦た足らわんものを

成都市の郊外、浣花渓《かんかけい》の川ぞいに立てられた杜甫の草堂は、草堂という名のごとく、かやぶきの家であったが、陰暦の八月、二百十日前後の嵐に、屋根のかやは、むざんに吹きとばされた。川むこうの森のこずえに引っかかっているのもあれば、水たまりに漂っているのもある。忽然とそこへ現れたのは、浮浪児の一群である。落ちたかやをひろいあつめて、竹やぶの中へ逃げ込んでしまう。戦中戦後、われわれの家の塀の板がいつのまにかひっぱがされ、門燈の電球が朝おきたらなくなっていたのを思いあわせれば、単なるいたずらではない。「おおい、おおい」と、杜甫はこちら岸から、どなるが、声は風にふきちらされ、ふうふうと息を切らしながら、杖によりかかって、ためいきをつくのが落ちであった。夕方、嵐がやっと収まると、あとは大雨である。雨は、屋根の茅《かや》のふき飛んだところから、ざあざあとふり込む。寝ぞうの悪い子供たちの小さな足にけやぶられて、蒲団はがんらいぼろぼろなのに、その上へも雨は遠慮なくふりそそぐ。ふと、杜甫は考えた、おれたちのような貧乏人を、すっかり収容する大きな家、そうした家が今すぐそこに出現するという奇蹟は、この世の中にないものか。杜甫のえがいた幻像は、あんがい近代の労働者のアパートと近いものであったかも知れぬ。そうなりゃ、おれのこの草堂なんぞ、吹っ飛んでしまってもいいのだ。

中国に於ける人間の進歩、それに一つの時期を劃した人物、それは杜甫であったと、私は考えている。

注　青惜峰巒過、黄知橘柚来というのは、「放船」と題する五律のなかの一聯である。それと芭蕉の句とをむすびつけて説くのは、支考の『笈日記』であって、いわく

その日はかならず奈良までといそぎて笠置より河舟にのりて銭司《デス》という所を過るに山の腰すべて蜜柑の畑なりされば先の夜ならん

山はみな蜜柑の色の黄になりて

と承し句はまさしく此所にこそ候へと申ければあはれ吾腸を見せけるよとて阿叟も見

つゝわらひ申されし是は老杜が詩に青《せい》は峯巒の過たるを惜しみ黄《くわう》は橘柚の来るを見るといへる和漢の風情さらに殊ならねばかさぎの峯は誠に惜しむべき秋の名残なり

また

己か火を木木の螢や花の宿

を、秋興八首の

香稲啄残鸚鵡粒　碧梧棲老鳳凰枝

と、関係させて説くのは、支考の『東華集』であるが、芥川龍之介『芭蕉雑記』の十二「海彼岸の文学」（岩波版全集第五冊四四―四五頁）にも、次のような説がある。

鐘消えて花の香は撞く夕べかな

僕の信ずる所によれば、これは明かに朱飲山の所謂倒装法を俳諧に用ひたものである。

紅稲啄残鸚鵡粒　碧梧棲老鳳凰枝

上に挙げたのは倒装法を用ひた、名高い杜甫の一聯である。この一聯を尋常に云ひ下せば、「鸚鵡啄残紅豆粒　鳳凰棲老碧梧枝」と名詞の位置を顚倒しなければならぬ。芭蕉の句も尋常に云ひ下せば、「鐘撞いて花の香消ゆる夕べかな」と動詞の位置を顚倒する筈である。すると一は名詞であり、一は動詞であるにもせよ、これを俳諧に試みた倒装法と考えるのは必しも独断と称し難いであらう。

以上いずれも、清水武郎君の卒業論文「芭蕉と杜甫」を読んで得た知識である。

韋応物の詩

韋《い》応物《おうぶつ》の詩は、唐詩のうち、最も清冽なものである。その伝記はよく分らない。はじめ近衛の軍人として、玄宗皇帝につかえたが、のち節を折って書を読み、安史の乱ののちに江州の刺史となり、蘇州の刺史となった。大へん長いきであり、八三〇年ごろまで生きていたともいい、それを疑う人もある。

五百五十首ばかりの作品が伝わっているうち、人人がもっともよく知るところの一つは次の五言《ごん》古詩である。

今朝郡斎冷
忽念山中客
澗底束荊薪
帰来煮白石

今朝　郡斎　冷かに
忽ち　念《おも》う　山中の客《ひと》
澗底《かんてい》に　荊薪を束《つか》ね
帰り来たりて　白石《はくせき》を煮ん

欲持一瓢酒　一瓢の酒を持《じ》して
遠慰風雨夕　遠く風雨の夕《ゆうべ》を慰めんと欲すれど
落葉満空山　落葉　空山に満ち
何処尋行跡　何処《いずこ》にか行跡《こうせき》を尋ねん

全椒《ぜんしょう》山中の道士に寄す、と題されている。全椒山は安徽省にある。郡斎とは、地方長官であった彼のオフィス、さむざむとした晩秋のあした、ふと念いだすのは、山中で修行をするあなたのこと。叡山の回峯の行者のように世にそむきつつ道士の修行をつづけるあなたは、この寒いあさ、澗底《たにそこ》におりたって、雑木の薪をひろいあつめ、ゆわえているであろう。庵に帰って、白い石を煮るために。白い石を何のために煮るのかそれは知らないが、清澄な、山の中では一そうそうであるべき、けさの空気にふさわしい行為ではある。

わたくしは、あなたをたずねたい気になった。世すて人のあなたも、風雨の夕には、人をなつかしむことがないではなかろう。私は一瓢の酒を持参して、あなたの寂寞をなぐさめたくおもう。しかしそれはむなしいのぞみであるであろう。人気のない空しい山に満ちるのは一ぱいの落ち葉、あなたの行跡《あしあと》を、どこからさがし出したものか。

それは、李白の瑰麗、杜甫の豊腴《ほうゆ》が、世界の無限に分裂する方向のそれぞれに、らんらんとたくましく慾ばった目をむけて、カオスをカオスのままになまぐさくえがこうとするのとはことなっている。もっぱら、抽象されたコスモスを抽出し結晶させようとするものである。しかしそれだけにその清冽さは、独自のものである。王孟韋柳と並称されるように、彼の詩境は、一時代前の詩人では、王維と孟浩然に近いとされるが、王維、孟浩然の温雅さは、もはや、彼の求めるものではない。

　ところでこの地方長官は、道士とか坊さんとか、世すて人に酒をもたせてやることが、よほどすきであったらしく、ことに良史という名の僧は、しばしばその恩恵にあずかっている。

寄釈子良史酒	釈子の良史に酒を寄せて
秋山僧冷病	秋の山に僧は冷かに病むならん
聊寄三五杯	聊か三五杯を寄す
応瀉山瓢裏	応《まさ》に山の瓢の裏《うち》に瀉《うつ》したるのち
還寄此瓢来	還《ま》た此の瓢を寄せ来たるなるべし

帰って来たのは、果してからっぽの樽であった。そこでまた五言絶句一首、

重寄
復寄満瓢去
定見空瓢来
若不打瓢破
終当費酒材

重ねて寄す
復た満ちたる瓢を寄せて去《ゆ》く
定めて空しき瓢の来たるを見るなるべし
若《も》し瓢を打ちて破らずば
終《つい》に当《まさ》に酒の材を費すなるべし

またもや樽一ぱいの酒を使者にもってゆかせるが、帰って来るのはきっとからっぽの樽。この樽をこわしてしまわぬ限り、酒をつくる材料のききんになりそう。末句はむろんざれごとである。ざれごとはまだつづく。からっぽの樽が又もやもどって来たときに、三たび五言絶句。

答釈子良史送瓢
此瓢今已到
山瓢知已空
且飲寒塘水
遥将回也同

釈子良史が酒瓢を送りきしに答えて
此の瓢　今　已《すで》に到りぬ
山の瓢は　已に空しからんと知る
且つは寒塘の水を飲み
遥かに回也《かいや》と同じかれ

例によって空の樽が帰って来たところを見ると、山中の君の草庵の樽は空っぽになったらしいが、もう酒はやらないぞ。この上は寒《ふゆ》の塘《いけ》の水でものんで、回也、というのはすなわち顔回。蔬食《そし》をくらい水を飲んで、貧乏をたのしんだという、あの孔子の弟子のまねでもしたまえ。

しかし、ざれごと歌は、この詩人の本色ではない。五言絶後のうちにも、その本色である清冽さを、そのままに露呈するものが少くない。たとえば、

詠玉
乾坤有精物
至宝無文章
雕琢為世器
真性一朝陽

玉を詠じて
乾坤　精物有り
至宝　文章無し
雕琢《ちょうたく》して世器《せいき》と為せば
真性《しんせい》　一朝にして陽《あらわ》る

乾坤《けんこん》、すなわちあめつちの間に、そのあめつちの精粋をあつめた物質がある。それは玉《ぎょく》。あくまでもかたく、緻密に、あくまでもなめらかに、あくまでもつめたい硬玉。それは至極の宝であり、また至極の宝であるから、あやもなく、もようもない。無文章、文章

とは紋様である。

ところでそれを雕《ほ》り琢《きざ》み、加工して、世間の器物にする。つまり文章を加える。すると

その真性、そのほんとうのもちまえとする美しい性質が、ぱっと一朝にして、顕現する。

より美しいものとして顕現する。

ところで右のようになっているのは一つのテクストであり、他のテクストでは、第四句

の最後の字がちがっている。

真性一朝傷　　真性　一朝にして傷つく

人間の世の器物にしたがさいご、その真の性質は、たちまちにして傷《やぶ》れ、傷《いた》み、傷つく。

どちらが、韋応物の本来であるのか。私はだいぶ久しく考えているが、なお考えあぐね

ている。

韓退之の詩

中国の詩が単なる風雲月露のきれいごとを清算して、素材に於いても表現に於いても、おおしいますらおぶりの、エネルギッシュな美しさを、課題とするようになったのは、唐の中ごろ李白と杜甫とにはじまる。そうして李杜のあと、その方向を、極度におしすすめたのは韓愈、字は退之《たいし》である。

韓愈の名は普通には散文の大家として知られている。彼の創始した文体は、つい近ごろ、民国初年の文学革命に至るまで、千年以上にわたって、中国の散文の文体であった。またひいては、わが徳川時代の儒者の漢文の文体でもあった。

しかし唐代の詩人としても、彼の名は、李白、杜甫につぎ、そうして白楽天とならぶ。李白、杜甫のいた時代、つまり八世紀の前半、盛唐の時代につづくのは、八世紀の後半、すなわちいわゆる中唐の時代であるが、中唐の時代を代表する詩人は、白楽天と彼である。

もっとも彼の詩は、もはや李杜の詩のように円満な詩ではない。はげしい偏向がある。

まず散文の大家である彼は、詩をも散文の手法で作ったといわれる。「文を以て詩と為した」といわれる。事実彼は、散文が展開するような論理、また散文が仕事とするような描写を、或いは無遠慮に詩の中にもちこむ。たとえば、後輩の劉師服に与えた詩を、なるたけ忠実に訳せば、

君は羨ましいほど丈夫できれいな歯をして
大きな肉ぎれでも硬いパンでもナイフで切るようにたべる
わたしはといえば乱杭歯《ぐい》が半分以上抜けおち
残った十何本かもみなぐらぐらしている
さじでお粥をすくってそっと流し込み
牛が反芻するようにもぐもぐやる
女房はわたしが残念がらないようにと
わたしの皿には栗や梨をつけてくれない
いまやっと年は四十五だというのに
これからさきが思いやられる
別嬪は妙な顔をしてそばによりつかず
その他の不都合かずしれず

しかしむかし太公望が仕官したときには
たった二本の歯だったというし
虞翻《ぐはん》は十三でも子供でなく
子供あつかいにされたうっぷんを手紙でもらしている
男は命さえあればこわいものなし
体のことなど気にかけまい
でかい釣糸で東の海へ釣に行くことがあったら
きみと鯨のさしみでもたべようかい

素材も、言葉のはこび方も、当時の常識が詩と考えたものとはまるでちがっている。彼の詩は好んでこのように、これまでの詩人が題材としなかった題材に立ちむかうのであり、しかもこれまでの詩人が使わなかった言葉によって立ちむかう。つまり言葉と素材とを格闘させることによって、そのエネルギーを作ろうとする。

また素材の面でも、彼が好んで詠ずるのは力と力がたたかいあうエネルギッシュな場面である。たとえば雉帯箭、箭を帯《お》える雉、と題する詩にはいう、

原頭に火は焼《も》ゆること静かに兀兀《ごつごつ》

野雉《やち》は鷹を畏れ出でては復《ま》た没《かく》る
将軍は巧を以て人を伏せんと欲し
馬を盤《めぐ》らし弓を彎《ひ》きつつ惜しみて発せず
地形は漸くに窄《せま》くして観る者多し
雉の驚きたてば弓は満ちて勁《つよ》き箭の加《はな》たる
人を衝《つ》きて決起すること百余尺
紅き翎《はね》と白き鏃《やじり》と随って傾斜す
将軍は仰ぎて笑い軍吏は賀し
五色の離披《りひ》として馬前に堕つ

火が、冬の野に、めらめらと、音もなく、もえている。小動物どもを、その巣からおったてるために、放たれた巻狩の火である。それは計画の遂行に、なんの危惧も、従って何の焦躁をも感じない権力者が、計画をはじめたときのように、しずかに、無気味に、しかし着実に、もえている。冬の空間は、火がもえていることによって、一層静寂である。しかし、まったく静寂なのではない。そらには、鷹が舞っている。鷹匠の手から放たれた鷹である。さすがにそれと気づいたか、雉が草むらから、頭をのぞけては、またかくれる。

巻狩のぬしは、この地方の師団長である。

彼は、弓がじまんであり、きょうも、幕僚たちに、その手なみをほこりたいと、考えている。しかし、彼が矢を、つがえるべき時では、まだない。彼は、ただ、馬を乗りまわすだけであり、ときどき弓をひきしぼっては、から鳴りをさせる。

やがて、野は、むざんに焼けただれ、焼け残った地面は、わずかになった。幕僚たちは、そこによりあつまって、かたずをのんでいる。

ふいに目の前を、人とすれすれに、百尺ばかり飛びたった一羽のきじ。弓はひきしぼられ、矢は弦をはなれた。目にしみるような紅い羽根、白い矢尻。それがゆらりとカーヴをえがいたとき、将軍は天を仰いで笑い、幕僚たちは賞讃の言葉をあびせかけた。

将軍の馬の前に横たわるものは、五色のうつくしいむくろであった。

この詩には何か寓意のようなものが感ぜられる。野にもえる火は、人間をおしつつむ運命を、また将軍は、そうした運命の一つとしてある人間の悪意を、また雉は、そうした運命の支配を受けつつ、しかも生命を充実しようとして、時には不幸におちいる人間を、象徴するかも知れない。

寓意があるにしろ、ないにしろ、この詩から感じ得るものは、相たたかう力の、たたかいあう、美しさである。

ところで彼の政治家としての生涯も、彼の詩とおなじく、甚だエネルギッシュであった。彼も李白、杜甫とおなじく、下級士族の子であったが、李白、杜甫が、政府に地位を得がたかったのに反し、彼はけっきょくに於いて、大官となっている。吏部侍郎、兼京兆尹、御史大夫、つまり内務次官、兼警視総監、検察庁長官として、台閣に列している。その点でも、同時の白楽天が、最後には、刑部尚書、つまり法務大臣であったのと、相ならぶ。

これは、彼乃至は白楽天の時代と、李白杜甫の時代とは、わずか半世紀のへだたりであるけれども、中国の歴史に大きな転機があったことに、もとづくであろう。すなわち、安禄山の反乱をはじめとして、この半世紀の間に頻発した地方軍閥の反乱は、六朝以来の貴族の家家の無能を暴露し、彼乃至は白楽天のような下級士族の子が、政治の担当者となる道がひらかれたからである。

ところで彼は、この新たに開かれた道を、最もごういんに進んでいる。彼は上官に向って自己の才能を説明することを一向に遠慮しなかった。彼の文集には、そうした自己推薦の手紙が何通かのっている。彼をきらう人は、その点で、彼をきらう。

そうして、彼は地位がすすむと共に、従来の貴族的な政治と文化に、力づよく抗争した。

その最も大きなものは仏教を排撃したことである。宮廷と貴族たちとにとって、長い間の慣習となっていた仏教への信仰、それを彼は中世的な堕落として排撃した。彼が五十二歳の時、天子憲宗皇帝が、仏舎利を、宮中に迎える儀式を行なうと、刑部の侍郎、すなわち法務次官であった彼は、大胆率直に、反対の意向を表明した。「仏骨を論ずる表」と題された上奏文がそれである。

――伏して以《お》もうに、仏なるものは、夷狄の一法のみ。

という文句で始まるこの有名な上奏の中には、次のような一節がある。

――仏というのは、夷狄の人間です。中国とは、言語をおなじくせず、衣服をおなじくしません。口には先王のただしい言葉をいわず、身には先王のただしい衣服をつけず、君臣の義、父子の情をわきまえません。もしその人物が現在も生きているとして、その国王の命令により、わが国都に来朝したとしましょう。陛下は、特別の思し召しによって、正殿で接見をたまい、迎賓館で宴をたまい、衣服一そろいを下賜された上、国境まで護衛兵をつけておやりになり、彼が公安を害しないようになさるのが、関の山でありましょう。ましてその人間はとっくの昔に死んでいるのです。枯れくさった骨の、けがらわしいかけらを、宮中にお入れになるなど、もってのほかです。

これだけの論理で、仏教者はいうまでもなく、中立的立場にある人人の同感を得ることは、困難であろう。ただ驚歎すべきは、彼の闘争心である。法務次官という地位は、前にもふれたように、苦心惨澹して得たものであったが、彼は職を賭して、この上奏を行なっている。果して彼は、免職になったばかりでなく、中国の南端、広東の潮州へ流罪になった。しかし、この時代以後、中国に於ける仏教が、庶民信仰としては存続しても、知識人の間に信者を得がたくなったのは、彼にはじまる。そうして只今の中国の革命が、宗教の問題については、ロシアほどの面倒をもたないのも、彼の恩恵でないとはいえない。

更にまた、彼の行なった散文の文体の改革、それも従来のあまりにも貴族的に煩瑣な文体に対する抗争であった。

人間は政治に対する情熱と、文学に対する情熱とを、あわせもつべきであり、両者をあわせもつことによって、両者は交互に鍛錬されるというのが、中国の伝統的な教えであるとするならば、韓愈はこの教えに最も忠実な人物の一人であった。

若い日の毛沢東が、韓愈の愛読者であったといういい伝えは、もし事実であるとするならば、大へん興味ある事実である。

白居易について

白居易《はくきょい》（七七二―八四六）の詩の特徴は、何よりもその饒舌さにあると、私は考える。

彼と相ならぶ同時の詩人、韓愈の詩もまた饒舌である。しかし韓愈の場合は、好んで見なれない新奇なむつかしい字を使うために、読者はむしろその方に気をとられて、饒舌の感じがうすれる。白居易の場合は、大へん平易な、あるいは平凡なように見える言葉が、ながながとつづく。そのため饒舌感は一そう甚だしい。

ところで饒舌ということは、必ずしも詩を作るのに適した条件ではない。少くとも抒情詩を作るには適しない。しかるに彼はそれで詩を作っている。「長恨歌」、「琵琶行」など叙事的な詩がそうであるばかりでない。抒情的な詩に於いても、長い饒舌をあえてする。つまり彼は詩にはなりにくい方法で、しかも詩を作っているのである。その点で、彼は特殊な詩人である。

その特殊さは、中国歴代の詩を通じて、特殊なものである。また唐詩としてはことに特殊である。唐の時代がそれまでの中国詩の流れをうけつぎつつ、詩の黄金時代となったのは、それまでの中国の詩が往往にしてもつ叙述的な平面さ、『文選』の詩のあるものはすなわちその例であるが、そうした平面さを止揚して、濃度の高い凝縮した言語を結晶させ燃焼させるからである。普通に唐詩の名作といわれるもの、また人人が普通に唐詩として意識するものは、そうした濃縮された言語である。

ところが白居易の詩はそうでない。濃縮した言語であるよりも、緩慢な拡散した言語であると感ぜられ、普通の唐詩とは甚だしく感じを異にする。明の李于鱗《りうりん》の『唐詩選』が白居易の詩を一首をも収録しないのは、普通の唐の詩の感じからはずれるからである。

彼の詩がもつこの饒舌という特徴は、同時の韓愈にも共通した性質であることを考えれば、かれらの時代であった八世紀後半、つまり「中唐」という時代が、文学史上の一つの転機であり、文学が詩から散文へと重心を移そうとする予兆であったとも、見得る。饒舌はもともと、詩のものであるよりも、散文の世界、雄弁の世界にこそ適するからである。

しかしながら彼の饒舌は、時代の風潮のそうした反映でもあるというよりも、より多く、自覚的、意識的な、主張をもった行為であると、観察される。主張とは何か。詩の特権におぼれまいとすることである。

普通の抒情詩人がつづる濃縮的な言語、それはみごとに燃焼する。唐の抒情詩人にあってはことにそうである。しかしながらそうした言語は、一種の特権の言語でありやすい。

時にあまりにも華麗であり、時にあまりにも簡潔であり、時にあまりにも暗示的であり、難解でさえある。果してそれで人人のための言語となり得るかどうか。そうしたおそれが彼にはあり、そのゆえに平易な、あるいは平凡な、暗示的ではなく明示的な言葉を、ことさらにながながとつづるのであると、私は思う。

私がかくいうのは、彼もまた、他の詩人がよくするような濃縮的な言語を、がんらいはよくしないではないからである。たとえば「香鑪峰下、新たに草堂を置き、事に即して懐を詠じ、石上に題す」という長い題をもった長い詩は、草堂の生活のよろこびをいろいろの面から歌いあげた上、

捨此欲焉往　　此れを捨てて焉ずくに往かんと欲する
人間多険艱　　人間は険艱《けんかん》多し

と、飛躍した二句でおわる。ここまでながながと流れて来た言葉の流れは、ここに至ってとつぜん別の次元へ飛躍するように見える。おなじような飛躍は、親友の元稹《げんじん》に与えた詩「元九に別れて後、所懐を詠ず」のむすびの句、

同心一人去　　同心　一人去って

坐覚長安空　　坐《そぞ》ろに覚ゆ　長安の空しきを

また「江南の兄弟に寄す」のむすびの句、

平地猶難見　　平地すら猶お見難し
況乃隔山川　　況《いわ》んや乃《すなわ》ち山川を隔つるをや

などにも示される。

かく彼は飛躍的な濃縮の言語をもよくしないではない。しかもそれのみをもってその詩を作らないのは、自覚した抑制であったと、みとめたい。たといその結果として、あるいは弛緩を生もうとも、彼はあえて饒舌におもむいたのである。宋の蘇東坡が彼の詩を「白俗」と呼んだのは、彼としては甘んじて、或いは喜んで、受け入れるところであったろう。

更にまた重要なことは、かく饒舌によって情熱を拡散したかに見える彼の言語の一ひら一ひらが、よく味わって読めば、必ずしも稀薄には感じられないことである。おおむねそれぞれに、何らかのこくがあることである。いいかえれば、彼は、詩を作るには適しない饒舌という方法で、やはり詩を作っているのである。そこにこそ彼の最も大きな苦心があったに相違ない。彼の人間に対する情熱が、いかに拡散された句をも、水っぽくしなかったのであろうとともに、彼が実に饒舌の芸術家であったことを物語る。

ただ彼の短詩が長詩に比して劣るのは、やむを得ない。饒舌はもともと長詩に適する。彼の短詩、ことに晩年の七言律詩は、拡散された感情の一端をきりとったようなものが多く、それが何百首となくならんでいる。原詩集で読めば、こまぎれの反復とつみかさねが、一種の圧力を生むが、この小さな選集（岩波詩人選集）では、それをすら感ずるに不便である。

日本人が平安朝以来、彼の詩に親しんで来たのは、主として、饒舌の一つの結果である平易さのためであった。江戸時代の学者室鳩巣《むろきゅうそう》の『駿台雑話』にはいう、

——我朝はむかしよりもろこしの文辞にうとく、李杜諸名家の詩をよむ人まれなり。たとい読ても、その旨に通じがたし。たまたま白居易の詩和かにて、倭歌の風にもかない、平易にして通じやすき程に、是を唐詩の上等として、このみて長慶集をのみ学びけらし。

しかし平易に見え、また平易であるにちがいない彼の句の中から、平易のみには終らぬものを見いだすことこそ、これからの読者の任務であろう。

更にまた詩が特権の言葉になるおそれがあるとき、思いかえさるべき詩人、それは彼とホイットマンであるであろう。江戸時代のよりすぐれた学者である伊藤仁斎は『白氏文集』に跋していう、

——俗を以て目せらるることこそ、此れ白氏の及ぶ可からざる所、但《た》だ少しく冗を傷《きろ》う

のみ。蓋し詩は俗を以て善しと為す。三百篇の経たる所以《ゆえん》の者は、亦た其の俗を以てなり。詩は性情を吟詠するを以て本と為す。俗なれば則ち能く情を尽くす。俗にして又た俗なるは、固より取る可からざるも、俗にして能く雅なるは、妙の妙為《た》る所以なり。

杜牧について

一

杜牧、字で呼べば杜牧之は、人間がすべてのことに希望を失いがちな九世紀晩唐の時代に、かつての大宰相杜佑《とゆう》の孫として生まれた。文官試験に及第して、南方第一の繁華な都市、揚州へ、事務官として赴任すると、大いに女性たちにさわがれた。

落拓江湖載酒行
楚腰纖細掌中軽
十年一覚揚州夢
贏得青楼薄倖名

江湖に落拓《らくたく》して酒を載せて行く
楚腰《そよう》は纖細にして掌中に軽し
十年　一たび覚《さ》む揚州の夢
贏《あま》し得たり青楼薄倖の名

江湖とは水に富む南の方の地方のこと、そこに落拓とは、勝手きままな束縛のない生活をすること。どこへ行くにも舟には酒だるをのせていた。そうしてゆくさきざき、片手の手のひらにのるかと疑われるほど、ほっそりとした美しい女が、彼を待っていた。そうした生活が、十年ばかりつづいたあと、ふと気がついて見ると、わが身の上に得たものは、あちこちの茶屋町で、うわきもの、薄情もの、という評判をもらっただけであった。薄倖とはそういう意味であって、不しあわせということではない。

ところで「懐《おも》いを遣《や》る」と題したこの七言絶句を、放蕩無頼な、貴公子の述懐とのみ見るのは、すこし気の毒である。この詩の裏には、ある感慨があるであろう。杜牧も、中国の詩人の常として、時の政治に一方ならぬ関心をもった。古い兵法書である『孫子』を研究して、註を書き、それから得た知識を実際に働かせて、当時横暴をきわめていた地方軍閥たちを、いかにして制御するか、また西方の異民族には、いかにして対処すべきか、たくさんの論文を書いている。そのあるものは政府によって採択され、あるものは採択されなかった。つまり彼の政治への情熱は、うらぎられがちであり、ただ贏《か》ち得たものは、青楼薄倖の名だけであった。

とはいえ、杜牧の詩のおおむねが、そうした落拓、つまり遊蕩児的な生活のなかから生まれていることは、否定できない。「別れに贈る」と題するものにはいう、

多情却似総無情
惟覚樽前笑不成
蠟燭有心還惜別
替人垂涙到天明

情《おも》い多きものは却《かえ》って似たり総べて情《おも》い無きものに
惟《た》だ覚ゆ樽前に笑いの成らざるを
蠟燭は心有りて還《なお》も別れを惜しみ
人に替りて涙を垂れつつ天明に到る

この女性とも、ついに別れねばならない時が来た。お互いにむねいっぱいの思い、さまざまの思い出、しかしそれを今さら口に出していう気もちにはならない。つまり、情の多きになやむ二人がまるで情の無いもののように、黙然《もくねん》とむかいあっている。せっかくの酒を前にしながら、笑いはひきつれた笑いとなり、まともな笑いには成らない。ということばかりが、変に気にかかって、むりに笑おうとすればするほど、笑いはひきつれる。だまってむかいあう二人のそばにおかれた蠟燭、それは当時に於いてはぜいたくな照明であったであろうが、その蠟燭だけが、悲しい恋の結末を知るように、人間にかわって、たらりたらりと涙を垂らしつづけてくれる。やがて天《そら》の明《しろ》もうとするころまでも。

二

杜牧は、中央の官吏としては、あまり出世せず、ほうぼうの地方長官を歴任した。湖北の黄州の太守となったのは、四十歳のころである。そのころの作で、「斉安の城楼にて」

と題する絶句、

鳴軋江楼角一声
微陽潋潋落寒汀
不用憑欄苦回首
故郷七十五長亭

鳴軋《めいあつ》す　江楼の角一声
微陽　潋潋《れんれん》として　寒汀《かんてい》に落つ
欄《おばしま》に憑《よ》りて苦《ねんごろ》に首を回らすことを用いず
故郷　七十五長亭

揚子江にのぞむ高楼。どこからか悲しげにきしんで聞こえて来る角ぶえの音。それは夜の予告である。よわりはてた太陽は、しかしなお潋潋と、未練げに、さむざむとした汀《みぎわ》を、赤く染めている。あまりにもわびしい、いなかの城下町の風景ではある。ふとまた思い出すのは、故郷長安のこと。そこは花やかな帝都であるばかりでなく、祖父杜佑以来の別荘も、その郊外にある。しかし、きみよ、欄杆によりかかって、その方を見つめるのは、愚だ。七十五の宿場、それも相互の距離の長い宿場、宿場、宿場が七十五もつらなったそのむこうに、故郷長安はあるのだから。

当時、中央の重臣として活躍していた従兄杜悰《とそう》に対する嫉妬が、言葉の裏にいぶっているかも知れない。

溶溶漾漾白鷗飛
緑浄春深好染衣
南去北来人自老
夕陽長送釣船帰

溶溶漾漾《ようようようよう》として白き鷗の飛ぶ
緑は浄《きよ》く春は深くして好し衣を染むるに
南に去り北に来きて人は自のずと老ゆるに
夕陽《せきよう》は長《とこし》えに釣船《ちょうせん》の帰りを送る

これもおなじ頃の作で、「漢江」と題する。漢江とは、揚子江の大きな支流である。森川許六の『和訓三体詩』には、訳していう、

「水の流は絶ずして昼夜をわかず、いずれの所の湊にか漂い、安居《あんご》の時を定むるぞや。一片の白鷗は布片を翻し、千尋《ちひろ》の藍壺《あゆつぼ》は旅衣の色あげをたのまん。雁渡る秋は北より来たり、鶴帰る春のころは南を去る、東西に奔走して人も我もいたずらにくずおれ、向歯落ちて戴《いただき》は禿げたり。昔に改らぬものは江山の色、いつもかわらぬ釣舟の、行か戻るかとこしなえに、夕日の西に傾くのみ。」

この不遇な貴公子は、五十歳で世を去った。死期を予知して、みずから墓誌銘をつくり、詩文の原稿をやきすてた、といわれる。「僧院に題す」という次の作は、それにさきだつこと、いくばくもないであろう。

舳船一棹百分空　　舳船《こうせん》　一たび棹《ふる》えば　百分空し

十歳青春不負公　　十歳の青春　公《きみ》に負《そむ》かず
今日鬢糸禅榻畔　　今日　鬢糸《びんし》　禅榻《ぜんとう》の畔《ほとり》
茶煙軽颺落花風　　茶煙　軽く颺《あが》る　落花の風

觥船とは、大ジョッキ。ぐいとかたむければ、その百パーセントが、からっぽになった。わが青春の十年間、公《あなた》、すなわち大ジョッキに、不義理をしたことは、一度もない。しかしすべてはむかしのゆめ、今はどうか。鬢のあたりには糸《きぬいと》のような白髪をまじえつつ、禅寺の椅子のほとり、散る花にからみつつ立ちのぼる茶のけむりを、じっと見つめるおのれではある。

唐人の詩のうち、最も吉井勇氏の詩境に近いものは、杜牧であろう。

李商隠について

　私がはじめて李商隠《りしょういん》（八一二—八五三）の名を知ったのは、『三体詩』にえらばれたその七言絶句また七言律詩何首かを読むことによってであったであろう。そのときのおどろきは、この選集によって彼の詩をはじめて読む人人のいだくであろうおどろきと、おそらくは相似たものであって、かくも耽美的な詩人をも、中国はもつということであった。

　もっとも耽美的とはかりそめの言葉である。耽美的とは何かということは、詩とは何ぞやという問題を解くのとおなじように、容易でない。つまり李商隠の詩のもつ特殊な美しさの性質、またその性質のよって来る原因を、充分に分析し説明することは、なかなかにむつかしい。『三体詩』或いは何か別の選集によってはじめて彼の詩に接して以来、私はその詩を愛誦すること三十年であると共に、みずからの愛誦の理由を説明したいと考えつづけているけれども、満足な説明にはなかなか到達しそうにない。

　一つの説明としては、彼の詩のむすぶイメージが、華麗な色彩のもののみにかたむくということがあるであろう。更にはまた最も色彩に富んだイメージは、地上の日常には求めにくいゆえに、非日常の世界にしばしばふみ入るということがあるであろう。「錦瑟《きんしつ》」の詩は、その例である。

滄海月明珠有涙　　滄海　月明らかにして　珠に涙有り
藍田日暖玉生煙　　藍田《らんでん》　日暖かにして　玉は煙を生ず

彼の詩はまずこうした偏向をもっている。

また詩というものが、散文とことなって、散文が対象を規定された形でうつそうとする結果、かえって対象の陰影を切りすて、その意味で不完全な伝達となるのに対し、詩は対象の周辺あるいは陰影を歌うことによって、つまり無規定な暗示によって、対象をかえって完全にとらえようとする傾向をもつとするならば、彼の詩はこの傾向を一方的に延長すること、「牡丹」の詩の例のごとくである。

何にしても、そのような偏向をもち、偏向をもつことによって美しい彼の詩は、最もバランスのとれた最も健康な文学ではない。平凡なたとえであるが、それは芳醇な酒に最も似る。酒は栄養のためにあるよりも興奮のためにある。酒はその意味で、そもそも健康な食物ではないのである。

手法が健康でないばかりではない。彼の詩の題材もまた往往にして健康でないものを、わざとえらぶように見える。たとえば『北斉』の詩の、「小憐《しょうれん》の玉体横陳するの夜」。これは少婦のもっとも艶冶な姿態、裸体、をイメージとしてよい。あまり健康な風景ではない。「無題」の詩の、

賈氏窺簾韓掾少　　賈氏　簾を窺いて　韓掾《かんえん》は少《わか》く
宓妃留枕魏王才　　宓妃《ふくひ》　枕を留めて　魏王は才あり

これは彼の得意とする暗示の手法により、規定されないイメージをさまざまにゆらめかせるゆえに、一そう艶冶である。またこの選集には収められていないが、「戯れに張書記に贈る」の、

池光不受月　　池光は月を受けず
夜気欲沈山　　夜気は山に沈まんと欲す

これに至っては、彼の歌うところ、自然さえも不健康であると感ずる。
ところでまた彼の詩が、たとえば好色文学《ポルノグラフィ》のあるもののように、不健康さのみには終始

しないと感ぜられるのは、なぜか。このことは、後世に於ける彼の詩の追随者と比較することによって、まず感ぜられる。宋の西崑体《せいこんたい》以下、清の銭謙益《せんけんえき》その他に至るまで、後世に於ける彼の模倣者は数多いが、模倣作のおおむねが、不健康さだけを力弱くあるいはあくどく残すだけなのに反し、彼の詩はそうでない。一見不健康に見える彼の詩の奥底には、何かそうでないものがあり、それが不健康の表皮をささえて、不健康は不健康でも、力ある不健康を形づくっていると、感ぜられる。

彼の詩のもつ不健康でない要素、その第一として指摘されるのは、彼の多彩ではあるが常に充実した措辞である。表現せんとする内容と、表現された措辞とが、阻隔することなく、はりつめた果実の表皮のような充実した美しさに、おおむねはある。こうした表現力は、強い精神の所産である。彼をもって杜甫のもっともよき後継者とする宋の王安石の批評は、この点でまず傾聴にあたいする。

また彼の詩が不健康のみには終始しないいま一つのしるしともなるのは、おおむねの詩が、青春の感情の表白であることである。「無題」その他の恋愛詩は、恋の歓喜よりも、失われた恋のなげきを歌うにかたむくけれども、失恋のなげきは、青春の感情以外の何ものでもない。ひとり恋愛の詩ばかりではない。青春の感情は、彼の他の詩をも支配する。少くとも、彼の詩には、老年のなげきはほとんど現れない。彼とならんで晩唐の二大家といわれる杜牧は、

今日鬢糸禅榻畔　今日　鬢糸《びんし》　禅榻《ぜんとう》の畔《ほとり》
茶煙軽颺落花風　茶煙　軽く颺《あが》る　落花の風

あるいは、

十年一覚揚州夢　十年一たび覚む揚州の夢
贏得青楼薄倖名　贏《あま》し得たり青楼薄倖《はくこう》の名

というふうに、老年の感情を、過去への追憶としてしばしば歌う。彼にはそれがない。彼も杜牧も、五十近くまで生きたのであり、当時の意識では老年であったことは、おなじであるけれども。

かく不健康ではない要素をももつ彼が、あえて不健康な手法と題材とに赴いたということは、希望なき時代への失望ということが、原因の主なものとしてあるであろう。しかしそれと共に、また一つのことを示す。艶冶な詩ばかりを作りたがる彼の心の奥底には、すぐれた詩人が必ずもつべき一つの性質、すなわち反逆の精神、ないしは反撥の精神と呼ばるべきものが、あったということである。要するにたくましい土性骨である。それをそのままの形ではめったにあらわにしない彼が、めずらしく露骨に表した例として、「行きて西郊に次《やど》る作」その他いくつかの古体詩が、ある。

それにしても、彼の文学の中心となるのは、最も健康とはいえぬ手法で歌いあげられた最も健康とはいえぬ世界である。それが文学としてもつ最も多くの価値は、何か。そのあまりにも多彩であるゆえに不健康さを感じさせる世界が、実は、人生のむこうにしのびよる闇の世界、そのすぐ上に密着してひろがるものとしてあり、裏側にある闇の世界へのおそれを、敬虔にうながすからではないか。

向晩意不適　晩《ゆうべ》に向こうて意適《かな》わず
駆車登古原　車を駆りて古原に登る
夕陽無限好　夕陽無限に好ろし
只是近黄昏　只《た》だ是れ黄昏に近し

（楽遊原）

これがすなわち彼の詩の性質なのではないか。

かつてフランス文学を治める友人から、よい文学というものは、必ず何か人に毒を与えるという、やや奇矯な説をきいたことがある。毒をあたえるということは、闇の世界へのおそれをうながすことであると、私は演繹する。それが文学一般に通用する定義であるかどうかはおくとして、少くとも李商隠の文学はそうした方向にある。宋の西崑体以下、彼の追従者のおおむねが、つまらないのは、彼の外貌をまねても、彼の毒をもたず、それこそ毒にも薬にもならないからである。闇の世界への知覚がないか、知覚はあっても、それに対する態度が敬虔でないからである。

最後に今一つのことをのべたい。青春を歌う彼の文学は、文学から毒を受けやすい青春の日に読むのこそふさわしい。私自身についていえば、杜甫の詩、あるいは李白の詩を、さいしょに私が読んでうけた感動と、今もつ理解とは、いろんな点で距離がある。そうして今の理解の方がより正しいように、私には思われる。しかるに李商隠の詩は、三十年前まだ大学生であったころに読んでうけた感動と、同種の感動が、今もつづいている。ただそのころは「無題」の詩を読むと、心臓の鼓動が高まったのに、今は高まらないだけである。すこし誇張していえば、私は若いときこの詩人に接していなかったとしたら、終生この詩人を愛する機会を失ったかも知れない。そうして人間の問題について、より少くしか考えなかったかも知れない。

宋

宋詩の場合

宋詩は、それにさきだった唐詩とは、たしかにことなった気味にある。両者のちがいをどう説明したらいいか、私はいろいろ考えているけれども、うまくいえぬ。しかし次のことはいえそうである。

唐詩にみちみちるものは、熱情である。それまでの中国の詩が、いろいろと模索して来た熱情の表現が、唐詩に至ってはじめて完全な表現を得たように、感じられる。少くとも李白と杜甫は、そうである。しかし宋詩はちがっている。熱情のあらわな表現は、子供っぽい大げさなこととして、避けられている。したがって、悲哀は抑制されている。熱情の表現として最も容易な素材は、悲哀であるからである。

また熱情の抑制は、その表現としての華麗な字面をも抑制する。字面ばかりではない。かつての唐詩を華麗にするものの一つは、感情と映発する自然の風景を、しばしば導入して、感情の表現を華麗にすることであった。周弼の『三体詩』にいわゆる「虚」と「実」

の交錯であり、別の批評家の用語では、「情」と「景」の交錯である。しかし宋詩はちがっている。感傷的な「景」を点出して、感傷の「情」を、より華美にすることを、唐人のようにはしない。あるいは律詩の八句をぜんぶ「情」でうずめ、一つの「景」をもつけないものさえある。

以上のべたことは、宋詩は唐詩に対する逆説として生まれたということに、総括されるかも知れない。つまり熱情の表現は、唐の李杜に至って、クライマックスに達し、いかんともしがたい完成であるという認識、それは唐の韓愈と白居易にすでにあるものであるが、そうした認識が、宋人になると一そう鞏固になり、みずからは、わざとちがった道を歩もうとしたのであると、詩の歴史自体の発展としてはいえる。ちがった道とは、熱情で詩を作るよりも、常にある冷静さを保持しつつ詩を作ることである。また宋の詩人たちが、欧陽修、蘇軾、王安石を、その点での代表とするように、おおむね国家の大臣であり、政治の責任者と文化の責任者とを一致させたいという中国古来の理想が、宋代では実現されたということをも、外的な理由としよう。政治の責任者でもある詩人が、あまりに熱情の言葉をはくことは、政治家としての冷静さに、疑いをいだかせる。冷静による熱情の抑制は、その身分とも関連して必要である。

かくて唐人よりもより多く冷静である宋人の詩は、積極的には、冷静の美という新しい美を主張するものである。したがって、より多く知的であり、より多くこまかな観察、ことに日常の生活に対する観察に富むということが、宋詩の又一つの特長としてあるが、それはここには説かない。冷静さの生むいま一つの結果として、自己をそばからながめるという態度が、往往にしてあることを、ここには指摘しよう。

そうして、ながめられる自己は、往往、流転する世界の中の一物としてながめられる。といって、流転するものとしてみずからを見ることは、むしろ悲哀とならぬ。人生を流転と見ることは、中国の詩に古くからある感情であり、漢魏六朝の詩の悲哀は、おおむねそこから生まれている。しかしそもそもにおいて悲哀を抑制する宋人の場合は、そうでない。流転は悲しい現象としてばかり意識されてはいない。人生にはなるほど大きな喜びは、そんなにないかも知れない。しかし小さな喜びは、人生のいたるところの部分にある。その上を流れまろんでゆくのが、人生であると、感じているように見える。

以上のことをいったのは、蘇軾の次の七言律詩を説きたいからである。というよりも、以上のことは、この詩をヒントとして考えた部分が多い。

我行日夜向江海
楓葉蘆花秋興長
平淮忽迷天遠近
青山久与船低昂

寿州已見白石塔
短棹未転黄茆岡
波平風軟望不到
故人久立煙蒼茫

一〇七一、熙寧四年の十月、三十六歳の蘇軾すなわち東坡が、京師開封から、浙江の杭州の通判へと、赴任する途中の作であり、「潁口を出でて初めて淮山を見る。是の日、寿州に至る」と題する。

我が行　日夜　江海に向こう

この第一句は、すでに宋詩的である。わたしの旅行は、毎日毎夜、東南をさして、大江大海の地域へ近づいてゆくというい方であり、わたしは江海の方へ旅行する、というい方ではない。旅程は、自己の意思としてあるよりも、流転する世界の中の流転の一つとして与えられているように、感じられる。そうして、

楓葉　蘆花　秋興長し

この句の「秋興」も、詩人自身が秋の風物に対して感ずる興懐であるには、ちがいない。しかし、船がすすみゆくにつれて、つぎつぎに両岸に現れる楓葉と、蘆花と、それに対して秋興を長《の》ばす自己と、三者は竝列して与えられ、三者の交錯によって生まれる関係が、冷静に、そばからながめられているように見える。「秋興」を題とする杜甫の七律八首、その三首のおわりの聯が、請う看よ石上藤蘿の月、已に映ず洲前蘆荻の花、と、風景の中に自己を投入して、感動を全幅に摂取し、且つ杜甫のこの聯の場合は、他人をも投入の仲間にひきずりこもうというような、強烈な調子でない。

平淮　忽ち迷う　天の遠近

これは、船が支流から、忽ちひろびろとした淮河の本流に出たときの印象であろう。ひろびろと平らな水面をひろげる淮河。別のテクストが二字を長淮に作るのによっても、もとづくところの印象はおなじであろう。平らな、或いは長い、淮河の水面、その上にうかびかぶさる天空は、遠くはるかかなたのものとしても見え、ごく近くにあるとも見える。流転する万物のなかで、人の認識も、また流転する。安定した絶対の認識というものはない、という思想は、蘇軾の他の詩文にときどき見るものであるが、ここもその思想とつらなっていよう。

そのことは、この上の句と対句になった下の句に至って、いよいよあきらかである。

青山　久しく　船と与《とも》に低昂す

何日か日かずをかさねた船旅であったが、船はずっと、低く昂《たか》く、上下に動揺をくりかえしている。しかしごらん、低く昂く動揺するのは、船ばかりではない。岸上の青山も、船の低昂につれて、低く昂く動揺しているではないか。船はまさしく流転の中にある。しかし不動のもののように見える青山もまた、動揺し、流転する。

寿州　已《すで》に見る白石の塔

寿州とは、次の舟つき場となるべき安徽省の都会である。その町の象徴ともなる白い大理石の仏塔、それがはや城壁の上に、頭をつき出しているのが見える。城壁の中には、都会という集団の生活が存在するのを示すものとして、頭をのぞけている。それは流転するわが生が、次に到達すべき地点なのである。

けれども船は、すぐにはそこへ到着しそうにない。

短棹　未まだ転せず黄茆岡

短棹とは、船あしのおそい船である。黄茆岡とは、おそらく固有名詞であろう。白石の塔が頭をのぞける寿州市と、わが船とをへだてるものとして、長くつきだし、よこたわって、淮河の流れを屈曲させているのは、その岡である。白石の塔は、流転の途上にある幸福の象徴として、つっ立っている。しかし、幸福への容易な到達は、かえって幸福を充分にしないと、わざと人をじらすかのように、よこたわっているその岡の裾を、船あしのおそいわが船は、なかなかまわりきれそうにない。

波平かに　風軟かにして　望み到らず

波平風軟、それは原則としては好ましい風景である。それが今は、おそい船足を一そうおそくするものとして、点出される。おかげで寿州市への、私の視線はなかなか到達しない。といって波平風軟は、好ましい風景であるにはちがいない。流転の途中で逢着する状態、それはつねにいくつかの側面を、複雑にもつ。そうした感覚がこの句の裏にはあるであろう。

さて八句の律詩の最後の句は、中国の詩が常に使命とするように、人と人とのむすびつきについての表白で終る。

故人久しく立たん煙の蒼茫たるに

故人、すなわち旧友と呼ばれるのが誰であるかを、私はつまびらかにせぬ。寿州の塔が、力づよく見つめられるのは、空漠な幸福の象徴としてではなかった。塔の下の波止場には、はや蒼茫たる煙が、夕べのもやが、たちこめているであろうが、その中にわたしの船を待って立ちつくす人物、それがいるからである。

書いてここに至って、私は宋詩の特長の又一つともいえるものに気づいた。宋詩には、たしかに、熱情の爆発はない。しかし別のものが貴ばれている。それは流転する人生の上に常に持続されるしずかな熱情、ことに人間の人間に対する熱情であるということである。

蘇軾について

一

宋詩第一の巨人である蘇軾《そしょく》、字は子瞻《しせん》、号は東坡居士《とうばこじ》。愛称は坡公《はこう》、坡仙《はせん》など。また大《たい》蘇《そ》と呼ぶのは、父蘇洵《そじゅん》を老蘇と呼び、弟蘇轍《そてつ》を小蘇と呼ぶのに対してであり、長公と呼ぶのは、弟蘇轍が次公であるのに対する。父も弟も散文の大家であり、彼とともに「唐宋八家」の三つを占めるが、詩名は彼が独占する。死後、反対党による追放名簿記載、それから解除されたのちに、南宋の孝宗皇帝から贈られた諡《おくりな》で呼べば、蘇文忠公である。

彼は対立者である王安石よりも、十五年おそく生まれ、十五年おそく進士となり、更にまた十五年おそく死んでいる。奇縁といわねばならない。

生まれたのは、一〇三六、仁宗の景祐三年の十二月十九日、すなわち後人のいわゆる「東坡生日《せいじつ》」、四川省眉山《びざん》県においてである。進士及第は、二十二歳、一〇五七、嘉祐二年、仁宗在位の三十六年め、欧陽修を試験委員長とし、梅堯臣を委員の一人とする試験に、弟の蘇轍と、兄弟ならんでである。学校の制度が名目的でありがちであった旧中国では、師弟の関係は、学校におけるよりも、科挙試験の試験官と合格者の間に、より多くむすばれた。蘇軾も欧陽修の直系の弟子として、官界と文壇にはいったのである。それはまたあだかも欧陽修が、さいしょ期待をかけた王安石の、反撥を、確認しかけたころであった。欧陽修は、この新しい優秀な弟子に、深く期待した。「老夫は応《まさ》に此の人をして一頭の地を出ださしむべし」。そう蘇軾を評したといわれる。

母の死のために一度故郷にかえり、翌翌嘉祐四年、二十四歳の冬、ふたたび都にのぼるべく、父と弟とともに、揚子江を下ったときの舟行の作が、今伝わる彼の詩のさいしょである。三峡の峡谷での七言古詩、「江上にて山を看る」にはいう、

船上看山如走馬
倏忽過去数百群
前山槎枒忽変態
後嶺雑遝如驚奔
仰看微径斜繚繞
上有行人高縹緲

船の上より山を看れば走る馬の如く
倏忽《しゆくこつ》にして過ぎ去ること数百群
前の山は槎枒《さが》として忽ち態を変え
後《うしろ》の嶺は雑遝《ざつとう》して驚き奔るが如し
仰ぎ看れば微かなる径《みち》の斜めに繚《めぐ》り繞《めぐ》り
上に行く人有り高くして縹緲

舟中挙手欲与言　舟中より手を挙げて与に言わんと欲するも
孤帆南去如飛鳥　孤帆は南に去りて飛鳥の如し

「槎枒《さが》」はでこぼこ、「縹緲」ははるか。「孤帆」というのはわが舟。急灘を下る舟中から見る沿岸の山山を、かけゆく馬のむれにたとえるのは、後年の詩が自由で奇警な観察、発想、またその表現としての比喩を、ほしいままにするはじめである。きこりであろうか農夫であろうか、絶壁の上の道を行く人影に、舟中から手をふって話しかけようとするのは、後年の詩がすべての人人に対するひろい愛情を、地下水のように浸透するはじめである。

更に翌翌嘉祐六年、二十六歳、陝西《せんせい》省鳳翔《ほうしよう》県の事務官に赴任するのが、官吏としての履歴のはじまりである。中央にかえって史館づめとなったのは、三十歳前後、仁宗の養子英宗の、治平年間であるが、そのころ敵国遼から来た使者の接伴官となったとき、使者は彼の作品を、父蘇洵、弟蘇轍のものとともに、暗誦していたと、彼みずからいう。文名はすでに国外にもとどいていた。

師欧陽修が六十六歳で世を去った神宗の熙寧《きねい》五年、一〇七二、彼は三十七歳、浙江省杭州の通判であったが、文学者としての力量、名声は、師を凌駕していた。また人なつこい人がらが、多くの人材を周辺にひきよせつつあった。ただし官吏としては不遇であった。あだかも王安石が「新法」の政策を実施しつつある時期であるが、天性の自由人である彼は、気質的に「新法」をきらった。何でも勉強したいが法律だけは御免だという有名な句が、彼にある。「書を読むこと万巻なるも律を読まず」。王安石の改革も、法律による統制と彼には感ぜられ、人民の不幸として嫌悪し、非難した。また王安石が、科挙の制度を改革し、古典の解釈である「経義」、実際的な政治論である「論策」、この二つを重視し、従来の制度が重視した「詩賦」の課目を廃止するのには、最も強く反対した。中央の史館から、杭州の通判に出されたのは、そのためであるとされる。ただし王安石も、英傑は英傑を知った。蘇軾四十歳、山東の密州の知事であったときの七言律詩「雪後、北台の壁に書す」をほめ、六首も和作をものしている。

しかし王安石が「新法」の遂行を、呂恵卿《りょけいけい》ら後継者にゆだねて政府を去り、年号が元豊《げんぽう》と改まると、空気は険悪となった。浙江省湖州の知事であった蘇軾は、首都汴京に護送され、御史台の獄に入れられた。起訴状が証拠とするのは、「読レ書万巻不レ読レ律」その他の詩句であった。四十四歳の彼は死を覚悟した。

しかし情状を酌量され、湖北の黄州に流罪となった。詩では「寒食の雨」、詩以外の文学では前後「赤壁の賦」などの傑作が、以後五年の遷謫の間に生まれた。のちに述べるように抵抗の哲学を奉ずる彼は、逆境に強い。遷謫は、その思想と文学を一そう自由に強固にする機会であった。

四十九歳、流罪をゆるされると、金陵に退隠する王安石を訪問している。二人がおたがいに抱いた尊敬は、それぞれの詩に見える。蘇軾のそのときの句「峰は多くして巧みに日を障《さえぎ》り、江は遠くして天を浮かべんと欲す」を、王安石は激賞し、その韻に和している。また「知らず更に幾百年にして、方《はじ》めて此の如き人物有るべきや」と、蘇軾の人柄に感服したともいう。せせこましい小人の心をもって、二君子をおしはかってはならない。

更にその翌年、神宗が死んで、子の哲宗が即位し、祖母の皇太后が摂政となると、政情は一転した。「新法党」は勢力を失い、保守派「旧法党」の首領、司馬光が宰相にむかえられる。王安石が、自己のうちたてた体制の崩壊を見つめつつ死に、また新しい宰相司馬光も、そのあとを追って死ぬのは、更にその翌年、一〇八六、年号が元祐と改まった年である。蘇軾は、「旧法党」の首領として、弟蘇轍と共に、皇太后の信任もっとも厚い重臣となる。政界の人としても、欧陽修の相続者となったのである。ただし中央権勢の地にばかりいるのを好まず、ふたたび浙江の杭州、安徽の潁《えい》州、江蘇の揚州の知事ともなっている。「此の生は終《つい》に安《い》ずくにか帰するや、軫《くるま》を還《めぐ》らすこと天下の半ばなり」。

はたして車の輪のように政局は逆転する。皇太后の死によって「新法党」が復活し、先帝の聖政を紹《つ》ぐ意味で「紹聖《しょうせい》」を年号とした元年、蘇軾は、又もや流人となる。まず広東の恵州、ついで中国の最南端である海南島であった。逆境は彼の文学をいよいよ自由なものとして完成する。いわゆる「東坡海外の文章」である。

更に七年、哲宗が死に、弟徽《き》宗《そう》が即位して、政局がゆるみ、新旧両法の中庸による国家の安定を意味する「建中靖国」が年号となる年、彼はゆるされて北に帰る途中、江蘇の常州でなくなる。前にものべたように、王安石の死におくれることやはり十五年、一一〇一であり、よわいは同じく六十六であった。

新法、旧法と、政治的立場を、王安石とことにしたばかりではない。人がらも対照的であった。王安石の人格の中心となるものは、潔癖であった。政治においても文学においても日常の行動においてもそうであった。無理解な人人からは、癇癖とさえ見えた。それに対し蘇軾は、天性の自由人であった。まずそのはばひろい才能のはばを、自由にはたらかせた。散文の名手でもある彼は、自己の文章をみずから形容していう、

「吾が文は、万斛《ばんこく》の泉源の、地を択ばずして皆な出づ可きが如し。平地に在れば滔滔汨汨《とうとういついつ》、一日千里と雖も難き無し。其の山石と曲折するに及びては、物に随いて形を賦《う》け、而うして知る可からざる也。知る可き所の者は、常に当《まさ》に行くべき所に行き、常に止《とど》まらざる可らざる所に止まる。是《か》くの如きのみ。其の他は、吾れと雖も、亦た知る能わざる也」。

書も名手であり、画も文人画の創始者の一人である。座談にたくみで、諧謔を愛した。何人をも愛し、何人からもすかれた。といって無思想ではない。彼の詩がいかに自己の哲学を語るかは、後に述べる。豪放ではあるが、神経はこまかく、節度を愛した。酒は下戸であった。「我が性は飲まずして只《た》だ酔いを解す」、「我れは本と酒を畏るる人」などの句がある。

はばのひろいゆたかな才能を、みずから制限せず、思うままに表現した彼の詩は、宋詩のうちもっとも規模の大きいものである。まず師欧陽修によって点火された叙述の方向は、いよいよ自在にのびる。例として器物についての叙述は、さいしょの仕官として陝西の鳳翔《ほうしょう》にいた頃の「鳳翔八観」ことに「石鼓の歌」が、また遊覧紀行についての叙述は、「金山寺に遊ぶ」が、一臠《らん》によって全鼎を知るに充分である。そうして警抜な観察、発想、比喩が、それにともなう。弟蘇轍とはじめて別れた時の詩の、「高きに登りて首を回《めぐ》らせば坂《さか》と隴《つつみ》の隔たり、但《ただ》見る烏《くろ》き帽の出でては復た没《かく》るるを」は、早年の詩のただ一例にすぎない。晩年は一そう自由自在である。海南島での遷謫の旅程が、北岸の瓊《けい》州から東岸の儋《たん》州へと、海岸ぞいに半円をえがいて進むのを、片われ月のふちを歩むようだ、「月の半弓を度《わた》るが如し」と大きく比喩し、書物をふせたわらべが、詩を暗誦する調子を、ピアノを叩くようだ、「孺子《じゅし》は書を巻きて坐し、詩を誦すること琴を鼓《ひ》く如し」とこまかく比喩するのは、そのまたほんの一例である。

しかしそうした詩の表面にみなぎる才気ばかりに、目をうばわれてはならない。彼の詩に、地下水のように底流しひろがるのは、大きなあたたかい人格である。且つそうした人格の生んだ功績として、最も大きいのは、従来の詩が久しく習慣として来た悲哀への執着、それからの離脱である。

宋以前の詩が、いかに久しく悲哀を主題として来たか、そうしてそれからの離脱こそ、宋詩のもっとも重要な性質である。離脱を完全に可能にしたのは、蘇軾である。彼にさきだっては欧陽修がその方向をもったが、欧陽修の場合は、なお充分に自覚的でない。また平静な心境の保持というなお消極的な態度を、方法とした。梅堯臣もおなじである。

蘇軾の場合は、はっきりと自覚的であり、積極的である。人生の多面さを多角な目で見る巨視の哲学、それによって彼は悲哀を止揚した。しかもあたたかい大きな人格の生む充実した言葉が、それを充分な説得力をもって説く。

以下その巨視哲学成立の論理的経過を、やや詳しく、彼の詩によって追跡しよう。

二

悲哀を止揚する蘇軾の巨視の哲学は、人生は悲哀のみには満たないという認識によってはじまる。悲哀はいかにも人生のいたるところにある。しかし人生はそれのみで成り立っているであろうか。悲哀があれば歓喜があり、あざなえる縄の如きであるのが、人生でないか。悲哀にのみ没入するのは、愚である。更にまた一歩をすすめては、次の如く考える。そもそも常識が不幸とし、それによって悲哀を生むところのものが、果して不幸であるかどうか。多角な巨視的な目で見直すことが、必要でないか。

四十五歳、流人として黄州へ到着した彼が、さいしょあてがわれた住居から、ややましな第二の住居にうつったときの五言古詩、「臨皐亭《りんこうてい》に遷居す」は、以上の哲学を語る一例である。

我生天地間
一蟻寄大磨
区区欲右行
不救風輪左
雖云走仁義
未免逢寒餓
剣米有危炊
鍼氈無穏坐
豈無佳山水
借眼風雨過
帰田不待老
勇決凡幾個
幸茲廃棄余
疲馬解鞍駄
全家占江駅

我《わ》れの天地の間に生まるるは
一つの蟻の大いなる磨《うす》にみを寄《よ》するなり
区区として右に行かんと欲するも
風輪の左するを救わず
仁と義を走《みち》とすと雖も
未《い》まだ寒さと餓えに逢うを免れず
剣米《けんべい》は危き炊《かし》ぎ有り
鍼氈《しんせん》は穏かなる坐無し
豈《あ》に佳き山水無からんや
眼を借すのみにて風雨過ぐ
田に帰ること老いを待たざるに
勇決するは凡そ幾個《いくたり》ぞや
幸に茲《ここ》に廃棄されし余《あと》
疲れし馬の鞍と駄を解く
全家　江駅を占むるは

絶境天為破
飢貧相乗除
未見可弔賀
澹然無憂楽
苦語不成些

絶境を天の為めに破るなり
飢えと貧しさも相い乗除すれば
未まだ弔い賀《ことほ》ぐ可きを見ず
澹然として憂いも楽しみも無く
苦語は些《さ》を成さず

天地の間に与えられたわたしの一生は、大きなひきうすにくっついた一匹のありといえる。せかせかと右へ進もうと思うけれども、大うすのような「風輪」、それは世界の運動をいう仏語であり、楞厳経《りようごんきよう》に見えるそうであるが、それが逆に左の方向へ行こうとしている場合、救いとどめることはできない。さればこそ私も、自覚としては、「仁」愛情、「義」正義、この二つをみずからの道として歩んでいるつもりであるけれども、現在の境遇のように、寒さと飢えを脱することができないのであろう。

人間の自覚ないしは希望と、環境との矛盾、それにはもっと極端な例もある。剣のきっさきにすわって米をといで見せるという危険な曲芸をやってのける人間もいれば、おだやかな着席の期待に乏しい針のむしろにすわろうとする向う見ずの男もいる。今の私もぞんがいそれであるかも知れない。

といって私をなぐさめるものが、ないではない。美しい山水の自然はそれである。しかしそれも眼をかしたかと思うと、あらしがその美しさをさらって行く。自然は、それ自体は矛盾をふくまず、人間のなぐさめとしてあるはずのものだが、その自然さえも、人間と矛盾の関係にすぐ立ち、人間を失望させる。

人間に内在する矛盾が、人間を苦しめることは、なおさらである。しからばもっとも矛盾の少い空間として人間に与えられた故郷の田園、そこへ早く帰るがよい。老年になるのを待たずに早く帰るがよい。しかしそうした勇気ある決心をいだき得る人間は、「幾個」何人いるか。一そうの矛盾である。

私のばあいもそうである。早く「勇決」して、故郷の田園に帰らなかったばかりに、流人となり、私の人生は、廃棄された残余のものとなった。しかし、それは幸にそうなのかも知れぬ。疲れた駄馬が、鞍の上の駄《に》を解かれて、ほっとしているように。

流人ではあるけれども、げんに、妻子はいっしょにいる。そうして全家族が、新しい住居として、この揚子江ぞいの駅舎の占領をゆるされた。これは「絶境」、ぜったいぜつめいの境地にあるように見える私を、自然の代表である天が、私の為にうち破ってくれたのかも知れぬ。

人生は多角であり、多面である。長い目で加減乗除すれば、今の状態も幸福であるかも知れない。幸福そのものであるかも知れないし、少くとも他日の幸福の原因であるかも知れない。だとすると弔っていいか、慶賀していいか、どっちともすぐには分らない。

さいごの「澹然」は「淡然」とおなじ。平静な心境を意味する。私は心を平静にして、憂いもない、楽しみもない。もっとも口をついて出た以上、その言葉は、苦いしぶりがちな語《ことば》であるのを免れない。古代の楚のくにの歌が、毎句の終りに、「些《さ》」というにぎやかなはやしごえをくっつけるようには行かぬ。

以上が詩の大意であるが、うち、人生はあざなえる縄のごとく、「飢と貧とは相い乗除す」というのは、いわば循環の哲学であり、それは時間の推移による絶対の解消である。おそらく古代の『易』の哲学にもとづく。

また「幸に茲《ここ》に廃棄されし余《あと》」と、常識は不幸と考える流罪を、幸福と見るのは、『荘子』の「斉物《せいぶつ》」の哲学にもとづく。万物の差別のすべてを、相対的なものと見、巨視によって、相対の差違を斉一にみちびく哲学である。価値の序列の中における絶対の解消であり、止揚である。

二者のうち、後者「斉物」の哲学は、右の詩には「幸に茲に廃棄されし余」と、いささか頭をのぞけるにとどまる。より顕著に説かれる例を、更にあげよう。三十六歳、熙寧《きねい》四年、中央の史館から杭州の通判へと、運河ぞいに赴任する途中、弟の蘇轍もおなじく王安石と衝突して河南の陳州の教官に左遷されていたのが、安徽の潁州《えいしゅう》まで見送ってくれたのと、そこで別れの握手をしたときの五言古詩「潁州にて初めて子由《しゆう》と別る二首」、その第二首である。子由とは弟の字であり、第一首は、「征く帆を西風に掛け、別れの涙は清き潁《えい》のかわに滴《したた》る」と悲哀の調子でおこるが、第二首は「斉物」の哲学によって、悲哀をたくましくはねかえす。

近別不改容　近き別れは容《かお》を改めず
遠別涙霑胸　遠き別れは涙の胸を霑《うるお》す
咫尺不相見　咫《し》尺《せき》の相い見ざるも
実与千里同　実は千里と同じ
人生無離別　人生に離別無くば
誰知恩愛重　誰か恩愛の重きを知らん
始我来宛丘　始め我れ宛丘に来たるや
牽衣舞児童　衣を牽きて児童の舞う
便知有此恨　便《すなわ》ち此の恨み有るを知り
留我過秋風　我れを留めて秋風を過ごさしむ
秋風亦已過　秋風は亦た已《すで》に過ぎ
別恨終無窮　別れの恨みの終に窮り無し
問我何年帰　我れに何の年にか帰るやと問う
我言歳在東　我れは言いぬ歳の東に在るときと

離合既循環
憂喜迭相攻
語此長太息
我生如飛蓬
多憂髪早白
不見六一翁

離合は既に循環すれば
憂喜は迭《たが》いに相い攻む
此れを語りて長太息す
我が生は飛蓬の如し
憂い多ければ髪早く白し
見ずや六一の翁を

「斉物」の哲学、巨視による差違の止揚は、詩のはじめから顕著である。近い別離ならばべつに顔色も変えない人間が、遠い別離となると涙を流す。しかし別離である点はおなじである。相見ない距離が「咫尺《しせき》」すなわち八寸一尺であろうとも、千里の別離とおなじく、顔を見ることはない。つまり、遠別も近別も、共に顔色をかえなくてもいいかも知れないし、あるいは共に涙を流してよいかも知れない。こんどのおまえさんとの別離は遠別なのだが、と、巨視が悲哀を止揚しようとする。

次に現われる言葉は、一そう大胆である。もし人生に別離が無ければ、「誰か恩愛の重きを知らん」。別離を常識は悲哀とする。しかしそれがあればこそ、「恩愛」人間の愛情の重大さに気づくのである。別離はそうした積極的な意味をも、消極的な悲哀の要素のほかにもっているではないか。しからば別離は喜びでもある。少くとも喜びの種子である。

「斉物」の哲学の最も大胆な適用といわねばならない。別離をこのように見る見方、蘇軾以前にあるのを、私は知らない。蘇軾の独創のように思われる。

以下、詩は必ずしも巨視的な言葉ばかりをつらねない。最愛の弟との別離は、やはり止揚にむつかしい悲哀であった。まず今日の別離に至るまでの経過が叙せられる。私がせんだっておまえさんの任地である「宛丘」すなわち陳州へつくと、「児童」、というのは弟の子どもであろうが、私の着物をひっぱり、おどりあがって喜んだ。しかしすぐに今日ここでいだくような別離の恨みが生起するであろうことを、おまえさんは、あるいはおまえさんの子どもは、すぐ予知し、秋風のふき過ぎるころまではここにいてほしいと、私をひきとめた。その秋風もはやすでに吹き過ぎた。そうしてただ瞬間を空間にとどまる秋風とはちがって、無限に連続しそうな別れの恨みを、けっきょく抱くことになった。おまえさん、ないしはおまえさんの子どもは、いつ帰って来るかと私に問う。私は答えた、歳星が東にまわるころ、すなわち今年は亥《い》年であるが、三年後の寅年には、あちら杭州での任期が満ちる。また会おうと。

以下は再び巨視による止揚の語である。人生における離別と、その反対である会合とが、循《めぐ》る環《わ》のようにたがいちがいにあるとすれば、憂いと喜びも、相互にせめぎあう。それが人生であるというのは、これは循環の哲学である。もっともこの詩の場合は、未来に予想される「合」と「喜」で、現在の「離」と「悲」を止揚しおおせるには、あまりにも現在の悲哀が深かった。この問題を語りあうわれわれは「長太息」、ふかいためいきをつき、われわれの一生は沙漠を飛ぶ蓬《よもぎ》の玉のように、永遠の流浪だとした。「我が生は飛蓬の如し」。この語についてはのちに再びふれる。

ところで悲哀を語りかけた詩は、さいごにもう一度はねかえる。いやそんなに心配するまい。憂い多きものは早く白髪になる。ごらん、あの六一の翁、すなわち欧陽修先生のしらがを。

蘇軾の師である欧陽修は、この詩の作られた潁州に、あだかもこの年、退隠したばかりであり、蘇軾はむろん訪問して赴任の挨拶をしている。それが師弟の最後の会見であり、翌年、欧陽修はなくなる。

この詩は、別離こそ恩愛の因という大胆な言葉をふくみつつも、止揚しおおせない悲哀がなお残るようである。あるいは止揚を欲する態度そのものが、悲哀を裏から深めているといえる。しかし要するに詩の基調となっているものは、巨視による悲哀の止揚である。

以上が、悲哀を止揚する蘇軾の巨視の哲学の第一段である。ところで以上のような「斉物」の哲学は荘子にもとづき、また「循環」の哲学は「易」にもとづくとすれば、論理自体は蘇軾の独創でない。蘇軾には別に重要な態度がある。

悲哀が人生の不可避の要素、必然の部分であることを、確認し、それへの執着をおろかとすることである。これは蘇軾によって独創された新しい態度のように、私には思われる。

儒家の理想主義は、完全な社会、したがって悲哀のない人生を、夢想しやすい。『詩経』の詩人の悲しみいきどおりは、この夢想がうらぎられたための悲しみいきどおりであり、唐の杜甫に至っても、そうであるように思える。しかし蘇軾はそうでない。おそらくはじめてそうでない。悲哀、あるいはその因となる不幸は、人生の必須の部分として、人生に遍在することを、主張する。希望と運命、個人と社会が、しばしば矛盾の関係に立つ以上、悲哀は人生の必然の部分としてあるとする洞察を、彼はもったのである。

たとえば、前の詩が作られてから八年後、元豊二年、四十四歳、江蘇の徐州の知事から、浙江の湖州の知事に転任の際、よい知事だったと人民からけんめいにひきとめられる情景などを、弟の蘇轍に書きおくった五首の五言古詩「徐州を罷めて南京に往かんとし馬上に筆を走らせて子由に寄す」、その第一首は、悲哀の遍在を説く例となる。

吏民莫攀援
歌管莫凄咽
吾生如寄耳
寧独為此別
別離随処有
悲悩縁愛結

吏民《りみん》　攀援《はんえん》する莫《な》かれ
歌管《かかん》　凄咽《せいえつ》する莫《な》かれ
吾が生は寄《よ》するが如き耳《のみ》
寧《な》んぞ独り此の別れを為すのみならんや
別離は随処に有り
悲悩は愛に縁《よ》りて結ばる

而我本無恩　而《しこ》うして我れは本《も》と恩無し
此涕誰為設　此の涕は誰が為に設くるや
紛紛等児戯　紛紛《ふんぷん》として児戯に等し
鞭鐙遭割截　鞭と鐙《あぶみ》と割截《かつせつ》に遭う
道辺双石人　道の辺《べ》の双つの石人
幾見太守発　幾たびか太守の発するを見し
有知当解笑　知る有らば当《まさ》に笑うを解くすべく
撫掌冠纓絶　掌を撫ちて冠の纓《ひも》絶えん

官吏たちよ人民たちよ、そう私にすがりつくな。送別の歌にあわせる管《ふえ》の音よ、そうわびしくすすりなくな。わたしの一生は、かりのやどりのごとく、ふと時間の流れの上にのっかっているにすぎない。「吾が生は寄するが如き耳《のみ》」。この句はこの句で重要であることは、のちにのべるとして、かりのやどりのように定めない一生であるとすれば、別離を経験するのも、このたびばかりであるはずはない。「寧《な》んぞ独り此の別れを為すのみならんや」。悲哀の因である別離は、将来にむかってもしばしばおこるであろうと、悲哀の普遍な存在を主張する。

主張は、「別離は随処に有り」と、次の句でさらに正面から歌われる。かくいたるところにころがっている別離の、そのたびごとに悲哀苦悩が愛情を縁として結ばれるとすれば、どうなるか。悲哀の遍在を主張することによって、それからの離脱をすすめるのである。

詩はさらにつづけていう、そればかりではない。私はそもそも無能な知事であった。あなたたちの愛情をかち得るだけの恩恵を、ほどこしてはいない。あなたたちのこの涙は、誰のために流しているのか。実際には蘇軾はよい知事であったにちがいないが、わざとそう冷淡にいった上、もう一度悲哀の遍在と、それからの離脱を説く。よい知事が離任の出発に際し、離任を実力で阻止しようとして、知事の馬の鞭や鐙《あぶみ》が人民にきりとられるということ、それがたびたび「紛紛」としてあるとすれば、それは小さな愛憎によって仲よくしまたけんかをする子どもの遊びと同じでないか。ごらんあの町の入口の道ばたに立っているふたつの石像を。かれらは何度、太守すなわち知事の出発を目にしたことか。彼等がもし知覚をもっていたら、人間はばかなことをくりかえしていると、ふき出すだろう。そうして面白そうに手をたたき、彼等がしかつめらしくかぶっている冠のひもの、あごのところでむすんだのを、ぶつりとふっとばすまで、大笑いをするだろう。

実際には蘇軾は、二年余したしんだ吏民に深い惜別の情をもっているにちがいない。しかし少くとも詩の表面では、悲哀を生むべき要因の普遍を指摘して、それへの執着を否定する。

以上が悲哀を止揚する蘇軾の巨視の哲学の第二段である。ところで右に引いた詩は同時にまた、哲学の第三段としてあるところの、又一つの、大へん重要な考え方を、示している。すなわち人生を長い持続の時間と見る見方である。「吾が生は寄するが如き耳」。それが詩中のその語である。

吾生如寄耳、この言葉の表面の意味は、必ずしも人生の長さを意味せぬ。寄、かりのやどりのような不安定な不確実なもので、吾が生はあるというのが、表面の意味である。しかしその裏には、人生は長い時間であるとする意識が含まれている。何となれば、「寄するが如き」その生が、実は長い時間であるという意識を伴わないかぎり、「寧《な》んぞ独り此の別れを為すのみならんや」、別離は将来もいくらもあろうという次の句を、生み得ないからである。

ふりかえって見れば、前述の第一段のうち、人生はあざなえる縄のごとくであるとする循環の哲学、また第二段の、悲哀は人生の普遍な部分として常にあるという確認、いずれも人生を長い持続とする意識を内包するものであった。しかしその意識があらわになるのは、実にこの句によってである。

蘇軾は、「吾が生は寄するが如き耳」という右の句を、右の詩で使うばかりではない。あちこちの詩で頻繁に使う。前の弟と別れる詩に、「吾が生は飛蓬の如し」というのなどをも加えれば、数は更にふえる。そうして「寄」、かりのやどりの如く、「飛蓬」、飛びゆくよもぎの玉の如く、不安定であることを、直接の意味とする裏に、人生は長い時間であ

るとする前提を、しばしばふくませる。たとえば御史台の獄を出、黄州の遷謫に赴こうとしての作、「淮《わい》を過ぎて」に、

吾生如寄耳　　吾が生は寄する如き耳《のみ》
初不択所適　　初めより適《ゆ》く所を択ばず

長い時間の上の浮遊であるゆえに、行く方を定めぬのである。また中央の翰林学士にかえりざいたとき、友人の王晋卿《おうしんけい》に和した詩で、黄州の遷謫を回顧し、

吾生如寄耳　　吾が生は寄《よ》するが如き耳《のみ》
何物為禍福　　何物をか禍福《かふく》と為す
不如両相忘　　両《ふた》つながら相《あ》い忘《わす》るるには如《し》かず
昨夢那可逐　　昨《きのう》の夢は何んぞ逐《お》う可《べ》けんや

循環の哲学は、長い人生なればこそ成立するのである。
更にまた海南島の遷謫では、陶淵明の「擬古」の詩に和して、

吾生如寄耳　　吾が生は寄するが如き耳《のみ》
何者為吾廬　　何者をか吾が廬《ろ》と為す

長い人生であるゆえに、どこもわが家と意識し得るのである。

海南島からゆるされて帰る途中、江西の鬱孤台《うつこだい》を通りすぎてはいう、

吾生如寄耳　　吾が生は寄する如き耳《のみ》
嶺海亦間遊　　嶺海も亦た間遊なりき

生涯の大事件であった「嶺海」、すなわち広東と海南島への遷謫、それをも「間遊」のんきな旅行というのは、やはり長い人生の上では、一つの小事件にすぎなかったとするのである。

ところでこのように人生を長い時間と見る見方、それも蘇軾の独創である。独創でなければ、蘇軾によって作られた劃期である。この見方は従来の詩では普遍でないからである。従来の詩に普遍なのは、逆に人生を、短い、あわただしい時間と見ることであった。

そのことを示すのは、ほかならぬ「吾が生は寄するが如し」、吾生如寄、という表現が、従来の詩では、蘇軾の用法の如くには使われていないことである。この表現自体は、決し

て蘇軾の独創でない。ずっと古くからある。ただし、むしろ人生を、短い時間、死に至るあわただしい時間と見る場合に使われる。早く、西洋紀元ごろの漢の無名氏の古詩に、「人生は忽《あわただ》しきこと寄するが如く、寿は金石の固き無し」。これはその最も早いものである。ついで三世紀、魏の武帝曹操が「人生は寄するが如し、多く憂うるも何をか為さん」というのも、おそらくその方向の思念である。また東坡よりややのちの人である朱翌《しゆよく》の『猗覚《いかく》寮《りよう》雑記』の巻一には、東坡の語の出典として、白居易の「時に感ず」の詩に、「人生は詎《な》んぞ幾何《いくばく》ならん、世に在るは猶お寄するが如し」、またおなじく白居易の「秋山」の詩に「人生は幾何も無く、天地の間に寄するが如し、」というのを引く。みな人生の短促をなげく語である。

蘇軾はおなじ表現を使いつつ、その内容をすりかえたといえる。それは単にこの語の内容ばかりでなく、人生に対する態度の大きな転換であった。人生を長い時間と見る態度が、短い時間と見る態度よりも、より少くの悲哀あるいは絶望と、より多くの希望を生むこと、いうまでもない。なるほどそれは波動浮沈に富む時間である。しかし波動に富む時間なのは、長い時間であればこそである。長い波動の谷間におこる悲哀、そればかりに没入するのは、この認識にてらして、一そうおろかである。未来を期待せよ。

人生を波動に富む長い時間とする意識は、はっきりした論理として、のべられるばかりではない。蘇軾の詩の常にもつ底流であることを感じさせるのは、もっとも有名な七律の一つ、「潁口《えいこう》を出で初めて淮山《わいざん》を見る、是の日、寿州《じゆしゆう》に至れり」である。

我行日夜向江海
楓葉蘆花秋興長
平淮忽迷天遠近
青山久与船低昂
寿州已見白石塔
短棹未転黄茆岡
波平風軟望不到
故人久立烟蒼茫

我が行《たび》は日夜　江海に向かう
楓風　蘆花　秋興《しゆうきよう》長し
平淮《へいわい》　忽《たち》まち天の遠近に迷い
青山　久しく船と低昂《ていこう》す
寿州　已に見る　白石の塔
短棹　未まだ転ぜず黄茆岡《こうぼうこう》
波平かに風軟かに望み到らず
故人久しく立つ　烟《かすみ》の蒼茫《そうぼう》たるに

秋の興《おも》いをそそる楓葉蘆花、その中を日夜、船にまかせて間断なく東南「江海」の地方へとすすみゆくわが旅、というたい出しが、人生は長いただよいであり、持続であることを、すでに示唆する。平らかな淮水の上に、その境界を見定めにくく茫茫とひろがる天空、これはこれで人生の一つの側面を象徴するであろうが、船の動揺につれて両岸の青山もまた久しく「低まり昂まり」つづけるというのは、人生が波動のくりかえしであることを、最もよく示唆する。波動は未来にむかっても予想される。次の碇泊地である寿州市、そこにそびえる白石の塔は、すでにはや視界の中にあるが、そこへ到達するまでに迂回せねばならぬ黄茆岡のみさき、そこを船はまわりあぐねている。波は平らに風は軟かく、おだやかな航行日よりであるが、そのために到着はかえっておくれそうであり、わが舟の到着を待ちわびて、夕煙《もや》の蒼茫たるうちに立ちつくす「故人」、旧友、の姿が、想像の中にうかびあがり、会見のうれしさが喜びの波動として未来に期待されるというのが、私のこの詩の解であり、よりくわしくは、私の別の文章「宋詩の場合」に見える。

以上を第三段として悲哀を止揚する蘇軾の巨視の哲学は、さいごに第四段の結論に到達する。かく波動する持続、もしくは持続する波動、それが人生であるとするならば、それに対する主体の抵抗の持続、それこそ人生であるとする見解である。それは必ずしも波動にあらがうことを意味しない。波動に身をまかせること、それも主体の意思による抵抗である。

早いころの詩では、黄州の遷謫地から、弟の蘇轍によせた「初秋、子由に寄す」の冒頭がそれを語る。

百川日夜逝　　百川日夜に逝き
物我相随去　　物と我れと相い随って去る
惟有宿昔心　　惟《た》だ宿昔の心有り

依然守故処　　依然として故処を守る

全首は小川氏の書に見える。

晩年の詩では、紹聖四年、一〇九七、さいしょの遷謫の地であった広東の恵州から、更に「遠悪」な海南島への転居を命ぜられたとき、やはり弟に寄せた五言古詩の冒頭が、それをはっきりという。

我少即多難　　我れは少《わか》きより即《すなわ》ち難《なや》み多く
邅回一生中　　一生の中に邅回《てんかい》す
百年不易満　　百年は満たすに易からず
寸寸彎強弓　　寸寸に強弓を彎《ひ》く
老矣復何言　　老いたり復た何をか言わん
栄辱今両空　　栄えも辱しめも今は両《とも》に空し
泥洹尚一路　　泥洹《ねはん》は尚《な》お一路《いちろ》
所向余皆窮　　向う所　余《あと》は皆な窮す

「邅回」はうろうろ。人生百年は、満たしやすくない長い道程というのは、人生の長さをもっとも明瞭にいう言葉である。その長い時間を一寸一寸と強い弓をひくごとく生きているというのは、もっとも明瞭に抵抗の哲学である。泥洹はネハン、死。それ以外は「向かう所」みな「窮」ふくろ小路であると、言葉をついでいうのは、弱気の語のごとくであるけれども、詩のあとの方には、ふたたび次のごとき言葉がある。

離別何足道　　離別は何ぞ道《い》うに足らんや
我生豈有終　　我が生の豈《あ》に終り有らんや

こんどの離別など問題にならない、離別はまだいくらもあろう。わが一生はまだ終りそうにないから。

更にやがて、ゆるされて海南島から帰り、揚子江岸まで来て、江晦叔《こうかいしゅく》に与えた二首の五言律詩の一つにはいう、

鐘鼓江南岸　　鐘鼓　江南の岸
帰来夢自驚　　帰り来たりて夢は自《お》のずと驚く
浮雲世事改　　浮雲のごと世の事は改まり

孤月此心明
雨已傾盆落
詩仍翻水成
二江争送客
木杪看橋横

孤月のごと此の心は明かなり
雨は已に盆を傾くるごとく落ち
詩は仍お水を翻すごとく成《な》る
二つの江《かわ》の争って客《たびびと》を送るよ
木の杪《こずえ》に橋の横たわるを看る

なつかしい本土の鐘太鼓の音のきこえる揚子江の南岸地帯、そこへ帰りついたおのれは、鐘鼓の音に、夢を破られるとともに、もっと大きな夢として、わが身の上を見まった波動に、われみずからおどろく。すぎゆくみだれ雲のごとくおのれをとりまく世の中の環境は変ってゆくが、ひとりなる月のごとくわが心は、いつも明澄である。環境の波動に抵抗しおおせた主体のほこりである。南宋末のすぐれた学者、王応麟《おうおうりん》は、その「困学紀聞」で、この「浮雲」「明月」の聯を評していう、「坡公晩年、造《いた》る所深し矣」。

その次の聯は、「孤月」のごとくにおのれをあらしめたものとして、おのれの才能をかたるのであろう。盆の水をかたむけたようにふる豪雨、その中にわが詩も、水をさっとひっくりかえしたように、たちまちにしてできあがる。そうして最後には、周囲の風景を点出する。久しぶりに中原に還る旅人となったおのれを送るべく、さきを争ってたぎる二つの川、またその上方に木のこずえを縫って黙然と横たわる橋。移動と静止の対比は、ここにも隠見する。

以上は、蘇軾が悲哀を止揚した経過として私の追跡したものである。うち「吾が生は寄するが如き耳」については、山本和義《かずよし》君の論文「蘇軾詩論稿」から示唆を受けること多い。他は私が追跡した論理であり、独断をふくむことを恐れるが、私の追跡が多くはあやまらないことを立証するごとき客観的な事実として、蘇軾の一生は、きわめて浮沈に富むにもかかわらず、彼の一生の詩作二千四百首は、絶対に、といってよいほど、泣きごとをいわない。

極端な例として、四十四歳、御史台の獄に投ぜられて死を覚悟したのは、彼の生涯における最大の危機であった。そのとき弟の蘇轍に与えた詩は、さすがに緊張している。

聖主如天万物春。　　聖主は天の如く万物は春なるに
小臣愚暗自亡身。　　小臣は愚暗にして自ずから身を亡ぼす
百年未満先償債　　百年は未まだ満たざるに先ず債《かり》を償《かえ》し
十口無帰更累人。　　十口《じっこう》は帰《たよ》るもの無く更に人を累《わずら》わす
是処青山可埋骨　　是《いた》る処の青山　骨を埋む可く
他年夜雨独傷神。　　他年の夜の雨に独り神《たましい》を傷めん
与君世世為兄弟　　君と世世兄弟と為り

更結人間未了因。　更に人の間《よ》の未まだ了《つ》きざる因《えにし》を結ばん

「聖主」とは、時の皇帝神宗を指し、「小臣」とは東坡みずからいう。人寿百年、それは人間が造物主から借りたものであるが、四十四歳のおのれは、その期限よりさきに、借りを払うこととなった。あとにのこった十人の家族は、これからさき一そう弟である君をはじめ、諸君の厄介になるであろう。おれの骨はどこへうめてくれてもいいが、兄を失った君は、これからさき夜の雨をきくごとに、ベッドをならべる兄がいないのに、感傷をいだくであろう。「他年」は未来の時間。この世では君と別れる。しかし来世、来来世、そこでも君と兄弟であろう。

詩は悲痛である。しかしそこにも期待はある。来世にむかっての期待がある。また彼の詩にはめずらしく「傷神」の語が見えるが、みずからが神《たましい》を傷めるのでない。未来の弟はそうであろうというのである。

更にまたおなじ年の年末、十二月二十八日、百日の拘禁ののちに、情状を酌量され、刑務所から釈放された日の詩は、一そう大胆不敵である。またそれは、序章でもふれたように、前の詩とおなじ韻脚に「畳韻」していることによっても、一そう大胆不敵である。

百日帰期恰及春。　百日の帰期　恰《あだ》かも春に及ぶ

残生楽事最関身。
出門便旋風吹面
走馬聯翩鵲啅人。
却対酒杯渾是夢
試拈詩筆已如神。
此災何必深追咎
窃禄従来豈有因。

残生の楽事　最も身に関わる
門を出でて便旋すれば風は面《おもて》を吹き
馬を走らすれば聯翩《れんぺん》として鵲《かささぎ》は人に啅《ささや》く
却って酒杯に対《むか》えば渾《す》べて是れ夢
試みに詩筆を拈《と》れば已《すで》に神の如し
此の災わい　何ぞ必ずしも深く追い咎めん
禄を窃むこと従来なり豈《あ》に因《ゆか》り有るにや

百日の拘禁から帰る時間、それはあだかも新春の前前日であると、感慨よりも不平よりも、まず喜びをのべる。喜びは以後の余生の時間へと、淡淡とひろがる。第三句は、刑務所の門を出て、春風の中で、しゃあっと小便することだと解する説と、そうでない説がある。第五句以下は、出獄をいわう家人とのさかもりでの感慨である。なお両首とも、解は私の「人間詩話」にも見える。

比較の媒介として、唐の韓愈が、潮州へ流された時の七言律詩を見よう。

一封朝奏九重天　　一封　朝に奏す　九重の天
夕貶潮州路八千　　夕に潮州に貶《へん》せらる　路八千

欲為聖明除弊事
肯将衰朽惜残年
雲横秦嶺家何在
雪擁藍関馬不前
知汝遠来応有意
好収吾骨瘴江辺

聖明の為に弊事を除かんと欲す
肯《あ》えて衰朽を将《も》って残んの年を惜しまんや
雲は秦嶺に横たわりて家は何ずこにか在る
雪は藍関を擁して馬前まず
知んぬ汝遠く来たる応《まさ》に意有るべし
好し吾が骨を収めよ瘴江の辺

詩の解は、私の『新唐詩選続篇』に見える。死を覚悟したのは、獄中の蘇軾とおなじであり、詩形もおなじ七言律詩であるが、韓愈の詩に、悲哀の止揚はない。秦嶺の雲、藍関の雪、周囲の自然が、みな悲哀を深める。また蘇軾は、死後の自己に対し、どこでもある青い山を予想し、その一つに骨をうずめてくれといい、韓愈は、毒霧のまきおこる川べりにちらばったおのれの白骨を予想する。

事がらは蘇軾個人における悲哀の止揚のみではなかった。詩の歴史の転換であった。従来の詩が習慣として来た悲哀への執着は、彼によって遮断され、人生へのより多き期待へと、方向を転換したのである。後世の彼の崇拝者は、その豪放闊達を愛し、彼をきらうものは、その詩の時に安易に流れるのをきらう。しかし彼の詩に好意的でないものをもふくめて、彼以後の詩人が、人生への絶望、悲哀を歌うことが少いのは、彼によってなされた転換の後に生まれているからである。

三

以上のような蘇軾の文学の劃期性は、将来の文学史家、ないしは哲学史家によって、より丹念に検討されるであろうが、その場合、今一つ重要なこととして、注意に上るのは、彼の愛情のひろさであろう。彼は王安石のように政策家ではなかった。しかしすべての人人に対する愛情を、肉体的なものとしてもっていた。

一例として、三十代の末、杭州の通判であったころの、ある年の年末の作をあげれば、

除日当早帰　　除日《みそか》は当に早く帰るべきに
官事乃見留　　官の事もて乃《すなわ》ち留め見る
執筆対之泣　　筆を執り　之に対して泣き
哀此繫中囚　　此の繫《ひとや》の中の囚を哀れむ
小人営餱糧　　小人は餱糧《こうりょう》に営《かかわ》り
堕網不知羞　　網に堕つるも羞じを知らず
我亦恋薄禄　　我れも亦た薄き禄を恋い
因循失帰休　　因循して帰休を失す

不須論賢愚
均是為食謀
誰能暫縦遣
閔黙愧前修

賢と愚とを論ずるを須《もち》いず
均しく是れ食の為に謀る
誰か能く暫く縦《はな》ち遣らん
閔《あわ》れみ黙して前のよの修《すぐ》れしひとに愧《は》ず

早く帰るのこそよい大晦日に、居残らねばならなかった事務は、この日のうちに片づけてしまわねばならぬ未決囚の判決であった。当時の習慣として、春になれば死刑の宣告はできない。わたしは判決の筆を取ろうとして泣く。彼等は「小人」賤民であり、「餱糧」食糧のためにぬすみをした。ところで、わずかの俸給にへばりつき、「帰休」辞職の機会を失っている私も、食わんがためのいとなみであることは同じでないか。こちらは賢者かれらは愚者ときめることはできぬ。前世の修《すぐ》れた政治家は、囚人を大晦日にはしばらく家へ帰してやったという。規則にしばられてそうできない私は、昔の修《すぐ》れた人に対してはずかしく思う。

みずからを獄中の囚人とくらべ、「賢愚を論ずるを須《もち》いず」というのは、必ずしも支配階級の温情ではない。彼はみずからが選民《エリート》であることを拒否し、市民の一人として生きたいと、しばしば欲している。黄州遷謫中の彼が、市民農民を友とし、みずから「東坡」の土地を耕したことは、「東坡八首」の連作に見える。晩年海南島における彼は、「躬耕」、一農夫として躬《み》ずから耕したいというねがいを、一そう切実にした。現実はそうはゆかず、米を買って生活しなければならなかったが、「米を糴《か》いて」と題した五言古詩にはいう、

糴米買束薪　　米を糴《か》い　束ねし薪を買い
百物資之市　　百物は之を市に資《よ》る
不縁耕樵得　　耕《たがや》しと樵《きこり》に縁《よ》りて得《う》るならねば
飽食殊少味　　飽くまで食うも殊に味わい少なし
再拝請邦君　　再拝して邦君に請い
願受一廛地　　願わくは一廛《いってん》の地を受けん
知非笑昨夢　　非を知りて昨《きのう》の夢を笑う
食力免内愧　　力によりて食らわば内に愧《は》ずるを免れん
春秧幾時花　　春の秧《なえ》は幾時か花さくや
夏稗忽已穟　　夏の稗《ひえ》の忽ち已に穟《みの》れり
悵焉撫耒耜　　悵焉《ちょうえん》として耒耜《らいし》を撫《な》ず
誰復知此意　　誰か復た此の意を知らんや

要するに自己の勤労によって、生活したいというのである。「一廛の地」は農夫一人分

の耕地。「非」は過去のまちがい。「食力」は労働によって得る食糧。「悵焉」は感慨のようす。「耒耜」はすきくわ。

蘇軾の詩の欠点は、ときどきあまりにも安易に、ぞんざいに詩作することにあるとされる。上に引いた詩にも、「詩は仍お水を翻すごとくにして成る」といい、別の詩では、「新しき詩は弾丸の如く、手を脱しては暫くも停まらず」という。彼はたしかに苦吟型の詩人ではない。しかしそれも彼の自由な心境と自由な才能の表現であった。また、みずからは苦吟型でないにもかかわらず、過去のもっとも苦吟型の詩人である杜甫の価値を知り、王安石とともに、その表彰につとめたのも、彼であった。

晩年、海南島における彼は、彼の愛する陶淵明の詩の全部に、「次韻」している。いわゆる「東坡和陶詩」であり、これも彼の過剰な才能の表現といい得る。たとえば陶淵明の「飲酒二十首」の其の三は、

道喪向千載　　道　喪われて千載に向《なんなん》とし
人人惜其情。　人人　其の情を惜しむ
有酒不肯飲　　酒有れども肯《あ》えて飲まず
但顧世間名。　但《た》だ顧みるは世間の名
所以貴我身　　我が身に貴ぶ所以《ゆえん》は

豈不在一生。　豈に一生に在らずや
一生復能幾　一生　復た能く幾ばくぞ
倏如流電驚。　倏《すみや》かなること流電の驚《はた》めくが如し
鼎鼎百年内　鼎鼎たる百年の内
持此欲何成。　此を持して何をか成さんと欲するや

であるが、蘇軾の和作にはいう、

道喪士失己　道は喪びて士は己を失い
出語輒不情。　語を出だすに輒《つね》に情あらず
江左風流人　江左の風流人は
酔中亦求名。　酔の中にさえ亦《ま》た名を求めたり
淵明独清真　しかるに淵明は独り清く真に
談笑得此生。　談笑のうちに此の生を得たり
身如受風竹　身は風を受くる竹の如く
掩冉衆葉驚。　掩冉《えんぜん》として衆《おお》くの葉《は》驚《さわ》く
俯仰各有態　俯仰《ふぎょう》　各《おの》おの態《すがた》有り

得酒詩自成。　酒を得れば詩自のずと成る

「江左」は、陶淵明のいた南朝時代。「掩冉」はゆらゆら。風を受けた竹が、ゆらゆらと多くの葉をそよがせ、あおむくものうつむくもの、それぞれにおもしろい姿態であるように、酒のはいった淵明には詩が自然にできあがるというのは、淵明の詩境をいうよりも、より多く彼自身の詩境をいうごとくである。

王安石が、その善意にもかかわらず、当時の民衆から不人気であったのに対し、彼は当時の民衆から愛された。体臭のちがいであった。彼の弟子である詩僧参寥《さんりょう》が、彼の死をとむらった七言絶句「東坡先生挽詞」の一つにはいう、

峩冠正笏立談叢　冠を峩《たか》くし笏を正して談叢に立てば
凜凜群驚国士風　凜凜　群は驚く国士の風
却戴葛巾従杖屨　却《しか》るに葛巾《かっきん》を戴けるとき杖屨《じょうく》に従えば
直将和気接児童　直ちに和気を将《も》って児童に接す

官吏の制服に威儀を正して、人人と会談のとき、先生のりりしい国士ぶりは、人人の目をそばだてる。しかしベレー帽をかぶって散歩される先生の、杖とサボーのおともをすれ

ば、にこにこと道ばたの子供の話し相手になっていられる。

参寥は、王安石とも接触をもった。比較の資料として、安石の死後、その生前の散歩の地であった定林寺での参寥の作、「定林寺を過ぎて荊公の画像に謁す」をもあげれば、

古木蒼藤一径纏　古き木と蒼き藤とを一つの径の纏《ぬ》うは
我公疇昔所回旋　我が公の疇昔《かつて》に回旋したまいし所
蕭蕭屋底瞻遺像　蕭蕭《しょうしょう》たる屋《むね》の底《した》に遺像を瞻《み》れば
傑気英姿尚凜然　傑気　英姿　尚お凜然

詩人と薬屋——黄庭堅について——

唐の詩の特長は、高華、つまり精神の外へむかって発するはなばなしさにある。それに対し、宋の詩の特長は、苦渋、つまり精神の内にむかっての沈潜にある。従来はあまり興味を感じなかった宋詩に、近ごろ私が興味を感じだしたのは、年齢のせいであろうか。といって、最近、宋の黄山谷《こうさんこく》の詩を、すこしずつではあるが読んでいるのは、別に深くそのことを自覚してではない。蘇東坡《そとうば》と並称されるこの北宋時代の大詩人が、若いころには、薬屋を開業しようとしたことがあるという述懐を、偶然に読み、それに興味を感じたからである。

文章は、四部叢刊本『予章先生文集』では、巻二十五、題跋の部に、また専ら山谷のこの種の文章をあつめた津逮秘書本の『山谷題跋』では、その巻一に見え、

——薬の説を書して、族弟の友諒《ゆうりよう》に遺《おく》る

と題する。晩年、政争の犠牲となって、久しきにわたる四川への流罪ののち、一一〇一、

建中靖国元年、その年齢では五十七歳、新帝徽宗《きそう》の即位にともなう恩赦によって、罪をゆるされ、流罪地の四川をはなれて、湖北の荊州《けいしゅう》にしばらく足をとどめたころの作である。つまり蘇轍《そてつ》に与えた書簡によれば、「流落七年、恩赦を蒙って東に帰る。荊州に至るや病んで幾《ほと》んど死し、一弟一妹と、亡弟の二子を失う。早く衰えて気は索《つ》き、復《ま》た昔時の人に非る也」という環境での作であるが、文章はまず追憶によってはじまる。いわく、

おれは若くして、江西省の故郷にいたころは、お話にならない貧乏であり、昼になっても、釜にたく米がないことがあった。そこで考えた、貧乏人では相互扶助ができない。金持ちは物わかりがわるい。貧士は相活くる能わず、富子は与《とも》に語るに足らず。貧乏をまぬかれるただひとつの方法、それは薬屋を開業することである。唯だ薬肆と作《な》るは、飢寒せざる術なり。

ところで市井の薬屋は、いんちきな薬を売りつけ、丁を以て丙に代え、乙を以て甲に当てている。且つとび切りよい薬は、おいていない。そのため病人は薬をのんでも、十の三四はなおらない。まやかしばかりを堆積する結果、そのむくいとして、子孫はおちぶれるという例が、ありあまるほどある。

おれの薬屋はちがう。世間に普通な、切実な病気のみを対象として、処方は二十ぐらいに限定する。小僧さんは信頼するに足る三四人だけ。伝統的な処方によって、材料は、産地と季節を厳重に吟味し、調剤も炮炙生熱、みな念を入れて、材料の性質を生かす。そう

して利益は四分と限定する。そうすれば銅貨百枚で、一人の病気が直せる。毎日の利益はうすいけれども、長期の利潤は見こせる。日に計りては足らず、歳に計りては余り有り。考えに考えて、そうすることにきめていたところ、どうした拍子か、おれは進士に及第した。そのため役人稼業をすることになり、薬屋開業の計画は、夢におわった。

夢におわりはしたけれども、そのときの気持は、今も継続している。老齢の流罪人としてのおれが、四川の戎州《じゆうしゆう》にいたころ、郷里の袁彬《えんびん》というものが、やって来て、人だすけの薬屋をやりたいという。おれはかつての計画をはなした。

いままた、流罪をゆるされて、ここ荆州に来ると、一族の若ものの黄友諒《こうゆうりよう》というのが、やはり貧ゆえに薬屋をやっているという。これもおれのかつての計画の実現者といってよい。故にこの文章を書いて、かれ友諒に与える。

以上が、「薬の説を書して、族弟の友諒に遺《おく》る」という黄山谷の文章の大略である。つまり詩人は、幸か不幸か、文官試験に及第した結果として、十一世紀後半の政界と官界に、ある地歩をもつことになったけれども、もし試験に及第していなかったとしたら、薬屋の主人となり、町の詩人として一生を終っていたかも知れないことになる。

またこの文章は、もう一つのことをも示す。年譜を見ると、山谷が進士の試験に及第し、さいしょの仕官として、汝州《じよしゆう》の葉県《しよう》の尉《い》に任ぜられたのは、英宗皇帝の治平四年、一〇六七年、二十三歳のときであるが、それまでの山谷は、大へん貧乏であったということである。山谷の父の黄庶《こうしょ》という人も、『伐檀集』二巻を今にとどめるほどの詩人であり、また進士に及第して、地方の小役人になっているが、早く死んだと見え、山谷とその兄弟姉妹たちは、母の未亡人とともに、大へん貧乏な、中小地主の生活のなかにいたらしい。

そのことは、やはり題跋の巻におさめたもう一首の文章にも見える。

——自ずから書せし巻の後に題す

という文章であって、能書の山谷が、みずからの筆蹟のあとに、書き足した文章であるが、前の文章よりはややのち、再び流罪人となった崇寧三年十一月に書かれている。すなわち山谷は、荆州に滞在中、承天院という寺の塔のために、一篇の文章を書いたが、その中の何気ない文句が、時の政府を誹謗するものとして、反対党の告発をうけ、この年、こんどは広西の宜州《ぎしゅう》に流された。はじめはある市民の好意により、その家に住んだが、地方官が圧力をかけたので、追い出され、ある寺へ移った。そこも追い出され、やむなく城郭の南門の小屋を居所としたときの作であって、いわく、

おれのいまいるところは大へんなところである。流罪人は城内に住んではいけないというので、城南のここをあてがわれたが、雨はもる風はふきこむ、上雨傍風、蓋障有る無し。且つ、市声喧聵として、騒がしさかぎりない。常人ならばとても辛抱できまいが、おれはがんらい百姓の出、もし進士の試験に及第していなかったとしたら、田んぼの中の小屋は、まさにこの通りであったろう。ゆえに平気である。ベッドをしつらえ、香を焚いて坐り、

西隣りの肉屋のまないたとむきあいながら、この一巻を書いた。書いたのは、銅貨三枚で買った鶏毛筆である云云。

この文章のなかでも、家は本《も》と農耕、使《も》し進士に従わざりせば、田中の廬舎、是の如くならん、と、若いころの貧乏が、追憶されている。またそれは、この二つの文章に、追憶として語られているばかりではない。若いころの詩にも、それを歌うものがある。

山谷の詩集は、内集と外集とに別かれる。同郷の後学、南宋の周季鳳の書いた『山谷先生別伝』によれば、内集二十巻は、周公孔子の趣旨に合致する詩、外集十七巻は、そうでない詩を収めるといい、共に日本もしくは朝鮮の刊本が、よいテクストとして貴重されるが、うち内集の方は、もっぱら三十四歳で蘇東坡の知遇を得て以後の詩であり、ごく若いころの詩は、外集の方に見える。

そのうち外集の巻一に、

――家に還りて伯氏に呈す

と題しておさめる長い七言の詩がある。「伯氏」とは長兄の意であり、おそらく二十三歳で進士に及第し、河南の葉県の事務官に赴任しての直後、さいしょの休暇に、江西の故郷へ帰省して、家の長兄に贈った詩であろう。

去日桜桃初破花　　去る日には桜桃の初めて花を破《ひら》きしに

帰来着子如紅豆　　帰り来たれば子《み》を着けて紅豆の如し

去る日とは、初めての赴任のため故郷を出た日であり、帰り来たるとは、さいしょの休暇で帰郷した今である。わずかの間にも、時間はやはり流れている。

四時駆逼少須臾　　四つの時は駆り逼《せま》りて須臾《ためらい》少なく
両鬢飄零成老醜　　両《ふた》つの鬢は飄零して老醜と成る

時間の流れの上に、われわれは醜く老いてゆく、という感懐を、二十三の青年が早くも発しているのは、よほど生活の苦労につかれていたからであろうか。さて思い出すのは、貧乏のどん底にいて、しかも重い税金に苦しみぬいたこの間までのこと。

永懐往在江南日　　永く懐う往《さき》に江南に在りし日
原上急難風雨後　　原上の急難　風雨の後
私田苦薄王税多　　私田は薄きに苦しめるに王税は多く
諸弟号寒諸妹痩　　諸弟は寒さに号《な》き　諸妹は痩せたり

そうした危機をきりぬけるものとして、兄さんよ、やっと就職のみちの開けた私は、兄さんと一しょに、母刀自をもつれ、揚子江を北にこえ、任地に赴いた。

扶将白髪渡江来　白髪のひとを扶《たす》け将《も》ちて江を渡り来る
吾二人如左右手　吾れら二人は左右の手の如し

といって、初任給は何ほどもない。篤実な兄さんの性格こそ、一家の救いであった。

苟従禄仕我邅回　苟しくも禄仕に従って我は邅回《てんかい》し
且慰家貧兄孝友　且つ家の貧しさを慰むるは兄の孝友

邅回《てんかい》とは、なれぬ仕官に、うろうろすることである。そればかりではない。なれぬ手つきで、手板《しゅはん》、すなわち官吏の象徴である笏《しゃく》をもって、葉県すなわち汝陽城に赴任した私は、着任そうそう、着任遅延のゆえをもって、譴責をくった。

強趨手板汝陽城　強いて手板もて趨《はし》る汝陽の城
更責愆期被訶詬　更に期を愆《あやま》てりと責められ訶詬を蒙る

法官毒螫草自揺　　法官の毒《むご》き螫《つめ》には草も自ずと揺れん
丞相霜威人避走　　丞相の霜の威に人は避け走る

丞相とは、時にその地方の長官であった富弼《ふうひつ》である。着任そうそうの打撃で、私は甚だ気をくさらせた。しかしこれも貧乏な孤独者が、官場の中で当然うけるべき運命だと、観念した。そう腹をくくれば、そんなことぐらい、私にとって何でもない。

賤貧孤遠蓋如此　　賤貧にして孤遠なれば蓋し此《か》くの如し
此事端於我何有　　此の事　端《まさ》に我に於いて何か有らん

ただ依然として困るのは、貧乏である。米は高く、扶養すべき家族は多い。兄弟五人、その子供をあわせれば二十人。

一嚢粟麦七十銭　　一嚢の粟麦は七十銭
五人兄弟二十口　　五人の兄弟　二十口

つまりこの仕官は、五斗米のために腰を折った陶淵明とおなじく、専ら生活のための仕官であり、屈辱である。しかし、せめて、曲がったものは、肘を曲げることさえ嫌ったという唐の元次山《げんじざん》のように、精神だけは、しゃんともとう。

官如元亮且折腰　官は元亮の如く且つ腰を折るも
心似次山羞曲肘　心は次山に似て肘を曲ぐることを羞ず

ことに気にかかるのは、書斎の、北の窓の下にのこしたままの書物のこと、長く本箱にしまったままであり、ちりが本箱の蝶つがいにつもっていよう。

北窓書冊久不開　北窓の書冊　久しく開かず
筐篋黄塵生鎖鈕　筐篋《きようきよう》の黄塵は鎖鈕《さちゆう》に生ぜん

兄さんよ、あの書物を読みあい、それについて議論しあえるのは、いつのことだろう。二人でゆっくり酒をかたむけ得る日、それは一そう遠そうである。

何当略得共討論　何《いつ》か当《まさ》に略《ほぼ》共に討論するを得ん

况乃雍容把杯酒　　况《いわ》んや乃《すなわ》ち雍容《ようよう》として杯酒を把《と》るをや

しかし兄さんよ、お互いににえきらないぐちはよそう。精神は若いうちこそ充実する。はやく何とか考えねば、そのうち老いぼれる。

意気敷腴貴壮年　　意気の敷腴たるは壮年を貴ぶ
不早計之且衰朽　　早く之を計らずんば且つ衰え朽ちん

私は、思いきった空想を提出してよいであろう。

安得短船万里随江風　　安《い》かでか短き船を得て万里のかた江風に随い
養魚去作陶朱公　　魚を養《か》いつつ去りて陶朱公《とうしゅこう》と作《な》らん

そうして兄さんとわたしとで白髪の母親に孝行をしよう。兄弟はどこへゆくにもしっかりとくっつきあってはなれまい。

斑衣奉親伯与儂　　斑衣《はんい》もて親に奉《つこ》うるは伯《あに》と儂《われ》

四方上下相依従

今のように、行動を人に束縛され、自分の思うままにはならない官吏の生活、それは車の長柄の下にしばられた小馬小牛の生活と思いませんか、兄さん。

用舎由人不由己　用舎《ようしや》　人に由り己《おのれ》に由らざるは

乃是伏轅駒犢耳　乃《すなわ》ち是れ轅《ながえ》に伏せし駒と犢なる耳《のみ》

以上で終る長い詩は、官吏として就職するまでの生活の苦労、また就職したばかりのサラリーマンの周囲にある冷たい眼を、まざまざと写しだしている。

詩を贈られた長兄は、名を大臨《だいりん》、字を元明といい、号は寅庵《いんあん》、やはり詩人であり、しばしば弟の山谷と詩をやりとりしている。ややのちの元豊元年、三十四歳の山谷が、河北の大名府の、国立大学の先生をしていたころ、長兄は故郷から、田園の風物を詠じた七律を四首、弟によせているが、それへの返し歌として、山谷の作ったものが、

――寅庵に次韻す四首

と題して、外集の巻五に見える。その第一首にはいう、

四詩説尽庵前事
寄遠如開水墨図
略有生涯如谷口
非無卜肆在成都
旁籬榛栗供賓客
満眼雲山奉宴居
閑与老農歌帝力
年豊村落罷追胥

四つの詩は説き尽くす庵の前の事
遠きに寄せらるれば水墨の図を開くが如し
略《ほぼ》生涯有るは谷口《こくこう》の如く
卜肆《ぼくし》の成都に在るもの無きにしも非ず
籬に傍《そ》える榛《はしばみ》と栗は賓客に供し
眼に満つる雲山は宴《やす》らげる居《すまい》に奉《つこ》う
閑に老農と帝力を歌う
年は豊かにして村落は追胥《ついしょ》を罷《や》む

兄が寄せてきたという四つの詩は伝わらないが、その詩にえがかれた故郷分寧《ぶんねい》の村の風景が、水墨画のごとくであったというのは、必ずしも誇張ではない。洪州の分寧というのは、今の江西の修水県であるが、そこは山川幽邃にして、以て世を避くるに適した土地であるので、浙江の金華から移住して来た六世の祖黄瞻《こうせん》が、そこに居を定めたのだと、周季《しゅうき》鳳《ほう》の山谷先生別伝にはいう。同郷の後輩の言葉ゆえ、多少の割り引きが必要であろうが、やがては鄱陽《はよう》湖に流れこむおなじ名の川にのぞんだ、平和な田園都市ではあるであろう。詩の最後にいう追胥《ついしょ》とは、村落の自警団であり、今年は豊年ゆえ、盗賊もなく、自警の必要もない、というのである。

また黄氏の屋敷のあるところは、小さな地名では双井《そうせい》といった。近ごろ兄は、その双井の旧宅の東に、見はらしのよい土地を見つけ、小さな家をたてたという。そこで返しの第二首には、

兄作新庵接旧居
一原風物萃庭隅
陸機招隠方伝洛
張翰思帰正在呉
五斗折腰慚僕妾
幾年合眼夢郷閭
白雲行処応垂涙
黄犬帰時早寄書

兄は新しき庵を作りて旧居に接す
一原の風物　庭隅に萃《あつま》る
陸機《りくき》の招隠は方《まさ》に洛《らく》に伝わり
張翰《ちょうかん》の帰りを思うは正に呉に在り
五斗もて腰を折るは僕妾に慚《は》ず
幾年か眼を合わせては郷閭《きょうりょ》を夢む
白雲の行く処　応《まさ》に涙を垂るるなるべし
黄なる犬の帰る時　早く書を寄せよ

白雲云云とは、唐の狄仁傑《てきじんけつ》が、大行山をこえての赴任の途中、あとをふりかえって、あの飛ぶ白雲、その下にこそわが老いたる親はましますと、しばらく思い出にふけったのち、白雲が流れ去るのをまって、ふたたび旅をつづけたという故事を用いる。山谷の年おいた母も、故里にいるのであり、それに仕えるのは、兄であった。つまり、一家の出世がしら

であり、大黒柱である山谷は、母と弟妹とを田舎の兄にまかせ、都会でサラリーマンの生活をしていたのである。

第三首には、そうして田舎にいる兄の生活の、晴耕雨読、うらやむべき面をのべていう。

大若塘辺掬網魚
小桃源口帯経鋤
詩催孺子成鶏柵
茶約隣翁掘芋区
苦棟狂風寒徹骨
黄梅細雨潤如酥
此時睡到日三丈
自起開関招酒徒

大若《たいじやく》の塘《つつみ》の辺にて網せる魚を掬《すく》い
小桃源《しょうとうげん》の口にては経を帯びて鋤く
詩は孺《おさな》き子を催《うなが》して鶏の柵を成し
茶は隣の翁を約《まね》きて芋の区《はた》を掘る
苦棟の狂風は寒さの骨に徹するも
黄梅の細雨は潤《うるお》うこと酥《そ》の如し
此の時　睡りて日の三丈なるに到り
自ずから起き　関《と》を開きて酒徒を招く

苦棟の二字の義を私は詳かにせぬが、あなたの庵は、新築とはいえ安ぶしん、冬は風がしみこんで寒かろうというのが、一句の意であろうか。しかし今はよい季節、梅雨《つゆ》のこさめが、クリームのように、なめらかにふっている。熟睡。そうして村人たちとのさかもり。

そうしてさいごの第四首には、

未怪窮山寂寞居
此情常与世情疎
誰家生計無閑地
大半帰来已白鬢
不用看雲眠永日
会思臨水寄双魚
公私逋負田園薄
未至妨人作楽無

未《ま》だ怪しまず窮《わび》しき山に寂寞として居るを
此の情は常に世の情と疎かなり
誰が家の生計か閑地無からん
大半は帰り来たれば已に白き鬢
雲を看て永き日に眠るを用いず
会《よ》し水に臨みて双つの魚を寄するを思え
公私の逋負《ほふ》に田園は薄し
未《ま》だ人の楽しみを作《な》すを妨ぐるに至らざるや無《いな》や

最後の聯の、公私の逋負《ほふ》とは、公的には税金の滞納、私的には未返済の借金である。やせた田畑では、それらが払いきれているかどうか。兄さん、あなたものんきにばかりにはしていられないであろうね。

私がこの文章を書いたのは、十一世紀の中国の詩人の生活環境が、二十世紀の日本のわれわれのそれと、そんなに違わないことに、興味を感ずるからである。そうしてそれは、唐人の生活、少なくとも唐詩を通じて見られるそれには、まだ顕著でないものである。

唐と宋の文明、またその背景としてある生活の間には、大きな断絶があるということは、故内藤湖南先生の力説されたところであるが、これらの詩も、もし唐の詩と比較するならば、そのことを示すであろう。

私が宋の詩を読むことに、興味を感じはじめたのは、年齢のせいでもあろうとともに、またただそれだけではないかもしれぬ。

陸游について

宋詩は、十二世紀後半から十三世紀初にかけて、第二の頂点に達する。南宋二代目の皇帝孝宗が、養父高宗を太上皇として仕えつつ、隆興、乾道、淳熙《じゅんき》を年号としたのにはじまり、またそれを中心とする。孝宗は養父の高宗より、金に対する態度が積極的であり、北伐の軍を出して、失敗し、条約をむすび直す。いわゆる「隆興の和議」である。蘇軾ら「元祐の名臣」の名誉は、南宋のはじめから恢復されつつあったが、「文忠公」のおくりなを蘇軾に追贈したのも、孝宗の施政の一つである。在位二十八年ののち、彼も養父に見ならい、その子三代目光宗に譲位するが、病弱な光宗は、紹熙の年号を五年称しただけで、更にその子である四代目寧宗に譲位を強要される。以後寧宗は、次の世紀の半ばまで、三十年の長い治世をもつが、そのはじめの年号、慶元、嘉泰《かたい》、開禧《かいき》のころまでが、宋詩第二の盛時である。

陸游《りくゆう》をもっとも大家とするが、范成大《はんせいだい》、楊万里《ようばんり》が、それとならび、范陸、あるいは楊陸と並称される。三人は、北宋亡国のころ、一つちがいずつで生まれ、たがいに友人である。いずれも初代の皇帝高宗の時代に、青壮の年を送ったはずであるが、そのころの詩をのこすのは、范のみである。陸と楊は删って人に示さない。高宗の金に対する態度が軟弱であったことへの、無言の反撥であるかも知れない。

陸游、字は務観《むかん》、号は放翁《ほうおう》は、三十二歳から、八十五歳の死に至るまで、五十年間の詩作を、『剣南詩稿』八十五巻としてのこす。総数約一万首。彼自身による年次をおっての編集である。詩作の量は晩年に至るほど密度を高める。中年四十六歳から五十四歳まで、つまり孝宗、治世の中ほど、前線地帯四川に在勤したころ、すでに相当の密度を示すが、六十六歳以後、光宗、寧宗の時代、故郷の浙江紹興附近の農村に隠居してのち二十年の詩作は、ほとんど日記のごとき密度にある。このように多作な詩人は、絶後でないまでも、空前である。その量がすでに人を圧倒する。且つそのことはすでに、彼が行動的な人物であったことを思わせる。

且つ一万首の詩は、おざなり、ぞんざい、を感じさせることが、ほとんどない。それぞれに充実を感じさせる。一首一首に、行動的な精神がはたらいていて、大なり小なりそれぞれに詩的造型を果す。

行動的なのは、そもそも人がらがそうであった。敵国金に対する徹底的交戦、それが政治家としては成功しなかった彼の、政治的主張の中核であった。しばしばみずから従軍して、敵地に攻め込み、「屍《しかばね》を馬革《ばかく》に裹《つつ》み」たいと歌う。「千年の史策、名無きを恥じ、一片の丹心、天子に報ぜん」。「一朝塞を出づれば君試みに看よ、旦《あした》に宝雞《ほうけい》を発して暮には長安」。主張はくりかえしくりかえし歌われて、八十六歳の臨終のうた「王師《おうし》北のかた中原を定むる日、家祭忘る無かれ乃《なんじ》が翁《ちち》に告ぐるを」に及んでいる。

詩作の態度においても、政治的態度においても、行動的であったのは、激情の人物であったからである。かつ激情は、挫折を経ることによって、一そうたかまった。

まず北伐の主張は、時の要路によってしばしばおさえられた。彼の詩の一特徴は、夢に託しての詩が多いこと、清の批評家趙翼が指摘するごとくであるが、敵国金への進攻は、夢の中でのみ可能であった。五十六歳の七言古詩の題にはいう、「五月十一日、夜且《まさ》に半ばならんとし、夢に大駕の親征に従う、馬上にて長句を作り、未《い》まだ篇を終えずして覚む」云云。またそもそも敵国金の事情は、彼のみならず、一たいに南宋の人人によくわからなかった。たとえば淳熙十一年、六十歳の彼は、「虜《えびす》の酋《かしら》は漠北に遁れ帰り」、「虜《えびす》の政は衰乱せり」といい、今こそ進攻のときといきまく。実はそのころの金は、英主世宗の統治のもとに、もっとも安定した状態にあった。こうした国際情勢への無智も、挫折をました。

挫折は、家庭人としてもあった。さいしょの妻との、母の命令による離婚は、にがい追憶として、六十三歳の彼に、「菊の枕」と題する詩を作らせている。

采得黄花作枕嚢　　黄花を采り得て枕嚢《ちんのう》を作る
曲屛深幌鎖幽香　　曲屛《きょくへい》　深幌《しんこう》　幽香を鎖ざす
喚回四十三年夢　　喚《よ》び回《かえ》す四十三年の夢
燈暗無人説断腸　　灯暗くして人の断腸を説く無し

「黄花」は菊の花。折れまがった屛風、深くたれこめたカーテンのなかで、菊の花びらをつめた枕は、四十三年前にあの人が作ってくれたのとおなじ幽しい香おりを、ただよわす。

少日曽題菊枕詩　　少《わか》き日に曽《か》つて題《つく》りぬ菊枕の詩
蠹編残稿鎖蛛糸　　蠹編《とへん》　残稿《ざんこう》　蛛の糸に鎖ざさる
人間万事銷磨尽　　人間万事　銷磨し尽くし
只有清香似旧時　　只《た》だ清香の旧時に似る有り

少《わか》き日に作ったというはじめの「菊枕」の詩は、今伝わらない。事がらの詳細は、幸田露伴「幽秘記」に見える。七十五歳の作「沈園」の絶句も、なおその追憶である。

挫折による激情の昂揚は、多くの感傷の詩を生む。そのため彼の詩は、従来の宋詩、ことに北宋の詩とは、印象を一にしない。もはや悲哀を拒否しないのであり、感傷をあらわに示す。あるいは感傷こそ、大海のような彼の詩の、平均した地色であると思われる。大海の中から一しずくふたしずくをすくえば、淳熙四年、五十三歳、四川在任中の「秋に感ず」にはいう、

西風繁杵擣征衣
客子関情正此時
万事従初聊復爾
百年彊半欲何之
画堂蟋蟀怨清夜
金井梧桐辞故枝
一枕凄涼眠不得
呼燈起作感秋詩

西風　繁杵《はんしよ》　征衣を擣つ
客子の関情は正に此の時
万事は初め従《よ》り聊《いささ》か復《ま》た爾《しか》り
百年　強半　何ずくに之《ゆ》かんと欲する
画堂の蟋蟀《しつしゆつ》は清夜に怨み
金井《きんせい》の梧桐《ごとう》は故枝《こし》を辞す
一枕の凄涼《せいりよう》　眠り得ず
灯を呼び起きて作る秋に感ずる詩

「西風」はあきかぜ、「繁杵」はひんぱんに音をひびかせる砧《きぬた》のきね。「征衣」は出征兵士の軍服。「客子」はたびびとであるおのれ。「関情」は関心。「万事」云云の聯は、自己の生活も、対金政策を中心とする周辺の政治的環境も、はじめからよい位になげやりであっ

たという悔恨といきどおり。「強半」は半分以上、人生百年のなかば以上をすぎたおのれは、これからの人生行路をどうしようというのか。「画堂」は壁画のある座敷。「蟋蟀」はこおろぎ。「金井」は金属を井戸がわとする井戸、それにのぞむ梧桐のおち葉が、これまでくっついていた「故《もと》の枝」を辞去しようとする。「凄涼」は悲痛なわびしさ。

淳熙十一年、六十歳、故郷山陰での七律「秋を悲しむ」にはいう、

病後支離不自持
湖辺蕭瑟早寒時
已驚白髪馮唐老
又起清秋宋玉悲
枕上数声新到雁
燈前一局欲残碁
丈夫幾許襟懐事
天地無情似不知

病後《びょうご》　支離《しり》として　自《みずか》ら持《ささ》えず
湖辺　蕭瑟《しょうしつ》　早寒の時
已に驚く白髪の馮唐《ふうとう》のごとく老いしに
又た起こす清秋の宋玉の悲しみ
枕上　数声　新たに到りし雁
灯前　一局　残《おわ》らんと欲する碁
丈夫　幾許《いくばく》か　襟懐の事
天地　情無くして知らざるに似たり

「支離」は心的なまた肉体的なちぐはぐ。「湖辺」の湖とは、そのすまいのあった鑑湖《かんこ》、またの名は鏡湖。「蕭瑟」は冷厳なさびしさ。「早寒」はいつもより早く来た寒さ。「馮唐」

は、時世とちぐはぐでありつづけたため九十まで不遇であった漢代の人物。「宋玉」はいうまでもなく楚辞の詩人、秋を悲しむ歌の始祖である。枕上に数声をつたえる雁は、北方の金国から飛んで来たものであり、灯前のうちかけの碁盤は、時局の象徴でもあろう。「襟懐」はむねのうち。「天地無情」の句については、いろいろ分析が可能であろうが、今はただのちに引く詩にも、類似の句が、「空しく自ずから天を呼ぶも天は知らず」とあるのを、注意するにとどめる。

北宋の詩がしばしば示した過度の冷静、それに対する反撥が、彼にはあったように思われる。反撥は、詩壇全体の問題として、南宋のはじめから、先輩たちの間に、すでに動いていた。前章で説いたような唐詩への郷愁は、そのためであったと思われる。しかし抒情の復活は、この大詩人の行動的な性格によって、結実を見たのである。

陸游がみずからの詩と最も近い存在として意識したのは、杜甫、ことに杜甫の激情である。杜甫に対する尊敬は、早くからであったと思われるが、五十歳を前後として、四川、すなわち杜甫の後半世の詩が作られた地域における地方官としての生活は、接近に速度を与えた。一万首の詩の半ばが七律であることも、杜甫的であれば、またその七律が「感秋」の詩の「蟋蟀」「梧桐」が例となるように、自然を点出して感情を高める点も、杜甫的である。あるいは唐詩的である。ただし上下句ともに自然の風景であるよりも、「悲秋」の「新到雁」と「欲残碁」のように、半ばは人事であるのは、やはり人事を重んずる宋詩のゆえであろう。一万首の半ばをしめるとして五千首の七律、もしそれを委細に分析すれば、ある結果が期待されよう。

ところで陸游の激情は、杜甫と必ずしもおなじ形では表現されない。杜甫のように一方的に奔騰して、身も世もあらぬ悲しみ、そうした形には至らない。彼もやはり宋人であり、巨視の哲学、抵抗の哲学を、蘇軾から、彼自身としては自覚するしないにかかわらず、相続しているからである。もっとも彼は、これも北宋詩への反撥としてであろう、蘇軾のごとくには、しばしばその哲学を語らない。しかし一万首の詩は、なおその資料をやぶさかにしない。

まず彼も蘇軾とおなじく、愁い、悲哀が、人生の必須の部分として遍在することを、肯定する。四川在任中に作られた二首の「春愁」のうたは、いずれもそうした哲学をのべるが、ここには、淳熙三年、五十二歳の歳末、近づく春を迎えようとしての作をあげる。

春愁茫茫塞天地
我行未到愁先至
満眼如雲忽復生
尋人似瘧何由避
客来勧我飛觥籌

春の愁いは茫茫として天地に塞《み》つ
我が行《あゆ》み未まだ到らざるに愁い先きに至る
満眼雲の如く忽まち復た生じ
人を尋ぬること瘧《ぎゃく》に似たり何に由りてか避けん
客来たりて我れに觥籌《こうちゅう》を飛ばせよと勧む

我笑謂客君罷休　我れ笑いて客に謂う君罷《や》め休《や》めよ
酔自酔倒愁自愁　酔いは自《お》のずと酔倒し愁いは自のずと愁う
愁与酒如風馬牛　愁いと酒とは風馬牛の如し

「瘧」は病名、おこり。「觥」は大杯、「籌」は盃のかずをうながすかずとり。さいごの句は、愁いと酒とは、「風馬牛」のごとく無関係であり、愁いは酒によってははれぬことをいう。より重要なのはその前の句である。空ゆく雲のごとく、マラリア患者をおそう熱のごとく、愁いは頻繁であるのが、人生の必然であるとする認識であり、おなじ認識は、たびたびその詩集に見える。もっとも晩年のものとして、死の前年、八十四歳、「唐人の愁いの詩を読みて戯れに作る」という五絶句、その第一首にはいう、

少時喚愁作底物　少《わか》き時に愁いは底物《なにもの》と作《な》すと喚《よ》ばわりしに
老境方知世有愁　老境にて方《はじ》めて知《さと》りぬ世には愁い有るを
忘尽世間愁故在　世間を忘れ尽くすとも愁いは故《もと》のごとく在り
和身忘却始応休　身和《ぐる》み忘却して始めて応《まさ》に休《や》むべし

要するにこの身のあるかぎり、愁いはわが身に附随するというのである。またその第二

首には、愁いこそ詩を生む材料であるとして、いう。

清愁自是詩中料　　清愁は自のずと是れ詩中の料《しろ》
向使無愁可得詩　　向《も》し愁い無からしめば詩を得可《うべ》けんや
不属僧窓孤宿夜　　僧窓に孤り宿る夜に属せずば
即還山駅旅遊時　　即ち還《ま》た山の駅に旅して遊ぶ時

それとともに、人生は悲哀のみでは構成されず、幸福もまた随所にあるとする哲学も、蘇軾から相続する。淳熙元年、五十歳、四川の大邑《たいゆう》県を旅する途中、黄《こう》を姓とする書生の書斎で小憩しての五言古詩「黄秀才の書堂に憩う」は、その例である。且つこの詩は、「吾が生は虚舟の如し」と、言葉までも、蘇軾の「吾が生は寄するが如き耳」に似せつつ、うたい出される。

吾生如虚舟　　吾《わ》が生《せい》は虚舟《きよしゆう》の如《ごと》く
万里常泛泛　　万里《ばんり》　常《つね》に泛泛《はんぱん》
終年厭作客　　終年　客と作《な》るを厭い
著処思繫纜　　著《いた》る処　纜《ともづな》を繫がんと思う

道辺何人居
花竹頗閑淡
門庭浄如拭
窓几光可鑑
堂上満架書
朱黄方点勘
把茅容卜隣
老死更誰憾

道の辺《ほとり》の何人の居ぞや
花竹　頗る閑淡なり
門庭浄きこと拭うが如く
窓几《そうき》　光　鑑《うつ》す可し
堂上には架に満つる書
朱黄もて方《まさ》に点勘す
茅《ぼう》を把《と》りて隣りを卜《ぼく》するを容《ゆる》さば
老死するも更に誰をか憾《うら》まんや

ゆきずりにふとみちびかれた初対面の若人の清潔な書斎。「閑淡」とわずらわしくない庭木の中に、はききよめられふききよめられた庭、窓、机。「朱黄」朱墨で点をうたれた、書架一ぱいの書物。幸福はここにもあふれている。「茅」は屋根をふくためのそれ。それを用意して、あなたの隣りに住みたい。

更にまた「泛泛」とゆくえ定めず、水上をうかびゆくむなしき舟のごとき人生の時間を、主体の抵抗によって生きぬこうという哲学も、蘇軾と同じである。もっともはっきりそれをいうのは、一海氏の書にも見えた六十九歳の作「山頭の石」である。

秋風万木霣
春雨百草生
造物初何心
時至自枯栄
惟有山頭石
歳月浩莫測
不知四時運
常帯太古色
老翁一生居此山
脚力欲尽猶躋攀
時時撫石三歎息
安得此身如爾頑

秋風　万木　霣《か》れ
春雨　百草　生ず
造物　初めより何の心ぞ
時至れば自ずから枯栄す
惟《た》だ山頭の石有りて
歳月　浩《こう》として測る莫し
四時の運《めぐ》るを知らずして
常に太古の色を帯ぶ
老翁　一生　此の山に居り
脚力　尽きんと欲して　猶《な》お躋攀《せいはん》す
時時　石を撫して　三歎息す
安んぞ此の身の爾の如く頑なるを得ん

「造物は初めより何の心ぞ」、自然は意志があるのかないのか、それはともかくとして、自然は春秋を循環させると、それを歌い出しとする思索は、一方、循環しない不変な自然として、山の頭《へ》の岩石に注目し、それと自己との関係を考える。老翁となったわたしは、一生この故郷の山に居るゆえに、足のなえた今も、常にそこへよじのぼる。まさしく山に登るのは山があるから、という哲学である。そうしてこの石のごとくではあり得ないであろう自己が、そのごとくであり得ることを「安《い》ずくんぞ得ん」と、その方法に懐疑を感じつつもねがう。

こうした抵抗の哲学は、早くからいだかれたものであった。五十歳、四川での「白髪」の作には、「我が生は実に邅《めぐ》り多く、九折して晩《おい》の途《みち》を行く」と、さきにあげた蘇軾の詩と、言葉までもかさならせる。

彼の詩が、感傷に富みつつも、感傷に終始しないのは、蘇軾にはじまる巨視の哲学が、このように彼にも相続され、作用しているからである。また彼の教養も、巨視を生むのに適していた。彼の家は祖父陸佃《りくでん》以来、学者の家である。且つ家学は、彼がしばしば周辺の農民に施薬するのを結果したように、医学、薬学にも及んでいた。むろん医薬の学ばかりが、教養であったのではない。「灯前の目の力は昔に非ずと雖も、猶お課す蠅頭の二万言」、「読書の本意は元元に在り」。善良な人民に奉仕する準備としてのひろい読書を、責任としてつとめることにより、その目は一そう多角であった。

性来の激情と、後天的に養われた多角な目と、二つのむすびつきは、陸游の詩に、又一つの、そうしておそらくはもっとも重要な、性質をうむ。激情の人ではあるけれども、激情によって視線をせばめることなく、せばまらない視線に、激情が作用するとすれば、結果は、現実の多角な反映とならざるを得ない。しかも多角な巨視を、冷静な哲学に帰納することは好まない。感覚による現実の把握こそ、行動的な性格にふさわしいものであった。把握は、その長い人生の後半をおくった農村にむかって、ことに活潑である。陶淵明以来、農村をうたった「田園詩人」は少なくない。しかし、陸游のごとく、農村の生活を、多角多面に、感覚的にとらえた詩人はいない。

こころみに、内容となった事項を拾おう。私の調査はまだ充分でないけれども、まず四季の農耕のようすをはじめとして、正月、端午、豊年祭などの年中行事。結婚。納税。税金を完納できずに逃亡した「逋戸」(『剣南詩稿』五十九、以下おなじ)。村の医者(五十九)。自分もその一人である薬屋(七十二)。入れ歯をこしらえる歯医者(五十六)。仕立屋(三十九)。帽子屋(同)。薪売りの翁(同六十九)。夜も人よせの太鼓の音のやかましい酒屋(六十四)。坊さん(四十)。人相見(二十九)。トい者(三十二)。芝居もしくは講釈(二十七、三十二、三十三、五十三、六十八、八十)。老いたる役者(二十六)。農耕の時間の開始を知らせるため朝五時に叩かれる鉄板(二十)。農村の共同の食事(四十五)。「客」と呼ばれる農繁期の手伝い男(六十六)。道ぶしん(四十五)。村の子供。「百家姓」その他を教科書として十月にはじまる村塾(二十二、二十五)。茶店(七十七)。はたごや(六十一)。新婚の翌日、徴兵にとられた男(六十九)。村人の争い(六十二、七十)。どろぼう(二十四、六十)。等等。十二、十三世紀、浙江省東部の農村の生活が、縦横無尽に現われる。

そうして描写は、勤労する人人のエネルギーに対する同感ないしは敬意によって、一そ

う活潑である。たとえば死の前年、八十四歳、「農家」と題する五言律詩の連作の一つ、

大布縫袍穏　大布もて袍《うわぎ》を縫えば穏かなり
乾薪起火紅　乾きし薪もて火を起こせば紅し
薄才施甽畝　薄《つたな》けれど才は甽畝《けんぽ》に施《はた》かせ
朴学教児童　朴《すなお》なる学を児童に教ゆ
羊要高為桟　羊は高く桟《おり》を為すを要し
雞当細織籠　鶏は当《まさ》に細かに籠を織るべきぞ
農家自還楽　農家は自のずと還た楽し
不是傲王公　是れ王公に傲《おご》るにはあらねど

「大布」は目のあらい木綿。「甽畝」は農地。また精気にあふれた村の子供たちが、学校から帰って来たのを、おなじ連作の第五首にはたたえて、

諸孫晩下学　諸孫　晩《ゆうべ》に学より下がる
髻脱繞園行　髻《もとどり》は脱《と》け　園《はたけ》を繞りて行く
互笑蔵鉤拙　互いに蔵鉤《ぞうこう》の拙きを笑い

争言闘草贏　　争いて闘草の贏《か》ちを言う
爺厳責程課　　爺《ちち》は厳しくして程課《ていか》を責むれど
翁愛哺飴餳　　翁は愛して飴餳《いよう》を哺《くら》わしむ
富貴寧期汝　　富貴は寧んぞ汝に期せんや
他年且力耕　　他年　且つは耕しに力《はげ》め

「諸孫」はあっちこっちの農家の孫たち。「蔵鉤」は、手のひらににぎりしめたものをあてあいっこする遊戯。「闘草」は草あわせ。「程課」は勉強。「飴餳」はあめ。世間的なえらい人になどならなくっていい。いいお百姓になっておくれ。

田園に隠遁してからの彼が、貧しい恩給生活者であり、貧しい自作農であったことは、みずからも農民の一人であるという意識を、深めた。八十歳「貧甚し、短歌を作りて悶《うれ》いを排《はら》う」にはいう、

年豊米賤身独飢　　年《みの》り豊かに米は賤《やす》きも身独り飢う
今朝得米無薪炊　　今朝米を得るも薪の炊くべき無し
地上去天八万里　　地上　天を去ること八万里
空自呼天天不知　　空しく自ずから天を呼ぶも天知らず

睦子遹《りくしいつ》をかしらとする六人のわが子に対する愛情は、当然に熾烈であった。長いきするうちに、子供たちはみな大きくなり、あちこちに就職した。それらに与える詩は、ことにしんみりとし、また他の詩人にはめずらしい素材である。たとえば次男の陸子竜が、江西の吉州への赴任を見送った詩を見よ。

家庭での愛情は、猫にも及んだ。近所の村からもらって来た「雪児《せつじ》」という名の猫（二十三）、「粉鼻《ふんび》」しろ鼻という名の猫（三十八）、みな詩をもらっているが、別のまた一ぴきの猫にやった「猫に贈る」（三十八）にはいう、

裹塩迎得小狸奴　塩を裹《つつ》みて迎え得たり小さき狸奴《りど》
尽護山房万巻書　尽く護る山房万巻の書
慚愧家貧策勲薄　慚愧す家は貧しくして勲に策《むく》ゆること薄く
寒無氈坐食無魚　寒《さむ》きも氈の坐する無く食に魚無し

「狸奴」は猫の雅名。「塩を裹む」とは、猫をくれた家には、塩を礼にするのが風習であったらしいこと、別の詩にも見える（四十二）。書物の番人にもらって来たおまえだが、なにぶんにもこの貧乏ぐらしでは、功労にむくいるべく、すわらせる毛氈《もうせん》も、たべさせる

魚もない。中年、四川にいたころ、夜の書斎で、末の男の子が見せに来た詩の習作を、直してやったあと、ねむくなり、子供は子供部屋へひきあげ、ただ猫とむきあってしきものの上にすわっている、云云という七言古詩に至っては、私小説を読む思いがある（十八）。

最も大きな熾烈な愛情として、国家と民族へのそれは、近ごろの文学史家から「愛国詩人」と呼ばれる。愛国の意識は、宿敵金への軍事的復讐を軸としたが、抗戦は、国内の同胞の幸福をねがうためでもとよりあった。王安石と同じく、土地の公平な分配を、主張としたことは七十歳の「歳暮感懐」に示される。また「治道が耕桑に本づく」こと、つまり農民の問題こそ政治の根本の問題であるとするのは、子供のころ家塾で、『詩経』の豳風《ひんぷう》の詩を習って以来の、信念であるという（七十六）。

八十四歳の作である次の七言律詩は、一万首の彼の詩を貫く又一つの意識を、説明する。題して「冬の夜の里中に済《くら》せざる者多し、愴然として賦する有り」。

大耋年光病日侵
久辞微禄臥山林
雖無歎老嗟卑語
猶有哀窮悼屈心
力薄不能推一飯

大耋《だいてつ》の年光　病日に侵す
久しく微禄を辞して山林に臥す
老いを歎き卑しきを嗟《なげ》く語無しと雖も
猶お窮《とぼ》しきものを哀れみ屈《おさ》えられしものを悼む心有り
力薄くして一飯を推《あた》うる能わざるも

義深常願散千金　義は深くして常に千金を散ぜんと願う
夜闌感慨残燈下　夜闌《ふ》けて感慨す残んの灯の下
皎皎孤懐帝所臨　皎皎たる孤懐は帝の臨《みそな》わす所

「大耋」は九十の年より、「年光」は時間、「皎皎たる孤懐」は、あざやかに孤立した興奮、「帝」は天帝、あまつかみ。

またかく「孤懐」をいだくばかりで、何事をもなし得ない自分を、次のようにも歌う。「夜に坐して」。

家家績火夜深明　家家のいとを績《つむ》ぐ火の夜深《しん》に明かに
処処新畬雨後耕　処処の新しき畬《はたけ》は雨後に耕す
常愧老身無一事　常に愧《は》ず老いたる身は一つの事も無く
地炉堅坐聴風声　地炉に堅坐して風の声を聴くを

「地炉」はいろり、「堅坐」はじっとすわる。

「家祭」云云の辞世をのこして、世を去ったのは、その翌年である。

彼の詩に対する批評の最も早いものの一つとして、次章にのべる戴復古《たいふくこ》は、「放翁先生の剣南詩草を読む」という七律でいう、「南渡百年此の奇無し」。北方開封から南方杭州への遷都が「南渡」であり、それ以来百年間、陸游のごとくすぐれた詩はないと、そうまずいった上、「妙に入る文章は平淡に本づき、等閑の言語も瑰琦《かいき》に変ず」。下の句は日常等閑の言語なり題材を使いつつ、瑰琦壮麗の表現であることをいうのである。また、李白、杜甫、陳師道、黄庭堅のうたいのこしたものを、「先生は模写して一つも遺《のこ》す無し」という。

元明

元好問について

元好問は、亡び去った祖国金の文明の記録として、苦心編集した『中州集』が、友人の手によって出版されたとき、みずからそのあとにしるした七言絶句五首の第一首に、祖国金の詩が、南宋の詩におさおさ劣らぬむねを、ほこっていう、

鄴下曹劉気儘豪
江東諸謝韻尤高
若従華実評詩品
未便呉儂得錦袍

鄴下《ぎようか》の曹劉《そうりゆう》は気儘《ほ》しいままに豪なり
江東の諸謝は韻《しらべ》尤《もつと》も高し
若し華と実に従《よ》りて詩の品を評せば
未《い》まだ便《かな》らずしも呉儂錦袍《ごのうきんぽう》を得《え》じ

「鄴《ぎよう》の下なる都《みやこ》曹植、劉楨《りゆうてい》」とは、もと三世紀北方の詩人であるが、今は借りて、北方金の詩人が、豪快な気象に富むことをいう。それに対し、「江東の諸謝」とは、四世紀南朝の

謝霊運およびその一族の詩人たちであるが、今は借りて、南宋の詩が、韻致にすぐれることをいう。かくわが祖国、金の詩と、それと対立した国である南宋の詩は、それぞれ長所をことにするが、もし表面の華かさと、内容の充実、それを基準として、詩の品級を批評するならば、「呉儂」、南方の蘇州っ児たちが、むかし唐のころの詩の競技会の賞品とされた錦の直垂《ひたたれ》を、すぐさま獲得するとは、限らぬ。賞品はこちらに来そうである。

元好問のこの豪語は、『中州集』の詩、つまり元好問以前の金の詩には、必ずしもあてはまらない。しかし元好問自身の詩には、よくあてはまる。この世紀を通じて第一の詩人は、彼である。同時代の南宋の、「江湖派」の小詩人たちは、もとより彼の敵でない。また彼が世紀の前半において歌った亡国の悲哀は、世紀の後半におなじ運命をになった南宋の詩人によって、やがて再び歌われることとなるのであるが、詩人としての力量は、やはり彼に及ばぬ。単にこの世紀の第一人者であるばかりではない。中国第一級の詩人の一人である。

元好問、字は裕之《ゆうし》、普通に元遺山《いざん》と呼ぶのは、その号である。山西省太原のやや北なる忻州《きんしゅう》の人。それはいにしえの并州《へいしゅう》の地域であって、中国本部の北端に近く、彼の「并州の少年の行《うた》」に、「北風地を動かして起これば、天際に浮雲多し」という風土である。また晩年のある古詩に、そこの秋の日「九日」の風景を、「霜気《そうき》一たび匽薄《えんぱく》すれば、杳杳《ようよう》として秋山空し。高きに登りて煙《かす》める樹を望めば、黄ばみ落つるもの青と紅を雑《まじ》う」とうたう。

中国南北の気風の差異として、「南人は約簡」すなわち頭の回転が早く、「北学は深蕪《しんぶ》」すなわち要領が悪い、とは、かつて唐初に編まれた歴史書『隋書』および『北史』が、南北それぞれの儒学を比較していった語である。これらの語に深くとらわれることは、無用の決定論を結果するであろうが、元好問の詩の場合は、その生まれそだった風土の姿が、その詩の性質と、無関係でないかも知れぬ。

すなわち彼の詩の性質の中心となるものは、重厚である。彼のがんらいの性格は、激情の人であり、外からの刺戟に鋭敏に反応する詩人的素質にあったと思われるが、彼はその鋭敏な反応を、すぐさま軽率に表現にうつすことを、好まない。刺戟は丹念に熟視され、熟視は対象の各部分にゆきわたる。そのためその詩には、無意味な空虚な句が、甚だ少い。そうして熟慮による表現が、丹念に練りあげられ、重厚さを一そうにする。重厚という点では、杜甫以後の第一人であるかも知れぬ。

彼が生まれたのは、一一九〇、明昌元年、金の諸君主の中でももっとも文化的な君主、章宗マダクーの治世さいしょの年である。章宗が、宋の徽宗の外孫であるという風評は、風評にすぎぬであろう。しかし書画音楽の達人であることは、この夷狄の君主も、徽宗とおなじであり、しかも徽宗のように亡国を、その治世のうちに見ることはなかった。その末年、つまり元の文運が、この風流天子を中核として、絶頂に達したばかりでない。その末年、つまり元好問が、十八九歳のころ、南宋の方から条約をやぶってしかけて来た戦争に勝ち、再講和の条件として、南宋の宰相韓侂冑《かんたくちゅう》の首が、金の国都ペキンに送りとどけられたことは、国威を一そう張るごとく見えた。

しかし暴風は人人の気づかぬ間に、近づいていた。南方から韓侂冑の首級がとどいたとき、北方では蒙古のチンギス汗が、すでに汗位についていたからである。子のない章宗の死後三年、叔父の衛紹王《えいしょうおう》が大安の年号で在位したとき、金は早くもその侵攻をうける。衛紹王が弑逆され、章宗の兄の宣宗吾睹補《ウツブー》が、貞祐の年号を称すると、暴風の範囲は一そう広まり、二十歳の元好問の身辺にもふき及ぶ。

一二一四、貞祐二年三月、元好問の郷里、山西の忻州《きんしゅう》が陥落し、兄の元好古《げんこうこ》が、蒙古軍の虐殺の犠牲となる。試験には落第し、兄よめとは仲が悪く、かわいそうな兄であったのに、と、兄のために書いた「墓銘」にいう。ついでこの年の八月、金は国都を開封にうつす。翌年には「中都」ペキンが完全に陥落し、黄河以北が、全部蒙古の手におちる。元氏の一家も、河南の三郷県《さんきょう》に避難する。有名な「論詩絶句三十首」はこのころの作である。漢魏以来古今の詩の諸流派を検討し、その正しいものの祖述者となろうというのが、二十八歳の青年の抱負であった。ややおくれての著書であり、今はその序文のみが伝わるところの「杜詩学」「東坡詩雅」は、祖述すべき対象についての研究である。

趙秉文《ちょうへいぶん》を委員長とする試験に及第して、進士となったのは、一二二一、三十二歳、宣宗の興定五年である。趙の知遇を受けたのはその前からであり、「杜甫以来、この作無し」

と、趙は、三十年下の若者の詩を激賞した。おかげで彼の進士及第は、趙の私情によるとの非難もうけた。そのころの詩壇の気風は、唐末の唯美的な詩人、李商隠の祖述にかたむき、気風は彼にも及んでいる。趙秉文の命によって作ったという「野菊《やきく》」にはいう、

柴桑人去已千年
細菊斑斑也自円
共愛鮮明照秋色
争教狼藉臥疎煙
荒畦断壠新霜後
痩蝶寒螿晩景前
只恐春叢笑遅暮
題詩端為発幽妍

柴桑《さいそう》の人去りて已に千年
細き菊の斑斑として也《ま》た自《お》のずと円《まど》かなり
共に鮮明に秋の色を照らすを愛す
争《いか》でか狼藉に疎《そぼ》ろなる煙《もや》に臥《が》せ教《し》むる
荒《あ》れし畦《あぜ》　断《き》れし壠《つつみ》　新しき霜の後
痩せし蝶　寒《こご》えし螿《こおろぎ》　晩《ゆうべ》の景《ひかげ》の前
只だ恐るるは春の叢より遅暮《ちぼ》を笑われんことを
詩を題《し》るすは端《まさ》に幽妍《ゆうけん》を発せんが為なり

首句の「柴桑の人」とは、その居処によって陶淵明を呼ぶ。淵明が「東籬《とうり》の菊」を愛したことは、今さらいうまでもない。末二行の「遅暮」は、時節はずれの気のきかなさ、「幽妍」は奥ゆかしい美しさ。何くれとなく野に咲く菊の花の「幽妍」さ、それを発掘するために、この詩を作るというのは、熟視の詩人であることの発端である。もっとも詩は

美文的な習作であるのをまぬがれぬ。しかし美文の習練は、後年の彼の詩が、熟慮による表現を、ゆたかな適切な語彙によって、一そう重量を増すのに、有効な過程であった。私生活も、このころは「南渡」後の享楽的な雰囲気の中で、酒ばかりのんでいたと、散文のある一篇にいう。

ついで四十前後にして、地方官として、河南の南部を転転したのは、宣宗の子である哀宗ニンキアスーが、金の最後の皇帝として、正大の年号をとなえたころである。内郷、南陽、鎮平の知事であったが、うち内郷は疎開の文人でにぎわい、杜《と》善夫《ぜんぷ》字は仲梁、麻革字は信之とは、ことによい詩友であった。

そのころから、熟視の詩は、本領を発揮しはじめる。内郷県の知事室の夜ふけ、書記たちは退庁したあと、くさぐさの憂いが、捕捉しがたい圧力をもって人にせまる香の煙のように、縷縷と、おもたく、彼の心にくすぶりつづける。中央からの徴税の命令「催科《さいか》」は、矢つぎばやであるけれども、知事としての考課表、すなわち「考」に記入されるだけの、成績はない。軍事公債的な賦課として、特別な粟《こめ》を出させよという命令も来ているが、応募者はない。鼠さえも腹をへらしているらしいのが、ソファのまわりをかけめぐりつつ、彼の顔をうかがう。何かにびっくりしたのか、夜のからすの声が、月明の静寂をやぶる。わが元の家の先祖にあたる元結は、唐の時代の舂陵《しょうりょう》の地方官であった。その人のごとく官職をふりすて、小舟をうなばらにこぎだす気もちには、とうていなれない。そうしたおれ自身がうらめしい。そうした意味が、「内郷《ないきょう》の県斎《けんさい》にて事を書す」と題する七言律詩に、次のごとく歌われている。

吏散公庭夜已分
寸心牢落百憂薫
催科無政堪書考
出粟何人与佑軍
飢鼠遶牀如欲語
驚烏啼月不堪聞
扁舟未得滄浪去
慚愧春陵老使君

吏は公庭より散じて夜は已に分《なか》ばなり
寸心　牢落として　百憂薫《くすぶ》る
催科　政《まつりごと》の考に書するに堪うる無く
出粟《しゅつぞく》　何人か与《ため》に軍を佑《たす》けんや
飢えし鼠は床を遶《めぐ》りて語らんと欲する如く
驚きし烏は月に啼きて聞くに堪えず
扁舟　未まだ滄浪に去るを得ず
慚愧《ざんき》す春陵《しょうりょう》の老使君

この詩については、二つのことが注意される。第一、夜深の事務室、それは従来の詩にあまり見えない題材である。ややさきだっては、南宋の陸游にその詩があるののみを、私は知る。元好問の熟視の眼は、かつて杜甫がそうであったように、新しい題材に到達することが、しばしばであったのである。第二、表現の問題として、憂いのくすぼりを、「百憂薫《くん》ず」という言い方は、大へん新しい。「百憂」といい、「薫」という、単語としては普通のものである。それがまっさらのもののごとく感ぜられる。使い古された言葉の、詩の言葉としての再生、これまた彼の詩の、熟視の、あるいは熟慮の、技倆の一つとして、しばしば顕著である。

熟視の目は、自然にむかっても、新しい発見をする。おなじころの七言律詩「張主簿《ちょうしゅぼ》の草堂にて大雨を賦《うた》う」にはいう、

浙樹蛙鳴告雨期
忽驚銀箭四山飛
長江大浪欲横潰
厚地高天如合囲
万里風雲開偉観
百年毛髪凜余威
長虹一出林光動
寂歴村墟空落暉

浙《せき》の樹に蛙は鳴いて雨の期を告ぐ
忽ち驚く銀の箭の四もの山に飛ぶを
長江の大いなる浪は横に潰《つい》えんと欲し
厚き地と高き天も囲みを合するが如し
万里の風雲　偉観を開き
百年の毛髪　余威凜たり
長き虹　一とたび出づれば　林の光動き
寂歴たる村墟に空しく落つる暉《ひ》

見事な詩的造型である。蛙の声、飛びかう銀の箭、天地をおおう水の幕、それらのすべてがうそであったかのようにかかる虹、しずかな落日、みな従来の詩人の見おとしていた

自然の秘密を、発掘したといってよい。そうして「林光動」の「動」の字は、さきの「百憂薫」の「薫」の字とおなじく、使い古された単語の、再生である。

四十二歳、首都開封づめの官吏となったとき、国家はすでに崩壊に瀕していた。陝西《せんせい》の要地鳳翔《ほうしょう》が陥落した際の七律「岐陽《きよう》」三首、翌年の春から十か月間、蒙古軍の包囲の中を籠城しての諸作、またその年の年末、包囲をついて外へ去った哀宗皇帝を見送っての七律「壬辰《じんしん》十二月車駕東狩後の即事」五首、みないかんともし難い情勢に、熟視の目をくいこませた名作である。ことに私の注意をひくのは、「即事」第四首の最後の聯である。

秋風不用吹華髪　　秋風　用いず　華髪を吹くを
滄海横流要此身　　滄海　横流　此の身を要す

秋風よ、ごましおの私の頭を吹くな。古来、天地の間の大きな静止であった滄海、大うなばらの水が、今やうずを巻いて流れ出す。古来死滅したことのない中国の文明、それを蒙古の暴風が死滅させようとする。そのまっただなかに、私は立っている。うずまく大うなばらの波浪を、まっ正面からかぶっている。しかしさればこそ私のこの体は、いよいよ必要なのだ。さかまく波の中にあって、私は政治的抵抗を、もはやなし得ないであろう。しかし、詩人の熟視の目を、じっと見ひらこう。私の責務として見ひらこう。「滄海横流此の身を要す」、この句は、そのように、私には読める。

年を越えて正月、開封は、軍人崔立《さいりつ》のクーデターにより、城を開いて蒙古に降伏する。崔立の強要により、その頌徳碑を執筆したことは、この詩人の伝記の汚点とされる。ただし詩人のために年譜を作った清朝の学者たちは、凌廷堪《りょうていかん》、翁方綱《おうほうこう》、施国祁《しこくき》、みな詩人に対して、弁護的である。

落城後の措置として、蒙古軍は、儒仏道の三教人、医師、匠人に、強制移住を命ずる。元好問も、「儒教人」の一人として、四月二十九日、開封を退去し、五月三日、黄河を北に渡り、山東の聊城《りょうじょう》県に、軟禁される。途中の見聞は、いろいろと詩に見える。また開封退去の一週間前の日附で、蒙古の宰相耶律楚材《やりつそざい》に与えた書簡も、文集に見える。おのれをもふくめて、金の文化人たち五十数人の名を列挙し、中国文明の保持者として、正当の待遇を与えよというのが、書簡の要旨である。「衣冠礼楽、紀綱文章、乃《すなわ》ち是《ここ》に在り」。

聊城の軟禁の中に、四十六歳の春を迎えての、五言律詩にはいう、

海内兵猶満　　海内　兵猶お満ち
天涯歳又新　　天涯　歳《とし》又新たなり
竜移失魚鼈　　竜移りて魚鼈《ぎょべつ》を失《まどわ》せ
日食闘麒麟　　日食　麒麟闘う

草棘荒山雪　　草は棘あり荒山の雪
煙花故園春　　煙る花は故園の春
聊城今夜月　　聊城　今夜の月
愁絶未帰人　　愁いは絶《きわ》まる未まだ帰らざる人

開封の落城前、再挙をはかるべく外に出た哀宗皇帝は、このころ河南の蔡州で自殺し、亡国を完成する。悲報は軟禁の彼にも達し、「竜移」「日食」の一聯を生んだのかも知れぬ。二年ごしの軟禁がとかれてのち、彼および彼の同輩である金の旧文化人たちの、保護者となったのは、民政になれない蒙古人から委任をうけ、半独立の諸侯として、北中国の各地にいた軍閥たちである。ことに山東東平の城主である厳実父子、その部将趙天錫、河北保定の城主である張柔、それらの好意を、元好問は受けている。彼等の居城と、故郷忻《きん》州《しゅう》の読書山にたてた書斎、その間を往来するのが、亡国後の元好問の生活であった。

熟視の目は依然として見開かれている。しかしその前にあるのは、ただ荒涼たる北中国特有の自然であった。金の国が維持して来た文明が、窒息してしまったばかりではない。政治の主体さえも、明確でなかった。暴風のように金国をほろぼした蒙古人は、虐殺によって中国人に忠誠を誓わせると、前述の厳実、張柔、および河北真定の史天沢、河北藁《こう》城《じょう》の董俊《とうしゅん》、それがいわゆる「四つの万戸《ばんこ》」であるが、それら土豪の兵力をもつものに、責任をもたせて、さっさとひきあげた。北中国は、一種の無重力状態に、何十年かあった。

元好問に残された仕事としては、なお一つのものがあった。亡び去った祖国のために、正確な政治と文明の記録を残すことである。文明の記録は、『中州集』として結実し、現存する。政治の記録についても、書を著そうとした。郷里の忻州に書斎を立てたのは、五十歳、一二三九、蒙古太宗オゴタイの十一年、金滅亡の五年後であるが、それは「野史亭」と名づけられた。五言律詩「己亥《きがい》のとしの元日」にはいう、

五十未全老
衰容新又新
漸稀頭上髪
別換鏡中人
野史纔張本
山堂未買隣
不成騎瘦馬
還更入紅塵

五十　未まだ全くは老いず
衰えし容《かお》の新しく又新し
漸く稀なる頭上の髪
別《うつ》り換《かわ》りし鏡中の人
野史　纔《わず》かに本を張り
山堂　未まだ隣を買わず
不成《あに》　瘦《や》せし馬に騎りて
還た更《さら》に紅塵に入らんや

修史への努力は、他の詩、たとえば「東坡《とうば》の移居を学ぶ」の其の六にも見える。現存の

『金史』は、次世紀元末の編定であるが、その文章がすぐれるのは、彼の原稿を使った部分が、多いからである。

そうしてこの詩では、「還《ま》た更に紅塵に入らんや」というけれども、史料の蒐集のために、以後もその「瘦馬」は、空虚を見つめつつ、しばしば各地を往復する。また一つの五言律詩にはいう、

村静鳥声楽　　村は静かにして鳥の声は楽しみ
山低雁影遥　　山は低くして雁の影遥かなり
野陰時滉朗　　野の陰《くも》り時に滉朗《こうろう》
冷雨只飄蕭　　冷き雨の只だ飄蕭《ひょうしょう》たる
渉遠心先倦　　遠きに渉《おもむ》かんとして心は先ず倦み
衝寒酒易消　　寒さを衝《つ》けば酒消え易し
紅塵忘南北　　紅塵　南北を忘れ
渺渺見長橋　　渺渺として長き橋を見る

「乙卯《いつぼう》十一月、鎮州に往く」と題する。鎮州とは河北の真定《しんてい》、すなわち石家荘であり、乙卯は、一二五五、蒙古憲宗蒙哥《けんそうメンゲ》の五年、金の滅亡後二十一年、そうして彼は六十六歳であ

る。自然もまた空虚なように見える中に、まぼろしのようにのびるのは、長い橋であった。

一方、晩年の彼は、蒙古の忽必烈《フビライ》、すなわち、のちの元の世祖が、内蒙古の開平を居城として、漢人居住地域の王となったのに、謁見している。フビライは、蒙古の貴族中、もっとも漢文化に理解があった。彼はフビライに、ある程度の期待をかけたようであり、謁見の手びきをした友人張徳輝らとともに、フビライに「儒教大宗師」の称号を、ささげている。「儒教」の語は、日本では普遍であるが、中国では使用例に乏しい。これは稀な使用例の一つである。フビライは、よろこんでそれを受けたという。なくなったのは、一二五七、蒙古憲宗メンゲの七年、金の滅亡後二十三年である。六十八歳。現存の詩は、一千三百数首である。

元好問は、前代の詩に対する評論家としても、見識を発揮する。そうして評論は、しばしば詩によってのべられている。早年の作「論詩絶句」三十首は、もっとも有名であるが、それをはじめとして、評論家としての努力は、前代の詩の歴史を検討し、正しい典型を発見することにあった。序章でのべたように、この時期以後の詩は、祖述すべき典型を、強く意識する。おなじ努力は、以後の詩人ないしは評論家によって、しばしば行われるが、彼はそのさきがけの一人である。

彼の評論は、金国の「蘇学」の伝統をつぐものとして、むろん蘇軾に関心を払っている。しかし蘇軾その人に対するよりも、蘇軾の尊敬する詩人であった陶淵明に対する尊敬こそ、深かったと思われる。ことに陶淵明の詩が、無用の装飾を去りつつ、句句みな内容をもつのを愛した。

友人趙宜之《ちょうぎし》、号は愚軒《ぐけん》に和した五言古詩の一つにいう、

愚軒具詩眼　　愚軒は詩の眼を具え
論文貴天然　　文を論じては天然を貴ぶ
頗怪今時人　　頗《すこぶ》る怪む今時の人の
雕鐫窮歳年　　雕《ほ》り鐫《きざ》むことにのみ歳年《さいねん》を窮むるを

年がら年じゅう、不自然な装飾的な詩ばかり作っている。

君看陶集中　　君よ看よ陶の集の中
飲酒与帰田　　飲酒と帰田と

淵明の「飲酒」の詩と、「帰去来の辞」をさす。

此翁豈作詩　　此の翁は豈《あ》に詩を作らんや

真写胸中天　　真に胸中の天を写すなり

「天」とは、自然のいいである。

天然対雕飾　　天然なるものを雕《ほ》り飾るものに対《くら》ぶれば
真贋殊相懸　　真贋殊《こと》に相い懸《こと》なる
乃知時世粧　　乃《すなわ》ち知る時世の粧いは
粉緑徒相憐　　粉と緑にて徒《むな》しく相い憐《ほこ》るのみなるを
枯淡足自楽　　枯れ淡きも自のずと楽しむに足る
勿為虚名牽　　虚名に牽《ひ》かるるを為《な》す勿かれ

そうしてこの一首では、内容また表現の、自然さ、真実さこそ、詩の要素であり、その結果として生まれる「枯淡」さも、また楽しむべきであるとするのであるが、「枯淡」とはもとより空虚のいいでない。熟慮による充実した表現、それこそ彼の主張するものであった。亡国ののちに、蒙古に属する「四つの万戸」の一人、張柔《ちょうじゅう》の子、張弘略《ちょうこうりゃく》が、文学を学ぼうとするのに、与えた五言古詩にはいう、

文章出苦心　文章は苦心より出づべきに
誰以苦心為　誰か苦心を以って為すや
正有苦心人　正に苦心の人有るも
挙世幾人知　世を挙げて幾人か知る

「苦心」の語は、まさしく熟慮と訳し得る。

工文与工詩　文に工みなると詩に工みなると
大似国手碁　大いに国手の碁に似たり
国手雖漫応　国手は漫《みだ》りに応《たたか》うごとしと雖《いえど》も
一著存一機　一つの著《て》ごとに一つの機を存す

「国手」は国中第一の碁の名手、つまり本因坊。一手ごとに一つの有機的なモメントが内在する。それが名人の碁であり、詩文もそのようでなければならぬ。

不従著著看　ひと著《て》ひと著《て》従《よ》りして看ざれば
何異管中窺　何んぞ管《くだ》の中よりみそらを窺くに異ならん

文須字字作　文は須《す》べからく字字に作るべく
亦要字字読　亦た字字に読むを要す
咀嚼有余味　咀嚼すれば余れる味わい有り
百過良未足　百《ひゃく》たび過むも良《まこと》に足らず

一字一字を、本因坊の一手一手のように、念を入れて作るべきばかりではない。読む場合もそうであって、一字一字をよくかみしめてこそ、いよいよ味わいが出る。百ぺん目を通しても、充分ということはない。

功夫到方円　功夫もし方円に到らば
言語通眷属　言語は眷属に通ず

「功夫」は勉強、「方円」は黄金分割的な至上の法則。勉強がもしそこに到達すれば、「言語は眷属に通ず」とは、難解の句であるが、言語がその内包すべき観念の極度にまで働く、つまり最上の表現となる、しばらくそうした意味に解しておく。しかしさて、こうした消息に通ずる人間は、稀である。音楽にたとえれば、

只許曠与夔　只だ曠と夔《き》とのみ
聞絃知雅曲　絃を聞きて雅曲を知ると許さる

「曠」「夔」ともに古代のすぐれた音楽者、それのみが「雅曲」雅《ただ》しい音楽を、知る。だめなのは現在の俗人であって、

今人誦文字　今の人は文字を誦《よ》むに
十行過一目　十行を一目に過ごす

大ざっぱな読み方で、早さをほこりあうだけである。

鬩顫失香臭　鬩《つま》りし顫《はな》は香《にお》いと臭さに失《まど》い
瞀視紛紅緑　瞀《くも》れる視《め》は紅と緑を紛《みだ》る
毫釐不相照　毫釐さえも相い照らさず
覿面楚与蜀　面を覿《あ》わすも楚と蜀のごとし
莫訝荆山前　訝《いぶか》る莫《な》かれ荆山の前
時聞刖人哭　時に刖《あしき》られし人の哭きを聞くを

る。

「毫厘」は至近の距離。「楚蜀」は至遠の距離。さいごはいわゆる「荊山の玉」の故事を使った。せっかく献上した宝玉を、宝玉とみとめられず、かえって偽ものを献上したとして、足をきられた宝石職人、そのように真実の文学は、世にみとめられることが、稀である。

そうして真実、自然、熟慮を尊ぶのは、文学が、人間の誠実の表現でなければならぬからであるとする議論をも、友人楊叔能《ようしゆくのう》の詩集『小亭集』の序文として書いた文章では、のべている。いわく、『詩経』ののちでは、唐人《とうひと》の詩が、ひとりもっともすぐれるのは、「本」を知っているからである。「本」とは何か。「誠」である。さればこそ『中庸』の書にはいう、「誠無ければ物無し」と。物は内容と訳し得る。誠実のないところに内容はない。

彼が陶淵明とともに、もっとも尊敬するのが、杜甫であったのは、当然である。杜甫においては、内容の誠実と共に、表現の誠実を貴しとする。「老い去りてより漸く詩の律に於いて細かなり」「語は人を驚かさずば死すとも休《や》まじ」、そうした杜甫の語を、別の友人楊飛卿の詩集の序文では、詩が真実をとうとぶ証拠として、引用している。

元好問の詩は、詩論としてのべる以上の抱負にそむかぬものといってよい。彼の詩は、明の時代では、しばらく忘れられた文学であったが、清朝の初年、銭謙益《せんけんえき》が、『中州集』

とともに、彼自身の詩をも再発見して以後、名声はゆるがない。日本でも江戸の末年以来、多くの愛読者をもつ。

彼の詩には、北方人の気質の別の現われであろう、甚だ簡易率直な表現をとるものがある。一例として、七言絶句「歌を聞きて京師の旧遊を懐《おも》う」をあげれば、

楼前誰唱緑腰催
千里梁園首重回
記得杜家亭子上
信之欽用共聴来

楼前誰か唱う緑腰催
千里　梁園　首重ねて回らす
記し得たり杜の家の亭子の上にて
信之と欽用と共に聴き来たりしを

「緑腰催」は、俗曲の名。「杜」は杜善夫。「信之」は麻革の字《あざな》、「欽用」は李《り》献甫《けんほ》の字。みなむかしの詩友であるが、その名を、俗曲の名とともに、そのままただちに詩に入れている。「梁園」が金の国都開封の雅名であるのをのぞいて、何等の典故をも用いない。

登山の詩の多いことも、一つの特長として、注目される。他の中国の詩人に必ずしもある特長でない。登山の詩そのものは長篇が多いので、ここにあげない。しばらく「承天の懸泉に遊ぶ」という古詩が、「詩人の山を愛するは愛すること骨に徹る」という句を、冒頭とするののみを、あげる。

また登山の詩とともに多いのは、杏花《きようか》、すももの花を詠じた詩であって、数十首に達する。北地の長い冬がおわると、一斉に山山をかざる花花、その中でももっとも濃艶なのは、杏花である。

未開何所似
乳児粉粧深絳唇
能啼能笑癡復騃
画出百子元非真
半開何所似
里中処女東家隣
陽和入骨春思動
欲語不語時軽顰

未まだ開かざるときは何の似る所ぞ
乳のみ児の粉《おしろい》せる粧いの絳《あか》き唇は深きなり
能く啼き能く笑いて癡《あどけな》く復《ま》た騃《おろか》しく
百の子《ちご》を画がき出だすとも元よりかくは真《まこと》に非ず
半ば開くは何の似る所ぞ
里中の処女の東の家の隣りなる
陽《はる》の和ぎの骨に入りて春の思《こい》い動き
語らんと欲して語らず時に軽く顰《ひそ》む

開封落城の翌年、聊城に軟禁のおり、紀子正《きしせい》なる人物の杏園で作られた長詩の、一節である。激情の人でありながら、激情をおさえて詩を作った詩人は、この花の中に、自己の投影を見たのかも知れない。

高啓について

高啓、字は季迪《きてき》、号は青丘《せいきゅう》は、明帝国のはじめをかざる詩人とされる。あるいは帝国三百年を通じて、第一の詩人とされる。しかし明帝国の人であったのは、洪武七年、一三七四、三十九歳で、太祖皇帝朱元璋に殺されるまでの、七年間にすぎない。それまでの青年期は、元末紛乱の時期、蘇州を居城とする張士誠治下の、市民として送られている。号を青丘というのは、その蘇州郊外の荘園に、仙人の書に見える地名にちなんで、与えた名であり、青邱とも書く。丘と邱は同字である。

早熟の天才であり、十六歳、一三五一、元の年号では順帝の至正十一年、近隣の青年たちと、詩社を組織し、「北郭の十友」、あるいは「十才子」と、称した。「北郭」とは、住居が、蘇州市の北の城壁に近かったからである。隣家の青年王行も、「十友」の一人であったが、これは薬屋の息子であったと、『明史』の「文苑伝」に見えるのは、高啓の身分をも暗示しよう。市内の詩の競技会で、高啓は二等に当選し、賞金を得たという記事も、

『明史』に見える。
つまり高啓も、南宋以来この地方がつちかって来た市民の詩の、流れに属する。しかしその詩は、従来の市民の詩には見られない、高い飛翔を示す。特異な資質のためである。彼はいう、私はしばしばいわれのない憂愁におそわれると。「わが愁いは何《いず》こより来たるや」、それを題とする五言古詩の冒頭にいう、

我愁従何来　我が愁いは何こより来たるや
秋至忽見之　秋至れば忽ち之を見る

またいう、

既非貧士歎　既に貧士の歎きに非ず
寧是遷客悲　寧《な》んぞ是《こ》れ遷《なが》されし客《ひと》の悲《かなし》みならんや

「悲歌」と題する作も、おなじ資質の告白である。

浮雲随風　浮かべる雲は風の随《まま》に

零乱四野　四もの野に零《こぼ》れ乱る
仰天悲歌　天を仰ぎて悲歌すれば
泣数行下　泣《なみだ》は数行《すうこう》下《お》つ

この資質のゆえに、従来の市民の詩人が、常識に終始しやすかったのとは、ことなり、常識をこえての飛翔を欲した。代表作「青邱子の歌」は、その表白である。

青邱子　青邱《せいきゅう》の子
臞而清　臞《や》せて清し
本是五雲閣下之仙卿　本と是れ五雲閣の下の仙卿
何年降謫在世間　何の年か降り謫《なが》されて世間に在るや

またいう、

冥茫八極遊心兵　冥茫《めいぼう》たる八《や》つの極《はて》に心の兵《やいば》を遊ばせ
坐令無象作有声　坐《そぞ》ろに象無《すがたな》きものをして声有《こえあ》らしめん

精神の飛翔による造型こそ、詩人の任務であるとするのである。
飛翔への準備は、従来の市民の詩人たちの間にも、なかったではない。しかし楊維楨の場合は、李白なり李賀なり、前代のすぐれた詩人が、飛翔にあたって使った言葉を、詩の表面に借り、よそおった、といいえぬでない。真実の飛翔、少くともより多くの飛翔は、高啓という特異な天才に至って、始めて可能であった。彼は南宋以来つちかわれて来た市民の詩の絶頂である。

飛翔を欲する精神の又一つの現われとして、また従来の市民の詩人がもたなかった又一つのものとして、彼がもつのは、政治への関心であった。元末の紛乱の環境が、異族の統治の下で久しく遮断されていたこの関心を、復活させたという関係も、作用していよう。「秋風」と題する五言古詩にいう、

秋風屋外来
落葉紛我傍
不出門幾日
我樹如此黄
但覚成懶性
焉知逝頽光

秋風　屋外より来たり
落つる葉の我が傍《かたわら》に紛《みだ》る
門を出でざること幾日《いくにち》
我が樹　此くの如く黄なり
但《ひと》えに懶《ものう》き性の成りまさるを覚ゆ
焉《な》んぞ頽《くず》れゆく光の逝《は》せゆくを知《し》らんや

朝飡止一盂　　朝の飡《めし》は止《た》だ一つの盂《はち》
夕臥惟一床　　夕の臥《ふしど》は惟《た》だ一つの床
仲尼欲行道　　仲尼は道を行わんと欲し
轍迹環四方　　轍の迹《あと》は四方を環《めぐ》りき
而我何為者　　而《し》こうして我れは何為《す》る者とて
不与世相忘　　世と相い忘れざるや

「仲尼」すなわち孔子は、救世主として四方をめぐりあるいた。私は一盂《う》一床《しょう》の小市民であり、性質はものぐさである。それなのになぜ、世の中のことがかくも気にかかるのか。

五言絶句「歳暮」にはいう、

已嗟求道晩　　已に道を求むることの晩《おそ》かりしを嗟《なげ》き
復省済時難　　復た時を済《すく》うことの難きを省《おも》う
碌碌成何事　　碌碌として何事をか成す
天涯又歳闌　　天涯に又も歳闌《としく》る

末句からいって、旅中歳末の詩である。旅行の目的は、他のいくつかの旅行の詩におけるとおなじく、語られていない。彼は、その地方の実権者であった張士誠の政権にはあまり多くの信頼をおかず、たびたびの招聘に対して、不即不離の態度をとったが、張の部将の饒介《じょうかい》とは、盛んに天下の形勢を議論したと、友人李志光、門人呂勉《りょべん》の書いた伝記に見える。

自己の特異さに対する自負、またそれにともなう孤独感、「孤雁」と題する五言律詩は、彼の自画像として読みとることが、可能である。

衡陽初失津
帰路遠飛単
度隴将書怯
排空作陣難
呼群雲外急
弔影月中残
不共鳧鷺宿
蒹葭夜夜寒

衡陽《こうよう》にて初《はじ》めて津《わたしば》をみ失《うしな》いてより
帰《かえ》る路《みち》を遠《とお》く飛《と》ぶこと単《ひと》りなり
隴《ろう》を度《わた》りて書《ふみ》を将《あずか》るに怯《こころお》じ
空《そら》に排《つら》なりて陣《じん》を作《つく》ること難《かた》し
群《むれ》を呼《よ》ぶこと雲《くも》の外《かなた》に急《せわ》しく
影《かげ》を弔《とむら》えば月《つき》の中《うち》に残《うらぶ》る
鳧鷺《ふえい》と共《とも》に宿《やど》らず
蒹葭《あしよし》の夜《よ》な夜《よ》なに寒《さむ》し

「衡陽《こうよう》」とは、南に飛ぶ雁が、そこまで行って北へ帰るといい伝える湖南省の地名。宿《ねぐら》を共にしたくない「鳧鷖《ふえい》」水鳥たち、とは凡俗の詩人にたとえるであろう。みずからはそれとことなる。彼の友人である「北郭の十友」の多くは、楊維楨《よういてい》の知遇を受けているが、彼自身は、この四十歳年上の長老と接触した形迹がない。楊維楨もまた「共に宿し」たくない「鳧鷖」であったかも知れない。ただし三十五歳年上の高士倪瓚《げいさん》とは、忘年の交りであった。倪におくった詩がいくつかある。

かくて、明帝国成立以前、彼はすでに天才的な青年詩人として、定まった声名をもっていた。第一詩集『婁江吟稿《ろうこうぎんこう》』、第二詩集『缶鳴集《ふめいしゅう》』、みなそのころの作である。友人王禕《おうき》は、後者に序していう、

「季迪《きてき》の詩は、俊逸にして清麗、秋の空の飛ぶ隼《はやぶさ》の如く、盤旋《ばんせん》百折す。之を招けども肯《あ》えて下らず。又、碧《みどり》の水の芙蕖《はちす》の如く、雕飾《ちょうしょく》を借らずして、塵の外に翛然《ゆうぜん》たり」。

明帝国成立の翌年、洪武二年、一三六九、三十四歳。彼は南京の新政府から、前王朝の歴史『元史』の編集官たるべく、呼び出しをうける。この招聘は、気味の悪いものであった。新政府の主宰者朱元璋は、文学者に対して苛酷な人物である。そればかりではない。高啓の地方である蘇州は、朱元璋にさいごまで抵抗した張士誠の居城である。東京の明治政府に対する東北諸藩の関係に似る。

蘇州から南京におもむく十日ばかりの舟旅の中で、高啓はすでに不安におののいている。五言絶句「京に赴く道中にて郷に還る友に逢う」にいう、

我去君却帰　　我れは去《ゆ》き　君は却って帰る
相逢立途次　　相い逢うて途の次《ほと》りに立つ
欲寄故郷言　　故郷の言を寄せんと欲するも
先詢上京事　　先ず詢《と》うは上京の事

道ばたでの立ち話の関心は、故郷において来た妻子よりも、新政府の空気であった。南京での歳余の生活が、不快、不安、恐怖にみちたことも、詩におおいかくされていない。

不安はもっとも強烈な形で適中する。官を辞して蘇州に帰ってから四年目、でっちあげによって、刑死する。三十九歳。世に伝わる彼の肖像は、明帝国の官服をよそおっている。しかし彼はこの新しい帝国で、幸福であったのではない。

にもかかわらず、その詩は、以後三世紀にわたる明の詩の、はじめに位するにふさわしい性質をもち、以後の明の詩に共通する性質を先取する。

まず何よりも、その詩は、純粋な詩人の詩である。平明な抒情に終始し、ことに熱情の表現であろうとする。学殖なり思想を、直接に反映することは、ない。彼が政治に関心をもったことは、前述のごとくである。また『元史』の編集にもたえる学人であった。博学ではないまでも、のちの明の詩人が往往そうであるように、無学者であったのではない。しかし学殖と思想を、直接に詩にもちこまない。思想が歌われるとすれば、「青邱子の歌」の如く、詩的熱情の中で生まれた思想である。

そうしてその典型としたのが、過去の詩のうち、もっとも熱情に富むものであったのも、のちの明の詩風を先取する。友人の李志光は、彼の詩の典型としたものを説いていう、「上は魏の建安を窺い、下は盛唐の開元に逮《およ》び、大暦以後は、則ち之を藐《かろ》んず」。大暦は、唐の中ごろの年号であり、それ以後の唐詩は、熱情を失うとしたのである。

また友人張羽は、彼の非業の死をいたんでいう、

生平意気竟何為
無禄無田最可悲
頼有声名消不得
漢家楽府盛唐詩

生平の意気　竟《つい》に何をか為す
禄無く田無く最も悲しむ可し
頼《さいわい》に声名の消し得ざるもの有り
漢家の楽府《がふ》　盛唐の詩

いずれの批評も、漢もしくは魏、それと唐詩の中では「盛唐」、この二者が、彼の典型であるというのが、注意される。二者は、帝国の中ごろ、十六世紀に至って、「古文辞派」が、詩の排他的な典型として、強調するものである。彼はその方向をも、先取する。

もっとも高啓の詩が、漢魏もしくは盛唐の詩と、どれほど接近し得ているかは、別問題である。「青邱の子、臞《や》せて清し」と、みずからもいうごとく、その詩は、清潔であり、爽快であっても、豊富、複雑ではない。むしろ単純である。やはり簡易率直な以後の明の詩風を先取するといってよい。

彼の詩論としては、友人の僧、道衍《どうえん》の詩集『独庵集』の序文が、注目される。詩に必須の要素は「格」すなわち骨格、さらにいいかえれば音調および意味によるリズム感、「意」すなわち内容、「趣」すなわち雰囲気、この三つであるとしていう、

「詩の要は、格といい、意といい、趣というもの有らんのみ。格は以て其の体を弁《ととの》え、意は以て其の情を達し、趣は以て其の妙に臻《いた》る也。体弁《ととの》わざれば則ち邪陋に入りて、古《いにしえ》を師とする義乖《みちそむ》く。情達せざれば則ち浮虚に堕《お》ちて、人を感ずるの実浅し。妙臻《いた》らざれば則ち凡近に流れて、俗を超えし風《おもむき》は微なり」。

「格」「意」「趣」は、それぞれ以後の試論家のいう「格調」「性霊」「神韻」に、相当する。また「格」すなわち骨格を得るには、「古を師とする」ことを、「義」すなわち根本原理とするというのは、典型への依拠を必須とする思想である。

李夢陽の一側面——古文辞の庶民性——

一

明の中ごろにおいて、李夢陽《りぼうよう》（空同、成化八年一四七二—嘉靖八年一五二九）を主唱者としておこったいわゆる「前七子」の復古主義の文学、およびややおくれてそれを継承した李攀竜、王世貞ら、いわゆる「後七子」の文学は、それぞれ当時を風靡したものであるが、今はただ歴史的な存在となり、人の過ぎて問うものがないように見える。

またそれは彼等の文学のうけるべき当然の待遇であるであろう。その主張を、「文は必ず秦漢、詩は必ず漢魏盛唐」と、明史に要約された彼等の復古主義は、少くとも詩に関するかぎり、よい結果を生んでいない。

まず第一に、その詩はおおむね退屈である。何となれば、ひとり用語を古代的なものに限定するのみならず、題材、感情についてもそうであり、しかも古代的な優雅さには冷淡であり、古代的な剛健さにのみ熱心である結果として、その詩は甚だ局限された範囲を、往復するだけだからである。つまり千篇一律であり、退屈である。

またそれは、中国の歴史の進退にともない日ましに複雑化する現実、それを文学が写そうとする努力を、みずから遮断するものであった。かつての宋詩は、そうした努力をもったのであるが、「七子」は、宋の詩がもつ別の一面、すなわち往往にして理を説くという一面、それのみを重視して、宋詩を頭ごなしに厭悪した結果、宋詩風の努力は完全に遮断されている。そのためその詩は、現実から乖離したものとなり、したがって空疎である。

空疎さは、詩の題材が現実の環境にふれた場合、一そう目だつのであり、現実と乖離した空疎な言葉が、時代錯誤を感ぜられるときは、空疎であるばかりでなく、滑稽でさえある。この現象は、彼等の律詩にことに顕著である。李夢陽の七律のうち、随意に一つをあげれば、『空同子集』巻三十、七言律二、贈酬一のはじめに、「郊斎にて人日《じんじつ》に逢い辺と何の二子を懐う有り」と題して、同の辺貢、何景明に与えた詩にはいう、

今日今年風日動　　今日今年風日動き
花辺新柳弱垂垂　　花辺の新柳弱くして垂垂
斎居寂莫難乗興　　斎居は寂莫として興に乗じ難く
独立蒼茫有所思　　独立蒼茫として思う所有り

谷暖遷鶯番太早　谷は暖かにして遷鶯は番《かえ》って太《はなは》だ早く
雲長旅雁故多遅　雲は長くして旅雁は故《ことさら》に多く遅し
鳳池仙客容台彦　鳳池の仙客と容台の彦
両処傷春爾為誰　両処に春を傷む爾は誰が為ぞ

この詩がほとんど何らの感動をもわれわれに与えないのは、杜甫の用語をまねるのみならず、詩の感情をも杜甫に一致させようとして、むりを犯しているからである。みずからも辺何二子も、杜甫とおなじく八世紀人であったとしての感情を設定し、それをむりに歌おうとする。歌われているものは、もはや現実の自己の感情でない。いくら言葉だけを杜甫にまねても、言葉を充実させるべき感情のもりあがりがない。ゆえに空疎である。

もっとも新しい題材と新しい感情の侵入、それは意識的な採用であるよりも、無意識的な侵入であるが、それらがないではない。

『空同集』十六、詩類三之八、五言古八におさめる四十七首は、すべて「李白の体に效《なら》う」と注記されているが、その第一のうたで「沐浴子」と題するものにはいう。

玉盤両鴛鴦　玉盤の両《つがい》の鴛鴦
拍拍弄蘭湯　拍拍と蘭湯を弄す

振衣馨香発　衣を振えば馨香発し
弾冠有輝光　冠を弾けば輝光有り
豈念蓬首女　豈に念わんや蓬首の女
含情怨朝陽　情を含みて朝陽を怨むを

これは李白の同じ題の歌のやき直しといえる。

沐芳莫弾冠　芳に沐するには冠を弾く莫《な》かれ
浴蘭莫振衣　蘭に浴するには衣を振う莫《な》かれ
処世忌太潔　世に処するには潔きに太《す》ぐるを忌み
至人貴蔵暉　至人は暉《ひか》りを蔵するを貴ぶ
滄浪有釣叟　滄浪に釣叟有り
吾与爾同帰　吾れ爾と帰を同じくせん

一見してあきらかなように、用語の多くは李白をおそっている。といって主題は必ずしも同じでないのであるが、もっとも重要なこととして私が指摘したいのは、八世紀の李白の詩には現われない、また現われにくい、一つのイメージが現れることである。それは

「玉盤両鴛鴦」と、風呂おけが現われることである。それは李白の詩に現われないばかりでなく、古代の詩、あるいは夢陽以前の詩には、おそらくあまり現われないものである。それが現われるのは、夢陽が八世紀人ではなく、十五世紀人だからである。もし十五世紀人でなければ思いつかないこの新しいイメージ、風呂おけ、またそれに伴う新しい感情、それを発展させるという立場に、夢陽がいたならば、この詩は面白いものになっていたであろう。しかしそれは夢陽の立場でなかった。夢陽の立場としては、風呂桶は不注意に現われた失策であった。そうしてその余は新味のない句の連続である。侵入した新しいイメージと、その余の部分の陳腐さとが、調和しない。その結果、詩全体は、不調和な、奇妙な、ちぐはぐな、感じを与えるだけである。

彼等の詩が「優孟の衣冠」という批評を受けるのは、やむを得ないことである。彼等の文学は、近ごろの中国文学史家から、おおむね無視されている。

二

しかし近ごろも、彼等の文学に再評価の目をむけるものがある。茅盾の『夜読偶記』がそれである。

茅盾は李夢陽らの文学を、少くともその出発点においては、正しい改革運動であったと見る。いま加藤平八氏が『東洋のリアリズム』と題して出版したその訳本によって、いくつかの言葉をひく。いずれも訳本の第二章「中国文学史におけるリアリズムと反リアリズムの闘争」のなかに見える。

「私が韓愈以後の多くの『古文運動』のなかから明朝の『前後七子』だけをとりあげて討論するのは『前後七子』の運動は文体改革の意義をもっていたばかりでなく、より重要なものとして、かれらの『台閣体』反対が、『台閣体』のかの平正典雅な、痛くも痒くもない、現実を逃避した『実を考えればすなわち人なく、華を抽きいだせばすなわち文なし』(李夢陽の言葉)の反リアリズムの文風に対する意識的な反対だったからである。形式主義に反対し、反リアリズムに反対する点で、『前後七子』の運動は進歩的意義をもっていた」。

案ずるに考実則無人、抽華則無文、とは、李夢陽の諸子体の文章である「空同子」の論学上篇に見える語である。

もっとも夢陽の実作の成果は、茅盾によっても高く評価されていない。

「創作実践の点では、かれの詩は漢魏盛唐の模擬で、縦横にかけめぐる気勢、慷慨激昂の音節は、その頃たしかに耳目を一新するものであったが、しかし思想的内容に深みはなく、敢えて当時の政治的社会的根本問題にふれようとしなかった。かれの散文は秦漢を模擬しているが、ぎくしゃくとして読みづらいもので、形式上の古めかしさむずかしさで内容のまずさをおおいかくしている。形式主義に反対するためにおこった改革運動が、それ自身しまいはべつの形式主義になることをまぬがれなかったということ、それこそ『前七子』

の矛盾であり、かれらの『運命づけられた』悲劇であった！」

三

以上の引用のように、李夢陽らの文学、少くとも李夢陽の文学が、改革の情熱を出発点として成立したという茅盾の見方は正しい。その成果のいかんにかかわらず、出発点としてはそうである。李夢陽直前の明詩の状態について、いまは詳述すべき機会でないが、要するに楊士奇その他いわゆる「三楊」を中心とするいわゆる「台閣体」は、至ってよそよそしく気力のないものであった。それに対する反撥であり、改革であるのが、李夢陽の文学である。

ところで私がいまこの論文でのべようとするのは、そうした改革の情熱によって生まれた彼等の文学は、明代の特徴である庶民的な精神の、一つの表現であったということである。

明の時代を特徴づけるもの、それが庶民的な勢力、またしたがって庶民的な精神、その横溢であることは、文学史の上からも、容易に証明される、すなわちもっとも庶民的な文学であるとされる口語小説の劃期的な発展、あるいは散曲の盛行であって、これらの現象は、近ごろの文学史家の好んで指摘するところである。

また詩文の世界においても、沈周を中心として、唐寅、祝允明、文徴明など、身分としては完全な市民であるか、あるいはそれに近い文人たちが、南方蘇州地方へと地帯をかたよらせつつであるけれども、あいついで輩出したことも、またその有力な証拠である。

ところで李夢陽らの文学は、一見、庶民の生活とは最も縁の遠そうな古代語で綴られている為に、非庶民的なもののように見える。また自由の希求が庶民的精神の重要な条件であるとすれば、用語、題材、感情、についての窮屈な制限は、この条件にそむくように見える。しかし、にもかかわらず、実はそうでないことを、私は説きたいのである。彼等の文学もまた、明代を特徴づける庶民的なエネルギーのもりあがりであり、その一つの噴出であった。

このことはまず、夢陽の復古の主張が、単なる古代への復帰でなく、実は素朴への復帰であり、素朴な文学こそ、文学として、もっとも本質的なものであるとする議論をふくむことによって示される。更にはまた、現代において古代的な素朴さを保持するものは、庶民的な歌曲であるという大胆な見解が、議論の過程として、また重要な媒介として、存在することによって示される。

そのことをいうのは、茅盾も簡単に言及するように、夢陽の詩集の自序である。いますこしく詳細に紹介する。『空同子集』のはじめと、その巻五十一とに、その文章は見える。

自序はまず、真の詩は、今や民間に在るむねを、友人の王崇文、字は叔武が、夢陽に告げたという形ではじまる。

「李子曰わく、曹県に蓋し王叔武有りと云う。其の言に曰わく、夫れ詩なる者は天地自然の音也。今、途に咢《うめ》きて巷に謳い、労して呻し康《やす》みて吟じ、一とり唱えて群の和する者は、其れ真なる也。斯れを之れ風と謂う也。孔子曰わく、礼失して之を野に求むと。今、其の詩は乃ち民間に在り。而して文人学子、顧《かえ》って往往にして韻言を為して、之を詩と謂う。夫れ孟子の、詩亡びて而る後に春秋作ると謂う者は、雅也。而して風なる者も亦た遂に棄てられて采られず、之を楽官に列せず。悲しい夫《かな》。」

『詩経』の分類にしたがい、詩に風的なものと、雅的なものとがあるとする見解は、後にもみえる。前者は民謡風の純粋な抒情詩を意味し、後者は社会的効用をめざした知識人の歌を意味するであろう。ところで『詩経』の風的なもの、すなわち民謡的な抒情詩の伝統は、脈脈として現在の民謡の中に生きていると、以上まず王崇文の説としてのべるのである。それに対し夢陽はただちには賛成しない。

「李子曰わく、嗟《ああ》、異なる哉。是れ有る乎。予は嘗つて民間の音を聆《き》けり矣。其の曲は胡、其の思いは淫、その声は哀、その調は靡靡たり。是れ金と元の楽なり。奚んぞ其れ真ならんや。」

俗間の雑劇のうた、あるいは散曲のうた、それらは夷狄の調子をまじえた正しからぬ歌としかきこえない、というのである。

それに対し王崇文は更にいう、そうではない。それらは内心の真実にもとづくゆえに真実のうたである。

「王子曰わく、真と言う者は音に発して情に原《もとづ》くもの也。」

ただ金と元の時代に外国の侵略を経たために、夷狄の調子がまじっているにすぎない。

その真であることに変りはない。

「古者《いにしえ》は、国ごとに風を異にし、其の俗に即きて声を成す。今の俗は既に胡を歴たり。乃ち其の曲も烏んぞ得て胡ならざらんや。故に真なる者は、音に之れ発して情に之れ原《もとづ》くもの也。雅俗の弁に非る也。」

内容の「真」をこそ見るべきで、「雅俗」という外形の区別にとらわれるべきでない。

王崇文の言葉は更につづく。

「且つ子《きみ》の之を聆《き》きしは、亦た其の譜して声ある者なるのみ。」

つまり普通の雑劇や散曲の歌のように、既存のメロディへの追随として作られたものをのみ、君は知っているのである。民謡にはもっと自由なもっと真実なものがあるのを知らねばならない。

「率然として謡い、勃然として謳《うご》く者有らずや。従《よ》りて来たる所を知る莫《な》くして、長短疾徐、諧わざる無し焉。斯れ誰か之をしからしむるや。」

ここにおいて、夢陽は、王崇文の説に完全に感服し、完全に同意するという形で、自序の文章は書きすすめられる。

「李子之を聞き、矍然として興《た》ちて曰わく、大なる哉、漢より以来、復た此の言を聞かず矣。」

旁点はむろん筆者による。そうしてそのあとには、以上の議論をおぎのうものとして、詩に大切なのは、比であり興であること、つまり文学的修飾であることが、やはり王崇文の言葉として述べられるが、そこでも、「文人学子」の詩が「比興寡くして直率多き」は、「情に出づること寡くして詞に工みなること多き」がためであるとして、けなされ、「途巷蠢蠢の夫」のうたの、「比興有らざる無く、其の情に非る無き」が、賞揚されている。

更にまたそのあとには、以上は「風」についての議論であるが、「雅頌」は「文人学子」の手に出るものであるとする説、しかし正しい「雅頌」の音は、久しく失われたとする説が、やはり王崇文の言葉としてのべられ、夢陽はこの友人の言葉に感じて、唐近体諸篇を廃《す》て、李杜の歌行、六朝詩、晋魏、賦騒、琴操古歌詩、四言、とだんだん典型を古きに求めて行った二十年間の所産が、この三十三巻であるとする。そうして、

「予の詩は真に非る也。王子の謂わゆる文人学子の韻言のみ。之を情に出だすこと寡くして、之を詞に工みにすること多き者也。」

云云と、自謙の詞をつけて終っている。

四

この自序のさいごの部分、「雅頌」的な詩について言及した部分は、前半の論旨との関係が必ずしもあきらかでない。そのことは夢陽にも自覚されていたと見え、『空同集』の外篇としてある「空同子」の「論学上篇」に、次のような補足ないしは弁明がある。

「或るひと、詩集の自序に真詩の民間に在る者は、風のみにして、雅頌なる者は、固より文学のひとの筆なりと謂いしを、問う。空同子曰わく、吁《ああ》、黍離より後は、雅頌は微なり矣。作者は変と正とに達する靡《な》く、音律に諧う罔《な》し。即《たと》い其の篇有りとも、之を用うる所無し矣。予、是を以って専ら風のみを言えり矣。吁《ああ》、予已むを得んや。」

この補足ないしは弁明によっても、夢陽の「雅頌」についての趣旨は、なお私にはあきらかでない。しばらくそれをおくとして、「風」的なものについては、庶民ともっとも近い歌である通俗の歌に、高い価値をみとめるのである。そうしてそれが一見庶民とは縁の遠そうな、彼の古典主義の文学の動機となっていることは、きわめてあきらかである。

そこで当然に思いあわせるのは、詩文の文学においては夢陽の同志であった康海が、散曲の大家であり、雑劇にも「中山狼」の作があることである。夢陽には康海の様に、雑劇なり散曲の作があることを、私は知らない。しかし実作の上でも同時の民間の歌曲への関心が、全く示されていないではない。『空同集』六に収める「郭公謡」はそれである。それは形としては、長短句の楽府体の詩であって、

赤雲日東江水西
榛墟樹孤禽来啼
語音哀切行且啄
惨怛若訴聞者悽
静察細付不可辨
似呼郭公兼其妻
一呼郭公両呼婆
各家栽禾
栽到田塍
誰教検取螺
公要螺炙
婆言摂客
摂得客来
新婦偸食
公欲罵婦
婆則嗔婦
頭挿金

赤き雲に日は東に江の水は西
榛の墟に樹は孤にして禽の来たりて啼く
語音哀切にして行き且つ啄む
惨怛なること訴うるが若《ごと》く聞く者は悽む
静かに察し細かに付るに辨ず可からず
郭の公《じい》と其の妻とを呼ぶに似たり
一たび郭の公《じい》と呼び両び婆と呼ぶ
各家は禾《いね》を栽《う》え
栽えて田の塍《あぜ》に到る
誰か螺を検取せしむるや
公《じい》は螺の炙を要《もと》め
婆は客を摂《よ》べと言う
客を摂び得て来たりしに
新婦の偸み食う
公《じい》は婦《よめ》を罵らんと欲し
婆は則ち婦を嗔る
頭に金を挿し

行　帯　銀　　行くに銀を帯ぶ
郭公脣乾口噪救不得　　郭の公《じい》は脣乾き口噪くも救い得ず
哀　鳴　繞　枝　天　色　黒　　哀鳴して枝を繞れば天の色の黒《く》れゆく

おそらくは民謡を修飾して、彼一流の古文辞に訳したものと思われ、あとには、次のような後語がある。

「李子曰わく、世嘗《つね》に謂う、（孔子の）刪りし後には詩無しと。無き者は雅を謂うのみ。風は謡《たみ》の口自り出で、孰れか得て之を無しとせんや。今は其の民謡一篇を録し、人をして真の詩は果して民間に在ることを知らしむ。於乎《ああ》、子期に非ずんば孰《たれ》か洋洋峩峩たるを知らんや。」

この言葉は、自序と符節を合する。

おそらく空同の立場としては、散曲、雑劇その他に、文学の本質の存在をみとめながら、みずからそれに手をそめなかったのは、俗曲の精神は賞揚しつつも、おなじ精神のよりよき芸術的表現は、古代文学にありとし、もっぱらその模倣におもむいたのであろう。

五

ところでこのように李夢陽の文学が、庶民的なものへの共感を出発点とし、したがってまた成熟ののちにも、それを背後にもつであろうことは、彼の環境と関係のあることと思われる。

私は、文学は環境の産物であるとする見解に対して、無条件には賛成しないものである。少くとも完全にそうであるという見解には賛成しない。何となれば、文学は与えられた環境から自由であろうとする性質、あるいは与えられた環境をのりこえ裏ぎろうとする性質を、常にもっており、そこにこそ文学は成立すると考えるからである。

しかしそれとともに、文学が与えられた環境から全く自由であり得ず、環境と全く無縁であり得ないことも、事実である。それぞれの文学の生まれた環境を、考慮に上せることは、文学それぞれの性質を考察するため、ある場合には必要であり、有効である。夢陽の場合は、それであると思われる。

夢陽は大へん低い身分の家に生まれている。このことは、明の士大夫にとっては必ずしも特異なことではない。むしろおおむねがそうであるといえる。しかし夢陽の場合は、特に甚しい。

それを示すのは、『空同子集』の文の類のはじめにのせる「族譜」一巻である。それは、夢陽がみずからその家世を語ったものであって、まず「例義第一」として、序説的な記述をした上、「世系第二」として、次のような系図をのせる。ゴシックはむろん筆者による。

諱恩　子諱忠　子剛　子麟 無嗣
　　　　　　慶　子孟春
　　　　　　諱正　子孟和
　　　　　　　　　夢陽
　　　　　　　　　孟章 無嗣
　　　　敬　子璡　子釗
　　　　　　瑄 無嗣

そうして「家伝第三」として、右の系図に、生卒の年、配偶者、女子などを附加した説明をした上、もっとも詳細な記述を作るのは、「大伝第四」である。それは曽祖父李恩以下の詳伝であり、夢陽一流の古文辞で記されているが、内容はその家が、西陲の一寒賤の家であったことを、つまびらかに語って、はばからない。

まず曽祖父の李恩は、どこの生まれかも分らない。「何里の人なるかを知らざる也。」分ることは扶溝の人王聚の養子となったこと、王聚にしたがって蒲州から慶陽にうつったこと、さいごは白溝河の戦で戦死したこと、それだけである。以後その家は、四方のへんぴな町、慶陽の住人となる。

次に祖父の李忠あるいは王忠のことを「処士公」と呼びつつ記す。曽祖父の戦死と、曽祖母の再縁により、八つでみなしごとなった祖父は、苦労して商売を学び、小商人から中商人となって身を立てた。なくなったのは正統十二年であり、夢陽の生まれる成化八年より二十五年前であるから、すべては父からのききかきである。

「往《さき》には先君、夢陽に謂いて曰わく、貞義公（曾祖父の王恩）没せし時、処士公は蓋《とどま》し八歳なりと云う。是の時、母氏（曾祖母）は改めて他氏の室《つま》と為る。而して父は乃ち因り、他氏に之《ゆ》きて食らわず、零零儔儔として、邠《ひん》と寧との間に往来し、賈を学びて小賈と為り、能く自《み》ずから活く。乃ち後十余歳にして中賈に至ると云う。」

またその祖母との結婚を叙して、

「寧州に李媪なる者有り。窃かに公を瞷《み》て之を異とし、迺ち因りて妻《め》あわすに女を以ってす。而して公は即ち同姓為ることを知らず。」

『史記』「高祖本紀」からの影響を自負した書き方であるが、知識階級ならば絶対の禁忌とした同姓の婚を、祖父は犯したことをいうのである。

また同郷の長老からのきき書きとして、次のことを記す。

「長老曰わく、処士公は任俠にして気有る人なりき。即ち少《わか》き時よりして、衣食を解き推《あた》えて、人に衣食するを好む。是に于いて閭里の人、皆な処士公を多《ほ》む。」

しかしそうした男気のある一方、治生、すなわち理財の道にもたけ、

「処士公は顧って愈よ治生を謹しみ、日に厚富にして貲《かね》有り。郡中の人、亦た処士公を多《ほ》

めざるは無し。」

祖父は、金貸しであったというのが、この古文辞の背後にある事実である。

またいう、

「処士公の塩を載せて閭里を過ぐるや、閭里の門斗に塩を与う。菜を載するに及びては、即ち又た閭里に菜を与う。歳を卒うるときには塩と菜の数十車を散ず。是に於いて閭里は率ね歳に復た塩と菜を購わず。而して俗に善人を謂いて仏と為す。処士は又た仏を治む。因りて号して仏の王忠と曰う。是に於いて仏の王忠の名は、郡中に蓋《あまね》し矣」。

慈善的な行為も事実であったろうが、同時にまた祖父が、塩と野菜の移入によって利益を得る商人であったことを示す。

さいごに、やはり「長老曰わく」として、祖父の死は、田《でん》という家のものが、対立する家のために殺されたとき、裁判の仲介に出て、巻きぞえをくい、獄中で死んだのであると記す。土地の顔役として「詞訟を包攬する」人物でもあったのである。

祖父の「大伝」のあとには、祖父の弟王敬のことが「軍漢公」として附記されているが、それは一そうその家が田舎の俠客であったことを示す。

「軍漢公は則ち酒を嗜み、生を治めず。雞を撃ち馬を走らせ剣を試むるを好む。即《たと》い大仇なりとも、之に酒を酔わしむれば、輒ち解け、顧って反って厚くす。年八十余、竟《つい》に疾無くして卒す。」

六

次に「族譜」の「大伝」は、系図の三段目である父の代の事蹟にうつり、まず祖父の長子である伯父の李剛ないしは王剛のことを記す。伯父李剛ないしは王剛は、「主文公」と呼ばれている。「衛の主文」、すなわち駐屯軍の書記を職業としたからである。

まずいう、伯父も、祖父に似て、男だてを好んだ。「気を好み任侠にして父の風が有」った。祖父が急逝すると、貸し金の貸し倒れのため、「家は徒《た》だ四壁立つのみ」であり、且つ因業な金貸しとして悪口をいわれた。そこで伯父は大いにいきどおり、次のような行為に出た。

「主文公は是に於いて通哭し、里の門に往来して、窃かに李氏を笑いし者を罵りて曰わく、若《なんじ》は真に李氏に人無しと以《おも》える邪と。罵りつつ且つ行く。卒に応ずる者無くして止む。」

おやじの債権はおれがひきつぐという意思表示をふくむと思われる。

ところで夢陽の家が、文字の生活にはいったのは、このおじにはじまる。且つおじは用事で首都北京に出たとき、いろいろと本を買って帰った。二人の弟に新しい職業を与えるためである。

「主文公、嘗つて京師に至る。羨《あま》れる貲《かね》有れば、悉《ことごと》く学士家の言と、暦数家を買い、帰りて其の二弟に訓う。」

「学士家の言」とは八股文であり、「暦数家」とは占星の書であろう。うち占星をしこまれたのが、次のおじ王慶、空同の言葉によれば「陰陽公」であって、陰陽師として身を立てた。またいわゆる「学士家言」をしこまれたのが、空同の父、李正であること、のちにのべる

このおじ「主文公」王剛も、「郷曲に武断」する豪の者であった。町内のよりあいは、彼の命令一下、客があつまり、かつ彼の出席まで、開宴されなかった。またあるとき、大伯父の「軍漢公」王敬が、家をかたにいれて、のみしろにし、債権者が家をくれといって来た。おじはだまって債権者の方をにらみながら、刀をといだ。債権者が気味悪がって逃げ出すと、「咍、此の奴走れり矣」と、大ごえでわめきちらした上、地にぶったおれて気絶して見せた。債権者はいよいよ胆をけして、哀訴した、「天よ天よ、寧ろ主文を生かせ、屋の直《あたい》を得るを願わず。」

豪猾な史胥であるこの伯父にしこまれたのが、空同の父の李正である。

父の李正、すなわち夢陽の呼び方によれば「吏隠公」の伝は、まずその幼時、文字の教育を伯父「主文公」王剛からしこまれたことで、はじまる。

「吏隠公は年九歳にして父を喪《うしな》い、伯氏に依る。伯氏の之を教うるは則ち厳也。」

「十二三歳の時、伯氏は傭書して里籍を造る。」

つまり戸籍の筆写、それが伯父の職業であった。ところで、

「伯氏は自ずから書せず、顧って吏隠公をして書せしむ。吏隠公即ち善く書を造る。伯氏乃ち大いに喜びて之を奇とせしも、顧って反りて厳にし、吏隠公一字を訛《あやま》れば、伯氏は一たび其の掌を扑《たた》く。之を久しくして掌墳《は》れて赤し。公啼泣す。」

「里の父老、之を見、為に蘇蘇と涕を隕して曰わく、夫れ紙は得易き耳。奈何んぞ是に至るやと。」

「伯氏、乃ち窃かに仰ぎ歎じて曰わく、嗟乎《ああ》、吾れ寧んぞ紙を惜しむを為さん耶《や》と。」

　こうした教育の甲斐あって、夢陽の父は、能書となる。また十八九歳のとき、おじにつれられて、邵道人なる易者に見てもらいに行くと、易者はだまって、両手の食指を耳の上にのばした。紗帽、すなわち官帽の翅《はね》を、意味するとさとり、そこで始めて正式な学問をはじめ、二十歳で郡の学生、二十五歳で、大学の貢生となる。三十三歳で夢陽を生み、三十六歳で阜平県の訓導に任ぜられる。阜平は直隷正定府の県である。更に四十二歳で、封丘温和王つきの教授となり、家を開封にうつす。そうして、子の夢陽が二十二歳で進士に及第した翌翌弘治八年、五十七歳でなくなる。それが父の一生であった。封丘温和王というのは、明の太祖の第五子周定王朱橚の孫朱子埅であって、成化五年に封をつぎ、弘治十五年に薨じたと、『明史』の諸王世表一に見える。

　かく父はとにかく読書人である。しかし義理にも、高い地位の読書人とはいえない。庶王のそばにいる教官として終っているが、明の庶王の状態は、王そのものがすでに影のうすい存在であること、布目潮渢氏の論文「明朝の諸王政策とその影響」（昭和十九年三月四月五月「史学雑誌」）にくわしいが、その教授であるというのは、一こう名誉ある地位でない。夢陽も父の伝記の中で、「公は王門に在ること十三年、酒に沈晦す」と、もっぱら王の酒の相手をしてくらしたことを記す。また父が阜平県学の訓導であったとき、提学御史閻禹錫が学政の振興を命じたのに抗議して、文化のおくれたこの地方では、急速な振興はむつかしいと具申した文章をのせ、それはなかなかの文章であるが、甚しい潤色が夢陽によって加えられているであろう。

また家伝の終りには、十九でなくなった亡弟李孟章のことを記すが、それにはいう、「弟生まれて巨口高顴、骨隆隆として髪際に起こり、名づけて伏犀と為す。七八歳の時、猶お乳を啖《の》み、気力有り。然れども矯捷にして善く戯れ、善く毬を打ち、幡を綴りて竹馬に騎し、群児先んずる莫き也。弟は又た竿に黐黏《とりもち》して蟬を撃撲し蜻蜓を打つを好む。又た風鳶を放つ。父母其の奇気有るを以って、時時之を折辱するも、下す可からず。迺《すなわ》ち後に父母歿す。弟因りて省す。始めて節を折りて書史を誦し、日に二千余言を誦す。」

そうして弟は、道士の言に興味をよせつつ、十九で夭折するが、弟の伝記によっても、その家がなお完全に庶民的な雰囲気の中にあったことが、うかがわれる。

七

要するに以上の「族譜」の叙述は、夢陽の人となった環境が、たとい父は最下級の読書人であったとはいえ、庶民的な生活に直結し、庶民的な雰囲気の中にあったことを、充分に示している。

そうしてこうした環境を知ることによって、彼の文学が、一見そうは見えないにもかかわらず、実は有力にもつ庶民性の存在が、一そう確認されまた理解される。

まず示されるのは彼が、改新的な説を出しやすい環境に生まれたということである。そもそも彼は慶陽という西陲の一寒邑の生まれである。そこは文学と至って縁のない土地であって、江浙の地のように、郷党の先輩が文学を伝承し、伝統が後進に束縛を与える土地ではない。しかも彼はそこの庶民の子である。いわゆる「詩書の世家」の子では毛頭なく、家庭に堆積された伝統の束縛はぜんぜんない。果敢な革新の説はかくして自由にもりあがった。もっとも彼は「族譜」の中で弟をいましめる言葉として、「夫れ吾が家は詩書を業とし、世々顕名有り焉。今は汝に伝う。汝奈何んぞ省みざる」といっているが、これは彼一流の大言であり、壮語である。

こうした環境は、彼の文学の出発点を作ったばかりでなく、成熟したのちの彼の文学とも、有力に関係すると思われる。

まず指摘されるのは、彼の復古の主張が、素樸自然なものへの復帰というほかに、文学の簡素化という面を有力にもつことである。「文は必ず秦漢、詩は必ず漢魏盛唐」という主張は、実は史記と戦国策だけ、また漢魏の詩の一部分と、初唐を含めての盛唐の詩、それだけを読めばよいという主張であった。それは宋以後の文学の背景となった煩瑣な知識教養、それをむしろ有害なものとして切りすてるという主張である。

更にまた考えて見れば、彼の文学、ないしは彼等の文学の、失敗の因は、その愚直さにある。詩において、用語のみならず、題材や感情までも、古代的なものにきびしく限定するということは、利巧な人間の考えることではない。それはやはり庶民的な愚直さ、ことに農民的な愚直さの現われである。このことは次の清代の詩が、商人的な機知のはたらきによって、失敗からすくわれたのと対比するとき、一そう明瞭であろう。

更にまた重要なのは、その詩はしばらくおき、その文は古代語でつづられていたにもかかわらず、往往、庶民的な現実に、はなはだしく密着することである。その例は、ほかでもなく、さきに引いた「族譜」である。「族譜」の内容は、従来の散文の写さなかったもっとも庶民的な生活を、如実に写している。それは模擬した無理な大げさな文体で書かれているため、時に滑稽感を伴うことも事実である。また秦漢の文には絶対に見えないはずの語、たとえば弟の伝記の中の「善打毬」「打蜻蜓」の打の字などが使われていることによって、清朝風の古典学者の笑いを招くであろうことも事実である。しかしそこには従来の文学よりもより如実な微細な叙述のあることも事実である。それは彼の師であり、のちには政治的な関係から彼と不仲になった李東陽が、彼の父の李正のために書いた伝記として『懐麓堂文後稿』巻十六に収める「大明周府封丘王教授贈承徳郎戸部主事李君墓表」、その水っぽさと比較するとき、一そう顕著である。またそもそも貧しい家の出身であることは彼と同じである李東陽が、その家世を語りたがらないのと、対照的な態度であることが、より大きなこととして看取される。

八

こうした彼のそだった環境と、彼の文学との関係は、彼みずからの言葉のなかにも、それをいうものがある。『空同集』四十、正徳七年、四十一歳の彼が、江西按察使提学副使の職を辞せんとしてたてまつった奏疏、「休致を乞うの本」のはじめにはいう、

臣は塞鄙に生長し、身を寒細に出だす。

また巻六十二、「徐氏に与えて文を論ずる書」すなわち徐禎卿あての書簡のはじめにはいう、

僕は西鄙の人也。知識する所無し。顧って独り歌吟を喜ぶ。

また同じ巻の「李道夫に与うる書」のはじめに。

僕、婞直の性、孤危の行、皎然として白《あき》らかにし難き心、

とみずからの性格を形容するのは、その出身とむすびついた性格が、政治的な実践においても、しばしば危機をおかしてかえりみなかったことをいうのである。

以上、李夢陽についてのべたことは、彼と並称される何景明についても、あてはまるように思われる。何氏もまた寒微の出身であるからである。また「後七子」についていうならば、李攀竜の父も、任俠の徒であった。共に「七子」の文学の性質を考える別の鍵となるであろう。それらについてはなお他日の考究をまつ。

なお、李夢陽の文には、商人との交游を示す文が多いことも、私の注意をひく。四十五の「梅山先生墓志銘」および六十四の「祭鮑子文」に見える歙の鮑弼、四十六の「明故王文顕墓志銘」に見える蒲の王現、四十八の「潜虬山人記」に見える歙の余育、五十二の「缶音序」に見えるその父余存修、五十一の「方山子集序」および六十四の「方山子祭文」に見える歙の鄭作、五十六の「贈予斎子序」に見える歙の鮑輔、また輔の外舅として「贈汪時嵩序」に見える歙のその人、五十七「汪子年六十鮑鄭二生絵図為之序」に、前述の鮑弼・鄭作と共に見える歙の汪昂、五十七の「鮑母八十寿序」に見える汴の鮑崇相、五十八の「鮑允亨伝」に見える歙のその人、みな商人であり、五十九の「賈隠」「賈論」二篇は、商賈に関する文である。これまた何ごとかを示唆するであろう。社会経済史家の一考をわずらわす。

清

漁洋山人の秋柳詩について

刑部尚書王士禎《けいおうしてい》(一六三四―一七一一)すなわち漁洋山人《ぎょようさんじん》は、清代詩人の正宗《せいそう》と称せられている。山人一生の篇什は、近代中国の詩人の常として、夥しい量に上るのであるが、そのうち最も人口に膾炙しているのは、秋柳《しゅうりゅう》四首であろう。私はこの一代の正宗の最も著名な作品が、中国文学史の上にいかなる意義をもつかを考えて見たい。念のためにお断りしておくが、私の企図するところは、この詩の文学史的意義を考えることであって、この詩を優れたものとして世間に提唱するのではない。

詩は序を伴った七言律詩四首であって、順治十四年(一六五七)、山人二十四歳の時の作である。「菜根堂集序」なる文章の中で山人が自ずから語っているところによれば、山人はこの年の秋、済南に居た。折柄郷試《きょうし》の際とて、名士が大明湖に雲集していたが、ある日、水面亭に会飲した折、亭下水辺の楊柳が、いつしか葉も黄ばみ、秋の色に染んでいるのを見、それに感じてこの詩を作ったという。詩は次の如きものであって、山人初期の作を輯めた漁洋集に収められている。門人が山人会心の作を編定した精華録の中にむろん入っているが、精華録では序を欠く。

秋柳四首

昔江南王子　感落葉以興悲　金城司馬　攀長条而隕涕　僕本恨人　性多感慨　情寄楊柳　同小雅之僕夫　致託悲秋　望湘皐之遠者　偶成四什　以示同人　為我和之

丁酉秋日　北渚亭書

秋来何処最銷魂　残照西風白下門　他日差池春燕影　祇今憔悴晩煙痕　愁生陌上黄驄曲　夢遠江南烏夜村　莫聴臨風三弄笛　玉関哀怨総難論

娟娟涼露欲為霜　万縷千条払玉塘　浦裏青荷中婦鏡　江干黄竹女児箱　空憐板渚隋堤水　不見瑯琊大道王　若過洛陽風景地　含情重問永豊坊

東風作絮糝春衣　太息蕭条景物非　扶茘宮中花事尽　霊和殿裏昔人稀　相逢南雁皆愁侶　好語西烏莫夜飛　往日風流問枚叔　梁園回首素心違

桃根桃葉鎮相憐　眺尽平蕪欲化煙　秋色向人猶旖旎　春閨曾与致纏

綿　新愁帝子悲今日　旧事公孫憶往年　記否青門珠絡鼓　松枝相映
夕陽辺

この詩はいたく当時の社会の歓迎をうけたらしい。前に引いた「菜根堂集序」によれば、即時に数十人の唱和者を得、三年の後、山人が揚州府推官に赴任した頃には、既に大江南北に汎く伝播されており、唱和するものがいよいよ多かったという。私は、当時の詩壇に於ける山人の名声は、殆んどこの詩によって定まったのではないかと思う。

なぜ二十あまりの貴公子の詩が、そんなに持てはやされたか。このことを考えることは、すなわちこの詩の文学史的意義を考えることになるであろう。何となれば、社会の歓迎する文学は、いつも一つの新しい美しさを具えたもの、も少し詳しくいえば、その社会が予期し摸索しつつあった新しい美しさをば、適切に具体化したものでなければならぬ。而してかく社会が次次に要望し、また具現した文学の美の発展を辿るのこそ、文学史の課題であるからである。

では、この詩は、この詩以前の詩に比して、いかなる新しい美しさをもっているか。いいかえれば、この詩のいかなる点が、当時の社会に対する魅力であったか。それには、まずこの詩がいかなる性質の詩であるかを、考えてみよう。

この詩の性質としてまず感ずることは、この詩が意味の捉えにくい詩だということである。題の示す如く、これは「あきのやなぎ」を歌ったものには相違ない。しかし秋の柳の姿を素朴に写生したものではもとよりない。また秋の柳に対する感情を率直に表現したものでもない。ただ秋の柳に関係した言葉が並んでいるだけである。その中には、秋にも柳にも関係をもちにくい言葉さえ混っている。たとえば第一首の愁生陌上黄驄曲の黄驄曲、夢遠江南烏夜村の烏夜村といったような言葉である。徐夔《じょき》の注によれば、黄驄曲《こうそうきょく》は唐の太宗が愛馬の死を悼んで作らせた楽曲だそうであり、烏夜村《うやそん》は晉の穆帝の皇后の生まれた村だそうである。しかしそれらは元来秋の柳とは結びつかない説話なのである。その結果、この詩全体の意味は甚だわかりにくいものになっている。

　そこでこの詩には寓意があるという説が発生している。実は秋の柳を詠んだものではなく、一つの事件に対する感慨を秋の柳に託して歌ったというのである。その最も有力なものとして、明の亡国を悼む情を託したのだという説があり、またかつて明の福王に仕えた鄭妥孃《ていだじょう》という歌妓が、済南に流浪して来たのを憐んで作ったという説もある。高丙謀秋柳詩釈私は、これらの説を全然牽強附会として退けてしまうわけにもゆかぬと思う。寓意ということは、中国の文学にあり勝ちな現象であって、古くは毛伝《もうでん》の詩に対する解釈、近くは張恵言《ちょうけいげん》の詞に対する解釈、さては蔡元培《さいげんばい》氏の『紅楼夢』に対する解釈などは、詩、詞、『紅楼夢』の解釈そのものとして、どこまで妥当かは疑問であるけれども、中国の文学にはかかる解釈をいれ得べき部分が多いことを物語る。山人のこの詩にも寓意が全くないと断ずるわけにはゆかない。ことに前に述べたように、秋の柳に関係しにくい言葉が存在することは、寓意ありとする説に有力な論拠を与えるようである。がしかし、たといこの詩に寓意のあることを認め、説者が説くような事件をあてはめて解釈して見ても、この詩の意味は依然はっきりしない。胡適氏の文学改良芻議《すうぎ》には、「用典の拙なるもの」の例として、この詩の第二首を槍玉にあげ、どうにでも説けて、またどう説いてもわからぬ詩だと評している。いかにもその通りである。なおまた、この詩に寓意を認めない態度も、一方には存在する。あまりいい例ではないが、兪樾《ゆえつ》、恩錫《おんしゃく》など、光緒ごろ蘇州に居た文人が、山人のこの詩に摸して作った秋蘭詩鈔というものがある。その内容は、素直に秋の蘭を詠じたものであって、従ってその粉本となった山人の詩をも、秋の柳を歌っただけのものとして取扱ったことになる。

かく、寓意がありとするにしろ、ないとするにしろ、この詩の意味は捉えにくい。ひとり胡適氏や私に捉えにくいばかりでなく、この詩に感心して和作をものした山人同時の数百人の人達とても、この詩の中からまとまった意味を捉えることは、困難であったに相違ない。ではその人たちは一体何に感心したのか。この詩の言葉に感心したのである。

すなわち巧みに選択された様様の単語が連続流動してゆくことによって生まれる観念の波動、また音調の波動、その波動の新鮮さに魅力を見出したのである。また抑も作者の意思も、この詩にまとまった内容を盛る積りはないようである。寓意がないとすればもとよりのこと、たとい寓意があるとしても、寓意された事件に作者の重点があるのではない。作者の重点は、言葉にある。いいかえれば作者はその感情を歌われたる事柄に託しているのではなく、歌う言葉に託そうとしているのである。ではこの詩の言葉の波動のいかなる点が新鮮であったか。その前に私はまず、この詩の言葉が、いかなる波動を画いているかを辿ってみよう。例を第一首に取ることとする。

まず第一聯の秋来何処最銷魂、残照西風白下門 chiou Lai He *chu tzuei* shiau Huen, Tsan *jau* shi feng Boq *shia* Men である。この上下句はまず問答であることによって波動を画いているのであるが、その波動を一層拡大しているのは、それぞれの句の作り方である。すなわち上の句は、第五字目に最 *tzuei* という重い助字を下すことによって、深い屈折を与えられている。七言に於ける第五字目は元来一番よく響く個所であるが、この最の字は殊によく響く。単にその重重しい意味によってこの句に深い屈折を与えているのみならず、その重重しい音、tz という濁った子音と uei という屈折する母音から成るその重重しい音が、秋来何処 chiou Lai He *chu* とかぼそい音の続く後をうけ、更にまた銷魂 shiau Huen と再び細ってゆくところも、屈折的である。

ところで下の句の方は、単語が三つまっすぐに重なった構造であって、上の句の最 *tzuei* で重く抑えられた言葉の流れは、残照 Tsan *jau* 西風 shi feng 白下門 Boq *shia* Men と、波紋を画きつつ、段段に拡がってゆく。また上の句は、chiou Lai He *chu tzuei* shiau

と六字まで陰声、すなわち語尾に鼻音を伴わない音でとぼとぼと流れて来、最後の韻字に至って始めてHuenと陽声、すなわち語尾に鼻音をもった音が、やはりかぼそい子音を伴ってあらわれるに反し、下の句では、まず残Tsanが上の句の魂Huenをうけ、次に風fengと開き、最後に門Menとまた開く。その音調も波紋を拡げている。

かくて第一聯上下句の画く波動によって、まず一つの感情が盛り上げられるのであるが、更にその感情を深めているのは、白下門Boq *shia* Menという固有名詞である。白下《はくか》はもとより南京の古名であるが、それが古名であることは、一つの特殊なニュアンスを伴っている。すなわち、この地で幾度か繰り返された亡国の歴史を、読者に思い起させるからである。更にまた恵棟《けいとう》の「精華録訓纂」によれば、この句は李白の駅亭三楊柳、正当白下門という句に基くそうである。李白の句を憶えている人には、更に別のニュアンスをもつであろう。そうして残照、西風と段段に波紋を拡げて来た感傷は、この白下門という最も感傷的な言葉に至って最も高潮する。この感傷の高潮の中に、この句は終るのである。なお屈復《くっぷく》の注意する如く、残照西風も李白の詞の言葉を用いたものである。

さて次は第二聯、他日差池春燕影、祇今憔悴晩煙痕 tuo *ryq* tsy Chy chuen *ian Ing, jiy* jim Chiau *tsuei Uan* ian Hen であるが、この句の感じは甚だしく平凡である。排列された単語も平凡なれば、その排列法も平凡である。前の聯の下の句同様、単語を重ねていい放したままであるが、前の句のように波紋を画くものではない。また音調にも、これという重点はない。ただ晩煙痕 *Uan* ian Hen と強い子音を避けた陽声が、an ian en とすぼまってゆき、いかにも声を呑ませる感じを出しているところだけが巧である。また上の句に差池 tsy Chy と母音を同じくする言葉、すなわち畳韻を使い、下の句に憔悴 Chiau *tsuei* と子音を同じくする言葉、すなわち双声を使っている点は、技巧的であるけれども、この技巧は杜甫以来の律詩に習見する技巧であって、むしろ陳腐な感じを抱かせるばかりでなく、差池 tsy Chy 憔悴 Chiau *tsuei* いずれもあまり響かぬ音である。またこの上下句の関係は、その観念に於いても平列的であって、抑揚に乏しい。

私は、山人がここにこんな平凡な聯を置いているのは、一つの技巧であろうと思う。すなわち、残照西風白下門に至ってある程度まで昂った感情を、この平凡な聯に於てそのままに停滞させ持続させ、そうして次に来るべき第三聯の昂奮を一層強化しようというのである。山人は元来、典故を使うことのすきな人であって、この詩も殆んど毎句典故を使っている。しかるにひとりこの聯だけ典故を使っていないことは、私の推測が必ずしも無稽のものでないことを語っているようである。またこの聯の句法が、前の聯の下の句と同じ形、すなわちいい放したままの形をとっていることも、前聯の感情をそのまま持続させるためには、役立っている。

さて愁生陌上黄驄曲、夢遠江南烏夜村 Chou sheng *moq shang* Huang tsong chiuq, *meng luan* jiang Nam u *ie* tsuen という第三聯であるが、この聯は平凡な第二聯に比して著しく力説的である。まず愁、夢と一字の名詞で起り、生、遠と一字の動詞で受け、陌上黄驄曲、江南烏夜村と長く補語が伸びたその構成が、力説的である。ことに上の句の愁生は平凡な第二聯の後にすぐ続くだけに、一層力説的である。上下の句の抑揚もはっきりしていて、生、遠の二字がまずその観念に於て明瞭な対比を作っているのみならず、上の句では生 sheng 上 *shang* と鋭い子音をもった陽声が二度躍動し、更に黄驄 Huang tsong と大きく躍動するに対し、下の句では夢遠江南 *meng luan* jiang Nam と軟い陽声が段段にひろがり、更に烏夜 u *ie* と細り、最後に村 tsuen と落ちつく。いかにも「夢は遠き」ひびきをもっている。かくこの聯は種種の点に於て平凡でないのであるが、最もこの聯を平凡でなくしているのは、黄驄曲、烏夜村という見なれない言葉である。

この二つの言葉は、前述の如く何れも難しい典故をもっている。浅学私の如きはまるで心得ぬ典故であり、また山人のこの詩に感心した同時の人達とても全部が全部まで知っていた典故だとは思えない。がしかし、この二つの言葉は、私のような無学なものにもある魅力をもっている。すなわち、それが見なれない言葉である点に於いて、まず好奇心を抱き、更に見なれないが洗錬された美しさをもつ言葉である点に於いて、何らかの説話を伴った言葉であることを予想する。たとい説話の内容までは知悉しなくとも、何か小説的なものを予想することは、既に甘美である。更にまた二つの言葉は、陌上《はくじょう》なり江南と結びついていることによって、一層甘美である。江南が甘美な感情をもつ言葉であること申す迄もない。陌上は、陌上桑《そう》という古い恋愛の歌を聯想することによって、やはり甘美である。

要するに第三聯は、種種の意味に於いて力説的である。第二聯で停滞した感情は、この聯の愁生に至ってはまずはげしく飛躍し、次にまた夢遠と深く抑えられる。このはげしい抑揚によって激せられた感情を、第四聯はどう収めているか。

第四聯に於いて、作者はまず莫聴臨風三弄笛 *moq ting* Lim feng sam *long* Diq と抑える。さてかく一度抑えたものを、最後の句で、玉関哀怨総難論 *iuq* guan ai *iuan* *Tzong* Nan Luen と大きく放している。上の句の感情は莫 *moq* という禁止の助字のもつ観念、及びその音によって導かれ、下の句の感情は、総 *Tzong* という絶望的な助字のもつ観念、及びその音を中心としている。また上の句では *moq* *ting* Lim feng sam *long* Diq と口が大きく開かない音が続いているに対し、下の句では、関 guan とか総 *Tzong* と大きく開く音が感情をゆさぶっている。そうして難 Nan 論 Luen と、再びあまり開かぬ音の連続で、この詩は終っているのである。なお三弄、玉関は何れも典故のある言葉であるが、この典故は常用のものであって、上の聯の黄驄曲、烏夜村のように新鮮でない代りに、反射的に読者にある感じを起させる点に於いて、結びの聯としては効果的である。

以上私は、第一首の画く言葉の波動を、なるだけ客観的に説明して来た。第二首以下も類を以て推して頂きたい。もっとも私の分析は、或いは作者の自覚した範囲を超えているかも知れぬ。しかしその全部が無自覚のものでなかったことも確かである。また音調の問題については、山人の故郷山東の音に通じない私の理解は不充分であるかも知れぬ。しかし私が用いたペキン音と山東音の間には、さまで大した相違はない筈である。私はかつて山東の某先生が、この詩の第二首を吟じながら、その音調の美しさをたたえられたことを憶えている。いかにも、娟娟 jiüan jiüan と同じ音が重なり、更に涼露 Liang *lu* 欲為 *iuq* Uei と二組の双声が続く句によって始まり、含情重問永豊坊 Ham Ching Chong *uen long* feng Fang と陽声ばかりの句によって収められる第二首の音調は、四首の中でも最も美しいものであろう。

さて私はいよいよ、この詩の言葉のいかなる点が新鮮であり、魅力的であったかを説くべき段取りになった。まず結論を示そう。それは、この詩の言葉が古典的な雰囲気を破らずしてしかも新鮮だということであった。つまり、「古典的にして同時に新鮮」というのが、この詩の新鮮さであったのである。このことを理解する為には、山人の前の時代、すなわち明の詩のことを述べておかねばならぬ。

明の詩の正統は、やはり何といっても李夢陽、何景明らの前七子、及び李《り》于《う》鱗《りん》、王世貞らの後七子であろう。前後七子の主張は、要するに古典をそのまま口まねして、古典をその通りに再現することにあった。今体詩、すなわち律絶にあっては、用語も題材もすべて唐人、ことに盛唐を摸擬した。この極端な古典主義は、当然の結果として失敗した。時代を異にする人が古典をそのままに再現することは、元来不可能なことであって、この不可能を強行した結果は、必然に空疎なものとなる筈である。七子の詩は、当時すでに反対者があったのであるが、やや後れて最も有力な運動となったのは、公安、竟陵《きょうりょう》と呼ばれる二派である。すなわち、自由な言葉で自由な事柄を歌おうとしたのが公安で、突飛な言葉で突飛な事柄を歌おうとしたのが竟陵である。しかしこの両派も結局は失敗に終った。何となれば、近代中国に於いて詩は一つの古典的な文学形式であって、その形式に伴った古典的な雰囲気がある。両派の態度はこの雰囲気を破るからである。かくて社会は七子にも失望し、公安竟陵にも失望した。

かかる状勢の下に於いて、人人が要求したものは、新鮮でありながらしかも古典的な雰囲気を破らない詩であった。而して山人のこの詩は、実にかかる要求を満足させたのである。

山人のこの詩が、古典的であり且つ新鮮なのは、まずその用語に於いて認められる。即ちこの詩は大体に於いては、今体詩の古典である唐詩の言葉を使っている。にもかかわらず一種の新鮮感をもっている。それは主として前に挙げたような、黄驄曲《こうそうきょく》とか烏夜村《うやそん》とかいう見なれない言葉を使っていることに基く。これらの言葉は、唐もしくは唐以前に発生した言葉であって、その感じは古典的である。いかにも唐人の詩に見えそうな言葉である。それを使っても決して古典的な雰囲気を破らない。しかし実は唐人の詩には見えない言葉なのである。すくなくとも唐人の普通の詩には見えない言葉である。ここに一種の不思議な新鮮感が生まれる。第二首の浦裏青荷中婦鏡、江干黄竹女児箱、瑯琊大道王、第三首の扶茘宮、霊和殿、第四首の青門珠絡鼓、みな然りである。七子の陳腐な用語にあき、公安竟陵の乱暴な用語に閉口した社会は、まずこの点に魅力を感じたろうと思う。もっともかかる用語の傾向は、山人のこの詩に限ったことではない。清初の詩はみなかかる傾向をもっている。山人のこの詩は、この傾向を最も聡明に具現している点に於いて、まず喝采を受けたのである。

次には、上に指摘したような言葉の流れの甚だしい抑揚が、また新鮮感を与えるものであった。抑も律詩の根幹は、いうまでもなく対句にある。而して対句なるものは、発生的にいって上下抑揚なく平列しているのが本格であり、古典的であり、しからざるものは、破格であり、近代的である。前者は厳粛なシムメトリの美を覘ったものであり、後者は流動の美を覘うものである。抑揚のはげしい山人の対句は後者に属するものであって、近代的である。といって必ずしも非古典的ではない。かかる抑揚のはげしい対句も、杜詩を始め唐詩の中に屢々見えている。ただ山人のように頻繁に使わぬだけである。またこの詩は、一聯上下の抑揚がはげしいのみならず、聯と聯との間の抑揚もはげしい。しかしこれも古典の中に存する一つの傾向を極端に延長したものに過ぎぬ。またかかる変化はもともと極めて微妙であって、古典的な雰囲気を破るものではない。

次にはこの詩全体の流動するような感じである。それは各句、また各聯の間の論理的な連りが明瞭なことに基く。ことに次の聯、次の句に来るべき段階が、大抵は前の句、前の聯で、暗示され要求されていることに基く。第一首についていえば、秋来何処最銷魂は、もとより答えを要求している。そうして残照西風白下門と答えられるのであるが、この答えは不完全である。残照西風白下門がなぜ最銷魂なのかと更に説明を要求するからである。その説明は第二聯が与える。すなわち、かつての日の思い出と、祗今《ただいま》の憔悴の為なのである。次に、第三聯は必ずしも第二聯の要求するものではない。しかし愁生はやはり前の憔悴の説明である。そこで前の聯と連っている。そうして愁生の結果として夢遠が生まれる。更に夢遠の結果として莫聴が生まれ、莫聴にはその理由として哀怨が与えられる。莫聴の莫 *moq* と夢遠の夢 *meng* が双声であることをも見のがしてはならぬ。かく詩全体が段階的に発展してゆくことによって、一つの流動感が生まれるのであるが、ところで従前の詩、少くとも唐の詩は、こんなに聯と聯、句と句が密接には連絡しない。必ずしも連絡しない条件を、ぽつりぽつりと積み上げて行くのが、常法のようである。山人はこの常法を変化させている。わが師鈴木豹軒先生が『中国詩論史』の中で、「彼の作を読むときは七律を読むも猶ほ七絶を読むの感あり」といっておられるのは、ここのところを指摘されたかと愚考する。しかしこれも、古典の中に既に存する傾向を延長した迄であり、また微妙な推移であって、古典の雰囲気を破らない。しかし律詩本来の組織の美は、そっと流動の美に置き換えられているのである。

更に重要なのは、音調の新鮮さである。元来山人は詩の音調に細心な人であって、従来平仄の自由が認められていた古体詩に、平仄の法則を立てたこと、周知のごとくであるが、今体詩に対しても、その音調には大いに考慮を払ったらしい。私は甚だ大胆なようであるが、もし音調だけをとり上げていうならば、山人の今体詩は、唐の詩よりも、またそれに摸した明の詩よりも、美しいと思う。ひとり山人のみではない。清朝の詩の音調は唐の詩よりも美しいと感ずる。これには唐の音と今の音との間に距りがある為に、唐の詩の音調の美しさをわれわれが充分に領略できぬということも、多少は手伝っているかも知れぬ。しかしもっと有力な原因としては、中国の詩が、その音調については、時と共に進歩した為だと考える。また律絶という限られた形式の中に立て籠って修錬をくり返しておれば、音調の感覚の如きは意識的無意識的に洗錬され得るものであって、進歩が起るのは、むしろ当然の結果である。山人のこの詩は、この当然の進歩に飛躍を与えた点でも、甚だ新鮮であった。しかもその新鮮さは、古典的な雰囲気を破るものではもとよりない。

以上述べて来たように、この詩の言葉に表れた古典的にしてしかも新鮮という諸傾向は、この詩の魅力として、当時の人人のまず感ずる所であったと考える。がしかし、この詩が歓迎された心理には、更に別のものを含んでいると思う。それはこの詩の新鮮さが、専らその言葉にかかっているということである。この詩の意味は前に述べたようによく捉めない。よく捉めないところが新らしい、といえぬこともないが、しかし少くとも積極的に新らしいものを導き入れようとする態度ではない。しかしこの詩は新らしい。それは言葉が新らしいからである。つまりこの詩は、公安竟陵のように新らしい題材に目を配る必要はない、題材のとり方は、七子のままでよろしい。ただ言葉を新らしくさえすれば、詩は新らしくなり得るということを、最も具体的に示しているのである。そうしてそれはまた、中国の近代の詩が生きてゆくのに最も安全な道であった。何となれば、題材に新奇を求めることは、必ずこの古典的な詩形の雰囲気を破るからである。この詩が歓迎された心理の中には、かかる安全感をも含んでいたと考えられる。

ともにかく感情を、歌われる事柄よりも、歌う言葉に託すということは、ひとり近人の詩の道として安全であるばかりでなく、中国の過去の詩の本来の道であったと思われる。この傾向がもっとも強くあらわれているのが、斉梁の詩であり、晩唐の詩であり、七子の詩であり、山人の詩であり、またこの傾向がもっと少いのが、宋の詩であるが、要するにそれは程度の差であって、中国の詩は元来かかる傾向をもち易かったのである。七子の試みたところも、この本来の道を確立しようとすることであったが、それはあまりの窮屈さの為に失敗した。その反動として起った公安竟陵は、ややこの道から離れようとする。しかるに山人は、七子とはまた別の方法で、再びこの本来の道を確立しようとした。その努力をこの詩はよくあらわしており、またある程度まではたしかに成功している。これが、この詩の歓迎された理由として、最も根本的なものではあるまいか。そうして山人が「正宗」と呼ばれる所以も、またここにあるかと思われる。

山人の詩は秋柳詩に限らず、一般に題材の新奇を求めない。古い題材を使いながら、ただその言葉の波動を新しくしようとしている。その波動には、ある一定の方向があって、山人のいう「神韻」という言葉は、この一定の方向を指すらしい。そうしてかく波動の方向が一定しているために、その詩は千篇一律の誇りを免れない。そうして「清秀于鱗」―気の利いた李于鱗―と罵られ、「一代正宗才力薄」と罵られ、また清末に至って再び宋詩が流行すると、その知性の乏しさが攻撃された。これらの非難はみなあたっている。しかし山人を非難する人達も、一方には山人が「正宗」であることを否認することはできなかった。山人の道が中国の近代の詩としては最も安全な道であり、また過去の中国の詩の本来の道であることを、誰も否定し去ることはできなかったからである。だから、「才力薄」ではあるが、「一代の正宗」なのではあった。

以上が私の考えた秋柳詩の文学史的意義である。かかる詩が今の世の文学としてどういう価値をもつか、それはまた別の問題である。中国に於いてすら、文学改良芻議の書かれた民国六年には、山人の道は、ただ「本来の道であった」ことになった。そうしてこの山人得意の作が、「用典の拙なるもの」として、極度に非難されているのである。

詩は中国人の文学活動のうち、最も重要と自覚されて来たものである。しかるに近時の中国文学史に於いては、ややその研究が閑却されているのではあるまいか。ことに近代の詩に於いて然りと感ずる。いかにもそれは、古典的な詩形とそれに伴った雰囲気とを破ってはならぬという宿命を負ったものではある。公安竟陵といえども完全にこの宿命の外にあるものではない。しかしながらこの宿命あるが故に、それをみな一色と見るのは、早計である。この宿命を負いつつも、そこには発展があり、推移がある。その発展推移の相は極めて微妙であって、捕捉し難く叙述し難い。しかしこの困難を敢行することによって、中国文学史は、或いは中国文化史は、より完全な認識に到達すると私は確信するのであって、この困難な事に従われる同志の出現を待つものである。この粗笨な研究は、そういう同志の為に、いささか陳渉呉広の役を勤めようというに過ぎぬ。

清末の詩——散原精舎詩を読む——

古詩、律詩、絶句など伝統的な詩形で、大量の詩が作りつづけられた最後の時期は、旧中国最後の王朝である清朝の末年、つまり前世紀末から今世紀初へかけてである。

それはその直後の胡適、魯迅、郭沫若らが、伝統的な詩形と用語に反撥し、新しい自由な詩形と用語で、ちがった文学を書きはじめる直前に位するゆえに、改革の当事者たちからは、自己の文学と矛盾するものとして、敵視され、蔑視され、無視されるものであった。また清末の詩人たちのおおむねが打倒された清帝国政府の官僚であり、あるいは帝国打倒ののちもそれへの忠誠を保持する「遺老」であったことも、改革者たちの白眼をふかめた。以来半世紀、白眼は持続されている。

中国文学史を書くことも旧中国にはなく、民国以後にはじまった新しい仕事であり、以来半世紀の間にいろいろ書物が出ているが、日本人によるものをもふくめて、清末の詩人のためにページをさくことはない。日本文学史のどれもが、頼山陽にページを与えないのと似ている。そうしてただ『官場現形記』その他の暴露小説のみが、魯迅直前の時代、つまり清末の時代の文学として、記されている。

ところで事がらはしかく簡単にわりきったままでいいのか。清末の詩人たちは、魯迅と矛盾の関係のみにあるのか。いかにも彼等のおおむねは、政治的にも文学的にも旧体制の保持者であった。しかし清末民国初年という文明と政治の危機にいかに対処するかをまじめに考え、その思索を詩に托した人人で、おおむねはあった。あるいは政治的には譚嗣同、黄節のように、旧体制への反抗者をも、少なからずふくんでいる。魯迅への胎動は考えられないか。

清末の詩の選集で、もっともまとまっているのは陳衍氏の『近代詩鈔』二十四冊である。清末の詩風は一般に、唐詩のはなやぎをさけ、宋詩の質実を祖述するが、そうした詩風の創始者である祁寯藻、曽国藩にはじまり、民国初年まで、三百七十家の何千首かの詩をおさめ、民国十二年、一九二三、上海商務印書館の出版である。まだ京都大学の学生であった私がそれを買ったのは、これらの詩を無視し去ることへのおそれを、そのころからかすかながらもちあわせていたのであろう。

ただし買っただけであまり読むことはなかった。読もうとして、日本人風に唐詩にのみなれ、宋詩になれない当時の私には、理智的な、冷い、難解な、晦渋な詩ばかり、ならんでいると感じられ、近よりにくかった。

間もなく私は中国に留学し、この書物の後半に収められた詩家の何人かに、あうという幸運を、実はもった。師として教えをうけた楊鍾羲先生をはじめ、北京では王樹枏、江瀚、傅増湘、汪栄宝、上海では徐乃昌、蘇州では金天羽、それらの諸氏の応接室に、私は身をおいたことがある。袁励準氏、梁鴻志氏とも、会話をもった。黄節氏には琉璃廠の書店で、鄭孝胥氏には日本で、言葉は交さぬながら、姿だけを見た。また北京での三年をおえて、江南の旅に旅立とうとする私が、楊先生の宅に招かれ、晩餐を賜わった折、春燈の下で同席したのは、李宣龔氏もしくは李宣倜氏のいずれかであり、江南の旅で、楊先生の紹介状をもちながら、あえなかったのは、呉士鑑氏、李詳氏である。しかしそれらの人人の詩を私は依然として全く読んでいなかった。当時の私は、経学と言語学への興味をたかめ、詩全体への興味を失っていたころでもあり、せっかく相見を得ながら、話題は学問のこと書物のことに限られ、詩に及ぶことはなかった。及ばなくてよかった。唐詩にはややなれていても宋詩にはうとい当時の私の学力では、見当ちがいの質問をして、はじをかくに止まったであろう。

久しく高閣につかねたままの『近代詩鈔』を、やや丁寧に読みだしたのは、最近である。ことにひきつけられるのは陳三立氏である。『近代詩鈔』にえらばれた二百首内外では満足できず、原詩集『散原精舎詩』を、清水茂君に香港で買ってもらった。

陳三立、字は伯厳、江西省義寧の人、清末の進歩的な大官陳宝箴の子である。父君は進歩派の後輩である黄遵憲、譚嗣同、梁啓超らのパトロンであり、湖南省の行政長官として、新聞、学校など新しい施設を、どんどん作ったのを、西太后ににらまれ、失脚した。詩人三立は当時すでに年五十に近く、吏部主事の官をおびて、父君の政策の有力な協力者であったが、父子ともども免官となり、翌年父君はなくなる。現在の詩集はそのころの詩から始まり、辛亥革命を経て、民国九年、上海の租界に「遺老」としていた七十ごろまでの作品何百首かを収める。私はまだ全部をよみつくしていない。

手もとに伝記がないのでたしかなことがいえないが、なくなられたのは、私の留学中であろう。何にしても私はあっていない。ただし令息にはあった。

令息は、ほかならぬ只今の中国における歴史学の大家、陳寅恪氏である。たしか民国十九年の秋の夜、徐鴻宝氏の好意によって、他の二三の留学生とともに、清華大学教授であった氏と、宣武門外の旗亭で晩餐を共にした。瘦軀、長身、強度の近眼鏡、謙虚な挙措、そうして何よりもらんらんたる眼光。話題は主として清朝史についてであったが、鋭敏きわまる神経のもちぬしであり、また鋭敏な神経のすべてが、学問への良心に奉仕することが、すぐ印象された。今や七十のよわいにあるであろうが、名声はいよいよ高い。戦後まもなく出た『唐代政治史述論稿』『元白詩箋証稿』のあと、久しく著述に接しないのは眼疾のためと聞く。はるかに加餐をいのってやまない。

三十年前、歴史家陳寅恪に感じた鋭敏さ、それは同時に父の陳三立氏のものであり、父の詩人の場合は、詩人の良心として作用しているというのが、まだ読みつくしていないながら、『散原精舎詩集』二巻、続集二巻、別集一巻を通じての私の感じである。すべて清末民国初年という民族の危機に際会しての作であり、世を憂い国を憂い、時を傷み事に感ずる語が、処処に隠見するこというまでもないが、もっとも私を驚歎させるのは、自然に対する感覚の新しさである。それは伝統的な詩形のなかにありながら、すこし誇張していえば、従来の詩とは異質とさえいえる。

分りきったことを説明の順序としていえば、自然の風景を象徴として歌うのは、少くとも杜甫以来の、中国詩の、久しい伝統である。「啅《ついば》む雀は枝に争《ふざ》けて墜《お》ち、飛ぶ虫は院《にわ》に満ちて遊ぶ」、二句に杜甫は世界の活動と調和の象徴を求めている。「山は虚しくして風は石を落とし、楼は静かにして月は門を侵す」、二句に杜甫は世界の示す非情さの象徴をもとめている。しかしこの伝統は、詩人の方から象徴を自然にむかって求めるという態度である。

陳氏の場合はちがう。あまりにも尖鋭な神経のゆえに、自然が、詩人の方にむかって、おしよせ、つきささり、おおいかぶさる感じである。

江の声は推しやれども去らず
客を携えて山堂に満つ

階の菊は燈を囲みて痩せ
衣の塵は酒に点《ち》りて涼し
平生より微かに自ずから許せり
出処は更に何の方ぞ
簾の外に聴くは帰りゆく雁
天の辺《はて》に亦《ま》た行を作れり

光緒三十一年、一九〇五、五十一歳、武昌であろうか、靄園というパンションでの、夜のつどいに作られた五言律詩である。揚子江の水音、テラスのやせほそった菊、酒盃の上にふとうかぶ塵、天辺の雁、みな詩人の神経を、ふるわせるものとして、詩人をとりかこむ。

こうした感性の方向を、もっともよく示すのは、次の五言絶句である。

露の気はいは微《かす》かなること虫の如く
波の勢いは臥せる牛の如く
明月は繭の素《しろいと》の如くにして
我が江上の舟を裹《つつ》む

光緒二十八年十一月十四日、父君の墓にもうでての帰途、揚子江上の汽船での作である。露、波、みな生きもののごとくうごめいておしよせ、月光は詩人を束縛する。詩人は苦悶し、反撥する。又一首の五言絶句で、春の一日、南京の邸宅の裏庭での作にはいう、

鬢の糸は是れ何物にて
我れを春風の前に影つくるや
袂を脱《はら》いて寥廓《りょうかく》を払えば
晴天に紙の鳶《たこ》の横たわる

鬢の糸はしらが、寥廓は天空であるが、天空ははるかかなたにあるのではない。波だちつつ詩人にせまる。たもとをふりあげておしもどせば、横たわるのは一すじの凧の糸、というのはもはや完全に近代の感覚である。なおこの絶句は、光緒三十年、一九〇四、ちょうど私の生まれた年に作られている。

魯迅の直前の時期の文学の担当者としては、陳三立氏を頂点とする一群の詩人を数うべきであると、まだまだ異論があるであろうことを予想しつつ、私は考えている。

近代

魯迅について

一

魯迅の素質は、むしろ詩人としてであったと、私は考える。散文詩「野草」が何よりもそのことを、また「朝花夕拾」「故事新編」などという作品が、また有力にそのことを、語るばかりではない。詩人としての敏感さは、小説のなかの何くれとない描写にも示されている。

——尼寺のぐるりも水田であり、白い壁が新緑の中につき出している。うらの低い塀の中は野菜畑であった。阿Qはしばらくためらったのち、あたりを見まわしたが、誰もいない。彼はきづたにつかまりながら、その低い塀をはいのぼりはじめた。しかし無情にも泥ははらはらと落ち、阿Qの足もぶるぶるとふるえた。やっと桑の枝につかまって、中へ飛び込むと、中にあるのはまっさおに青青とした世界……。

またこうした詩人的な敏感さが、魯迅をして、ヨーロッパ的な美の最初の理解者、つまり中国以外の世界にも美しいもののあることを理解した最初の中国人とならせたと考える。彼が何よりもにくんだものは、中国の「国粋」であった。青年はいかなる本を読むべきか、というアンケートに、

――青年よ、なるだけ多くの西洋の本を、そうしてなるだけすこしの中国の本を読め。

と答えたことは、あまりにも有名である。またイブセンとニーチェの言葉を引いたあと、

――かくてこそまことの創造者。われわれはたとい能力の不足から、創造はできなくとも、それらに学ばねばならない。たとい崇拝するものが、新しい偶像であるにしても、中国のふるくさいものよりはいい。孔丘や関羽を崇拝するよりは、ダーウィンとイブセンとを崇拝する方がましである。ほうそう神や五道明神を崇拝するよりは、Apollo の犠牲になる方がよい。(一九一八年、随感録四十六)

彼を狭隘な民族主義者として理解するのは、まちがっている。彼の死の枕頭にあったのは、ゴーゴリの「死せる魂」の未完成の訳稿であった。

ところで、晩年の魯迅が、詩人としての素質を、みずから抑え、新しい美の発見よりも、眼前のみにくいものとの戦いに、傾いて行ったことも、事実である。魯迅はみずから詩人としての素質を制限したように見える。何がそうさせたか。一九二二年に作られた「ロシア歌劇団のために」という文章は、そうした道程の一こまを示すように思われる。

——私は第一劇場へロシア歌劇を見に行った。九月四日の夜、二日目。

——入場するやいなや、異様な感じにおそわれた。土間のまんなかには三十人ばかり、それをとりまいては無料入場の兵隊たちの大群。二階の四等席五等席には、三百人ばかりの見物がいるにはいたが。

——北京へ来た人人は、しばらくするという、ここはまるで沙漠だと。

——いかにも、沙漠はここにある。

——花も、詩も、光も、熱もない。芸術も、そしてよい趣味も、そして且つ好奇心さえもない。

——重っくるしい砂……

接吻の場になると、兵隊たちははげしく拍手した。いや兵隊以外からも、兵隊たちよりももっとかんだかい一つの拍手をその中にふくみつつ、拍手がおこった。

——沙漠よりも更におそろしい世の中がここにある。

——私は知らない……実は知らないわけではないが、あえてこういおう……ロシア歌劇団は、なぜ彼等の故郷を離れ、その美しい芸術をもってこの中国へ、わずかのなみだ銭をもらいにやって来たのか。あなたたちは、帰るがいい。

魯迅をとりまくこうした寂寞、それは現在の魯迅解釈者のあまり説かないところである。しかし、つよく私の心をひくのは、そうした寂寞の中にいる魯迅である。

二

絶望の　虚妄《きよもう》なる　正に　希望と　相等《あいひと》し　──魯　迅──

魯迅（一八八一―一九三六）がその散文詩「野草」のなかに、ハンガリの愛国詩人ペトフィ・シャンドルの言葉として引くものである。しかしわれわれにはより多く魯迅の言葉として意識される。

希望はしばしばむざんにうらぎられる。希望によって生まれる幻影がそのままに実現することはまずない。つまり、希望は虚妄である。

絶望がそこに生まれる。

しかし絶望によって生まれる幻影もまた、そのままの形で未来の現象となることはない。しからば絶望もまた虚妄である。その虚妄であることは、まさしく希望とあいひとしい。

言葉そのものの意味は、以上のように読める。

絶望之為虚妄　　正与希望相等

しかしこの言葉をめぐってうごく魯迅の思索は、大へん複雑である。

魯迅はいう。

——私は私の青春がすぎさってしまったことを、とっくのむかしにきづかなかったわけではない。しかしわが身の外の青春はちゃんと存在するとおもっていた。星、月光、ぐったりとなった蝶、やみの中の花、ふくろうの不吉な言葉、ほととぎすの血のさけび、笑いのあてもなさ、愛の乱舞。……わびしくあてもない青春ではあっても、しかしやはり青春ではある。

ところでいまはなぜこんなにさびしいのか。わが身のそとの青春までもみな過ぎ去ったのであろうか。世の中の青年たちもおおかた老いこんでしまったのであろうか。

そうしていう。

——私は私の力でこの空虚の中のやみ夜とあらがうほかはない。たといわが身のそとの青春をさがしあてられなくとも、わが身のうちの夕暮を賭けてみることを自分自身でしなければならぬ。しかしさて闇はどこにあるのか。

——私の目の前には、とうとうほんとうの闇夜さえない。

このあたりの魯迅の言葉は、絶望こそ絶対であるといいたげに見える。しかし魯迅はもう一度、ペトフィの言葉を、その文章のさいごに引く。

絶望の虚妄なる、正に希望と相等し。

終章

中国の古典と日本人

私はただいまアナウンスされましたような演題を差し上げておきました。演題というものは講演者が聴衆に対する一つの約束であります。私は約束をうまく果しまして、演題のようなことまでお話しできるかどうかたいへん不安であります。お約束が果されれば御同慶の至りでありますが、まとまりのない話になりました節は、演題は皆さんの方でしかるべくおつけくださるようにお願いいたします。

ただいまの中国に、巴《バ》金《ヂヌ》という作家がおります。この人はたくさん長篇小説を書いておりまして、岡崎俊夫君の訳しました「寒夜」という小説などは、飜訳をお読みになった方があるかと存じます。この人は本名を別に持っており、巴金というのはペンネームでありますが、このペンネームは、バクーニンのバ、クロポトキンのキン、この二つを合わせて巴金という筆名にしたといいます。これは私自身が調べたことではありません。最近私の学生たちが教えてくれたことでありますが、近ごろの中国のことは私よりずっとよく知っている人たちのいうことでありますから、たいへん確かであると考えます。

ところでこの巴金の書きました小説の一つに、「第四病室」という、やはり長篇がありますます。ここに書物を持って来ておりますが、一九四六年、つまり終戦の翌年に書かれたものであります。話の内容は、中国が日本に対して抗戦をつづけておりました時期の末ころ、場所は当時中国の臨時首府でありました四川省の重慶、その重慶にある、おそらくは国立病院か、乃至は国立病院でなくても公立の病院であるらしい病院、そこが舞台であります。

その病院へ、胆嚢炎《たんのうえん》で胆嚢の切開をするために、ある若い青年、学生でありましょうが、入院いたします。その青年が入院してから、胆嚢の手術をすませて退院するまで、その間の病院生活の日記という体裁になっています。小説のなかで「私」というのは、その青年であります。でありますから一種の私小説といえますが、現代中国のおおむねの小説がそうでありますように、日本の私小説とは大ぶ趣きが違いまして、たいへんにたくさんの人間が出て参ります。主人公、すなわちこの小説の中の「私」が寝ている病室は、第四病室と呼ばれる大きい病室でありまして、そこには十二のベッドが置かれています。つまり十二人の病人がその部屋で一緒に寝ている。その十二人の人たち、いや十二人だけではありません。この短い期間の間にも、ある病人は死ぬ、死んだあとのベッドには新しい患者がはこびこまれる、という風に十数人の人たちの生活を、それぞれに書きわけている。私小説といいましても、やせた私小説ではなくて、いろいろな人間が入れかわり立ちかわりいろんな事件を起こして行く、油っこい私小説であります。

さて主人公である青年「私」が与えられましたベッドは、第五番目のベッド、すなわち第五床でありますが、その隣の第六床には、一人の労働者が寝ている。見ると片方の手、右手はすっかりほうたいをして、こういうふうにつっている。この若い労働者と主人公の青年「私」とは、入院の日から会話を持つのでありますが、その労働者は重慶の近所でありましょう、軍用自動車の車庫に工員として勤めていたのが、ある日、重慶の郊外へ三輪のモーターカー、つまりバタバタに乗って遊びに行ったところが、運転手の不注意からバタバタがひっくり返り、右手に大けがをした。それでここへ入院している。自分は朱雲《しゅうん》標《ぴょう》というものだと名のりますが、傷がたいへんいたいので、非常に怒りっぽくなっている。もともと農村の出身で、眉のつりあがった精力的な顔、人間は非常に素朴なのですが、むしょうに神経質になって、病院の患者に対する扱いに、不平ばかりいっている。そうした若者と主人公である青年とが隣合せに寝ていて、その間に幾つかの事件が起るのでありますが、この小説にはもう一人、女主人公があります。それは「楊《やん》」という苗字の、若い女医であります。この女医が患者に対してたいへん親切である。この小説の主人公、「私」に対してもたいへん親切でありまして、主人公「私」も胆嚢切開の手術を受ける直前ですから、たいへん神経がたかぶっている。すると親切な女医さんは、少しあなたは書物でも読んだらよかろうといって、二冊の書物を貸してくれます。

どういう書物かといいますと、一つは中国の古典の詩を集めました『唐詩三百首』、大体日本でよく読まれる『唐詩選』と同じような内容のものでありますが、詩というものは人間の神経をしずめるものだからといって、この『唐詩三百首』を貸してくれる。それからもう一つは、インドのガンジーの伝記であります。

この二つの書物を主人公「私」に貸してくれるのでありますが、主人公「私」は、手術に対する不安ばかりが心の中にあるので、女医さんの好意には感謝しながらも、『唐詩三百首』も『ガンジー伝』も読まずに枕もとに置いておきます。

ところがある夜中、ふと目がさめてみると、隣に寝ている朱《しゅ》青年、自動車の車庫に勤めていて右腕をおっぺし折ったあの青年が、何かを朗吟しながら、しきりに涙を流している。何を読んでいるのだろうと、のぞいて見ますと、女医さんが貸してくれた『唐詩三百首』の中の杜甫の詩を読んで、しきりに涙を流しているのでありました。

それはどういう詩かといいますと、岩波新書の『新唐詩選』にも載っております、杜甫の「月夜に舎弟を憶う」という詩でありました。

杜甫というのは、御承知の通り、八世紀の詩人であります。『源氏物語』が出たのは十一世紀ですが、それより三百年ばかり前の詩人であります。この詩人は御承知の方は御承知のように、後半生はたいへん不幸でありました。当時の中国ははげしい内乱の中にありましたが、杜甫は、その内乱のなかを、内乱を避けて、十人ばかりの家族、妻、むすこ、娘を引き連れながら、中国の西南の地帯をさまよい歩きました。芭蕉は杜甫の私淑者《ししゆくしや》であり、杜甫も芭蕉も旅の詩人であるということが、よくいわれますが、杜甫の旅は、芭蕉の旅のように一蓑一笠、気楽といえばたいへん気楽な、弟子の曽良だけを連れた風流の旅ではない。たくさんの家族をかかえて、明日の食糧を求めつつ、各地をさまよい歩いた詩人なのでありますが、といって詩人は、家族の全部を連れていたわけではない。弟たちとは、戦災のためにわかれわかれになっている。その弟たちを流浪の旅の中から思いやった詩で、五言律詩という詩形の詩であります。

詩は全部で八行ありますが、大体はこういう意味であります。「戍《とりで》の鼓は人の行くことを断ちぬ、辺秋《へんしゆう》一雁の声」。夕方時間を知らせる太鼓が、要塞から鳴り渡ると、もう道を歩く人影もまったくたえた。そうした国境地帯の秋の夕ぐれの空気の中を、かりがねが一羽、悲しげに鳴きながら飛んでゆく、というのが初めの二行であります。

次の二行は、「露は今夜よりして白く、月は是れ故郷の明《ひかり》」。今や秋もだんだん深くなって、露は今夜からさらにその重さを増す、と申しますのは、中国の暦、ただいまでも中国の農民の使っております暦では、一年間の季節に、気候の変化によっていろいろの名前が与えてある。われわれの陽暦でいえば九月八日か九日は、白露《はくろ》節と申しまして、その日から露が重くなり始めるというのですが、杜甫がこの詩をつくりましたのも、ちょうどその時期でありました。ことしの秋ももはや深まり、露も今夜からは白くなる、ということは、時間というものはどんどん推移して行く。人間を不幸に陥れたまま、どんどん時間は無情に推移して行くという感情が、その裏にあります。かく「露は今夜よりして白く」、自然は人間の不幸とは無関係に季節を進めて参りますが、「月は是れ故郷の明《ひかり》」。ふとふりあおぐと、中空には月がかかっている。この月も無情であって、人間はこのように故郷を離れてさすらっているけれども、月は故郷で見るのと同じ光りで輝いている、それが三行四行であります。

更に次の五行六行では、次のようにうたい続けられます。「弟有りて皆《みな》分散し、家の死生を問うべき無し」。自分には何人かの弟がある。杜甫には三人ばかり弟があったはずでありますが、かく肉親として弟があるにはある、しかしそれらは今みんな散り散りになっている。はげしい戦争の陣営を隔てて、みんな分散している。そうして「家の死生を問うべき無し」。つまり死んでいるか生きているかを尋ねてやるべき家庭というものを自分は持たない。というのが五行六行であります。

ところで最後の七行八行は、こういうふうにむすばれます。「書を寄するも長《とこしえ》に達せず、況《いわ》んや乃《すなわ》ち未《や》まだ兵を休めざるをや」。死生を問うべき家はないのだけれども、やはり手紙を書かずにはいられない。しかしいくら書いても手紙はつかないらしい。そればかりではない、今や世界はいつやむともわからない、のろわしい戦争のさ中にある。「況《いわ》んや乃《すなわ》ち未《い》まだ兵を休めざるをや」ということで、詩は終っているのであります。

ところで、そのとき重慶の市内にある公立病院の第四病室、その第六床にねている労働者が涙を流しているのは、この詩のなかの「露は今夜よりして白く、月は是れ故郷の明《ひかり》」という対句のところでありました。何度も繰返して読みながら泫然と涙を流している。小説の中の話でありますけれども、そういうふうに巴金は描写しております。

そうしてそのときの朱雲標《しゅうんぴょう》君の境涯を思いやってみますと、この詩に涙を流すべき理由が充分にあります。つまり彼はこの詩がいっているような境涯に、まさしくある。と申しますのは、この小説がさらにだんだんと説明して行くところによりますと、この朱君というのは、元来は中国の東部である浙江省の人間である。ところが浙江省が日本軍に侵略されましたために、故郷を逃げ出して、奥地の重慶へたどりついたのでありますが、故郷には年老いたおっかさんがそのままに打捨ててある。それからまた細君とは結婚したばかりでしたが、その細君もやはり打捨てたままここへのがれて来た。細君とは実はあまりうまが合わなかったのでありますが、こうして戦争のためにはなればなれになってみると、けんかばかりしていた細君であるけれども、そのことがしきりに思い出される。おっかさんのことはなおさらのことであるというふうな、境涯にあるとすれば、「弟有りて皆分散し、家の死生を問うべき無し」というのは、あたかも朱君のそのときの境涯なのであり、朱君が涙を流したのはなるほどとうなずけるのであります。

更にまたこの小説をおしまいの方まで読んで行きますと、この気の毒な労働者は、さらに別の病気を併発します。それは発疹チフスでありますが、高熱にうなされながら、うわごとをいう。そのうわごとの中にも、しばしばこの詩のなかの「露は今夜よりして白く、月は是れ故郷の明《ひかり》。弟有りて皆分散し、家の死生を問うべき無し」というのがはさまれている。そうして、ふと高熱からさめて正気をとりもどしたとき、朱君の隣のベッドに寝ている主人公の「私」、「私」はそのときはすでに胆嚢の切開をすませ、もう二、三日で退院できるというので、いそいそしていますが、うわごとからさめた朱君は、隣の「私」に向って、おれは死ぬかもしれない、おれが死んだら、死んだということだけを、浙江省の何何県の何何村、朱雲標の母親どの、というアドレスで知らせてほしい、と申します。しかし「私」は、退院の希望でいそいそしておりますし、また朱君の病気をそうおもいとも思わなかったので、よいくらいに聞き流しておきます。

ところが一晩過ぎた翌朝、目がさめて隣のベッドを見ると、朱君がいない。看護婦に、朱君は手術室に行きましたかと聞きますと、いや死体置場へ行ったという答え、つまり朱君はなくなったのであります。そうして前の晩の言葉は遺言となり、「私」がせっかくたのまれながら、うかつに聞き流したおっかさんのアドレスを、思い出すことができないというあたりで、この小説は終っております。

どうも小説の筋書ばかりお話しして、だんだんお約束を果せそうになくなって来ましたが、ところでこの詩が、この一労働者——一労働者といっては失礼でありますが、要するにあまり書物と縁のなさそうな若者を、こんなにまで感動させたということが、重要です。これはさっきいいましたように、朱君のそのときの境涯を思いやってみれば、それだけでももっともであるということが、いえるでありましょう。がしかし、それは単に朱君のそのときの境涯という一種の偶然、個別的なことだけでありましょうか。私はどうもそればかりでは説明できないように思うのであります。それが単なる花鳥風月をうたった詩でありますならば、文字とあまり縁のない人を、こんなにまで感動させることはむずかしいのではないか。この詩の根柢には、もっと奥深い、根強い、人間を感動させるものがあるのではないかというふうに、私は考えます。

そういう気持でこの詩を読み返してみますと、たしかにそういうものがあるようでありますす。私は手もけがしておりませんし、また幸いに日本は今戦争がありませんから、私は京都に住みながら、現在このお話をするために東京に来ておりますけれども、手紙をやるべき家もあれば、家族の者も離散しておりません。にもかかわらずこの詩を読むとやはり非常な感動を受ける。それは要するに、この詩のもつ人間性、ヒューマニズム、それに基づくといってしまえばそれまででありますが、もう少し分析してみましょう。

まず考えられることは、これは必ずしも杜甫の詩に限らず、中国の詩に普遍なことでありますが、詩の感情が、単に自分自身の憂い、悲しみ、喜びをうたうだけの私詩——私小説という言葉があれば、私詩という言葉もあってよいと思いますが、要するにただ単に狭い個人的な感情をうたうというのでなしに、常に世の中のすべての人人とともに悲しみをわかちあおう、あるいは喜びをわかちあおうという感情が、中国の文学には、いつもその根柢に濃厚に流れているということが、この詩の感動を深めている大きな理由であると思うのであります。

そのことは、この詩の中にも現われているのでありまして、「弟有りて皆分散し、家の死生を問うべき無し」、これは明らかに杜甫の個人的な悲しみであります。その次の、いくら手紙をやっても、ちっとも手紙がつかない、「書《しょ》を寄するも長《とこしえ》に達せず」というのも杜甫の個人的なことがらであります。しかし最後の句に至りまして、詩人はこういうふうに納めています。「況《いわ》んや乃《すなわ》ち未《い》まだ兵を休《や》めざるをや」。まして現在は戦争がいつやむとも分らぬ時期である。われわれ平和な生活を欲する人間は、一刻も早く戦争がやむことを望んでいるにもかかわらず、戦争がやみそうにない時期であるといっております。

これは単に自分一人の個人的な不幸に対する悲しみではない。広く戦争の災害をこうむりつつある人人の、しかもそれらの人人の希望にそむいて、戦争を行いつつある人たちに対する広い憤りであります。単に自分だけでなしに、多くの人人に共通な悲しみ、憤り、それを詩人は最後に至って代弁せざるを得ない。そうした大きな、幅の広い憤り、悲しみを遠景として、杜甫個人の不幸が、自分に一番切実なものであるがゆえに、鋭い近景として歌われている。つまり自分の悲しみは、もとよりたえがたい。しかしそうした自分の悲しみが、人人がみな悲しみをもつ時期のなかの、悲しみのひとつとしてあるということを考えると、一そうたえがたいというのであります。そこにこの詩の感動がある。はっきりした言葉として現われているのは、最後の句に至ってでありますけれども、それまでのところでも、そうした広い大きな関心が、言葉の裏には、ずっとひめられている。そうしてそれは詩でありますから、美しい音声で歌われている。しかし詩の持つ音声的な美しさというものは、ただ美しい音声が並んでいるだけでは何にもならない。音声の奥にあって、音声をおしだすだけの強い感情があることによって、初めて音声としての美しさをみたすのでありますが、そうした幅の広い人間への愛、簡単に申せば愛と申していいでありましょう、それを奥に、或いはあらわにもっている。それがこの詩の魅力であると考えます。

そうしてまた、このような人間への広い関心、乃至は愛というものは、中国の文学が古来その使命として来たところであると考えます。元来中国のものの考え方の中心になりますのは、一種の無神論でありまして、人間の信頼し得るものはただ人間のみであるとします。その点キリスト教的な考え方と対照的でありまして、キリスト教的な考え方によれば、人間は人間自体によっては完全であり得ない、神を信頼することによってのみ人間は救われるとする。これは必ずしも私の臆測ではなしに、先週あるキャソリックの坊さんと、お話をしました時にも、そういうことでありました。ところが中国の人人の考え方はそうではないのでありまして、人間は人間の力のみで完全であり得る、少くとも完全であり得るという、人間に対する強い信頼があります。キリスト教のように、聖なる神を媒介とせずとも、直接にお互いが、つまり私と皆さん、皆さんと私、あるいは皆さん同士が、信頼しあい、善意を働きかけあうことによって、人間は人間である、何となれば人間は、単なる個人としてあることはない、人は常に人人としてある。常に複数の人間としてある。そうした事実がある以上、人は人人のために生きる、それによって完全な人間となる。だから単数の人間として生きること、つまり隠遁者であるということは、人間の本来ではない。人間の本来はそうでなく、人人に向って善意を働きかけ、また人人から善意を受けるものとして生きる、また生きなければならないというのが、中国の伝統的な考えであります。そうした精神が、常に文学にも現われて、人人への広い関心となっているのであり、すなわちまた杜甫のこの詩の魅力の根原ともなっていると考えます。

またそれは古い八世紀の詩としてあるばかりでなく、巴金《バヂヌ》の小説の示しますように、現代の中国の労働者の心をもゆり動かすものとなっている。現代の中国の文学は、ある面では過去の文化との訣別をはっきり宣言しておりますけれども、一方また過去の文化の中にある永遠なものは、常に中国の人人によってふり返られている。ふり返られているばかりではない、その血肉となって、第四病室の患者に涙を流させているのであります。

ところで過去の日本人はこうした中国の考え方なり文学なりと、大へん密接でありましたが、近ごろの日本人は必ずしもそうでありません。或いは読まれているとしても、必ずしも正しく理解しては読まれておりません。これは私、日本の文化の将来のためにたいへん憂うべきことでないかと考えます。さっき野上夫人から、日本人の栄養としては、日本に本来あるものよりも、日本の本来とは異なったものが必要であるというお話がありましたが、これは私が平生考えていることと、全く合致いたします。ところで日本と異なったもの、そうして日本人の栄養となるものとして、ただいま最もまず先にすべきものは、やはり西洋のものでありましょう。しかしそれと同時に、更に一つの異なったもの、異なったといってもそれは非文化ではなくして文化であるもの、文化というのは、要するに人間どうしの愛の表現にほかならないと私は考えますが、その異なった一つの表現として、中国の書物がある。それはもっと日本人によって、読まるべきであると、私は考えます。

或いは皆さんは、ごく簡単に、日本の文学も中国の文学も同じように花鳥風月の文学とお考えになるかもしれません。しかしそれは必ずしもそうでありません。人は人人のために生きるという考え方は、日本では、本来そんなに根強いものであったように思えません。またおなじく花鳥風月を詠ずるにしましても、その詠じ方が中国と日本では、そうとう違います。たとえばさっきの詩の「露は今夜よりして白く、月は是れ故郷の明《ひかり》」、月は故郷と同じ明るさであるということでありますが、ここで月は単に美しいものとして詠ぜられず、常に美しい光を放つ月が、常に幸福ではあり得ない人間と、対比しつつ歌われている。自然と人間とは、同じ法則のもとにあり、従って共に善意と秩序にとむというのが、中国の哲学のもつ又一つの面でありますが、自然は悠久に無限に、その秩序を保ちつづけるのに反し、人間は往往にしてその本来の秩序を失う。人間も自然とおなじく、美しい秩序を保ちつづけられないものか、といった一種の哲学が、自然を描写するときには、いつもその背後にある。むろんただ単に花鳥風月をもてあそぶつまらない詩人が、中国にもないわけではありませんが、すぐれた詩人はそうでない。その点も日本の文学が、必ずしももつ性質ではありません。そうした点でも、日本と異なったもので、日本人の栄養になるものとして、中国の文学はある。いいかえれば世界におけるヒューマニズムの重要な源泉の一つとして、中国の文学はあると、私は思うのであります。またそれは、ある意味では、ヨーロッパ的な考え方、それはギリシア的乃至はキリスト教的な考え方を含めてのそれのもつ偏向を、補うものでもありましょう。ヨーロッパ的な考え方は、たしかにさっき野上夫人も言われましたように、日本の文化だけでなく、中国の文化をも含めて、あるいはインドの文化をも含めて、いわゆる過去の東洋の文化がもちにくかった強さを、一面においてもっております。しかしそれだけに、それにはまた欠点もある。人間は人間自身のみによっては完全であり得ない、神の媒介によってのみ初めて完全であり得るという考え方、それはそれなりにある危険——危険といって悪ければある偏向、容易に人をある狂信に導きやすい偏向をも生まないではない。ナチズムあるいはファシズムというものは、もとよりそうした西洋の高い文化とは、表面無関係でありますけれども、その心理においては、あるいはどこかで関係しているかもしれない。それに対して中国では、人間は神の力をからなくても、人間自体の力で完全であり得るという考え方がある。それにもむろん欠点はある。欠点はその甘さでありまして、人間は人間自身のみで完全であるとする考えの前提としては、人間の性はみな善である。つまり人間はみな善意の動物であるという考え方がある。キリスト教のように罪の意識という考え方は、中国、あるいは広くして東洋では起りにくいということは、確かに欠点であります。欠点でありますとともに、そうした楽観主義は、人類に対する信頼を強める。また信頼の基礎としては他に対する寛容の精神に富んでいる。人間が人間のみで生きて行くためには、お互いが許し合う、人人の個性を認めてお互いを許し合うという寛容な精神が、必要でありますが、そうした寛容の精神を、中国の書物は、西洋の書物よりも、ある点では弱いだけに、より豊富に持っている。そういう点からいって、西洋の書物だけでは足らない、さらには、西洋の書物だけではある偏向を生み、ある場合には危険をさえ生むもの、それを中和するもの、あるいは補うもの、あるいはまた積極的に人間中心の考えを別の方向から有力に教えるものとして、中国の書物は日本人に必要な栄養であると、私は考えるのであります。

誤解のないように申し添えます。中国の書物を若い人たちにしっかり読ませたいということが、近ごろ唱えられていないわけではない。そうしてその唱え方の中には、それらはわれわれと同じく、東洋の地域に生まれたものであるというふうな主張がみられるのでありますが、もしもその立場からのみ主張されるならば、私はあまり賛成しないのであります。東洋のものであることを強調することは、それが東洋という特殊な地域にだけ通用する特殊な存在だと誤解されるおそれがあります。そうした特殊なものとして読まれるのでなしに、普遍なものとして、つまり単に日本の古典であるとか、中国の古典であるとかいう狭い立場でなしに、広く人間の古典の一つとして読まれるのでなければならないと私は考えます。

また別のある人人の考えでは、どうも近ごろの日本人は、あまりにも近代化した、もっともただいま野上夫人のお話では、あまり近代化していないということであり、私もそう考えるものの一人でありますが、世の中には、日本人は過度に近代化しているという考えの人もあるようでありまして、そうした考え方からは、日本人の近代化を逆の方向へ引きもどす力として、中国の書物を利用したいという人人も、あるようでありますが、私はそれにも賛成いたしません。私は、私どもをより真の近代に近づける力、栄養として、中国の書物が読まれることを希望するものであります。

たいへんまとまりのないお話でありました。これをもって終りといたします。

解説

高橋和巳

ここに『中国詩史』と銘打って上梓するのは、吉川幸次郎博士の多岐にわたる業績のうちより、中国の詩文学および詩人に関する論考の一部をピック・アップし、考察対象の時代順に配列した編著である。かつて博士の講席につらなった者の一人である解説者自身が発案し、博士の許可と書肆の賛助をえた。

博士の中国の詩文学に関する論文はむろんこれにとどまらない。広く知られるものについて言っても、『陶淵明伝』や『杜甫私記』あるいは『宋詩概説』や『元明詩概説』など単行の著述が少なからずあり、さらに篇幅の都合上ここに採録しつくせなかった数多くの論文やエッセイがある。最善はそれらすべてを輯録することにあるが、それは近く刊行される全集にゆずり、ここでは、これらの論考を通じて、中国の詩の文学の、各時代の開花とその推移の大要が感得されるようにと志した。

博士には、おそらく体系的な文学史執筆の構想があられるだろうが、それが将来完成されるまでの渇を癒すべく編んだものと思われたい。

ここにおさめられた各篇は、配列された順序で書かれたものではない。それは末尾に附した一覧表にもあきらかだが、読者はあたかも配列順に執筆されたかのように印象されるであろう。例えば、上巻で言えば比較的古く書かれた「司馬相如について」が、比較的新しく書かれた序論の「中国文学序論」をはじめ前後の論文と何一つ論述に齟齬をきたすことなく、また不必要な重複をみることなくつらなっている。下巻における比較的はやく書かれた「漁洋山人の秋柳詩について」と他の最近の諸論文の関係においても同じである。もし論文と論文との間にいささかの飛躍があるとすれば、篇幅の都合上、その間隙を埋めるべきものとしてある諸篇を省略せざるをえなかったためである。学術の言語として、書かれた時期や年齢のいかんにかかわらず、前後をつらねれば首尾一貫することは当然目指さるべき理想であるとはいえ、やはりそれは、驚くに価いする。かつて西晋の詩人陸機は「文の賦」において、「仰いで先条を偪《せ》め、俯して後章を侵す」ことをいましめたが、それは一篇の文章の内部においてのことだった。一篇の文章においてすら、事実人はしばしば前後撞着するものである。

博士の首尾一貫性には、むろん、そうなるべき根拠がある。それは、学問一般がそうである、確実に認識されたものを厳密に述べることに地盤があることは言うまでもないことながら、さらに学問的情熱の背後にあって、学問を支える人格化された哲学が不変のものとして博士の内部に存在するからである。

すべての問題意識、すべての着眼、そして研究の方法も態度も、その人格化された哲学より生れる。あえてその態度、あるいは方法を一言に要約すれば、それは〈儒家的文学研究法〉とでもいうべきものである。儒学は周知のように、学問への精進がかならずやその人の道徳をも増進するという美しい信念をその重要な要素として含むが、博士の文学研究は、単に自己に対しての徳の蓄積としてのみならず、広く人間の誠実のあかしとして、文学はおのおの時代の喜怒哀楽の中に生存しつづけたことを詩文それ自体に語らせようとする秘められた情熱に支えられている。博士が中国歴代の、綺羅のごとく輝く夥しい詩人のうち、もっとも深く愛し且つ尊敬されるのは杜甫であるが、それは杜甫の文学にこそ内容の誠実と表現の誠実とがゆるぎなく結合しているからであり、博士が杜甫について語られてやまない事も、そうした誠実を、人類の普遍な宝としてその文学を通じて人々の心に蘇らせたいと祈願されるゆえである。あるいはまた、鋭敏な読者は、「人間の救済は、神によってはなされず、人間自体によってのみ可能である」と中国の精神の基幹を説明されつつ博士の筆が上巻においては濃厚に詩人たちの絶望や不安から発する「天」に向っての呼びかけに言及され、下巻においてはその影を薄らせつつも、なお中国の詩の文学の背後にそうした問が底流することを考慮されていることに気付くであろう。それもまた博士が卓越した文学の研究家であると同時に、〈儒者〉であることの一つの明証であって、対象の性質によって表われの濃淡はありながらも、一貫した問題意識――つまりは「誠は天の道、誠を思うは人の道」なるその人間と人間関係における誠実とは何かを常に追究されようとする態度からくるものである。それはもう一つの博士の人格から出る文学史の評価規準、すなわち、天に問いかける苦悩の表現という性質がうすらいでのちの、宋以後の文学に関して、文学の担当者が市民層に広がりゆくことをことほぐべき進歩として認定される、博士自身のよき市民性とともに、各論文をつらぬく秘められた骨格を形成している。

いまはまずあえて、厳密な学問的研究にも、それを背後から支える人格化された哲学の存在することを指摘したけれども、むろん博士が何よりも大切にされるのは、人間の言語であり、言語に対する研究者のがわの敏感さと熟慮である。

吉川幸次郎博士の学風は、かりに我が国の儒学史に類をもとむれば、山鹿素行、伊藤仁斎、荻生徂徠らの古学派、とりわけ仁斎の学風に親接性をもつといっていい。つまりはあまりにも直接的な経世の学としての朱子学派、あるいはやや性急な実践の学としての陽明学派の儒学から学問をいったん切り離して、言葉の原義を、原典の文脈のなかで再現し、かつ道徳を鼓吹しつつも詞藻にも深く意をひろめたのが仁斎の学問の特色だった。その特色は、近代的に発展展開されつつ、博士の学風の特色ともなっている。博士は漢土においては清代考証学の粋といえる『説文解字』を著わした段玉裁、本朝においては本居宣長の学風にも学ばれつつ、『尚書正義定本』や『論語』など厳密な考証と訓詁にもとづく中国の基本的な精神やその価値観を、それ自体として浮びあがらせることに成功された。一方、仁斎においてはなお経学に限られていた研究領域を強く文学にもおしすすめられ、中国民族の、よりはば広い感情と思念の歴史を考察されつづけた。本年三月に京都大学の教壇からは去られたとはいえ、博士の中国文学、さらには世界の文学についての研究は精力的に続けられている。ここに編んだ諸論文はその成果の一部であるが、一つ一つの言語、詩の一節一節の熟読吟味、さらには一見まどわしげに見える小さな実証の積み重ねによってこそ偉大な真理に到達しうるとする学問的態度が一貫してつらぬかれていることを読者は感得されるはずである。

さらに言いおとしてはならぬことは、そうした学術的研鑽と相応じて、博士には言語に対する詩人的な天賦の資質が加味されていて、それが一語一語の訳語の選択の妙をこえ、論文全体に一つの文学的感動をもたらすめでたい結果を生んでいることである。詩と科学、——容易に結びつきがたいこの二つの価値の合体が博士の論文を、専門研究者にとっての高い指標であると同時に、文学に関心をもつあらゆる人々に示唆をあたえ、感動をも与えている秘密であろう。

いまは論文として定着しているこれら文学史的考察のいくつかを、解説者はかつてその講席に列して聴講する幸運に恵まれた。この書物を編むべく読み返しつつ、その際の情景をしばしば思い浮べたものである。博士の講義は、その教壇への登場からしてすでに印象的であって、堆高い参考文献を抱きかかえた助手とあい前後して、博士はハムレット型に唇を歪めて登壇される。それはドイツ文学の大山定一教授が、肥えていながらも実に身軽な感じで、一、二冊の書物を脇挟んで颯爽と登場され、フランス文学の桑原武夫教授が、藪医者がもつような大型の黒カバンに書物をつめ、まるで登山でもするようにどたどたと教壇に登るドンキホーテ型と見事な対照をなしていた。そして多くの場合ノートは作られず、教壇でゆっくりと原典を見ひらいて引用され、板書されつつ講義されるのである。時折り眼鏡を光らせて窓外に目をそらしつつ熟慮され、また語りつがれる。文章化された論文に比して、むろんある種の渋滞もあったが、しかしより自由な飛翔もあり、二時間の講義に出席すれば、学問上はもちろん、文学全般の問題について、かならず、何かの啓示が与えられたものである。解説者は当時創作をひそかに志していたが、アカデミズムでは却って接しがたい文学することそれ自体の、言いかえれば普遍な文学的啓示をうる喜びを味わったものである。ある作品が教壇で講ぜられると、とたんに色あせるというのが、大方の常識であるが、博士の場合は違っていた。帙の中にとじこめられ、一つの文献として睡っていた文章が、博士がその意味を説きあかしはじめるや、たちまちに一つの価値として躍動しはじめるのである。読者もまた、博士の文章を通じて、異なる国、異なる時代の言語が、ほかならぬわれわれ自身のものとして蘇えるのを覚えるであろう。そしてさらにまた文学というものが、中国において知識人必須の資格であったことの意味、いや人間すべてにとって必須のものであるべきことの意味を感得されるはずである。

最初のつもりとしては、一篇一篇についての簡単な解説を附す予定だったが、博士の文章は、たとえそれが専門誌に発表されたものであっても、解説など必要のないように配慮されてあり、また敢て通常の解説を附すにしても、それは要するに、博士より与えられた認識をより拙い言葉で繰返すか、本文の二、三を引用することにとどまりかねない。博士の学風と風貌の一端をしるして、解説にかえる、所以である。

なおこの書物は、学術雑誌はもちろん一般教養誌や新聞等に発表されたものをもふくむ。それに、独立して書かれた論文ばかりではなく、編者の独断で、一冊のまとまった著述から、ある詩人の詩について論じられている部分のみを抜き出してきたもの、さらには他の注釈書への跋文として書かれたものをも含んでいる。むろん博士の執筆態度は、発表誌のいかんにかかわらず基本的に一貫しているが、ただ一般誌に発表されたものには、関連事項に関する博士自身の著作に対する参照の要請などがより懇切であり、あるいは跋文として書かれたものには、もとの書物の扉を飾っていた詩人の肖像画や稀覯本の写真についての解説なども含まれる不統一があり、それらはこの際、『中国詩史』としての叙述の一貫性をもたせるために、編者が、その意向の大要について許しを得たうえで、箇々の事例については、独断で削除した。著者および、読者の了解をうるために一、二具体的に言えば、たとえば、「高啓について」と題する一篇は、もともと岩波中国詩人選集の『明清詩概説』の一章であるが、たとえば「朱元章は、すでに説いたように、文学者に対して苛酷な人物である」という文章は、一つの著述からの部分の剔抉であるゆえに、「すでに説いたように」という一句は意味を失うから、ここでは削除するといった操作がそれである。文章の題名も、たとえば正確には伊藤正文『曹植』注跋とあるべきものを、単に「曹植について」と改めている。全体の統一のためとはいえ、また僅かの部分とはいえ、師の文章を削除し、あるいは他の文章には文中の書物は二重括弧でつつまれているゆえに他の文章にも加えるといった操作は、やはり原型をかえることには違いなく心苦しい作業であったが、それはひたすら寛恕を乞うよりほかはない。ただ幸いに、同じ書肆より近く博士の全集が刊行されることになっている。博士の業績の全体への関心を、読者がいだかれることに少しでも資するなら、編者の責は幾分なりともふさがれるであろう。

昭和四十二年十月二十六日

掲載書名一覧

一つの中国文学史　「中国文学論集」（昭四一、一九六六）
『詩経』と『楚辞』　「詩と月光」（昭三六、一九六一）
新しい慟哭――孔子と「天」――　「詩と月光」（昭三六、一九六一）
項羽の垓下歌について　「中国文学報」第一冊（昭二九、一九五四）
漢の高祖の大風歌について　「中国文学報」第二冊（昭三〇、一九五五）
司馬相如について　「叙説」第五輯（昭二三、一九四八）
常識への反抗――司馬遷の『史記』の立場――　「詩と月光」（昭三六、一九六一）
短簫鐃歌について　「人文研究」（昭二九、一九五四）
曹操の楽府　「三国史実録」（昭三七、一九六二）
孔融について　「三国史実録」（昭三七、一九六二）
曹植について　「中国詩人選集」（昭三三、一九五八）
阮籍伝　「儒者の言葉」（昭二五、一九五〇）
阮籍の詠懐詩について　「中国文学報」第五冊（昭三一―二、一九五六―七）

陶淵明　「陶淵明伝」（昭三一、一九五六）
燃焼と持続――六朝詩と唐詩――　「学事詩事」（昭三四、一九五九）
唐詩の精神　「学事詩事」（昭三四、一九五九）
李白と杜甫　「世界」（昭三三、一九五八）
牡丹の花――李白のおはなし――　「唐代文学抄」（昭二三、一九四八）
杜甫小伝　「杜甫ノート」（昭二九、一九五四）
韋応物の詩　「唐代文学抄」（昭二三、一九四八）
韓退之の詩　「唐代文学抄」（昭二三、一九四八）
白居易について　「人間詩話」（昭三二、一九五七）
杜牧について　「人間詩話」（昭三二、一九五七）
李商隠について　「詩と月光」（昭三三、一九五八）
宋詩の場合　「学事詩事」（昭三四、一九五九）
蘇軾について　「宋詩概説」（昭三七、一九六二）
詩人と薬屋――黄庭堅について――　「学事詩事」（昭三二、一九五七）
陸游について　「宋詩概説」（昭三七、一九六二）
元好問について　「元明詩概説」（昭三八、一九六三）
高啓について　「元明詩概説」（昭三八、一九六三）

李夢陽の一側面　「立命館文学」第一八〇（昭三五、一九六〇）
漁洋山人の秋柳詩について　「中国散文論」（昭二四・昭四一、一九六六）
清末の詩　「図書」（昭三七、一九六二）
魯迅について　「儒者の言葉」（昭二六）「学事詩事」（昭三五、一九六〇）
中国の古典と日本人　「儒者の言葉」（昭二六、一九五一）

付記　本書の編集にあたって、収録を許された岩波書店に感謝いたします。

文庫版解説　「詩」として蘇る中国古典詩

川合康三

吉川幸次郎『中国詩史』は、先秦から近代に至る中国の詩をめぐって書かれた文のなかから三十五篇を選んで、時代順に並べたものである。「詩史」という言葉の本来の意味は、著者が晩年最も力を注いだ杜甫と関わりがある。同時代の歴史を描いた杜甫の詩が「詩によって書かれた歴史」の意味で「詩史」と呼ばれたのである。もちろん本書は、陸侃如《りくかんじょ》・馮沅君《ふうげんくん》夫妻の名著『中国詩史』（初版は一九三一年、上海大江書鋪）と同じく、「中国の詩の歴史」を意味している。ちなみに「詩史」を「詩の歴史」の意味で用いたのは、江村北海の『日本詩史』（一七七一年）が中国より早いかも知れない。

もともと通史として書き下ろされたのではない、にもかかわらず、そのまま中国の詩の歴史として整合した記述となっている、そのことにわたしたちはまず驚かされる。刊行されたのは一九六七年、昭和四二年。同じ筑摩書房から翌年、刊行が始まった『吉川幸次郎全集』（最終的には全二十七巻別巻一巻）は、そこに扱われる時代の長さにおいても、説き及ぶ領域の広さにおいても、全集がそのまま中国文学史、中国文化史となるほどに中国の全体を包み込むものとなったが、本書『中国詩史』のほうは詩だけに絞った、簡明な文学史となっている。

中国の詩の歴史は長い。紀元前六世紀ころに編まれた『詩経』に始まり、二十世紀初頭の文学革命、そして近代に至るまで、その全体を一人の力で覆い尽くす広範さに、わたしたちは喫驚せざるを得ない。かくも広い範囲に説き及ぶことは、今日では誰しもできはしないし、今後もあり得ないだろう。

「広いこと」は研究者と学者を分かつ指標でもある。研究者が自分の専門領域に限られるのに対して、学者には境界がない。何でも広く知っているのが学者だ。しかし広い知識がありさえすればいいわけではない。対象の各部分を、そしてまた全体を、的確に見抜く眼力を備えていなければならない。広い知識を学識と呼ぶならば、本質を洞察する目は見識と呼ぶべきだろうか。

本書が刊行された年に大学に入学したわたしなどは、吉川の語るところから出発したために、これを自明として学んでいったのだが、しかしそれ以前の日本の漢学者の間に置いてみた時、『中国詩史』に収められた論考の一篇一篇は、いかほどに驚天動地の言説であったことか。つまりわたしの世代には自然に受け入れられた論考が、それ以前の漢学者にとってはまったく新奇な、見たこともないものだったのではないか。

それまでのいわゆる「漢詩」は、もちろん日本の文学のなかで大切な位置を占めるものではあった。凜々しさを伴う訓読の音調、それによってうたわれた士大夫たちの担う経世の志、あるいはまたそれとは逆の隠逸への志向——文学を構成する、しかし仮名文字の文学には必ずしも豊かではなかったさまざまな要素を、漢詩漢文は日本の文学に持ち込んだのだった。が、そうした漢詩受容のありかたが固定し、固定したために変化する時代から乖離し、ことに戦後になると読書界からしだいに遠い存在になっていった。長らく日本の文学・文化のなかにその一部として溶け込んできた漢詩文は、もはや干からびた遺物として忘れられつつあったのである。

そうした時期に登場して、中国古典文学の世界に清新な空気を呼び込んだのが、吉川幸次郎だった。吉川の斬新さは、いわゆる漢詩を世界の詩のなかの一つとして、今の世においてわたしたちが味わうことのできる生き生きした文学として、読み直してみせたことにある。吉川の手にかかると、堅苦しくとっつきにくい漢詩文が、にわかにみずみずしい文学作品として蘇った。

それを可能にした一つは、吉川の「天賦の資質」であった。原著の編者高橋和巳はその「解説」のなかで、「博士には言語に対する詩人的な天賦の資質が加味されていて（中略）論文全体に一つの文学的感動をもたらすめでたい結果を生んでいる」（六九一頁）と記す。

とはいえ中国の詩は単に詩人的な「天賦の資質」だけで手玉に取れるほどやわなもので

はない。もう一つ、吉川は清朝の漢学に連なる伝統的、正統的な学も身に付けていたのである。つまりは中国学術のよき伝統である文献や言葉に対する厳格な態度、一方では柔軟で犀利、感性豊かな言葉への感覚、両者の稀有な結びつきによって吉川の中国学は開花したということができる。

文学として、詩として読み返す、それは作品に籠められた個人の魂の声を聞き取ることである。たとえば「項羽の垓下歌について」（五四頁）。四面楚歌の追い詰められた状況のなかで悲劇の英雄がうたった絶望の歌、そこに吉川は一人の人間と天との関係に着目する。項羽の歌には自分という人間は天という大きな存在の意思のなかにあり、そのなかで人は何もできない、与えられた状況に従うほかない、という諦観と悲観を読み取るのである。古い歌のなかに人と天という大きな、普遍的な問題、その問題から生じる抒情性、詩をこのような角度から解き明かしたことが、この論考を読んだ当時の人々は実に新鮮な、目を洗われるような快感を覚えたのではないだろうか。ここに見られるのは、詩歌を人間の精神の歴史として見る態度である。人と天の関係を取り上げたこの場合は、「人間の精神」といって差し支えないと思うけれど、ほかの詩の分析では詩人個人の「心」の探求と言ったほうがよさそうだ。「漢の高祖の大風歌について」（八一頁）、こちらは制覇を成し遂げた劉邦の凱旋の歌であるけれども、そこにも不安の影を読み取る。両篇とも京都大学中国文学研究室が『中国文学報』の刊行を始めた当初に掲載された。その第四冊（一九五六年）

には桑原武夫が書評を寄せ、悲観と受け止めることに異議を唱えている。受け止め方は人による揺れを伴うのである。今、わたし自身が気になるのは、悲観か楽観かよりも、作品を個人の心情に結びつけすぎていないかということだ。前漢の歌に近代詩人のような、特定の個人ならではの心を読み取ることができるものだろうか。項羽にしても劉邦にしても劇的に盛り上がった場面で主人公がうたう歌であり、彼らは歌い手ではあっても作者ではない。ここには個人の魂の表白より、劇のクライマックスが要求する抒情性が作用しているとみたほうがいいと思う。吉川はそのあとの詩史でも近代文学のように個人を中心に据えるが、わたしは詩歌を個々の人の心情に直結させるよりも、詩を享受する人々が作っている共同体のなかで把握すべきではないかと思っている。しかしそれは吉川がわたしたちに遺した今後の課題である。

（かわい・こうぞう　京都大学名誉教授）

本書は筑摩叢書として刊行された『中国詩史（上）』（一九六七年一〇月三〇日刊行）と『中国詩史（下）』（一九六七年一一月一一日）を底本として合本したものである。但し、『吉川幸次郎全集』における校訂を参照し、適宜修正を施した。

高校生のための批評入門　梅田卓夫／清水良典／服部左右一／松川由博編

筑摩書房国語教科書の副読本として編まれた名教材の批評編。気になっていた作家・思想家等の文章を、短文読切り解説付でまとめて読める。（熊沢敏之）

謎解き『ハムレット』　河合祥一郎

優柔不断で脆弱な哲学青年――近年定着したこのハムレット像を気鋭の英文学者が根底から覆し、闇に包まれた謎の数々に新たな光のもと迫った名著。

日本とアジア　竹内好

西欧化だけが日本の近代化の道だったのか。魯迅を敬愛する思想家が、日本の近代化、中国観・アジア観を鋭く問い直した評論集。（加藤祐三）

ホームズと推理小説の時代　中尾真理

ホームズとともに誕生した推理小説。その歴史を黎明期から黄金期まで跡付け、隆盛の背景とその展開を豊富な基礎知識を交えながら展望する。

文学と悪　ジョルジュ・バタイユ　山本功訳

文学にとって至高のものとは、悪の極限を掘りあてることではないのか。サド、プルースト、カフカなど八人の作家を巡る論考。（吉本隆明）

来るべき書物　モーリス・ブランショ　粟津則雄訳

プルースト、アルトー、マラルメ、クローデル、ボルヘス、ブロッホらを対象に、20世紀フランスを代表する批評家が、その作品の精神に迫る。

プルースト 読書の喜び　保苅瑞穂

『失われた時を求めて』がかくも人を魅了するのはなぜなのか。この作品が与えてくれる愉悦を著者鍾愛の場面を通して伝える珠玉のエセー。（野崎歓）

宋詩選　小川環樹編訳

唐詩より数多いと言われる宋詩から、偉大なる詩人達の名作を厳選訳出して解釈する。親しみやすい漢詩論としても読める、選者解説も収録。（佐藤保）

アレクサンドロス大王物語　伝カリステネス　橋本隆夫訳

アレクサンドロスの生涯は、史実を超えた伝説として西欧からイスラムに至るまでの世界に大きな影響を与えた。伝承の中核をなす書物。（澤田典子）

アミオ訳 孫子（漢文・和訳完全対照版）
守屋淳監訳・注解
臼井真紀訳

最強の兵法書『孫子』。この書を十八世紀ヨーロッパに紹介したアミオによる伝説の訳業がついに邦訳。その独創的解釈の全貌がいま蘇る。（伊藤大輔）

陶淵明全詩文集
林田愼之助訳注

中国・六朝時代最高の詩人、陶淵明。農耕生活から生まれた数々の名詩は、人生や社会との葛藤を映し出し、今も胸に迫る。待望の新訳注書、遂に成る。

和訳 聊斎志異
蒲松齢
柴田天馬訳

中国清代の怪異短編小説集。仙人、幽霊、妖狐たちが繰り広げるおかしくも艶やかな話の数々。日本の文豪たちにも大きな影響を与えた一書。（南條竹則）

フィレンツェ史（上）
ニッコロ・マキァヴェッリ
在里寛司／米山喜晟訳

権力闘争、周辺国との駆け引き、戦争、政権転覆……。マキァヴェッリの筆によりさらにドラマチックに彩られるフィレンツェ史。文句なしの面白さ！

フィレンツェ史（下）
ニッコロ・マキァヴェッリ
在里寛司／米山喜晟訳

古代ローマ時代からのフィレンツェ史を俯瞰することで見出された、歴史におけるある法則……。マキァヴェッリの真骨頂が味わえる一冊！（米山喜晟）

ギルガメシュ叙事詩
矢島文夫訳

ニネベ出土の粘土書板に初期楔形文字で記された英雄ギルガメシュの波乱万丈の物語。「イシュタルの冥界下り」を併録。最古の文学の初の邦訳。

メソポタミアの神話
矢島文夫

「バビロニアの創世記」から「ギルガメシュ叙事詩」まで、古代メソポタミアの代表的神話をやさしく紹介。第一人者による最良の入門書。（沖田瑞穂）

北欧の神話
山室静

キリスト教流入以前のヨーロッパ世界を鮮やかに語り伝える北欧神話。神々と巨人たちとが織りなす壮大な物語をやさしく説き明かす最良のガイド。

漢文の話
吉川幸次郎

日本人の教養に深く根ざす漢文を歴史的に説き起こし、その由来、美しさ、読む心得や特徴を平明に解説する。贅沢で最良の入門書。（興膳宏）

「論語」の話 吉川幸次郎

人間の可能性を信じ、前進するのを使命であると考えた孔子。その思想と人生を「論語」から読み解く中国文学の碩学による最高の入門書。

老子 福永光司訳

己の眼で見ているこの世界は虚像に過ぎない。自我を超えた「無為自然の道」を説く、東洋思想が生んだ画期的な一書を名訳で読む。（興膳宏）

荘子 内篇 福永光司／興膳宏訳

人間の醜さ、愚かさ、苦しさから鮮やかに決別する、古代中国が生んだ解脱の哲学三篇。中でも「内篇」は荘子の思想を最もよく伝える篇とされる。

荘子 外篇 福永光司／興膳宏訳

内篇で繰り広げられた荘子の思想を、説話・寓話のかたちでわかりやすく伝える外篇。独立した短篇集として読んでも面白い、文学性に富んだ十五篇。

荘子 雑篇 福永光司／興膳宏訳

荘子の思想をゆかいで痛快な言葉でつづった「雑篇」。日本でも古くから親しまれてきた「漁父篇」や「盗跖篇」など、娯楽度の高い長篇作品が収録されている。

墨子 森三樹三郎訳

諸子百家の時代、儒家に比肩する勢力となった学団・墨家。全人を公平に愛し侵攻戦争を認めない独特な思想を読みやすさ抜群の名訳で読む。（湯浅邦弘）

朝鮮民族を読み解く 古田博司

彼らに共通する思考行動様式とは何か。なぜ日本人はそれに違和感を覚えるのか。体験から説き明かす朝鮮文化理解のための入門書。（木村幹）

アレクサンドリア E・M・フォースター 中野康司訳

二三〇〇年の歴史を持つ古都アレクサンドリア。この町に魅せられた作家による、地中海世界の楽しい歴史入門書。（前田耕作）

シャボテン幻想 龍膽寺雄

多肉植物への偏愛が横溢した愛好家垂涎のバイブル。異端作家が説く「荒涼の美学」は、日常に疲れた現代人をいまだ惹きつけてやまない。（田中美穂）

紀貫之　大岡信

子規に「下手な歌よみ」と痛罵された貫之。この評価は正当だったのか。詩人の感性と論理的実証によって新たな貫之像を創出した名著。（堀江敏幸）

現代語訳 信長公記（全）　太田牛一　榊山潤訳

幼少期から「本能寺の変」まで、織田信長の足跡をつぶさに伝える一代記。作者は信長に仕えた人物で、史料的価値も極めて高い。（金子拓）

現代語訳 三河物語　大久保彦左衛門　小林賢章訳

三河国松平郷の一豪族が徳川を名乗って天下を治めるまで、主君を裏切ることなく忠勤にはげんだ大久保家。その活躍と武士の生き方を誇らかに語る。

雨月物語　上田秋成　高田衛／稲田篤信校注

上田秋成の独創的な幻想世界「浅茅が宿」「蛇性の婬」など九篇を、本文、語釈、現代語訳、評を付しておくる〝日本の古典〟シリーズの一冊。

一言芳談　小西甚一校注

往生のために人間がなすべきことは？　思いきった逆説表現と鋭いアイロニーで貫かれた、中世念仏者たちの言行を集めた聞書集。（臼井吉見）

古今和歌集　小町谷照彦訳注

王朝和歌の原点にして精髄と仰がれてきた第一勅撰集の全歌訳注。歌語の用法をふまえ、より豊かな読みへと誘う索引類や参考文献を大幅改稿。

枕草子（上）　清少納言　島内裕子校訂・訳

芭蕉や蕪村が好み与謝野晶子が愛した、北村季吟の注釈書『枕草子春曙抄』の本文を採用。江戸、明治と読みつがれてきた名著に流麗な現代語訳を付す。

枕草子（下）　清少納言　島内裕子校訂・訳

『枕草子』の名文は、散文のもつ自由な表現を全開させ、優雅で辛辣な世界の扉を開いた。随筆文学屈指の名品は、また成熟した文明批評の顔をもつ。

徒然草　兼好　島内裕子校訂・訳

後悔せずに生きるには、毎日をどう過ごせばよいか。人生の達人による不朽の名著。全二四四段の校訂原文と、文学として味読できる流麗な現代語訳。

方丈記
鴨長明
浅見和彦校訂・訳
天災、人災、有為転変。そこで人はどう生きるべきか。この永遠の古典を、混迷する時代に生きる現代人ゆえに共鳴できる作品として訳解した決定版。

梁塵秘抄
植木朝子編訳
平安時代末の流行歌、今様。みずみずしく、時にユーモラス、また時に悲惨でさえある、生き生きとした今様から、代表歌を選び懇切な解説で鑑賞する。

藤原定家全歌集（上）
藤原定家
久保田淳校訂・訳
『新古今和歌集』の撰者としても有名な藤原定家自作の和歌約四千二百首を収録。上巻には私家集『拾遺愚草』を収め、全歌に現代語訳と注を付す。

藤原定家全歌集（下）
藤原定家
久保田淳校訂・訳
下巻には『拾遺愚草員外』『同員外之外』および「初句索引」等の資料を収録。最新の研究を踏まえ、現在知られている定家の和歌を網羅した決定版。

定本 **葉隠〔全訳注〕（上）**（全3巻）
山本常朝／田代陣基
佐藤正英校訂
吉田真樹監訳注
武士の心得として、一切の「私」を「公」に奉る覚悟を語り、日本人の倫理思想に巨大な影響を与えた名著。上巻はその根幹「教訓」を収録。決定版新訳。

定本 **葉隠〔全訳注〕（中）**
山本常朝／田代陣基
佐藤正英校訂
吉田真樹監訳注
常朝の強烈な教えに心を衝き動かされた陣基は、武士のあるべき姿の実像を求める。中巻では、治世と乱世という時代認識に基づく新たな行動規範を模索。

定本 **葉隠〔全訳注〕（下）**
山本常朝／田代陣基
佐藤正英校訂
吉田真樹監訳注
躍動する鍋島武士たちを活写した聞書八・九と、信玄・家康などの戦国武将を縦横無尽に論評した聞書十、補遺篇の聞書十一を下巻には収録。全三巻完結。

現代語訳 **応仁記**
志村有弘訳
応仁の乱――美しい京の町が廃墟と化すほどのこの大乱はなぜ起こり、いかに展開したのか。室町時代に書かれた軍記物語を平易な現代語訳で。

現代語訳 **藤氏家伝**
沖森卓也／佐藤信／矢嶋泉訳
藤原氏初期の歴史が記された奈良時代後半の書。藤原鎌足とその子貞慧、そして藤原不比等の長男武智麻呂の事績を、明快な現代語訳によって伝える。

古事談（上） 源顕兼編 伊東玉美校訂・訳

鎌倉時代前期に成立した説話集の傑作。空海、道長、西行、小野小町など、奈良時代から鎌倉時代にかけての歴史、文学、文化史上の著名人の逸話集成。

古事談（下） 源顕兼編 伊東玉美校訂・訳

代々の知識人が、歴史の副読本として活用してきた名著。各話の妙を、当時の価値観を復元して読み解く。現代語訳、注、評、人名索引を付した決定版。

古事記注釈 第四巻 西郷信綱

高天の原より天孫たる王が降り来り、天照大神は伊勢に鎮まる。王と山の神・海の神との聖婚から神武天皇が誕生し、かくて神代は終りを告げる。

風姿花伝 世阿弥 佐藤正英校注・訳

秘すれば花なり——。神・仏に出会う「花」（感動）をもたらすべく能を論じ、日本文化史上稀有な、奥行きの深い幽玄な思想を展開。世阿弥畢生の書。

不動智神妙録／太阿記／玲瓏集 沢庵宗彭 市川白弦訳・注・解説

日本三大兵法書の『不動智神妙録』とそれに連なる二作品を収録。沢庵から柳生宗矩に授けられ山岡鉄舟へと至る、剣と人間形成の極意。（佐藤錬太郎）

万葉の秀歌 中西進

万葉研究の第一人者が、珠玉の名歌を精選。宮廷の貴族から防人まで、あらゆる地域・階層の万葉人の心に寄り添いながら、味わい深く解説する。

日本神話の世界 中西進

記紀や風土記から出色の逸話をとりあげ、かつて息づいていた世界の捉え方、それを語る言葉を縦横に考察。神話を通して日本人の心の源にわけいる。

解説 徒然草 橋本武

『銀の匙』の授業で知られる伝説の国語教師が、「徒然草」より珠玉の断章を精選して解説。その授業実践が凝縮された大定番の古文入門書。（齋藤孝）

解説 百人一首 橋本武

灘校を東大合格者数一に導いた橋本武メソッドの源流と実践がすべてわかる！ 名文を味わいつつ、語彙や歴史も学べる名参考書文庫化の第二弾！

江戸料理読本　松下幸子

江戸時代に刊行された二百余冊の料理書の内容と特徴、レシピを紹介。素材を生かし小技をきかせた江戸料理の世界をこの一冊で味わい尽くす。（福田浩）

萬葉集に歴史を読む　森浩一

古の人びとの愛や憎しみ、執念や悲哀。萬葉集には、数々の人間ドラマと歴史の激動が刻まれている。考古学者が大胆に読む、躍動感あふれる萬葉の世界。

ヴェニスの商人の資本論　岩井克人

〈資本主義〉のシステムやその根底にある〈貨幣〉の逆説とは何か。その怪物めいた謎をめぐって、明晰な論理と軽妙な洒脱さで展開する諸考察。

現代思想の教科書　石田英敬

今日我々を取りまく〈知〉は、4つの「ポスト状況」から発生した。言語、メディア、国家等、最重要論点のすべてを一から読む！　決定版入門書。

記号論講義　石田英敬

モノやメディアが現代人に押しつけてくる記号の嵐。それに飲み込まれず日常を生き抜くには？　東京大学の講義をもとにした記号論の教科書決定版！

プラグマティズムの思想　魚津郁夫

アメリカ思想の多元主義的な伝統は、九・一一事件以降変貌してしまったのか。「独立宣言」から現代のローティまで、その思想の展開をたどる。

増補　女性解放という思想　江原由美子

「女性解放」はなぜ難しいのか。リブ運動への揶揄を論じた「からかいの政治学」など、運動・理論における対立や批判から、その困難さを示す論考集。

増補　虚構の時代の果て　大澤真幸

オウム事件は、社会の断末魔の叫びだった。衝撃的事件から時代の転換点を読み解き、現代社会と対峙する意欲的論考。（見田宗介）

言葉と戦車を見すえて　加藤周一　小森陽一／成田龍一編

知の巨人・加藤周一が、日本と世界の情勢について、何を考え何を発言しつづけてきたのかが俯瞰できる論考群を一冊に集成。（小森／成田）

善悪の彼岸 道徳の系譜 ニーチェ全集11
F・ニーチェ 信太正三訳
道徳と宗教の既成観念を撃つニーチェの思想の円熟期を代表する重要作『善悪の彼岸』とその終楽章ともいうべき『道徳の系譜』。（信太正三）

権力への意志 上 ニーチェ全集12
F・ニーチェ 原佑訳
理論的主著として計画され、未完のまま残された遺稿群の集成。ニーチェの世界観形成の秘密に解明の光を投げかける精神の工房。（原佑）

権力への意志 下 ニーチェ全集13
F・ニーチェ 原佑訳
権力とは活動的生命の根源的な力である。ニヒリズムを超える肯定的な価値定立の原理を「権力への意志」に求めたニーチェ晩年の思索の宝庫。（原佑）

偶像の黄昏 反キリスト者 ニーチェ全集14
F・ニーチェ 原佑訳
キリスト教は、強者に対する弱者のルサンチマンにより捏造された！ 精神錯乱の直前、すべての価値の価値転換を試みた激烈の思索。（原佑）

この人を見よ 自伝集 ニーチェ全集15
F・ニーチェ 川原栄峰訳
精神錯乱の前年に書かれた比類なき自己総括の書『この人を見よ』に、若き日の「自伝集」を併載し、ニーチェの思索の跡を辿る。（川原栄峰）

漢書（全8巻）
班固 小竹武夫訳
漢の高祖から新の王莽まで、『史記』に次ぐ第二番目の中国正史。人間の運命を洞察する歴史文学として底知れぬ魅力を湛えて後世史家の範となる。

漢書 1
班固 小竹武夫訳
前漢の高祖から平帝までの十二代、二百数十年に及ぶ正史。「文字の中に情旨ことごとく露る」と評された史書の範。初の文庫化。（橋川時雄）

漢書 2
班固 小竹武夫訳
漢代の諸侯王や功臣など、さまざまな人物を分類した「表」全巻と、法律・経済・天文などの文化史「志」前半を収めた、血の通った歴史記録。

漢書 3
班固 小竹武夫訳
古来、古書を学ぶ者にとって必読の書といわれる「芸文志」や、当時の世界地理を記録した「地理志」など、「志」の後半を収める。

漢書 4
班固
小竹武夫 訳
「権勢利慾の交わり、古人これを羞ず」。人臣の生きざまを、その弱さ愚かさまで含みこみ記述する、悲劇的基調の「列伝」冒頭巻。

漢書 5
班固
小竹武夫 訳
難敵匈奴をめぐる衛青、霍去病、張騫たちの活躍と、董仲舒、司馬相如、司馬遷ら学者・文人たちの群像を描く。登場人物の際立つ個性を活写。

漢書 6
班固
小竹武夫 訳
「心の憂うる、涕《なみだ》すでに隕《お》つ」。人間は、それぞれの運命を背負い、いかに生きるべきか。中国古代を彩る無名なるがゆえの輝きの数々。

漢書 7
班固
小竹武夫 訳
特色ある人物を、儒林・循吏・酷吏・貨殖・游俠・佞幸の六部門に分けて活写し、合わせて、漢民族の宿敵匈奴の英雄群像を冷静な目で描く。

漢書 8
班固
小竹武夫 訳
水のみなぎって天にはびこるごとく、漢帝国を奪った王莽は英雄か賊臣か。その出自と家系を語り、漢帝国の崩壊を描く圧巻。

インド神話
上村勝彦
悠久の時間と広大な自然に育まれたインド神話の世界を原典から平易に紹介する。神々と英雄たちが織りなす多彩にして奇想天外な神話の軌跡。

ユダヤ古代誌（全6巻）
フラウィウス・ヨセフス
秦剛平 訳
対ローマ・ユダヤ戦争を経験したヨセフスが説き起こす、天地創造からイエスの時代をへて同時代（紀元後一世紀）までのユダヤの歴史。

ユダヤ古代誌 1
フラウィウス・ヨセフス
秦剛平 訳
天地創造から始祖アブラハムの事蹟へ、イサク、ヤコブ、ヨセフの物語から偉大な指導者モーセのカナン到着までを語る、旧約時代篇の冒頭巻。

ユダヤ古代誌 2
フラウィウス・ヨセフス
秦剛平 訳
カナン征服から、サムソン、ルツ、サムエルの物語を追い、サウルによるユダヤ王国の誕生、ダビデ、ソロモンの黄金時代を叙述して歴史時代へ。

ちくま学芸文庫

中国詩史《ちゅうごくしし》

二〇二三年五月十日　第一刷発行

著者　吉川幸次郎（よしかわ・こうじろう）
編者　高橋和巳（たかはし・かずみ）
発行者　喜入冬子
発行所　株式会社　筑摩書房
東京都台東区蔵前二―五―三　〒一一一―八七五五
電話番号　〇三―五六八七―二六〇一（代表）
装幀者　安野光雅
印刷所　株式会社精興社
製本所　加藤製本株式会社

ISBN978-4-480-51182-9 C0110